旅する俳諧師

芭蕉叢考 二

深沢眞二

清文堂

目次

連句篇

おもへばさびし秋の暮
――序にかえて――

芭蕉の俳諧は、古典文学に対する批評行為として読むこともできる。批評と言っても、ほとんどの場合、古典文学に追随し、それを模倣し、そして讃歎する正（プラス）の方向の批評ではあるが。批評行為を説く文脈において用いられる「風雅」という語は、古典に内在する美学的規範、ないし、それを追い求める態度を意味している。

そうした前提に立つことで、次のような俳論もわかりやすくなるのではないか。

> 高く心を悟りて俗に帰るべしとの教也。つねに風雅の誠を責悟りて、今なすところの俳諧にかへるべしと云へる也。常風雅にいるものは、おもふ心の色物と成て、句姿定るものなれば、取物自然（じねん）にして子細なし。心の色うるはしからざれば、外（ほか）に言葉を工む。是則常に誠を勤ざる心の俗也。誠を勉るといふは、風雅に古人の心を探り、近くは師の心よく知るべし。
>
> （土芳『三冊子』（赤双紙）より）

言葉を補いながら、教説の意味を探ってみる。芭蕉先生は「高い理念に意識を置きつつ、俳諧という俗の分野にもどって表現しなさい」と教えていた。いつも古典の本質を追究し理解して、実際に我々が詠み出すところの俳諧に帰るべきだ、ということだ。つねづね古典の世界に意識を置く人は、心のあり方が古典の世界そのものになってい て、それにより詠み出す句の表現の選択も明確なものであるから、句に取り上げる素材もおのずから明確な根拠を持ちぴったりとあてはまる。心のあり方が古典の世界からはずれている人は、無理のある言葉によって句をこしらえようとする。それはつまり、常に古典の世界に意識を置くということをせずに、意識そのものがもう俗に浸っているという状態である。古典の本質を追究し理解するためには、古典文学を読んでいにしえの作者の表現意図を理解しようと努め、最近の作者について言えばまずは芭蕉先生の表現意図をよく知ることである。

ここには「高悟帰俗」のことが語られているのだが、つまりそれは、古典の美学に立脚した批評行為として俳諧をすべし、という標語だったと考える。芭蕉は俳諧において批評の次元を重視したと言ってもよい。

そのように芭蕉の言葉を読むならば、芭蕉が俳諧作品の中で何らかの心理を表現している場合に、それが芭蕉の感情をストレートに表しているとのみ解することは、えてして理解の不足ということになるのではないか。不足を補うためには、その作品が古典文学の美学的規範を踏まえた批評行為である可能性を探るべきだろう。

たとえば、『おくのほそ道』において八月十六日のこととして語られる、敦賀から舟で赴いた種（いろ）の浜の風情、

　浜はわづかなる蜑の小家にて、侘しき法華寺有。爰にちやをのみ酒をあたためて、夕暮のさびしさ感に堪たり

　寂しさや須磨にかちたる浜の秋

は、種の浜は寂しくてならなかった、という話だけで終わってはいないはずだ。古典世界には「秋の夕暮は寂しいもの」とする美学的規範があるのであり、それを実体験できた喜びを「感に堪たり」と言い、さらに発句というかたちを用いて、究極の寂しさとされているあの「須磨」の秋の夕暮の景色にさえも「かちたる」ほどだと、種の浜という場所を最大限にほめたたえているのである。このくだりは「風雅の誠を責悟りて、今なすところの俳諧にかへる」という批評行為の典型のように見える。「秋の暮」の情趣を心から知り「須磨」を想起したところが「高悟」で、その「須磨」と現実の種の浜とを天秤に掛けて評したところが「帰俗」である。

芭蕉にとっての「秋の暮」について、さらに掘り下げてみたい。

　愚案ずるに冥途もかくや秋の暮　　桃青　　（『俳諧向之岡』）

なる発句は、「秋の暮は寂しいもの」ということを句にするのに「冥途」を持ち出した突拍子のなさと、漢文調の大げさな物言いが俳諧である。さらに、微妙なところではあるが、「秋の暮のような風情があるのならば冥途も悪

くないかな」とおどけて言っていると解したい。出典から言って延宝八年（一六八〇）以前の発句である。また、

歳旦

元日やおもへばさびし秋の暮　　桃青

という、年代不明ながら天和前後かとされる真蹟短冊が遺されていて（『芭蕉全図譜』四二番）、従来難解な句とされているが「元日を迎えて新年の希望を述べるならば、秋の暮の寂しさの味わいがもう今日から待ち遠しい」という趣意ではないかと思う。この二句は芭蕉のまだ若いころの「秋の暮」詠で、世間一般の物言いにわざとさからってみせた、理念に流れすぎた諧謔であった。しかしながらやはり、古典文学の美学的規範に対する批評行為としての俳諧だったと言えるだろう。

「秋の暮」は寂しいものと決まっているが、芭蕉にとっては右の通り若い頃からすでに、その寂しさは厭うべきものではなく求めて味わうべきものであった。もっと言えば、その寂しさは感覚の次元の表現であるが、その味わいを喜ぶことは批評の次元の表現であった。そしてそのような二重構造ゆえの矛盾があってこそ、俳諧としての曲折・奥行きも生ずると言える。

『嵯峨日記』の、元禄四年（一六九一）四月二十一日の記事では、寂しさを喜ぶという批評行為について、先例を古典に求めながら、芭蕉自身が言語化しようとしている。

廿二日　朝の間雨降。けふハ人もなくさびしき儘にむだ書してあそぶ。其ことば、

「喪に居る者ハ悲（かなしみ）をあるじとし、酒を飲ものハ楽（たのしみ）あるじとす」。

「さびしさなくばうからまし」

と西上人のよミ侍るは、さびしさをあるじなるべし。又よめる、

山里にこハ又誰をよぶこ鳥独（ひとり）すまむとおもひしものを

独（ひとり）住ほどおもしろきハなし。長嘯隠士の曰、

「客は半日の閑を得れバ、あるじハ半日の閑をうしなふ」と。素堂此言葉を常にあはれぶ。予も又、

うき我をさびしがらせよかんこどり

とは、ある寺に独居て云し句なり。

（『校本芭蕉全集』によった）

文中「喪に居る者ハ」云々は『荘子』雑篇漁父篇第三十一による。「西上人のよミ侍る」として引かれているのは、いずれも『山家集』の、

とふ人も思ひ絶えたる山里のさびしさなくば住み憂からまし

山里に誰を又こはよぶこ鳥ひとりのみこそ住まむと思ふに

の二首のことだろう。「客は半日の閑を」云々については、『挙白集』の「山家記」に類似の語句が見られる。「うき我を」は、前々年に伊勢長嶋の大智院にて詠まれた「うきわれをさびしがらせよ秋の寺」であるらしい。全体として、独りでいることの興趣を認め、「おもしろき」ことの最上としている。西行の歌において「さびしさ」が「あるじ」(心を領している感情、といった意味か)となっている例を指摘してもいる。西行歌にも、それを典拠とした芭蕉発句「うき我を」にも、「さびしさ」がないというのは「うき」ことなのだという感覚がある。

だから、

所思

此道や行人なしに秋の暮

（『其便』）

という芭蕉最晩年の発句を、人間存在の根源的な孤独感の把握といった文脈で捉えることは、誤りではないが、じゅうぶん行き届いた解釈とは言えないのではないかと思う。孤独感を表現したと同時に、批評の次元においては、あたりに誰もいない秋の暮の道の寂しさに出会えたことを芭蕉はしみじみと喜んでいる、と取りたい。『其便』が伝える半歌仙における、この句に付けられた泥足の脇句、

岨の畠の木にかゝる蔦

古畑のそばのたつ木にゐる鳩のともよぶ声のすごき夕暮

（『新古今和歌集』巻十七・雑歌中）

は、西行の著名歌、

を利用したものであろう。泥足が芭蕉の発句を西行への共感の表出として受け止めていたとすれば、当座、芭蕉から泥足に「西行和歌の世界の追体験を詠んだ発句」という趣旨の説明があった可能性が高い。「所思」という前書は、この場合「慕わしく思う境地」といったような意味で、「西行和歌の境地へのあこがれがこの発句には込められている」という示唆ではなかったか。

芭蕉の「秋の暮」詠は「秋の暮は寂しい、だけどその寂しさが嬉しい」という逆説の構図が明瞭なだけに、批評行為としての俳諧が比較的透けて見えるように思う。同時に、「秋の暮」よりも目に立たないさまざまな題材を用いた作品には、古典批評という視点からは読まれず、芭蕉の表現意図が十全に解明されずにいる例が少なくないものと思う。本書の基調は、その問題を個々の俳諧作品について問い直すところにある。

時代的な経緯を言うならば、芭蕉が歿してのち、芭蕉俳諧の古典批評としての意図は次第に忘れられてきた。とくに、近代俳句の「写生」すなわち嘱目主義・実感主義にのっとって芭蕉を振り返る者は、往々にして古典批評という次元の存在に気付かずに、あるいは、そのような次元からの考察を意識的に排して、解釈してきた。その弊は大きいと言わねばならない。

『去来抄』には、「秋の暮」をめぐる次のような逸話がある。

夕ぐれは鐘をちからや寺の秋　　風国

この句はじめは「晩鐘（いりあい）のさびしからぬ」といふ句也。句は忘れたり。風国曰く、「頃日（けいじつ）山寺に晩鐘をきくに、かつてさびしからず。よって作す」。

去来曰く、

「これ、殺風景也。山寺といひ、秋の夕べといひ、晩鐘といひ、さびしき事の頂上也。しかるを、一旦遊興騒動の内に聞きて、さびしからずといふは、一己(いっこ)の私(わたくし)也」。

国曰く、

「この時この情有らば、いかに。情有とも作すまじきや」（以下略）

「秋の暮の山寺に行きましたが、実感として寂しくなかったのですけれど、そのことを句に詠んではいけないのですか」と凪国は問うた。もしも芭蕉がこの質問を受けたとしたら、心底嘆いたことであろう。古典の美学が失われた時代に古典批評としての俳諧は通用しない。その時代は芭蕉のすぐ後ろに迫っていたのである。

発句篇

枯野の夢夏艸の夢

一

眠ったままの男がいる。事故にあって意識が戻らないのだ。群馬の旧家の奥座敷。少年が縁側のガラス越しに眠る男を見ていると、冬だというのに虻が一匹、右側の鼻の穴から這い出し飛んでいった。少年は驚いて老人に報告する。すると、老人は「虻や蜂や蝶は人間のたましいだ」と教えるのだった。

映画『眠る男』の一場面である。小栗康平監督オリジナルのシナリオという。眠った人の鼻の穴から虻もしくは蜂が飛び出すというのは、「夢の蜂」という名前でくくられる昔話の一話形の応用である。眠る本人は虻や蜂の行った先のありさまを夢に見ているのだ。『日本昔話事典』の「夢の蜂」項（酒井董美氏の執筆）によれば、

> 昼寝をしている男の鼻から蜂などの昆虫が飛び出し、再びその男の鼻に入ると目がさめる。その男はかたわらの友人に、夢で財宝の隠し場所を知ったと話す。友人はその話をいくらかの金で買い、問題の場所（木の下、岩屋の中、糞の下など）を掘ると、たくさんの財宝が見つかり長者となる。同類は『宇治拾遺物語』以来、全国的な分布を示しているが、（中略）人間の霊魂が動物の姿を借りて、睡眠中の肉体から出て行くという、世界各地に広く見られる信仰を背景としており、さらに金で夢を買うところからは、言霊（ことだま）信仰を認めることができるようである。（中略）なお、姿を変える動物は蜂のほか、アブ、蝿、クモ、アリ、チョウなどがあげられる。

というものである。たとえば、『日本昔話大成』の第三巻「本格昔話二」【注1】に収録された、新潟県見附市で採集

の「佐渡の白椿」がこれに当たる。同書によれば、類話は鹿児島県から青森県までの広範囲に分布するという。

> 若い男の方が気なしに、寝ている男の顔を見ていると、その鼻の穴ん中から一匹の虻がブーンと出て来て、ほんま（たちまち）佐渡が島の方へ向こうて飛んで行ってしもうた。あッきャ（あれあれ）、変なこともあればあるもんでねか——と思うていると、また先刻の虻が戻って来て、寝ている男の鼻ん中へもぐってしもうたといし。それから、ちっとばかめいると（暫時すると）、男は目を覚まして「俺ら今奇妙な夢を見たいし（見たよ）」という。「そうかい、どげんな（どんな）夢を見たってかい」と聞くと、「あんのし（あのね）、佐渡が島ね豪儀な大尽様があらってのし、その家の庭ね、白い花のいっぱいこと（たくさん）咲いた椿の花があっていし（あってね）、その木の根っこから一匹の虻がたって（飛んで）来て、ここを掘れというだんが（ゆえ）、俺らその下を掘ったことといし、掘ったとこてんが（ところが）黄金のいっぱい入った甕が出て来たという夢見たがんね（のだよ）」という。

実体験の報告もある。南方熊楠氏は「睡眠中に霊魂抜け出づとの迷信」という文で、

> 七年前厳冬に、予、那智山に孤居し、空腹で臥したるに、終夜自分の頭抜け出で家の横側なる牛部屋の辺を飛び廻り、ありありと闇夜中にその状況をくわしく視る。みづからその精神変態にあるを知るといえども、繰り返し繰り返しかくのごとくなるを禁じえざりし。

という体験に触れながら、世界各地のそうした事例を博捜している【注2】。

それにしてもなぜ虻や蜂なのか。西郷信綱氏は『古代人と夢』【注3】において、民話を含む「夢」関連の文献を総合してゆくなかで、「蝶や蜂や鳥は、いわゆるsoul-animalの代表的なもの。おそらくこれら動物のひらひらとした動きに、出で入る息のリズムを思わせるものがあるからであろう。」と述べている。そしてその背景としての古代日本の「魂」観を考察している。すなわち、「心」が「体器官としての内臓とのかかわり、それら器官の内具する知情意のはたらきを意味」するのに対して、「魂」は、

容器としての身体の深部に棲みこみ、そして人間の生命を支える神話的あるいは形而上的な、つまり非物質的な何ものかである。しかもそれは睡眠中とか恍惚や失神の状態とかには身体から分離しうるとされていたようで、この点、「魂消る」（タマゲ）といういいかたには深い歴史が刻まれている。眠っているのを急におどろかしたりすると「魂消る」のは、分離していた魂がうまく身体にもどれなくなるからだ。いうまでもなく死においてこの分離は決定的になる。しかしそのさい、身体は土に帰するけれど魂は必ずしも滅びない。死後における魂の旅路、つまり後生のことが原始時代このかた関心の的になるのはこのためで、教義としての宗教が目ざしたのも、死後なお生きるこの魂の救済にかかっていた。こうして魂の方が身体より永生きする。それだけでなく、実は魂の方が身体より古いのだ。生存中も魂が身体から分離しうるのは、それが外から身体に入ってきてそこに宿ったものであるからで、個人の歴史についていえば、命名とか成年式とかが、あらたな魂を附与したり更新したりする大事な時期にあたっていた。したがって魂は、自己のなかに棲みこみ、その生命を支える独特な力であると同時に、自己にとっては他者でもあったことになる。私が魂を持つのではなく、私は魂の保管所なのである。

と説いている。

映画『眠る男』を観て、「虻は眠る男の魂だ」とわれわれ現代人が了解するのは、右のような「魂」観、それにsoul-animalの発想が日本に古くから語り伝えられ、また、いまもなお生きているからにほかならない。soul-animalについて、河東仁氏著『日本の夢信仰　宗教学から見た日本精神史』が述べるところを引く【注4】。

トンプソンの『民間文芸モチーフ索引』(Stith Thompson, *Motif-Index of Folk Literature*, 1932-36, Helsinki)が、蝶を霊魂になぞらえるモチーフを「動物の形姿をした霊魂」(E730-9, soul in Animal Form)の項に入れているように、霊魂と同一視される存在は蝶だけではなくほかにも鳥・トンボ・アブ・ハエ・クモなどがあり、これらは「ソウル・アニマル」(soul-animal)と総称される。

日本においても、たとえば恋人に忘れられた和泉式部が、男への断ちがたい思いに苦しめられて貴船明神に籠ったさいに詠んだ歌、〈もの思へば沢のほたるもわが身よりあくがれ出づるたまかとぞ見る〉（思い悩んでいると、沢辺を飛ぶ蛍の火も、私の身体から抜けでた魂ではないかと見るよ）にこのモチーフがうかがわれる。また倭(やまと)建(たける)の命(みこと)は東国遠征からの帰途に伊吹山の神に祟られて死ぬが、その時彼の魂が八尋(やひろ)の白智鳥(しろちどり)となって空を翔けたとの話が『古事記』に語られている。昔話の世界でも、時鳥(ほととぎす)は、誤った恨みから弟を刺し殺した男の霊が、罪を悔いて「包丁かけた」と嘆いている姿とされ、鳩や鳶は、親の墓を川原につくった親不孝を後悔した男の、雨が降りそうになると悲しんで嘆く姿とみなされている。

二

さて、そのsoul-animalの役割を、左の芭蕉句の「蜂」に求めたとしても、不当ではないだろう。

　ふたゝびあつたの桐葉子が許に有ていまや吾妻に下ンとするに
ぼたむしべふかくわけ出る蜂の余波哉　（初稿本『野ざらし紀行』）

貞享二年（一六八五）四月、江戸へ帰るべく尾張の熱田を発つにあたり、半月程も宿の世話になった桐葉（熱田市場町の郷士、林七左衛門）に芭蕉が残した発句である。「ふたゝび」とは前年の冬にも逗留したことを踏まえている。ただし、実際の出立の際に詠まれた句形は少し異なっていたらしく、「ふたゝびあつたに草鞋をときて林氏桐葉子の家をあるじとせしにまたあづまにおもひたちて／芭蕉桃青／牡丹蕋分て這出る蜂の余波かな／桐葉之／うきは藜の葉を摘し跡の獨かな／とあるじ侘けらし」との真蹟懐紙（『芭蕉全図譜』七二番、「ふたゝびあつたに」の部分は、「熱田に暫」の四文字を見せ消ちにして書かれている）が残っており、同じ内容が元禄八年（一六九五）序の東藤編・桐葉版下による『皺筥物語』にも載る。『野ざらし紀行』としてまとめる段階で、「分て這出る」から「ふかくわけ出る」へと推敲したのであろう。なお、支考編『笈日記』が伝える「牡丹しべを分て這出る蜂の名残哉」の、「を」、および、寛政九年（一七九七）刊の車大編『ゆめのあと』が伝える「牡丹蘂深く這出る蝶の別れ哉」の「蝶の別れ」は、誤伝と見られる【注5】。

「しべ」と「蜂」を結び付ける典拠は、杜甫の五律「徐歩」詩の頷聯である【注6】。

芹泥随燕觜　花蘂上蜂鬚　（芹泥、燕觜に随ひ、花蘂、蜂鬚に上る）

これについては早く明和二年（一七六五）稿の北総茂蘭著『膝元さらず』に指摘されていたが、最近では尾形仂氏の『野ざらし紀行評釈』が特に言及している【注7】。また、諸注が指摘するように、『古文真宝後集』所収の周茂叔「愛蓮説」に「牡丹は花の富貴なる者也」の語があるところから、牡丹は常識的に富貴を象徴する花であった。桐葉の家宅の裕福さを称えるために選ばれた花であることは動かない。

句形の改変について言えば、牡丹の蘂の豊かさを表わすには「這出る」よりも「わけ出る」の方がふさわしかろう。また、八・八・五という破調が目指すゆったりとしたリズムには「ふかく」という一語がしっくり合うし、惜別の情の深さをも暗示できると、芭蕉は考えたのではなかろうか。

『野ざらし紀行』（初稿本による）においては、

とこくにおくる

しらけしにはねもぐてふの形見哉

の後に「ぼたむしべ」句が配され、杜国に対しては〈罌粟に蝶〉、桐葉に対しては〈牡丹に蜂〉の句を贈ったという対句的な対照の妙が発揮されてもいる。いずれも、植物によって夏の季に扱っている。

右の「てふ」は言うまでもなく『荘子』の「胡蝶の夢」の故事に基づくsoul-animalとして読むべきだろう。杜国とともに過ごした時間、芭蕉の魂は白罌粟の花に休らう蝶になっていた。羽をもいで白罌粟のもとに残し、蝶の夢から覚め、まさしく身を裂く痛みを感じながら杜国と別れるのである。桐葉に贈った句の「蜂」も、「夢の蜂」の発想を踏まえて見るならば、まさに芭蕉の魂の化身と理解してよいのではないか。富貴なる桐葉の家を旅宿として、芭蕉の魂は牡丹蘂深くにもぐった蜂となっていた。いま桐葉の家を離れるこの時、蜂が牡丹の花から這い出すとともに夢も覚め、芭蕉はただ幸福感のなごりを味わっている。

『荘子』の流行は延宝から天和にかけての俳壇を席巻した。「荘子像賛」の句である宗因の名作、

　世中よ蝶々とまれかくもあれ　（延宝四年〈一六七六〉成、『岡西惟中吟西山梅翁判十百韻』所収、前書略）

を頂点として、『荘子』を、中でも特に「胡蝶の夢」を素材とした俳諧作品の流行があった。芭蕉の発句に限っても、

　椹（クハノミ）や花なき蝶の世捨酒　（天和三年〈一六八三〉の発句、『みなしぐり』所収）

　おきよ〳〵わが友にせむぬるこてふ　（天和年中の発句、『あつめ句』所収）

　蝶よ〳〵唐土の俳諧問む　（天和年中の発句、荘子像画賛の真蹟、『芭蕉全図譜』解説編五二頁に掲出）

があり、元禄に入ってもなお、

　君や蝶我や荘子か夢心　（元禄三年〈一六九〇〉と推定される四月十日付怒誰宛書簡の発句）

があった。「胡蝶の夢」が広く受け入れられた背景には、飛ぶ小動物を睡る人の魂の抜け出したものと見る、古来の心性があったのではないか。次の芭蕉発句の虻も、そうした蝶や、牡丹から這い出す蜂の仲間と思われる。

　　物皆自得

　花に遊ぶ虻な食ひそ友雀　（貞享四年〈一六八七〉の発句、『続の原』所収）

この「虻」も、芭蕉は、人の魂が夢のうちに花に遊んでいる姿だと見ているのだろう。

では、鳥はどうか。鳥と魂の関係を直接的に詠み込んでいる句として、芭蕉には、

　鶯を魂に眠るか嬌（タヲ）柳　（天和三年〈一六八三〉の発句、『みなしぐり』所収）

がある。凪なき春の日、なまめいた柳が眠るあいだ、その魂としての鶯が囀りながらあちらこちらと飛び回っているさまと読みたい。従来、「胡蝶の夢」を鶯に転じたとする注が多いが、そのようにまわりくどく読まなくとも

「鶯を魂に」して「眠る」のは自然な発想だったと思う。また、「老鶯」という成語を契機として詠まれた、

鶯や竹の子藪に老を鳴　（元禄七年〈一六九四〉の発句、『炭俵』所収）

の鶯には芭蕉自身が投影され、五十一歳という「老を鳴」いているのだろう。魂が鳥に化すという発想の延長線上にある。

あるいは、雀。さきに引いた「花に遊ぶ虻な食ひそ友雀」の雀は、虻と同じように人の魂だからこそ「友」と呼びかけられたと思われる。中将実方が陸奥で没して後、その魂魄が雀となって都に帰ったという伝説（『今鏡』など）も影響しているように思われる。雀の句としては、

賀新宅

よき家や雀よろこぶ背戸の粟　（貞享五年〈一六八八〉の発句、『芭蕉全図譜』一五一番の真蹟懐紙、新宅とは鳴海の知足亭）

もそうであろう。この句は、同じ頃に「粟稗にとぼしくもあらず草の菴」と詠んだ芭蕉自身を、粟という共通の食を媒に雀と同一化させた句である。あるいは、

稲雀茶の木畠や逃処　（元禄四年〈一六九一〉の発句、『西の雲』所収）

は、茶事に惹かれる芭蕉自身を雀に託したと読める。

それに、雲雀の発句にも、芭蕉自身の魂が乗りうつったものとして読むことが可能なものがある。

はらなかやものにもつかず啼ひばり
永き日もさえづりたらぬひばり哉　（ともに貞享四年〈一六八七〉の発句、『あつめ句』所収）

草も木も離れ切たるひばりかな　（貞享四年〈一六八七〉の発句、『泊船集』の許六の書き入れにあり、「はらなかや」句の初案か）

これらは単に雲雀の生態を客観的に描いた句ではないだろう。西行『山家集』の「雲雀たつあら野におふる姫ゆり

の何につくともなき心かな」を契機として、芭蕉の魂の化身である雲雀を大空に飛び立たせているのである【注8】。

次の句の「雁」も、芭蕉の魂の飛翔、soul-animalの鳥として読むべきではないか。

三

堅田にて

病雁の夜寒に落て旅寝哉

（元禄三年〈一六九〇〉の発句、『猿蓑』所収）

その年、九月十三日の「後の月」を、芭蕉は近江の堅田で見ようとした。但し、句会の予定はなかったようだ。その日の加生（凡兆）宛書簡に、おそらくは義仲寺から「こよひの月、漁家にて見申筈に御座候。発句ハ有まじく候。」と書き送っている【注9】。また、『芭蕉全図譜』二四九番の芭蕉真蹟「鳶の羽も」等九句懐紙にもこの発句は記されており、「堅田にやみ伏て／病雁の夜寒に落て旅寝哉」（「落て」の「て」は「る」に見せ消ちして傍記）とある。中七をいったん「夜寒に落る」としたのは単純な書き損じだろう【注10】。芭蕉は堅田の「漁家」すなわち「蜑のとま屋」にて、おそらく一人きりで湖畔の漁師に宿を借りて後の月見をすることを計画したのだろう。

「病雁の」句には、二つの大きな問題があり、ともに確説を得ていない状況である。問題の第一は、「ビョウガンの」と音読するか「やむかりの」と訓読するか、である【注11】。音読説の根拠は、許六の編んだ『本朝文選』の、支考「招魂賦」の「むかし堅–田の。秋の夜寒に落ちては。病–鴈の旅ねに」、および、千那「近江八景序」の「わが里。堅–田の病–鴈の夜–寒をはじめ」である。ともに「病–鴈」と、音読符号があり、「堅–田」や「夜–寒」の訓読符号と使い分けられている。かたや訓読説の根拠は、其角の『枯尾花』に「病ム鴈のかた田におりて旅ね哉」と「ム」の送り仮名があることである。かつては「やむガンの」と読む説もあったが、音訓まじった読みようはさすがに拙いと判断され、近年の注では支持されていない。訓読説の立場からは、『本朝文選』の符号はこの句の成立よりあとに入門した許六が付したものだから必ずしも信頼できない、という批判がある。逆に、音読説の立場からは、『枯尾花』の句形はそもそも中七が明らかな誤伝であるし、「ム」の送り仮名にしても、其角の著作ではあるが必ずしも信頼できない、という批判がなされる。資料的には互角と言えよう。

この議論に関しては決定的な資料を欠き、今後どちらかの説にとって有力な新資料が出現しないとも限らないのであるが、どちらかといえば「ビョウガンの」と音読する説を支持したい。その根拠は、まず、音読しなければ俳言がなく連歌の発句になってしまうこと。それに、当該句のテーマに関わるが、芳賀徹氏の「風景の比較文化史――「瀟湘八景」と「近江八景」」【注12】の次のような解説によって描き出された、「堅田」と「雁」の結び付きの向こう側のイメージの広がりが、説得力を持つと思われることである。芳賀氏は「病鴈(びやうがん)の」と振り仮名を付してこの句を引き、

この一句が、題と合わせて近江八景の「堅田落雁」に間接にせよ映像の連関をもつことは、否定できないだろう。そして「堅田落雁」の詩題を借りたとき、そのかなたには当然、瀟湘の「平沙落雁」もかすかにもせよ墨絵のように連想されている。この句では「病雁」、「夜」、「寒」、「落」と、暗澹たる墨色の映像が重ねられていって、晩秋の湖岸の夜空を鳴き渡る雁の群から、ただ一羽、病を得て落伍した鳥の冷たい石のような重さを想わせる。と思うと、その映像が下五の「旅ね哉」でそのまま直接に、旅先の「苫屋」で病いに臥せた詩人の落寞たるすがたと化してしまう。「旅ね哉」のなかには「平沙落雁」の「平」の語感さえ、たしかに生かされていよう。この一句において「瀟湘八景」は、「近江八景」を介してすでに完全に日本化され、固有のあるパセテイックな情感さえおびることとなったのである。

と評している。詩題「堅田落雁」そしてその背後の「平沙落雁」を想起させるにはビョウガンと音読する方が自然だろう。芭蕉が「雁（鴈・鳫）」を漢詩文の典拠に結び付けて詠むとき、音読を指示した例として、

振賣の鴈(ガン)哀也夷講　（元禄六年〈一六九三〉十一月八日付の曲翠宛て芭蕉書簡）

がある【注13】。「夷」と「鴈」の結び付きは蘇武の「雁書」の故事により、手紙を都へ届けるはずの鴈がその役目を果たさず振売りに売られているからいっそう「哀」なのであって、その含意をほのめかすための「ガン」という訓読の指示なのだと思われる。

ちなみに、「病雁の」句について仁枝忠氏『芭蕉に影響したる漢詩文』は杜甫の五律「孤雁」詩を、安東次男氏の『芭蕉』はそれに加えて崔塗の五律「孤鴈」詩を、典拠として指摘している（ともに『瀛奎律髓』所収詩）。しかし、杜甫や崔塗の孤雁の響きはかすかであって、『猿蓑』に「堅田にて」という前書がことさらに付されており、二種の真蹟資料においても「堅田」と結び付けられている以上、主旋律は「堅田落雁」およびその遠い背景の「平沙落雁」と理解して誤らないと思う。

問題点の第二は、『去来抄』「先師評」の伝える次の逸話をどう理解するかである。

病雁の夜寒に落ちて旅ね哉　　芭蕉

あまのやは小海老にまじるいとど哉　　同

『猿蓑』撰の時、「この内一句入集すべし」となり。凡兆は「「病雁」はさる事なれど、「小海老にまじるいとど」は、句のかけり、事あたらしさ、誠に秀逸の句なり」と乞ふ。去来は「「小海老」の句は珍しといへど、その物を案じたる時は、予が口にも出でん。「病雁」は格高く趣かすかにして、いかでかここを案じつけん」と論じ、終に両句ともに乞うて入集す。その後、先師曰く「「病雁」を「小海老」などと同じごとく論じけり」と笑ひ給ひけり【注14】。

このような編集作業の結果、実際『猿蓑』には両句が並記されている（「病雁の」句には「堅田にて」の前書あり）。二句からの択一を迫った芭蕉の真意をめぐり諸説は錯綜しているが、光田和伸氏が「目と耳」【注15】で論じているように、芭蕉には「自らの作品史のなかにおいて同趣向のものを消し去るという」原則があり、右の逸話にもその原則を認め、両句のどこが同じ趣向なのかを見極めることが解決の糸口だと思う。光田氏は、「病雁の」句を空にあった同質の群から個が別れる句、「あまのやは」句は水にあった異質の群に陸にあった個が出会う句と見、前者においては個に、後者においては群に死の影がさしていると、趣向の共通性を分析した。さらに前者は杜甫の「孤雁」詩に拠ることを認め、後者も同じく杜甫の「促織」詩から想を得たと見ている。

だが、両句の共通性を捉えるならば、もっと単純なことから確認すべきではないだろうか。山本健吉氏が『芭蕉その鑑賞と批評』で「あまのやは」句について述べている次のような理解が、この際ヒントになるだろう。

> 芭蕉が「海士の家」と言ったとき、それは純客観風景の上に、古典的発想がかぶさって来ていることは注意すべきで、それは「須磨の蜑(あま)の矢先に鳴くか郭公」の場合と同様である。象潟で「蜑の苫屋に膝をいれて」と文に書いたのも、同じ気持ちが働いている。すなわち「もしほたれつつ侘ぶと答へよ」(在原行平)と言った、流離の感慨である。

「あまのやは」句をそのような「流離の感慨」、言うなれば「侘びた鄙の旅の心」と見るとき、それはもとより「病雁の」句にもあてはまるのであった。異なるのは「句のかけり、事あたらしさ」にすぐれた句【注16、および、補注①】か、「格高く趣かすか」な句か、という差である。芭蕉は、そのような意味合いで共通の主題を扱いながら表現の方向の正反対の二句から一句を選びかね、凡兆と去来にどちらを支持するか意見を求めたのであろう。

以上のように「病雁の」句に関する論点を整理した上でさらに、soul-animal の発想が句の基盤にあっただろうという、もう一つ別の視点を加えたい。すなわちこの句は、旅先の堅田で病んで臥せった折の夢に芭蕉の魂の雁も病いに冒されて夜寒の天空より湖岸の沙上に落ちた、というイメージの句ではなかったか。いわば〈雁を魂(たま)にして眠る旅寝の夢〉ではなかったか。肝心なのは、その地が詩歌の伝統を負った堅田という名所だったからこそ、芭蕉の魂の化身である雁が落ちたのだということである。

この句の注釈史上、soul-animal の発想と似たことは既に言われてきた。「堅田の落雁を取入れての句作にして、しかも祖翁の身に取ての句也」(空然著『猿蓑さかし抄』)。「病雁が我か、我が病雁かといふ渾然境にまで至らんとして居るのである」(半田良平氏著『芭蕉俳句新釈』)。「自分を雁に喩へ、又雁を自分に喩へたのではない。芭蕉と雁は既に一体となつて居る」(潁原退蔵氏著『芭蕉俳句新講』)。そして前引の芳賀徹氏の評言「(病雁の)映像が下五の「旅ね哉」でそのまま直接に、旅先の「苫屋」で病いに臥せた詩人の落寞たるすがたと化してしまう」。このあたりの消息が、「鳥は人間の魂の夢中に抜け出たもの」とする心性を補助線として引くことで、すっきりと腑に落ちるのではないだろうか。そして、『去来抄』における芭蕉の最終的発言について考えるならば、ことさらに堅田に落ちる雁は風雅に憑かれた魂の象徴であって、古人の流離の感慨を投影したにすぎない「小海老にまじるいとど」とは次元が違う。その差をあとから認識して、以前の己れの浅慮を「病雁を小海老などと同じごとく論じけり」と自嘲的に苦笑したのだと思われる。芭蕉自身の評価は「病雁の」句に傾いていたと見たい。のちに、蕪村が、

しぐるゝや堅田へおりる雁ひとつ　(『落日庵句集』所収)

と詠んでいるが、芭蕉の風雅の象徴というべき時雨に取り合わせて堅田の「雁ひとつ」を描いたのは、芭蕉句を踏まえつつ、雁に芭蕉の魂を認めたのにほかならない。

四

さて、「病雁の夜寒に落て旅寝哉」と、

旅に病で夢は枯野をかけ廻る

は、ごく近い発句ではないだろうか。

まずはこの句を資料的に確認しよう。以下この句をめぐる資料に関しては、論の都合上清濁は原本のままに記し、句読点は適宜加える。まず、支考の『芭蕉翁追善之日記』には、元禄七年(一六九四)十月八日のこととして、

此夜深更におよひて介抱に侍りける呑舟をめされ、硯のおとから〳〵と聞えけれは、いかなる消息にやと思ふに、

病中吟

旅に病て夢は枯野をかけ廻る　　翁

その後支考をめして、・なをかけ廻る夢心といふ句つくりあり。いつれをかと申されけるに、其五文字はいかに承り候半と申さは、いとむつかしき御事に侍らんと思ひて、此句なにゝかおとり候半と答へける也。いかなる微妙の五文字か侍らん、今はほいなし。みつから申されけるは、是をさへ妄執の一方とおもふに、よのつね此道を心に籠て、としもや、半白に過たれは、いねては朝雲暮烟の間をかけりさめては山水野鳥の声に驚く。仏は執着をいましめ給へる、たゝちは身の上にこそおほえ侍れとて、かへす〳〵くやみ申されし。

とある。支考は右の記事を、元禄八年（一六九五）七月刊の『笈日記』に、「難波部前後日記」として収めた。『笈日記』の掲げる句形は『芭蕉翁追善之日記』と同一で、支考の文章に小異があるものの大筋は変わらない。いっぽう、其角が元禄七年の十二月に刊行した『枯尾花』には、

旅に病て夢は枯野をかけ廻る

たゝ壁をへたてゝ命運を祈る声の耳に入けるにや、心弱きゆめのさめたるはとてまた枯野を廻るゆめ心ともせはやと申されしか、是さえ妄執なから風雅の上に死ん身の道を切に思ふ也と悔まれし。八日の夜の吟也。

とある。以下、成立年時の古い資料から句形のみ引くならば、元禄八年二月刊の百花堂文車編『花蒋（かつみ）』では「旅病んて夢は枯野をかけ廻る」、同年六月刊の壺中・芦角編芭蕉追善集『木枯』では「旅にやんて夢は枯野をかけ廻る」、同年冬の刊の路通編『芭蕉翁行状記』では「旅にやんて夢は枯野をかけまはる」、土芳が元禄末年に執筆した稿本から転写された『三冊子』芭蕉翁記念館本の第三巻「わすれ水」では、「旅に病て夢は枯野をかけ廻ル」となっていた【注17】。そして、やや時代の下がる資料のうちに、支考編・享保十二年（一七二七）刊の『和漢文操』所収、東華坊著「浪化公終焉記」の「我翁の難波にやみて、野山をかけめくる夢心の、風にしたかひ雲にたゝよひ

て」というくだりに対する自注に「○枯尾花集ニ、祖翁ノ難波ニテ病中ノ吟ニ旅にやみて夢は枯野をかけめくるとあり」と、明らかなカケメグルの表記が現れる。

読みようについて総合すれば、上五は、タビニヤンデのほかに『花蒋（かつみ）』のタビヤンデ、『和漢文操』のタビニヤミテ、『三冊子』梅主本のタビニネテがある。タビヤンデとタビニネテは記録の杜撰と見て良いだろう。「旅に寐て」は、草書の「病」字が「寐」と読まれて生じた誤伝と思われる。しかし、十月八日の深更に呑舟を枕辺に呼び「旅に病て」と書き留めさせたとき、芭蕉が「病て」をヤンデと言ったかヤミテと言ったかは確かめようもない。ただ、資料の状況からすると芭蕉門人の間にタビニヤンデの読み方で広まったことは確かである。『浪化句日記』の元禄七年十二月、「同四日加陽ヨリ洛ノ去来一封相届」として芭蕉の最期のさまが記された箇所には「同（十月）八日之夜八ッに病中ノ唫の由にて旅に病ンての發句を書せ候ぬ」ともある【注18】。「病ンて」の「ン」はあとから小さく書かれた字であり、去来の読みに注意を払って浪化が書き加えたものと推測される。

下五は、カケマワルだろうか、カケメグルだろうか。この問題についてはまず志田義秀氏が詳しい考察を加えた【注19】。志田氏の論により便宜的に資料整理を施して紹介すると、本稿でここまでに引いたもののほかに、

①『粟津文庫抄』に伝えられた浪化の日記断片（元禄七年十一月二十日条）に「病中吟／旅に病んて夢は枯野をかけ巡る」とある。これは去来から浪化が伝え聞いたものである。

②元禄十六年（一七〇三）十二月刊の支考編による浪化追善集『霜の光』の支考の文中に「あか翁のいひけむ、野山をかけめくる夢ごゝちの」云々とある。

③伊丹の鬼貫は、享保十三年（一七二八）に成った写本『仏兄七久留万（さとえななくるま）』において、「やよひ十日はせを翁か懐旧に、支考か誹諧万句興行に所望／かけまはる夢や焼野の風の音」という発句を記している。

④伊賀の半残は「先師の懐旧」という題のもとに、「ゆめは枯野をかけまはりて、不退の蓮にうつりたまふより二十七年」云々という記述を残している【注20】。

⑤佃房編・宝暦八年(一七五八)成の其角五十回忌追善集『思亭』所収の原松の句の前書に「旅に病て夢は枯のをかけまはるの句を引て」とある。

⑥竹人(元禄六年〈一六九三〉～明和元年〈一七六四〉)の『芭蕉翁全伝』に「病中の吟世に知所(しるところ)なから　旅にねて夢は枯野をかけまはる」とある。

といった資料がある(①～⑥の整理は筆者)。その上で志田氏は、

　末句を「かけめぐる」と讀む方は去來・支考共に一致するので、かう讀むことが決定的になると思はれる。

と述べている。

　上野洋三氏には別角度からの検討がある【注21】。それによると、『書言字考』を検するに、「廻」の当時の読み方としては「マハル」が普通で、「メグル」ならば「繞・遶」を用いる。「繞・遶」はほかに「マトフ・カコム・メグラス」とも読み、運動の意味は少ない。しかしながら上野氏の答えはカケメグルだという。それは支考や其角が聞いたという別案の「夢心」に着目しての論で、蘇東坡に「心ハ随ヒ―夢ハ遶ル」という対を用いた詩があるところから、

　「夢は枯野を……」の「夢」は、詩における「心ハ・夢ハ」の対句表現の「心」と「夢」とを、一挙にいい留めようとしたものでは、なかろうか。そして、詩句においては「心」が持っていた「去ル」ところの運動性・移動性を含意させるために、「かけ廻る」なる動詞が導き出されてきたのではなかろうか。すなわち、ともすれば、心は枯野に(駆け)帰り、夢は、その枯野をめぐる、という事態を、「夢は枯野をかけめぐる」といったのではなかろうか。

と解釈している。だが、享保二年(一七一七)刊行の『書言字考節用集』では確かに「廻(マハル)」と「巡(メグル)」の使い分けを認め得るのだが、やや時代の古い節用集を検すると、事態は『書言字考』とは相当に異なって見える。たとえば、天正十八年(一五九〇)本『節用集』を取り上げると、「マハル」の字はなくて、「メグル」に「遶・繞・巡・廻・

回・旋・周・迺・匝・帀・環・圜・運」といった字が列挙されている。伊京本・明応本『節用集』それに『下学集』にも、「廻（メグル）」という字訓が見られる。あるいは、明暦二年（一六五六）以降寛文ごろまでの刊行の連歌寄合書『竹馬集』には「国〳〵を廻（めぐ）る文」という振り仮名つきの語句が見出せる（巻十「狩の使」項）。つまり、芭蕉の当時に「廻」は普通マワルだったと断定するのはためらわれるのである。文字に対する感覚が古い人々にすれば、「廻（メグル）」が優勢だった可能性がある。「廻」字を出発点にして考察することは危険ではないか。それに、上野氏のように「夢・心」と分解して解することも納得がいかない。「夢心」は謡にある（『井筒』など）語であり、「夢を見ているような心地」と捉えるのが自然だと思われる。漢詩的な発想から字句を配置し「夢心」という成語を分解して読ませようとした、というのは無理ではないか。

結局のところ現代の諸注ではカケメグル説が大勢を占めているのだが、それはともすればこの芭蕉句を「旅にヤンデ夢は枯野をカケメグル」と読み慣わしてきたわれわれ現代人の言語感覚――「夢は今もメグリて、忘れがたきふるさと」といったメグルの用法に染められてしまっているわれわれの言語感覚――を肯定しようとするところから出発していないだろうか。もっと、芭蕉に結びつく、当時の俳諧資料に材料を求めて考えたい。

まず、カケマワルという言葉の、当時として最も著名な用例は、宗因独吟の『蚊柱百句』の七句めではなかったかと思われる。

野あそびにかけ廻りては又しては

右は延宝二年（一六七四）版本での表記だが、自筆巻子本の中七は「かけまはりては」となっている【注22】。芭蕉が加わっている連句作品から拾うと、

山に門ある有明の月　　蕉（芭蕉）
初あらし畠の人のかけまはり　　考（文考）

（元禄七年〈一六九四〉の「猿蓑に」歌仙、『続猿蓑』所収）

が知られる【注23】。また、芭蕉の書簡には、

拙者も寛々遷宮奉拝、大悦ニ存候。此状御届被成可被下候。方々かけまはり申候ハヾ又〳〵美濃筋へ出可申候間、其節万々可得御意候。

（元禄二年〈一六八九〉九月十五日付、木因宛（推定）真蹟書簡、『芭蕉全図譜』三四九番）

という用例がある。これは〈ある地域を遊覧する〉ニュアンスで用いられているのではないか。

いっぽうで、芭蕉にカケメグルという語の確実な使用例を見つけることはできなかった。『日本国語大辞典第二版』によれば、金刀比羅本『保元物語』、天草本『伊曽保物語』の用例が挙がっており、この語がそれなりに古くから存在したことはわかっている。しかし、芭蕉周辺の俳諧に限っての確例としては、志田氏の挙げた資料のうちの②『霜の光』の支考の文がまずあり、その次に享保十二年（一七二七）刊『和漢文操』の注記があり、続いて、享保二十一年（一七三六）刊、支考の俳諧作法書『二十五箇条』の「〇変化の事」の「はいかいは己が家にありながら、天地四海をかけめぐり、春夏秋冬の変化にしたがひ、月はなの風情にわたるものなれば」がある。要するに、支考に偏った語なのである。問題となるのは、志田氏が去来の用例とした①である。志田氏の挙げた『粟津文庫抄』は義仲寺に伝来した俳諧資料（粟津文庫、現在は散逸）から野坡が抜き書きした写本で、香川県某家に伝野坡自筆の一本が伝わるのみである。記事内容から見て『粟津文庫抄』の成立は元文四年（一七三九）以降であり、野坡自筆を信ずるならばその翌年の彼の歿（七十九歳）までの書写である。それはいま国文学研究資料館のマイクロフィルムによって見ることが出来、問題の句はなるほど「かけ巡る」とも見える文字で書かれている（図①）のだが、浪化自筆の「廻」字（図②③）と合わせて見ると、野坡も浪化の字を「かけ廻る」と認識して写しているように思えなくもない。とても微妙な一字である。結局、最晩年の野坡が芭蕉句をカケメグルと覚えていた可能性があるとは言えるが、だからといって去来や浪化が「かけ巡る」と書いていたということは確実ではない。

では、さらに、「旅に病で」句の反響というべき事例を拾ってみよう。すると③鬼貫に「かけまはる夢や焼野の

図①『粟津文庫抄』より当該句の下五の字体（国文学研究資料館のマイクロフィルムによって、深沢が模写した）

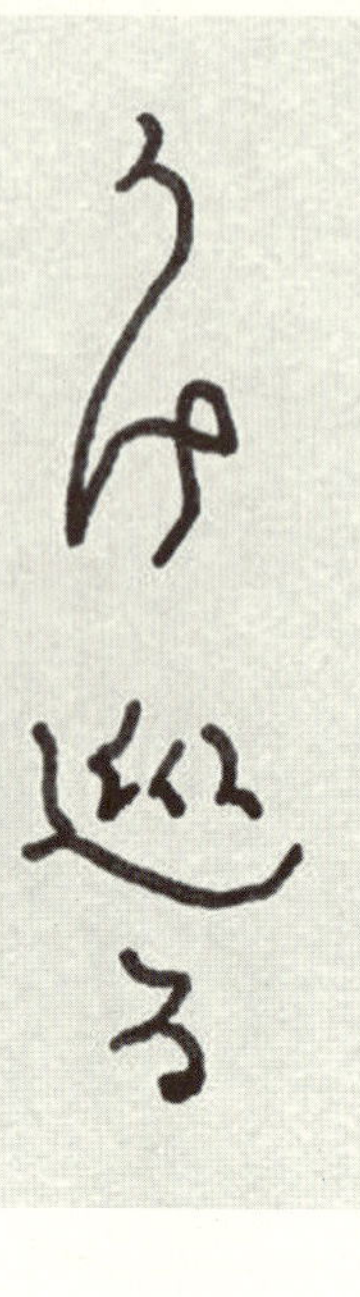

図②・図③『浪化句日記』（『天理図書館綿屋文庫　俳書集成12』）より

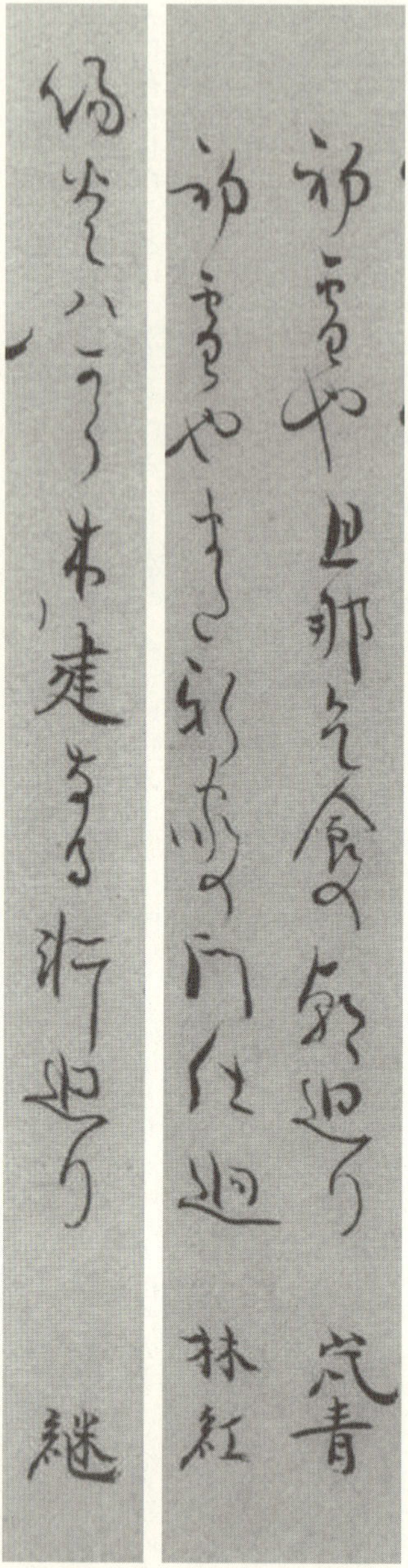

風の音」という「はせを翁か懐旧」の句がある。④半残の「ゆめは枯野をかけまはりて」なる文がある。近現代の注釈者は『芭蕉翁行状記』の「かけまはる」という表記を路通の杜撰として排しがちであるが、カケマワルと理解し記憶していたのはひとり路通のみではなかったのである。⑤⑥は芭蕉から隔たった世代の記述なので考慮の対象からはずす方がよいだろうが、カケマワルという読み方の広がりを示しているとは言えるだろう。

以上のことをまとめるならば、芭蕉発句の「かけ廻る」は本来カケマワルであり、カケメグルという読みはいつからか支考の頭の中に棲みついてしまった彼独自の解釈にすぎない、と見るのが妥当ではないだろうか。「猿蓑に」歌仙の例では支考自身「初あらし畠の人のかけまはり」と詠んでいることからしても、元禄ごろの俳諧という文芸においては、この類義の二語のうちではカケマワルの方が優勢だったと言ってよいだろう。ところが、「かけ廻る」と書かれた懐紙を元禄七年十月八日の深夜に見て、支考はカケメグルと思いこんだ、あるいは、カケマワルかカケメグルか自信がなかったのだが後年カケメグルと信じ込むに至ったのではなかろうか。前述のように「廻る」はやや古い文字感覚として在った表記と言える。今栄蔵氏が指摘する【注24】、支考の、とくに『笈日記』における、芭蕉発句の不正確な取り扱いを思うべきであろう。また、それゆえに、支考が伝える異文「なをかけ廻る夢心」を解釈に利用することには慎重でなければならない。まして、十月八日の夜にまだ大坂にいなかった其角が伝えている「枯野を廻るゆめ心」には、直接聴いた者がその場できちんと書き留めなかった故の、伝聞のあやふやさが感じられる。

五

さて、「枯野」が具体的にどのような場所かということについては、潁原退蔵氏らによる、西国の枯野と見る説があった。芭蕉が筑紫・長崎までの旅を志していたことを踏まえての、「身は大坂に倒れ臥しても、夢はなおもまだ見ぬ地に旅して枯野をかけ廻る」という理解である。しかし、近年西国説は支持されず、「旅中病にたおれ、うとうと眠る夜々の夢は、あちらの枯野、こちらの枯野と、寒々とした枯野をかけ廻る夢である」(『新編日本古典文学全集　芭蕉全発句』)のように夢の中の複数の枯野、抽象的な寒々とした場所と理解されることが多い。前述した上野洋三氏の論考ではそのような立場をさらに掘り下げて、「ついに生涯旅にあるしかない」芭蕉の心が病床の夢に帰って行ったのは、「荒涼たる冬野の中」、「ひたすら枯野ばかりが続く」芭蕉の「心の原風景」、と解釈している。

そして上野氏は、「枯野」を「天象・地儀・生物などの天地自然の、とりあえずの、当季における代表として、提示されたものだと受けとることもできる」と説明している。

だが、そうした捉え方は後世作り上げられた芭蕉の生涯のイメージを強烈に投影したものと思われてならない。はたして芭蕉は己れの生涯を概括すべく「枯野」に象徴的意味を込めて句を詠んだだろうか。俳諧師としては病床にあってもなお、言葉を織りなして他者の心をほぐし共感を呼ぶことが〈発句を詠む〉という行為だったはずではないか。

支考が「みづから申されけるは、是をさへ妄執の一方とおもふに、よのつね此道を心に籠て、としもやゝ半白に過たれば、いねては朝雲暮烟の間をかけりさめては山水野鳥の声に驚く。仏は執着をいましめ給へる、たゞちは身の上にこそおぼえ侍れとて、かへすぐくやみ申されし」と書き、其角が「是さえ妄執ながら風雅の上に死ん身の道を切に思ふ也と悔まれし」と書いている芭蕉の述懐を、発句の中身の理解と混同してはならない。それはあくまでも芭蕉が自句の出来にこだわったことを「妄執」と自戒しつつ弁解した言葉であって、門人たちはそれを「旅に病で」句と結び付けていわば〈期待される芭蕉像〉を描きたがっているようではあるが、発句そのものの内容とは別次元の話だということに留意すべきである。

芭蕉が、その場所が津の国難波の一隅だったことと「夢」と「枯」という語とによって指し示そうとしたのは、当地を讃えた次のような和歌の伝統、わけても西行の一首ではなかったかと思われる。

津の国のなにはの葦のめもはるにしげきわが恋人しるらめや　（『古今和歌集』巻第十二・恋歌二、貫之）

正月許に津の国に侍りける頃、人のもとに言ひつかはしける

心あらむ人に見せばや津の国の難波わたりの春のけしきを　（『後拾遺和歌集』巻第一・春上、能因法師）

津の国の難波の春は夢なれや蘆のかれ葉に風わたる也　（『新古今和歌集』巻第六・冬歌、西行法師）

なお、能因歌と西行歌は、謡曲『芦刈』にも用いられて周知のものであった。

すなわち、難波で旅に病み臥す芭蕉の脳裏には、この地の蘆原に臨みたい、ことに「難波の春は夢なれや」と嘆じた西行の思いを追体験したいという願望があったと考えられる。しかしそれがかなわぬ病状。眠りに落ちて夢のうちに、魂だけが肉体から抜け出して、淀川下流の広大な蘆原の冬枯れの景色を、せくような気持ちで眺めて歩くのだ。それほどに、貫之・能因・西行につらなりたい。「心あらむ人」の仲間に加わりたい。……その思いに、門人たちよ、共感してくれるだろうね、と、芭蕉は問いかけている【注25】。

なお「かけまはる」の語は、先に引いた宗因の「野あそびにかけ廻りては又しては」や芭蕉書簡の「方々かけまはり申候ハヾ又〱美濃筋へ出可申候」の用例に照らして、〈遊覧する〉の語感を持っていたと考えられる。だとすれば、わざわざ「枯野をかけ廻る」ことは奇態な、酔狂な行動である。しかし津の国難波の蘆の原という歌枕でならば、その行動も納得される。そのような、一見理に合わない「なぞ」の句としての物言いとその種明かしとが、この句の俳意なのだと思う。

この解釈は、夢中に魂が抜け出すという発想が芭蕉にあることによって成り立つ。それがあったことは、二・三章に挙げてきた多数の発句の例が証してくれるだろう。ことに「病雁の」句は「旅に病で」句と、両句を本稿のように解する限りにおいて、〈病に倒れた旅寝の夢に、その旅先に近い、文学的伝統を帯びた風景の情趣を体感する〉という枠組みが一致し、ぴたり二重映しに見える。いわば「旅に病で」句は、「病雁の」句の雁を夢に置き換え、場所を堅田から難波に移すことで成立したと考えられる。芭蕉になおも推敲する意志のあったことは確かだが、それは「病雁の」句との等類をいかに避けるかという方向での推敲ではなかっただろうか。

また、以上の解釈の傍証として、「旅に病で」句が門人間で西行歌の連想を伴って理解されていたことの具体例を示すことができる。その一つは浪化編の『となみ山』(元禄八年〈一六九五〉刊、浪化集の下巻)に芭蕉への「追悼のほ句」として掲げられた北陸連衆による十二句のうちの、次の二句である。

落着は難波のゆめや都鳥　句空

風渡る枯葉に見るや雪の舎利　　秋之坊

そしてもう一つは桃隣編の『陸奥鵆』(元禄十年〈一六九七〉刊)所収の、桃隣が芭蕉の行跡を綴った文に、「終に身は三津の江の芦花に隠れて、五十年の夢枯野に覚ぬ」とあることである。彼らは、芭蕉の大坂での最後の一句を伝え聞いて西行の「津の国の」歌を想起したので、それぞれに「難波のゆめ」「風渡る枯葉に」「三津の江の芦花に隠れて」と表現したのである。

ここまで上野洋三氏の「枯野考」に比較的多く触れ、どちらかといえば批判的に取り上げてきた。しかし、そもそも「旅に病で」句に関する上野氏の出発点は、

発句に「夢は」とある主語が、どうして口語訳の中で、「夢の中でわたしは」となるのか、その間の消息を説明した注釈は、これまでになお見出していない。

という所にあった。望むらくは本稿の「夢」の把握が、この上野氏の疑問を解き明かし得ていることを。

六

芭蕉発句のうちのもう一つの有名な「夢」、「夏艸」句について考えたい。

三代の栄耀一睡の中にして、大門の跡は一里こなたに有。秀衡が跡は田野になりて、金鶏山のみ形を残す。先高舘にのぼれば、北上川南部より流るゝ大河也。衣川は和泉が城をめぐりて、高舘の下にて大河に落入。康衡等が旧跡は衣が関を隔て、南部口をさしかため、夷(エゾ)をふせぐと見えたり。扨も義臣すぐつて此城に籠り、功名一時の草村となる。国破れて山河あり、城春にして草青みたりと、笠打敷て時のうつるまでなみだを落し侍りぬ。

夏艸や兵共が夢の跡

卯花に兼房みゆる白毛かな　　曽良

（『おくのほそ道』曽良本補訂後の本文によった。句読点は読みやすく加工し、濁点を加えた）

このいわゆる「高舘」の章段は、先行する稿本と思われる新出の中尾本においては、

三代の栄耀一睡の中にして、大門の跡は一里こなたに有。秀衡が跡は田野になりて、金鶏山のみ形を残す。先高舘にのぼれば、北上川南部より流るゝ大河也。衣川は和泉が城をめぐりて、高舘の下にて大河に落入。康衡等が旧跡は衣が関を隔てゝ南部口を指かため、ゑぞをふせぐと見えたり。扨も義臣すぐつて此城に籠り、功名一時の草村となる。国破れて山河あり、城春にして青々たりと、笠打敷て時のうつるまでなみだを落し侍りぬ。

夏艸や兵共が夢の跡

卯花に兼房みゆる白毛哉　曽良

（原本には無い句読点・濁点を適宜加えた。この部分に貼紙による訂正はない。傍線部が曽良本と異なる部分）

となっていた。この章は中尾本の段階ですでに完成度高く仕上っていたものと見え、仮名で書くか漢字表記かという二箇所の違いの他は「青々たり→草青みたり」という改変のみである。ここは曽良本の書写者が「青々たり」を「青ミたり」と誤って写したところ、芭蕉が点検した際に「草」を補い「草青みたり」に変更した、と考えるのが自然だろう。だがその変更は、書写者のミスをとりあえず残して便宜的に「草」を足したという性質のものとしてではなしに、次のように考えることで、芭蕉の意志に基く推敲として理解できるのではないだろうか【注26】。

文章の部分が『古文真宝後集』の李華「弔古戦場文」に範を求めて書かれたものであることは、上野洋三氏が説くところである【注27】。

以上のように、眺望し、戦闘を回顧し、感傷をもって結ぶという文章の構成には、これに中国の文章の教科書があったのである。『古文真宝後集』に収める「古戦場ヲ弔(トブラ)フ文」がそれである。実際、許六が『奥の細道』の中から右の高館の部分のみを取り出して『本朝文選』に収めたときに、彼は、正しくこれを理解して、これ

に「古戦場ヲ弔フ文」と題をつけ、曽良の発句を除くほかは、そっくりそのまま収載したのであった。

しかし、「扨も」以降に感傷が入ってくると思われるが、その感傷を述べる部分でも前半と後半では芭蕉の筆致に色あいの違いが感じられる。杜甫の「春望」詩（五律の首聯が「国破レテ山河在リ、城春ニシテ草木深シ」）を断片的ながら引用するところまでは完全に格調高い漢詩文の調子だが、「笠打敷て、時のうつるまで、なみだを落し侍りぬ」にはやわらかい和文の調子が感じられる。それはおそらく、西行のイメージを込めたかったからだろう【注28】。漢から和への転換点は、「草青みたり」に位置している。「青々たり」のままでは漢と和の間は続く「と」を境に画然と分かれ、突発的に色彩が変わって違和感がある。そこに杜詩の一部らしく書かれていながら和文的な表現の「草青みたり」という橋を架けることで、文をなだらかに運ぼうとしたのではないだろうか。

したがって、後に添えられた発句二句も、和の側に立っての「感傷をもって結ぶ」部分に属していると見るべきだろう。従来は、地の文とのつながりを重視した、杜甫の「春望」的な発想に沿っての「夏艸」句解釈が多かった。たとえば、丸山茂氏は、

> この句は、ここに至る地の文と響きあって位置している。いやむしろ、これまでの叙述を、句による感動に改めて凝縮している、といったほうがよい。／それがゆえに、「無常」と「悠久」を地の文に読み取った人は、そのようにこの句意を読み取ることにもなっているのである。

と述べている【注29】。小西甚一氏は、

> 直接に心情を言いあらわしてはいないけれど、義臣たちの功名もむなしく叢となった旧跡に時の移るまで涙を落としたこの旅人が、どんな思いであったかは、おのずから感じとられるのであって、懐古の情が句ぜんたいを貫いていることは、あらためて説明するまでもあるまい。（中略）枯れてゆく夏草は、人の世よりも移ろいやすいけれど、年ごとにかわりもなく生いしげる「夏草」は、永遠のいのちをもつ。その両者を対照することによって、懐古の情があざやかにとらえられているのである。／このように「常住：流転」というパターンでと

らえられた懐古は、シナの詩によく現われるもので、日本にもそれに倣った詩句が少なくない。と述べ、芭蕉の、『三体詩』における詩の分析法「虚実」の学習と、貞享期の禅への傾倒とが、「イメイジを象徴に用いる表現」へと結びついたことを説いている【注30】。

たしかに、「夏艸」の句には、直前の杜詩の引用と相映発しての表現効果が期待されてはいるだろう。しかし、だからと言ってそれは「夏艸」句も杜詩と同じ表現内容を持った句だということにはならない。はたして「夏艸」句は「春望」詩の、俳諧発句への凝縮、ないしは模倣に過ぎないのか。いや、そうではなくて、「草」を中心点にして、古戦場懐古という同一の主題を、漢の「春望」詩と対照的に、和の趣向で描こうとしたと見るべきだと思う。俳諧の発句としての仕掛け、何か和風の文脈を背景とする趣向を読み解くことを、この句は求めているのではないか。

七

いったん『おくのほそ道』から切り離して、この句に関わる諸資料を確認することから考えを進めよう。そもそも、「夏艸」句は『おくのほそ道』の一ピースとして詠み出された句ではない。この句を芭蕉が最初に世間に向けて発信したのは元禄四年(一六九一)七月刊の『猿蓑』においてであり、

奥州高舘にて

夏草や兵共がゆめのあと　　芭蕉

のように前書が付いていた【注31】。また、正秀・洒堂の編により元禄十五年(一七〇二)に刊行された『白馬』では、

此一章得古翁真蹟、如墨未乾也

さてもそのゝち御ざうしは十五と申はるの比、鞍馬の寺を忍び出、あづまくだりの旅衣、はるけき四国西国も、此高舘の土となりて、申ばかりはなみだなりけり。

夏草や兵共が夢の跡　　　旅士　ばせを

のような前書があった。正秀か洒堂の手元に芭蕉の真蹟があったことが推測される。この前書は、例えば大東急記念文庫本『十二段草子』の二段の冒頭「さるほどに、うし若どのは、きちじをたのませ給ひつゝ、くらまをいでさせ給ひて」や、慶長古活字版『浄瑠璃十二段草子』十段の「その身は金売吉次とうちつれて、東の奥へぞ御下りある」といった古浄瑠璃やその草紙の口つきを真似、発句の舞台である高舘にまで強いて言い及び、いかにも古浄瑠璃にありそうな「申ばかりはなみだなりけり」で結んだ芭蕉創作の戯文であろう。また、『白馬』ではこの句に続けて、弁慶・巴女・和泉三郎・熊谷・忠度・時宗・義秀・義鑑坊といった『義経記』や『平家物語』の登場人物にちなむ、正秀ら七名の発句を掲げている【注32、および、補注②】。

すなわち、「夏艸」句が、語り物界のヒーローたる義経を主とする一党の、高舘での最期の場面を念頭に置いて詠み出された句であることは確実である。「兵共」は、『白馬』を参照する限りでは、義経とその臣下どもを指すと見るのが妥当である。

続いて、「夢」という言葉の意味する範囲を確認しておこう。まず、

あたり一面をおおって茂る夏草、ここはその昔、主・義経と最後まで行を共にした義臣たちが、将来を期し再起の夢を馳せて過ごし、ついに、無惨に非業の死を遂げた高館の跡であることよ、という意を表わしたものである。

（丸山茂氏の前出論文より）

のような、「夢」を「願望」だけの方向で取る解釈は、「夢」の語義の変遷から言っておかしい。酒井紀美氏の『夢語り・夢解きの中世』【注33】の説明を借りれば、

今わたしたちが夢と言う時、そこには二つの意味がある。

①眠っている時にみる夢という意味の「夢」

②自分の将来に向かっての抱負とか希望・期待という意味の「夢」

わたしたちは明らかにこの二つの「夢」を区別して使っている。しかし、中世の人びとが夢と言う時、それは必ず眠っていて見る夢のことである。というよりも、眠って見る夢には、神仏からの確かなメッセージがこめられていると考えられていたから、それを信じて頼りにして生きていくことが未来に通じる目的にもなっていた。つまり、中世の夢は、今日の「夢」という言葉が持っている二つの意味を、両方とも含み込んでいるのである。(中略)この神仏の「夢告」と期待・希望としての「夢」とが重なりあい混じりあったものこそ、中世の人びとが夢と呼ぶものの中身であった。それが今日のように二つの意味に分裂してくることと、夢を重んじ夢を信頼する気持ちが失われてくることとのあいだには、密接な対応関係がある。夢を信じる気持ちが、幽かなる銀色の筋のどの時点で失われるのか、それを考える手がかりは、②の意味での「夢」が使われ始めた時期をさぐり出すことである。わたしは、この点について今確かな答えを持ってはいない。けれども、その時期はそれほど遠いむかしというわけではなく、たとえばここにあげた柳田(国男)氏の時代のすぐ前あたりにあるのではないかと思う。

ということで、睡眠中に見る「夢」という現象を現わす場合に「願望」の意味が付随してくることはあっても、「夢」という語が「願望」の意味だけで使われることは、少なくとも芭蕉の時代にはまだなかったようだ。小学生に「将来の夢は何?」と聞く場合のような「夢」は近現代語なのである【注34】。

そして、「栄耀栄華の夢」のように取る解釈も、『猿蓑』や『白馬』に拠る限りにおいては出てこない。義経主従は生涯を修羅道に送ったとは言えても、権勢を得て富み栄えたとは言えないからである。

あるいは、安東次男氏のように、

前文を「三代の栄耀一睡の中にして」と書起しているから、「夢の跡」とは歴史の栄枯の跡と考えられやすい句だが、そこまで解釈を拡げると句を(文も亦)つまらなくする。『義経記』が伝える合戦の跡を眼前にとらえてただ「夏草や」の感慨があった、と読んでおけばよい。戦場の仮寝にどんな夢を見ただろうか、という思に

「笠打敷て、時のうつるまで泪を落し侍りぬ」の内容がある。

とする解釈がある【注35】。書き起こしを発句の解釈にまで持ち込まないことには賛成するが、しかし、こうした、睡眠時の現象の「夢」以上の理解を持ち込まない禁欲的な態度も、おそらく芭蕉の本来の意図からは外れるだろう。「夢」という語の持つイメージの層の厚さを、芭蕉が強いて無視して詠んだとは考えにくいことである。敢えて言えば、戦争を経験した世代のリアリティが影を落とした解釈に思われる。

八

ではたして、「夏艸」句の、俳諧の発句としての趣向は何か。それと重なるが、「夢」という語の表現意図は何か。その答えは夢幻能、というのが本稿の提案である【注36、および、補注③】。

「夢幻能」自体は近代に使われ始めた評論用語である。『日本古典文学大系　謡曲集上』(横道萬里雄氏・表章氏校注、一九六〇)の解説は、

旅人が名所を訪れる。そこへ里人がやって来る。里人は旅人に、その土地に言い伝えられた物語を聞かせる。最後に里人は、「自分は実は今の物語の中に出て来た何某なのだ」といって消え去る。すなわち舞台から一度退場するので、これを中入(なかいり)という。旅人が待っていると、先程の里人が今度は何某のまことの姿で現われて、昔のことどもを仕方語りに物語ったり、舞を舞って見せたりして、夜明けとともに消えて行く。これは旅人の夢だった。というのが夢幻能の筋立ての基本形式である。

としている。旅人は諸国一見の旅の僧であって、その何某の供養を頼まれる場合が多い。芭蕉は、まさに諸国一見の旅の僧として奥州平泉の高舘を訪れた。そこは義経主従が討ち死にした古跡である。芭蕉は己れを夢幻能のワキに見立て、夢のうちに往古の武者どもに会い、供養を求められ、覚めてただ夏草の中にいることに気付いた、と趣向したのではないだろうか。もとより芭蕉の意識に「夢幻能」という語はなかったわけだが、夢を要(かなめ)とする構成

が能には多いことを、芭蕉は応用したと思われる。

ここでふたたび河東仁氏『日本の夢信仰』から引く【注37】。

シャーマンは、超自然存在との接触の仕方において、「脱魂型」と「憑依型」に大別される。前者は、シャーマンの霊魂が身体を離脱して聖なる次元へと飛翔し、そこで神仏や霊の意志を聞きだしたり、あるいは悪霊と戦ったりする能動的なタイプである。これに対して後者は、自らの身体を依代（よりしろ）として、つまり来訪してくる神仏や霊が乗り移るための容器として提供するという、受動的なタイプである。日本の昔話においても、夢を身体からソウル・アニマルが抜けだした結果とみなす脱魂型の夢観と、枕元に来訪してくる夢主神からのお告げとみなすとの双方が確認された。

脱魂型の典型、soul-animal の夢は空間を飛びこえる夢と言える。それに対して夢幻能は憑依型であり、時間を飛びこえて死者が現れるスタイルの夢である。芭蕉にとって、脱魂型の夢は民間伝承や「胡蝶の夢」の寓言により身近なものだったろう。憑依型のそれは、まずは夢幻能によって馴染みのものだったと思われるが、その背景としての「憑依型の夢観」を持った民間伝承の影響も思われる。また、俳諧師であるからにはしばしば接していたはずの「夢想句」が、まさに憑依型の夢であることも見逃せない。

「夏艸」句を夢幻能の趣向によると見て、次のように解釈したい。『猿蓑』における前書に即いて言う。

「奥州高舘にて、私はこんな体験をしました。夏草の茂るその古戦場を訪れたところ、いつか私は夢を見ていたのです。その夢には高舘で討ち死にした義経主従が現われ、戦闘のありさまを仕方語りに語り、跡を弔ってくれと懇願しました。やがて夢が覚めると、彼等をまざまざと見たその夢の跡は、ただ夏草の生い茂る古戦場でありました」。

つまり、従来、

夏艸や。／兵どもが夢を見た、その跡。

という構造で理解されてきたところを、

夏艸や。／兵どもの現われる夢を、芭蕉が見た、その跡。

という構造に読み直すことになる。また、「跡」は、芭蕉の見た夢の消えていった場所としての「跡」と、謡曲に多い「跡を弔ふ」の「跡」、すなわち「死者の霊を慰める。また、そのための仏事を行う」（『時代別国語大辞典室町時代編四』「とぶらふ」）ときの故ある地としての「跡」の、二重性を持っていると考える。

関連資料として、許六に、宝永三年（一七〇六）刊『本朝文選』（許六編）所収の文章「旅ノ賦并引」がある。その、『おくのほそ道』をなぞった「引」の書出しを引く。

旅は風雅の花。風雅は過客の魂。西行・宗祇の見残しは。皆誹諧の情なり。我ガ翁。白川の田植歌を聞初。奥羽の間をめぐり。高館の夏草に。兵共が夢を驚かし。あつみ山の夕涼には。吹浦を詠め。佐渡に横たふ天の川に。初秋の袂をしぼる。

問題は右の傍線部であるが、『本朝文選』に先行する許六の同趣の文章【注38】にも「高館の夏草に兵共が夢を驚かし」と見えている。「我ガ翁」からの部分は一貫して「我ガ翁」を主語として書かれており、「兵共が夢を驚かし」とは「芭蕉が、兵共のことを夢に見ていたが、その夢から覚めて」と取るのが自然だろう。「夢から覚める」ことを「夢を驚かし」と他動詞的に表現していると思われる。こうした語法の例としては、『続後撰和歌集』巻第十四・恋四の、

思ひかね見しやいかにとはるの夜のはかなきゆめをおどろかすかな　　前内大臣家

や、『太平記』巻十五・三井寺合戦事の「サレバ今ニ至ルマデ、三井寺ニ有テ此鐘ノ聲ヲ聞人、無明長夜ノ夢ヲ驚カシテ慈尊出世ノ曉ヲ待」、あるいは謡曲「安宅」の「大恩教主の秋の月は、涅槃の雲に隠れ、生死長夜の長き夢、驚かすべき人もなし」が挙げられ、さして特殊なものではない。強いてそれ以外の読みようを求めれば「芭蕉が、眠っていた兵共の夢を覚まさせて」となるだろうが、そのような理解は相当に飛躍しているといわねばならない。

辞書類を検するに「眠る」が「死んでいる」状態を表わすのはせいぜい江戸時代後期以降のことであって、「往古の兵共がその地に眠り夢を見つづけている」という発想が当時あったとは思えないのである。すなわち、許六は「夏艸」句に関して、「芭蕉は兵共の現れる夢を見ていた」という方向で理解していたもののようである。

また、去来は、伊賀の松尾半左衛門の手許にあった『おくのほそ道』の写本を譲ってもらうに際して、半左衛門から「遺言なればおくりやりぬ。且は奥羽の旅ねのゆめのあともなつかしく、且は門葉の人〳〵の手跡もめづらしと見まほしければ、予に書うつして送り侍るべしと」返事があったことを伝えている【注39】。右の傍線部を「夏艸や」の句をふまえたものとして素直に受けとれば、半左衛門は句の「夢」を、芭蕉が旅寝して見た夢と理解していたようだ。

そして、能で、死者の「跡」に「草」(「草の陰」の用例が多い)が茂っているというのは一般的な表現である【注40】。

昔男の名ばかりは。在原寺の跡舊りて。〳〵。松も老いたる塚の草。これこそそれよ亡き跡の。一村ずすきの穂に出づるはいつの名残なるらん。草茫々として露深々と古塚の。眞なるかな古の。跡なつかしき景色かな。〳〵。　(「井筒」)

これは木曽の山家より出でたる僧にて候。さても木曽殿は。江州粟津が原にて果て給ひたる由承り及び候程に。かの御跡を弔ひ申さばやと思ひ。唯今粟津が原へと急ぎ候。信濃路や。木曽の桟(かけはし)名にしおふ。〳〵。其跡とふや道のべの草の蔭野の假枕。　(「兼平」)

跡弔ひ給へ御僧よ。かりそめながらこれとても。他生の種の縁にいま。扇の芝の草の蔭に。帰るとて失せにけり立ち帰るとて失せにけり。　(「頼政」)

「夏艸」句が夢幻能の発想によるとすれば、兵共を幻視したその場所に夏「艸」ばかりが残り、そこは諸国一見の僧が弔うべき人物の「跡」だというのは、きわめて自然な道具立てである。

したがって、夢幻能からの発想という前提に立てば、この句の骨格は、

艸―〔兵共―跡〕

なのであって、「夏」は繁茂の夥しさを表わすとともに季の必要から冠せられた措辞であろう。連歌寄合書『拾花集』および『竹馬集』の夏部四月には「夏草」が立項され寄合語として「古跡」が示されている。そして、「夢の」を裁ち入れたのは、能の趣向を借りたことを示しつつ、芭蕉自身がワキであったことを言うためではなかったか。つまり、句の構成は本来的には、

(夏)艸―(夢の)〔兵共―跡〕

だと考えられる。

また、「兵共が」という助詞の選択にしても、謡曲の詞章の語法を模倣したものではないか。試みに「人物＋が、(所有格)＋跡を(とふ／とぶらふ)」にあてはまる例を『謡曲二百五十番集』で検索して、次の五例を得た。


花の松風静が跡を。弔ひ給へ静が跡を弔ひ給へ。（「二人静」）

父が跡をも弔の。念仏申し給ふべし。（「籠祇王」）

これぞまことの知章が。跡とひてたび給へ。亡き跡を弔ひてたび給へ。（「知章」）

兄弟が。其亡き跡と弔はれん。〳〵。（「元服曽我」）

かの白河の邊にて。我が跡弔ひてたび給へと夕まぐれし。（「檜垣」）


それに対して、「人物＋の(所有格)＋跡を(とふ／とぶらふ)」は四例。


もの〻けの。人うしなひし有様を。あらはす今の夢人の。跡よく弔ひ給へとよ。（「夕顔」）

彼の者の跡をも弔ひ。又妻子をも世に立てうずるにてあるぞ。（「藤戸」）

恨もこゝに有明のその名も月の桂子の。なき跡いざや弔はん〳〵。（「三山」）

我等が母の亡き跡を。弔ひ給ふ御聖を。父とも知らで。（「水無瀬」）

これらに明確な使い分けがあるようには見えないが、「……が（跡）」は「……の（跡）」と拮抗するほどに用いられていた、とは言えよう。芭蕉に「が」の方が「兵共」に見合った印象の強い語法という意識があっての選択だったのではないだろうか【注41】。

ちなみに、『冬の日』の「狂句こがらしの」歌仙の芭蕉の付句、

　　巾に木槿をはさむ琵琶打　　　荷兮
　うしの跡とぶらふ草の夕ぐれに　　　芭蕉

は、謡曲の「跡とぶらふ―草」の型をパロディにしたのである。平家の軍勢を谷に追い落とすために木曽義仲の謀によって松明をかざした牛どもが数多焼け死んだ越中倶利伽羅峠の古戦場を、琵琶法師が木槿をかざし牛の松明を真似てとぶらったというのではないか。この場合の「の」は、「が」とする程の強さを「うし」が必要としないと判断しての「の」ということになる。

そして、やがて夢幻能の趣向に拠っていることが見失われていった時、「兵共が夢」の部分の結びつきが芭蕉の意図以上に重く読まれるに至って、多様な解釈が生まれることになったと思われる【補注】④。

九

以上のような解釈を以て「夏艸」句を見、再び『おくのほそ道』の高舘の章段の結びに置いてみよう。直前の杜詩の持つテーマを発句に言い直した、と解するよりも、芭蕉は独自の歴史懐古を、夢幻能の趣向によって果たしていると考えられるのではないだろうか。つまり、広い空間を眺望しつつ歴史を懐古することは『古文真宝後集』の「古戦場ヲ弔（トブラ）フ文」に倣っていると言われるが、この章段のしめくくりでは、同じ「弔（トブラ）フ」というテーマを、謡曲によく出てくるように「草」の陰なる戦死者の「跡」を「弔（トブラ）フ」ことへと移し替えたのではないか、ということである。直前の「笠打敷て、時のうつるまで、なみだを落し侍りぬ」という表現は西行ふうのワキ僧の提示で

あって、「時のうつるまで」には後ジテの出現していた時間を暗示する意図があるように思う。また、直後の曽良の発句「卯花に兼房みゆる白毛かな」は、「兵共」の一人、義経の北の方(『義経記』巻七の言うところでは「久我大将殿の姫君」【補注】②)のめのと、十郎権頭兼房の白髪を白い「卯花」に二重映しに幻視した句であり、その幻視という点において「夏艸」句と通じている。「夏艸」句が「夢に兵共から回向を求められた」とほのめかしているのに合わせての、曽良による手向けの一句と見るべきだろう。

「兵共」は誰々を指すのか、という点が『おくのほそ道』解釈において従来大きな問題となってきた。だが、「夏艸」句は、夢幻能の趣向を背景とし、義経主従を限定的に指すものと理解してこそ、『おくのほそ道』で最大限の効果を発揮すると言えよう。そう見る限りにおいて、奥州藤原氏の人々にまで「兵共」を拡散させる余地はないだろう。夢幻能の趣向としては、高舘の城での芭蕉の夢に、藤原秀衡やら康衡やらがわれもわれもと現われる必要はない。すなわち、『おくのほそ道』では、「扨も」から発句二句までは義経主従に話題をしぼっていると見るべきだと思う。また、「三代の栄耀一睡の中にして」という書き出しは邯鄲の故事など漢文由来の発想に基づく表現であって、「夏艸」句の和風の夢と首尾呼応すべく置かれたのであり、夢の内容までを共通のものとして読む必要はないだろう。

そもそも、芭蕉が、『おくのほそ道』において能による趣向を意識的に用いていることは確実だろう。そのことを特に強調する櫻井武次郎氏の言を引く【注42】。

私は、現実の芭蕉でなく『奥の細道』の主人公の役割を「脇僧」に擬したのであったが、『奥の細道』そのものが、最も謡曲の影響を受けているのは、実は、現実の世界を離れた時間旅行(古典旅行と言っても夢幻旅行と言ってもよい)という作意を立てた点にあると思う。

このようにつきつめた見解も蓋然性が高いと思われる。また、謡曲の利用が部分部分にもっと露わな『笈の小文』が『おくのほそ道』に先行して書かれていることにも注意が必要である。いわば『笈の小文』をステップにして、謡曲の趣向取りの完成度を高めることに成功したのではないか。

櫻井氏の説くように『おくのほそ道』そのものの作意が能に基づくと考えれば、かねて夢幻能の発想から詠まれてあった「夏艸」句を高舘の章段のまとめの位置に置いたことはごく自然なことであり、紀行の一つの山場を示す意図が込められた配置ではなかったかとさえ思われる。

さらには、紀行を全体的に見わたせば高舘に対応する後半の山場はおそらく出羽三山だろうが、江戸時代、山岳修験道である出羽三山講登山には「死者の霊魂との再会」という目的が伴っていた【注43】。芭蕉は、湯殿山での体験を、「此山中の微細、行者の法式として他言する事を禁ず。仍て、筆をとゞめてしるさず」とのみ書いているけれども、これは、会いたかった死者に会ったことを、それとはっきり書かずに示そうとしたのではないか【注44】。とすると、『おくのほそ道』の主人公は、高舘にて義経主従に出会い、湯殿山にてより個人的に懐かしい死者に出会ったことになる。ここに『おくのほそ道』が山刀伐峠越えを折り返し地点として前後対照的な構成を持っているという視点を導入すれば、高舘と出羽三山という、文勢の昂揚する前後二つのピークには、そうした「死者の霊魂との邂逅」という対照が認められるということになろう。「夏艸」句を本稿のように読み直すことは、『おくのほそ道』の構造を明確にすることにもつながると思われる。

十

映画『眠る男』は、演能のシーンを境に幻想的な描写に入って行く。死んだ「眠る男」が、彼につながる人々と、夜の森や山の頂で再会するのだ。演じられた能は、夢幻能の「松風」である。

小栗康平監督に、「大きな記憶」という文章がある【注45】。

一九五九年に最初の訳本が出ているが、私は知らない。鈴木弘氏のイェイツ『善悪の観念』の訳が出たのは二十年少し前のこと。アイルランドの詩人、イェイツが一九〇〇年前後に書いた文章を集めたもので、詩歌や文芸の評論が中心だが、ほぼ百年を経てそれがそのまま見事な近代批判になっている。

『眠る男』の撮影に入る前に、私はスタッフにこの本を読んでもらった。個人の劇、会話の劇に閉じ込められた映画を、開いてみたかったからだ。「呪法」という章に、「私たちの心は（中略）多数の心がいわば流入しあっていて」「私たちのもつ個々の記憶は一つの大きな記憶、つまり、自然そのものに具わる記憶の一部」であり、この「大きな記憶」を「象徴によって喚起することができる」とある。

たくさんの心が流入しあっているものとしての「個人」という考え方を、私たちはヒューマニズムというふうに理解しがちだが、そうではない。たくさんのというのは、万物のという意味であり、その生と死、魂をも含んでいよう。イェイツはアイルランドの民族、キリスト教以前の土俗にこだわり、イギリスの進歩や世界主義をうのみにしなかった。

イェイツが立った場所から私たちは多くを学ぶことができる。ものごとがすがたを現わすとき、一方ですがたを消していくものがある。象徴とは、その狭間で「純粋な語」になろうとする方法だ。目に見えるものとしての映画で、それはどこまで可能だろうか。

イェイツのほうが、われわれ現代日本人よりも、芭蕉に近かったことに気付かされる。『眠る男』は、近代よりも前の心性を描き出そうとした野心的な映画であった。

われわれは普通、第一章に引用した西郷信綱氏の表現を借りるならば「私は私の『魂』の所有者である」ことを疑わない。しかし、芭蕉ならばおそらく「私は『魂』の仮の宿り」と信じていたであろう。『笈の小文』の冒頭「百骸九竅の中に物有、かりに名付て風羅坊といふ」の「物」を思い合わすべきであろう。「私が魂を持つのではなく、私は魂の保管所なのである」。たとえば、

世にふるもさらにしぐれの宿りかな　　　宗祇
手づから雨のわび笠をはりて

（『新撰菟玖波集』所収）

世にふるもさらに宗祇のやどり哉　　芭蕉

（天和二年〈一六八二〉の発句、『虚栗』所収）

という共感の流れの底には、そんな「魂」観を認めることが出来る。また、その「魂」の交流する時空が「夢」にほかならない。「イェイツが立った場所」、すなわち、近現代的な「自己」という桎梏を想像力によって消し去った場所に、芭蕉へ通ずる径（こみち）の入り口がある。

【注】

1　関敬吾氏著、角川書店、一九七八。
2　平凡社東洋文庫『南方熊楠文集1』（一九七九）によった。引用部分の初出は『人類学雑誌』一九一一・八。
3　平凡社選書、一九七二。引用は第二章の「夢殿」より。一九九三年刊の平凡社ライブラリー1によった。
4　玉川大学出版部、二〇〇二。引用箇所は五頁にある。注は省いた。
5　支考編『笈日記』の当該句の危うさについては、今栄蔵氏著『芭蕉研究の諸問題』（笠間書院、二〇〇四）所収「蕉句句形誤伝考抄」に説かれている。車大編『ゆめのあと』の当該句およびこれを立句とする歌仙一巻については、阿部正美氏著『芭蕉発句全講Ⅰ』（明治書院、一九九四）に「「蝶」としたものは信ずべき古い資料に所見がなく、歌仙の出来も低調で、偽作の疑いさえ抱かされる底のものなので、問題にならない」と述べられている。
6　杜甫の詩の引用は『和刻本漢詩集成唐詩3』（汲古書院、一九七四）所収の、明暦二年（一六五六）版『杜少陵先生詩分類集註』により、その訓点に随って読み下した。
7　角川書店、一九九八。同書は雑誌『俳句』に一九六九・二から一九七一・五にかけて連載された注釈をまとめたもの。
8　『あつめ句』の中の「ひばり」の句の意味は、抑え難き旅へのあこがれの象徴だと思われる。拙著『風雅と笑い　芭蕉叢考』（清文堂、二〇〇四）四二頁でも触れた。
9　『新編芭蕉大成』書簡編八六番。
10　この懐紙については永井一彰氏「病雁の真蹟」（『連歌俳諧研究』六十四号、一九八三・一）に紹介がある。ほかには、東海林隆氏「茶屋与次兵衛宛病雁の句の芭蕉書簡」(『連歌俳諧研究』十八号、一九五九・七、書簡はのちに『芭蕉全図譜』の三六六番に収録)によって紹介された、九月二十六日付の大津の茶屋与次兵衛(昌房)宛書簡に「昨夜堅田より致帰帆候。愈御無事ニ御連中相替事無御座候哉。拙者散々風引候而蜑のとま屋に旅寝を侘て風流さまぐ＼の事共御座候／病雁の夜寒に落て旅寝哉／と申候。」とあるが、田中善信氏「芭蕉偽簡考——工山宛・昌房宛など」(『芭蕉新論』〈新典社、二〇〇九〉所収)に説かれるように、偽簡とするのが妥当だろう。さらに、『近世文学研究の新展開——俳諧と小説』(堀切実氏編、ぺりかん社、二〇〇四)において雲英末雄氏が紹介している、元禄三年の十一月十四日付け曲翠宛て芭蕉書簡にも、「暮秋堅田ニあそびて病身をいふとて／病鴈の夜寒に落てたびね哉」の形でこの句が報じられているが、この書簡もやはり田中善信氏が『全釈芭蕉書簡集』(新典社、二〇〇五)において偽簡と断じており、それに従う。

11　荻野清氏が『猿蓑俳句研究』(赤尾照文堂、一九七〇)においてビョウガン説を強く唱えて以来、「現在は「ビョウガン」の読みが有力だが」(石川真弘氏「病雁(ヤムカリ)私見」〈『大阪俳文学研究会会報』二十六号、一九九二・一〇〉の言)という状況である。

12　『比較文学研究』五十号。一九八六・一一。なお、堀川貴司氏の『瀟湘八景　詩歌と絵画に見る日本化の様相』(臨川書店、二〇〇二)を参照した。

13　書簡は『芭蕉全図譜』四二一番。この句については拙著『風雅と笑い　芭蕉叢考』二九一頁でも簡単に触れた。

14　『新編日本古典文学全集　連歌論集・能楽論集・俳論集』によって引用した。末尾の一文の「同じごとくに論じけり」は、大東急記念文庫蔵本『去来抄』の書きように拠れば、はじめ「同じごとくに聞煩しける」で、次に「同じごとくに聞煩して論じける」となっていたらしい。なお、この問題点について詳しく検討した論考として　鈴木亨氏「病雁小海老考」(『島大国文』七号、一九七八・八)がある。

15　『国語国文』一九八六・六。

16　「かけり」は『新編日本古典文学全集』の「去来抄」頭注では「趣向の工夫、働き」とされている。

17　富山奏氏著『校本三冊子』(和泉書院、一九八三)によった。石馬(せきま)本・安永板本の句形は芭蕉翁記念館本と同一。文化二年(一八〇五)梅主書写の『三冊子』梅主本では「旅に寐て夢ハかれ野をかけめくる」となっている。

18 『天理図書館綿屋文庫俳書集成12浪化句日記』（八木書店、一九九六）二九頁。

19 『問題の点を主としたる芭蕉の伝記の研究』（河出書房、一九三八）。なお、井本農一氏『鑑賞日本古典文学　芭蕉』（角川書店、一九七五）には、当該句について志田氏の説を引き継いで問題をまとめ直した論が収められている。

20 俳文学大系『蕉門名家句集二』に、「芭蕉門古人真蹟」を出典として掲げられている。芭蕉の歿年から単純に二十七年後は享保六年（一七二一）、半残は享保十一年（一七二六）に七十三歳で歿した。

21 『芭蕉論』（筑摩書房、一九八六）所収「晩年の自在」第五章「枯野考」。

22 『新続独吟集』『宗因五百句』『しぶうちわ』における中七は「かけ廻りては」。『しぶ団返答』では「かけりまはりて」と誤って引かれている。

23 ほかに、

鉦の音響く盆の灯燈（ママ）
蝙蝠のかけ廻りつる月の暮
（貞享二年〈一六八五〉の「牡丹蘂深く」歌仙（桐葉・叩端との三吟で四句め以降作者名無記）、『ゆめのあと』所収）

医者のくすりは飲ぬ分別　翁（芭蕉）
花咲けば芳野あたりを欠廻　水（曲水）
（元禄三年〈一六九〇〉の「木のもとに」歌仙、『ひさご』所収）

の二例がある。これらはカケメグリの可能性もあるわけだが、動作性という点からは「かけまわり」がふさわしかろう。ただし、注5に引いた阿部正美氏の注釈によれば、「牡丹蘂深く」歌仙の発句以外については、芭蕉の関与があったかどうか不審。

24 注5の今栄蔵氏論文。

25 ここに挙げた西行歌の、芭蕉への影響の強かったことについては、拙著『風雅と笑い　芭蕉叢考』五〇～五一頁の注21でも触れた。また、西行に「枯野」詠があること、それに、「うかる」ことを詠んだ歌が多いこと（久保田淳氏『新古今歌人の研究』〈東京大学出版会、一九七三〉所収「『うかれ出る』心」参照)も考慮に入れるべきであろう。

26 「青々たり」については、松本寧至氏『流離抄』(勉誠出版、二〇〇一)に、王維の詩句「客舎青青として柳色新たなり」が出典だという指摘がある。

27 『芭蕉、旅へ』(岩波新書、一九八九)、または、「眺望・鬼哭・傷心」(『近世文芸』三十八号、一九八三・五)。ここでは前者の一八六頁から引いた。

28 とくに「笠」である。芭蕉にとっての「笠」の役割については拙著『風雅と笑い　芭蕉叢考』の「芭蕉発句叢考⑬命二つの」でも言及した。

29 丸山茂氏「杜甫詩「春望」と芭蕉句――『奥の細道』「夏草や」の句の解釈をめぐって」(『比較文化研究年報』六号、一九九四・一二)。

30 小西甚一氏「「兵どもが夢のあと」――芭蕉発句分析批評の試み・2」(『文学』第三十一巻第九号、一九六三・八。のちに『日本文藝の詩学　分析批評の試みとして』〈みすず書房、一九九八〉所収)。

31 元禄三年(一六九〇)十一月の来山跋を持つ、河内の燈外編『生駒堂』に、

平泉古戦城。(ママ)路通が語りしを聞て

夏艸や兵どもの夢の跡

とあるのが『猿蓑』より早いが、前書にあるように路通からの伝聞らしく、芭蕉自身が句を送ったものとは思われない。「兵どもの」の句形も単純な誤りと見て考慮に入れない。この句形は『渡し船』『泊船集』にもひきつがれている。

32 「さてもその、ち」以下の前書は、酒竹文庫蔵『奥細道附録菅菰後考』(文政十二年〈一八二九〉写)にも見え(ただし句形は「夏草やつはものどもの夢の跡」)、句のあとに「右真蹟のよしにて越中井波に有」と注記されている。

33 朝日新聞社、朝日選書、二〇〇一。一七九～一八一頁。

34 酒井氏の見解を辞書類に照らし合わせるならば、『日本国語大辞典第二版』の「夢」の語義説明は、

①睡眠中に、いろいろな物事を現実のことのように見たり聞いたり感じたりする現象。(以下略)

②覚醒中に視覚的な性質を帯びて現われる空想や想像で、それに引き入れられて放心状態になるようなものをいう。

また、非現実的な空想。白昼夢。
③(①を比喩的に用いて)ぼんやりとして不確かなさま、はかないさま、頼みとならないさまなどをいう。
④心のまよい、迷夢。
⑤将来、実現させたいと思っている事柄。将来の希望。思いえがく将来の設計。また、現実ばなれした願望。
⑥現実のきびしさから隔絶した甘い環境や雰囲気。
となっており、⑤の用例の最初は一九一四年の「常長〈木下杢太郎〉」である。『角川古語大辞典』では、
①睡眠中に出現する視覚的経験。(以下略)
②はかない、不確かなもののたとえ。
③現実に起きたとは信じられないこと。
④仏語。この世の迷い。煩悩。
となっていて、「希望、願望」の意味は立項されていない。また、池田利夫氏は「浜松中納言物語を中心とした「夢」の語彙分布」(『更級日記　浜松中納言物語攷』〈武蔵野書院、一九八九〉所収、初出は『芸文研究』十八号、一九六四)において、「夢」を、「希望」や「理想」の意味で用いることは、王朝期にはまだ見られないようである、と述べている。

35　安東次男氏『おくのほそ道』(岩波書店、一九八三)。

36　夢幻能については田代慶一郎氏『夢幻能』(朝日新聞社、朝日選書、一九九四)から多くを学んだ。本稿にとっては、とくに四〇～五九頁の「諸国一見の僧」に関する考察が参考になった。また、管見の範囲で、「夏艸」句と能を結び付けた解釈としては、これまでに山本唯一氏の「高館の幻想」(『芭蕉の詩想』〈和泉書院、一九八六〉所収)があるが、本稿とはかなり見方を異にする。山本氏は「夏艸」句を能の前場の現実描写、「卯花」句を戦死者の亡霊の登場する後場と見ている。また、安藤常次郎氏に「謡曲と『おくのほそ道』」(『謡曲狂言と近世の文芸』わんや書店、一九八六)の論があって影響の具体例が考察されているが、高館の章段については触れていない。(→【補注】③)

37　注4に同じ。四七～四八頁。

38　この文章の初稿は「旅懐狂賦」と題され、元禄六年(一六九三)五月十五日の日付を持って、許六自筆『許六集』や同

じく自画自筆巻子本に所出、『本朝文選』所収本文との間には大きな異同が見られる。また、「風狂人が旅の賦並小序」の題で元禄九年(一六九六)序の許六編『韻塞』にも出、若干の相違がある。今栄蔵氏『芭蕉研究の諸問題』(笠間書院、二〇〇四)第一章「『奥の細道』の成立をめぐる諸問題」の三、「「旅の賦」と「旅懐狂賦」」に成立時期の考証がある。

39　元禄八年(一六九五)九月十二日付の文。明和七年(一七七〇)版『おくのほそ道』所載。『去来先生全集』(落柿舎保存会、一九八三)所収「『おくのほそ道』の跋」(ただしそこに引用される当該の文の底本は去来写本である村治本)によった。

40　故人の塚に草が茂るというのは実際的なイメージでもあるが、『源氏物語』「花宴」の巻の朧月夜の歌、

うき身世にやがてきえなばたづねても草のはらをばとはじとやおもふ

の影響によって、和歌において多く詠まれた話題であった。

41　山田瑩徹氏「「兵どもが夢のあと」考」(日本大学『語文』六十五号、一九八六・六)は、人物を示す語に「の」が下接する場合は話し手との心理的距離感が大きく尊意があり、逆に「が」が下接する場合は話し手との心理的距離感が小さく軽卑の意があるという国語学の分析を踏まえて、『おくのほそ道』で「兵」として登場した人物にはすべて「が」が用いられていることを述べ、彼らのことは、

芭蕉の心には、すべてが内なる人と感じられたのではあるまいか。

と説く。そしてそこから「兵ども」には義経主従に藤原氏一族やその郎等までも含めるべきだと論じている。本稿の立場としては、それ以前に謡曲からの影響を見るべきだと思うが、「の」と「が」の心理的距離感の差という観点はたしかに注意すべきであろう。

42　『奥の細道の研究』(和泉書院、二〇〇二)所収「『奥の細道』の方法」より。

43　『出羽三山と日本人の精神文化』(ぺりかん社、一九九四、松田義幸氏編)を参照した。とくに、宮田登氏の「出羽三山と民俗宗教」。

44　芭蕉が山中で会いたかった死者がいるとすれば、ちょうどその元禄二年六月に七回忌を迎えていた、自らの母にほかならなかっただろう。『おくのほそ道』素龍清書本を誰よりもまず兄の松尾半左衛門に贈ろうとしたのは、そのような、

肉親にのみ理解される報告という一面をひそませた紀行作品だったからではないか。なお、拙著『風雅と笑い　芭蕉叢考』二九六頁に関連する連句作品の考察がある。

45　『見ること、在ること』(平凡社、一九九六)所収。

【補注】①

「あまのやは小海老にまじるいとど哉」句については、本書準備中に、田中善信氏による研究発表「芭蕉のいとど」(近世文学会二〇一四年春季大会、於上智大学)に接した。田中氏は、いとどが鳴く虫であることを検証し、軽妙かつ平明な句として芭蕉が当時目指していた新風を示すと説いていた。その折に私から発言したことであるが、「あまのや(海士の屋)」という語には、山本健吉氏の言うように、能因法師の、

出羽の国にまかりて、象潟といふ所にてよめる
世の中はかくても経けり象潟の海士の苫屋をわが宿にして
(『後拾遺和歌集』巻第九・羇旅)

の影響をもっと見てとるべきだと思う。この歌は『おくのほそ道』の象潟の段でも「蜑の笘屋に膝をいれて」として利用されているし、尾花沢での歌仙の発句「すゞしさを我やどにしてねまる也」(「「すゞしさを」歌仙注釈」の1、本書二一七・二一八頁を参照)でもほのめかされている。能因の歌の影響が考えられるという点で、「あまのやは」句を単純に「軽妙かつ平明」と評することはためらわれる。

【補注】②

『白馬』の「夏草や」句前書について、本稿の初出では似ている文として『十二段草子』の類を挙げたが、その後、野口隆氏から古浄瑠璃『伏見常盤』や幸若舞曲『山中常盤』のほうがより近いというご教示を資料コピーとともに受けた。古浄瑠璃『伏見常盤』第六段の冒頭を引けば、

去程にうし若は。のふたかとやくだくし。くらまの寺をたち出て。都は人めしけしとて。たゞ一人しのび出。十ぜんしの御まへにて。今やおそしと待給ふ。
(『古浄瑠璃正本集』第三による)

幸若舞曲『山中常盤』の冒頭から引けば、

去間牛若殿。十六のはるの比鞍馬の寺を御出あり。（中略）さても都におはします母の常盤ごぜむは。うしわかどのをゆき方しらずうしなはせ給ひ。御なげきは中〳〵申計もなし。

（『幸若舞曲研究』第一巻による）

なるほどこれらの方がより近い。なお、野口氏からは本稿第九章の曽良「卯花に兼房みゆる白毛かな」句の兼房に関わって、義経の北の方は『義経記』では「久我大将殿の姫君」とされているというご指摘も受けた。

【補注】③

本稿初出以後、堀切実氏より、かつて角川源義氏が「俳句の国際化」（『俳句年鑑 昭和四十九年版』一九七三・一二、のち『角川源義全集第四巻』〈角川書店、一九八八〉に収録）という文章で「夏草や」句が夢幻能の趣向によるという説を述べているというご教示を受けた。角川氏の文からその部分を引く。

この「夏草や」という措辞は単なる夏草の意ではない。『おくのほそ道』の芭蕉は、能楽におけるワキ、つまり諸国一見の旅僧という姿勢で書いている。ことに平泉・市振・福井などがそうである。平泉の古戦場に立った諸国一見の僧（芭蕉）は老翁に出逢い、昔の戦さ語りを聞くうちにまどろむ。軍兵のいくさのさなかに後ジテの義経あるいは弁慶が現われて奮戦し、闘諍の苦患（くげん）を「助けてたべや御僧」と訴え、かき消すように失せると、夏草の茫々と生い繁る塚のほとりで芭蕉は眼ざめる。こういう複式夢幻能の趣向を『おくのほそ道』の芭蕉は取っている。したがってこの夏草は単なる夏草ではなく、塚や墓のほとりに茫々と生えている夏草であり、その夏草によって夢幻能が誘発されているわけである。

すなわち、「夏艸」句夢幻能説のプライオリティは角川源義氏にある。本稿はその検証と位置付けられる。ちなみに、角川氏の説の背景としては、注36で言及した安藤常次郎氏の著作等からの影響も重要であろうが、より直接的には、角川文庫『おくのほそ道』（一九六七、潁原退蔵氏・尾形仂氏校注）が解説で、『おくのほそ道』の全体における夢幻能からの影響を強調していたことが大きかったと思われる。

【補注】④

夢の主体を「兵共」とする解釈はいつからおこなわれるようになったのか。『諸注評釈芭蕉俳句大成』（明治書院、一九六七）や『奥の細道古註集成』（笠間書院、二〇〇一）によるかぎり江戸期にそうした解は見られず、『続芭蕉俳句研究』

（一九二四）の太田水穂の発言「私は當時兵どもがそこで夢を見た跡が此の夏草であるといふ意にとる」があって、現在に至るまで同調者をふやしてきたようである。

「数ならぬ身」の思い　——理兵衛と寿貞——

文学作品を根拠にして作者の伝を——とくに私生活を——語ることには慎重さを要するものだが、俳諧という分野ではことさら慎重でなければならないと思う。

たとえば蕪村に「身にしむやなき妻のくしを閨に踏」の発句がある。しかし、蕪村の妻が蕪村没後も長く生きたのは周知の通りである。芭蕉は『貝おほひ』の俳諧合の二番の評に「われもむかしは衆道ずきの」と書いた。はたして「われ」をそのまま芭蕉自身と受け取ってよいものか、どうか。自己表出と見せかけて、俳諧には趣向が入り込んでくる。趣向をよく吟味して作者の伝に回収しなくてはたいへんなことになる。また、それが発句であるならば、詩形の短さ(すなわち省略の多さ)ゆえの、あるいは挨拶を斟酌することの浅深による、解釈の揺れがどうしてもついてまわる。中には、作者自身が多義的表現をめざしていたり状況によって句意を使い分けていたりする場合もあろうが、我々はえてして作者の意図を越えた句意を古人の句に付与しがちなものである。

作者の伝に空白がある時に、作者の身の上に関わると見える発句では、その空白を埋めてくれる《あらまほしき作者像》に沿った方向に解釈が曲げられてしまうことが、よくありはしないか。時には趣向を見過ごし、時には作者の与り知らぬ句意を強いて読み取って。

以下に論ずるのは、これまでそのような曲解を背負ってきた芭蕉発句の一例であり、その句が関わる芭蕉伝記の一部分である。

一

芭蕉の最晩年の発句、

尼寿貞が身まかりけるときゝて

数ならぬ身とな思ひそ玉祭り　芭蕉

（『有磯海』）

について検討する。『有磯海』は浪化編で、芭蕉の死没から五ヶ月後の、元禄八年（一六九五）三月の刊である。

前書にある「尼寿貞」がいかなる女性であったかについては、これまでに数多くの議論が重ねられている問題である。ここでは根本資料である芭蕉の書簡と遺書から、「寿貞」の名（傍点を付す）の見出される五箇所を、田中善信氏注釈の『全釈芭蕉書簡集』の〔読みくだし〕によって引く【注1】。各項の初めの漢数字は同書における書簡の番号である。

・一七五　曽良宛　元禄七年五月十六日執筆　於・駿河国島田の如舟宅

（部分）

宗波師・紅斎老、近所衆へ皆々よろしく頼み存じ候。寿貞も定めて移り居申すべく候。御申しきかせ、慮外ながら頼み奉り候。以上

・一七九　杉風宛　元禄七年閏五月二十一日執筆　於・近江国膳所の曲翠邸

（部分）

一猪兵衛病気、桃隣御油断無く仰せ付けられくださるべく候。折々深川へ御なぐさみに御出であれかしと存じ候。されども寿貞病人の事に候へば、しかしか茶をまいるほどの事も、え致すまじくと存じ候。これらが事どもなどは、必ず御事しげき中、万、御苦労になされくだされまじく候。猪兵衛・桃隣指図にて、ともかくも留守相守り、火の用心よく仕り候様に仰せ付けられくださるべく候。この度所々状数これ有り候間、重ねて

つぶさに申し進ずべく候。以上

・一八五　猪兵衛宛　元禄七年六月三日執筆　於・京都嵯峨の落柿舎

（部分）

一理兵衛、細工これ無き時分、せめて煩ひ申さず候様に御気を付けらるべく候。右の通り、寿貞にも御申しきかせくださるべく候。おふう、夏かけて無事に候や。様子つぶさに御申し越しなさるべく候。

・一八六　猪兵衛宛　六月八日執筆　於・京都嵯峨の落柿舎

（文面全）

寿貞、無仕合せもの、まさ・おふう同じく不仕合せ、とかく申し尽くしがたく候。好斎老へ別紙申し上ぐべく候へども、急便に候間、この書状一所に御覧くだされ候様に頼み存じ候。万事御肝煎、御精御出しの段々、先書にも申し来たり、さてさてかたじけなく、誠のふしぎの縁にて、この御人頼み置き候も、か様に有るべき端と存ぜられ候。何事も何事も、夢まぼろしの世界、一言理くつはこれ無く候。ともかくもよき様に御はからひなさるべく候。理兵衛もうろたへ申すべく候間、とくと気をしづめさせ、取り乱し申さざる様に御しめしなさるべく候。以上

・二〇四　遺書　元禄七年十月十日口述（支考代筆）　於・大坂南御堂前の貸座敷

（第二通、部分。冒頭の「伊兵衛」は猪兵衛のことだろう。代筆ゆえの書き違いと思われる。）

一伊兵衛に申し候。当年は寿貞事に付き色々骨折り、面談に御礼と存じ候所、是非無き事に候。残り候二人の者ども、十方を失ひうろたへ申すべく候。好斎老など御相談なされ、しかるべく了簡有るべく候。

これらからわかることを整理しておこう。一七五番の書簡からは、元禄七年五月の中頃、芭蕉が旅立ったあとの芭蕉庵に寿貞が入居したらしいことがわかる。芭蕉から曽良や「近所衆」にも「よろしく」頼んでいる。翌月の閏五月の一七九番書簡によれば寿貞は病人であった。一七五番書簡に見える念を入れた頼み方には、病という事情も

関係していたか。そして芭蕉庵の留守を預かるに当たって、寿貞は猪兵衛と桃隣の「指図(さしず)」を受ける立場にあったこともわかる。また、六月三日付の一八五番書簡には寿貞の身内らしい「理兵衛」と「おふう」の名が見えている。「理兵衛」は「細工」をする人であり、「おふう」とともに芭蕉から体調を気遣われている。そして一八六番、六月八日付けの猪兵衛宛て書簡は落柿舎にいて寿貞死去の報を受けてしたためたもので、芭蕉は「寿貞、無仕合せ(ぶしあわせ)もの、まさ・おふう同じく不(ぶ)仕合せ、とかく申し尽くしがたく候」と、寿貞に対する憐憫の情を示すとともに、寿貞のもう一人の身内らしい「まさ」と、さきの「おふう」の不幸な境遇を思いやっている。同書簡の後半には「理兵衛もうろたへ申すべく候間、とくと気をしづめさせ、取り乱し申さざる様に御しめしなさるべく候」と書いており、「理兵衛」の心配をしている。さらに、二〇四番、遺書の「残り候二人の者ども、十方(とほう)を失ひうろたへ申すべく候」という文言はおそらく「まさ」と「おふう」の身の上についての心配であろう。これを一八六番と併せるなら、芭蕉は寿貞・理兵衛・まさ・おふうの四人のことを猪兵衛に頼み、猪兵衛は実際に寿貞の死の前後、あれこれの世話に骨を折ったものと見られる。猪兵衛は江戸在住の芭蕉血縁者で、杉風の鯉屋の使用人であったとも言われている【注2】。

寿貞が、芭蕉の従僕であった次郎兵衛(二郎兵衛とも書かれる)の母であることは、『枯尾花』所収の其角の「芭蕉翁終焉記」に「寿貞が子次郎兵衛」という記述があって確かなことである。また、「まさ」と「おふう」も寿貞の子供たちであることは間違いないだろう。そして、「理兵衛」は、まわりがよくよく気をつけてあげなければならないような、心身の弱っている人物であったらしい。従来、寿貞の老いた父親ではないかと推測されている【注3】が、そのように考えるのが妥当であろう。

さて、発句「数ならぬ身とな思ひそ玉祭り」は、従来、死んだ寿貞に対して愛情をこめて呼びかけた句であると解釈されてきた。たとえば、井本農一氏による『鑑賞日本古典文学 芭蕉』(角川書店、一九七五)では、

自分などは物の数にも入らない、つまらない人間だと、卑下しながら小さくなって片隅に生きていたお前だ

が、そんなに卑下しなくてもよいのだよ。りっぱに成仏（じょうぶつ）できるのだよ。この玉祭りに当たってお前の冥福を心から祈ることだ。季語は「玉祭り」で、秋の句。（以下略）

と注釈されている。近現代の注では、寿貞が芭蕉にとってどのような存在だったかという問題をめぐって諸説はあっても、右のように発句の呼びかけの対象を寿貞と見る点では一致している。

この句の解釈について二つの問題点を指摘したのは、上野洋三氏であった。『芭蕉論』所収「晩年の自在」の「三　玉祭り」である【注4】。上野氏は「数ならぬ身」と「魂祭る」の措辞が『詞花和歌集』の冬の部の末に並んで見出されることを端緒として、

> 「数ならぬ身」はもちろん、「魂祭る」もまた歌語であるとすれば、「身となおもひそ」という古物語風の措辞でつながれた一句は、どこが俳諧なのであろうか、と改めて考えた。

と、俳諧性の所在という第一の問題を提示し、「玉祭り」は歌にはそう多くない言葉ではあるけれども「盂蘭盆」を題とする歌ならば元禄の和歌の類題集に見出せるということを指摘した上で、

> たとえ、それでも「玉祭り」とは歌に詠まない、と確認されたとしても、その俳言性は、なかなか認めがたい。つまり、右の芭蕉の追善句は、連歌との区別がつきにくいのである。

と述べる。続いて、「前書の作者は誰か」という第二の問題を示し、

> なぜこれが問題となるか。実は、芭蕉は「玉祭り」の七月十五日のひと月以上も前に「寿貞」の死を知っていたからである。

と説いている。言い換えれば、その年の「玉祭り」の頃に当該句が詠まれたのなら、

> その際の前書として、『有磯海』の形は、適当であるのか、どうか。

という問題であり、さらに言えば、

> 事実との関係を厳密に追求すれば「身まかりけるときゝて」は必ずしも正確ではない。

という、前書の不自然さの問題であるという。ちなみに、さきの一八六番の書簡の書かれた六月八日に芭蕉が寿貞の死の報を受けたとすれば、その前月の閏五月の下旬に、寿貞は江戸で亡くなったと考えてよいだろう。

第一の、俳諧性の所在という問題については、上野氏自身、「数ならぬ身」という歌語に恋と釈教の両様の意味があることを確認した上で、

一句は、上五・中七までは、この両様の意味が平行して進む。それが下五にいたって、前者の意味が一挙に後退する、そのダイナミズムによって、生きているのである。

と説明している。しかし、この説明には納得しかねる。歌語としての「数ならぬ身」に恋の意味合いと釈教の意味合いがあるとして、それを一句の中に押し込めたからといって、そのイメージの二重性こそが俳諧だと認定するのは、難しいのではないか。そのような二重性を持つことがすなわち連歌を逸脱した俳諧的表現であるとは言い難いと思うからである。たとえば、古典文庫に翻刻されている古活字版『連歌大発句帳』の秋の部の「露」の題のもとに、紹巴追善の発句、

しら露かなにぞときえし玉まつり　玄仍

がある。上野氏の説く「ダイナミズム」に類似する例であると言えよう。だがこれは連歌の発句である。なお、国文学研究資料館の公開データベース版『連歌総目録』によって検索すると、これは、慶長十年(一六〇五)七月十二日の「懐旧」百韻の発句であったことが知られる。百韻は高崎市頼政神社所蔵『諸大家連歌帖』所収である。

第二の問題、前書の不自然さということについては、上野氏は答えを示してくれてはいない。

私見によれば、この二つの問題点はともに、この発句を、死んだ寿貞の魂に対して呼びかけた句であるとする解釈から生じているのである。その解釈を見直して、これは理兵衛と寿貞の親子関係を前提にした句であり、芭蕉が伊賀から江戸へ書簡を発信して、寿貞の父親の理兵衛に向けて申し送ったものと考えるべきである。そのように見てこそ、俳諧性の所在も明らかになり、前書も事実関係と整合するということを以下に説明したい。

二

手始めに、「玉祭り」の、当時の俳諧での詠まれ方を見よう。まずは芭蕉その人の「玉祭り」詠を確認する。「数ならぬ身」の句以外に、三句が遺されている。

ア　蓮池や折らで其まゝ玉まつり　（貞享五年〈一六八八〉の発句、『千鳥掛』）

イ　熊坂がゆかりやいつの玉まつり　（元禄二年〈一六八九〉の発句、『笈日記』）
　　　加賀の国を過とて

ウ　玉祭りけふも焼場のけぶり哉　（元禄三年〈一六九〇〉の発句、『蕉翁句集』）
　　　木曽塚草庵墓所近き心

次に、元禄までの俳書から「玉祭り」詠をピックアップする。エとオは季吟と貞室の著名句、カ〜ソは蕉門の例の抄出である。

エ　まざ〳〵といますがごとしたままつり　季吟　（慶安二年〈一六四九〉奥書『師走の月夜』）
オ　生きてゐていつまでもせん玉祭　貞室　（明暦二年〈一六五六〉刊『玉海集』）
カ　魂やこん祭らぬ宿ぞ恥しき　蚊足　（貞享四年〈一六八七〉刊『続虚栗』）
キ　きのふ見し人や隣の玉祭　其角　（同右）
ク　たまゝつり門の乞食の親とはん　其角　（同右）
ケ　魂祭舟より酒を手向けり　亀洞　（元禄二年序『阿羅野』）
コ　たままつり道ふみあくる野菊哉　卜枝　（同右）
サ　魂まつる宿や入相つねならず　調柳　（元禄三年序『其袋』）
シ　同じ年の人も有けり玉祭　雲口　（元禄三年刊『いつを昔』）

ス　玉まつりかたよせて釣る帋帳哉　　琴風（元禄三年成『花摘』）

セ　秋風に俤見えぬ玉まつり　　裴淵（同右）

ソ　とうきびにかげろふ軒や玉まつり　　洒堂（元禄七年〈一六九四〉奥書『炭俵』）

これらの「玉祭り」の用例から言えることは、「玉祭り」の句では、この世に遺された者が死者の魂を祭る行為やそのときの感慨を詠むのが普通だということである。また、その感慨はしばしば無常の思いと結びつく。芭蕉の例で言えば、アは蓮池をそのまま玉祭りの飾り付けにしたいと詠んでいる。イは、加賀で玉祭りを見て熊坂長範の縁者がするかと想像している。ウは玉祭りから無常に思いを巡らした句である。そしてエ〜ソもやはり、玉祭りに関わる事物やこの世の側の者の敬虔な心持ちを詠んでいる。その中でキとシは、無常を観ずる句として芭蕉のウに通じている。エ〜ソは任意に抜き出した句群ではあるが、そうした「玉祭り」句の基本的性格は当時の作例全体に共通である。

『去来抄』には、去来の「玉祭」句を芭蕉が斧正した逸話が記されてる【注5】。

玉棚のおくなつかしやおやのかほ　　去来

初めは「面影のおぼろにゆかし玉祭」と云ふ句也。是の時添書に、「祭る時は神いますが如しとやらん。玉棚の奥なつかしく覚え侍る」由を申す。先師、いが文に曰く、「玉まつり尤の意味ながら、此分にては古びに落ち可申候。註に、玉だなの奥なつかしやと侍るは、何とて句になり侍らん。下文字けやけく置きてしかるべく侍らん」。是則ち俤のま見えし成べき也。そのおもふ処、直ちに句となる事をしらず。ふかくおもひしづみ、却つて心おもく詞しぶり、或は心たしかならず。是等は初心の輩の覚悟あるべき事也。

下文字和かなれば、下をけやけく、親のかほと置けば、句成るべしと也。

すなわち、「面影のおぼろにゆかし玉祭」という去来の初案が、おそらくはエの季吟句と同趣向だったために、芭蕉から「古びに落ち可申候（もうすべく）」と批評され、「玉棚のおくなつかしやおやのかほ」と大幅に作り替えられたのである。初案にしても成案にしても、亡き魂を生きて迎える側の立場からの句であることには変わりない。
こうした「玉祭り」の詠まれ方は、そもそも「玉祭り」なる言葉が、本来的に生きている者の側を主体とする、死者を敬いもてなすという意味を含んだ言葉だということに由来していると考えられる。
たとえば、当時の季寄せの内で『増山井』の「四季之詞」秋・七月の箇所には【注6】、

玉まつり　聖霊棚、俳。棚経、同。みそ萩、同。枝まめ、同。枝さゝげ、同。根芋、同。青そば。わさこめ、同。
瓜。なすびまつる、同。麻がらのはし、同。

なき人の此世にきます事は年に六度のよし、報恩経にみえたり。中にも七月はうらぼんにあたれば一入にまつり侍り。道経（ダウキヤウ）にも十五日に地官、罪人の善悪を分別する日也とて、道士此日道経をよみ諸の供物をとりまがひて、諸大衆聖にたてまつりて、餓鬼のくるしみをすくふよし、事文類聚にあり。報恩経には、十四日の卯の時に来りて十六日午時に帰る由侍。

と説明されている。これによれば「玉祭り」とは七月の十四日から十六日にかけて「此世にきます」死者の魂を祭る行事である。同時に、諸仏に供物を奉って「餓鬼のくるしみをすくふ」行い、すなわち施餓鬼を為す。その起こりは、「盂蘭盆」の項に説かれている。

盂蘭盆（ウラボン）　うらぼん会。盆供。施餓鬼。
目蓮の母餓鬼の中にありて食する事を得ず。仏うらぼんをなさしめ七月十五日百味五菓をそなへ十方の仏に供養せしめ給へば、母終に食を得たり。こゝに目蓮、仏にまうさく、仏弟子の孝順をおこなふものは、まさにうら盆をなすべしといふ。仏大善との給へり。これよりうらぼんはおこれり。盂蘭盆経。

また、関連する項目として、

墓まいり　俳。七月初、先祖の墓にまうづる、これもうらぼんの心ばへとかや。

（中略）

生身玉(イキミタマ)　俳。蓮の飯、同。さし鯖、同。
　此世に父母もたる人は生身玉とていはひ侍り。又、左なくても蓮の飯さばなどあひをくるわざ、よのつねの事也。
燈炉(トウロ)　灯籠とも。きりことうろ、俳。ふねとうろ、同。まひとうろ、同。花灯炉、同。かげ灯炉、同。

がある。これらを要するに、「玉祭り」とは、食べ物や燈炉によって先祖とくに父母の魂を「まつり侍」るわざなのであり、さかのぼれば死んだ母を餓鬼の苦しみから救いたいという目蓮の「孝順」の心より始まったとされる行事なのであった。

　そうした季題としての本来の概念から考えるに、「玉祭り」を主題とする句において、亡き魂の側の心理を想像して悲しみとか無念とかいった死者の思いに言及することは、絶対にないとは言い切れないものの、題の扱い方としてはまことに不自然なことと言えるのではないか【注7】。だとすれば、「数ならぬ身とな思ひそ玉祭り」句もあくまでも「玉祭り」の句なのだから、死者に呼びかけた句というよりは、生きていて玉祭りをする側の人のことを詠んだ句と解するほうが自然である。

　ここで念のために『有磯海』の本文を振り返っておきたい。同書の「あきのまき」の、当該句（※）を挟んで前後の四句、都合九句を引く。

　聖霊も出てかりのよの旅ね哉　　　丈艸
　露もるや聖霊棚のうりなすび　　　サガ 荒雀
　玉棚のはしごをのぼるすゞめ哉　　小倉山僧 閑夕
　籠かきの仏見事や玉まつり　　　　京 風国
　　尼寿貞が身まかりけるときゝて
※　数ならぬ身とな思ひそ玉祭り　　芭蕉

ならの片わきにやどりて

うら盆や家のうらとふはかまいり　イガ　卓袋

三浦には九十三騎やはかまいり　乙州

とぼしては颪にけさるゝ切籠かな　ゼヾ　蝉鼠

村どしに見せてやしのぶ高燈籠　ミノ　淵泉

聖霊・聖霊棚・玉棚をそれぞれ季題とする三句があり、颪国と芭蕉の玉祭りの二句が並び、さらに盂蘭盆・墓参り・切籠・高燈籠の句が続いている。この一連が、旧暦七月なかばの盂蘭盆会の行事を詠んだ発句群としてまとめられていることは明らかである。したがって、「数ならぬ」の句は、『有磯海』の配列の上からも確かに「玉祭り」を主題とする句と言える。また、「玉祭り」に関わるこの一連の当該句前後の八句も、やはり死者に呼びかける句ではなく、生者の側の見聞や思いを詠んだ句であることは明白である。

『有磯海』は、越中井波の浪化上人の編で、元禄八年（一六九五）三月上旬の版下筆者正竹の奥書を有し、同時刊行の『となみ山』と合わせて『浪化集』とも称される。浪化は東本願寺第十四世琢如上人の子で、元禄七年（一六九四）の閏五月、落柿舎滞在中の芭蕉に会って入門した。時に二十四歳。『となみ山』の其角の序に「むかし芭蕉翁、北越の旅寝に「ありそ海」の吟あり。浪化君、此句より信仰の一集をおぼしめし立ありて、去来着頭をかうむるなり」とある通り、去来の後見によって成った俳書である。「着頭をかうむる」とは軍陣めかした表現で、句の収集の依頼を受けたということだろう。江戸にあってそれに協力した中心人物は其角であったが、「数ならぬ」句は、芭蕉が江戸に送った書簡または懐紙から其角によって拾い出されて、『有磯海』の材料として去来に提供された可能性が高い。

三

次に、「数ならぬ身」という表現を考察する。この成語は、八代集だけでも二十七例を数えることができる。その中でもっとも古い、

花筐めならぶ人のあまたあれば忘られぬらむ数ならぬ身は　　よみ人しらず
（『古今和歌集』巻十五・恋五）

が、その後この成語の頻用されるようになったおおもとであろう。この歌のように、「数ならぬ身」を相手から顧みられない身の上の意味で恋の言葉として用いた例としては、

得がたかるべき女を思かけてつかはしける　　春道の列樹
数ならぬみ山隠れの郭公人知れぬ音をなきつゝぞふる
（『後撰和歌集』巻九・恋一）

忍びにもの思ひけるころよめる　　出羽弁
忍ぶるもくるしかりけり数ならぬ身にはなみだのなからましかば
（『詞花和歌集』巻九・雑上）

がある。少し遅れて、

歳暮の心をよめる　　成尋法師
かずならぬ身にさへ年のつもるかな老は人をもきらはざりけり
（『詞花和歌集』巻四・冬）

を初めとして出家者が己が身を「数ならぬ身」と言い表すことも一般的となった。その意味での歌例としてはとくに、

世を厭ふ名をだにもさはとゞめをきて数ならぬ身の思ひ出でにせん　　西行法師
（『新古今和歌集』巻十八・雑下）

が著名であろう。そして順徳院の頃には、出家者にかぎらぬ一般的な自己卑下としての「数ならぬ身」がさかんに

使われるに至っていたようで、『八雲御抄』巻六にはそのことが「かずならぬなどいふ事は、西行やうに世をそむきて、数ならぬといふはよし、世にあるもの丶、あまりにわびしげなるが、かずならぬとよめるは、いたくかずならぬ也」云々と批判されている【注8】。

右に挙げたような古歌、とくに古今歌と新古今歌は、芭蕉の知識の中にあったであろうし、従来の芭蕉句の注釈ではどの歌が本歌かということの判断に一つの焦点があった。しかし、これらの古歌に典拠を求める限りでは、芭蕉が意図した俳諧性を指摘するのは難しいのではないかと思う。

注目したいのは、中世から近世にかけてもっと広く人口に膾炙したらしい「数ならぬ身」を含む定型句の存在である。それは多くは「数ならぬ身には思ひのなかれかし」というかたちで、多様な文芸ジャンルに用例を見出すことができるものである。

四辻善成（よつつじよしなり）が著した源氏注釈書『河海抄』【注9】の巻第十九「東屋」の、『源氏物語』の本文で中将の君が自分の娘の浮舟について「数ならぬ身に物おもひのたねをやいとゞまかせて見侍らむ」と述べている箇所に、注として、

数ならぬ身には思のなかれかし人なみ〳〵にぬる丶袖かな

という歌が引かれている。この歌は出典不明の中世和歌で、先に引いた八代集歌のうちの『詞花和歌集』の出羽弁の歌「忍ぶるもくるしかりけり数ならぬ身にはなみだのなからましかば」を本歌としていると思われる。なお、季吟が著した『源氏物語湖月抄』の同じ箇所にも、『河海抄』によって同じ歌が引用されている。

あるいは、室町の末、文禄二年（一五九三）奥書の『隆達小歌集』【注10】には、

数ならぬ、身にはおもひの、なかれかし、人なみ〳〵に、物おもふ。

という歌謡が書きとどめられている。これは、右の『河海抄』所引歌が小歌に取り込まれた例と思われる。

また、御伽草子『小男の草子』【注11】の、主人公の小男が掻いた松葉を盗まれて恨み言を漏らす場面は、

（本文）さて、帰りて、負ひたる松葉を尋ぬるに、人取りてなし。数ならぬ身とて、人あなづりてこそ、かやう

にあるらめと口惜しけれども、又、松葉を掻きて、背負ひ、主の方へぞ帰りけり。

(絵に添えられた小男のせりふ)うらめしや、かく数ならぬ身にこそあるとも、せめて思ひのなかれかし、あら、

恋しの憂き人や、なふ〳〵

というもので、この小男のせりふは、小歌によってよく知られていた言い回しを利用したものと見て良いだろう。

さらには、謡曲「摂待」にもこの言い回しが見出される【注12】。「摂待」のワキは弁慶で、ワキツレに義経をはじめとする山伏姿の一行を伴っている。シテは佐藤継信(次信)・忠信の母で、子方には継信の子の鶴若も登場する。前半の流れを抄出しよう。みちのくの佐藤の館(たち)にやってきた義経主従が高札を見つけ、ワキが、

何々佐藤のたちにをいて山伏摂待と候。やがて御つき候へ。

と述べて、一行は館に入る。そこに子方が対面して継信の子と名乗り、

判官殿十二人の山伏と成、奥へ御下りのよし承候ほどに、祖母にて候者此摂待をはじめて候。

と説明し、判官殿の一行かと尋ねる。そこにシテが登場し、

是は古佐藤庄司が後家、次信忠信が母にて候。実や親子恩愛の別れのあまりにはつゝむべき人めをも知ず、又は浮身の恥をもあらはすにては候へ共、去ながら此摂待と申に、現世の祈りのためにもあらず、後生善所ともおもはず。嫡子次信は八嶋にて討れ、弟忠信は都にてうせけるとばかりにて、委き事をもしらずして、ひとりかなしむ身をしる雨の、はれぬこゝろやなぐさむと、此摂待を始て候。

と説明して、

此摂待の利生にて、空しく成し次信を二たび見るとおもふべし。〳〵。

とも述べ、ついには、

かほど数ならぬ身には思ひのなかれかし。荒恨めしの浮世や。〳〵。

と語る。ここは、佐藤兄弟の母が子らに後れた親の身の上を嘆く、哀切な心情のきわまる場面である。

芭蕉は、右の傍線部を、娘の寿貞を亡くした理兵衛の嘆きに重ね、理兵衛に向けて「数ならぬ身となな思ひそ」と励ましたと考えられる。「数ならぬ身」のみならず「思ひ」の語もここに拠ったのである。そのように見てはじめて、事実関係と、前書と、句の内容とが整合する。そして、謡曲の人物と詞章を踏まえているということが、「数ならぬ」句の俳諧性なのである。

なお、『俳諧類船集』には、「摂待」を見出し語として、「盂蘭盆・千部の経・寺の庭・佐藤の館・謡」という五つの付合語が挙がっている。このうちの「佐藤の館・謡」によって、謡曲「摂待」が近世初期の俳諧作者たちに親しいテキストだったことが知られる。

「数ならぬ身とな思ひそ玉祭り」句の、本稿の解釈をまとめておこう。

それは、寿貞に呼びかけた追悼句ではなく、寿貞の父親の理兵衛に書き送った「玉祭り」の句である。子（寿貞）に先立たれた親（理兵衛）に対してのものと見れば、寿貞の死から一と月ほどの時間が経過していたとしても、「尼寿貞が身まかりけるとき丶て」なる前書は自然なものである。また、背景には、謡曲「摂待」に見える佐藤継信・忠信兄弟の母の嘆きを重ねており、彼女のせりふから「数ならぬ身」と「思ひ」を採っている。謡曲が典拠であり、その登場人物を理兵衛に重ねていることにこそ俳諧性がある。試みにそうした典拠の余響を読み込む方向で現代語に置き換えるならば、「自分を〈数ならぬ身〉として、〈思ひのなかれかし〉とか〈あら恨めしの憂き世や〉とか思っていてはいけませんよ。気持ちをしっかり持って、死んだ寿貞の玉祭りを、きちんとして上げなさい」ということになるであろう。

前書について補足する。『猿蓑』巻之二に、

千子が身まかりけるをき丶て、みの丶国より去来がもとへ申つかはし侍ける

無き人の小袖も今や土用干　　芭蕉

という類似の例がある。これは貞享五年（一六八八）五月十五日に去来の妹の千子（ちね）が亡くなってまもなく、美濃滞在

中の芭蕉から去来へ届けられた追悼の発句である。死者を悼み親族を慰めるにあたって、芭蕉は「千子が身まかりけるをきゝて」という語句を用いている。これは、「尼寿貞が身まかりけるときゝて」もまた、芭蕉が死者の親族に宛てて書いた前書であることを裏書きするであろう。また、『有磯海』の実質的な編者であった去来には右の句の記憶があったはずである。去来は、「尼寿貞が身まかりけるときゝて」がそのような意味の前書であることは自明であり説明を加えるには及ばない、と考えたのではないか。

ちなみに、芭蕉発句の古注のうちでは、寛政元年(一七八九)に成った信天翁信胤の『笈の底』が、「数ならぬ身とて余所心にはせまじ、其無き魂を念比に祭れよと也。人たるの実也」と述べていて、本稿の解釈の先蹤と言うことができる。これは寿貞の身の上が大きな問題になる以前の注であり、「寿貞と芭蕉の男女関係いかに」といった伝記的な問題を意識してはいない。この『笈の底』の注こそは、江戸時代の人々の「玉祭り」に関する感覚を素直に伝えているもののように思われる。

四

芭蕉の「数ならぬ」句についての検討は以上であるが、寿貞の問題について、私なりの見通しを述べておきたい。

ここまで述べ来たったとおり、「数ならぬ身」の句を芭蕉の寿貞に対する深い愛情を示した句であるとする解釈は、修正されるべきである。そして寿貞問題の判断材料からこの句を外したとき、確実な根本資料として残るのは、結局、本稿冒頭に掲げた四通の書簡と一通の遺書だけとなる。

寿貞は芭蕉の妾だったと晩年の野坡が語ったという風律『小ばなし』の説は、確かなこととは言い難い。そもそもが、『小ばなし』なる本が現在所在不明とあっては論じにくいことであるし、傍証がまったくないのである。虚心に見る限り書簡からもそのような男女の関係は読み取れない。

書簡類から推測できることは、そもそも芭蕉にとって親しかったのは、寿貞よりも理兵衛ではなかったかということである。

一八六番の書簡では、

寿貞、無仕合せもの、まさ・おふう同じく不仕合せ、とかく申し尽くしがたく候。

と、死んだ寿貞に哀悼の意を表し、

何事も何事も、夢まぼろしの世界、一言理くつはこれ無く候。

と述べているが、芭蕉の留守の芭蕉庵に寿貞を移り住ませ、猪兵衛にその世話を頼んでから二た月と経たぬうちに当の寿貞が死んだそのあっけなさを驚き嘆いて「この世は夢まぼろし」と言っているのであって、総体的に見て寿貞への同情はあっても愛情があるとまでは言い難い。「とりあえずは、常識的な文言を並べるほかはない」（上野洋三氏、既出『芭蕉論』一四七頁）という受け取り方があるように、寿貞の死の報に接して、いわば〈とりあえず無常を嘆いて、通常の悔みを述べている〉表現の域を出ていないと思う。従来の芭蕉研究がそこに寿貞に対する特別な感情を読み取ってきたのは、「数ならぬ身」句と『小ばなし』の説に影響されての先入観のせいではなかったか。

芭蕉はたとえば、

拙者、当春猶子桃印と申すもの、三十余りまで苦労に致し候て病死致し、この病中神魂をなやませ、死後断腸の思ひ止みがたく候て、精情草臥れ、花の盛り春の行衛も夢のやうにて暮れ、句も申し出でず候。頃日は郭公盛りに啼きわたりて、人々吟詠、草扉に音信侍りしも、蜀君の何某も旅にて無常をとげたるとこそ申し伝へたれば、なほ、亡人が旅懐、草庵にしてうせたる事もひとしほ悲しみの便りとなれば、ほととぎすの句も工案すまじき覚悟に候ところ、

（元禄六年〈一六九三〉四月二十九日付荊口宛書簡、『全釈芭蕉書簡集』では一五五番、部分）

のような、人の死をめぐり己の身体感覚に食い入るほどの深い慨嘆を書簡文面に表すことがあった。それにひきか

え一八六番の書簡は、要するに「言葉にならない」ということを繰り返し述べているのであって、その心情の差は大きい。寿貞の死に対して、芭蕉にはさほどの喪失感は認められない。むしろ、書簡後半に理兵衛について、「理兵衛もうろたへ申すべく候間、とくと気をしづめさせ、取り乱し申さざる様に御しめしなさるべく候」と、具体的な気遣いを頼んでいることのほうが、芭蕉の思い遣りの大きさを示しているものとして注意されるべきだろう。また、一八五番の書簡で芭蕉に「煩ひ申さず候様に」と気遣われているのは、病人のはずの寿貞ではなく、理兵衛であった。

二〇四番の遺書に理兵衛の名前が見えないことは一見不審に思われるかもしれない。しかし、それは芭蕉臨終の枕頭に次郎兵衛がいたことと関わるであろう。つまり、理兵衛に言い残すことは孫の次郎兵衛に語ればよかったのである。また、引用した遺書の猪兵衛(伊兵衛)宛ての部分は、寿貞死後の「色々骨折り」の礼を述べているのであり、文面から見てその「骨折り」のいちばん大きなことは年端の行かぬ「まさ・おふう」姉妹の処遇だった。「好斎老など御相談なされ、しかるべく了簡有るべく候」とあるところを見ると、その問題はまだ落着していなかったらしい。それに比べれば、老いて弱ってはいても一人で暮らすことのできたらしい理兵衛については、猪兵衛の手を煩わせることほどのことはなかったと想像することも許されるのではないか。

それに、単純なことだが、元禄七年に五十一歳であった芭蕉にとって、未成人の子どもがいるぐらいの若さの寿貞よりも、その父親の理兵衛のほうが、年齢の上で近かったことは確かだと思われる。

結局、

《深川芭蕉庵の近所に理兵衛という老いた細工人が住んでいて、芭蕉と親しかった。理兵衛のもとには娘の寿貞が、夫に死なれて尼になったらしく、三人の子を抱えて戻ってきていて、芭蕉は子供らの内で年長の次郎兵衛を従僕に雇った。また、元禄七年五月には、留守になる芭蕉庵に、寿貞と、まさ・おふうの二人の女児を住まわせた。ところがその年の閏五月末、かねて病弱であった寿貞が死んでしまった。芭蕉は、寿貞の魂が帰って来るはずの親

元である理兵衛に対して、「玉祭り」の句を贈って励ました。》

といったところが、人間関係として実際にあり得たことであろう。

ところで、寿貞が芭蕉の甥の桃印の妻であったという説は、岡村健三氏『芭蕉と寿貞尼』【注13】において提唱されたもので、その後、岡村氏に賛同する立場から今栄蔵氏が「桃印考――一つの夢物語――」【注14】で具体的資料を示して証明しようとした。今氏の説く〈桃印寿貞夫婦説〉は、近年、大筋で支持されているように見受けられる。

今氏の説の核心は、元禄三年(一六九〇)九月十二日付の曽良宛芭蕉書簡の一節、

桃印ゆがみなりにも相つとめ候よし仰せ聞けられ、大慶仕り候。少しも出かさずとも、ころばぬばかり大きなる手柄にて御座候。油断仕らず候様に御伝へ頼み奉り候。勘兵衛も見事口過ぎいたし候由、気毒(きどく)に存じ候。親子兄弟、いさかひなど致さざる様に、御申し付けなされくださるべく候。

(『全釈芭蕉書簡集』では八〇番、部分、「気毒」は「奇特」の意であろう)

と、同年同月二十六日付の曽良からの返信の一節、

桃印・勘兵衛無事、次郎事等、委しく伊兵衛申し上げ候由故、これを略し申し候。

とが対応しているものとして、勘兵衛は桃隣であるが桃隣は独身で妻子縁者のないことを自ら書き残している【注15】から、親子関係がここに名の出る者の周辺に存在するとしたら桃印とその子以外になく、ならば曽良の返信に「次郎」とあるのが桃印の子であるはずで、それは寿貞の子の次郎兵衛のことに違いなく、したがって桃印と寿貞は夫婦である、とするところにある。

しかし、この論法はいくつかの条件を都合の良い方に取ることで成り立っている。大きく三つにまとめて述べるなら、第一に、「親子兄弟」の話題の範囲に、桃印や「次郎事等」が含まれていることが確かでなければならない。第二に、曽良の言う「次郎」が寿貞の子の次郎兵衛のことでなければならない。第三に、「勘兵衛」は桃隣と同一

人物でなければならない。この第三点をもう少し詳しく言えば、桃隣は後に元禄十年（一六九七）の『陸奥衛』自序に、

雲霧長流のとゞまる処をしらず、片霞伊賀山の岫を出て、難波の浦にたゞよふ芦の若葉に生替る事、十とせあまり五とせにやなりぬべき。予黄口のむかし、破魔弓をとる手に賭弓の名を聞伝へ、竹馬に鞭をあぐるより競馬の争ひある事をしりて、終生利をいとひ遊民となつて、よすがなき花月の僕とくづをれ、漸壮年に至る。されば師が東行の袂にすがり、はじめて富士の高きを驚き、むさしの丶広きをうかゞふ。（以下略）

と書き残しており【注16】、若い頃伊賀を出、十五年ほど難波で「遊民」「花月の僕」となって暮らし、壮年に及んで芭蕉に連れられて初めて江戸に下ったと読める。桃隣は、元禄四年（一六九一）に、芭蕉と同道して東海道経由で江戸まで旅をしたことが知られている。にもかかわらず元禄三年九月の時点ですでに江戸にいたと見ることがはたして可能か。

第一の条件については、阿部正美氏の異論がある【注17】。阿部氏は「寿貞は芭蕉の若い時の妾で、桃印の妻ではない」という立場の論者であるが、元禄三年九月十二日付曽良宛芭蕉書簡の「勘兵衛も見事」から後は勘兵衛をめぐる話題であって「親子兄弟」云々が桃印に関わると読むのは不自然だと論じている。阿部氏の異論は一つの読み方として否定しきれるものではないと思われる。少なくとも、今氏の解釈が確実とは限らないと言えるだろう。第二の条件について言えば、寿貞の子の次郎兵衛が資料の上で姿を現すのは、曽良書簡に見える「次郎」を除外すれば、桃印の亡くなった元禄六年（一六九三）四月のあと、元禄六年の五月から（『韻塞』に見える許六の言）である。寿貞の名の初出はさらに遅れて元禄七年（一六九四）五月である。つまり、元禄三年に寿貞・次郎兵衛の母子が江戸で曽良の目の届く範囲にいたという傍証が得られないので、可能性がゼロとまでは言えないが、曽良の文中の「次郎」がすなわち寿貞の子の次郎兵衛だとすることにはためらいを覚えるものである。それにしても桃印と寿貞が夫婦だというなら、元禄六年三月執筆の許六宛芭蕉書簡に「既に十死の体に相見え候。一昨夜は桃隣夜伽を頼み候体

に御座候」（『全釈芭蕉書簡集』の一五一番）とあるように桃隣には桃印の看病をさせているのに、寿貞にもその子供らにも、看病ないしは看取りのために桃印の傍らにいた形跡がないのはどうしてであろうか。第三の条件にしても、今氏は、『陸奥鵆』自序の記述は「芭蕉によってはじめて高大無尽の俳諧世界に目覚めたの意だったのであって、桃隣は元禄四年以前に江戸にいて一向差支えない」と説明するが、説得力があるとは言い難い【注18】。

結局のところ、今氏の所説は、岡村氏の着想を生かしたいという気持ちに引かれて今氏が見出した可能性の細い糸筋であり、複数の条件を好意的に解してかろうじて成立する仮説であって、到底確証が得られている話ではない。

最後にもう一つ贅言を加えるならば――私もまた確たる証拠を示すことのできない憶測を語ることになるわけだが――、理兵衛はかつて芭蕉の従僕だったとは考えられないだろうか。そのように仮定すると、芭蕉の理兵衛に対する親愛が理解できるし、何よりも理兵衛の孫の次郎兵衛を従僕に雇ったことが必然であったように思われてくる。

気になるのは、雲英末雄氏によって紹介された、元禄三年霜月十四日付曲水宛の伝芭蕉書簡【注19】である。その一節に、

桃印方へ紙包、昔の家来の小あまに物とらせ候間、御むつかしながら、清六に遣はされくださるべく候。京橋弓町石丸見桃まで御届け、かたじけなかるべく候。

とある。今栄蔵氏は『芭蕉研究の諸問題』【注20】の「補記〔桃印考〕追考新出芭蕉書簡が語るその意外な素顔」で、桃印の名の由来の問題としてこれに注目し、「昔の家来」を寿貞、「小あま」を寿貞の娘のまさ・おふうと読んでいる。それに対して、田中善信氏は『全釈芭蕉書簡集』において（「参考書簡」の5番）、同書簡の一部が他の書簡と全く一致することを以て偽簡と断定した。さらには『芭蕉新論』【注21】所収「芭蕉偽簡考――工山宛・昌房宛」においては、右の曲水宛書簡と芭蕉の元禄三年の足跡が矛盾することなどを示して偽簡説を補強した。だが、田中氏自

身「芭蕉の偽簡の中には（中略）芭蕉書簡の断簡、あるいは芭蕉の真簡を利用したものもあることを、我々は心にとどめておく必要がある」（『全釈芭蕉書簡集』七七五頁）と言うように、右の文面が「真簡」から写されたものである可能性はまだ残っている。そうだとしたら、寿貞を「家来」と呼ぶのはいかにも不似合いだから、「昔の家来」が理兵衛で「小あま」が寿貞だとは考えられないだろうか【注22】。

もしも理兵衛がかつて芭蕉の従僕だったとすると、『小ばなし』の「寿貞は芭蕉の若き時の妾にてとく尼になりしなり。其子次郎兵衛もつかい被申（もうされ）し由」という説は、「寿貞は芭蕉の若き時の従僕の女（むすめ）にてとく尼になりしなり。其子次郎兵衛もつかい被申し由」という情報が、若干誤って伝わった結果ではないかとも思う。理兵衛と寿貞の実像について、いまは一つの提起にとどめ、なお後考を俟つ。

【注】

1 田中善信氏注釈『全釈芭蕉書簡集』は、新典社、二〇〇五。以下に芭蕉書簡を引用する場合にも同書によった。ただし、田中氏による振仮名は適宜取捨した。なお、寿貞をめぐる問題については全般に、諸資料や先行研究が精密にまとめられている同氏の『芭蕉 転生の軌跡』（若草書房、一九九六）を参照した。

2 大内初夫氏「芭蕉と寿貞・次郎兵衛」（『語文研究』4・5合併号、一九五六・一〇）に、守輶・白亥編『真すみの鏡』（安政六年序）に「但し鯉屋手代伊兵衛ハ桃青翁の甥なり」とあるという指摘がある。のちに『芭蕉と蕉門の研究 芭蕉・洒堂・野坡 考証と新見』（桜楓社、一九六八）所収。

3 早い論考では穎原退蔵氏の「芭蕉と寿貞」（初出は『文藝春秋』一九三七・一、『穎原退蔵著作集』第十一巻所収）に「憶測を逞しくするならば、理兵衛は寿貞の父親」とある。最近の論考では、注1に既出の田中善信氏『芭蕉 転生の軌跡』の1-2「寿貞考」に、「寿貞が理兵衛の健康に留意すべき立場にあったことから考えて、彼女は理兵衛の娘であったとみてまず誤るまい。二人が父娘ならば、理兵衛が彼女の死をうろたえ取り乱すほど悲しむのは当然である」とある（四五頁）。

4　『芭蕉論』は筑摩書房、一九八六。のちに岩波現代文庫『芭蕉の表現』（二〇〇五）にも所収。「晩年の自在」の初出は『ことばとことのは』第三号、一九八六・六。

5　日本古典文学大系『連歌論集俳論集』（岩波書店、一九六一）によって引用した。同書には、「何とて句になり侍らん」の箇所について、「何とて句になり侍らざらん（どうして句にならないことがあろうか）の積りであろう」との頭注がある。

6　古典俳文学大系『貞門俳諧集二』（集英社、一九七一）によって引用した。ただし濁点を補った。

7　ちなみに、追悼を目的とする句の場合には、死者に向かって呼びかけることもまれではない。たとえば芭蕉の発句から追悼を目的に詠まれたことが明確な句を拾うと二十句にのぼるが、その内で、

　塚もうごけ我泣声は秋の風　　（元禄二年〈一六八九〉の発句、『おくのほそ道』）

　　悼松倉嵐蘭（追悼文略）、九月三日詣墓

　みしやその七日は墓の三日の月　　（元禄六年〈一六九三〉の発句、『笈日記』）

の二句は死者の魂に呼びかけている句と見てよい。

8　『日本歌学大系別巻三』（風間書房、一九六四）によって引用した。

9　天理図書館蔵、伝一条兼良筆本。天理図書館善本叢書和書之部第七十巻『河海抄』（天理大学出版部、一九八五）の影印によって引用した。

10　日本古典文学大系『中世近世歌謡集』（岩波書店、一九五九）によって引用した。

11　『小男の草子』は室町末期成立とされている。新 日本古典文学大系『室町物語集上』（岩波書店、一九八九）によって引用した。

12　「摂待」は宮増（みやます）作かとされ、寛正五年（一四六四）の上演記録があるという。東洋文庫内岩崎文庫所蔵、慶長年間刊の嵯峨本、観世流百番の謡本「摂待」によって引用した。ただし、句読点・濁点を私に付した。

13　芭蕉俳句会、一九五六。のちに『芭蕉と寿貞尼新考』（大学堂書店、一九七八）においても再説されている。

14　初出は『中央大学文学部紀要』六十三号、一九八九・三。また、今氏には、田中善信氏説（寿貞はかつて芭蕉の妾

だったが桃印と駆け落ちした）への批判として書かれた「芭蕉寿貞問題の新展開」もある。初出は『国語と国文学』一九九二・一。ともに『芭蕉伝記の諸問題』（新典社、一九九二）所収。

15 元禄十五年（一七〇二）刊の評判記、轍士著『花見車』に、桃隣を「ようかぶろをた丶かん兵衛」と評していて、桃隣に「かん兵衛」の名があったことが推測できる。また、宝永七年（一七一〇）の芭蕉十七回忌追善集『粟津原』に「愚老世を去ても弔らはるべき諸縁なければ」と桃隣が自らのことを書いており、少なくともその時点で妻子などのなかったことが知られる。

16 古典俳文学大系『蕉門俳諧集二』（集英社、一九七一）によって引用した。

17 阿部正美氏「寿貞私考――「勘兵衛」は果たして桃隣か――」（『専修国文』五十号、一九九二・一）。なお、岡本勝氏は『俳文学こぼれ話』（おうふう、二〇〇八）所収「芭蕉と桃印（二）」で、勘兵衛は桃隣であって「親子兄弟」とは桃隣とその親兄弟のことであると説き、桃隣と伊賀上野の親兄弟との間で「親子兄弟いさかひ」があったことを示しているのではないかと、新たな読み方を提案している。岡本氏は、桃隣は貞享五年（一六八八）から江戸にいたが桃印と寿貞は夫婦ではないという立場である。なお、岡本氏には、桃印の職業についての論考「芭蕉と桃印」（初出は『文学』二〇〇七・三／四、のちに遺稿集『近世文学論叢』〈おうふう、二〇〇九〉所収）もある。

18 元禄三年芭蕉書簡の「勘兵衛」は桃隣かという問題については、阿部正美氏が『新修芭蕉傳記考説 行實篇』（明治書院、一九八二）の「芭蕉縁類考」の「Ⅳ桃隣」で、貞享五年九月十日付卓袋宛芭蕉書簡（『全釈芭蕉書簡集』では三三番）に見える江戸住の「加兵衛」は「勘兵衛」と同一人物ですなわち桃隣のこととする論を展開し、後に、注17に既出の論考「寿貞私考――「勘兵衛」は果たして桃隣か――」でその自らの説を否定した。しかるに、田中善信氏は注1に既出の『芭蕉 転生の軌跡』の1-6「桃隣考」において、阿部氏の当初の説を支持している。「加兵衛」は桃隣と年齢が近く、経歴や人物像が似ているからというのである。また、『陸奥鵆』自序の件について田中氏は「これは、江戸へ行く芭蕉の後を追って、桃隣もまた江戸へ下ったとも解釈できる」と述べて貞享五年のことと見、元禄四年時点で「桃隣は江戸に住んでおり、東下する芭蕉を迎えるために上方に上ってきたと考えて何ら差し支えない」と説明している。だが、まず、芭蕉書簡に描き出されている「加兵衛」は、さては加兵衛事、寒空にむかひ単物かたびらばかりにて、丸腰同然の体、ふとん一枚用意なく候へば、当分何から建立致すべきやら、草庵隠遁の客にはあぐみものにて候へども、拙者国に居申す時より不便に存じ候ものにて候へば、今もつて不便さ、ともかく申しがたき事ども、まこと(に)わりなき仕合せに候。まづ春まで手前に置き、草庵のかゆなどたかせ、江戸の勝手も見せ申すべく候。四十あまりの江戸かせぎ、おぼつかなく候。奉公とては、大かた相手有るまじく候。寺かた・医者衆の留主守などと云ふやうなる事か。何とぞ江戸の事にて御座候間、天道次第と存じ候。あまりよき事も有るまじきと、かねて御覚悟なさるべく候。まこと(に)不埒に候はば、かねたたきと、拙者も存じ居申し候。

のように、無一物で四十過ぎの、昔から「不便」がられていた男で、就職口もなさそうだから「かねたたき」(一種の物乞い)でもさせようかと言われる人物であった。かたや、大坂で十五年ほど「遊民」として暮らし、「花月の僕」というところからすれば文芸活動にも関わっていたらしい桃隣は、元禄五年五月七日付去来宛芭蕉書簡(『全釈芭蕉書簡集』では一二七番)で、「跡の店には桃隣を残し候。(中略)若輩より我ら存知の者にて、うつけぬものにて御座候へども、久々離別、いかなる心入れにやと兼ねては存じ候へども、さてさて見事なるやつにて」と言われている。つまり、若い時から「うつけぬもの」であったが、久しぶりに近くに置いても「さてさて見事なるやつ」だったのである。四年ほどの間にものぐさ太郎のように大変身したとも考えにくく、「加兵衛」と桃隣は別人と見るのが自然ではないか。

また、阿部氏が自説を否定した理由の一つは、同じ元禄五年五月七日付去来宛芭蕉書簡に桃隣のことを「我等召つれ候もの」とあって、前年の帰東の旅に供をさせて江戸へ桃隣を連れて来たことを指すものと見たからであるが、田中氏は「召つれ候もの」を「常に自分が身近かに従えている者」と解し、桃隣の最初の東下は元禄四年だったとは限らないという見方をしている。しかし、貞享四年入門以来交誼の厚い去来に元禄五年時点でそのようにして桃隣の人物紹介を書いて知らせること自体が、〈加兵衛=桃隣〉説に対する反証になるのではないか。それに、同じ去来宛書簡で桃隣の話題に続けて一ツ書を改めずに書かれているのは、前年の帰東の旅でやはり芭蕉と同道した、元禄三年入門の盤子支考のことであった。つまり桃隣は、芭蕉書簡の中で、近年入門して江戸に連れられてきた門人として、支考と同列に扱われているのである。さらに言えば、桃隣はその元禄四年の旅の途中の俳諧の座に参加しているのに、それ以前の蕉門俳書に何も痕跡をとどめていない。それは、まだ芭蕉周辺にはいなかったからと考えるのが合理的である。これらの理由によって、桃隣が初めて江戸に来たのは元禄四年に芭蕉に伴われてのことだったという可能性は非常に高く、したがって、問題の芭蕉と曽良の往復書簡にある「勘兵衛」も、桃隣とは別人であると言ってよい。

『陸奥衛』自序の解釈にしてもそうだが、第三の条件に関する田中氏の所論は、〈桃印寿貞夫婦説〉を成り立たせることを目的とした強引なものと言わざるを得ない。

19　『近世文学研究の新展開—俳諧と小説』（ぺりかん社、二〇〇四）所収「新出曲水宛芭蕉書簡二通（真蹟写シ）をめぐって」に、影印を添えて紹介されている。

20　笠間書院、二〇〇四。

21　新典社、二〇〇九。

22　同書簡が全体としては偽簡でも「桃印方へ紙包」云々の部分が真簡からの写しであるとすれば、当該のくだりが元禄三年のこととは限らなくなる。また、「小あま」という呼称が単に小娘の意なのか尼の意を含むものなのか、なお考証が必要だろう。さらに、今氏が注目したように、そこに桃印の名が見えることは大きな問題である。理兵衛・寿貞の父子と桃印にはやはり何らかの繋がりがあったのかとも思うし、その反面、桃印とその「小あま」が夫婦らしくは書かれていないことに注意すべきかとも思う。いずれ機会を改めて論じたい。

獺の祭見て来よ　——七十二候と俳諧——

一

地球の公転による、黄道上の太陽の移動に基づいて、二至（冬至・夏至）と二分（春分・秋分）が定まり、さらに中間点である四立（立春・立夏・立秋・立冬）が定まる。これらを含め、立春に始まる太陽の運行の一年をほぼ十五日ずつ二十四に分けたのが二十四節気である。そして、「各節気を三分して、ほぼ五日毎の気象、自然、動物、植物等の変化を具体的に表し、日常生活上の目安にしたもの」【注1】が七十二候である。

近世前期、貞享元年（一六八四）の改暦よりも以前に、七十二候に関する知識の普及に与って力のあったのは、

①『拾芥抄』

②『暦林問答集』

③『七十二候』

の三書の刊行だったと思われる。①『拾芥抄』は洞院公賢（正応四年〈一二九一〉生、延文五年〈一三六〇〉没）の編と言われ、中世以来写本で流布、近世初頭に至って古活字版が出された。整版本としても、寛永十九年（一六四二）本・明暦二年（一六五六）本・刊年不明本がある【注2】。②『暦林問答集』は賀茂在方の著で応永二十一年（一四一四）の序と奥書を有し、室町期から江戸の幕末に至るまで写本によって流布したほか、正保年間（一六四四〜一六四八）刊本・慶安四年（一六五一）刊本・文化八年（一八一一）刊本・刊年不明本が知られており、『群書類従』雑部にも収められて

いる。③『七十二候』は三冊から成り、各丁オモテには候の名称と四言四句の詩句を記し、ウラには各候に対応した挿絵が配されている。『七十二候鈔』一冊および『歳時故実』一冊と共に刊行されたらしく、五冊ひとまとまりになって伝えられている場合が多い。『鈔』の末尾に書肆に慫慂されて註解を著した旨の「寛文甲辰孟冬日　久佐迪齊　道允」の跋がある（甲辰は寛文四年〈一六六四〉）。同年刊ののち貞享三年（一六八六）に再版されている。

①『拾芥抄』では小満に二候、芒種に四候、夏至に四候、小雪に四候が記され、候は都合七十四になっていた。それが②『暦林問答集』と③『七十二候』では二十四節気各三候に整えられている。また、候によっては位置や名称に細かな違いがある。そうした異同を示すために、三書の記す七十二候を、後述する季吟の『増山井』、春海の『貞享暦』、好古・益軒の『日本歳時記』と併せ、成立年代順に上から下へまとめて一覧表にした。ただし、訓点と振り仮名は省略した。仮に②の段に通し番号を付した【注3】。

そもそも、七十二候に関して独立した書物③『七十二候』が刊行された背景には、寛文年間前後に暦学に対する関心が高まったことがある。その焦点は、貞観四年（八六二）以来用いられてきた宣明暦が節気と二日のずれを生じるに至っており、改暦が必要とされてきたことである。この時期、安藤有益・小川正意・関孝和といった研究者が暦算の専門書を刊行している。また、山崎闇斎が天文学・暦学に造詣の深かったことも重要だろう。闇斎の門から渋川春海が出て、四代将軍家綱の補佐である保科正之の後援のもとに、貞享改暦が成るのである【注4】。

その渋川春海は、貞享暦の構築にあたって、日本の風物や気候に適った新たな「七十二候」を考案した。改暦を議した春海の『貞享暦』巻六にその「七十二候」が掲げられている。たとえば、従来春分の第一にあった「玄鳥至」を清明の第一に、つまり半月うしろにずらして、春分の第一には新たに「雀始巣」を立てている。これは日本の季感に則した改変であろう。あるいはまた、霜降の第一の、従来「豺祭獣（豺（ヲヽカミ）獣を祭る）」だったところには「霜始降」を新設している。これは、奇異な項目を捨て生活暦として役に立つ身近な話題に入れ替えようとする姿勢を表している。一覧表『貞享暦』の段に示した記号は、

月	二十四節気	①『拾芥抄』	②『暦林問答集』		季吟『増山井』	③『七十二候』七十二候本文	③『七十二候』七十二候鈔	春海『貞享暦』	好古・益軒『日本歳時記』
孟春	立春	東風解凍	1	東風解氷		東風解凍	東風解氷	東風解氷	東風解氷
		蟄蟲始振	2	蟄蟲始揺		蟄蟲始振	蟄蟲始振	◎梅花乃芳	蟄蟲始振
		魚上氷	3	魚上氷	魚氷にのぼる	魚陟負氷	魚負氷上	魚上氷	魚上冰
	雨水	獺祭魚	4	獺祭魚	獺魚を祭	獺祭魚	獺祭魚	◎土脈潤起	獺祭魚
		鴻雁来	5	鴻雁来		候雁北	候雁北	◎霞彩碧空	鴻雁北
		草木萠動	6	草木萠動		草木萠動	草木萠芽	草木萠動	草木萠動
仲春	驚蟄	桃始華	7	桃始華		桃始華	桃始華	◎蟄虫啓戸	桃始華
		倉庚鳴	8	倉庚鳴		倉庚鳴	倉庚鳴	◎寒雨間熟	倉庚鳴
		鷹化爲鳩	9	鷹化爲鳩	鷹化して鳩となる	鷹化爲鳩	鷹化作鳩	◎菜虫化蝶	鷹化為鳩
	春分	玄鳥至	10	玄鳥至		玄鳥至	玄鳥至	◎雀始巣	玄鳥至
		雷乃發聲	11	雷乃發聲		雷乃發聲	雷乃発聲	雷乃發聲	雷乃発声
		始電	12	始雷電		始電	始見電	◎櫻始開桃始笑	始見電
季春	清明	桐始華	13	桐始華		桐始花	桐始華	▼玄鳥至	桐始華
		田鼠化爲鴽	14	田鼠化爲鴽	田鼠化して鶉となる	田鼠化爲鴽	田鼠化鴽	▼○鴻鴈北	田鼠化爲鴽
		虹始見	15	虹始見		虹始見	虹始見	虹始見	虹始見
	穀雨	萍始生	16	萍始生	萍生そむる	萍始生	萍始生	○葭始生	萍始生
		鳴鳩拂羽	17	鳴鳩拂其羽		鳴鳩拂其羽	鳴鳩拂羽毛	◎牡丹華	鳴鳩拂其羽
		戴勝降于桑	18	戴勝降桑		戴勝降於桑	戴勝降桑	◎霜止出苗	戴勝降于桑

孟夏		仲夏		季夏	
立夏	小満	芒種	夏至	小暑	大暑
螻蟈鳴 蚯蚓出 王瓜生	苦菜秀 靡草死	小暑至 螳蜋生 鵙始鳴 反舌無聲	鹿角解 蝉始鳴 半夏生 木菫榮	温風始至 蟋蟀居壁 鷹乃學習	腐草爲蛍 土潤溽暑 大雨時行
19 螻蟈鳴 20 蚯蚓出 21 王瓜生	22 苦菜秀 23 靡艸死 24 小暑至	25 螳蜋生 26 鵙始鳴 27 反舌無聲	28 鹿角堕 29 蝉始鳴 30 半夏生	31 温風始至 32 蟋蟀居壁 33 鷹乃學習	34 腐草化爲蛍 35 土潤溽暑 36 大雨時行
	麦秋	鶯音を入	蝉の初こゑ 半夏生	温風 鷹羽づかひを習ふ	腐草蛍となる 溽暑
螻蟈鳴 蚯蚓出 王瓜生	苦菜秀 靡草枯 麦登秀	螳蜋生 鵙始鳴 反舌無聲	鹿角解 蝉始鳴 半夏生	温風至 蟋蟀居壁 鷹始摯	腐草爲蛍 土潤溽暑 大雨時行
螻蟈鳴 蚯蚓出 王瓜生	苦菜秀 靡草枯 麦登秀	螳蜋生 鵙始鳴 反舌無聲	鹿角解 蜩始鳴 初て半夏か田畠に生す	温風時至 蟋蟀居壁 鷹始摯	腐草化爲蛍 土潤溽蒸 大雨時行
◎鵙始鳴 蚯蚓出 ◎竹笋生	◎蠶起食桑 ◎紅花榮 ○麦秋至	蟷螂生 ▼腐草爲蛍 ◎梅始黄	◎乃東枯 ◎分龍雨 半夏生	温風至 ◎蓮始華 鷹乃學習	▼○桐始結花 土潤溽暑 大雨時行
螻蟈鳴 蚯蚓出 王瓜生	苦菜秀 靡草枯 麦秋至	蟷螂生 鵙始鳴 反舌無聲	鹿角解 蜩始鳴 半夏生	温風至 蟋蟀居壁 鷹乃學習	腐草爲蛍 土潤溽暑 大雨時行

月	孟秋		仲秋		季秋	
二十四節気	立秋	処暑	白露	秋分	寒露	霜降
①『拾芥抄』	涼風至 白露降 寒蝉鳴	鷹乃祭鳥 天地始粛 登穀	鴻鴈来 玄鳥帰 群鳥養羞	雷始収聲 蟄虫坏戸 水始涸	鴻雁來賓 爵入大水爲蛤 菊有黄華	豺乃祭獣 草木黄落 蟄虫咸俯
②『暦林問答集』	37 涼風至 38 白露 39 寒蝉鳴	40 鷹乃祭鳥 41 天地始粛々 42 禾乃登	43 鴻雁来 44 玄鳥帰 45 群鳥養羞	46 雷乃収聲 47 蟄虫坏戸 48 水始涸	49 鴻雁來賓 50 雀入大水爲蛤 51 菊有黄華	52 豺乃祭獣 53 草木黄落 54 蟄虫咸俯
季吟『増山井』		鷹鳥を祭る	つばめ帰る		雀蛤となる	豺獣を祭る
③『七十二候』 七十二候本文	涼風至 白露降 寒蝉鳴	鷹乃祭鳥 天地始粛 禾乃登	候鴈来 玄鳥帰 群鳥養羞	雷始収聲 蟄虫坏戸 水始涸	鴻雁來賓 雀入大水爲蛤 匊有黄花	草木黄落 豺祭獣 蟄虫咸俯
③『七十二候』 七十二候鈔	涼風至 白露降 寒蝉鳴	鷹祭鳥 天地始清粛 禾乃登	鴻鴈来 玄鳥帰 群鳥養羞	雷乃収聲 蟄虫坏戸 水始涸	鴻雁來賓 雀入大水化爲蛤 菊有黄花	豺祭獣 草木黄落 蟄虫咸俯
春海『貞享暦』	涼風至 ◎山澤浮雲 ◎霧色已成	▼寒蝉鳴 天地始粛 禾乃登	◎草露白 ◎鶺鴒鳴 ▼○玄鳥去	▼○鴻鴈來 蟄蟲坏戸 水始涸	◎棗栗零 ▼○蟋蟀在戸 ○菊花開	◎霜始降 ◎蔦楓紅葉 ◎鷲雛鳴
好古・益軒『日本歳時記』	涼風至 白露降 寒蝉鳴	鷹乃祭鳥 天地始粛 禾乃登	鴻鴈来 玄鳥帰 群鳥養羞	雷始収聲 蟄虫坯戸 水始涸	鴻雁來賓 雀入大水化爲蛤 菊有黄華	豺乃祭獣 草木黄落 蟄虫咸俯

孟冬		仲冬		季冬	
立冬	小雪	大雪	冬至	小寒	大寒
水始氷 地始凍 雉入大水爲蜄	虹蔵不見 天氣上騰 地氣下降 閉塞而成冬	鶡旦不鳴 虎始交 茘挺出	蚯蚓結 麋角解 水泉動	鴈北郷 鵲始巣 雉雊	雞乳 征鳥厲疾 水澤腹堅
55 水始氷 56 地始凍 57 野雉入大水爲蜃	58 虹蔵不見 59 天氣上騰地氣下降 60 閉塞而成冬	61 鶡旦不鳴 62 武始交 63 茘梃出	64 蚯蚓結 65 麋角解 66 水泉動	67 鴈北嚮 68 鵲始巣 69 雉始鴝	70 雞始乳 71 征鳥厲疾 72 水澤腹堅
初氷				かさゝぎ巣をくひ初る	鶏つるみす
地始凍 水始氷 雉入大海爲蜃	虹蔵不見 天氣上騰地氣下降 閉塞成冬	鶡不鳴 虎始交 荊挺出	蚯蚓結 麋角解 水泉動	鴈北郷 鵲始巣 雉鴝	雞乳 征鳥厲疾 水澤腹堅
水始成氷 地始凍 雉入大水爲蜃	虹蔵不見 天昇地降雨不交 陽気閉塞	鶡丹不鳴 虎始交 茘挺出	蚯蚓結 麋角解 水泉動	鴈北郷 鵲始為巣 雉時雊	雞始乳 征鳥厲疾 沢腹堅凍
◎山茶始開 地始凍 ◎霎乃降	虹藏不見 ◎樹葉咸落 ◎橘始黄	▼閉塞成冬 ◎熊蟄穴 ◎水仙開	◎乃東生 麋角解 ◎雪下出麦	◎芹乃栄 ◎風氣乃行 雉始雊	◎欵冬華 ▼水澤腹堅 ▼雞始乳
水始氷 地始凍 雉入大水爲蜃	虹蔵不見 天気上騰地気下降 閉塞成冬	鶡旦不鳴 虎始交 茘挺出	蚯蚓結 麋角解 水泉動	鴈北郷 鵲始巣 雉始雊	雞始乳 征鳥厲疾 水沢腹堅

◎　渋川春海が新設した候。
▼　従来の位置から移動している候。
○　字句に改変の見られる候。

である。新設の候は三十七にも及び、それらを含め五十一の候に何らかの改変の手が加えられている。春海がのちに日本星名を提唱したことと思い合わせて、まことに、渋川春海という人物は、旧套にこだわらない精神をそなえていたものである。

だが、春海の七十二候は、一般にすぐに受け入れられるものとはならなかった。たとえば貞享五年（一六八八）刊の貝原好古・益軒著『日本歳時記』にも七十二候が掲載されているが、一覧表によってわかるように、従来のそれを踏襲している。春海の七十二候が顧みられるには、寛政三年（一七九一）刊の高井蘭山著『天地開闢年中時候弁』を待たなければならなかった。

二

連歌・俳諧の季寄せのうちで、最初に七十二候に取材したのは俳諧語彙集『増山井』である。同書は寛文三年（一六六三）の季吟の奥書を持ち、同十年（一六七〇）の湖春の『続山井』と合わせて刊行された。『増山井』は正月～十二月の十二箇月に分けて「四季之詞」を整理し、その後に神祇・釈教・名所などの「非季詞」をまとめている。たとえば、正月には、

魚氷にのぼる　月令。立春の後五日の候也。（3、算用数字は七十二候における通し番号、以下同じ）
獺（カワウソイヲ）魚を祭（マツル）　月令。（4）

のように、七十二候の項目を収録して注を付している。七十二候から採られたと思われるのは二十の候である。注に「月令」とあるのは七十二候の有力な典拠の一つである『礼記』の「月令」のことであって、二十の候のうち35

「溽暑」と44「つばめ帰る」以外の十八の候に「月令」の注記が付いている。しかし、右の「魚氷にのぼる」の「立春の後五日の候」という注記のほか、

田鼠化して鴽となる　月令。是清明節気の候也。（三月、14）

鶯音を入　俳。月令に、反舌無声とあり。拾芥に訓レ鶯。（五月、27）

半夏生　五月の中より十一日め也。是、月令に侍るに、世俗には此日つみたる青き葉の類を不レ食といへり。（五月、30）

といった各項の傍線部から推測されるところでは、実際には七十二候から、それも①『拾芥抄』所載のものから採ったらしい【注5】。

七十二候のうち二十しか載せないというのはいかにも少ない。そのような採録の少なさに関して季吟は、

七十二候の物のありさまにも、此国の時にたがへる物は、もらせし事もすくなからず。

と「四季之詞」の後ろに書いている。すなわち、日本の季感に照らすと納得しがたくて採用しなかった候が多いというのである。七十二候という古い伝承には、俳諧という文芸の現実的・当代的な意識からすると受容しがたい要素も含まれていたと言えるだろう。

また、太陽の運行に基づく七十二候は、太陰太陽暦である当時の暦の、月次による季の区切り方としばしば齟齬をきたす。その事情は古くから文芸に取り上げられてきた「年内立春」と同じことで、たとえば、立春の第一候「東風解氷」（1）や第二候「蟄蟲始振」（2）が十二月の内に来たり、逆に、大寒の第二候「征鳥厲疾」（71）や第三候「水澤腹堅」（72）が正月になってからめぐってきたりするのである。しかもそうした齟齬が四季の交それぞれに起こるのが常態である。俳諧の季題として用いるには、なかなかに厄介な素材だったのではないだろうか。

『増山井』以後元禄年間までの季寄せでは、『誹諧番匠童』（和及著、元禄二年〈一六八九〉刊）、『誹諧をだまき』（竹亭著、元禄四年〈一六九一〉刊）、『俳諧大成新式』（鷺水著、元禄十一年〈一六九八〉刊）に七十二候の話題が掲載されてい

るが、いずれもおおよそ『増山井』の記事を踏襲した記事である。

なお、『俳諧類船集』（梅盛著、延宝四年〈一六七六〉刊）は、「四季（シキ）」の項に「七十二候にあらはす所しるすにいとまあらず」と記すほか、「化者（バケモノ）」の項に「七十二候にもいろ〳〵の変化（ヘンゲ）有ぞかし」、「変化（ヘンゲ）」の項に「七十二候の変（ヘン）ずる事様々也」とある。9「鷹化爲鳩」・14「田鼠化爲鴽」・34「腐草化爲蛍」・50「雀入大水爲蛤」といった、生き物の不自然な変身の話題に関心が集中していると言えるだろう。付合語としても「鷹→鳩」「田鼠（デンソ）→鴽」「蛍→草朽（クツ）る」「雀→蛤」「蛤蜊（ハマグリ）→雀」のように、右の四つの候に基づくものが見出される。さらには、「祭」の項には「孟春（ハ）獺（カハウソ）祭（ル）レ魚（ヲ）季秋豺（ハヲ、カメル）祭（ル）レ獣（ヲ）」とあって、4「獺祭魚」・52「豺乃祭獣」、それに40「鷹乃祭鳥」のような鳥獣の奇異な行動も、「変化（ヘンゲ）」のうちに算えられていたと考えてよいかもしれない。

このように、総じて、近世前期の俳諧の、七十二候に対する態度は、使いやすい候を限定的に利用するというところにとどまっていた。ちなみに、もう少し下る『滑稽雑談』（其諺著、正徳三年〈一七一三〉序）では、七十二候をひととおり掲げるものの、秋之部の「天地始粛」（41）の注に、「△是らの儀、俳諧に用事稀也、只処暑之第二と可レ知」のように記す。必要な知識として掲載はするけれど、七十二候の多くは実作には不向きだという態度である。

三

次に、俳諧の実際の用例を探してみると、やはりきまったいくつかの候、とくに「変化（ヘンゲ）」に関する候が利用されていることが確かめられる。元禄末を下限として、明らかに七十二候に拠っていると判断できる句文を掲出する【注6】。まず、4「獺祭魚」。

懸鯛や獺（カハウソ）まつつて礒（イソ）の松　寸心（延宝八年〈一六八〇〉『洛陽集』）

獺の祭にちかし薄ごほり　尚白（貞享四年〈一六八七〉『孤松』）

羽を爽（サハヤカ）に粧フうぐひす　同（恕翠）

ぬるむ江に獺魚祭ル節知りて　　同　（貞享五年〈一六八八〉『大坂辰歳旦惣寄』）

膳所へゆく人に

獺（カハウソ）の祭見て来よ瀬田のおく　　翁　（元禄三年〈一六九〇〉『花摘』）

9「鷹化爲鳩」に関しては、李由の文章「四睬廬賦（しばいろのふ）」の一節、

山鳩が逸物の鷹と吹上らるゝも心ぐるしく　（元禄十一年〈一六九八〉『篇突』）

の一例を見出した。14「田鼠化爲鴽」（『増山井』では「田鼠化して鶉となる」）は比較的用例が豊富で、

ちちは鼠くはいは鶉のしるし哉　（正保二年〈一六四五〉『毛吹草』）

霜枯の野べの鶉や白鼠　　岩脇一政　（寛文十二年〈一六七二〉『時勢粧』）

かはらじと君が詞のやき鼠　　在色

鶉ごろものしきせ何ぞも　　松意　（延宝三年〈一六七五〉『談林十百韻』）

馬の尾や田鼠返つて鶉わな　　在色　（延宝八年〈一六八〇〉『談林軒端の独活』）

鼠鶉をはむ世はかなし二頭鳥（メイメイ）　　露吸　（延宝九年〈一六八一〉『東日記』）

能捕

鶉かと鼠の味を問てまし　　其角【注7】　（元禄三年〈一六九〇〉『いつを昔』）

秋風の尾花が末に鳴うづら、我朝ノ人ハ　野鼠トツタヱ侍リ

（元禄三年〈一六九〇〉『花摘』所収、去来「鼠賦」）

の七例があった。続いて27「反舌無聲」（『増山井』では「鴬音を入」と翻訳される）に拠る例。

露はらりと蓮の椽先　　曲翠

鴬はいつぞの程に音を入て　　臥高

樹も石も有のまゝなり夏坐敷　　桃隣

（元禄七年〈一六九四〉成「夏の夜や」歌仙、『続猿蓑』所収）

音をいれ際のたかき鴬　露茄（元禄十年〈一六九七〉『陸奥鵆』）

30「半夏生」には、

半夏生

半夏水や野菜のきれる竹生島　許六（元禄十年〈一六九七〉『韻塞』）

の例があった。次は34「腐草化爲蛍」。

腐艸蛍となる

枯草の又もえ出るほたるかな　卜宅（元禄三年〈一六九〇〉『其袋』）

最後に、50「雀入大水爲蛤」の例。

蛤のかいを洲にうむ雀かな　江州草津ノ住　重道（明暦二年〈一六五六〉『玉海集』）

蛤（ハマグリ）化（ケ）して広袖を着る

ふくら雀脇にはさみて九寸五分（延宝七年〈一六七九〉『誹諧中庸姿』、正長独吟歌仙）

蛤蜊のすがたも見えず稲雀　李由（元禄十年〈一六九七〉『韻塞』）

以上をまとめると、正保から延宝までの俳諧の実作においては、七十二候の中でも4「獺祭魚」・14「田鼠化爲鴽」・50「雀入大水爲蛤」といった所が、素材としてそこそこ利用されていた。どちらかといえば貞門より談林に用例が多い。その後、流行遅れと見なされたのか、いったん用例は絶える。だが、元禄に入る頃から、候としては9「鷹化爲鳩」・27「反舌無聲（鴬音を入）」・30「半夏生」・34「腐草化爲蛍」にも広がるかたちで、七十二候の俳諧は復活した。それは江戸と近江の蕉門において顕著な現象であった。『増山井』に収められた範囲の候をいかに詠みこなすか、芭蕉を中心とする蕉門の作者たちが競っている感がある。

この復活は貞享改暦の影響と見るべきだと思われる。つまり、貞享から元禄にかけての、貞享暦を契機とする天文学・暦学ブームが文芸へ波及した結果ではないだろうか。

暦ブームの文芸への影響としては、貞享二年（一六八五）の、西鶴『暦』と近松の作とも言われる『賢女手習并新暦』の浄瑠璃競作がよく知られていよう。あるいは、前述のように③『七十二候』には寛文版本と貞享の再版本があるが、貞享版のほうが多く残されている。そこには、暦ブームに乗じた書肆の意図が反映しているだろう。また、謡曲にも「七十二候」がある。

されば立春は正月の節。初の一候東風凍（コホリ）を解く。次の一候蟄虫動（チツチウウゴク）。後の五日魚氷（ヒ）にのぼる。

以下、七十二候を尽くした詞章を含む【注8】。七十二候の知識の普及に謡物の形態が用いられたことが興味深い。いつの頃からと明確に言えないのが残念だが、謡物を通じ七十二候が基礎教養として認知されて行く過程があったのならば、それが俳諧にも詠み込まれるようになるのは自然な流れだったと言えるだろう。

四

では、七十二候を用いた句作は、蕉門とそれ以前の俳諧のあいだに、どのような違いがあるだろうか。
まず、取り上げた候の「変化（ヘンゲ）」の奇態さそのものに興じながら何か新たな視点を導入して滑稽に言い立てる手法が、共通してあった。「懸鯛や獺（カハウソ）まつつて礒（イソ）の松　寸心」は、獺が魚を祭るという空想上の光景を現実の懸鯛になぞらえている。「ちちは鼠くはいは鶉のしるし哉」は、鶉に成りかけの鼠は鳴き声によって今どちらなのか分かるというのだろう。「霜枯の野べの鶉や白鼠　岩脇一政」は、霜で白くなった鶉はもとは白鼠だったかという句。「馬の尾や田鼠返つて鶉わな　在色」も「鼠鶉をはむ世はかなし二頭鳥（メイメイ）　露吸」も、それに「鶉かと鼠の味を問てまし　其角」も、鶉は鼠の変じたものという発想を中心に置く句作りである。「枯草の又もえ出るほたるかな　ト宅」はおそらく「萌／燃」の掛詞を含んでいる所が工夫のありかだろうが、やはり草が蛍になるという変身の発想に負っている。また、「蛤のかいを洲にうむ雀かな　江州草津ノ住　重道」も「蛤蜊のすがたも見えず稲雀　李由」も、雀と蛤は実は同一という発想に基づく点では変わりがない。付合の例では「かはらじと君が詞のやき鼠　在色

／鶉ごろものしきせ何ぞも　松意」と「ふくら雀脇にはさみて九寸五分／蛤（ハマグリ）化（ケ）して広袖を着る（正長独吟）」が、そうした手法に類する雀と蛤の詞の付けと言えるだろう。

だが、貞享以降、新しい手法が現れる。それは、その候の本来持っている季感を生かそうとするあり方である。発句「獺の祭にちかし薄ごほり　尚白」と、付合「羽を爽（サハヤカ）に粧フうぐひす／ぬるむ江に獺魚祭ル節知りて（恕翠の歳旦）」は、立春から十五日後の4「獺祭魚」の季節感を利用している。貞門や談林では使用例の見出されなかった二つの候、『増山井』の言う「鴬音を入」(27「反舌無聲」)と30「半夏生」が蕉門で使われていることも、季感表現の開拓の試みとして理解できる。つまり「露はらりと蓮の椽先　曲翠／鴬はいつぞの程に音を入て　臥高」「樹も石も有のまゝなり夏坐敷　桃隣／音をいれ際のたかき鴬　露茄」の付合二例、それに「半夏水や野菜のきれる竹生島　許六」の発句は、暦ブームの一端である七十二候から、季感を表現するのにふさわしい語を選んで詠んだと思われる。いわば、こうした詠みぶりこそ、元禄の、特に蕉門における七十二候の新しい使い方だったと言ってよいだろう。

しかし、

　　膳所へゆく人に
獺（カハウソ）の祭見て来よ瀬田のおく　翁

には、右の二つの手法のどちらにも収まらない別の作意が込められているように思う。これが芭蕉の個性の顕れた句であることを述べるために、やや詳細に説明を加えたい。

まず、この句が膳所に住まいのある医師の珍碩(のち洒堂)に贈られたものであることは、許六による『泊船集』への書入れに「洒堂餞別」とあり、路通編で元禄四年(一六九一)春の跋を持つ『俳諧勧進牒』に、

獺をたしかに見たり冬ごもり　珍碩

があることからして蓋然性が高いと思われる。「獺の祭」句を収める『花摘』は元禄三年四月八日から始まる其角

の句日記であって、序文によれば「その日その夜の見聞の句々、結縁となして予が句の下にとりなしつゝ、見ん人々のにぎはひと」したものである。芭蕉の句は四月二十七日に現れる当該句が最初のものである。同書四月には大津・久居・伊賀の連衆の春から夏にかけての句がいくつも引かれている。同書所収の去来の俳文「鼠説」に「卯月十八日の文の中に聞ゆ」と注があることと考え合わせ、当該句を含めたそれらの句は、芭蕉や去来ら上方の蕉門俳人からの書簡に記されて其角のもとに届いたものと思われる。元禄三年春から夏の芭蕉は膳所義仲寺の草庵で新年を迎え、正月三日伊賀に帰郷、三月下旬に至ってまた膳所へ向かい、珍碩亭に遊んで「洒落堂記」を残したほか珍碩・曲水との三吟「木のもとに」歌仙を興行し、四月六日には幻住庵に入る。『日本暦日原典』によれば元禄三年(一六九〇)の「獺祭魚」の候は正月十二日から五日間であるから、「獺の」句の詠まれたのはそのころ、伊賀においてであったと推測される【注9】。

次に、「瀬田のおく」とはどこだろうか。膳所と瀬田との地理的関係についての意識は、「洒落堂記」の「抑おもの、浦は、勢多・唐崎を左右の袖のごとくし」のくだりによく表れている。「おもの、浦」は膳所の湖岸である。膳所から湖に向かって右の方に「袖のごとく」延びている瀬田川左岸の一帯が瀬田(右岸は石山)である。その「おく」とは、勢多の唐橋から約三キロ下流左岸の田上(たなかみ)の村、信楽の盆地から流れ下る大戸川(だいと)(一名、田上川)と瀬田川が合流するあたりを指しているのではないだろうか。いまも大津市南郷洗堰の東方一円が田上の集落であり、田上小学校・田上中学校がある。

芭蕉が田上を指して「瀬田のおく」と言ったと見る最大の理由は、田上が歌枕だということである。田上のイメージを決定づけた古歌は、

　内裏御屏風に　　　　清原元輔
月影の田上河に清ければ網代に氷魚のよるも見えけり
（『拾遺和歌集』巻第十七・雑秋）

で、連歌寄合書『随葉集』『竹馬集』にもこの歌が引かれ、「網代」や「氷魚」は田上の寄合語である【注10】。「氷

魚」は鮎の稚魚のことで、「朝廷から『氷魚の使（つかひ）』が派遣されてこれを貢献させ、また十月には上級官人などにこれを賜る行事もあるほどに宮廷社会において珍重されていた」（『歌枕歌ことば辞典増訂版』【注11】）。つまり、芭蕉は、「瀬田の奥の田上では網代で氷魚を獲り都に献上したというけれど、立春から半月を経たいまごろの候の名にいう『獺祭魚』が獺の習いならば、獺ども、今ごろ氷魚つまり鮎の子を岸辺に並べて祭っているかもしれない。見てきておくれ」と、珍碩に呼びかけたと考えられる。田上川に棲む獺は、歌に詠まれたあの「田上の氷魚」を祭るのだろう、風雅を知る生き物として、一見に値する獺ではないか、という底意があろう。さらに言えばこの句は、「獺祭魚」という候と「田上」という歌枕を「魚」によって結びつけながら、「君も歌枕数奇（すき）に遊ばないか」と誘った俳諧ではないか。また、これも『花摘』の、六月十日の条には、

　　ぜゞ草庵を人〲とひけるに

　あられせば網代の氷魚を煮て出さん　　翁

の発句が見える。おそらく元禄二年年末義仲寺草庵での作で、和歌に詠まれる「網代の氷魚」を「あられ」の情趣と結びつけて味わおうという句である。「獺の祭」句の背景には、そのような門人たちとの交歓があったと見ることができる。前書の「人〲」の中に珍碩がいたことも充分にありうる。

　芭蕉は己れの風雅心を「獺」に投影することを以てこの候を発句に生かした。また、珍碩の「獺をたしかに見たり冬ごもり」は、芭蕉流の風雅探求への共鳴の意思表示にほかならなかった。芭蕉は「獺祭魚」という候を、歌枕の価値を知るという意味で心ある獺の生態であるかのごとくに言挙げし、ついには珍碩の視界に「瀬田のおく」すなわち田上の川に魚を祭る獺を現出させたのである。

　「あたに懼（おそ）るべき幻術なり」（『猿蓑』其角序）。

五

じつは、芭蕉の発句にもう一つ、七十二候の利用ではないかと考えられるものがある。

艸の葉を落るより飛蛍哉　（元禄三年〈一六九〇〉『いつを昔』）

この句は、梅門の『師走囊（しはすぶくろ）』（明和元年〈一七六四〉刊）に「草の葉の落るより飛蛍哉」の形で引かれて、

此句は此道にさときものか、或いは諸芸などにても其道にはやく心得たるものへの挨拶也。腐草の化して蛍となれるか、其葉より落ると其儘飛事よと誉たる句也。

と注釈を施されている【注12】。しかし「草の葉の」が誤伝であること、俳諧ないしは諸芸の道に優れた人物への挨拶という解が納得しがたいことから近代以降には否定されて、「腐草の化して蛍となれるか」の言までも顧みられなくなってしまった。近年この句はもっぱら「写生の句である。静かにこの虫の動作を見守っている詩人の姿が目の前に浮かんでくる」（『諸注評釈芭蕉俳句大成』【注13】）のように解されている。

だが、純粋に写生の句と見た場合に疑問なのは、連歌との差異はどこか、俳諧の発句である根拠は何なのかということである。「草」と「蛍」は連歌以来の常識的な寄合語であり、たとえば『連歌大発句帳』（慶長末成立、古活字版）の「蛍」の句に当たれば、

竹林　風に露きえぬ草葉のほたるかな
とぶほたる夜も水草のやどりかな　紹巴
草のはらとぶともし火はほたる哉　同

といった連歌の発句が見出される。「艸の葉を落るより飛蛍哉」がありのままの句であるならば、連歌との違いを説明するのは難しいと思われるのだが、いかがだろうか。

芭蕉句は、元禄初当時に流行であった七十二候の34「腐草化為蛍」を掠めての、「草の葉が蛍に化する瞬間を見

たと思ったら……」という心内の興が俳諧なのだと思われる。前述の卜宅発句「枯草の又もえ出るほたるかな」の場合も、前書「腐艸蛍となる」を外したとしても発句として理解できなくはなかった。典拠を求めずとも草の葉の上の蛍の描写として読むことができるが、「腐草化爲蛍」の候を下敷きにすると「変化（ヘンゲ）」に興じた（その点では芭蕉句も古いタイプの七十二候利用法と言える）おかしみが加わるという手法において、両句は共通である。

そのような、表面の読みと典拠に即いて踏み込んだ読みとをともに許す、微妙な表現方法によって七十二候を取り込もうとする試行錯誤が、元禄初期の芭蕉周辺にあったように思われる。それは「写生」とは異質の試みである。「艸の葉を」句のむこうには、七十二候の「変化（ヘンゲ）」を現実の景に引き寄せることで生ずる俳諧表現の可能性を測って、藍をたたえた言葉の淵に錘を垂らす芭蕉がいる。

【注】

1　岡田芳朗氏『暦を知る事典』（東京堂出版、二〇〇六）二一頁。同書には暦一般に関する「主要参考文献」が付されている。七十二候については近年、岡田氏の複数の著作によって、その成り立ちを詳細に知ることができるようになった。同書のほかに『アジアの暦』（大修館書店、二〇〇二）、『旧暦読本―現代に生きる「こよみ」の知恵』（創元社、二〇〇六、伊東和彦氏・後藤晶男氏・松井吉昭氏と共著）がある。また、「アジアの暦〈第四話〉七十二候」（『月刊しにか』1巻7号、一九九〇・一〇）も有益。本稿では七十二候の来歴を詳しくは述べないが、それについては右掲の文献に就かれたい。

2　川瀬一馬氏『増補古活字版之研究』に「拾芥抄は一種の百科辭典で、社會萬般の事が記載せられてゐるので頗る重寶とせられ江戸時代にも貴族の嫁入の時の必携品の一となってゐた。」（五七八頁）と言い、慶長中刊の古活字版を二種に分類している。また、『拾芥抄』の七十二候の記事は『増補下学集』の増補部分の典拠に用いられた。服部龍太郎氏「『増補下学集』における『拾芥抄』の受容（一）」（『日本語辞書研究』第二輯、二〇〇三）に調査報告がある。

3　①『拾芥抄』は東洋文庫内岩崎文庫本の古活字版によった。②『暦林問答集』は『群書類従』によった。③『七十二候』は国文学研究資料館蔵本（無刊記本）によった。

4　『日本思想大系63近世科学思想下』（岩波書店、一九七一）解説の、広瀬秀雄氏「近世前期の天文暦学」・中山茂氏「渋川春海と天文瓊統」、および、川和田晶子氏「元禄時代に於ける天文暦学伝授―澁川春海・谷秦山往復書簡の研究―」（『科学史研究（第二期）』三十九号、二〇〇〇・九）参照。また、③『七十二候』の鈔の著者である「久佐迪齊道允」は、福山藩の儒臣、中島道允か。とすれば彼もまた山崎闇斎門人である。

5　もとより『礼記』の「月令」は、節気との関連や具体的な日付を示しているわけではない。『増山井』七十二候の直接の資料が『拾芥抄』であることは、加藤定彦氏「『増山井』をめぐる問題―出典を中心に」（『俳諧の近世史』若草書房、一九九八、初出は『国語と国文学』一九八一・一一）に指摘されている。

6　CD-ROM版『古典俳文学大系』（集英社、二〇〇四）を用いて検索した。

7　「或お寺にねう比丘とてこしのぬけたるおはしけり、住持の深くいとをしみ申されしに／五の徳をかんず」と前書のある五句の内の三句め。すなわち、寺に飼われている老猫に「鼠って鶉の味がするのかね」と問うてみたいという句である。白井宏氏「其角発句注解（十四）」（『四国大学紀要』二十五号、二〇〇六・三）に詳説されている。

8　古典文庫『未刊謡曲集五』の解説に拠れば、「一年の季節を七十二候に分けてその名を覚えさせるための謡物『七十二候』（享保八年〈一七二三〉版「便用謡」所収）に前後をつけて完曲としたものか」と言われる。

9　なお、元禄十三年（一七〇〇）刊の紫白女編『菊の道』における芭蕉句の前書は「膳所へ行人の許にて」。また、珍碩「獺を」句との関連は安東次男氏によって指摘されたことである（『芭蕉発句新注』筑摩書房、一九八六）。安東氏は、「獺祭」に「夥しい書籍を机辺に並べて博引検索の興に溺れること」の意があるのを踏まえ、芭蕉が第三者に向かって「洒堂一味の獺祭ぶり（撰集の進行状況）を、ついでにさぐって来い」と呼びかけた句という解を展開している。その場合の珍碩句は『ひさご』の成った「満足感の表現」だという。だが、阿部正美氏（『芭蕉発句全講Ⅲ』明治書院、一九九六）は、珍碩には元禄二年以前の芭蕉との交渉を示す資料がなく、元禄三年「獺祭魚」の頃、芭蕉が伊賀に居たときに珍碩が訪ねてきて初めて対面し、珍碩が膳所に帰るにあたって「獺の」句を贈ったと推測している。安東氏の解は『ひさご』の編集時期よりも早すぎて苦しい。一方の阿部氏の説も、『ひさご』の第二歌仙「いろ〳〵の」の巻の第三までが元禄三年新春の珍碩の芭蕉入門時の挨拶らしいことと齟齬するし、また、珍碩がその正月に伊賀を訪れたという確証はなく、さらに、「膳所へゆく人」という表現が膳所住の珍碩にそぐわない。一つの可能性としては、入門後の珍碩が伊賀まで芭蕉に同道したとも考えられるが、また別の可能性としては、芭蕉の膳所滞在中に入門した珍碩へ贈る発句を、伊賀からたまたま「膳所へゆく人」に芭蕉がことづけたというような事情が、其角や許六に半端に伝わって混乱を生じさせたと考えられなくもない。

10 『近世初期刊行連歌寄合書三種集成』（清文堂、二〇〇五）参照。
11 片桐洋一氏著、笠間書院、一九九九。
12 深沢了子『近世中期の上方俳壇』（和泉書院、二〇〇一）第八章「芭蕉の受容一――『師走嚢』の場合――」参照。
13 岩田九郎氏著、明治書院、一九六七。

萩の旅路

一

『おくのほそ道』の語り手である旅人と、元禄二年（一六八九）に奥州・北陸を旅した芭蕉その人とを切り離して考えるべきだということは、こんにちでは常識と言ってよいだろう。『おくのほそ道』には、旅の事実そのままではなく、芭蕉が体験を取捨選択し加工し創作した紀行文として読まれることが求められる。

『おくのほそ道』の旅人が僧のいでたちで歩いていることは、作品中に示されている。まず、日光で自らを「かゝる桑門の乞食順礼ごときの人」と表現している。「桑門」とは僧侶である。市振では遊女たちから僧として「衣の上の御情に、大慈のめぐみをたれて結縁せさせ給へ」と求められているし、同行の曽良についても「剃捨て黒髪山に衣更」句に関して、「旅立暁髪を剃て、墨染にさまをかえ、惣五を改て宗悟とス、仍て黒髪山の句有」と紹介している。また、所持品については、

其日、漸早加と云宿にたどり着にけり。痩骨の肩にかゝれる物先くるしむ。唯身すがらにとこしらへ出立侍るを、帋子一衣は夜ルの防ぎ、ゆかた、雨具、墨、筆のたぐひ、あるはさりがたき花むけなどしたるは、さすがに打捨がたく、路頭の煩となれるこそ、わりなけれ。

（『おくのほそ道』からの引用は曽良本の修正後の本文により、濁点を加えるなど読みやすいかたちにした。以下同じ。）

と述べている。

上野洋三氏は、『芭蕉、旅へ』(岩波新書、一九八九)において、右の「痩骨の肩にかゝれる物」に触れ、「この「肩に」荷物を背負う姿かたち――旅装――は、当代の人々には、誰もが容易に思い浮かべることのできるものだった」として、「それは、同時代に一般的な僧侶の旅姿である以上に、富士見西行の図で見なれた、西行を代表とする世捨人・隠者たちの旅姿だった」と指摘し(同書一七二頁)、富士見西行の例として、天和二年(一六八二)刊の『誹諧三ケ津』の句画(図①)を紹介している。これは伏見稲荷参詣の土産物として売られていた瓦焼きの人形の図で、句は、

秋夕瓦西行こゝろなき　大坂　和気遠舟

というもの。もとより、西行の「こゝろなき身にも哀はしられけりしぎたつ沢の秋の夕暮」(『新古今和歌集』巻第四・秋歌上)を踏まえて、「秋の夕べでも、この西行人形には本当に心がないんだよな」と言い立てた句である。たしかに、この伏見人形のような、笠を腹の前に持ち脚絆・草鞋に脚元を固め杖を突き、物を包んだ白い荷を肩に負って首の前で結んでいる僧のスタイルは、西行の旅姿として一般のイメージに定着していたようだ。上野氏が『新注絵入奥の細道曽良本』(和泉書院、一九八八)で挙げている天和二年刊の『西行和歌修行』の菱川師宣による挿絵(図②)も伏見人形とほぼ同じ姿である。また、最近早稲田大学の所蔵となった、芭蕉自筆の「枯枝に・世にふるは」句文画賛(画者未詳)には、「笠やどり」と題された文中の「無為のちまたに雨やどりし給ふめる西行の侘笠哀に貴シ」の記述に対応する、西行の図像が描かれている(図③)。ただし、この③の場合には、肩に荷を負っていない。あるいは、柿衞文庫が所蔵する、宗因賛・西鶴画の「花見西行偃息図」(図④、部分)はそれ自体西行像のパロディだが、この西行にも笠・杖・脚絆・草鞋は揃っているが荷の包みはない。

①の伏見人形のようなスタイルが西行像の定番であろうが、肩に白い包みの荷は、いわば、「必須アイテム」というわけでもなかった、というところではないだろうか。なお、西行の荷については、本書所収「「さみだれを」歌仙注釈」の35句め(三五五頁)参照。

図①　天和二年(一六八二)刊の『誹諧三ケ津』、伏見人形の西行

図②　天和二年刊の『西行和歌修行』の西行、菱川師宣画

図③　画者未詳・芭蕉賛、「枯枝に・世にふるは」句文画賛の西行

図④　「花見西行偃息図」(西鶴画)

ところで、『おくのほそ道』の芭蕉の旅姿を示してくれる絵画資料として、天理図書館蔵の、弟子の許六が描いた「奥の細道行脚之図」がある(図⑤)。右下隅の書き込みに「元禄癸酉春五老井居士許六謹画」とあり、元禄六年(一六九三)春、江戸に来ていた許六が芭蕉庵に出入りしてこの図を製作したものと見られる。

この図は芭蕉生前の成立であるだけに、芭蕉(および曽良)の顔立ちをよく伝えていると考えられる。しかしながら、芭蕉の姿形に注目したとき、墨染の衣を着て脚絆・草鞋を身につけ笠を前に持って杖を突いているさまが、図①②③の西行像と一致することに気付く。ただ、曽良に荷を持たせていることによって芭蕉は荷の包みを肩に負っていないが、肩の荷が欠けても西行のイメージが成り立つことは先に述べた。

つまり、許六は、絵の中の芭蕉に、いかにも西行らしいスタイルを身に付けさせポーズを取らせているらしい。

図⑤　元禄六年(一六九三)春、許六画「奥の細道行脚之図」(天理図書館蔵)

現代の観光地によくある、歴史的人物など「ご当地キャラクター」の肖像のパネルの、顔のところだけあいた穴から顔をのぞかせるように、許六は「これが西行の立ち姿」という全身像の、首から上だけを頭巾を被った芭蕉の顔に置き換えて、この図を描いたように思われる。許六は芭蕉の真を写そうとしたのではなくて、いわば西行をやつした芭蕉像を描いているのではないだろうか。また、それでこそ、俳諧師芭蕉にふさ

図⑥　柿衞文庫蔵、許六画「芭蕉行脚像」

わしい肖像と言えよう。もちろん許六の意識に、芭蕉の旅は西行を慕い模倣する旅だということがあったと見て間違いない。

だから、この図⑤そのままのありさまで、元禄二年の芭蕉が奥州・北陸を歩いたと考えるのは危険である。図⑤はあくまでも理想の旅人を表現している肖像画と見るべきであろう。でも、少なくとも芭蕉が西行を理想の旅人として意識して旅をしたということは確かだと思われる。それを直話で聞いたからこそ許六はかかる肖像を描いたことは間違いない。ちなみに、許六は図⑥のような「芭蕉行脚像」(柿衞文庫蔵、部分)も描いている。笠の位置がちがう程度でほとんど通行の西行像と異ならない。芭蕉像として描かれたことが確かであるならば、図⑥は理想化のさらに進んだ芭蕉の肖像と言えよう。

二

では、芭蕉の旅にとって、西行を模倣することの意味は何だったのだろうか。

みちのくへ向けて旅立つ少し前の元禄二年二月十六日の、旧友の惣七(宗七)・宗無に宛てたと田中善信氏によって推定されている(『全釈芭蕉書簡集』、新典社、二〇〇五)芭蕉書簡に、次のような記述がある。

住果ぬ世の中、行処帰処、何に繋がれ何に纏れむ。江戸の人さへまだるく成て、又能因法師・西行上人の跪の痛も思ひ知ンと、松島の月の朧なるうち、塩竈の桜散らぬ先にと、そゞろに忙しく候。浮世の人の大年も、我桜待日におなじからむ。（芭蕉書簡の引用は『新編芭蕉大成』により、適宜振り仮名を取捨した。以下同じ）

これは、『おくのほそ道』の書き出しの部分に「春立る霞の空に白川の関こえむと、そゞろがみの物につきてこゝろをくるはせ、道祖神のまねきにあひて取もの手につかず、もゝ引の破をつゞり、笠の緒付かへて、三里に灸すゆるより、松嶋の月先心にかゝりて」とあることにつながる、旅に心が誘われて矢も楯もたまらぬさまを述べた心中吐露である。「能因法師・西行上人の跪の痛も思ひ知ンと」とあることによって、その旅が芭蕉の意識において能因や西行の足跡をたどるものだったことが分かる。書簡の文脈からすれば、ここに能因と西行の名を出したのは、世を逃れて「月」や「桜」を賞する境涯に身をひたし、その境地を言葉で表現した先達という意味があるであろう。

そしてまた、同じ書簡の末尾には、「道の具」と題する覚え書きが記されている（〈　〉で示したのは芭蕉による注記）。

短冊百枚〈是餓ゑたる日、五銭十銭と代なす物か〉　筆箱　一　雨用意ござ　鉢の子　拄杖〈是二色乞食の支度〉　檜の木笠・茶の羽織、如例

これは現実の芭蕉の旅の装具が知られるという点でも興味深い記事であるが、いま注目したいのは、「乞食」をするために「鉢の子」と「拄杖」を用意していることである。実際に、『曽良旅日記』の那須の湯本での記録（四月十九日）には「予、鉢ニ出ル」とあって、曽良のことではあるが、旅中に托鉢行をおこなったことが知られるのである。

そのように、芭蕉が元禄二年の長い旅に発つに当たり「乞食」を念頭に置いていたことは、これもやはり宗七宛てと田中善信氏によって推定されている閏一月下旬の書簡に、

去年旅より魚類肴味口に払捨、一鉢境界乞食の身こそたふとけれと、謡に□し貴僧の跡もなつかしく、猶今年の旅はやつし〳〵て菰をかぶるべき心がけにて御座候。其上能道連れ、堅固の修行、道の風雅の乞食尋出し、隣庵に朝夕語り候而、此僧に誘はれ今年も草鞋にて年を暮らし可申と、嬉しく頼もしく、暖かになるを待侘て居申候。

とあることによっても確かめられる。「一鉢境界乞食の身こそたふとけれと、謡に□し貴僧」とは増賀上人のことであり、芭蕉は増賀上人については『撰集抄』に拠って書いていると、白石悌三氏に指摘がある（「路通と曽良」、『芭蕉』〈花神社、一九八八〉所収）。すなわち、『撰集抄』巻一巻頭の話に、増賀上人が伊勢の神の「名利を捨てよ」という示現を蒙り、着衣を全て乞食どもに与えて「赤はだかにて」「物乞つゝ」慈恵大師の許に至り、諌められても「あらたのしの身や。おう〳〵」とうたいつつ走り去ったことが見える。芭蕉は右の書簡で、そのような増賀上人を慕い、旅の途中「菰をかぶ」って物乞いすることも厭わぬ気持ちを伝え、かつ、「堅固の修行、道の風雅の乞食」（路通を指すらしい）を道連れに得たよろこびを語っている。

いうまでもなく『撰集抄』は、西行の著述であると芭蕉が信じていた愛読書である。元禄三年の歳旦句、

菰を着て誰人ゐます花の春

について、芭蕉自身が同年一月二日付の荷兮宛て書簡で「撰集抄の昔を思ひ出候まゝ、如此申候」と述べていることも、「菰をかぶるべき心がけ」が『撰集抄』の貴僧たちを意識した心構えだったことを示している。そして、元禄五年（一六九二）二月執筆の芭蕉の俳文「栖去之弁」にも、

風雅もよしや是までにして、口を閉ぢむとすれば、風情胸中をさそひて、物のちらめくや、風雅の魔心なるべし。なほ放下して栖を去、腰にたゞ百銭をたくはへて、拄杖一鉢に命を結ぶ。なし得たり、風情終に菰をかぶらんとは。

（『芭蕉庵小文庫』を底本とする『新編芭蕉大成』によった）

とある。これにより、元禄年間の芭蕉には乞食となることへの強い憧れが継続して存していたことが分かる。それ

は芭蕉にとって「風雅」を追い求めるための理想の姿であった。

要するに、西行は芭蕉にとって、「乞食の中にこそ貴い聖がおわします」という価値観の主唱者、かつ、そうした聖に迫ろうという修行の実践者、そして修行のうちに「風雅」を体験し表現し得た先達に位置づけられるのである。そうした西行像は、『撰集抄』を中心として、ほかには『西行物語』などの説話や『山家集』ほかの西行の歌集、さらには能をはじめとする当時の芸能によって肉付けされるかたちで、形成されたものであった。

現実の芭蕉も確かに西行の旅姿と西行の遺跡を意識して旅をしていたのであるが、『おくのほそ道』の語り手は、右のような性格の西行を模倣する旅人として、いっそう純化されて造形されている。

三

『おくのほそ道』に西行ふうの理想の旅人が描かれている例として、ここではいわゆる「市振の段」を取り上げて考えてみたい。

けふは、親しらず・子しらず・犬もどり・駒返しなど云北国一の難所を越てつかれ侍れば、枕引よせて寐たるに、一間隔て丶面の方に、若きをんなの声、二人計ときこゆ。年寄たるおのこの声も交て物語するをきけば、越後の国、新潟と云所の遊女成し。伊勢参宮するとて、此関までおのこの送りて、あすは古里にかへす文した丶め、はかなき言伝などしやる也。白波のよする汀に身をはふらかし、あまのこの世をあさましう下りて、定めなき契、日々の業因、いかにつたなしと物云を、聞〱寐入て、あした旅だつに、我〱にむかひて、行衛しらぬ旅路のうさ、あまり覚束なう悲しく侍れば、見えかくれにも御跡をしたひ侍らん、衣の上の御情に、大慈のめぐみをたれて、結縁せさせ給へと、なみだを落す。不便の事にはおもひ侍れども、我〱は所〱にてとゞまる方おほし、唯、人の行にまかせて行べし、神明の加護、必つ丶がなかるべしと、云捨て出つ丶、あはれさしばらくやまざりけらし。

一家に遊女も寐たり萩と月

曽良にかたれば、書とゞめ侍る。

かいつまんで文意を取ってみる。語り手は、越後の国の西の端、海岸沿いの街道の難所を越えて宿を取った。（宿場の名は記されていないが、市振にあてはまる。曽良の旅日記によれば実際に七月十二日市振に泊まっている。ただし、以下のような遊女との接触は記されていない。）ふすま越しの隣室から、若い女二人と年寄りの男一人の会話が聞こえてくる。聞けば、女たちは新潟の遊女で、伊勢参宮に出掛けるところ。見送りについてきた男を明日には新潟に帰すにあたり、手紙などを書いているのだった。

「白波のよする汀（なぎさ）に身をはふらかし、あまのこの世をあさましう下りて、定めなき契、日々の業因、いかにつたなし。」

（白波の寄せる新潟の街に身を投げ捨て、海士の子のようにこの世であさましく落ちぶれて、相手の定まらぬ契りをくりかえし、罪深い日々を過ごすのは、どのように前世の因縁が悪かったからなのでしょう。）

という話し声を聞くうちに寝入って、翌朝出発しようとすると、その女たちが我々に向かって、

「行衛しらぬ旅路のうさ、あまり覚束なう悲しく侍れば、見えかくれにも御跡（おんあと）をしたひ侍らん、衣の上の御情に、大慈のめぐみをたれて、結縁（けちえん）せさせ給へ」

（道筋の心許ない旅路の心配なこと、あまりに心細く悲しいものですから、見え隠れであってもあなた様方の御あとをついて行かせてください。法の衣のお坊様としてのお情けによって、仏の大慈のめぐみを分け与え、仏縁を結ばせてください。）

と言って涙を流す。不憫ではあったが、

「我〳〵は所〳〵にてとゞまる方おほし、唯、人の行にまかせて行べし、神明の加護、必つゝがなかるべし」

（我々はあちこちで逗留することが多い。ただ、人々が行く方向に行きなさい。伊勢大神宮の加護によって、きっと無事に着くことができるはずだ。）

と言い捨てて宿を発ったが、彼女らを哀れむ気持ちがしばらく止まなかった。そこで発句を詠んだ。

「一家に遊女も寐たり萩と月」。

曽良に語ったところ、曽良はこの句を書き留めていた。

市振の段は西行と江口の遊女の歌問答説話を利用していると従来指摘されてきた。その指摘は正しいだろう。だが、どれか特定の本文によって芭蕉がそれを市振の段に取り込んだとは、どうも言いにくいようである。

その説話のもともとの出典は、『新古今和歌集』巻第十・羇旅歌の二首、

天王寺に詣で侍りけるに、俄(にわか)に雨ふりければ、江口に宿を借りけるに、貸し侍らざりければよみ侍りける　西行法師

世中をいとふまでこそかたからめかりの宿りをおしむ君かな

返し　遊女妙

世をいとふ人としきけばかりの宿に心とむなと思ふばかりぞ

で、西行の歌の意は「この世を厭って出家するのはなるほど遊女のあなたには難しいかもしれませんが、私に仮の宿りを許すぐらいは簡単なはず。それさえも惜しみなさるのですね」。それに対し、遊女妙の歌の意は「あなたはこの世を厭って出家した人だと聞きましたので、このように俗な宿などに心を留めてくださいますなと思いましただけです」。

この歌問答が、『撰集抄』の巻九第八話「江口遊女事」に取り込まれた。引用は選集抄研究会編著『撰集抄全注釈下巻』(笠間書院、二〇〇三)による。

過ぬる長月廿日(はつか)あまりの比(ころ)、江口と云所を過侍(すぎはべり)しに、家は南北の河岸にさしはさみ、心は旅人のゆききの船を思ふ遊女の有様、いと哀(あはれ)にはかなきもの哉と見たてりし程に、冬をまちえぬ村時雨のさえくらし侍(はべり)しかば、けしかるしづがふせやに立より、はれ間まつまのやどをかり侍りしに、あるじの遊女ゆるす気色(けしき)の見え侍

らざりしかば、なにとなく、

　世の中をいとふまでこそかたからめかりのやどりをおしむ君かな

と読て侍(はべり)しかば、あるじの遊女うちわらひて、

　家をいづる人としきけばかりの宿に心とむなとおもふばかりぞ

と返て、いそぎ内に入れ侍りき。たゞ時雨の程のしばしのやどゝせんとこそ思侍(おもひはべり)しに此歌の面白さに、一夜のふしどゝし侍りき。(以下略)

『撰集抄』であるからこの話の語り手は西行という前提である。西行は、江口の、南側北側両方が川に面している家の、船で往来する旅人を客に取る遊女の身の上を哀れなものと眺めていた。そこに冷たい村時雨がさっと降ってきたので、普通と違う様子の小家に雨宿りしようとした。ところがその家の主の遊女は雨宿りを許さない。そこで歌問答があり(遊女の返歌の初五が『新古今和歌集』と異なるが、「世をいとふ」と「家をいづる」で意味はほぼ同じと言ってよい)、西行は家の中に入ることを許された。しかも、遊女の返歌が面白かったことによって、一晩そこに泊まるなりゆきとなったのである。

　さらに謡曲の「江口」がこの歌問答を利用している。「江口」のワキは旅の僧で、前ジテは江口の里の女、後ジテは遊女「江口の君」の霊である。『新日本古典文学大系　謡曲百番』(岩波書店、一九九八)から「江口」のあらすじを引く(あとの謡曲本文引用も同書による)。

　諸国一見の僧が随伴の僧と都から天王寺へ参る途次、淀川上流の江口の里に着き、里の男から江口の遊女の旧跡を教えられる。[a]僧が懐旧の念に西行法師の詠歌を口ずさむと、里の女が呼びかけながら現れ、西行の歌に対する[b]江口の君の返歌の真意を説く。不審する僧に、女は自分が江口の君の幽霊であると告げ、黄昏の中に消え失せた(中入)。里の男が再び僧にまみえ、遊女が普賢菩薩と変じた奇瑞を語り、供養を勧める。僧が弔いを始めるやいなや、月澄みわたる川面に舟を浮かべて江口の君が二人の遊女を伴い現れる。[c]遊女の身のはか

なさを嘆き、昔を今に、棹の歌を謡いつつ舟遊びを展開する。六道輪廻の有様を述べ、遊女の身と生まれた罪業の深さを嘆き、世の無常と執着の罪を説き、静かに舞う。やがて遊女は普賢菩薩に変じ、白象と化した舟に乗って西の空へ消えていった。

謡曲の本文を部分的に見てみよう。まず西行の歌が引用されている波線aの部分を引く。傍線部が和歌の引用である。

ワキ「実や西行法師此所にて、一夜の宿を借りけるに、主の心なかりしかば、世の中を厭ふまでこそ難からめ、仮の宿りを惜しむ君かなと詠じけんも、此所にての事なるべし、あら痛はしや候。」

次に、波線b、江口の君の返歌が引かれる部分である。

ワキ「実其返歌の言の葉は世を厭ふ」、シテ「人とし聞けば仮の宿に、心留むなと思ふ計ぞ、心留むなと捨人を、諌め申せば女の宿りに、泊め参らせぬも理りならずや。」(中略) シテ「惜しむこそ、惜しまぬ仮の宿なるを、惜しまぬ仮の宿なるを、などや惜しむといふ波の、返らぬいにしへは今とても、捨て人の世語りに、心な留め給ひそ。」

「惜しむこそ、惜しまぬ仮の…」以下で、歌の真意について、西行に一夜の宿を貸すのを惜しむことこそこの世を仮の世と知る故であり、「惜しむ君かな」というのは当たらない、と説明している。

『おくのほそ道』「市振の段」は、こうした西行と江口の遊女の説話を、特定の先行古典からというのではなく、総体的に継承して使っているように思われる。

まず、遊女たちと同宿するという話形は、『撰集抄』には見られるが、『新古今』と謡曲「江口」ではそのような展開になっていない。『おくのほそ道』の語り手と曽良が市振の宿で遊女と同じ屋根の下に泊まったというエピソードは、『撰集抄』によって発想され、この僧形の二人が西行の旅を模倣していることを表わすべく書かれている。

しかし、いっぽうで謡曲「江口」の利用の痕跡が特に顕著な箇所がある。それは波線cのくだりである。「江口」のその箇所の原文を示せば、

シテ「然るに我ら偶々受けがたき人身を受けたりといへども、罪業深き身と生れ、殊に例少なき河竹の、流れの女となる、先の世の酬いまで、思ひやるこそ悲しけれ。」

で、ここが市振の段では新潟の遊女の嘆きとしてふさわしく鋳直され、「白波のよする汀に身をはふらかし、あまのこの世をあさましう下りて、定めなき契、日々の業因、いかにつたなし。」となったものと思われる。

四

そしてまた、市振の段を締めくくる発句「一家に遊女も寐たり萩と月」も、右に述べてきた西行と江口の遊女の説話と密接に関わらせてこそ、理解できるのではないか。

月が出てくるのは、謡曲「江口」の後半である。あらすじの「月澄みわたる川面に舟を浮かべて江口の君が二人の遊女を伴い現れる」の箇所の本文は次のように謡われる。

ワキ・ワキツレ「いひもあへねば不思議やな、いひもあへねば不思議やな、月澄みわたる川水に、遊女の歌う舟遊び、月に見えたる不思議さよ、月に見えたる不思議さよ。」(中略)ワキ「不思議やな月澄みわたる水の面に、遊女のあまた歌ふ謡、色めきあへる人影は、そも誰人の舟やらん」、シテ「何此舟を誰が舟とは、恥づかしながらいにしへの、江口の君の河逍遙の、月の夜舟を御覧ぜよ」(中略)二人「秋の水、漲り落ちて、去る舟の」、シテ「月も影さす、棹の歌。」

そして、終末部には「やがて遊女は普賢菩薩に変じ、白象と化した舟に乗って西の空へ消えてい」くのであるが、そこは、

シテ「思へば仮の宿」、シテ・地謡「思へば仮の宿に、心留むなと人をだに、諫めし我なり、是まで成や帰る

とて、則普賢、菩薩とあらはれ、舟は白象となりつつ、光と共に白妙の、白雲にうち乗て、西の空に行給ふ、ありがたくぞ覚ゆる、有難くこそは覚ゆれ。」

となっている。実は遊女「江口の君」は普賢菩薩、舟は普賢菩薩の乗る白象で、月とともに西方に去るのである。

このような、遊女が実は普賢菩薩だったという謡曲「江口」の展開は、『撰集抄』からもう一つ別の説話を取り込んだ結果である。巻六の第十話「性空上人事」がそれで、前半の性空上人の発心譚に続いて、性空上人が生身の普賢菩薩を拝みたいと祈念したところ「室の遊女が長者を拝め」とご託宣があって彼女に会いに行った、という場面が現れる。

さても、此聖人、「我法花読誦の功に依て、肉身にまのあたり、六根清浄の功徳を得たりといへ共、生身の普賢菩薩の尊像を拝み奉らぬ事、恨の中の恨にて侍り」とて、七日祈念していまそかりけるに、七日の暁のうつゝに天童託して云、「室の遊女が長者を拝め。それぞ実の普賢なる」と示して失給ぬ。不思議と思ひをどろきて、いそぎ室へいたり給なんとす。黒衣にては、遊女見んといはん事悪かりなんとて、白き衣き給て同さましたる僧五人具して、室の長者がいほりに至りつき、やどをとり給に、長者出合へり。長者酌取、聖人に酒をすすめ奉れり。しゐ申とて舞をまふ。

周防みたらしの沢部に風の音信て

とかずふれば、ならびゐたる遊女共、同声して、

さゝら浪立つ　やれかとつとう

と拍しけり。されば、是は生身の普賢にこそと思給て、目をふさぎ心をしづめて観念をし給ふ時、端厳柔和の生身の普賢、白象に居給て、

法性無漏の大海には、普賢恒順の月光ほがらかなり

とうたはせ給へり。又、目をあきて是をみ給へば、遊女の長者也。うたふ声も、

さゝら浪立

と云也。又、目をふさぎ、心を法界にすませば、長者又生身の普賢にてまし〱けり。聖人貴憑(たふとくたのも)しくいまして、いとまを申て出(いで)給ふ程に、一町ばかり去給(さりたまひ)て後、此(この)長者、俄に身まかりにけり。

性空上人は白い衣を着て五人の僧と共に室の遊女の長者の庵に宿を取った。室の長者は酒を勧め、舞い、歌う。「周防みたらしの沢部(さはべ)に風の音信(おとづれ)て」。それに合わせ、ならび居る遊女どもが「さゝら浪立つ、やれかとつとう」とはやす。その時性空上人が目をふさぎ心をしずめて観念をすると、室の長者は白象に乗った普賢菩薩で、「法性(ほつしやう)無漏(むろ)の大海には、普賢恒順(ごうじゅん)の月光(つきのひかり)ほがらかなり」(煩悩を離れた真如の世界においては、ちょうど、大海に曇りなく月の光がさしているのと同じように、普賢菩薩は常に衆生に恵みをお与えくださる――『撰集抄全注釈下巻』の口語訳)と歌っているのである。目を開けば室の長者、目をふさげば普賢菩薩。そして性空上人がいとまを乞うてその宿を出、一町ばかり行った時、室の長者は急に亡くなってしまう。

『撰集抄』では、続いてこの逸話に対する論評が加えられている。

此(この)長者、遊女として年を送しかども、誰か是を生身の普賢とは思侍(おもひはべり)し。只なめての女とこそ思ひけめ。実(まこと)の菩薩にてをはしましける事、げに〱忝(かたじけな)くぞ侍る。すべて、かゝるみよの仏達、形をかくしてうち出給(いで)へ共、眼(まなこ)に雲あつくして、すめる月のあらはれぬに侍り。かなしきかなや、尊像に向(むかひ)ながら、遊女と見る事を。恨(うらめ)しきかな、妙なる御法(みのり)を聞ながら、さゝら浪の詞(ことば)と思ふ事を。

普通の女と誰もが思っていた室の長者が普賢菩薩だったことはまことにもったいないことであって、仏は形を変えてこの世に現れるが、悲しく恨めしいことには、我々のまなこに厚く雲がかかり澄んだ月のような仏の姿を拝することができないのだ、という。

普賢菩薩の歌に「普賢恒順(ごうじゅん)の月光(つきのひかり)」(「普賢恒順」とは普賢菩薩の誓いの一つ「恒順衆生」のことで、普賢菩薩が衆生の望みに順って恵みを与える意)とあり、論評の部分に「すめる月」とあるように、『撰集抄』の性空上人の説話において月は普賢菩薩の恵みを象徴している。したがって、謡曲「江口」の後半が「月すみわたる川水」を背景としていたことは、江口の君が実は普賢菩薩とあらわれる結末から言って、必然なのだった。

従来「一家に遊女も寐たり萩と月」の注釈の多くは、たとえば尾形仂氏が『おくのほそ道評釈』(角川書店、二〇〇一)で「北国辺土の一軒屋の宿に、花やかにも罪深いあわれな遊女も泊まり合わせて寝ている。折から庭には萩がなまめかしく咲きこぼれ、その上を澄んだ月の光が照らしているのが、何となく遊女と、その遊女たちが僧侶と見誤って済度の願いを寄せた自分たちとのゆくりなき巡り合いを思わせているかのようだ。」と解説しているように、

萩は、遊女。
月は、僧体の旅人。

という構図でとらえてきた。いっぽうで、阿部正美氏のように「この点景は、萩と遊女、月と芭蕉という照応を成立させているが、単純な譬喩と見たのでは底が浅く、句の仕上がりもそのような見方を許さない。」(『芭蕉発句全講Ⅲ』明治書院、一九九六年)と、右のような比喩的関係の構図を認めない方がよいとする見解もあった。

だが、そもそも遊女らは「寐る」ことによって世を渡る職業であり、さらに「萩」は「寐る」花である。「萩」と「寐る」の結びつきには『後拾遺和歌集』巻四・秋上に本歌がある。

萩のねたるに、露のおきたるを、人〱よみ侍りけるによめる　新左衛門
まだ宵にねたる萩かな同じ枝にやがておきゐる露もこそあれ

同じ心をよみ侍りける　中納言女王
人しれずものをや思秋萩のねたるがほにて露ぞこぼるゝ

さらには萩の、白や薄紅の艶なる花の色から言っても、萩が遊女の譬喩であることは動かし難いのではないだろうか。また一方で、「月」を語り手自身の譬喩と見ることは、おこがましい感じをまぬかれないことも確かだろう。

そこで、第三の解を提示してみたい。「遊女は、月の光のごとくにめぐみを与えてくれる普賢菩薩であった」という説話の意識された文章に付随している発句であることに注目して、

萩は、遊女たちの、現世での仮の姿。

月は、遊女たちの、精神世界における真の姿。普賢菩薩。

を、それぞれ象徴しているという考え方はできないだろうか。この句は芭蕉が『おくのほそ道』の執筆に当たって作った発句であり、芭蕉生前に発句単独で懐紙等に染筆されたり俳諧撰集に掲載されたりすることがなかった。つまり、遊女との同宿と対話というエピソードを前提にして読まれる以外にはない発句だと言うことができる。

上野洋三氏は、「芭蕉の恋」という論考(『芭蕉論』〈筑摩書房、一九八六〉、もしくは、『芭蕉の表現』〈岩波書店、二〇〇五〉所収)において、

もしも比喩的に見るならば、「萩」は「遊女」の、「月」は主人公自身の比喩、なのではなくて、「萩」は、主人公と「遊女」との出逢いを含めたこの地上での出逢い(契り)・連続の比喩であり、「月」はこの地上ならぬところでの出逢い・連続の比喩とすべきであろう。そのとき比喩を象徴といってもよいが、ともかく表現は、二重の否定によって、そこまでの質を含んだのである。

と述べるが、「萩」と「月」を、「この地上」と「この地上ならぬところ」の対比的な「出逢い(契り)・連続」の象徴ととらえるとらえ方は、ここまで述べてきたような『撰集抄』や謡曲「江口」に見られる遊女の俗性と聖性の両面に当てはめることによって、より理解されやすくなるのではないだろうか。

以上のような理解に基づいて句意をまとめておこう。

「旅を続けると思いがけないことに出会うもので、僧の姿をしているのに一つ家に遊女らと泊まり合わせて寝る体験をした。萩の花が咲き、月が美しい秋の頃のことである。萩の花のごとくに優艶な遊女。でも、それはこの世での仮の姿で、我々であっても、もしも僧としての修行を積んでから彼女らに出会いまなこをふさいだならば、それ

図⑦　『芭蕉自筆 奥の細道』（岩波書店、一九九七）より

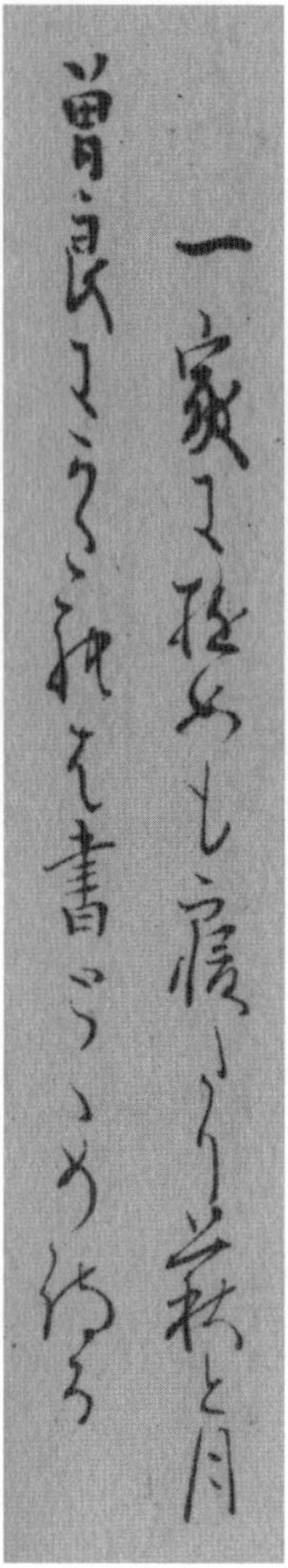

は月の光にも譬えるべき、生身（しょうじん）の普賢菩薩であると感得される者たちだったかもしれない。そのように想像して、ありがたく感じられた。」

　そしてそのあとに「曽良にかたれば、書とゞめ侍る」という一言が付け加えられているのは、曽良がこの発句に共感を寄せた、言い換えれば、曽良の心裏においても遊女に月が感取された、ということを表現したかったからではないだろうか。曽良の旅日記にこの発句は書き記されておらず、「曽良が書き留めた」と言うこと自体が芭蕉の創作だったと見るべきだが、それは幻想の共同性を同行（どうぎょう）に確認したことを示すための一言と思われる。

　ちなみに、初五「一家に」をヒトツイエニと読むかヒトツヤニと読むか、両説あって決着を見ていない。芭蕉自筆草稿である中尾本では、いったん「一宿に」と書きながら「宿」字の上に重ね書きして無理に「家」に改めたようである（図⑦）。このことからは「ヒトツヤドニ」という句案のあったことが想定されるが、それは謡曲「江口」に繰り返し出てくる「宿」の語に結びつく表現であったろう。あからさまに典拠に付きすぎることを嫌っての改変ではなかったか。同時に、この句に関して字余りに対する否定的意識が芭蕉にはなかったことも推測される。それならば、建築物そのものという語感の「ヤ」よりも、人がその中で過ごす所という語感において「ヤド」に近い「イエ」のほうが良さそうに思う。ヒトツイエニと読んでおきたい。

五

芭蕉は元禄二年(一六八九)晩春から秋にかけて奥羽・北陸を旅し、その四年ほどのちに『おくのほそ道』という紀行作品をまとめた。自明のことであるが、この作品は元禄二年の旅の探訪先、季節、それに曽良を初めとする関係者といった事実を、まずはいちばん基本的な枠組みとして採用して、ほぼ芭蕉がたどった通りのコースの「旅」を再現している。だが、この作品では体験をそのままに記録するという態度とはほど遠い体験の取捨選択がなされており、そのことに芭蕉の構成意識が露出している。そしてまた、どうやら、その構成を強化するためには、部分的にあえて話題を創作することも辞さなかったらしい。市振の段は、曽良の旅日記に「遊女」との遭遇の記録がないことや、草稿本である中尾本にあとから挿入された形跡が見えることから、今日では紀行の構成のために創作された段であるという見方が強く、それはその通りだと思われる。

市振の段を『おくのほそ道』の中でどう位置づけるべきか、さらに検討しよう。市振の段が創作された逸話だとして、なぜ、この位置に挿入される必要があったのか。従来、この段については俳諧歌仙の恋の句にあたるという語られ方がなされてきた。上野洋三氏はその見方を一歩進め、恋のキーワードは「遊女」ではなく「契り」なのであって、末の松山(はねをかはし枝をつらぬる契りの末も、終にはかくのごとき)、象潟(波こえぬ契ありてや雎鳩(みさご)の巣)を受け、市振で「定めなき契り」という「恋」のテーマの「最終的な結論に到達している点に、この作品の構造のすばらしさを見る」としている(『芭蕉自筆「奥の細道」の謎』二見書房、一九九七)。

上野氏のように、『おくのほそ道』には旅そのものの進行の陰に特定のテーマが伏流している(さらには、そのテーマ自体が展開・深化する)という把握は、「恋」以外のテーマについても言えることのように思う。たとえて言えば、組紐で同じ色の紐が離れた位置にあらわれるように、複数のテーマが断続的にそして複雑に出現するという捉え方が、『おくのほそ道』の分析には有効なのではないだろうか。

ここでは、二つのテーマを取り上げて、その糸筋をほぐしてみたい。「萩」と「西行」である。左に、「萩」が初めて話題に上る仙台から以降で、「萩」の出てくる箇所と、「西行」が絡んでいると認められる箇所を抜き出した。なお、「萩」のつながりについては平井照敏氏『『おくのほそ道』を読む』(永田書房、一九八八、のち講談社学術文庫)一二五頁に言われている。また、「西行」に関しては、広田二郎氏『芭蕉と古典』(明治書院、一九八七)が、『おくのほそ道』の「西行とのかかわり」を詳細に指摘している(四三一〜四八九頁)。ただし、ここでは広田氏の業績を参考にしながらも、西行歌との細かな語句の一致や広田氏の謂うところの「撰集抄的人間像」の一つ一つは取り上げず、西行その人の直接的イメージが利用されているくだりのみを検討する。行頭の( )は、便宜的に、その話題の舞台とされた地名を示している。また、*には典拠について簡略に記した。

(宮城野)宮城野の萩茂りあひて、秋のけしきおもひやらる。

*あはれいかに草葉の露のこぼるらん秋風立ちぬ宮城野の原(西行、『新古今和歌集』巻四・秋上)

(象潟)むかふの岸に船をあがれば、「花の上こぐ」と読(よま)れし桜の老木、西行法師の記念(かたみ)をのこす

*象潟の桜は波に埋もれて花の上漕ぐあまの釣り舟(伝西行)

(市振)前述につき省略(西行+萩)

(小松)小松と云所にて

しほらしき名や小松吹萩すゝき

(山中)曽良は腹を病(やみ)て、伊勢の国長嶋と云所にゆかりあれば、先立て行に、

ゆき〳〵てたふれ伏とも萩の原　　曽良

と書置たり。行ものゝ悲しみ、残るものゝうらみ、隻鳧(せきふ)のわかれて雲にまよふがごとし。予も又、

けふよりや書付消さん笠の露

＊いづくにかねぶりねぶりてたふれ臥さんと思ふ悲しき道芝の露（西行、『山家集』）

＊また、死を意識しつつ同行の僧と別れる場面が、『西行物語』にある。

（全昌寺）大聖持の城外、全昌寺と云寺に泊る。猶かゞの地也。曽良も前の夜、此寺に泊りて

終夜秋風聞やうらの山

と残す。一夜の隔、千里におなじ。我も秋風を聴きて衆寮に臥ば、

＊ここも、『西行物語』の西行と同行の僧の別れの話をなぞっている。

（吉崎）越前の境吉崎の入江を、舟に棹て汐越の松を尋ぬ。

終夜嵐に波をはこばせて月をたれたる汐越の松　西行

この一首にて数景尽たり。若一辨を加るものは、無用の指を立るがごとし。

＊右の歌は伝西行歌。実際には蓮如上人の歌と伝えられる。

（種浜）十六日空晴たれば、ますほの小貝ひろはんと、種の濱に舟を走ス。（中略）

波の間や小貝にまじる萩の塵

＊汐染むるますほの小貝拾ふとて色の浜とはいふにやあるらん（西行、『山家集』）

以上を、「萩」（傍線）と「西行」（波線）に分けてまとめるならば、

宮城野	象潟	市振	小松	山中	全昌寺	吉崎	種浜
萩		萩	萩	萩			萩
西行	西行	西行		西行	西行	西行	西行

のようになる。こうして見ると、『おくのほそ道』の後半には、萩をめぐっての季節の進行が構成的に描き込まれており、そのいわば「萩」の旅路に、「西行」に関わる話題が縒り合わされるようにして現れることがわかる。この八箇所の章段には、その点について確かに芭蕉の「組紐」的な構成意識が働いていると言えよう。

これら八箇所の章段の照応関係を拾い出してみる。

「萩」の旅路は、夏の宮城野の萩の茂りを見て「秋のけしき」を「おもひや」ることから始まり、種浜で「萩の塵」を詠ずることで閉じる(「塵」は「散り」に通ずる)。単純ながら、これは一つの照応関係である。そして市振・小松・山中は萩の咲く季節に通過した地名である。このような自然な季節の流れに従っての「萩」の点出に、「西行」がオーバーラップしている。

そもそも宮城野の萩の、和歌における詠まれ方は、

宮城野のもとあらの小萩露を重み風を待つごと君をこそ待て　(『古今和歌集』巻十四・恋四、よみ人しらず)

宮城野の露吹きむすぶ風の音に小萩がもとを思ひこそやれ　(『源氏物語』桐壺)

のように、露、それに風を伴うものであった。これに虫の音や鹿を結んだ歌も多いが、平安後期からは、

みやぎののもとあらのはぎのしたはれてつゆもくもらぬ秋のよの月　(『重家集』)

花の枝に露のやどかす宮城野の月にぞ秋の色はみえける　(『俊成卿女集』)

宮木のの風まちわぶる萩のえの露をかぞへてやどる月影　(定家『拾遺愚草』)

のように、萩の上の露に月が映って輝くさまも詠まれるようになった(『歌ことば歌枕大辞典』〈角川書店、一九九九〉、齋藤彰氏執筆の「宮城野」項を参照した)。芭蕉に近い時代の資料を示すなら、たとえば寛文十二年(一六七二)刊行の名所寄合語・付合語集『武蔵野』では、「宮城野」の親見出しの下に「本あらの小萩」「小萩原」「木の下露」「秋風」「月」といった連想語が挙がっている。

宮城野の萩のそのような本意に、さきに引いた西行の新古今歌「あはれいかに草葉の露のこぼるらん秋風立ちぬ

宮城野の原」も従っている。「宮城野―露―秋風」という連想関係をそのまま取り込んだこの歌は、『西行物語』に「秋の初風、草葉を結ぶ下葉の露も、置き所なく心ぼそき所を」という前書を伴って引かれており、鳥羽殿の障子絵に詠進された歌の一つとされている（『西行物語』は正保三年〈一六四六〉版本を底本とする講談社学術文庫本により引用、以下同じ）。『おくのほそ道』の語り手が宮城野の萩の夏の茂りを見て「秋のけしきおもひやらる」と述べるのは、西行が「あはれいかに草葉の露のこぼるらん」と目前にない景を想像したことのなぞりにほかならない。「草葉」には主に萩が意識されていると見て誤らないであろう。また、その草葉の「露」には、そこに月の光が映っている景への想像までこめられているのではないか。

そして、宮城野の段をそのように理解してこそ、吉崎の段との照応関係がくっきりと浮かび上がってくると思うのである。語り手は吉崎の入江に舟で赴き、汐越の松を尋ねた。そこで何を見たかは書かれておらず、和歌一首を想起したことだけが書かれている。

終夜（よもすがら）嵐に波をはこばせて月をたれたる汐越の松

吹き寄せる強風のために波が汐越の松に降りかかり、松は全体にしずくを垂らして、そのしずく一つ一つに月の光が宿っているという景観である。これは秋の宮城野の萩をスケールアップしたものにほかならない。さればこそ、西行の名を明記し、「この一首にて数景尽たり。若（もし）一辦（べん）を加（くはふ）るものは、無用の指を立るがごとし」と述べているのだろう。つまり、語り手は、仏道修行者である西行が宮城野の萩に宿る月を悟りの象徴として希求したということを前提に、同じ西行の「月をたれたる汐越の松」の詠を、まさに西行が仏道修行者として一段すりあがった証しなのだと認めていると解釈できる。それゆえに、この一首は多くの美景を凌駕しており、そこに描かれた西行の精神的な高みには何も付け加える必要がないという絶対的な肯定を宣言しているのである。

この吉崎汐越の松の章段は、従来、「軽いつなぎとして配置された章段」というような見方がされてきたところである。しかし、『おくのほそ道』の内なる西行の意義からみたときには、短いながら決して軽くない章段として見直すべきではないかと思う。

そう考えたとき、市振での発句「一家に遊女も寐たり萩と月」が、汐越の松における「月」の役割を導き出す伏線としてはたらいていることを、見逃してはならない。市振における語り手と曽良は、月光のうちに生身の普賢菩薩を見出したいと願う仏道修行者であったが、吉崎汐越の松においてはそのレベルの精神的高みが伝西行歌によって提示されるのである。その照応関係にこそ、市振の段が創作され挿入された意義があったものと思う。なお、「月」というテーマの流れは、また別の太い糸筋として検討されるべきである。

なおも八箇所の章段の照応関係をたどるならば、「西行」をめぐっての、象潟と種浜の照応も明白である。象潟に舟を浮かべて対岸に上がった語り手は、伝西行詠「象潟の桜は波に埋もれて花の上漕ぐあまの釣り舟」を思う。種浜には敦賀から舟を走らせて至り、西行詠「汐染むるますほの小貝拾ふとて色の浜とはいふにやあるらん」を思い浮かべ「波の間や小貝にまじる萩の塵」の発句を詠む。日本海に沿った旅の北端である象潟では桜の花の映る水面を点出し、南端である敦賀湾の種浜では散った萩の花びらが波間に漂うさまを描く。つまり、それぞれの西行の歌枕の地を舟を使って訪ね、桜と萩とで花こそ違え「花の波」のイメージをくりかえしているという点において、遥かな照応を見せているのである。

「波の間や」句は、現地の本隆寺に残された洞哉の記録によれば、「小萩ちれますほの小貝小盃」が初案だったらしい。これは実際に種浜に舟を出して遊覧し盃をくみかわしなどしたときに、「小萩」と「ますほの小貝」の似ていることを興がり、「小」の字を重ねて歌謡風の発句にまとめたものと言えよう。その後芭蕉は、浮れた気分を消し去り「萩の塵」という表現をもって萩の旅路の終わりを示す役割を与えて、『おくのほそ道』の構成に組み込むべく改作したのである。

ちなみに、「舟による移動」も、『おくのほそ道』全体の要所要所に用いられるテーマである。深川からの旅立ち、月の輪の渡し、松嶋、最上川下り、鶴岡から酒田への移動、右に述べた象潟・吉崎・種浜、そして大垣から伊勢への出発。これらの多くにやはり西行がからんでいる。文中に明示されてはいないが、伊勢もまた西行が庵を結んだ地であることは重要であろう。『おくのほそ道』の後半ではことさらに、象潟・吉崎・種浜、そして大垣から伊勢へと、語り手は舟に乗るたび西行に導かれて進むのである。

六

さてまた、山中と全昌寺の段は一続きの内容であり、『西行物語』に見える西行と同行の僧の別れの逸話を背景として持っている。その『西行物語』の逸話をざっと紹介しよう。

まず、西行と同行の僧とが東の方へ下る途中、天中の渡り（天竜川の渡しに当たる）において、乗り合いの船に人が多すぎたため武士に「下りろ」と命じられた。聞き入れぬさまをしていると、武士は西行を鞭で打った。それを嘆く同行の僧に向かって西行は仏道修行を説く、という場面を引く。

すでに東の方へ下るに、日数積れば、遠江国天中の渡りといふ所にて、武士の乗たりける船に、便船をしたりけるほどに、人多く乗りて船あやふかりけむ、

「あの法師、下りよ下りよ」

といひけれども、「渡りの習ひ」と思ひて、聞き入れぬさまにてありけるに、情なく鞭を以て西行を打ちけり。血など頭より出でて、よにあえなく見えけれども、西行少しも恨みたる色なくして。手を合はせ、舟より下りにけり。これを見て、供なりける入道、泣き悲しみければ、西行つくづくと見守り、

「都を出でし時、道の間にていかにも心苦しき事あるべしといひしは、これぞかし。たとひ足手を切られ、命を失なふとも、それ全く恨みにあらず。もしいにしへの心をも持べくは、髪を剃り、衣を染めでこそあらめ。仏の御心は。みな慈悲を先として、われらがごとくの造悪不善の者を救ひ給ふ。されば仇を以て仇を報ずれば、その恨みやまず。『忍を以て敵を報ずれば。仇すなはち滅す』といへり。経の中には。（経文を引く――中略）

これみな利他を旨とし、仏道修行の姿なり。自今以後もかかる事は。あるべし。たがひに心苦しかるべければ、汝は都へ帰れ」

とて。東西へぞ別れける。この同行の入道も、西行がそのかみの有様ども思ひ出でて、かかる事を見て心憂くおぼえけるも、ことはりとこそあはれなる。

鞭で打たれて船を下りた西行に対して、「供なりける入道」すなわち「同行の入道」は、北面の武士だった西行のかつての有様を思い出して泣き悲しむが、西行はこれがかねて「道の間にていかにも心苦しき事あるべし」と予想したことでありこれからもあることなのだとして、「お互いに心を痛めるであろうから、おまえは都へ帰れ」と言い、二人は東西へ別れてしまう。それから、西行は東へ歩を進め、小夜の中山にさしかかる。その場面は次のように描かれる。

西行、心強くも同行の入道をば追ひ捨てたりけれども、年頃あひ馴れし者なれば、さすが名残は惜しかりけれども、ただ一人、小夜の中山、事のままの明神の御前に侍りて、

「若以色見我　以音声求我　是人行邪道　不能見如来」

と礼拝して、小夜の中山を越えてかくなむ。

年たけてまた越ゆべしと思ひきや命なりけり小夜の中山

同行の僧との別離を惜しみつつ、西行は「小夜の中山、事のままの明神の御前」にて『金剛経』の経文を唱え、著名な「年たけて」の歌を詠む。続いて、岡部の宿にたどり着いての場面となる。

ただ一人、嵐の風の身にしみて、憂き事いとど大井川、四海の浪を分け、涙も露も置きまがふ、墨染の袖しぼりもあへず行くほどに、駿河の国岡部の宿といふ所に着きて、荒れたる御堂に立ち寄り休みてゐたりけるに、何となく後戸のかたを見やりたりけるに、古き檜笠懸けられたるを、「あやし」と見るに、過ぎにし春の頃、都にてたがひに、さきだたば還来穢国、最初引摂の契りをむすびし同行の、東の方へ修行に出でし時、あな

がちに別れを悲しみしかば、「これを形見に」とて、

　我不愛身命　但惜無上道

と書きたりしが、笠はありながら主は見えざりしかば、「遅れさき立つ習ひ、はや本の雫となりにけるやらむ」とあはれにおぼえて、涙を押さへて宿の者に問ひければ、

「京よりこの春、修行者の下りてありしが、この御堂にて労りをして失せ侍りしを、犬の食ひ乱して侍りき。屍は近きあたりに侍るらむ」

といひけれど、尋ぬるに見えざりければ、

　笠はありその身はいかになりぬらむあはれはかなき天の下かな

西行は荒れた御堂に泊まって、都で別れた同行の僧の笠を見つけた。『法華経』勧持品の経文がかかれていたことによってそれと知ったのである。岡部の宿の者に問うに、彼はその御堂で病死したという。しかし、遺骸は犬に食いちらかされて残っていない。そこで西行は「笠はあり」の歌を詠むのだった。

「年たけて」の歌は『新古今和歌集』巻十・羈旅歌に「東の方へまかりけるに、よみ侍りける」という詞書を伴って入集しており、西行が老いてからの二度めの陸奥行脚のおりにかつての旅を思い返して、「命なりけり（これも運命なのだなあ）」という感慨を詠じたものと普通には考えられる。しかし、『西行物語』の展開に即して見れば、天中の渡しでの同行の僧との生別と、岡部の宿でのかつての同行の僧との死別という対照的な話題にはさまれて小夜の中山にこの歌が詠じられることで、「命なりけり」は「よくぞ命があったものだ」という、仏道修行の旅にあっての存命の感慨の意味合いを付与されていると言える。

なお、芭蕉は「年たけて」歌を本歌にした発句を繰り返し作っている。延宝四年（一六七六）、芭蕉三十三歳の夏に伊賀へ帰郷の道中にて、

　佐夜中山にて

命なりわづかの笠の下涼　（『江戸広小路』）

貞享元年（一六八四）、四十一歳の夏には、風瀑に与えた餞別吟、

忘れずば佐夜の中山にて涼め　（『丙寅紀行』）

その翌年の春、東海道の水口宿で土芳と再会しての発句、

命二ツの中に生たる桜哉　（『野ざらし紀行』）

＊この句の解釈については、拙著『風雅と笑い——芭蕉叢考』の「芭蕉発句叢考」の「⑬命二つの」で述べた。

そして元禄二年（一六八九）、越前の中山にては、「中山」の地名にすがっての句、

越の中山

中山や越路も月はまた命　（『荊口句帳』）

があった。芭蕉が「年たけて」歌を非常に意識していたことは確かである。そして、どちらかといえば『西行物語』に近い「存命の喜び」のニュアンスを以て「命」の語を使っているようである。

右の『西行物語』によれば、都に帰された同行僧と岡部で死んでいた修行者はともに無名で、合理的に考える限りは別人である。だが、神宮文庫本『西行上人発心記』では前者を西住としており、謡曲「西行西住」（日本古典文学会刊『西行全集』に翻刻されている）では、西住が天龍の渡で西行と笠を取り替えて別れ、岡部の宿でその笠を残して死んだことになっている。もとより、登場人物を著名な人物に付会したりドラマチックな方向へ筋を改変させたりした、説話の成長の結果と見られる。

芭蕉がどの段階の説話を踏まえているかという問題はなかなか難しいが、山中での曽良との別れのシーンが小夜の中山前後の西行説話をモデルにしているということは充分言えるのではないか。曽良は病気のために語り手と別れて先に旅を行くことにする。発句を詠みかわし、語り手は「行もの丶悲しみ、残るもの丶うらみ、隻鳧（せきふ）のわかれ

て雲にまよふがごとし」と悲しみに暮れる。そして曽良と語り手は一晩違いで同じ寺に泊まることになる。そこには曽良の発句が残されていた。こうした話の展開は、西行の説話に語られる天中の渡しから岡部の宿にかけての西行の体験を、少しずつずらしながら応用したものと考えられる。さればこそ、実際の旅の順序は山中→那谷寺→(加賀、大聖持の城外)全昌寺だったものを、『おくのほそ道』には那谷寺→山中→全昌寺とする必然性があったのである。

では、山中と全昌寺の章段にはめ込まれた三つの発句について検討しよう。まずは、

ゆき〳〵てたふれ伏とも萩の原　　曽良

である。この発句にはほかならぬ西行の本歌がある。

いづくにかねぶりねぶりてたふれ臥さんと思ふ悲しき道芝の露　（『山家集』）

芭蕉はこの歌を、「元禄二年弥生」に書いた『あら野』の序文で、「無景のきはまりなき道芝のみちしるべせむと」のように利用していた。元禄二年当時、連れだって旅を行く芭蕉・曽良師弟の意識に、この歌が大きな位置を占めていたことが想像される。曽良の発句は、『芭蕉翁略伝』の伝える初案では「跡あらむたふれ臥とも花野原」で、元禄四年(一六九一)刊の『猿蓑』の所収句形は「いづくにかたふれ伏共萩の原」だった(曽良の旅日記でも同形)。初案から『猿蓑』句形への推敲は、まず、「花野原」を、「伏す」の縁語である「萩」を使って「萩の原」に換え、上五を「いづくにか」と改めることで西行の歌に近づけている。さらに芭蕉は、その後『おくのほそ道』にこの曽良の句を取り入れるにあたって、上五「ゆき〳〵て」と改変した。その理由は、白石悌三氏の論考「同行二人」(『芭蕉』〈花神社、一九八八〉所収)によって、前後の地の文にもくりかえされている「行く」というキーワードを強調したかったからだと指摘されている。その通りだろう。また、本歌の「ねぶりねぶりて」の変換でもあろう。西行のごとき者として、ひたすらに旅を「行き行く」ならば、路に倒れ臥すとも「萩の原」に救済されるだろうという句である。これもまた市振での「萩と月」の発句の記憶につなげて理解されなければならないと思う。行き倒れに

なっても仏道修行の身としてはそれはそれで菩薩の手に掬い取られるような一つの救済にあうことなのだ。仏道修行の成就の一つの形なのである。

次に、曽良に答える語り手の発句、

けふよりや書付消さん笠の露

はどうか。この発句で笠の書付を取り上げていることが、西行ら仏道修行者の笠を連想させる意図を持っていることは確かだろう。そして、西行説話の枠組みの中に置かれたときの「書付」は、岡部で死んだ同行の笠に書かれた「我不愛身命　但惜無上道」とすべきである。「私は身命を愛惜しない、ただ完全な悟りを追求するだけである」と書かれた笠が露しげき萩の原をひとり進んで行って、茂る萩の中にふいにうずもれて見えなくなる光景を、曽良の発句は語り手に想像させた。そこで語り手は「けふよりや」句を以て曽良に答える。――秋の深まりによって今日からはいちだんと繁く露が置くことだろう、そして曽良よあなたが一人で歩み行く萩の原の露は笠のその文字を消すだろう、そのことは、たとえ行き倒れてそのまま命を落とすことになったとしても、菩薩の救済につながっているはずだね（そういえば夜べには月の光を宿す露ではあるし）――。曽良句に対応するこの句の主題は、まず、修行の成就を祝福しているのである。ただし、その「笠の露」には語り手の涙も含まれていて、祝福とはうらはらの別離の悲しみが言い留められてもいる。

こんにち一般的に、この句は「同行二人」の文字を語り手が消すものと解されている。しかし実は、当時「同行二人」と笠に書くことがそれほどに当たり前のことだったかどうか、あやふやである。また、その一般的な解によれば、『おくのほそ道』の言う「残るもの、うらみ」をストレートに表現した送別句ということになるが、西行の影を読み取り西行における「同行」の意味を考えるならば、単純にひたすら別れを惜しんでいる場面とすることには賛同し難いのである。

初案（『芭蕉翁略伝』の所伝）は「さびしげに書付消さんかさの露」だった。自己の動作を「さびしげに」などと演技的に表現したとはちょっと考えにくいから、この初案もやはり「書付消」す主体は「かさの露」であると読むべきだと思うが、「さびしげに」には実際に曽良と別れる際の芭蕉の心理が言いこめられていたと言えるだろう。『おくのほそ道』における「さびしげに」から「けふよりや」への推敲は、深まる秋の季感を明瞭に提示するとともに、「けふよりや」のきっぱりした感じによって、『西行物語』に「心強くも同行の入道をば追ひ捨てたりけれども」とあるような西行の「心強さ」を、語り手にも持たせるためではなかったか。

もう一句、全昌寺の段に進んで、曽良の、

終夜（よもすがら）秋風聞やうらの山

は、日を隔てて同じ場所に泊った同行の僧という設定において、岡部の宿の逸話を連想させようとしている。芭蕉は、岡部で死んだ同行僧のいわば残像を有効に使って、腹を病みながら一人旅をする曽良の危うさと心細さを際立たせようとしたのではないだろうか。かの同行僧の運命を知る読者に「曽良ははたしてどうなるのだろう」と心配させ、そのあとしばらくは曽良の安否を明示せずにはらはらさせて、結びの地大垣で「曽良も伊勢より来（きた）り合（あひ）」という一言によって胸をなで下ろさせる、という仕掛けがある。句の内容は、一人で仏道修行の旅をすることの憂さを「秋風聞」く夜の心細さによって示しているものであった。語り手もまた「秋風を聴きて、衆寮に臥」し、曽良に共鳴する。そしてさらに、曽良の発句の「終夜（よもすがら）」は、吉崎の西行詠の「終夜」へとつながってゆく。彼らを苦しめた夜通しの風が、汐越では（引用歌の中の話ではあるが）月光輝く松の雫を出現させて、「無上道」の形を描き出してくれるのである。すなわち、西行の汐越の松の歌は、修行の旅の苦しみが悟りにつながることの保証という意味をも持っていたと言えよう。

七

『おくのほそ道』の中でもとくに市振・山中・全昌寺・吉崎の章段で、語り手は西行をモデルとする旅をしている。しかも単に西行の行動を模倣しているのではなくて、西行が道念を深めていった跡を追って成長してゆくのである。——語り手は、市振で遊女との問答を通じて普賢菩薩を幻想した。それは同行曽良と共有の幻想だった。山中と全昌寺では同行曽良との別れによって西行の修行の旅を追体験した。そうした旅の果てに、吉崎では、西行が示した道念の完成形に出会うことができた——。西行を慕う修行の旅の通過点としての、市振の段の重要性はもはや明瞭であろう。遊女との出会いを創作してまでも市振の段を書きとどめる必然性があったのである。

この、市振から吉崎までの「西行」の糸筋は、宮城野と吉崎の、さらには象潟と種浜の照応関係の中の入れ籠になっており、その総体を「萩」という具体的な季節感を持つテーマが引き締めている。

くりかえしての引用になるが、元禄二年閏一月下旬の宗七宛てと推定される芭蕉書簡には、

> 去年旅より魚類肴味口に払捨、一鉢境界乞食の身こそたふとけれと、謡に□(侘)し貴僧の跡もなつかしく、猶今年の旅はやつし〳〵て菰をかぶるべき心がけにて御座候。

と書かれ、道中での乞食も辞さない道念が示されていた。また、同年二月十六日の惣七(宗七)・宗無宛て芭蕉書簡には、

> 能因法師・西行上人の跪の痛も思ひ知ンと

とあって、そうした道念の旅のモデルを能因や西行に求める姿勢が表れていた。その姿勢は旅が『おくのほそ道』に作品化される時点まで保持されていて、これらの章段の根幹を規定することになったと言える。

右に「道念」という語を使ったが、これは、尾形仂氏の「芭蕉―風狂と道念」(『俳句往来』〈富士見書房、二〇〇二〉所収)に倣ったものである。尾形氏はこの論考の第一章を「風狂の変容」と題して芭蕉における風狂(風雅の狂)の事跡を示し、第二章を「風狂の系譜」と題して増賀聖人・一休および「風狂」と呼びうる詩人や歌人の系譜をたどっている。そして第三章「風狂と道念」では、元禄二年の芭蕉書簡や『おくのほそ道』本文を挙げて、

先に〝狂〟の系譜をたどる中で、仏教との距離を思わせた芭蕉の〝風狂〟は、ここに至って仏教との太い接点

を見いだしたことになる。増賀が道心の行きつくところを乞食の境涯に見いだしたように、芭蕉は〝風狂〟の究極のありようを、世俗的ないっさいを放下した「風雅の乞食」の旅に求めたのである。

と述べている(『俳句往来』二八頁)。尾形氏はさらに第四章「『おくのほそ道』と道念」で「〝風狂〟と修行とを一つと観ずる芭蕉の姿勢」の具体例を『おくのほそ道』から拾い、第五章「芭蕉と仏教」では芭蕉と禅の関わり、および、西行とは異なる芭蕉の「妄執」について論じている。

尾形氏の説く芭蕉の「風狂と道念」の関係を貴重な示唆として、『おくのほそ道』ほかの芭蕉の俳諧作品を、とくに「道念」の側から見つめ直す必要を感じるのである。

「菊の香」幻想

一

舞台は義仲寺の草庵である。

　おなじ年九月九日乙州が一樽をたづさへ来りけるに

草の戸や日暮てくれし菊の酒　翁

蜘手に載する水桶の月　乙州

このような発句と脇が支考編・元禄八年（一六九五）序の版本『笈日記』「湖南部」に収録されている。「おなじ年」とは、元禄四年（一六九一）。乙州は大津の荷問屋で、姉の智月とともにこの時期の芭蕉を経済的に後援した。芭蕉は前年暮れから乙州の家に滞在して年を越し、「乙州が新宅／人に家をかはせて我は年忘」と詠んでいる（『猿蓑』）。その正月の十九日には伊賀にあって、智月が伊賀にまで届けてくれた水菜と酒への礼状をしたためている。「水なは方〳〵へわけて送り、さけハでしゆ（弟子衆）ニふるまひ候」という。また、智月から薬をもらった礼を述べながら、智月に「かみこ」の縫製を頼む書簡も残されている（年月不明「十日」付智月宛）。ちなみに、膳所の商人である正秀からは米・炭・薪を贈られることがあった（元禄四年閏八月十日付、正秀宛芭蕉書簡）。「十五夜／米くるゝ友を今宵の月の客」の詠（『笈日記』）は正秀への感謝の句である。

だがそれらの物質的援助とやや異なり、乙州が手づから一樽の酒をもたらしたのには、単に師にものを贈るという以上の意味があったであろう。乙州は「九月九日重陽の節句は菊酒を飲む日だから芭蕉と一緒にその古雅な年中行事を体感しよう」と考えていたと思われる。重陽を重んじ、いわば文学的な行動で働きかけたと言えよう。

季吟著・寛文七年(一六六七)刊の『増山井』には「重陽宴」の見出しのもとに、

重九。菊酒。茱萸の嚢。菊花の宴。菊瓶。あたゝめざけ。菊の着せ綿。九は陽の数也。九月の九日なれば、重九とも、重陽ともいへり。おほやけにむかしは探韻給り、文つゞりし事あり。御帳の左右に茱萸の嚢をかけ、御前に菊瓶をかれ、群臣に菊酒を給ふ事などありと也。これを重陽ノ宴ともいへり。公事(以下略)

とある。「公事」は書名『公事根源』のこと。重陽はもともと中国古代の習俗であり、平安時代以来日本の宮廷では「重陽ノ宴」が催されて詩文を綴り「菊酒」を賜る日であった。そして近世には長寿を祈る年中行事として江戸城においても催され、民間にも広く普及していた。漢詩文や和歌の用例は枚挙に暇なく、特に『和漢朗詠集』秋に「九日」の項が立てられていたことが後代への影響という点で重要であろう。

乙州には重陽の伝統に連なろうとする意図があり、それに応えようとした芭蕉の発句が「草の戸や日暮てくれし菊の酒」であった、というところまでは確かだろう。だとすれば、たとえば、乾裕幸氏が、

重陽の節供を迎え、世間の人なら朝祝うはずの菊の酒を、貧しい草庵ぐらしの私は、日が暮れてから、人さまから頂いた酒を酌んで長寿を祈ることだ、という意。「菊の酒」は、重陽の日の朝、盃に菊を浮かべ、長寿をことほいで飲む酒をいう。「日暮れてくれし」という同音反復のはずんだ拍子に、草庵生活の不如意を歎く気持はまったくなく、むしろそれを興がるさまが読みとれる。ユーモアによる自己救済への見通しがある。

(『芭蕉歳時記』【注1】)

としている解釈は、乙州の意図に応えるという視点を欠いている点で、充分とは言えないのではないか。芭蕉が「草庵生活の不如意を」「興がる」ということを「侘びる」振る舞いと言い換えてもよいと思うが、「義仲寺の草庵で私は侘びた暮らしを楽しんでいますよ」と芭蕉が言ったというところで止めてしまっては、乙州への礼にはなら

ないだろう。「酒持ってくるの、遅いよ」という嫌味にも取られかねまい。
乙州に応ずる意図を重視するならば、信胤著・寛政七年（一七九五）序の『笈の底』の注に注目すべきだと思う。重陽の文学的伝統の内でとくに陶淵明の逸話に、この句の背景を探ろうとした注釈である。

陶淵明九月九日無レ酒座籬辺叢中、摘レ菊盈レ把而坐スコト久レ之望二見白衣人至一、太守王弘送酒也、飲酔而帰云々、此吟は此本文を以て云出たる所也。朗詠ニ、王弘使ハ立二晩花前一共作れり。則乙州を王弘共使共興（たと）へたる也。今案、日暮て呉しと云詞に皆々趣意籠る名誉と云べし。亦一句の表は唯草庵の侘を云出たり。乙州今日酒携て不レ来は菊酒を飲得る事も有まじ、万に不レ求は世捨人の常也。呉々も日暮てと云詞絶妙にして余情深く草庵の物に頓着せざる趣味べし。

最初に引用された漢文は、『蒙求』「淵明把菊」の注の一部である。延宝八年（一六八〇）自跋・天和三年（一六八三）刊、宇都宮遯庵の『蒙求詳説』巻十五により、該当部分を同書の訓点に従って訓み下して引くならば、

九月九日に酒無く、籬邊の叢中に坐して菊を摘み把に盈て坐すこと久し。白衣の人至るを望み見れば、大守（ママ）王弘酒を送れり。飲みて酔て帰る。

というものである。また、『朗詠』からの引用は「白」の題に所収の七言句で、謝観「白賦」のうちの一句。季吟著『和漢朗詠集註』によって、その注とともに引く【注2】。

毛寶カ亀ハ歸リ二寒浪ノ底（ソコ）ニ一王弘カ使ハ立テリ二晩花ノ前ニ一　胸句
（上句の注、略）下ノ句ハ陶淵明（タウエンメイ）酒ヲコノム人也。九月九日ニ酒ヲ飲（ノマ）ント思ニ酒ナカリキ。東籬（トウリ）ノホトリニ菊（キク）ヲツミテタ、ズミケレバ江州ノ刺史王弘（ワウコウ）ト云人使ヲツカハシテ酒ヲ送（ヲク）リケリ。其使白キ衣ヲキタリケリ。南史ニ見タリ。使モ花モ白キ心也。晩花（バンクワ）トハヲソキハナ、リ。菊ヲ云ナリ。

季吟は「晩花」を、季節的に「ヲソキハナ」と取っているようだが、『笈の底』は時間的に取る立場であって、陶淵明が夕暮れ時に庭に坐して菊花を「ツミテタ、ズ」んでいた故事の「趣意」が「日暮て呉し」に「籠る」と見、

この句は乙州を王弘もしくはその使いに喩えた発句と見ている。ただし、同時に「一句の表は唯草庵の侘」とも述べていて、陶淵明の俤は一句の裏の「余情」として鑑賞するよう示唆している。

補足すれば、陶淵明と菊花をつなぐ話題としては、淵明の「飲酒」詩の其五の印象も大きかったはずである。『古文真宝前集』では巻二の五言古風短篇に「雑詩」の題で載る。

結廬在人境　而無車馬喧　（廬を結んで人境に在り、而も車馬の喧しきこと無し。）
問君何能爾　心遠地自偏　（君に問ふ、何ぞ能く爾るや、と。心遠ければ地自ら偏なり。）
採菊東籬下　悠然見南山　（菊を東籬の下に採り、悠然として南山を見る。）
山気日夕佳　飛鳥相与還　（山気日夕に佳く、飛鳥相与に還る。）
此間有真意　欲辯已忘言　（此の間に真意有り、辯ぜんと欲すれば已に言を忘る。）【注3】

すなわち、この詩で淵明が菊を東籬のもとに採るのは「日夕」の時分であって、この詩と「把菊」の逸話を結びつけるなら、王弘の使いを見たのを夕刻と解することも自然である。前引『和漢朗詠集註』において季吟も「東籬ノホトリニ」と、「淵明把菊」の解釈に「採菊東籬下」の一句を混ぜ込んでいた。

主として『蒙求』に拠って流布した逸話――重陽だというのに酒を切らしてしまった陶淵明が東籬のもとで菊を摘んでいると、王弘からの白衣の使者が酒を齎した。淵明はそれをその場で飲んで、酔って家に帰った――『笈の底』の指摘のように、このような逸話を踏まえて初めて、乙州の文学的な振る舞いに応えた発句としての理解が可能になる。重陽の夕刻、木曾塚の草庵にいた芭蕉は、乙州が酒を持ってきてくれたので、礼の発句を与えた。

「乙州よ。菊の節句の酒を、わざわざ日が暮れてから届けてくれるとは、あたかも王弘かあるいは王弘からの使者のよう。私を淵明のような隠者と認めてくれてのことだね。では与に今日の重陽の雅事を楽しもうか。」

乾氏の言う「同音反復のはずんだ拍子」は確かに認められるのだが、それを、草庵の侘びを興がる心の表れとするのには賛同しがたい。侘びの表現に「はずんだ拍子」を以てするという所に無理がある。それよりは、重陽に当たり、故事に心寄せる知音を得た喜びの表れと解してこそ、句のリズムとして活きてくる。また、乙州の脇「蜘手に載する水桶の月」は、「蜘手に木材を組んだ台に水桶を載せて、その水に映る月を眺めることにしましょうか」ということであって、戸外で菊の酒を酌むという場面に月見の風流を付け足したものと見られる。

なお、陶淵明の故事に言及する注は、江戸期のものでは『桃青翁句彙』『芭蕉翁発句集蒙引』『芭蕉句選年考』『芭蕉翁句解大成』があった。現代の注釈にそれを探すなら、岩田九郎氏の『芭蕉俳句大成』は「直接その故事によってこの句が発想されたように説くのはどうであろうか。やはりそういう趣が思い合わせられるという程度に解しておくべきであろう」と、言及はするもののやや消極的。また、加藤楸邨氏の『芭蕉全句』は「この故事が心にあったものであろう」とする。阿部正美氏の『芭蕉発句全講Ⅳ』は「『蒙求』に見える故事は、必ずや作者の脳裏にあったであろう」とする。管見の範囲で、淵明の故事に言及した注釈は以上である【注4】。現代に至って、この句と陶淵明との関わりは、解釈上あまり重視されていない。だが、陶淵明の故事を取り込まずただ事実の報告のように解釈することは、乙州への感謝の挨拶としての意味を持つはずのこの発句の要点を、見逃すことにほかならないと思うのである。

二

菊を詠んだ芭蕉発句としては、次に挙げる句もまた、陶淵明と結びついていると見るべきではないだろうか。『続猿蓑』（元禄十一年〈一六九八〉刊）より、芭蕉発句に続く「素堂菊園之遊」の客たちの発句と、園の主の素堂の句文までを引く。

元禄辛酉(ママ)之初冬九日　素堂菊園之遊　（筆者注／「辛酉」は誤り。正しくは「癸酉」）

重陽の宴を神無月のけふにまうけ侍る事は、その比は花いまだめぐみもやらず、菊花ひらく時則重陽といへるこゝろにより、かつは展重陽のためしなきにしもあらねば、なを秋菊を詠じて人〳〵をすゝめられけ

る事になりぬ

菊の香や庭に切たる履の底　芭蕉
柚の色や起あがりたる菊の露　其角
菊の気味ふかき境や藪の中　桃隣
八専の雨やあつまる菊の露　沾圃
何魚のかざしに置ん菊の枝　曽良
菊畠客も円座をにじりけり　馬莧

柴桑の隠士、無絃の琴を翫しをおもふに、菊も輪の大ならん事をむさぼり、造化もうばふに及ばじ。今その菊をまなびて、をのづからなるを愛すといへ共、家に菊ありて琴なし。かけたるにあらずやとて、人見竹洞老人、素琴を送られしより、是を夕にし是を朝にして、あるは声なきに聴き、あるは風にしらべあはせて、自(ミ)ほこりぬ

うるしせぬ琴や作らぬ菊の友　素堂

まず、素堂の「菊園」について、どこにあるどのような園だったかを確認しておきたい。国会図書館蔵の『竹洞先生詩文集』の巻二の「五言排律」に、儒者の人見竹洞が素堂の「隠窟」を訪ねた折の詩二首が録されている。大庭卓也氏の論考「山口素堂と江戸の儒者をめぐって」によって【注5】、いまはその詩序のみを引く。

癸酉季夏初十日、與二三君子乗舟泛浅草川、入川東之小港、訪山素堂之隠窟。竹径門深、荷花池凉。松風繞圃、瓜茄満畦。最長塵外之趣也。偶掲竹深荷浄為題、分童稚不知衣冠為韻。得不字。

（癸酉季夏初十日、二三の君子と舟に乗り浅草川に泛び、川東の小港に入り、山素堂の隠窟を訪ふ。竹径の門深く、荷花の池涼し。松風圃を繞(めぐ)り、瓜茄畦に満つ。最も塵外の趣に長ずる也。偶(たまたま)「竹深く荷(はす)浄し」を掲げて題と為し、「童稚衣冠を知らず」を分けて韻と為す。「不」字を得たり。）

「癸酉」は元禄六年(一六九三)。六月十日、竹洞は二・三の友と連れ立って、舟で浅草川すなわち隅田川東岸の小港に入り、「山素堂之隠窟」を訪ねた。その「隠窟」は、竹林の中に門があり、蓮の花咲く池があり、松の木に囲まれて瓜や茄子の菜園があるといった「塵外之趣」をそなえた場所だった。

朝倉治彦氏「山口素堂の家」【注6】によれば、元禄九年(一六九六)九月の奥書を持つ『地子屋鋪帳』(国会図書館蔵)によって、その素堂の所有地が四百三十三坪の広さだったこと(ただし後に四百二十九坪に訂正されている)、その地を求めたのは元禄六年だったこと、また、その所在地は「深川分六間堀町続、伊奈半左衛門御代官所」だったことがわかるという。なお、「六間堀」は竪川と小名木川をつなぐ、隅田川の東側に平行して通じていた堀であった。その両岸が「六間堀町」ということになる。詩序に「川東の小港に入」とあるのは、実際にはおそらく六間堀に舟を入れたのではないかと思われる。

素堂は不忍池のほとりから貞享二年(一六八五)の「四月以降、同四年までの間に葛飾阿武に居を移したか」【注7】とされているが、その住所についてはあまり明確ではない【注8】。ただ、少なくとも元禄六年六月時点の素堂が、隠逸趣味の豊かな園地を「六間堀町続」に所有していたことが、竹洞の記録ほかによって確かめられるのである。芭蕉庵の目と鼻の先であった。

『続猿蓑』の句文に戻る。素堂は、竹洞の訪問の四か月後の元禄六年十月九日に、俳諧作者らを招いて「展重陽」の句会を催した。おそらく手に入れて間もない、六間堀町の「隠窟」へと招いたのだろう。「展重陽」とは「宮中の菊花の宴を国忌などのために、一月延期して残菊の宴とすることをさす」(日本古典文学大系『芭蕉句集』)という。素堂の発句とその前書によれば、竹洞から贈られた「素琴」を中心として、彼の陶淵明愛好が色濃く打ち出された菊の宴だったと知られる。「素琴」は『蒙求』「陶潜帰去」によって知られた故事である。前章と同じ遯庵の『蒙求詳説』の巻十四により、「素琴」に触れた部分を訓み下して引く。

性音を解さず、素琴一張を畜(タ(ママ))て、絃徽具(ソナヘ)ず。朋酒の会する毎(ごと)に、則ち撫して之に和して曰く、但琴中の趣を識らん、何ぞ絃上の声を労せんと。

「絃徽」とは琴の糸と琴柱であり、淵明は飾りのない琴に絃も張らずに、宴席でそれを撫でて楽しんでいたというのである。「素琴」は竹洞が素堂の「隠窟」で詠じた詩の一節にも、

松風入素琴　高歌天民皐（松風素琴に入り、高歌して天民皐なり。）

と言及されていた（第二の詩の末尾）。竹洞は素堂を淵明になぞらえて隠逸ぶりを讃え、自らの詩に合わせて後日「素琴」を贈ったものと思われる。素堂発句「うるしせぬ琴や作らぬ菊の友」は、前書の「菊」への言及に基づいて解せば、「作り立てることなく自然に伸びたままの我が園の菊の友として、その素琴はいかにもふさわしい」ということであろう。白楽天が琴酒詩を三友と呼んだこと（「北窓三友」詩）も意識されているか。

芭蕉発句の前書は、客一同を代表して雅会の事情を述べたものである。文中「菊花ひらく時則重陽といへるこゝろ」とあるのは蘇東坡「江月」五首の引の「菊花開時乃重陽」を典拠とする。すなわち前書は「重陽の宴を十月九日に催しますのはなぜかと申しますと、本来の重陽には菊の花はまだ莟もなかったもので、『菊花ひらく時、則ち重陽』という言葉もあり、我が国にも『展重陽』の例がないわけではないというので催されたのです。暦の上ではすでに冬ながらなお秋の菊を発句に詠むようにと、素堂が人々に勧めたのでした」のように理解できる。ちなみにこの年の重陽は太陽暦なら十月九日に当たり、確かに菊花にはまだ早い。現代の日本各地の「菊まつり」は、だいたい十月下旬から十一月いっぱいの期間に催されている。

素堂の句文との対応関係に注意するならば、「菊の香や庭に切たる履の底」句は、隠逸の人たる素堂から「展重陽」の宴に招かれたことへの感謝の挨拶として解釈すべきである。焦点は「履」の用字にある。これを、庭に古い草履が落ちていたのを唐めかして「履」と表現したとする注釈が少なくないのであるが、それでは「素堂の物にこだわらぬ態度を隠士らしいと称えた」というように、いかにも苦しい挨拶として読まなければならなくなる。庭にゴミがちらかっていれば隠士らしいということになってしまうし、「履」を詠み込んだ理由に及んでいない。「履」

はあくまでも中国風のクツとすべきではないか。そして、陶淵明の故事に「履」の話題を見出すことができれば、それが典拠である可能性は高い。

宋・祝穆撰『古今事文類聚』第三巻・続集、巻二十「冠履部」の「履」字のもとに、次のような故事が載る。引用は寛文六年(一六六六)刊の和刻本により、訓み下して示す。

淵明が為に履を造る

江州の刺史王弘、淵明に造る。履無し。弘が従人、履を脱ぎて以てこれを給す。左右に語る。彭澤が為に、履を作れと。左右履の度を請ふ。淵明、衆坐において脚を伸ぶ。履至るに及んで著て疑はず。続陽秋

「彭澤」は淵明が県令に任じられた地で、すなわち淵明を指している。「度を請ふ」とは寸法を測らせてくれと頼んだということ。末尾の「続陽秋」はこの話の出典『続晋陽秋』を指す。淵明の支援者である江州の刺史・王弘が訪ねたとき、淵明は履をはいていなかった(履は革を袋状に加工したはきもの)。王弘の従者が履を脱いで与えた。王弘はお供の者どもに「淵明のために履をつくれ」と命じた。そこで彼らが足の寸法を測らせるよう淵明に言うと、淵明は人々のまん中で脚を伸ばした。そして出来上がってきた履を当然のことのようにはいていたのだった。

この故事は古活字版の『韻府群玉』上声紙韻の「履」字の熟語のうちに「淵明無履」として同文で載っている。また、『円機活法』韻学十一の紙韻の「履」字の「韻套」には「淵明無履」の四字のみが示されている。

素堂を陶淵明になぞらえていること、それに右の故事を踏まえていることを前提として芭蕉発句を解釈するなら、

「菊の香の漂うこの日、おや、庭に、履の底の部分が落ちてますね。『淵明無履』の語があるけれど、主の素堂さんは陶淵明のようなお人だから、庭を歩いて菊を愛し履が破れて使いものにならなくなっても、そのまま捨てて気にもしないのでしょう。」

ということになろうか【注9】。深川六間堀町の園地で陶淵明になりきっている素堂に調子を合わせ、「ここに淵明

が履き捨てたクツの底を見つけました」と言ったと解釈する。京都郊外鳴滝の秋風別荘にての発句「梅白し昨日ふや鶴を盗れし」(『野ざらし紀行』)と想の通ずるところのある句である。

貞享から元禄初期、素堂が近くに越してきて以降芭蕉が亡くなるまで、二人の文学的交友は以前にもまして密であったようだ。貞享四年(一六八七)の八月には鹿島詣から戻った芭蕉を素堂が自宅へ招き入れ「蓑虫」をめぐる句文のやりとりがあった。翌貞享五年の九月十日には芭蕉を含め六人が招かれて「素堂亭十日菊」の会があった。そのすぐ後の九月十三日、今度は芭蕉庵で十三夜の月見の会があり素堂も出席した。元禄五年(一六九二)は七月七日に素堂亭にて素堂の母の七十七歳の祝いの句会があり、芭蕉も招かれて句を贈った。同年夏には、芭蕉・素堂両吟の「破風口に」和漢俳諧歌仙が試みられて、八月八日に満尾した【注10】。さらに同年冬には素堂亭にて忘年句会があり、芭蕉・素堂・洒堂の三物が作られた。そうした一連の交流の上に、元禄六年十月の「素堂菊園之遊」もあった。

芭蕉はこの時期、おそらくは従来よりも濃やかな素堂の指導を得て、漢詩文を学習していたのだろう。乙州に贈った発句の典拠が『蒙求』や『和漢朗詠集』によって広く知られていた故事だったのと異なり、「淵明無履」のようにあまり一般的とは言えない故事は、素堂が自らの陶淵明愛好を語る中で、芭蕉に教えたものだったかもしれない。そうすると「履の底」にも、もう一つ別の表現意図が見てとれることになろう。素堂から聴いた話題を発句に織り込んだという、言葉のキャッチボールの意図である。

三

さて、晩年の芭蕉の、重陽という年中行事への関心も、漢詩文の学習成果の一端として喚起されたことではないだろうか。元禄七年(一六九四)、七月半ばから伊賀に帰っていた芭蕉は、大坂へ行く途中に奈良で重陽を迎えようと企図した。それは、中国唐代の影響が残る奈良こそ中国由来の重陽という年中行事を迎えるにふさわしい町だと考えたためと思われる。

『笈日記』上巻・伊賀部の記述によれば、芭蕉は「な良の旧都の重陽をかけん」として九月八日に伊賀を発ち、その夜奈良に泊った。奈良にたどり着いた状況は「船をあがりて、一二里がほどに日をくらして、さる沢のほとりに宿をさだむるに、はい入て宵のほどをまどろむ」と描かれており、また、「その夜はすぐれて月もあきらかに、鹿も声々にみだれてあはれなれば、月の三更なる比、かの池のほとりに吟行す」とあって、

びいと啼尻声かなし夜の鹿　　　　翁

の句が記されている。三更は、現代の時間で言えば午後十時過ぎから真夜中にかけてである。そして翌九日には奈良から大坂に向かった。九月十日付の杉風宛芭蕉書簡に「重陽の日南都を立ち、則ち其暮大坂へ至り候ひて、洒堂方に旅宿、仮に足をとどめ候故」、九月二十五日付正秀宛芭蕉書簡に「重陽之朝奈良を出て大坂に至候」とあるところからすれば、朝のうちに奈良を出発し、夕方には大坂入りしている。『笈日記』には「九月九日」として、

菊の香やな良(ら)には古き仏達

が記されて、支考と惟然の句が続いている。この発句は『笈日記』の他に『芭蕉翁追善之日記』『芭蕉翁行状記』も九月九日の作としており、『陸奥鵆』には前書「重陽南都に一宿」、『泊船集』には前書「奈良の重陽」がある。

また、前出の元禄七年九月十日付の杉風宛芭蕉書簡には、「仏達」の発句と並べて、

菊の香やならは幾代の男ぶり

および「びいと啼」句が記されている。そしてその直後に芭蕉は、「いまだ句躰難定候、他見被成まじく候」と断っている。

ここでは「仏達」の句について考える。当時の「仏達」は、たしかに仏像群を指す語としても普通に用いられていたのではあるが【注11】、その一方で、ある特定の和歌一首を想起させる語でもあった。その和歌とは『和漢朗詠集』巻下・仏事の、

阿耨多羅三藐三菩提の仏たちわがたつ杣に冥加あらせたまへ　伝教大師

である。この歌は『新古今和歌集』巻二十・釈教歌に「比叡山中堂建立の時」の詞書を伴って採られている。『袋草紙』の上巻では、歌のあとに「これは、中堂建立の材木を取りに杣に入り給ふの時の歌なり」、『俊頼髄脳』では「是は比叡の山を、末まで事なくあるべきよしをよませ給へり」の説明が付されて引かれ、歌書では他に『奥義抄』『歌枕名寄』などにも引かれている。また、『梁塵秘抄』巻第二にも載るので中世歌謡として謡われていたことが分かり、『源平盛衰記』巻九にも見えて語り物にも摂取されていったことが分かる。『太平記』第二巻にもこの歌への言及がある。ちなみに、「阿耨多羅三藐三菩提」とは「一切の真理を悟った仏の智慧をさす梵語の音訳」(新・日本古典文学大系『新古今和歌集』の注)であるという。

さらに、この伝教大師の一首は、中世物語の酒呑童子物の系譜に取り込まれていった。南北朝期の成立とされ、香取神宮に伝来して現在は逸翁美術館の所蔵となっている絵巻物『大江山絵詞』から、山伏に扮した頼光ら一行をもてなす酒盛りの場面の、酒呑童子の語る身の上話の一部を引く【注12】。

童子又我身のありさまを心にかけて語りけり。我は是、酒をふかく愛するもの也。されば眷属等には酒天童子と異名によびつけられ侍也。古はよな、平野山を重代の私領として罷過しを、伝教大師といひし不思議房が此山を点じ取て、峯には根本中堂を立ふもとには七社の霊神を崇たてまつらんとせられしを、年来の住所なれば且は名残も惜く且は栖かもなかりし事の口惜さに、楠木に変じて度々障碍をなし妨げ侍りしかば、大師房此木を切地を平げて、あけなばと待し程に、其夜の中に又先のよりも大なる楠木に変じて侍りしを、伝教房不思議かなと思ひて結界封じ給し上、阿耨多羅三藐三菩提の仏達我立杣に冥加あらせ給へと申されしかば、心はたけくおもへども、力不及あらはれ出て、さらば居所をあたへ給へと愁申せしによて近江国かゞ山大師房が領なりしを得たりしかば、さらばとて彼山にすみかえてありし程に

これ以後の酒呑童子物語の諸本においても、略述される場合はあるものの【注13】、伝教大師がその歌の徳によって

「仏達」の助力を得るという要点は変わらない。

そして、中世の酒呑童子の物語は能にも仕組まれていった。天野文雄氏によれば右の逸翁美術館本『大江山絵詞』を本説とするという【注14】能「酒呑童子」を、淵田虎頼等節付本(大永~天正頃写)によって引く。

我昔比叡山を重代のすみかとさだめ、(中略)ここに大師坊といふくせ物に重代のすみかをながくとられし無念さに、一夜に三十余丈の楠となつてきずいを見せしに、大師坊一首の哥に、(節)あのくたら三ミやくさぼだいの仏たち、(詞)我たつ杣に冥加あらせ給へとありしかば、仏たち皆大師坊にかたらハされ、出よ〳〵と責給へバ、力及ず重代の、(節)比叡のお山を出し也。

この演目は「大江山」の名で継承されている現行曲であるが、やはり今日まで伝教大師の歌を一つの要所として用いている。

近世初期俳諧においても、この歌のさかんな利用が確認できる。まず、『俳諧類船集』(延宝四年〈一六七六〉刊)には、「我立杣(ワガタツソマ)近江」の項目があり、付合語として「仏たち」が登録されている。これは「我立杣」を比叡山の異名と見なしている項目で、「仏たち」が連想語として俳諧作者一般に認知されていたことを示している。具体的な用例としては、やや時期がさかのぼるが、やはり梅盛編の『口真似草』(明暦二年〈一六五六〉刊)に、

おがめひかりのさす仏たち

法と共にあのくたら〳〵雪とけて　一雪

の付合がある。また、「仏達」の語が入らなくても伝教大師歌の利用が明らかな例であれば、堺の俳書『境海草』(万治三年〈一六六〇〉刊)に、

はかりがたしや伝教のちゐ

あのくたら三百石のみしん米　一幽

の付合がある(一幽すなわち宗因)。さらには、江戸の作者中心の談林俳書で桃青の名も見える『誹諧当世男(いまようおとこ)』(延宝

四年〈一六七六〉刊）には、

されば大師のいにしへの空
あのくたら花は三百三十本　　風虎

という付合がある。

以上の諸例から見て、「仏達」と言われたときすぐに連想される程度には、伝教大師歌が広く流布していたと言えるのではないだろうか。そのことを前提に、「菊の香やな良には古き仏達」句の以下のような解釈を提案する【注15】。

伝教大師歌の「仏達」は、比叡山の中堂のために「冥加」を与えた。芭蕉は、奈良の町のためにも「古き仏達」の「冥加」がきっとあっただろう、という想像をめぐらしたのである。そして、「菊の香」は、重陽という時を示す花の香として、また、仏への供花の香として詠み込まれたには違いないが、それらよりもさらに重要な意味合いとして、目に見えぬ「仏達」の存在を人々に教えてくれる香りという意識を以て詠まれている。つまり、芳香たちこめるところに「仏達」がおわします、という観念が生かされている。「異香薫じ（いきょう）」て仏菩薩が出現するというのは物語に一般的なパターンだが、そのバリエーションと解することもできる。菊はまた長寿を表象するから、「古き」と結びつく花でもある。そのように見るならば、「菊の香」と「古き仏達」は単なる取り合わせではなく、緊密な連想関係に拠って選ばれた語句の組み合わせである。

さらに言えば、「古き仏達」という措辞の背景には「古仏」という成語があったものと思われる。この「古仏」は、現代では「古い仏像」の意で用いられることが多いが、仏教語本来の意としては三世（過去世・現在世・未来世）のうち過去世に出現した諸仏の謂であって、とくに禅語に多くの用例が見出される【注16】。芭蕉当時すでに「古い仏像」の意の用例もある【注17】にせよ、禅に関心の深かった芭蕉にとって「古仏」は、「過去世の諸仏」という認識の方がより強かったであろう。

念のために奈良の歴史を確認すれば、平城京遷都は元明天皇代の和銅三年(七一〇)であり、その前後に法隆寺再建・興福寺建立・薬師寺建立が成り、天平勝宝四年(七五二)には東大寺大仏開眼供養、天平宝字三年(七五九)唐招提寺創建と続いた。最澄が比叡山延暦寺を創建したのは延暦七年(七八八)。奈良の都の建設に力を貸した仏達は、伝教大師が「冥加あらせたまへ」と訴えた仏達よりも古い。

句意を私見によってまとめてみよう。

「今日は重陽、菊の節句である。折から奈良の町には菊の香が漂っている。かつて伝教大師が比叡山で『冥加』を求めた『仏達』と同じように、目には見えなくとも、きっと、奈良の町には古き『仏達』がおわしまして、町を守護しているのだろう。菊の香は、この町の『仏達』の存在を教えてくれているのだ。」

我々現代日本人はすでに、「古き仏達」や「古仏」を、形ある仏像としてしか捉えられなくなっている。そのことは、仏神に感応する力がそれだけ衰えてしまったことを意味する。芭蕉当時の日本人の精神活動には、超越的な存在を認知する感覚がもっと豊かにあったことを想像しなければならないと思う。また、ひるがえって、現代人の感覚に頼って三百年以上昔の句を解釈することの危うさを、認識していなくてはならないものと思う。

四

奈良と「菊の香」を結びつけて、芭蕉はほかにも複数の句案を練っていた。それらについても検討しておく。まず、同じ九月九日の奈良で詠んだ、

菊の香やならは幾代の男ぶり

がある。『伊勢物語』によって、「男ぶり」と奈良は当時すでに固定的な連想であったらしい。初段冒頭「むかしおとこ、うゐかうぶりして、平城(なら)の京春日の里にしるよしして、狩に往にけり」をはじめ、昔男業平には奈良を舞台とする恋の話題が多いことは言うまでもない。「男ぶり」は狂言などに見られる中世以来の俗語であるが、俳諧で

はしばしば業平と結んで用いられていた。たとえば『時勢粧』(寛文十二年〈一六七二〉奥)の秋の発句に、

月やあらぬ桂や昔おとこぶり　小谷常明

がある。『伊勢物語』四段の「月やあらぬ」歌によることは明らかである。また、西鶴の『俳諧大句数』(延宝五年〈一六七七〉序)の第六に、

よい男ぶりならのみやこ衆
其里にいたづら立る夜半の月

という付合がある。『伊勢物語』によって、「よい男ぶりならのみやこ」に「其里にいたづら立る」が付いている。「其里」とは春日の里ということになる。業平の俤の付けと言えよう。

したがって、芭蕉の句も、「菊の香が漂っている。そんな重陽の奈良の町は、まるで業平のような男ぶりだ」の意と解するのが自然だろう。「昔男」の「昔」に「幾代の」を当てている。「代」はかつて都だった奈良にふさわしい一字である。また、「菊」は『伊勢物語』にもよく出てくる花である(十八段など)。

なお、前述のように、九月十日付杉風宛芭蕉書簡には「仏達」「男ぶり」「ぴいと啼」の計三句が並記されて、そのあとに「いまだ句躰難定候、他見被成まじく候」と断りがあった。「句躰」を定め難いとは、句の内容から見て、「菊の香や」を上五に据える二句の内のどちらを残すか迷っているということだったろう。そこから、二句は芭蕉にとって類想の句だったと言えるのではないだろうか。そしてそのことは「仏達」句についての前章の解釈の補強材料となるだろう。つまり、両句は共に「菊の香に触れ、古典を利用して、奈良の町の古さを詠む」という構造を持つ句として作られたと考えられるのである。

次に、同じ九月九日に芭蕉が奈良から大坂へ向かう途中の生駒山中の暗(くらがり)峠で詠んだ、

くらがり峠にて
菊の香にくらがり登る節句かな　(『菊の香』)【注18】

を取り上げる。この句は、『芭蕉句集講義』で竹冷が「峠の名がクラガリ故、菊の香を栞に道を辿つたといふので、畢竟するに菊の匂いを言ひたい為の仕立方である」と説いているのが当たっているだろう。また、重陽に登高の風習があることも意識されているという、呑吐『芭蕉句解』（明和六年〈一七六九〉序）以来の指摘も首肯される。付け加えるなら、『古今和歌集』巻一・春上の、

　　暗部山にてよめる　　　　　　貫之
　梅花にほふ春べはくらふ山やみに越ゆれど著（しる）くぞありける

を秋の菊香に反転させた句ではないかと思う。要するに、「重陽の節句なのだな、菊の香に導かれてくらがり峠の暗がりを登る今日は」という、秋の日中の実況からは距離のある、〈暗闇―花の香〉の古典的連想に基づいた観念的な句と考えられる。

　それから、このとき大坂市中に着いての芭蕉は、

　　　九日、南都をたちける心を
　　菊に出て奈良と難波は宵月夜

と詠んでいる（九月二十三日付の意専・土芳宛芭蕉書簡）。「奈良と難波は、菊（の香る朝のうち）に出て、宵月夜（に入るほどの距離だ）」という文脈と見て、「菊花の香る奈良を朝のうちに出、宵には難波の空に至った」と解する。主格は旅人・芭蕉であると同時に月であろう【注19】。前書にこだわれば、主題は重陽の奈良であって、同地の名残惜しさを中心に読み取るべきかと思う。また、ナラとナニワで頭韻を踏んでいて、その二つの町はいにしえの都という共通点を持つ。つまりこの句は、難波と列挙して、奈良の都の歴史を背景に利用している。

　以上のとおり、元禄七年九月の、奈良と菊とを結びつけた芭蕉発句を見渡せば、古歌ないし古物語か、かつて都であったという歴史にすがって詠まれた作が並んでいる【注20】。「菊の香やな良には古き仏達」もまた、芭蕉に奈良の古い仏像群のイメージがあったにせよそれのみを念頭にして詠まれたというのではなく（少なくとも伊賀から大

坂まで一泊二日の強行日程では奈良の仏像を拝観する余裕はなかったはずで、その日仏像を実際に見た上での詠という理解は排されなければならない)、伝教大師歌およびその流れの文学伝統を踏まえて詠まれた蓋然性が高い。

なお、前述のように、晩年の芭蕉はおそらくは素堂の影響のもとに漢詩文的な重陽の味わいを認識し、元禄七年の重陽の句を詠むにふさわしい場所として奈良に期待したらしい。しかし、重陽の奈良で芭蕉が残した句は和の題材を用いた句ばかりであった。重陽という題の漢詩文的味わいを奈良の町に結びつけて掬い取ることは、どうやらできなかったようだ。その点で、芭蕉本人としては、もしかしたら不満を残していたかもしれない。

それはそれとして、本稿で見てきたように、菊の酒ないし菊の香を詠んだ晩年の芭蕉発句は、想像力の自在さにおいてきわだっている。『猿蓑』序で其角は、芭蕉の俳諧について「あたに懼(おそ)るべき幻術なり」と言ったが、酒を贈るという日常的行為を陶淵明の世界に置き換えてみせたり、履の底を見つけて庭の主に陶淵明を投影したり、菊の香から奈良の町を護る仏達を立ち顕れさせたり、昔男業平を奈良の町によみがえらせたりといった、幻想の世界に人を引き込む言葉のわざは、まさに其角の讃辞にあてはまるだろう。

【注】

1　富士見書房、一九九一。

2　北村季吟古註釈集成『和漢朗詠集註(下)』(新典社、一九七八)によった。

3　訓み下しは新釈漢文大系『古文真宝(前集)上』(明治書院、一九六七)によった。

4　『桃青翁句彙』は巣居著、寛政十年(一七九八)刊。『芭蕉翁発句集蒙引』は衛足杜哉著、稿本(杜哉は文化六年〈一八〇九〉没)。『芭蕉句選年考』は石河積翠著、稿本、寛政頃成立。『芭蕉翁句解大成』は月院社何丸著、文政十年(一八二七)刊。岩田九郎氏『芭蕉俳句大成』は明治書院、一九六七。加藤楸邨氏『芭蕉全句』は筑摩書房、一九七五。阿部正美氏『芭蕉発句全講Ⅳ』は明治書院、一九九七。

5　『連歌俳諧研究』百六号、二〇〇四・二。関連する先行研究については同論考参照。なお、国会図書館蔵写本の影印が、『人見竹洞詩文集』の書名で汲古書院から一九九一に刊行されている。

6 『俳句』一九六八・一。

7 楠元六男氏編『芭蕉と素堂』(竹林舎、二〇一三)所収「山口素堂略年譜」。

8 「葛飾阿武」がどこなのかが明確ではない。「葛飾」は隅田川以東を広く指す地域の名であるが「阿武」が不明。これは文化十一年(一八一四)に成った『甲斐国志』に見える地名表記で、「安宅」の書き誤りか宛字だとすれば、隅田川の東岸、現在の新大橋の東詰あたりの町名の安宅と考えられる。元禄六年(一六九三)十二月完成の新大橋は、現在の橋よりも少し南に架けられたが、その少し北の隅田川東岸には幕府の軍船「安宅丸」が天和二年(一六八二)解体されるまで停留されており、以後その地に「安宅」の名が残されたのである。推測するに、素堂は貞享年中に不忍池のほとりから安宅に転居し、そこにも蓮池を持っていたのだが(元禄二年序『曠野』の「素堂へまかりて/はすの実のぬけつくしたる蓮のみか/越人」の発句などの傍証がある)、さらに元禄六年に、安宅にほど近い「六間堀町続」に小庵を含む園地を得たのではないだろうか。なお、素堂の住所については、清水三郎氏「白州ふるさと文庫・山口素堂資料室」ホームページ(http://sky.geocities.jp/yamagutisodo/)、同氏「山口素堂図版集」ホームページ(http://blogs.yahoo.co.jp/yamasodou/)を参照した。→【補記】

9 この句についてのこれまでの注釈のうち、陶淵明に言及したのは山本健吉氏だけであった。曰く「菊花の宴を催した主の庭を逍遙して、たまたま切れた履の底を見いだし、ものに構わぬ主の性格を仄めかした。菊花の宴だから中国めかして「履」といったので、それによって主の陶淵明めいた隠者の風格が浮び上ってくる。草履ではこの場合、句のさまにならないのである」(『芭蕉全發句』、河出書房新社、一九七四)。〈素堂は淵明である〉という挨拶の要点を掴んでいるのだが、「淵明無履」の語にまでは至らなかった解である。なお、新・日本古典文学大系『芭蕉七部集』の「続猿蓑」の上野洋三氏の注は異色で、「永遠の命を象徴する菊の香が漂う。庭中にははきふるした履が底を見せて転がっている。隻履達磨は聖者の永生正覚の象徴。この家のご主人は、菊の香につつまれて、永遠の寿命を得るのですね。転がった履に託した軽快なユーモア」とする。推測するにそれは、『円機活法』で「淵明無履」と並んで挙がる「隻履達磨」の方を採用した結果だろう。しかし、儒者で隠者である素堂への挨拶として達磨を持ち出すのは具合が悪いのではないか。

10 「蓑虫」をめぐる句文については、拙著『風雅と笑い――芭蕉叢考』(清文堂、二〇〇四)所収の「蓑虫と蝉」で考察した。また、「破風口に」和漢俳諧歌仙については、拙著『「和漢」の世界』(清文堂、二〇一〇)において注釈した。そこでは、芭蕉が素堂から和漢の作り方を教えられていたという推測を述べた。

11 俳諧の用例を挙げるならば、『犬子集』巻十三・釈教の、

はりあいやせん此仏達
弥陀薬師にぎりこぶしの木で作り　可頼

あるいは、『紅梅千句』第三の、

いしとかねとにあふ日野の秋
仏たちに後の彼岸に絹きせて　長頭丸

といった付合や、『曠野』巻之六の、

灌仏
けふの日やついでに洗ふ仏達　荷兮

のような発句を挙げることができる。

12 引用は、逸翁美術館編『絵巻　大江山酒呑童子・芦引絵の世界』(思文閣出版、二〇一一)の影印により、私に句読点・濁点を付した。また、伝教大師歌を利用した部分に傍線を付した(以下同じ)。

13 たとえば、江戸期の渋川版御伽草子「酒呑童子」では、

その夜に比叡の山に著き我すむ山ぞと思ひしに、伝教といふ法師仏たちを語らひて、わが立つ杣とて追ひ出す。力及ばず山を出で

のように略述されている。

14 天野文雄氏「「酒呑童子」考」(初出は『能・研究と評論』第八号、一九七九・一〇)。のちに『怪異の民俗学4鬼』(河出書房新社、二〇〇〇)に収められ、本文の引用もこれに拠った。

15 なお、当該句の注釈で伝教大師歌に言及したのは、管見の限りでは山本健吉氏『芭蕉　その鑑賞と批評(全)』(新潮

社、一九五七)が最初である。ただし、そこで論じられたのは「たち」が持つ語感の問題であった。山本氏以外に「菊の香や」句に関して伝教大師歌を引く注としては、広田二郎氏『芭蕉と古典　元禄時代』(明治書院、一九八七)と、広田氏による『日本名句集成』(學燈社、一九九一)がある。

16　たとえば『時代別国語大辞典　室町時代編二』(三省堂、一九八九)においては意味を二つに分類している。一つは「仏教語。過去世に出現した諸仏。また、高徳の僧に対する敬称にも用いる」と語釈し、『日葡辞書』『江湖抄三』『御文章』の用例を引いている。もう一つは「古い時代の仏像」とあって、『狂雲集』の用例を引いている。前者の意の「古仏」の用例としては、『正法眼蔵』に「古仏心」の巻があってくりかえし「古仏」と言っていることが、後代への影響という点で大きいだろう。

17　たとえば、芭蕉・嵐蘭・一晶の三吟による「夏馬の遅行」歌仙(天和三年〈一六八三〉成)に、

古仏の腹に仮寝せし月

の例がある。ただし三者の内の誰が詠んだかは不明。『日本国語大辞典第二版』の「こぶつ」を参照すると、「康頼宝物集」(一一七九頃)上の「古仏の様に熕にふすべて」、『狂雲集』(十五世紀後半)の「堂中古仏面門新」その他の例が挙がっている。なお、「ふるぼとけ」の例ならば『犬筑波集』ほか多数ある。

18　風国編、元禄十年(一六九七)刊。

19　この句からは、芭蕉の延宝四年〈一六七六〉の発句「夏の月ごゆより出て赤坂や」(『俳諧向之岡』所収)が想起される。のち、元禄十四年(一七〇一)刊の『凉石』に載ったこの句の前書に「今もほのめかすべき一句には」とあり、晩年の芭蕉には〈月とともに旅する〉という趣向への執着があったのかもしれない。

20　芭蕉が奈良の町を詠んだ発句として、

奈良七重七堂伽藍八重ざくら　(『泊船集』)

にも注意したい。成立年次未詳、ただし『蕉翁句集』は天和四年(一六八四)に置く。類句があることを理由に存疑とする注釈書もあるが、許六・李由『宇陀法師』、土芳『蕉翁句集』、支考『俳諧古今抄』が芭蕉句として扱っており、それらに従う。右三書に言及されていることから見て、晩年の弟子たちに語っていた芭蕉得意の句であったかと想像され

る。もとより『詞花和歌集』巻一・春・伊勢大輔、

花をたまひて歌よめとおほせられければよめる

いにしへの奈良のみやこの八重ざくらけふ九重ににほひぬるかな

を本歌とする。八重桜は奈良から京の宮中に届いた花で、『袋草紙』はこの歌の当意即妙ぶりにより「万人感歎し宮中鼓動す」と伝えている。芭蕉は、本歌の数字遊びを念入りに模倣しつつ、花の時季の奈良の町を讃えたのである。ちなみに類句とは、寛文七年（一六六七）刊『続山井』の「名所（などころ）や奈良は七堂八重桜　如貞」と、延宝二年（一六七四）刊『大井川集』の「奈良の京や七堂伽藍八重桜　元好」。本歌を真似た数字遊びという点で、芭蕉句のほうが手が込んでいる。

【補記】

素堂の庵の所在について、近時、大谷雅夫氏の「芭蕉・素堂両吟和漢俳諧歌仙「破風口に」注解（一）」（『ビブリア』第一四二号、二〇一四・一〇）に、『素堂家集』の享保六年（一七二一）の子光序を引いての「素堂の庵は両国橋東詰にあった」という指摘があった。子光序の原文では「江城之東北浅草川両国橋傍下総国葛飾郡之内」。安宅（あたけ）は両国橋と新大橋の中間に位置し、素堂庵の場所を「両国橋傍」と呼ぶことはじゅうぶん有り得たと思われる。

芭蕉発句叢考

其の一　小倉ノ山院にて

『笈日記』に「嵯峨　五句　翁」として、次のような夏ばかりの発句五句が載る。

①ほとゝぎす大竹原を漏る月夜
②落柿舎／五月雨や色紙まくれし壁の跡
③野明亭／清瀧の水汲よせてところてん
④小倉ノ山院／松すぎをほめてや風のかほる音
⑤嵐山／六月や峯に雲置あらし山

芭蕉が夏の嵯峨に滞在したのは、『嵯峨日記』を著した元禄四年(一六九一)四月十八日から五月四日までと、元禄七年(一六九四)閏五月二十二日から六月十五日までの二度である。①と②句は『嵯峨日記』に見える句(ただし、それぞれ中七が「大竹藪を」「色紙へぎたる」)だが、③にいう「野明亭」を訪ねたのは元禄七年夏であり、⑤の句は元禄七年六月二十四日付芭蕉書簡に杉風に宛てて報じられている。右の句の並びからは④も元禄七年夏の発句と見たいが、さらに、「風のかほる」という表現も元禄七年夏成立の根拠となるだろう。この表現は『古文真宝前集』の「五言古風短篇」に収められる蘇子瞻(せん)「柳公権聯句に足す」の、柳公権による箇所「薫風南自(よ)り来り、殿閣微涼生ず」に見える熟語「薫風」から来ている。『増山井』はこれを引きつつ「六月に吹く涼風なり」と説明している。芭蕉も、たとえば元禄二年に六月一日・二日と出羽国新庄にあって「風の香も南に近し最上川」の発句や「御尋に我が宿せばし破れ蚊や　風流／はじめてかほる風の薫物　芭蕉」の脇句を残し、同四日にも羽黒山にて「有難や雪をかほらす風の音」の発句を詠んでいて、薫風は六月の季題と認識していたらしい（本書の連句篇を参照していただきたい）。④が六月の嵯峨にての芭蕉発句だとすれば、元禄七年成立ということになる。その前提で、④の発句について解釈を試みたい。

元禄七年閏五月、芭蕉が湖南の膳所から嵯峨に向かったのは二十二日。太陽暦に置き換えれば七月十四日のことで、季節はすでに盛夏にさしかかっていた。前日には曽良に宛てて「追付上京去来にも逢可申候、嵯峨のやしきちいさく改候よし、是能閑地に候間、夏中はこれにも居可申候」としたためている。そして、六月十五日に再び膳所の無名庵に戻るまで、芭蕉は嵯峨の落柿舎に滞在した。この間の芭蕉書簡から気候の記事を拾うならば、閏五月晦日（二十九日）の曲翠宛て書簡に「頃日めきと暑気至り候」、六月十五日の李由宛てに「此砌極暑、多病難凌候間」云々とある。しかし、「極暑」と「多病」にもかかわらず、③④⑤の発句に見られるように、芭蕉は折々嵯峨野を逍遙していた。

④の「松すぎをほめてや風のかほる音」句は、前書によれば「小倉ノ山院」を訪れての発句であり、山院の主と認識されていた藤原定家との関わりが探られてきた句である。江戸期の古注では法橋吾山が『朱紫』（天明四年〈一七八四〉刊）において、当該句は『拾遺愚草』中・韻歌・旅の定家の詠、

たのむかなその名もしらぬ深山木にしる人えたる松と杉とを

を本歌とすると指摘している。「韻歌」とは平声三十韻の字を歌の末に置いた百二十八首の試みで、この歌の場合「杉」が咸韻の字として用いられている。久保田淳氏『藤原定家全歌集　訳注（上）』（河出書房新社、一九八五）には、「あたかも知らない人々の中に知人を見つけたように、その名も知らない深山木の中に馴染みの松と杉とを見

つけた。そして知人を頼るように、私はこれらの木々に身を寄せる」と現代語訳されている。
その後、当該句について、岩田九郎氏の『諸注評釈芭蕉俳句大成』（明治書院、一九六七）は前述の『朱紫』の説を肯定し、解として、

定家卿の遺跡というこの寺に来てみると、かの卿が「頼むかなその名も知らぬ深山木にしる人得たる松と杉とを」（拾遺愚草）と詠んだという松と杉とが美しい緑を見せている。その美しさをほめてであろうか、薫風がその梢を渡ってさわやかな声をたてている。まことに涼しくすがすがしい感じである、という意である。ただ清涼の感じを詠んだだけでなく、定家卿の歌を背景として、懐古的な深味を見せている句である。

と説いている。近年の諸注はおおよそこれを基本線として解釈しているが、さらに定家の「たのむかな」歌の内容に踏み込んで解釈しようとしたのは山本健吉氏で、

人知れず生えている深山木の松と杉とが、定家というこの上ない人を得て知られたように、この山院は今日においても、松や杉を賞めるかのように颯々とした聲を立てて薫風が吹き過ぎる、と言ったのである。故人定家に挨拶した一句である。

と、『芭蕉全發句』（下巻、河出書房新社、一九七四）にある。松と杉を賞めた定家の歌を背景として、芭蕉は「今日は、薫風が、定家に代わり松と杉を賞めて吹く」と見たというのである。
こうした従来の解釈で釈然としないのは、前書の「小倉ノ山院」が「たのむかな」歌とは結びつかないことである。言い換えれば、芭蕉が「小倉ノ山院」を訪れてことさらに「たのむかな」歌を思い起こしたという必然性が説明されていないのである。その点で岩田氏の「定家卿の遺跡というこの寺に来てみると、かの卿が……と詠んだという松と杉とが」という記述には短絡がある。定家は小倉山にてかの歌を詠んだわけではない。その問題は、山本氏の説によっても解決されていない。「故人定家に挨拶した一句」であるという山本氏の指摘は貴重だが、そもそも「たのむかな」歌を主たる背景として読み解こうとしたことが、無理だったのではなかろうか。

嵯峨の「小倉ノ山院」を訪れた芭蕉は、何を想起したか。当時の「小倉ノ山院」に関する一般的な情報を確認しよう。まず、黒川道祐著・貞享元年（一六八四）刊の『雍州府志』では、巻五・寺院門下に、

常寂光寺　小倉山に在り。（中略）藤定家卿時雨亭の跡所々に在り。此の寺楼門の北の竹林も亦謂く其の跡也。未だ孰れか真なることを知らず。庭に老松有り。土人是を定家題詠する所の軒端の松と称す。予思ふに軒端の松は必ずしも此の松に限るべからざる者か。

とあり、巻九・古跡門下に、

定家卿の跡　小倉山常寂光寺の前に有り。藤定家卿山荘の跡と今小社を建つ。其の処に大なる松有り。土人是を軒端の松と謂ふ。予思ふに定家卿歌を詠ずる所の軒端の松は惣じて山荘の軒に傍の松を指して、之を言ふ者か。必ずしも一木を謂ふのみにあらざるか。

とある（原漢文、同書の訓点に従い読み下した）。まとめれば、小倉山の常寂光寺の楼門の北に「定家卿時雨亭の跡」があり、寺の庭の老松を定家が歌に詠んだ「軒端の松」と称し、また、門前には「定家卿山荘の跡」と言う「小社」があり、そこの大きな松をも「軒端の松」と称していたようである。

次に、少し遡るが、中川喜雲編・明暦四年（一六五八）刊『京童』巻六に「小倉山」の項があって、常寂光寺には触れずに、

中納言定家卿。山荘をつくりておはしまし。先達百人の歌を色紙にかゝせられ、此山荘におし置たまひしを。定家卿はてさせたまひてのち。一部の物となし。世に百人一首と号せる也。

しのばれんものとはなしにをぐら山軒端の松ぞなれて久しき

という記事がある。つまり、定家の小倉山山荘は百人一首の成立に関わる史跡として知られていた。また、そこは「しのばれん」歌の詠まれた場所ともされていた。この歌は『拾遺愚草』中・権大納言家三十首のうち「山家松」題（『新編国歌大観』では二句め「物ともなしに」）の詠で、『雍州府志』が「軒端の松」の定家詠というのもこの歌であ

ろう。なお、『京童』と同様の記述が、季吟著・貞享元年自序の、写本による山城地誌『菟藝泥赴』にも見られる。芭蕉が小倉山荘跡・常寂光寺を訪れた折に、寺にあった松のいずれかを定家ゆかりの「軒端の松」として眺めていた可能性は高い。時雨亭跡とされる場所も目にしたであろう。時雨亭の名は『拾遺愚草』下・部類歌・冬の、

時雨知時　私家

いつはりのなき世なりけり神な月たがまことより時雨れそめけん

に由来する。この歌は謡曲「定家」に引かれてもいる著名歌で、芭蕉にとっては小倉山荘跡訪問以前から馴染み深い定家歌ではなかったろうか。

つまり、芭蕉の「松すぎを」句は、時雨亭の故地とされる場所で「軒端の松」を見て詠み出された発句であって、「時雨」と「松」の関わりを鍵として読み解かれるべきだと思われる。そして、時雨に降られても松は緑の色を変えないものというのが、文学伝統上の常識的発想である。具体的な歌としては、『新古今和歌集』巻十一・恋一の、

百首歌たてまつりし時よめる　前大僧正慈円

わが恋は松を時雨のそめかねて真葛が原に風さはぐなり

が有名である。同じく常緑樹である杉や槇も、時雨に色付かない木として詠まれるものであった。連歌寄合書『拾花集』には「難面」の項に「時雨に染ぬ松杉」という寄合語が示されており、それはそのまま『俳諧類船集』にも採られている。したがって、松と杉が誉められる理由は、紅葉の名所小倉山にあって、時雨に遭えばたちまちうつろう紅葉とは異なり、冬じゅうの時雨によっても色を変えなかったということに求めるべきだと思う。また、薫り高い夏の風の涼しい吹きようを、芭蕉が「松や杉の木々をほめる」ものと擬人化して見ていることは確かだろう。それに、「音」と添えたのは、「松風」を想起させるための工夫だろう。時雨や松に縁の深い「小倉ノ山院」を夏に訪れてみると薫風が松杉の操を誉め称えて吹き梢に風音を鳴り響かせていた、という意の芭蕉発句であったと思わ

れる。もちろん、山本氏の言う通り時雨亭跡を訪ね時代を飛び越えて定家卿に挨拶をしたのである。ただ、なぜ杉にまで話題を及ぼしたのか。現実の寺域の杉が印象的だったから、松と杉は時雨に染まぬ常緑樹として『拾花集』にあるように一対に扱われる樹木だから、などの説明では弱いだろう。もう一つ別の古歌を意識して、という可能性があるのではないか。その歌は、定家の父・藤原俊成が「杉」を詠み込んだ、次のような著名歌である。

建仁元年八月十五夜歌合に古寺残月といへることを　皇太后宮大夫俊成
又たぐひ嵐の山のふもとでらすぎのいほりにありあけの月
（『玉葉和歌集』巻五・秋下）

この歌は『類字名所和歌集』や『歌枕名寄』のほか、連歌寄合書『竹馬集』の「嵐山」項にも載り、近世の地誌では『出来斎京土産』の「嵐山」項に見える。つまり、芭蕉は、小倉山の川向こうの「嵐の山のふもとでら」なる「すぎのいほり」を想い、俊成への挨拶をも意図して「すぎ」を詠み込んだものと解釈したい。この解については、次のような芭蕉発句の存在も傍証となるだろう。

旅行
煤掃は杉の木の間の嵐哉　翁
（『をのが光』）

初出の『をのが光』は元禄五年（一六九二）刊だが、のちの『蕉翁句集』では元禄四年（一六九一）の部に入れられている。だが、煤掃きをすべき師走に芭蕉が「旅行」していたとすれば元禄四年ではありえず、それ以前ならば同二年か三年の可能性がある。それ以上遡るのは初出の時期から見て適当ではないだろう。二年師走でも三年師走でも、「旅行」先は京都とその周辺であった。この句は、都滞在中に落柿舎を拠点として嵐山を訪れ、俊成の詠んだ「嵐の山のふもとでら」なる「すぎのいほり」の年末を想像し、その俗世を離れた境地への憧れを示した句だと思われる。「杉」と「嵐」は俊成歌に対するオマージュとして詠み込まれていよう。句意としては、旅の空にある私・芭蕉は、杉の木の間を吹き抜ける嵐を味わったことを以て年の暮の行事である「煤掃」をしすましたこととしよう、ということだろう。貞享五年（一六八八）の発句「一ツぬひで後に負ぬ衣がへ」（『笈の小文』）の煤掃き版である。

また、次章「大井川を詠む」とも関連することだが、芭蕉はかねてより嵯峨野や嵐山の歌枕に心惹かれ、地誌などを参照して学習していたものと推測される。

ちなみに、今日、常寂光寺を訪ねると、仁王門（楼門）の北がわの庭園に「藤原定家卿山荘址」と刻まれた石が立っている。『雍州府志』に言う「小社」は本堂より高い場所に移されていて「謌僊祠（かせんし）」と称されている。いま、寺は紅葉の名所としてたいへん美しく整えられていて、芭蕉が見たはずの「時雨の松」らしき松は見当たらない。

なお、偶然ではあるが、寺を出て東に向かいすぐ左手に落柿舎がある。これは、明和七年（一七七〇）に重厚によって位置が定められ再建された落柿舎である。旧い落柿舎はもっと大井川寄りの臨川寺付近にあったというから、芭蕉は二十～三十分かけて歩いて常寂光寺を訪ねたと想像される。

其の二　大井川を詠む

駿河と遠江の境を流れる大井川では、東海道の旅人にとってまことに厄介なことに、梅雨や台風などの出水に際して渡渉を禁ずる「川留め」が、しばしば発令された。芭蕉も、元禄七年（一六九四）五月に次郎兵衛を伴って江戸から西上する際に川留めに遭い、十五日から四泊、島田宿に滞留を余儀なくされた。その折の泊り先に書き与えた真蹟懐紙が、桃鏡編の『芭蕉翁真蹟集』（『芭蕉翁手鑑』『翁手鑑』の書名でも流布した）に摸刻されて伝わっている。

するがの国に入て　　ばせを

するがぢやはなたち花もちやのにほひ

五月の雨かぜしきりにおちて、大井がは水出侍りければ、しまだにとゞめられて、如舟・如竹などいふ人

のもとにありて

ちさはまだ青ばながらになすび汁　　　如舟

さみだれの空吹おとせ大井川

やはらかにたけよことしの手作麦　　　ばせを

田植と丶もにたびの朝起

如舟は大井川の川庄屋・塚本孫兵衛。芭蕉は元禄四年（一六九一）十月下旬にも、近江から東下の折、如舟方に泊まり「宿かりて名を名乗らするしぐれ哉」などの発句を残している。元禄七年閏五月二十一日付の曽良宛芭蕉書簡では、島田で川留めにあったいきさつを報じ、「孫兵へ方音信候へば、是非共にとゞめ候。川奉行役之ものに而候へば、いかやう共川をこさせ可申候間、先とまり候へと申内に、大雨風一夜あれ候而、当年之大水、三日渡り留り候。さのみ俳諧の相手にもならざるほどのもの共、先キにも能がてんいたし、俳諧はなしのみにて」云々と述べている。如舟は未熟な作者で本人もそれを心得ているので、俳諧の実作指導には及ばなかったというのである。如竹は杉本氏らしい（後掲『芭蕉翁行状記』）が未詳、おそらく如舟の俳諧仲間であろう。

ここでは右真蹟懐紙から、「さみだれの」句を取り上げて論ずる。当該句、支考編の『笈日記』は「さみだれの雲吹おとせ大井川」と、「空」を「雲」としている。路通編の『芭蕉翁行状記』は「島田には塚本氏・杉本氏などいひて、久敷音信馴し方あればとて、おぼつかなき五月の空をはらす」の前書を添えて「五月雨や雲吹落す大井川」と、同様に「空」を「雲」とし、さらに「せ」を「す」としている。だが、『芭蕉翁真蹟集』に加えて浪化編の『有磯海』も中七を「空吹おとせ」としており、この句形を前提に論を進めたい。

これまでの研究における解釈の焦点は、

（A）大井川に向かって空を吹き落とせと言っている

（B）句中にはない「颪」に呼びかけて空を吹き落とせと言っている

のどちらを取るかにあった。この問題はすでに、阿部正美氏の『芭蕉発句全講Ⅴ』（明治書院、一九八八）が、諸注から主要な説の要を摘んで丁寧に検討している。それに導かれて先行諸説を分類するならば、（A）説に入るのは、阿部氏が挙げたうちでは、

大井川に対して願ひたる趣也。（信天翁『笈の底』）

「大井川よ」と呼びかける形を以てしなければ、腰くだけになってしまうのである。（山本健吉氏『芭蕉その鑑賞と批評』）

である。（B）説としては、

吹くといふ字があるから風の字はなくとも風に希望するので、それを落す所を大井川へ落せといふたのである。（内藤鳴雪『芭蕉俳句評釈』）

「五月雨の空吹き落せ」は風に呼び掛けた語であることは云うまでもあるまい。然るにこの句には風という語は見えていない。しかし俳句で風を云わずに単に吹くとのみ云った例は珍しからぬ事で、（中略）その風は、真蹟の前書に「五月の雨かぜしきりにおちて」と云い書簡に「其夜大雨風」と云っている前夜からの風なのである。斯くてこの句に於ける大井川は呼び掛けられているものではなくて空が吹き落とされる場所を規定しているものである。即ち「大井川へ」という用法・句法なのである。（志田義秀氏『芭蕉俳句の鑑賞と批評』、なお文中に言う「書簡」は、同年閏五月二十一日付と推定される杉風宛芭蕉書簡）

の二つがそうである。なお、右の（中略）の箇所、志田氏が「風を云わずに単に吹くとのみ云った例」として提示しているのは、

春雨や蓑吹きかへす川柳

洒落堂記（文略）

四方より花吹き入れて鳰の波

小松といふ所にて
　しほらしき名や小松吹く萩薄

という芭蕉発句三句であった。また、

その濁流の大井川に向つて「雲吹き落せ」と呼びかける心である。吹き落せとは無論風を云つてゐるのであるが、風と云はずして、大井川に向つて云つてゐるやうにしたところは句の手である。手の利いた句といふものだ。（幸田露伴『芭蕉俳句研究』）

も挙げられているが、これは、（B）の意だが（A）のように表現したレトリックだという折衷案である。そして阿部氏自身は、次のように（B）説に荷担している。

しかし私は、大井川に対して「吹おとせ」と呼び掛けるのは、やはり納得が行かない。「吹き落される場所」とか「容物」というと浅薄に聞えるが、「大井川」はもう少し広く、謂わば「句の場」なのである。だから、「颪よ、いっそのこと五月雨の空を吹き落してしまえ。水嵩の増した大井川は滔々と流れるよ」とまとめれば良いと思う。

しかしながら、いずれの注釈も、AかBかの判断にとって確実な根拠を示し得ていないように思われる。志田氏が挙げた芭蕉の三句は、それぞれ風を想起させる題材「川柳」「鳰の波」「萩薄」と取り合わされており、それらが「蓑吹きかへす」「花吹き入れて」「小松吹く」かのように言った表現技巧であろう（これらこそ露伴の言う「句の手」にあてはまる）が、大井川の場合はただちに風に結びつく語ではない。阿部氏が「納得が行かない」と言われるのは無理もないことである。また、前書に「風」があるからそれでよいという志田氏の説明は、発句の独立性という点で賛成できない。『芭蕉翁真蹟集』の伝える真蹟懐紙では前書と当該句との間に「ちさはまだ」の発句がさしはさまれてもいる。結局、最新の注釈書である雲英末雄氏・佐藤勝明氏の『芭蕉全句集』（角川ソフィア文庫、二〇一〇）でも「一句を大井川への呼びかけとするか、風への呼びかけとするかも説は分かれる」と言われるように、決着が付いていない。

そこで、改めて注目したいのは、月院社何丸著『芭蕉翁句解大成』(文政十年〈一八二八〉刊)の、別の角度からの指摘である。同書は「五月雨の雲吹おとせ大井川」を掲出して、

愚考千載集に「けふ見れば嵐の山は大炊河もみぢ吹おろす名にこそありけれ」、此哥山城の大炊川を東海道に奪胎してもみぢを雲に換骨せし也、古哥の心を其儘に作る、是も奪胎換骨の法也

と説明している。ただ、この解釈は、岩田九郎氏『諸注評釈芭蕉俳句大成』に「『大成』の換骨奪胎説は一顧の価値もない解であろう」と一蹴されて以来、捨て置かれてきた。

『千載集』の歌とは、巻五・秋下の、

大井河に紅葉見にまかりてよめる　俊恵法師

けふ見ればあらしの山は大井川もみぢふきをろす名にこそありけれ

である。引用は新・日本古典文学大系『千載和歌集』(片野達郎氏・松野陽一氏校注、岩波書店、一九九三)によったが、同書の脚注の現代語訳を引けば「今日目のあたりにして得心がいった。嵐山というのは大井河に紅葉を吹きおろすことからついた名なのだと」とのことである。「嵐山」の名の由来を述べる体裁を取って、大井川を染めて紅葉葉が流れる晩秋の景を賞した歌と言えよう。そして、『千載和歌集』には俊恵法師の歌に続いて、

大井河ながれてをつるもみぢ哉さそふは峰のあらしのみかは　道因法師

も掲出されている。これも新大系の現代語訳を引けば「大井河の流れ落ちる紅葉の見事なことよ。そうだ、紅葉はこの流れの水にも誘われるのだ、誘うのは嵐山の峰のあらしばかりだろうか」とのことである。俊恵法師の歌に対して、大井川もまた紅葉を呼び込んでいるのだと意見を加えた歌である。

なお、大井川・嵐山・紅葉の三つを詠み込むことには先例があった。『後拾遺和歌集』巻六・冬の、

承保三年十月、今上、御狩りのついでに、大井川に行幸せさせ給によませ給へる　御製

大井川ふるき流れをたづね来て嵐の山の紅葉をぞ見る

である（承保三年は一〇七六）。

芭蕉当時ならすでに勅撰集を版本によって読むこともできたであろう。だが、芭蕉がこれらの歌を見た可能性の高い歌集としては、まず、元和三年（一六一七）の古活字版がありその後整版本で流布した『類字名所和歌集』がある。その巻四の「大井河」に御製歌が載り、少し離れて俊恵法師歌と道因法師歌が並んで載っている。巻六の「嵐山」にも、御製歌と俊恵法師歌が載っている。次に、万治年間の版本『歌枕名寄』では「嵐山」に御製歌（作者「白川院」としている）と俊恵法師歌が載り、「大井河」に御製歌と道因法師歌が載っている。さらには、中川喜雲編で明暦四年（一六五八）刊の京都地誌『京童』では、巻六「嵐山」に御製歌が載っている。

『後拾遺和歌集』の御製歌が大井川・嵐山・紅葉の三点セットを用意した。『千載和歌集』の二首は、それらの関係性を展開させて〈嵐山の峰の嵐が紅葉を大井川に吹きおろし、大井川の流れの水もまた紅葉を誘う〉と詠んだ。そうした古歌が培ってきた「大井川」をめぐる概念、すなわち歌枕の本意が、問題の芭蕉句にも働いているのではないか。もとより、駿遠境界の大井川は、山城の大井川とは別の川である。だが、芭蕉は島田の宿で「大井川」の名に愛でて、いわば本家の歌枕、山城の国の「大井川」を透かし見ていると思われる【補注】。

そうした視点から「さみだれの空吹おとせ大井川」を解釈してみよう。

「大井川と言えば、傍らに嵐の山があってその『嵐』が紅葉を吹き下ろし、大井川自身もまた紅葉を誘うものだろう。だが今、私は、五月の大水の出ている東海道の大井川を目の前にして、川に呼び掛ける。五月雨を降らせている空を、山城の場合と同じように、『嵐』と協力して吹き落とせ。」

つまり、芭蕉は、山城の歌枕「大井川」の縁語「嵐」を隠し題に使っているという解釈である。右は（B）説に近いが、「風」ではなくて「嵐」に呼び掛けていると見たい。それに、「大井川へ吹き落とせ」なのではなくて、大井川もまた「さみだれの空」を誘って「おとす」作用を持つ川として詠まれていると思われるが、その点では（A）説にも通ずる解である。ただ、本歌が「ふきをろす」であるのに対して「吹おとせ」としているのは、その方が動きのある激しい表現だったからとも言えるし、道因法師歌の「ながれてをつる」から来ているとも考えられる。

芭蕉の作に類例を求めると、元禄四年冬に同じ如舟の家に一宿した時に残したとされる発句の一つ、

　馬かたはしらじしぐれの大井川　（『泊船集』）

が実はそうである。時雨は嵐の縁語である。山城の大井川であれば嵐山の「嵐」にまじる時雨を情趣あるものとして味わうであろうに、ここ東海道の大井川あたりの馬子は、時雨にあってもそんな情趣を感じたりはしない、教えてやりたいよなあ、と言うのである。

また、著名な歌枕と同音の地名について俳諧発句を詠むに当たり、著名な歌枕の持つ文学的伝統を利用したという例は、芭蕉にさらにある。

　又やたぐひ長良の川の鮎鱠　（貞享五年〈一六八八〉の発句、『笈日記』所収）

この句の場合は、ほんらい近江の「長等山」が「無から」や「乍ら」との掛詞を用いる歌枕なのであるが、その技法を美濃の国の「長良川」に転用している。あるいは、

　中山や越路も月はまた命　（元禄二年〈一六八九〉の発句、『荊口句帳』所収）

は、西行の「年たけて又こゆべしと思きや命なりけり佐夜の中山」歌で知られる遠江の歌枕「佐夜の中山」を意識して、越路なる「越前の中山」で眺める月も「命なりけり」という感慨を催させる場所だ、と詠んだのである。

ここでふたたび、「空」を「雲」とした『芭蕉翁行状記』と『笈日記』の句形について触れておこう。この異文については山本健吉氏が「この（「雲」の）方が意は通りやすいが、「空」の方が一句の包容する空間が大きくなる」（『芭蕉全發句』）と述べていて、私もこれに賛同するものである。たしかに「空吹おとせ」の方がスケールが大きく大河の景にふさわしいし、「雲吹おとせ」ではありふれた発想にすぎないように感じられる。すでに「さみだれをあつめて早し最上川」の句を得ていた芭蕉には、大きな空間に降る雨が川に集約されるというイメージがあって、

それを「大井川」にも応用したのではないだろうか。草書の空と雲の字体は紛らわしいが、結局、路通も支考もより理解しやすい句形を選択して記録してしまったということであろう。また、路通が「吹落す」としているのは、さらなる粗漏と言うほかない。

『おくのほそ道』をまとめあげた芭蕉は、歌枕についての学習を深めていたであろう。歌枕を俳諧に詠むための一方法として、歌枕の名と同じ名の地では国を飛び越えて歌枕の本意を利用することが、かねてからあった。さらに、元禄七年夏の芭蕉は、その歌枕が持つ本意に付随する季が当季と異なる場合、当季に置き換えて詠みながら且つ本意を活かすという操作に、意を砕いていた模様である。

【補注】

本稿初出以後、『太平記』第二巻「俊基朝臣重ねて関東下向の事」に、「大井川を過ぎ給へば、都にありし名を聞いて、亀山殿の行幸、嵐の山の花盛り、龍頭鷁首の舟に乗り、詩歌管絃の宴に侍りし事も、今二度見ぬ夢となりぬと思ひつづけ給ひつつ」とあることに気が付いた。すなわち、東海道の大井川で山城の大井川を想うことに先例がないわけではないのである。おそらく、他にも類例があることであろう。

其の三　須磨の凧

かつて関西に住んでいたころ、大阪俳文学研究会の月例会に出席するために、大阪市営地下鉄の谷町線を東梅田から阿倍野までたびたび利用した。にもかかわらず、そのころは浪華の俳蹟一見の志に乏しくて、四天王寺前夕陽丘駅で途中下車して新清水（しんきよみず）の「浮瀬（うかむせ）」跡を訪うことなくその下を通過するばかりだった。

同地で芭蕉は、元禄七年（一六九四）九月二十六日、泥足の催した句会に出席した。このとき芭蕉の余命あと半

月。句会は、支考の記録『笈日記』によれば、

廿六日は清水の茶店に遊吟して、泥足が集の俳諧あり。連衆十二人。

人声や此道かへる秋のくれ

此道や行人なしに穐の暮

此二句の間、いづれをかと申されしに、この道や行ひとなしにと、独歩したる所、誰かその後にしたがひ候半とて、そこに所思といふ題をつけて、半歌仙侍り。爰にしるさず。

という会である。「人声や」と「此道や」の二句は数日前からその句会のために用意してあった句。半歌仙の連衆は芭蕉のほかに泥足・支考・游刀・之道・車庸・洒堂・畦止・惟然・亀柳で十人とするのが正しいが、あるいは店主ほかの同席者を合わせて十二人だったのかもしれない。当日の芭蕉の詠としては、

松風や軒をめぐつて秋暮ぬ

是はあるじの男の深くのぞみけるより、かきてとゞめ申されし。（『笈日記』）

および、

旅懐

此秋は何で年よる雲に鳥

此句はその朝より心に籠てねんじ申されしに、（以下支考の後書略、『笈日記』）

があった。「松風や」句は、

大坂茶店四郎左衛門亭にて秋をおしむ

松風や軒をめぐつて秋暮ぬ（壺中・芦角編、元禄八年〈一六九五〉刊『木枯』所収）

の前書を伴っても伝えられている。本章ではこの「松風や」句について論じたいと思う。

「清水の茶店」＝「大坂茶店四郎左衛門亭」の当時の亭主は俳号を晴々と称する俳諧作者だったらしい。『笈日

記』にいう「泥足が集」とは元禄七年のうちに刊行された『其便（そのたより）』だが、そこに「此道や」半歌仙が掲げられ、

此集を鏤んとする比、芭蕉の翁は難波に抖擻し玉へると聞て、直にかのあたりを訪ふに、晴々亭の半歌仙を貪り、畦止亭の七種の恋を吟じて、予が始終を調るものならし。

という泥足の前書がある。この茶店「晴々亭」はのちに「浮瀬」を屋号とし、大坂随一の料亭として繁栄した。「浮瀬」に関してはいま、大阪星光学院もと教頭の平松弘之氏の研究（同学院配布の小冊子・非売品）と、坂田昭二氏の『浮瀬（うかむせ） 奇杯ものがたり』（和泉書院、一九九七）のおかげで詳細に知ることができる。坂田氏著書によれば、名物の七合五勺入る大きなアワビ貝の酒杯「浮瀬」にちなんで屋号を「浮瀬」と称し始めたのは元禄十六年（一七〇三）前後から宝永三年（一七〇六）までのあいだで、芭蕉の来訪の時にはまだ「浮瀬」とは呼ばれていなかったという。また、芭蕉関係の資料には「四郎左衛門」とあるが、宝永以降の主の名は代々「四郎右衛門」という。

さて、「松風や」句の解釈は、現在の所、次のような捉え方が主流と言える。

この辺り松が多く、松風が日ごと夜ごと軒をめぐって吹いて、今年の秋も暮れたことだ。（中略）即興の句ではあるが、思いなしか毎日毎日、同じように松風が吹いて、今年の秋も暮れることだというあたり、あわれがある。

（小学館新編日本古典文学全集『松尾芭蕉集①全発句』）

松風が寂しく軒端を吹き巡って、秋もいよいよ末になったことだ。

（阿部正美氏『芭蕉発句全講Ⅴ』）

つまり、松風に実際に触れて秋の暮を実感したという理解であり、それは心情としては「あわれ」で「寂し」いものだというのである。写生句と見ての解釈が通説となっていると言えよう。そこに慊（あきた）りない思いを抱く注釈者もいたはずで、それは一つには「料亭の主から求められて書き与えたにしてはうらさびしい句ではないか、挨拶句としてもっとふさわしい読み方はできないか」ということであり、また、一つには「俳諧性が弱すぎるのではないか」ということだったように思う。そうした疑問への答えの一つが、

即興の句だけに軽いが、清澄な感性の句で、家ぼめの形をとった挨拶句である。相手が茶店の主人だから、

「松風」には茶釜の音の連想もあり、蕭颯たる松風に暮秋の感じを聞きとめたにちがいないが、そこにはやはり茶亭に對する褒美の意識がこもっている。晩年の句らしい寂寥感は、この即興吟にも沁み出ている。

（山本健吉氏『芭蕉全発句』）

であったかと思われる。この解の、他と異なる点ををわたくしに敷衍しつつA・Bとして整理すれば、

A　軒端に松の木がある屋の構えを「松風が軒をめぐる」と表現したものと見れば、そこに「家ぼめの形をとった挨拶」が認められる。

B　茶釜のたぎる音は松風に譬えられるものなので、「松風」が「茶店」に対する「褒美」ということになる。

となろうか。

Aの視点はほかの注釈書では触れられていないことだが、言われてみればもっともで、挨拶性の要として押さえておくべきポイントだと思う。前出の坂田昭二氏著書掲載の図版を参照すると、寛政期の『摂津名所図会』「浮瀬」図には二階座敷を挟むようにして二本の松の巨木が描かれており、ことに清水坂がわの一本は屋根を越す高さである。芭蕉の訪れた元禄の頃にもその松が店の自慢の一つであったことが想像される。「松風や」という措辞には、「四郎左衛門亭」の松の枝振りと、その松に臨む座敷のすがすがしさを褒める意図があったことは確かである。

Bについて言えば、茶釜の音を松風と聴くこと自体は一般的な発想であって、Bの視点を、

『師走嚢』に、「此の松風は実は松風にあるまじ。茶店とあれば釜のたぎる音の松風のごときを、常住軒をめぐると聞きなして、生涯茶を楽しみて秋を経たりとなり。」とある。松風は現実の松籟とすべきだが、茶の湯との連想は必ずしも捨て切れない。

（加藤楸邨氏『芭蕉全句』）

のように古注を引きつつ認める意見もあったが、いまでは、

この「茶店」は料理茶屋、即ち料理屋の意に用いたものだから、茶釜のたぎる松籟の音と取るのは見当ちがいである。

（阿部正美氏『芭蕉発句全講Ⅴ』）

のように否定されている。のちの「浮瀬」のありさまからしても、「茶店」とあるからといってそこは茶を味わう場とは言えなかったと思われ、Bはちょっと無理な解だったと言わざるを得ない。
結局のところ、Aを認めるにしてもなお、このようにあわれで寂しい景気を詠むことがどうして挨拶性を損ねないのか、という点にじゅうぶんな答えは出されていないと思われる。それにこの句の俳諧性も、もっと追求されなければならない所だろう。思うに、この句はもっと何か故事・古典を踏まえているものとして読むべきではないか。「松風」も「秋暮ぬ」も、芭蕉が単に写生的な句を詠むのに用いたというには、あまりに厚い伝統の衣をまとった語句ではなかったか。
その手がかりとして『俳諧類船集』を見てみよう。「松風」が立項されているが、その付合語は、
源氏の巻　村雨　琴の音　謡　すまの海士　住よしの浦　名香
となっている。これらの内「村雨・謡・すまの海士」は謡曲「松風」に拠っている。左遷の身の行平に愛され捨てられた須磨の海士の姉妹、松風・村雨をシテ・シテツレとする曲である。「源氏の巻」とはもとより『源氏物語』に松風巻があるということであり、「琴の音」は、
野の宮に斎宮の庚申し侍りけるに、松風入夜琴といふ題をよみ侍りける　斎宮女御
ことのねに峯の松風かよふらしいづれのをよりしらべそめけん（『拾遺和歌集』巻第八・雑上）
を典拠としている。「住よしの浦」は住吉の松原の景に基づくのだろう。「名香」はつまり薫物の名であり、元禄の『女重宝記』に「まつ風」と見えている。
しかしながらそれらのうちで、近世初期俳諧における「松風」の使い方としては、故事などを踏まえるとすればまず第一に謡曲「松風」が意識されたと思われる。謡曲調が流行した時期にその詞章がさかんに摂取されたのは言うまでもないが、それ以前にも、
須磨にて

行平は松風いかに須广の花
（『犬子集』巻第二・春下）

夽風に雪ひらめくや須广の浦
（徳元『塵塚誹諧集』上・十一月）

のような発句を見出せる。

ことに、謡曲「松風」の、

面白や馴れてもすまの夕まぐれ　海士の呼び声幽かにて　沖に小さき漁り舟の　影幽かなる月の顔　雁の姿や友千鳥　野分き潮風いづれもげに　かかる所の秋なりけり　あら心凄（すご）の夜すがらや

かかる所の秋なりけりとかや。この浦のまことは秋をむねとするなるべし。悲しさ寂しさ言はむかたなく、秋なりせば、いささか心のはしをも言ひいづべきものをと思ふぞ、わが心匠の拙きを知らぬに似たり。

（新潮日本古典集成『謡曲集・下』「松風」によった）

という詞章は芭蕉の心を強くとらえたもののようである。『笈の小文』の須磨の部分に、

とある。そもそも、右に引いた謡曲の詞章もほとんど『源氏物語』須磨巻の語句を利用したものである。しかし芭蕉は、背景に『源氏物語』を意識しつつも、謡曲「松風」を直接的契機として、須磨の浦の秋の景を「悲しさ寂しさ言はむかたな」きものと強く意識していたと想像される。貞享五年（一六八八）四月二十五日付猿雖宛の芭蕉・杜国連名書簡には「行平の松風村雨の旧跡」を見て過ぎたことが記されており、『笈の小文』には、

また、うしろのかたに山を隔てて、田井の畑といふ所、松風・村雨の古里といへり。

ともあって松風・村雨の故事への意識の強さは明瞭である。また、芭蕉の俳諧歴における謡曲の影響の重さに照らしても、芭蕉が「須磨の秋」を思い描くとき、謡曲「松風」が近景で『源氏物語』が遠景だったと見てよいだろう。

ちなみに、『おくのほそ道』の敦賀種の浜の章段に、

濱はわづかなる蜑の小家にて、侘しき法華寺有。爰にちやをのみ、酒をあたためて、夕暮のさびしさ、感に堪

たり。

さびしさやすまにかちたる濱の秋

とあるが、ここにも〈寂しき景は須磨の浦の秋に尽きる〉という意識が顕われている（本書所収「おもへばさびし秋の暮――序にかえて――」参照）。

そのように見てくると、

松風や軒をめぐつて秋暮ぬ

とは、茶店四郎左衛門亭の軒を取り囲むように聴こえる松風の音が、「松風」の語から連想される須磨の浦と同様の秋の寂しさをもたらし、その寂しさのきわまるところついに秋も暮れようとしているということだと思われる。

そのような表現意図を以て芭蕉が「松風や」と詠んだ実際のきっかけは、大坂新清水のその茶店から、遙かに須磨のあたりが望見されたことではなかったか。上町台地の四天王寺の北西の一帯は北・西・南に眺望が開け、大阪湾沿岸と淡路島をぐるりと見渡すことができる地域である。つまり芭蕉の挨拶の心は「海の向こうに見える須磨の浦に吹く松風が、この座敷の軒先にまで届いて、秋の暮の寂しさをしみじみ味わわせてくれます」ということであった。なおも言えば、前述のように、芭蕉は六年前の夏に須磨まで足を運んで、その後須磨について「かかる所の秋なりけりとかや」云々と書いていた。元禄七年の晩秋、海越しに須磨を遠望して、秋の須磨への憧れをそぞろかきたてられたのではないだろうか。松風は遙かなる須磨の呼び声か、いまこそ須磨に行けたなら「いささか心のはしをも言ひいづべきものを」と。

これもまた坂田昭二氏の著書によって知ったのだが、大坂の狂歌師・鉄格子波丸の『戯動大丈夫（たわれますらお）』（寛政六年〈一七九四〉序、『上方芸文叢刊10・浪華粋人伝』所収）に、「浮瀬」になぞらえた料亭を描写する次のようなくだりがある（『浮瀬　奇杯ものがたり』七五頁）。

朝ゆふにみればこそあれ、淡路島和哥もおよばぬ真の絶景、心して吹け武庫山から浦づたいする須磨の関、ほ

のぼのみゆる明石がた、一の谷の敦盛そば舞子の浜も
　此あいだと風景の眺望自慢。

淡路島・武庫山・須磨・明石の眺望も、「浮瀬」の自慢のたねであったようだ。その茶店が「浮瀬」を名乗る以前のことではあるが、芭蕉は、軒端の松ばかりでなく座敷からの眺望をも何よりの馳走として、挨拶の心持ちを詠み込んだのではないだろうか。

換言すれば、この発句はいわば「須磨」のヌケととらえることもできる。その抜かれた「須磨」は遠景ながら茶店四郎左衛門とその日の連衆の眼に映るところに(かりに現実にその日は見えなかったとしても連衆の意識のうちに)、おそらくは芭蕉の指差すかたにあった。表面的には単純な松風の即事句とも読め、いわば写生的な発句を装っているのだが、「須磨」との結びつきに気付くことで、古典の世界へ句は大きく広がるのである。謡曲「松風」を背景とすることとともに、そうしたヌケの技法にこそ俳諧性が託されていたと思われる。また、その茶店でなくては効果を持たない、挨拶性主体の句であったとも言える。

本稿執筆にあたって、「松風や」句の詠まれた場所から実際はたして須磨が見えるかどうか気になって、初めて

写真①　須磨遠望図

写真②　須磨遠望拡大図

「浮瀬」跡を訪ねた(二〇〇五年九月八日)。現在は大阪星光学院の校地になっており、「浮瀬俳蹟蕉蕪園」として整備されている。谷町筋側の学院正門から入り、受付を通り校舎を抜けグラウンドの端まで行き、さらに階段をおりた段のテニスコートの西側に、植物園の中に句碑の点在する「蕉蕪園」があった。園地のつきあたりに「松風や」句碑が建ち、その背後、清水坂を挟んで南隣には新清水寺が見えている。「浮瀬」を描いた図版のいくつかを思い起こして、まさにそこが茶店のあった場所と確認できた。だが、西側は、ナンバのビル群の隙間から六甲山の稜線が切れ切れに見えるというありさまで、眺望はよくなかった。

星光学院を出て周囲を見回すと、学院の北側の隣の隣ぐらいに高いマンションがあった。そのマンション「朝日プラザ四天王寺」の管理人さんに無理に頼み込んで、十三階建てのその建物の屋上に登らせてもらった。そこからの眺めはすばらしかった。管理人さんのお話では、しばしばテレビ番組の撮影が行われるそうである。写真①はそこから西の方角を撮ったもので、海越しに北からは六甲山地西部の山並みが続き、南からは淡路島が迫り、そのあいだの陸の影が途切れるあたりが明石海峡だろうと思われたが、海峡の大橋をそれと確認するのは靄がかかって不可能だった。家に戻ってから地図を見て検討したところ、大阪の四天王寺から見て須磨はほぼ真西(ほんのわずか南に寄っている)に当たり、写真②の拡大図の、天保山大観覧車越しに写っているのが鉄枴山だと確認できた。つまりその山影の手前が須磨浦である。

大田南畝の『蘆の若葉』には、新清水寺からの景観が「舞台より遠く望めば西南の遠山滄海につらなりて風景いはん方なし」と述べられている。現在では三〇メートルほども空中に浮かばなければその景観を見ることは叶わないのだが、芭蕉が訪れたときには、西に開いた新清水の茶店の二階の窓から、遠く遙かに須磨のあたりの望めたことは確かだと思う。

お世話になりました学校法人星光学院様、それに、急なお願いを快く聞き届けて下さった朝日プラザ四天王寺の管理人さんに深く感謝いたします。

其の四　明石の月

紀行文『笈の小文』の成立についての問題は、この半世紀の間、芭蕉研究のホット・スポットの一つだったと言ってよいだろう。その争点は要するに、定稿か未定稿か、芭蕉の意図した本文そのままか乙州の編集の手が加わっているかの対立である。ただ、その論争の発端となった綱島三千代氏の「『笈の小文』成立上の諸問題」【注1】によって、

紀行の須磨の条の現在の形が成立したのは、『猿蓑』の成立と余り隔たらぬころであったはずである。ことは論証されており、その後も井本農一氏が『芭蕉の文学の研究』【注2】の各論の第二章「芭蕉の紀行」において、『嵯峨日記』に基づき、『笈の小文』の須磨の部分は芭蕉が落柿舎に滞在した「元禄四年四月下旬頃に執筆されたと推定したい」と考察を進めている。今見る『笈の小文』の須磨明石の紀行句文は、貞享五年（一六八八）四月の実際の同地遊覧からほぼ三年も経ったころに成立したと考えられる。

さて、『笈の小文』では、須磨についての記事の長さに比して、明石は、

明石夜泊

蛸壺やはかなき夢を夏の月

の発句一句が記されるのみの短さである。元禄四年（一六九一）五月下旬の其角序を持つ『猿蓑』にも、同じ前書、同じ句形で収載された句である。

そしてまた、『笈の小文』の行文の中でこの句はたいへん座りが悪い。この句の前には「東須磨・西須磨・浜須磨と三所にわかれて」で始まる須磨の当代の描写と、「導きする子」をなだめすかしながら鉄枴山に登った体験談が書かれ、

須磨のあまの矢先に鳴か郭公
ほと丶ぎす消行方や嶋一つ
須磨寺やふかぬ笛きく木下やみ

の三句が置かれている。そして「蛸壺や」句が記され、その後には、「かかる所の秋なりけりとかや」で始まる文章(「其の三　須磨の風」に引用、一七二頁)が続いている。「かかる所」は須磨をさす。また、その文中には淡路島が目の前に迫って「須磨・明石の海右左にわかる」所までは触れられている(貞享五年四月二十五日付の猿雖宛書簡によればこれは「鉄枴が峯」に登って見た景)が、明石そのものの記述は現われないのである。

このことについて井上敏幸氏は「刊本『笈の小文』の諸問題(一)――「須磨紀行」をめぐって――」【注3】において、「須磨寺や」句とともに「蛸壺や」句は「文章の流れを、むしろ混乱させる形で挿入されている」と評し、芭蕉による本来の「須磨紀行」を想定するに当たってそれらの句を排除している。また、光田和伸氏は「「夢」の来し方――『笈の小文』所収「蛸壺や」の句の位相――」【注4】において「旅程を勘案しながら文脈展開の自然さにも留意し、一種の「復元」を試て」いるが、やはり「蛸壺や」句は「落ちつく箇所が見当らず、いわば宙に浮く形となって残ってしまう」と述べている。

すなわち、刊本『笈の小文』が須磨の部分を混乱した形で伝えていると見る立場から本来の「須磨紀行」を復元しようとするとき、「蛸壺や」句ははじき出されてしまうのである。たしかに、『笈の小文』での「蛸壺や」句の位置は不自然で、別にあり得たかもしれない明石への紀行文中の発句が一つ紛れ込んでいると考えるほうが理解しやすい。この句については、光田氏の、

やがて完成させる予定の『笈の小文』という紀行において、明石でのある高揚した場面を締めて立つ句として制作されたのではあるまいか。芭蕉は、さしあたり備忘のために、この句を、やがて『笈の小文』となるところの、明石に関してはまだ全く空白のままである草稿類の須磨の条に書きつけ、そしてそれを完成する時間を

得ないまま世を去ったという可能性を、いま考えてみたい。

という想定が当たっているだろう。そしてそうだとすれば、いま見る『笈の小文』の行文に即して「蛸壺や」句を解釈することは、芭蕉の表現意図を読み誤る危険を伴うことになるだろう。いったん『笈の小文』から切り離して、この句の解釈を試みたいと思う。

従来の諸注であまり検討されてこなかったものであるが、「蛸壺や」句には真蹟資料が一つ伝えられている。

須广の浦傳ひしてあかしに泊る、其比卯月の中半にや侍らん
たこつぼやはかなき夢を夏の月　　はせを

これは『蕉翁遺芳』(同朋舎、一九七九)に写真版で掲載されている真蹟懐紙の句文である。阿部正美氏の『芭蕉発句全講Ⅱ』(明治書院、一九九五)によれば「昭和十七年に伊賀上野での芭蕉翁生誕三百年記念展覧会に大阪の和田久左衛門氏蔵として出陳されたもの」という。また、『芭蕉全図譜』(岩波書店、一九九三)一四三番にも『蕉翁遺芳』から転載されており、解説によれば現在は所在不明。なお、この懐紙に使われている二顆の印章は一九九番の「あら海や」句文懐紙にのみ同じものが見られるという。それは「たこつぼや」懐紙が『おくのほそ道』の旅の後に成立したことの証左となろう。『笈の小文』および『猿蓑』と比較すると句形は同一で前書が異なっている。『猿蓑』でこの句を公表したときの前書「明石夜泊」こそ芭蕉の選択した最終案であるとすれば、「須广の浦傳ひして」云々の前書は『笈の小文』よりも前に位置する初案だったと見るべきだろう。

この真蹟懐紙の前書には『源氏物語』色が濃い。まず、「浦傳ひ」という語は、

はるかにもおもひやるかなしらざりしうらよりをちに浦づたひして【注5】

という、明石巻における光源氏の、紫上への文の中に見える歌を典拠としている。「すまよりあかしへうつられれば、猶都へは遠きとの心也」(『湖月抄』所引『孟津抄』の言)と解される。次に「其比卯月中半にや侍らん」という部分は、明石巻で源氏が明石君につながる契機を得た時季、「四月(ウヅキ)になりぬ」という設定が意識されていると思わ

れる。光源氏は明石入道から衣替えの装束類を贈られて親昵な関係となり、やがて明石君に懸想文を遣わすようになるのである。その場面で源氏は月の歌を一首詠んでいる。

あはとみるあはじの島のあはれさへ残るくまなくすめるよの月

この源氏の歌は、次の躬恒の歌を本歌としている。

題しらず

淡路にてあはとはるかに見し月の近きこよひは所がらかも

（『新古今和歌集』巻第十六・雑歌上）

『湖月抄』では『細流抄』を引いてこの歌を掲げ「此歌阿波渡なるべし。花鳥にみえたり」の注記を記す。これは、新大系『新古今和歌集』の脚注では「月の桂に縁のある桂川の辺、都に入る時の感慨か」「淡路島で「あれは」とばかり淡く彼方に望んだ月がま近に見える今宵は、場所が場所だからであろうか」のように説明される。源氏歌は、躬恒の「淡路にてあはとはるかに見し月」の表現に基づいての詠で、たとえば新大系『源氏物語』の脚注では「「あれは」と（海を隔てて）眺める淡路島の、島影のみならず、その昔その地で躬恒が望郷の思いを詠んだその気持までが手に取るようにはっきりわかる今夜の月だ」と現代語訳されている。

さらに、発句の「はかなき夢」に当てはまる表現は、明石巻の同じ場面、

ひとりねは君もしりぬやつれづれとおもひあかしの浦さびしさを（明石入道）

旅衣うらがなしさにあかしかね草の枕は夢もむすばず（光源氏）

という応酬における「夢」に求めることができる。この「旅衣」歌のような夢を「はかなき夢」と表現したのだとすれば、それは、旅先の夜、恋しい人にせめて夢のうちで会いたいと思っているのに、もどかしくもなかなか像を結ばないうちに去っていってしまう「夢」ということになろう。

注意すべきは、ここに引いた光源氏の詠作三首の主題が、いずれも、都から鄙の明石へ左遷（さすらえ）ている旅人の感慨であることである。すなわち、右の三首の源氏歌に即して解釈するなら、「はかなき夢を夏の月」とは、光源氏が明

石にて嘆いたように、独り寝ゆえにいねがたく、恋しい都人の面影もなかなか夢のうちに像を結ばず、夏の月は同じようにはかなく沈んでしまって慰めにならず、悶々と都を恋いながら夜を明かしかねているということになるだろう。短夜であるはずなのになかなか明けてくれないと嘆きながら過ごしているのである。「を」は、「はかなき夢を、はかなく沈む夏の月に比す」という文脈の「を」として理解できると思う。「はかなき」は「夢」にも「夏の月」にもかかる。それから、真蹟懐紙前書に「あかしに泊る」と言い、『笈の小文』と『猿蓑』に「明石夜泊」と言う、その事実がなかったことは笠井清氏の「芭蕉の虚構について」【注6】以来言われ続けてきたことである。そうしたフィクションは、少なくとも真蹟懐紙の段階では、源氏のように流されて明石にたどりついた人物の独り寝の夜の「さびしさ」「うらがなしさ」を表現するためにこそ必要だったのではないだろうか。

だが、芭蕉は何も源氏の心境を代弁するためだけにこうした表現を選んだのではないと思われる。これは光源氏の明石での心境を味わいたくて明石に泊った当代の数奇者、いわば源氏のヤツシを創作したと考えるべきであろう。そのことを暗示しているのが芭蕉の時代の現実の明石の風物「たこつぼ」なのである。ここには、夜が明ければ獲られてしまう蛸どもの、壺の内にあって見ている夢も「はかなき」ものだとする表現意図もあるだろう。

しかし、この上五文字にはそれ以上に俳諧性の濃い仕掛けが施されているように思う。それは、本家の源氏には桐壺とか藤壺とか呼ばれる美女が登場するけれど、俳諧世界の今源氏にはこの明石の名物の蛸を獲る「たこつぼ」がお似合いだ、という発想である。これはそれほど突飛な発想ではない。宮中の局の名の「○壺」を俳諧化して用いることには前例がある。まず、延宝二年(一六七四)刊の宗因独吟『蚊柱百句』に、

月もしれ源氏のながれの女也
青暖簾のきりつぼのうち

という例がある。「きりつぼ」の語をそのまま用いているが、前句の「源氏のながれの女」を受けて、青暖簾の掛かるような遊里の「きりつぼ」を創出している。「去法師」の『しぶうちわ』はこの付合を非難して「青暖簾の、

青布子の、といふは下劣の沙汰也。さすがに、梅壺・藤壺・桐壺などいふ所に、青暖簾などのかゝるべきか。（中略）いかに前句につけたきとて青暖簾の桐つぼとは放埒至極也」と言い、惟中の『しぶ団返答』は「寓言の手本なり。きれいなる所にきれいをつくし、いやしき所にいやしき躰をいふは連哥の首尾なり。紙子ににしきのゑりとはこれらの事也」と反駁、称揚している。貞門と談林の技法の差、談林の過激さを示す論争として著名な例であるが、当時としても「桐壺」を雲の上から引っぱって落としたという点でインパクトの強い句だったと思われる。次に、延宝九年（一六八一）成の『誹諧東日記』には、「春之部」の「上巳」題の内に、

箱雛桐壺の扉明にけり　立訓

の例がある。桐箱から雛人形を出すことを、『源氏物語』めかして言ったのである。そして、天和三年（一六八三）刊の『虚栗』になると俳諧化の技法が一段階進み、

雛若は桃壺の腹にやどりてか　挙白

のように、「桃壺」なる壺を作り出してしまった例が現われる。

芭蕉は、こうした先行例の流れを受け、明石を発句に詠むにあたって『源氏物語』の響きを「たこつぼ」に見出したのだと思われる。言うなれば、「たこつぼ」は現実の俳諧的素材の役割を帯びつつ、『源氏物語』世界の効果的なパロディとして芭蕉によって発見された語であった。また、『俳諧類船集』には「入道→蛸・明石」の付合語があり、『源氏物語』が、登場人物「明石入道」を介して「たこ」に結びつくというラインもあったかと思う。

なお、『嵯峨日記』の冒頭、元禄四年の四月十八日の記事中、身辺にあるものを列挙した内に六つの書名が記されているその中に『源氏物語』が見える。「たこつぼや」句はこの時期の芭蕉の『源氏物語』学習を反映していると考えることも可能であろう。

以上、真蹟懐紙の前書に即して読むならば「たこつぼや」句は『源氏物語』明石巻を強く踏まえた発句として解釈できるということを述べてきた。では、なぜ「明石夜泊」という前書に差し替えられたのか。また、その新しい

前書の付いた場合には句意はどう変わるのか、あるいは変わらないのか。

ここで、尾形仂氏の解釈【注7】を参照してみよう。「夜泊」とは、尾形氏によれば、

「楓橋夜泊」(『錦繡段』遊覧)「秦淮夜泊」(『瀛奎律髄』旅況)「秋夜晩泊」(同上)「夜泊長淮」(『聯珠詩格』)などの詩題にならったものでもある。『円機活法』では、遊眺門「江行」の大意の項に「夜泊」の語をあげる。「夜泊」とは、夜中、船を水辺に泊することでなければならない。

という言葉である。そして、尾形氏は『類字名所和歌集』によって「明石」と「泊(とまり)」のつながりを指摘している。尾形氏はまた、「明石夜泊」の背景にある古典としては柿本人麿ほかの古歌も『源氏物語』も『平家物語』も幅広く視野に入れて、「人生の仮泊の夢のはかなさ」を「蛸壺や」句のテーマと説き、次のように述べる。

『源氏物語』『平家物語』の世界への懐古の情をつづった地の文との間にこの句を配した『笈の小文』のモンタージュは、「明石夜泊」の「明石」の地名のひびきに、明石の海に眠るさまざまな見果てぬ夢をよみがえらせている。

こうした理解には問題点がある。その一は、すでに述べたように、当該句が前後に対してうまく繋がっていると見えず、いわば『笈の小文』本文の乱れが想定され、意図的な「モンタージュ」と見るのはためらわれることである。その二は、「夢」という語の理解に近現代的な「願望」のニュアンスまで含み込んでいるように思われることである【注8】。また、少なくとも、船中泊を意味する「夜泊」が前書に使われた時点で『源氏物語』の典拠は捨てられたと見るべきだと思うし、「夜泊」とは言えない人麿歌などの古歌もこの際排してよいと思う。

然るに、金田房子(かなた)氏は「蕉風前書における名所——「明石夜泊」と「堅田にて」——」【注9】において、「夜泊」詩には「月」が詠み込まれるものだということを補い、その上で発句の典拠として『平家物語』の「灌頂巻」の「六道之沙汰」を指摘している。建礼門院が源氏軍に捕らえられて都へ連行されるとき、

播磨国明石浦について、ちッとうちまどろみてさぶらひし夢に、昔の内裏には、はるかにまさりたる所に、先

帝をはじめ奉りて、一門の公卿・殿上人みなゆゝしげなる礼儀にて侍ひしを、都を出て後、かゝる所はいまだ見ざりつるに、「是はいづくぞ」ととひ侍ひしかば、弐位の尼と覚て、「竜宮城」と答侍ひし時、「めでたかりける所かな。是には苦はなきか」ととひさぶらひしかば、「竜畜経のなかに見えて侍らふ。よく〳〵後世をとぶらひ給へ」と申すと覚えて夢さめぬ。（引用は新大系『平家物語下』によった）

という経験をしたという話題が背景にあるというのである。この金田氏の読解を支持したい。なぜなら、源平の争乱ということを念頭に置いて『猿蓑』における句の配列を参照すると、「蛸壺や」句は、

奥州高館にて
夏草や兵共がゆめの跡　　芭蕉

の七句前に位置し、古戦場を弔っての発句として「景情に共通したところが感じられる」（光田氏前掲論文の言、この『猿蓑』における配列については光田氏の指摘がある）からである。義経主従への追悼の気持ちと対比的に、建礼門院が平家の死者たちに対して「よく〳〵後世をとぶら」った心への芭蕉の共鳴が示されていると理解できる。また、建礼門院の明石での夢とみごとに呼応する文章を、芭蕉自身が書いているからである。

其代の乱れ、其時の騒ぎ、さながら心に浮かび俤につどひて、二位の尼君、皇子を抱奉り、女院の御裳に御足もたれ、船屋形にまろび入らせ給ふ御有様、内侍・局・女嬬・曹子のたぐひ、さま〴〵の御調度持扱ひ、琵琶・琴なんど、褥・布団にくるミて船中に投入、供御はこぼれて魚鱗の餌となり、櫛笥は乱れて海士の捨草となりつゝ、千歳の悲しび此浦にとゞまり、素波の音にさへ愁多く侍るぞや。

これは版本『笈の小文』では末尾に位置する部分であるが、このあとに「明石紀行」というべき句文が構想されていて「蛸壺や」句はその中心に置かれるはずだったと仮定すると、首尾が非常によく整うのである。なお、「灌頂巻」の典拠を認めた場合の「蛸壺」は、金田氏も指摘するように、竜宮への連想を導く回路として機能するのであり、その仕掛けの面白さも金田説支持の根拠である。

「明石夜泊」の前書が付された場合の発句の趣意を、明石を訪れた旅人による平家滅亡の歴史懐古と見て、現代語訳を試みる。

「私は明石の泊りの船の上で夜を明かしました。そこは建礼門院が平家の死者たちを夢に見た場所です。はかなく覚めた彼女の夢のことを(ひいては、はかなく散った平家一門の命のことを)思いながら、はかなく沈んでしまう夏の月を眺めておりました。そういえば彼女は竜宮城を夢に見たそうですが、いま目の前の明石の海の底では、竜宮の眷属の蛸どもが蛸壺の内に眠っているはず。蛸どもも明日消えるはかない命とは思わずに、はかなくも夢を見ているることでしょう。」

つまり、前書の差し替えは、『源氏物語』的な左遷人(さすらえびと)の心境の追体験から『平家物語』の歴史懐古への、発句の読み替えにほかならなかったと考えられる。

念のために言えば、芭蕉が須磨・明石という地から作品化し得たのは歴史懐古のテーマに限らなかった。須磨には行平・松風・村雨のイメージが打ち払いがたくまとわりついていたし、本章前半で初案「たこつぼや」句を検討したとおり、明石では源氏の流謫の日々が芭蕉の心を深く領していた。もしも、芭蕉の命にもう少しの時間が与えられて須磨・明石への再訪がかなっていたならば、「侘びた旅懐」と言うべきテーマで、もう一つ別の須磨・明石紀行が書かれていたかもしれないという想像も、許されてよいのではないだろうか。

【注】

1 『連歌俳諧研究』二十五号、一九六三・一二。

2 角川書店、一九七八。当該論考の初出は『連歌俳諧研究』(三十八号、一九七〇・三)の「「笈の小文」の執筆と元禄四年四月下旬の芭蕉」。

3 『貞享期芭蕉論考』(臨川書店、一九九二)所収。初出は『文芸と思想』四十五号、一九八一・一、および、『香椎潟』

二十七号、一九八二・三。

4 『武庫川国文』三十一号、一九八八・三。

5 『源氏物語』の引用は北村季吟『源氏物語湖月抄』講談社学術文庫本によった。

6 『国文学』一九五三年四月号。

7 『松尾芭蕉』(筑摩書房、日本詩人選、一九七一)。

8 「夢」の語義の問題については本書所収「枯野の夢夏艸の夢」で触れた。

9 『論集近世文学4俳諧史の新しい地平』(勉誠社、一九九二)所収。のちに、『芭蕉俳諧と前書の機能の研究』(おうふう、二〇〇七)に所収。

其の五　秋ちかき心のより

元禄七年(一六九四)の夏以降、芭蕉は旅に忙しい。五月十一日に江戸を発って伊賀へ帰郷した。閏五月十七日には伊賀から大津にやって来た。しかしまもなく近江の湖南を離れ、閏五月二十二日には嵯峨野の落柿舎にいた。六月十五日になると京から膳所に移り、しばらく義仲寺の無名庵に滞在。七月五日から数日の間に膳所と京を往復し、盆会に合わせて七月十五日までに伊賀へ帰った。その後、九月八日からは大坂に向かい、そして十月十二日、同地南御堂前にて遂に帰らぬ旅に発ったのである。

閏五月十七日から数日の短い湖南滞在の間は、芭蕉は発句も連句も残していない。しかし、六月後半に再び湖南に戻って以降は、推測も含めて、次のような俳諧を残している。

①六月十六日、曲翠亭で、芭蕉の「夏の夜や崩れて明けし冷し物」を発句とする五吟歌仙。連衆は他に、曲翠・臥高・惟然・支考。(『続猿蓑』)

②六月二十一日、木節亭で、芭蕉の「秋ちかき心の寄や四畳半」を発句とする四吟歌仙。連衆は他に、木節・惟然・支考。(『鳥の道』)
③日不詳、大津の能太夫・本間丹野亭で、芭蕉の「ひら〳〵と挙ぐる扇や雲の峰」を発句とする六吟十三句。連衆は他に、安世・支考・空芽・吐龍・丹野。(『桃舐集』)
④日不詳、発句「蓮の香を目にかよはすや面の鼻」を本間丹野に贈る。(真蹟短冊)
⑤日不詳、曲翠の発句「菜種干す莚の端や夕涼み」に「蛍逃げ行くあぢさゐの花」と脇を付ける。(『笈日記』)
⑥日不詳、曲翠亭で、「田家」の題による発句「飯あふぐ嬶が馳走や夕涼み」。(『笈日記』)
⑦日不詳、膳所の能太夫・游刀亭で、「納涼」題の発句二句「さゞ波や風の薫の相拍子」「湖や暑さを惜しむ雲の峰」。(『笈日記』)
⑧日不詳、発句「皿鉢もほのかに闇の宵涼み」。(『其便』)
⑨日不詳、発句「ひや〳〵と壁をふまへて昼寝哉」。(『芭蕉翁行状記』)
⑩日不詳、発句「稲妻や顔のところが薄の穂」を本間丹野に贈る(前書略)。(『続猿蓑』)
⑪七月初旬、発句「道ほそし相撲取草の花の露」。(『笈日記』)

まとめて言えば、芭蕉のその夏の湖南滞在は、大津の町人連衆の忙しい時期にあたって彼らと付き合うことができなかったらしく(茶の収穫の繁忙期であり、中心となるはずの乙州も出張中だった)、そのかわりに曲翠や、大津の医師の木節や、大津・膳所の能太夫の俳事に招かれて過ごしていたのである。六月二十四日付杉風宛芭蕉書簡には、

二郎兵衛そこもとへ下り候へども、盤子・素牛と申す両人、一所に付き添ひゐ申し候て不自由なる事御座無く候間、御気遣ひなされまじく候。盤子は伊勢山田を仕ふせ候て小庵を結び候よし、おひおひ申し来り候故、伊勢下りかかりゐ申し候へどもまづ修行のため、かつは二郎兵衛帰り候までは、木曽塚無名庵に一所に相勤め申

し候。

とある。「二郎兵衛そこもとへ下り候へども」とは、六月八日に江戸の寿貞の死の報を受け、寿貞の子の二郎兵衛(次郎兵衛)を江戸に下らせたのである。そのあとの芭蕉の身の回りの世話は盤子(＝支考)と素牛(＝惟然)がつとめていた。膳所の木曽塚(＝義仲寺)の無名庵で師弟三人起居していたことがわかる。

本章では、右の②の発句の内容について考察する。まず、諸本の句形を整理してみよう。問題となる部分に波線を付す。

イ、元禄八年(一六九五)奥、杜旭編『ゆずり物』

秋ちかき心のよるや四畳半　翁

ロ、元禄九年(一六九六)刊、風国編『初蝉』

木節亭にて

穐ちかき心のよるや四畳半　翁

ハ、元禄十年(一六九七)刊、玄梅編『鳥の道』

元禄七年六月廿一日

大津木節菴にて

秋ちかき心の寄や四畳半　翁　(以下、木節・支考・惟然との四吟歌仙を掲載。)

ニ、元禄十一年(一六九八)刊、風国編『泊船集』

大津木節亭

秋ちかき心の寄や四畳半

ホ、宝永六年(一七〇九)成、土芳編『蕉翁句集』

秋ちかき心のよりや四畳半

へ、安永六年(一七七七)刊、眠郎編『雪の薄』

歌仙

秋ちかき心の寄や四畳半

この句はかつてはイ・ロに基づき中七は「心のよるや」だと理解され、疑われなかった。たとえば、一九四八年の加藤楸邨氏による『芭蕉講座第三巻発句篇下』(三省堂)は「秋近き心の寄るや四畳半」を掲出して、

「寄る」は「寄り集る」だけでなく、「寄りあふ」のである。木節の脇は「しどろにふせる撫子の露」といふのであるが、これでも明かに四人の見てゐる庭前の秋近さが感ぜられる。庭前の草木も秋近きさまであり、座中の四人も秋近き感じに浸つている。

それが、「秋近き心の寄るや」と把握せられたものであった。のように解釈を施していた。ところが、同書の刊行よりわずかに早い一九四七年の山崎喜好氏著『芭蕉と門人』(弘文社)に、ホの『蕉翁句集』に対応する土芳自筆草稿が紹介されて【注1】、土芳による次のような証言が知られることになった。

○秋ちかき心のより(消シる)や四畳半

是直に聞句也。初蝉にハ「心のよるや」と有。「木節亭」と題を付て出す。

(消シる)というのは、「よる」とあったものを「る」を消して「り」に改めたということらしい。土芳が芭蕉から直接聞いたところでは「心のよりや」だというのである。それが『初蝉』に載ったときには「木節亭」と題されて「心のよるや」となっていたと、土芳は『初蝉』を非難している。さきに引いた加藤楸邨氏もその後この土芳の言を受けて句の読みようを変えた。一九七五年の『芭蕉全句 下巻』(筑摩書房)を見るならば、

それ(「心のよるや」の句形)も一概に捨て去ることに躊躇を禁じえないが、やはり芭蕉の直話によるという土芳説に従うのが自然であろう。

と述べ、芭蕉が「心のよりや」とした理由を「これは心の交流という意味をはっきり出したかったものであろう

か」と推測している。また、この『芭蕉全句　下巻』における句意の解釈の要点は、

「しのび寄る秋の気配の中に、連衆の心もしんみりとなごみあい、この四畳半の部屋で静かな時をもちえて、満ち足りたおもいです」という意。／連衆心を詠みとったところに、俳席の亭主への感謝がこもり、挨拶が息づいたものである。寿貞の訃報に接した直後の芭蕉が、弟子たちの寡黙なことばのうちに無限のいたわりを感じつつ、静かに坐している姿が目に浮かぶようである。

というあたりにあるであろう。

この加藤氏の解釈は、「心のよるや」の句形に従って一旦下した解からなるべく離れないようにしながら、寿貞の訃報とか弟子たちのいたわりとかの人間関係を取入れる方向で読みを深めようとはしたが、「心のよりや」の形を採った場合の、異なる解釈の可能性の方向には考察を進めなかったと言うべきではないだろうか。とくに寿貞については、本書所収「「数ならぬ身」の思い――理兵衛と寿貞」で述べた通り、若き日の芭蕉と関係があった女性というような見方は根拠の弱い想像でしかないから、「寿貞の訃報に接した直後の芭蕉が」云々の解釈に従うことはできない。

他の諸注も、「よる」と「より」の違いについて明確な説明を加えていない。近年の注釈書でも、中には、新編日本古典文学全集『松尾芭蕉集①』【注2】のように「よる」を本位句として採用しているものもある。同書の頭注によればその根拠は「この連句興行に一座した惟然が序文を書いている『初蟬』の形に従う」とのことだが、『初蟬』は編集のずさんさにおいて許六から非難された(『俳諧問答』)撰集であり、土芳の言に較べて、根拠としては弱いと言わざるをえない。

もしも芭蕉が、「秋ちかき心」(従来の解釈に従って言えば「秋の気配を知る心」とでも言い換えられようか。具体的には、ロ・ハ・ニによれば、元禄七年六月二十一日に大津木節亭に集まって俳諧歌仙を催した連衆の心)が四畳半に寄り合っている、という状況そのものを句にしたというのなら、「心のよるや」としたほうが素直でなだらかな言い回

しであり、「心のよりや」というこなれない表現を選ぶ必然性がない。土芳に対して芭蕉が、わざわざ「よるや」でなく「よりや」だと言い残したのは、右のような解し方をされて作者本来の意図が見失われることを警戒したためではなかったかと思われる。この句には、「よりや」でこそ表現されるはずの句意が読み解かれずにいるのではないか。

一案を述べたい。

たとえば、次に挙げるような資料において、傍点を付した「心」はどのような意味だろうか。

・『後撰和歌集』巻二・春中

春の心を　　伊勢

青柳の糸撚り延へて織るはたをいづれの山の鴬か着る

・『新古今和歌集』巻三・夏

五月雨の心を　　藤原定家朝臣

たまぼこの道行き人のことつても絶えてほどふる五月雨の空

これらの「心」について仮に『日本国語大辞典』第二版を利用して説明しようとするならば、「こころ」の項の⑦「歌論・連歌論用語」のイ「和歌や連歌の主題。表現の意図。意味内容。」に当たるだろう。連歌・俳諧の資料からもこの「心」の例を拾ってみる。

・『連珠合璧集』

夏の末の心、

すゞしき〈夕すゞみ朝すゞみ〉　晩立（ゆふだち）　みな月　夏暮て　秋近し　（中略）　なでしこ常夏　（以下略）

・『至宝抄』

されば秋の心、人により所により賑はしき事も御入候へども、野山の色もかはり物淋しく哀なる體、秋の本意

なり
・『続山之井』
年内立春(としのうちたつはる)の心を
今朝の春は鸚鵡返しかとりの年　正章
・『俳諧問答』（北枝編『喪の名残』に関して、許六の言）
暮秋と云題号して、予が句ニ、
大き成る家ほど秋の夕べ哉
と云句、暮秋の巻頭に入たり。此句、暮秋の句ニあらず。（中略）秋のくれと云共、暮秋の心を兼たる句もあり。

まさに枚挙にいとまない。つまり、芭蕉句の「秋近き心」は、一般的に「秋が近いという主題」の意に解される言い回しである。むしろ、「秋が近いと感じる心理」のように理解することのほうに無理が感じられる。

そして、「寄り」もまた連歌俳諧の術語、すなわち「寄合」の省略形の「寄り」として理解することができる。木藤才蔵氏「寄合・付合語義考」【注3】によれば、連歌学書中の「寄合」の意味は、

A、句と句とを結びつける働きをする一定の詞や素材の一組。
B、Aの一組の中の一方の詞や素材。
C、Aの中から縁語を除いたもの。
D、前句にどのように付けてゆくかというその付け方。

の四種類に大別できるという。「付合」と入れ替わるようにして「寄合」の使用例は減少していくが、近世初期の俳諧でもまま「寄合」の語は見出され、それは「連歌において時折使用されている実情を反映したものであろう」とのことである。「秋近き心の寄り」を「『秋近き心』の寄合」と解する場合には右のBにあてはまるだろう。そし

て、「寄合」の省略形としての「寄り」の使用例は、近世初期俳諧にも拾うことができる。

・『誹諧独吟集』貞徳

身にしむばかりよりをつけたれ

ふえの句に便りありけりし丶の韵【注4】

・『俳諧破邪顕正評判之返答』惟中

あるは付句の心をしらず、あるは古語のはし、古歌のよりをも不弁、ない知恵はふるはれず、せんかたなくも

あきれ果、書残したるとみえたり。

そのように、従来一般の解釈とは異なり、連歌俳諧の術語の使われている句だと見るべきではないか。その場合「秋ちかき心のよりや四畳半」とは、直訳的に言えば、

「『秋が近い』という主題にとって、『寄合』とするにふさわしいものだと気付きましたよ、この四畳半は。」

ということになるだろう。

それをもう少し噛みくだいて言ってみる。前引ロ・ニに「木節亭」とあり、ハに「大津木節菴にて」とあることから想像して、場所は木節が自宅の一角に持っていた四畳半の草庵だったと思われる。そこに招かれて、

「まだ夏だというのに、この四畳半の庵にはすでに秋のさびしい情趣が感じられますね、ああ、良い草庵だ。」

と述べた挨拶句と理解できるのではないか。

芭蕉にとって秋の寂しさが非常に好ましいものだったということについては、本書の「おもへばさびし秋の暮——序にかえて」に述べたのでくりかえさない。また、木節の脇「しどろにふせる撫子の露」は、「撫子」によって夏の末の心を繋ぎつつ（前引『連珠合璧集』参照）、すでに「露」が置いていると言うことで「秋近き心」を受け、「庵の周囲の庭には撫子を茂るがままにしていまして、露の重みで撫子はみな伏せております。」

と、庭の好ましい風情を提示したのであろう。

なおも付け加えれば、その木節の「四畳半」は茶室であったという可能性がある。もしそうだとすれば、この句には、茶道の理念としての「さび」も意識されていたということになろう。だが、この句をめぐる諸資料には茶との関連が見出されず、茶道と結んでの解釈は積極的に求めなくてもよいだろうと判断している。

【注】

1　山崎氏は「土芳自筆『赤冊子』の草稿」と呼んでいるが、正しくは『蕉翁句集』の草稿である。富山奏氏『伊賀蕉門の研究と資料』（風間書房、一九七〇）第七章「『蕉翁句集』と『蕉翁句集草稿』」に詳しい。

2　小学館、一九九五。

3　『日本女子大学紀要文学部』二十九号、一九八〇・三。

4　原本では末尾の字体「匂」だが、「韵」の略字の「匀」と見て改めた。なお、この付合は『続山之井』の「鹿」の付合の並びに採られている。付合としては、前句の「身にしむばかり」の「より」に対して、「ふえ」に「しゝ（鹿）」という具体的な寄合そのものを付けている。その寄合の典拠は「女の履ける足駄にて作る笛には秋の鹿かならず寄るとぞ言ひ伝へ侍る」（『徒然草』第九段）である。付句一句の句意としては「笛の句には、笛に縁のある鹿とも名の通う支脂之韻のうちに、都合の良い韻字がある」と解釈でき、すなわち聯句や和漢聯句の詠出方法を具体的に述べたもので、おそらくは「吹」字が支脂之韻のうちにあることを前提としている。

其の六　ひやくと

前章で列挙した、元禄七年（一六九四）六月十六日から七月初旬にかけての湖南における芭蕉の俳諧のうちの、⑨の発句、

ひやくと壁をふまへて昼寐哉　（『芭蕉翁行状記』）

について解釈を試みる。筆者はかつてこの句を疎句の「なぞ」と捉え、重頼の、

秋や今朝一足に知るのごひ縁　（『名取川』）

に倣いつつ「残暑に昼寝という新たな取り合わせによって秋思の主題を示そうとしている」【注1】と考えた。その解釈の大筋については修正を必要としないと思っているが、旧稿では説明の分量がわずかであったし、いま振り返ると「秋思」について考察が不足していたようにも思うので、補っておきたい。

まずはこの句が詠まれた時と場所について考証することにしよう。翌年冬に成った路通編の『芭蕉翁行状記』は、その夏の芭蕉の行動について、伊賀滞在について述べたあと、次のように記す。

また江上木曽塚の菴は、わすれがたき所なりとて、宇治山伏見の里をへて立いられける。膳所松本のあたりには、むつまじき方あまたなれば、心よげにてとゞまり給へども、六月の照日いとど照そひて宵々の蚊の聲もしきりなるにあきて、嵯峨野の方に赴き、おかしき人の澁團など借て、逍遙せられける。

六月や嶺に雲おくあらし山

玉祭といふ文月十日も過て、しきりに父母のむかしもおもわるゝにや、殊に此秋は気短に身の骨もとがりぬれば、桃尻のみせむかたなきなどうち笑ひ、又伊賀の方へ心ざし、道すがらなれば此かへるさにも粟津の菴に立より、しばらくやすらひ給。残暑の心を、

ひやひやと壁をふまへて昼寐哉

これをそのままに受け取ると、芭蕉は、

1、伊賀から宇治・伏見を経て膳所松本の庵に入った。
2、しかし、六月の暑さに耐えかねて嵯峨野に赴いた。「六月や」の句を詠んだ。
3、七月十日過ぎに、玉祭を故郷で迎えようと伊賀に向かった。
4、その途中で粟津の義仲寺の庵に立ち寄った。「残暑」を題として「ひやひやと」の句を詠んだ。

のようにまとめられる。
いっぽう、支考の編の『笈日記』（元禄八年〈一六九五〉七月序）にも、この期間の芭蕉の行動についての記録がある。ただし、ひとまとまりではなく、ばらばらに散らばった記事としてである。まず、上巻伊賀部に、

去年元禄七年後のさみだれに、武江より旧里にわたりて、洛の桃花坊にあそび、湖の木そ塚に納涼して、文月のはじめ、ふたゝび伊賀に帰て、

それに、上巻湖南部の、元禄三年（一六九〇）の「木曽塚の旧草」での発句について述べたあとに、

そのゝちは武の深川に有しが、去年の秋文月の始、ふたゝび旧草に帰りて、
道ほそし相撲とり草の花の露

さらに、下巻雲水部彦根の、「去年の夏、阿叟の桃花坊におはす時」云々として「梅が香にのつと日の出る山路かな」「なまぐさし小なぎが上の鮠の腸」の二句の話題を記した後に、

その後、大津の木節亭にあそぶとて
ひやくと壁をふまえて昼寝哉
此句はいかにきゝ侍らんと申されしを、是もたゞ残暑とこそ承り候へ。かならず蚊帳の釣手など手にからまきながら、思ふべき事をおもひ居ける人ならんと申侍れば、此謎は支考にとかれ侍るとて、わらひてのみはてぬるかし。

と、「ひやくと」句をめぐっての師弟のやりとりを伝えている。また、支考による『芭蕉翁追善之日記』十月廿八日の条には、

この先文月五日の朝木曽塚に別し時、阿叟は洛の桃花坊の方に見立て空牙と支考は此道に帰りきけるに、

とある。これら支考の記録からわかる芭蕉の足跡は、
ⅰ、元禄七年閏五月に伊賀から京都に入り、桃花坊（京都市中の去来家宅）に滞在した。

ii、その後、湖南の義仲寺の庵で避暑した。
iii、七月初めふたたび義仲寺の庵に入り、「道ほそし」句を詠んだ。
iv、大津の木節亭で「ひやひやと」句を詠んだ。支考が句解を示して認められた。
v、七月五日には義仲寺の庵から京に向かい、七月初めには伊賀に帰っていた。

のようにまとめられる。

路通による記録と支考による記録には、一致する点もあればくいちがう点もある。検証が必要であろう。

まず、路通の記す1と2の点は、芭蕉書簡などから判明する実際の芭蕉の足取りと突き合わせると、明らかな誤認を含んでいる。芭蕉は閏五月のうちに伊賀→山城加茂→大津および膳所→京と移動したのであって、六月の義仲寺の庵の暑さに堪えかねたのではないし、また、閏五月の最初の湖南滞在時に義仲寺の庵に滞在したことは跡付けられない。そもそも路通は元禄三年以来芭蕉の怒りを被り、師の死まで遠ざかっていた。『芭蕉翁行状記』後半には、路通が芭蕉の初七日に義仲寺に墓参りしてその後四十九日までに開かれた追悼の句会記録、および、各地からの追悼句が収められている。その追悼句会のメンバー、主要なところでは乙州・智月・木節・惟然といった人々から聞き取った話をもとに、同書前半の「行状記」が成ったものと見られる【注2】。だが、このときの芭蕉の湖南訪問においていちばん世話をしたはずの曲翠の名が、『芭蕉翁行状記』では「行状記」にも追悼句集にも見出されない。つまり、曲翠から取材できなかったことが、「行状記」の記事のあいまいさを招いたものと推測される。

そして支考にしても、iのように「芭蕉は閏五月に伊賀から京へ直接に赴いた」と思っていたらしいことが伺われ、それは不正確である。それから、vに関して「文月五日」に「阿叟は洛の桃花坊の方に見立て」と芭蕉が再度京へ向かったように言ういっぽうで、別の箇所では「文月の始」に「ふたゝび旧草に帰りて」とも書き、さらに、同じ「文月のはじめ」に「ふたゝび伊賀に帰て」とも書いており、そのあたりの芭蕉の足跡についてあやふやな記述になっている。支考は、六月十五日以降芭蕉に随侍し、『芭蕉翁追善之日記』で本人が述べるところによれば七月五日に、芭蕉と別れ伊勢に向った。その後、支考は七・八月を伊勢で過ごし、九月三日に伊賀に入った。あとは芭蕉の葬儀までずっと付き従っている【注3】。七月五日に別れてから九月に再会するまでの芭蕉の動きについては、支考はちゃんとは知らなかったのではないか。なお、『笈日記』に見られるこうした杜撰さは、今栄蔵氏が発句の句形をめぐって指摘し強調する問題である【注4】。

このように、路通・支考の記録にはそれぞれにあやしい点がある。そして、「ひや〳〵と壁をふまへて昼寝哉」句の詠まれた時と場所に関しても、両者の認識は異なっているのである。路通は、七月、芭蕉が伊賀へ帰る途中に義仲寺の庵に立ち寄って詠んだ句だ(4)と言い、支考は木節亭での句だ(ⅳ)と言う。はたしてどちらが正しいのか。あるいは、どちらも正しくないのか。

結論を言えば、4とⅳでは、路通による情報である4のほうが事実に近いと考えられる。

その理由は、第一に、句の季が「ひや〳〵と」によって初秋であることである【注5】。たとえば『御傘』には、

ひや丶か　初秋の事なり。(中略) ひや〳〵などのことば、ひや丶かとおなじ。

とある。「残暑」も初秋の季題として「ひや丶か・ひや〳〵」に通じているから、路通も支考も芭蕉句を「残暑」の句としていたということは、ともに芭蕉句を初秋の句と認識していたということである。だとすると、支考の説に矛盾があるように思えてくる。支考の伝えるように木節亭での発句だったというなら、木節亭での句会は六月二十一日に開かれたことがわかっているから、季が整合しない。その点について、従来説の多くは、芭蕉が七月にも木節亭に行ったと見て解決しようとしている。たとえば、阿部正美氏【注6】は、

京から伊賀へ向う途次に、数日義仲寺の草庵に滞在していたとすれば、その間に木節亭を訪れる機会はあった筈で、両書(『芭蕉翁行状記』と『笈日記』)の記述は矛盾しないと思う。恐らくは七月十日過ぎの数日間に木節亭で成った句であろう。

と言う。だが、両書の記事の不確実さを考慮に入れるなら、路通支考両方の顔を立てる必要はないと思う。裏付け

のない二度めの木節亭訪問を想定して辻褄を合わせるよりも、七月になってからの義仲寺での句という路通の情報を採るべきである。

ちなみに安東次男氏は、六月二十一日に木節亭で「秋近き」句とともに「ひや〳〵と」句も詠まれたという説を唱えている【注7】。

暦の上ではこの年の立秋は六月十六日だ。「ひや〳〵と」の句は六月二十一日の吟であって矛盾はない。（中略）昔の句には、晩夏・初秋というようなあいまいな認識はない。「ひや〳〵と」の句の季は秋である。といって、制作も七月中と断定するような考は捨てた方がよい。伝記・注釈のたぐいはいずれも二度木節亭を訪れたときめているが、「秋ちかき心の寄や四畳半」、「ひや〳〵と壁をふまへて昼寐哉」は、同日かそれとも引続いての吟だろう。

これはつまり支考の言を認めて路通の言を無視した説である。実際、安東氏は『芭蕉翁行状記』を引いてさえいない。安東説は「大津の木節亭にあそぶとて」という支考情報への無条件の信頼から出発しているが、それは危ないと思う。六月二十一日、夏の「秋ちかき」句を詠んでいるその同じ日に、芭蕉が秋の「ひや〳〵と」句を詠んだとは、やはり考えにくいことである【注8】。

路通を支持する第二の理由は、芭蕉から謎かけを伴った形で後日聞かされたように支考が書いていることである。支考は「ひや〳〵と」の詠まれた現場に立ち会ったのではないらしい。とすれば、支考が芭蕉と一緒にいた七月五日までに成立した可能性は低い。

第三に、『笈日記』が「秋近き」句を収めていないことである。その点は、『笈日記』の編集時のミスが疑われる。もしくは、支考が木節亭での発句を「ひや〳〵と」と思いこんでいたことが疑われる。本来『笈日記』において「大津の木節亭にあそぶとて」は「秋近き」句に付されるべき前書ではなかったか。「秋近き」歌仙には支考も参加しておりその芭蕉発句を知らないはずはないのだから、『笈日記』に「秋近き」句がないということは、支考による句の脱落か記憶違いがあったと見られる。『笈日記』の杜撰さの一端である。

そして第四に、木節亭でのじだらくな昼寝の姿を芭蕉自ら詠んだのだとしたらその挨拶の意図を理解するのは難しい、ということがある。京都から歩きくたびれて義仲寺の草庵にやっとたどり着き、ごろりと横になった実感に基づいて詠まれたとする方が断然ふさわしい。

一つ一つは決定的証拠とは言えなくとも、以上を総合すると、路通の伝える情報の方が明らかに蓋然性が高い。芭蕉は、七月五日京に上って七日には野童亭で「七夕や秋をさだむるはじめの夜」（『有磯海』）という七夕の発句を詠んでいる。そしてそれ以降十五日の盆会を伊賀で迎えるまでのいずれかの日に【注9】、京から伊賀に向かう途中で膳所義仲寺の庵に足を休めて「ひや〳〵と」句を得たものと思われる。

さて、本章冒頭に述べたように、当該句は重頼の発句「秋や今朝一足に知るのごひ縁」に倣ったものと考えられる。重頼の句も、その本歌である「あききぬとめにはさやかに見えねども風のおとにぞおどろかれぬる」（『古今和歌集』巻四・秋上、藤原敏行）も、視覚以外の感覚によって秋の訪れを知った驚きを表現しているが、秋の訪れによってもたらされる人の内面の変化にまでは言い及んでいない。芭蕉は、古今歌以来の趣向に、当時深く心を領していた「秋のさびしさ」という主題を盛り込もうとしたのではないか。そしてそのことは、漢詩の「秋思」題の存在に支えられて可能になったのではないかと考える。

「秋思」は楽府題の一つであって、唐の詩人達によっても多数詩作されたが、芭蕉の「ひや〳〵と」句に通ずる詩としては『三体詩』所収の七言絶句、許渾「秋思」が指摘できる【注10】。

琪樹西風枕簟秋　楚雲湘水憶同遊　（琪樹（きじゅ）の西風枕簟（ちんてん）の秋、楚雲湘水同遊を憶う。）
高歌一曲掩明鏡　昨日少年今白頭　（高歌一曲明鏡を掩う、昨日の少年今は白頭。）

この詩では、風とともに寝具（枕簟）のひややかさに秋の訪れを察知している。昼寝に壁を踏まえて足裏から秋を知るという芭蕉句の着想は、近江の湖に「湘水」の俤を通わせつつ、許渾「秋思」を俳諧化したものではなかったか。なお、『円機活法』の詩学三「新秋」の題の「大意」には「枕簟」の語が見出され、漢詩においては寝具を通じて秋を知る発想が一般的だったことが確かめられる。

支考が「ひや〲と」句について芭蕉から「此句はいかにき丶侍らん」と問われたこと自体は信じてよいと思う。支考は「是もたゞ残暑とこそ承り候へ。かならず蚊帳の釣手など手にからまきながら、思ふべき事をおもひ居ける人ならん」と答え、芭蕉から「此謎は支考にとかれ侍る」と認められた。そのことも信じてよいと思う。ただ、芭蕉が認めたのは、「思ふべき事をおもひ居ける人」の言によって、句の要めである「秋思」の主題が支考にはわかっていると受け止めたからではなかったか。

しかし、支考が「秋思」という主題をきちんと理解していたかどうか、疑わしい。そもそも「思ふべき事をおもひ居ける人ならん」とは実に曖昧な物言いであって、その答え方に芭蕉が好意的な誤解をしたのではないか。それに、「蚊帳の釣手」云々は支考独自の空想であったように思われる。支考は「蚊帳の別れ」を連想したのではないだろうか。それは「ばつとして寐られぬ蚊屋のわかれ哉　胡及」（『あら野』）といった用例がある秋季の語で、歌語の「扇置く」に対応する俳諧の季語であった。どうも支考は「蚊帳を片付けたから壁をふまえることが出来るのだ」という理屈を以て解釈しているように思われてならない。「かならず蚊帳の釣手など手にからまきながら」あたりは、芭蕉の表現意図から逸脱して支考が勝手に膨らませた解釈と言ってよいだろう。

最後にもう一点付け加えれば、この句にも寿貞の死を結びつけて読もうとする注釈がある（安東次男氏の前掲書など）。「思ふべき事」とはその夏に死んだ寿貞のことだと言うのである。もしそうだとしたら「わらひてのみはてぬる」（『笈日記』）ことなどあり得ないと思うのだが、いかがだろうか【注11】。

【注】

1　拙著『風雅と笑い　芭蕉叢考』所収「謎といふ句」。一二二頁。

2　服部直子氏「路通『芭蕉翁行状記』」(『国文学解釈と鑑賞』一九九三・五)にそうした成立事情が言及されている。

3　堀切実氏『支考年譜考証』(笠間書院、一九六九)を参照した。

4　今栄蔵氏『芭蕉研究の諸問題』(笠間書院、二〇〇四)第九章「蕉句句形誤伝考証―『笈日記』の場合―」。初出は、『中央大学文学部文学科紀要』五十一号、一九八三・三。

5　なお、「ひや〳〵と」句はほかに、元禄十一年刊、風国編『泊船集』夏之部に、

　　書寝

　ひや〳〵と壁をふまえて昼寝哉

元禄十五年成、土芳著『三冊子』に、

　冷々と壁をふまへて昼寝かな

　「是も残暑」と、かの門人のいへば、師「宜し」となり。

の形で収められている。『泊船集』は昼寝で夏の発句と見ているが、当時「昼寝」はまだ夏の季題ではなかったことは、諸注に指摘されている。なお、「かの門人」は支考。『三冊子』は『笈日記』からの受け売りと思われる。

6　『芭蕉発句全講Ⅴ』(明治書院、一九八八)。引用箇所は一一八頁。

7　『芭蕉発句新注　俳言の読み方』(筑摩書房、一九八六)。引用箇所は一七七頁。

8　井本農一氏によって芭蕉は節季ではなく暦の上の月を作品の季の境目としているという報告がなされている。『芭蕉その方法』(角川書店、一九九三)所収「芭蕉の四季区分」。初出は『俳文芸』第十七号(一九八一・六)。

9　田中善信氏『全釈芭蕉書簡集』も、今栄蔵氏『芭蕉書簡大成』(角川書店、二〇〇五)も、文化十三年の『くさ〳〵草稿』に紹介された七月十日曽良宛芭蕉書簡断簡を元禄七年の同日に京都市内の去来宅で書かれたものと見ているが、実際には執筆の場所については確証がない断簡である。したがって、七日以降十五日までの期間、芭蕉がいつまで京で過ごし膳所の義仲寺の庵にどのぐらい滞在したのか、判然としない。

10　村上哲見氏校注『三体詩一』(朝日新聞社中国古典選二十九、一九七八)により引用した。なおこの詩は『唐詩選』にも所収。

11　寿貞については本書所収「「数ならぬ身」の思い――理兵衛と寿貞」参照。

其の七　四門四宗

『更科紀行』に、「善光寺」の前書をもつ、

月影や四門四宗も只一

という発句がある。従来、この句の注釈でもっとも字数の費やされてきたのは「四門」とは何か、「四宗」とは何かという問題であった。「四門」が善光寺の四方の門であろうということはずっと言われてきたが、具体的に検証したのは赤羽学氏の『芭蕉の更科紀行の研究』（教育出版センター、一九七四）であった。赤羽氏は天保十四年（一八四三）の『善光寺名所図会』によって、善光寺の東西南北の四門の名と扁額の文字を示した。

東　光明遍照門　定額山　善光寺
南　十方世界門　南命山　無量寿寺
西　念仏衆生門　不捨山　浄土寺
北　摂取不捨門　北空山　雲上寺

芭蕉が、おそらくは善光寺の案内書の類によって、これら四門を意識して詠んだ可能性は高いだろう。いっぽうで「四宗」については、赤羽氏も「古来定説をみない」としながら「天台・真言・禅・律」説や「浄土・天台・律・倶舎」説などを検討するが、善光寺の実際にそぐわず、結論としては「「四門」と言い出した語勢に引かれて「四宗」と続けたものであろう」とする。そのように考えるのが妥当だろう。

句意は、

「信州の秋の夜の空気は澄み、月の光はくもりもなく、善光寺の大伽藍の屋根を照らしている。周囲の四門もくろ

ぐろと見える。思えば、門は四つ、宗も四つにわかれているが、帰するところはただ一つ、真如の世界なのである。たとえ門は四つにわかれていても到りつくところは同じで、真如の月は四門の上にかがやいている、そういう意であろう。」（山本唯一氏『芭蕉俳句ノート』洛風社、一九六六）

「この世では、様々な門派宗派に分れた仏の教えも、結局一つの真理に包摂される。こういった根本的な認識を、芭蕉は折からの月光に痛感したのである。」（赤羽学氏前掲書）

のように、ほとんどの注が、「四門四宗に分かれていても、仏の真理は一つ。それを示す月影」という図で理解している。さらに、「善光寺」の名が効いているということも、複数の注に指摘されていることである。

ただ、上野洋三氏は、「善光寺」をより中心に据えて考察を深めた解を提示している。

「ここは、善光寺讃仰（さんごう）の句としては、どうしても、善光寺みずからが、「四門四宗」ながらに「一つ」であることを、示しているものと解さなければ意味をなさない。この寺は、複数の宗派を含むそのあり方、寺院建築としてのあり方、そのものが、一即多、多即一の真理を体現していることよ、と詠嘆するのでなければ、「善光寺」と題した意味がない。そして「月影」は、そのようなわたくしの詠嘆に対する励ましとして、あるいは賛意として、また善光寺のあり方そのことへの祝福として、豊かにふりそそぐのである。」（上野洋三氏『芭蕉論』筑摩書房、一九八六。のち『芭蕉の表現』岩波現代文庫、二〇〇五、に再録）

たしかに、このように善光寺を讃えた句であるという前提で理解すべきだと言えよう。

しかしながら、謡曲「融」の一節と結ぶと、この発句は宗教的感懐とはまた別の面を現わすのではないか。

あの籬が島の森の木ずゑに、鳥の宿し囀りて、しもむに映る月影までも、こしうに返る身の上かと、思い出でられて候

「しもむ」と「こしう」については諸説有り、伊藤正義氏は『謡曲雑記』（和泉書院、一九八九。のちに『謡曲入門』〈講談社学術文庫、二〇一一〉に再録）において、「しもむ」は「融」の舞台である河原院の東西南北の四門、「こしう」

は古秋だろうとしている。伊藤氏の指摘によれば、「しもむ」について万治二年(一六五九)山長版謡本の首書は「四門は此土のはんじやうなれば、東西南北に門をつくり給へるにや」と記し、本文にも「四門」の字をあてている。

すなわち、芭蕉発句の「月影や四門」の箇所は、謡曲「融」の巧みな文句取りであった。愉快な言葉遊びをひそませながら信仰心を表出していたのである。そこにこそ俳諧があった。

なお、のちに『姨捨とはず草』が「月清し四門四宗に只一ツ」、『白雄夜話』が「月清し四門四州もたゞひとつ」と異なった句形を伝えているのであるが、「月清し」としては謡曲「融」とのつながりを失うという意味で、誤伝と言えるかと思う。

ちなみに、元禄二年(一六八九)四月二十四日、須賀川の可心(栗斎)の庵で興行された「かくれ家や」歌仙の名残のウラに、

気もせきせはし忍夜の道　　栗斎
入口は四門に法の花の山　　曽良

の付合が見られる。これは、芭蕉の手控えの内に、前年秋の信濃への旅で得た「月影や四門四宗も只一」句があったことの反映と見られる。本書所収「旅する俳諧師——出羽七歌仙から見えること——」参照。

其の八　深川の眠れぬカモメ

寛文六年(一六六六)刊の和刻本がある宋・祝穆撰『古今事文類聚』の、後集巻之四十六「羽虫類」に「鷗 鷺附」の項目がある。その「古今事實」に、『列子』から「海翁狎鷗(海翁、鷗に狎る)」と題する記事が引かれている。ここでは、和刻本の訓点に従って、訓み下して示す。

海上の人、鷗を好む者あり、毎旦、海上に之きて、鷗に従ひて遊ぶ。鷗鳥の至る者、百をもて數へて止まず。其の父曰く、「吾聞く、鷗鳥皆汝に従ふと。好し、取て来たれ。吾之を翫ばん」と。明日、海上に之くに、鷗鳥舞て下らず。

かいつまんで訳してみよう。海のほとりにカモメと仲良しの者がいた。毎朝、百羽を超えるカモメと遊んでいた。その父が「カモメを捕ってこい。わしはカモメを翫ぼう」と言った。だが、次の日海に行くと、カモメは空を舞うばかりで、近付いてこないのだった。

この『列子』の逸話を淵源として、カモメは無心なる人間の友、もしくは無心なる鳥とされた。著名な詩としては、杜甫の「旅夜書懐」の、

飄飄何所似　天地一浮鷗　（飄飄として何の似たる所ぞ、天地一浮鷗。）

がある（明暦二年〈一六五六〉の和刻本『杜少陵先生詩分類集註』の訓点に従って訓み下した）。あるいは、黄庭堅の「演雅」詩の、

江南野水碧於天　中有白鷗閑似我　（江南の野水天よりも碧なり、中に白鷗の閑我に似たる有り。）

もある（和刻本『古今事文類聚』「鷗」項に所引、その訓点に従って訓み下した）。

そしてカモメは日本の五山詩において好んで詠まれた。五山詩のカモメには、やや複雑な観念的発展が見られる。中川徳之助氏の『日本中世禅林文学論攷』（清文堂、一九九九）に所収の「「白鷗」考」は、五山詩に詠まれた鷗の膨大な量の用例を集め、分類した論考である。中川氏の分類は、大きく、

基柢的性格——「忘機」
観念的属性——「信」「潔」「閑」
観念的世界——「隠」

のように構成されている。詳細には立ち入らないが、五山詩におけるカモメの表象の概容が示されていよう。基底

部に「忘機」(「機心を忘れること。世間の事柄を気にかけないこと。無心になること。」=『日本国語大辞典』)があり、そこから派生して「信」「潔」「閑」といった観念が付属しているという。さらに、世界としては「隠」の境を表すというのである。

考えてみたいのは、次の芭蕉発句に、五山詩のカモメの影響が考えられないだろうかという問題である。

元起和尚より涌をたまはりけるかへしにたてまつりける

水寒く寝入かねたるかもめかな　(『あつめ句』)

「涌」字はおそらく「酒」の書き誤りであろう。その前提で論を進める。「元起和尚」は不明。前書の言う、贈り物の礼としての意に関わっては、中川氏が「信」に類する属性としている「盟」に注意すべきではないか。「鷗盟」「盟鷗」なる熟語は五山詩に頻出する。それらは、『列子』の「海上の人」とカモメとが当初交わしていた「遊び」の関係、または、無心なカモメどうしの交誼を意味する。たとえば、策彦周良に、

浩蕩烟波謝世波　白鷗盟約喜無他　(浩蕩たる烟波は世波を謝し、白鷗の盟約喜び他に無し。)

という詩句(『翰林五鳳集』、中川氏論考による)があるが、世俗を離れた者のつきあいをカモメどうしの交わりに喩えている。さらに「水寒く」には、中川氏が「潔」に類する属性として挙げている「寒・冷」、成語としては「寒鷗」「鷗寒」との関わりが考えられる。カモメの持つ寒冷感、ひいては、右の「鷗盟」「盟鷗」の関係の清浄感を表し、「鷗寒鷺冷」の四字で成語的に用いられもする。たとえば、横川景三に、

鷗寒鷺冷水之涯　有約夢耶非夢耶　(鷗寒鷺冷水の涯、約有り夢や夢にあらざるや。)

という詩句(『翰林五鳳集』、中川氏論考による)があるが、友との盟約の精神的な清潔さを言っている。また、「寝入かねたる」は、中川氏が「水宿する鷗の生態による」とした「閑」に類する属性「眠・睡」に結びつけることができる。「眠鷗」はすなわち無心の極みである。たとえば、桂庵玄樹に、

朝来早覚春相泥　僧与沙鷗共懶眠　(朝来早くも覚ゆ春相泥むと、僧と沙鷗共に懶眠す。)

という詩句（『島隠集』、中川氏論考による）がある。禅僧である自らは春の沙上のカモメとともに無心に眠ろうというのである。前引の横川景三の詩句も、夢に言及する点で「眠・睡」に関わっていた。

芭蕉の「水寒く」句を一句独立のものとして見た場合は、「眠鷗」と「寒鷗」の語を背景に負って、寒夜に眠れぬカモメを詠んでいるものと思われる。庵に近い大川に浮き寝するカモメに想を寄せつつ、芭蕉は自らをカモメに寓したのだろう。つまり、

「真に無心のカモメであれば寒い水上でも眠れるはずなのに、私は深川に退隠し『眠鷗』の境地に憧れながら、水の寒さゆえに寝入ることのできない、無心ならざるカモメです。」

と。自己戯画の心で、芭蕉は自らを〈隠逸を志して隠逸に徹しきれない者〉として描いたと考えられる。

おそらくはそののちに元起和尚から酒を賜るという機会があって、同じ発句を返礼に用いたのではないだろうか。詳細不明の人物ではあるが、貞享四年（一六八七）秋に成った『あつめ句』の時期の芭蕉が仏頂和尚に参禅していたことを考えるなら、元起和尚もまた禅僧であった可能性は高い。禅僧に対して「鷗」を詠んで挨拶することは、相手の禅的境地の高さを称揚することにほかならない。「水寒く」句に、前書に述べるような状況が前提として与えられた場合には、五山詩の「鷗盟」の要素が付け加えられたことになる。

「元起和尚から酒をいただいたので、その返礼としてこの句を奉りました。／元起和尚は、私というカモメが水の寒さゆえに寝入ることのできない夜に、よく眠れるようにと酒を贈って下さいました。これこそ『鷗盟』の実践なのですね。」

芭蕉が深川の眠れぬカモメであったことは変わらない。発句単独では未熟な隠者としての自画像にとどまるのであるが、元起和尚から酒を賜った折に触れることで、先達として芭蕉を「眠鷗」の境地へ導いてくれることへの感謝と、「寒鷗」同士の「鷗盟」を知る和尚の境地の高さへと、句の主題が広がりを持つと言えるだろう。

以上のように考えられるとすれば、隠に徹しきれぬ隠者と言うべきこの句の自画像は、のちの元禄三年（一六九

〇）八月に書かれた「幻住庵記」に、

倩（つらつら）年月の移（うつり）こし拙き身の科（とが）をおもふに、ある時は仕官懸命の地をうらやみ、一たびは仏籬祖室の扉（とぼそ）に入らむとせしも、たどりなき風雲に身をせめ、花鳥に情を労して、暫く生涯のはかり事とさへなれば、終に無能無才にして此一筋につながる。（引用は『猿蓑』による）

と書いた内の「一たびは仏籬祖室の扉に入らむとせしも……終に無能無才にして」の箇所に通じていると言える。

また、『去来抄』「修行」によれば芭蕉が「此句細みあり」と評したという、

鳥共も寝入てゐるか余呉の海　路通　（『猿蓑』）

は、背景に「眠鴎」の発想を持ちながら、「寝入かねたるかもめ」のようなあからさまな語句を用いることなく無心なる隠逸の境地を表現した発句と評することができる。芭蕉は、路通句が禅的な無心を具体で示していると見て高評価を与えたのではなかったか。

連句篇

本書の連句篇には、元禄二年の夏に出羽の国を訪れた芭蕉と曽良が、出羽の俳諧作者たちと巻いた歌仙五巻の注釈を収める。ここでは五巻の注に共通の事項として、まず、俳諧の式目表を掲げる。

俳諧式目表／去嫌（さりきらい）と句数（くかず）の一覧

＊元禄四年（一六九一）刊『増補番匠童（ばんじょうわらわ）』に基づく『連句への招待』（新版、和泉書院、一九八九）の表により、連歌式目のより一般的な術語にしたがって「生類（しょうるい）」を「動物（うごきもの）」とあらため、語の配列を調整した。

去嫌（間を隔てるべき句の数）

句数（連続させて良い句の数）

句数	二句去	三句去	五句去
1句	天象	同字	同字のうち 月 田 煙 夢 竹 舟 衣 涙 松
1～2句	異動物 異植物 異時分 降物 聳物 人倫 名所 国名 衣類 食物 芸能	同動物 同植物 同時分	
1～3句		旅 神祇 釈教 述懐 夜分 山類 水辺 居所	夏 冬
2～5句		恋	
3～5句			春 秋

また、この五巻の注釈の主要な先行注として次のようなものがある。注釈中では【　】の略称によって示す。

【広】広田二郎『新註國文学叢書　芭蕉連句集』(大日本雄弁会講談社、一九五一)
【喜】阿部喜三男(久富哲雄増補)『詳考奥の細道　増訂版』(山田書院、一九五九初刊。日栄社、一九七九増補版刊)
【鷲】松井鷲十『奥の細道研究と評釈』(一九四八～一九五二に『獺祭』に掲載、遺稿集として表現社より一九六五刊)
【宮】宮本三郎『校本芭蕉全集第四巻』(角川書店、一九六四初刊。富士見書房、一九八九再刊)
【高】高藤武馬『奥の細道歌仙評釈』(筑摩書房、一九六六)
【中】中村俊定・萩原恭男『芭蕉連句集』(岩波書店の岩波文庫、一九七五)
【加】加藤文三『奥の細道歌仙の評釈』(地歴社、一九七八)
【島】島居清『芭蕉連句全注解』第六冊(桜楓社、一九八一)
【正】阿部正美『芭蕉連句抄』第七冊(明治書院、一九八一)
【橋】橋閒石講述・大林信爾編『「奥の細道歌仙」評釈』(沖積社、一九九六)

「すゞしさを」歌仙注釈

元禄二年(一六八九)五月十七日の昼過ぎ、芭蕉と曾良は出羽国尾花沢に到着した。その後同月二十七日に立石寺へ向かって出立するまで、尾花沢で清風ほかに歓待されて過ごし、俳席も持たれた。そうして成った俳諧の二巻が須賀川の相楽家に伝来し、のちに文政六年(一八〇九)幽嘯によって『繋橋(つなぎはし)』の書名で文政の諸家の発句・連句とあわせ刊行された。二巻とは「すゞしさを」歌仙と「おきふしの」歌仙(次章)である。

「すゞしさを」歌仙の全体を、『繋橋』により、濁点を加え、通し番号を付して示す。

(初折オモテ)

1　すゞしさを我やどにしてねまる也　芭蕉
2　つねのかやりに草の葉を焼　清風
3　鹿子立をのへのし水田にかけて　曾良
4　ゆふづきまるし二の丸の跡　素英
5　楢紅葉人かげみえぬ笙のおと　風
6　鵙のつれくるいろ〳〵の鳥　風流

(初折ウラ)

7　ふりにける石にむすびしみしめ縄　英

8　山はこがれて草に血をぬる　蕉
9　わづかなる世をや継母に偽られ　流
10　秋田酒田の波まくらうき　良
11　うまとむる関の小家もあはれ也　蕉
12　桑くふむしの雷に恐づ　風
13　なつ痩に美人の形おとろひて　良
14　霊まつる日は誓はづかし　英
15　入月や申酉のかたおくもなく　風
16　鴈をはなちてやぶる艸の戸　蕉
17　ほし鮎の盡ては寒く花ちりて　英
18　去年のはたけに牛房芽を出す　良

（名残折オモテ）

19　蛙寝てこてふに夢をかりぬらん　蕉
20　ほぐししるべに国の名をきく　風
21　あふぎにはやさしき連歌一両句　良
22　ぬしうたれては香を残す松　英
23　はるゝ日は石の井なでる天をとめ　風
24　えんなる窓に法華よむ聲　蕉
25　勅に来て六位なみだにイし　英
26　わかれをせむる炬のかず　良

27 一さしは射向の袖をひるがへす　蕉
28 かはきつかれてみたらしの水　風
29 夕月夜宿とり貝も吹よはり　良
30 とくさかる男や簑わすれけん　英
（名残折ウラ）
31 たまさかに五穀のまじる秋の露　風
32 篩にあける金山の神　蕉
33 行人の子をなす石に沓ぬれて　英
34 ものかきながす川上の家　良
35 追ふもうし花すふ蟲の春ばかり　風
36 夜のあらしに巣をふせぐ鳥　英

出羽の連衆について簡単に紹介する。まず、清風については一九八六年に星川茂平治氏の『尾花沢の俳人　鈴木清風』が尾花沢市地域文化振興会より刊行されており、同書の略年譜に従ってまとめる。清風は、慶安四年（一六五一）尾花沢の鈴木八右衛門家長男として生まれ、享保六年（一七二一）七十一歳で没した。鈴木家は諸物品の買い継ぎのほかに、金融業を営む富家。清風は延宝七年（一六七九）刊『中庸姿』に独吟歌仙一巻入集を皮切りに、京・江戸の俳諧師と交流を持ち、彼自身『誹諧おくれ双六』（天和元年〈一六八一〉）、『稲莚』（貞享二年〈一六八五〉）、『誹諧一橋』（貞享三年〈一六八六〉）を刊行している。貞享二年と三年に清風は江戸小石川で芭蕉一門と俳諧に一座しており、芭蕉と旧知の間柄であった。この「すゞしさを」歌仙のとき三十九歳。

素英は、曽良の日記に「村川伊左衛門」とある人物で、星川氏著書が紹介している『尾花の系譜』（素州著、宝暦十一年〈一七六一〉成)には、商家の生まれであること、鷺艸庵と称したこと、若い頃に和漢の学に志したが貧しくなって「清風子は富饒の大家なれば朝暮彼家に入て俳諧の点例を助け或は客の応答をしてくらす」ような状況があったこと、後年江戸に数年滞在したり諸国を行脚することもあったこと、元文元年(一七三六)九月十日七十余歳で没したことが述べられている。この歌仙のときには二十五歳前後だったと思われる。なお、岡本勝氏『大淀三千風研究』(一九七一、桜楓社)によれば、素英は大淀三千風の甥であるという。

風流は、曽良の日記に「新庄　澁谷甚兵へ」とある人物。『誹諧おくれ双六』に六句入集している。芭蕉と曽良はこのあと六月一日・二日と新庄で風流の家を宿とし、「水の奥」三句を残した。年齢は不詳。

ちなみに、芭蕉は四十六歳、曽良は四十一歳であった。なお、出羽の俳諧作者・俳諧史全般については落合晃氏の『やまがた俳諧独り案内』(一粒社、二〇〇五)があり、本書「連句篇」の全体にわたって参照した。

この歌仙はおそらく芭蕉・清風・曽良・素英の四吟のつもりで始まったのであろう。しかし、5の清風句が付いたところで新庄から来た風流が加わって6を付けた。そのあと7素英・8芭蕉・9風流・10曽良と継いだあたりで風流が抜け、以後は四吟の膝送りの通例に従った出句順となっている。ただ、順序通りなら35芭蕉・36清風となるところ、清風に花を持たせるためであろうが、35清風・36素英として巻き収めている。

のちに芭蕉は『おくのほそ道』に、尾花沢滞在について次のように書いている。

尾花澤にて清風と云ものを尋ぬ、かれは冨るものなれども、心ざしいやしからず、都にも折々かよひてさすがに旅の情をもしりたれば、日比とゞめて長途のいたはり、さまぐ〵にもてなし侍る

涼しさを我宿にしてねまる也

這出よかいやが下のひきの聲

まゆはきを俤にして紅粉の花

蠶飼する人は古代のすがたかな　　曽良

（曾良本の訂正後の本文によって引用した。ただし、濁点を加え、原本に朱で加えられている読点は適宜省略した。以下、『おくのほそ道』からの引用は同様。）

この歌仙の先行注としては、【喜】【鴛】【宮】【高】【中】【加】【島】【正】【橋】がある（二一二頁参照）。ほかに、峰尾北兎氏『奥の細道伝説紀行』（一九九〇）に8までの簡単な注がある。

1　すゞしさを我やどにしてねまる也　　芭蕉

【式目】夏（すゞしさ）。旅（やど）、居所体（やど）、人倫（我）。

『連歌新式』では一座二句物のなかに「宿（やど）」があり、「只一旅に一やどり此外にあり」とする。この発句は句意から「旅」の「宿」と規定されるであろう。『産衣』には「宿ハ居所の體也」とある。

【句意】

「ねまる」の語義は山田孝雄氏の「ねまるなり」（『俳諧語談』所収、一九六二、角川書店）に詳しく考証されている。それによれば、「ねまる」は「坐る」ことであり（たとえば『かたこと』には「それに座し給へといふことを、そこにねまれといふは北国こと葉なり」とある）、それを「寝る」と言い出したのは安永七年（一七七八）刊の梨一著『奥の細道菅菰抄』がはじめであって、それ以来「寝る」と解されるようになったのである。山田氏はまた長嘯子の『挙白集』の「はじめてあづまにいきける道の記」に小田原の宿の主人の「ねまり申べい」という言葉が記されていることに注意を促し、

尾花澤での清風が「ゆるりとおねまり下さい」といふやうに請じた時に芭蕉の胸中には卒然として擧白集の小田原の記事が湧き出でて興味津々たるものが生じたであらう。慶長の昔に、長嘯子が興ある事と思つたその當時を想起して、亭主の顔を見守つたであらう。かくして己も亦「ねまる」といふ語を用ゐて、亭主たる清風に親しんだ。清風の「ねまる」と云つたを以て直ちに己が語とした。ここに主客が圓融一體化したのである。芭

蕉は清風に同化し、清風は芭蕉に同化した。清風の家は即ち芭蕉の我が宿とする所である。清風の芭蕉に親しみを感じたことは名状すべからざるものがあつたらう。

と述べている。清風への挨拶の心の説明としては大筋で認められよう。また、「すゞしさ」に「清風」の名がこめられていることは確かである。

付け加えるならば、『後拾遺和歌集』巻九・羈旅の能因法師、

いではのくににまかりてきさかたといふところにてよめる

よのなかはかくてもへけりきさかたのあまのとまやをわがやどにして

も芭蕉らの意識にあったはずである。象潟が出羽の国の歌枕だということに注意が必要だろう。芭蕉は『おくのほそ道』象潟のくだりに「蜑の笘屋に膝をいれて」とこの歌を応用している。芭蕉はやっとたどり着いた出羽の国にちなみ、右の歌の表現「わがやどにして」を用いたのである。このことは天明七年(一七八七)に稿本として成った来雪庵後素堂の『奥の細道解』に指摘され、最近では広田二郎氏の『芭蕉と古典』(明治書院、一九八七)に言及がある。

句意は次のようにまとめられるだろう。

能因法師は象潟に行って蜑の笘屋を「わがやどにし」たといいますが、さて、おなじように旅の僧の姿をして出羽の国にやってきました私は、清風さんがお名前の通りに提供してくださる「すゞしさ」を「我がやどにして」、この国で耳にはいった言葉を借りて申しますならば、ねまって(安坐して)おります。ありがとうございます。

すゞしさを我やどにしてねまる也　芭蕉

2　つねのかやりに草の葉を焼(たく)　清風

【式目】夏(かやり)。動物虫(うごきもの)(蚊)、植物草(うえもの)(草)、夜分(かやり)。

『連歌新式』の「可分別物」に「蚊遣火」を夜分と規定する。『産衣』ではさらに「生類也。夜分也。夏也。蚊同前。」としている。

【付け】
挨拶の応酬として、客の立場の発句に亭主の立場の脇句を付けた。夏の「やど」に蚊遣火がたかれることはいかにも自然である。加えて、『古今和歌集』巻十一・恋一、よみ人しらず、

夏なれば宿にふすぶるかやり火のいつまでわが身下もえをせん

によっても「やど」と「かやり」は裏付けのある連想語である。

【句意】
「焼」はタク。「つね」は清風の意図としては「日常の事物や状態を基準にした価値判断で、普通の程度であるさま。」(『日本国語大辞典第二版』「つね」項目の②であると思われ、尾花沢では「草の葉」を普通の程度の蚊遣の草として用いているということを、鄙ぶりの顕われとして言い立てた謙遜の脇句と言えよう。『匠材集』に「かやりび」を説明して「賤が蚊をゝふ煙也」とあるように、「かやり」には下賤のイメージが伴う。そのことも清風の謙遜として働いている。

つねのかやりに草の葉を焼　　清風

3　鹿子立(かのこたつ)をのへのし水田にかけて　　曽良

【式目】夏(鹿子・し水田にかけて)。動物獣(鹿)、山類体(をのへ)、水辺用(し水)。
連俳ともに「鹿の子」は夏である。また、『御傘』に「清水」を「雑也、結ぶといへば夏なり、せくも夏なり」と規定することに準ずると見て、清水をもって田を灌漑するという句の内容は「清水を堰く」ことと同類と考えられ、その点からも夏と見てよいだろう。なお、発句から夏三句連続は、夏季の句数三句の式目にてらして許容範

囲。また、『連歌新式』の「体用事」に「尾上」を山類の体としている。『産衣』によれば「清水」は水辺の用。

【付け】

前句の「かやり」を「鹿火(かび)」のことと読み替えて、山の田のありさまを付けた。たとえば、

あしびきの山田もるいほにおくか火のしたこがれつつわがこふらくは

(『新古今和歌集』巻十一・恋一、人麿。『万葉集』所収歌)

のように、「鹿火」は「山田もる」ために、つまりシカやイノシシなど山田にとっての害獣を追い払うために焚かれる火であった。近世期に入ると立圃の『言葉寄』に「かび　鹿火、鹿を田へ寄せじとて、火をたくなり。また、夏の蚊遣火をもいふなり」とあるように「蚊遣火」と紛れる事態になっていた。曽良は「かやり」(仮名表記であることも重要)が「鹿を遣る火」とも読めることを利用して山田のさまに転じたのである。

すなわち、前句を、山田を守る庵で鹿を追うために草の葉を燃やしているという意味に解釈し直している。「つねの」も、「普通の、なみの」の意から「不断の、絶やさざる」意に読み替えられた。そこから、田を荒らす鹿の子が山中の清水のほとりに立ちその清水の水は田に引かれているという具体的な景が導き出されたのである。ただし、前句を読み替えた形になっているとはいえ、付合上「鹿遣り」に「鹿子」が付いているのは好ましいことではない。

【句意】

鹿の子が立っている山の高みに湧く清水を、田に流れ入るように仕掛けて。樋を用いて水を引くことが「田にかけて」である。

鹿子立をのへのし水田にかけて　　曽良

4　ゆふづきまるし二の丸の跡　　素英

【式目】秋（ゆふづき）、月の句。時分（ゆふづき）、天象（ゆふづき）。月の定座を一句引き上げて、夏から秋への無理のない季移り。『連歌新式』の「可分別物」に「夕月夜」を「非夜分」とする。この句の「ゆふづき」も夜分の扱いではないと思われる。『産衣』では「夕月」を「夕時分也」と定めている。

【付け】

鹿から月は一般的な寄合語である。『随葉集』に「鹿の鳴→月のさやか」、『拾花集』に「鹿→澄月」。さらに、山城の居住区画である本丸に「をのへのし水」があるものと前句を解して、その水が引かれている田が「二の丸の跡」に作られていると連想を拡げたのである。山城の傾斜を利用した掛樋が本丸から二の丸に延びている状況を思い描いての付け方であり、さればこそ「二の丸」に必然性がある。芭蕉には、

岐阜山にて

城あとや古井の清水先問む（『笈日記』所収。貞享五年〈一六八八〉成）

の発句があり、斎藤氏や織田氏の城だった岐阜稲葉山の岐阜城（関ヶ原の合戦後に毀されていた）を訪うて、まず「古井の清水」を求めている。一年前のこの発句を、芭蕉が尾花沢で披瀝して、それを受けての素英の付句と考えたいところである。しかし、より一般的に、城跡を訪ねて往時を偲ぶことは元禄の当時まだまだなまなましい話題だったと見てもよいだろう。【加】の「山形県は、最上郡も村上郡も、城主の交代がはげしく、栄枯盛衰の跡に感慨が深い。それだけに、尾花沢の俳人、素英のこの付句には歴史的懐古の情がこめられている」という理解も首肯される。出羽のどこか実際の城跡を話題にしながらの付けであったかもしれない。

【句意】

前句とのつながりから言えば、自然の山を利用して構築された「山城」のさまである。その城はすでに廃されていて、山頂の本丸よりも一段低い「二の丸の跡」から、円い「ゆふづき」が眺められるという景気の句。秋の句で

あり、夕刻には空に現われている月であるから、「まるし」と言っても真円の満月ではなく十二・三日の月だろう。「まるし二の丸」という「まる」の繰り返しに言葉の遊びがある。

「二の丸」は、『角川古語大辞典』の解説の要を引けば、「城郭中の区画の名。本丸に隣接するのが普通であるが、配置の方法には何とおりかある。（中略）二の丸は、主城である本丸を直接に防衛する機能を持つ。本丸や三の丸に比べて、比較的狭小な区画であることが多い。」

ゆふづきまるし二の丸の跡　　素英

5　楢紅葉人かげみえぬ笙のおと　　凮

【式目】秋（楢紅葉）。植物木（楢紅葉）、人倫（人かげ）、芸能（笙）。

異なる植物は二句去りなので、2の「草」に対して差合にはならない。

【付け】

『竹馬集』の「紅葉」の項に、「楢の紅葉」という複合語を示しつつ、付合語として「月」を挙げている。まずは、前句の「ゆふづき」に対して「楢紅葉」で秋を受けていると言える。加えて、『十訓抄』などに記されている寂昭上人（三河守定基）の往生譚に見える詩が背景にあると思われる。それは、

出家ののち、寂昭上人とて、入唐しけり。かしこにては、円通大師とぞ申しける。清涼山の麓にて、往生をとげける時、詩を作れりける。

笙歌遙聴孤雲上　　笙歌（せいが）遙かに聴ゆ、孤雲の上

聖衆来迎落日前　　聖衆来迎す、落日の前

（小学館日本古典文学全集『十訓抄』によった）

である。この詩句は『平家物語』灌頂巻や『源平盛衰記』にも引かれ、謡曲では「実盛」に用いられている。そこから近世初期俳諧においても一般に広く知られており、利用例も多い。例えば『ゆめみ草』には、

鴬も笙歌はるかの高音哉　　　　　　　大坂　忠政

という発句がある。「聖衆来迎す、落日の前」のさまを思い描いての付け。

しかし、その場所が「二の丸の跡」であることが必然性を持っているように見えない。前句の「二の丸の跡」は、この句には働いていない。あるいは、誰かが「二の丸」にて来迎に遇ったというような逸話を背景に持つか。

【句意】

「楢の木が紅葉して、人の姿が見えないというのに笙の音が聞こえてくる。」

笙の音には、来迎の時に聞こえてくる楽の音というイメージが伴う。「人かげみえぬ」のに音が聞こえると言ったのは、この世のものならぬ楽人が顕現する、来迎の場を暗示するためであろう。

楢紅葉人かげみえぬ笙のおと　　　　　　風

6　鴟のつれくるいろ〳〵の鳥　　　　　　風流

【式目】秋（鴟・いろ〳〵の鳥）。動物鳥（鴟・いろ〳〵の鳥）。

鴟は『御傘』に「秋也、鴟の草茎も秋也」とあって秋の語。「いろ〳〵の鳥」は「色鳥」を言い換えたものであろうが、「色鳥」は『連歌新式』の「可分別物」以来、秋と規定されている。

異なる動物は二句去りなので、3の「鹿子」に対して差合にはならない。

【付け】

「紅葉」と「鴟」が言葉の付け。『拾花集』『竹馬集』に紅葉と鴟の声を寄合語としており、それは『類船集』にも引き継がれている。「紅葉」からは「いろ〳〵」の語も導き出されている。また、誰もいないのに笙の音がすると思ったら、それは高音の鴟の声だった、という種明かしの心でも付いている。

【句意】

『無言抄』四季詞の秋に「色鳥、にごるべし、色々の鳥の事なり」とある。いっぽう、『随葉集』には「色鳥とは秋野山の色付比渡る鳥なり」とあって、単に「さまざまの、多種の鳥」というだけではなく草木の紅葉に応ずるかのように渡ってくるカラフルな彩りの鳥どもを言う場合もあったと思われる。『実隆公記』永正四年（一五〇七）九月十日に記録されている和漢月次御会の発句「色鳥に山や紅葉の初時雨　新中納言」はそのような例である（『時代別国語大辞典室町時代編』の「色鳥」の項の挙例）。「鵙のつれくるいろ〳〵の鳥」を一句だけで読む場合には「鵙がつれてきたさまざまな鳥」でよいが、前句の「楢紅葉」と関連させるならば「いろ〳〵の」には文字通りの「多様な色彩の」の意味までも籠められていると見るべきだろう。

また、「モズは他の鳥の擬声にも巧みである」（『俳句大歳時記・秋』）から、鵙の真似する鳴声に騙されて「いろ〳〵の鳥」が連れられてきたという発想と思われる。【加】が指摘する『続猿蓑』の用例、

伊駒気づかふ綿とりの雨　沾圃
うき旅は鵙とつれ立渡り鳥　里圃
（「いさみ立」歌仙）

は、猛禽である鵙が他の渡り鳥にとって恐ろしい道連れであったことを示していよう。

（初折ウラ）

鵙のつれくるいろ〳〵の鳥　風流

7　ふりにける石にむすびしみしめ縄　英

【式目】雑。神祇（みしめ縄）。

【付け】

神の社に諸鳥が集まるという発想で、その社の御神体のことを述べている。裏移りの箇所なので緊密な付けをしてはいないようだ。なお、『類船集』には「色鳥→神木」の付合語があり、「色鳥」は神祇に縁があるものと思われ

る。

【句意】

「ふりにける」は一句としては「古りにける」で、いかにも歴史を経た石に注連縄を結んで御神体としているという句意。そのような神を祀る石は今日でもしばしば目にするところであり、【加】のように道祖神に限定して読む必要はないと思う。芭蕉らが通過してきた殺生石や、これから向かう湯殿山の御神体の巨岩の話題が、当座に連衆の間で語られることはあったにしても、この句の内容に直接反映しているとまでは言えない。

ふりにける石にむすびしみしめ縄　　英

8　山はこがれて草に血をぬる　　蕉

【式目】雑。植物草（草）、山類体（山）。

2に同じ「草」字があったが、同字五句去りであるから差合ではない。「草」と、5の「梢紅葉」の植物木とも、異なる植物二句去りの式目にてらして差合ではない。

【付け】

前句の「ふりにける」を、「古りにける」から「降りにける」へ取りなして付けている。いまは火山の噴石に注連縄が結ばれているが、かつてそれが降ってきた時「草に血をぬる」ことで山の神に祈った、という文脈であろう。『山形県の歴史』（山川出版社、一九九八）によれば「貞観十年（八六八）、飽海郡月山・大物忌両神社に石鏃が降った」というが、その話題に触れての付けか。

【句意】

「山はこがれて」はすなわち火山の噴火を言う。例えば『続後撰和歌集』巻十二・恋二、「題しらず」の忠岑歌、

わび人の心のうちをくらぶるにふじの山とやしたこがれける

や(この歌は『歌枕名寄』にも収載)、『狭衣物語』の、

くらべ見よ浅間の山の煙にも誰か思ひの焦れまさると

のように、富士や浅間の山は「焦れ」るものである。

また、「血をぬる」は「釁(ちぬる)」行為のことであり、『大漢和辞典』の「釁」字の説明を引けば「ちぬる。ちまつり。犠牲の血を器に塗つて神を祭る。又、其の祭」である。この字は『孟子』梁恵王・上に「王見之曰、牛何之、対曰、將以釁鐘」のように用いられていることで知られていたらしく、『類船集』の「血」の項には「鐘を鋳て牛の血をぬると孟子ノ注に見えたり」とある。

したがって句意は、山が噴火し、人々は山を鎮めるために生贄を殺してその血を草に塗った、ということと思われる。鐘などの器物でなく「草に血をぬる」としたのは、山の神の怒りにふさわしくアレンジしたものか。諸注のうち、【鷲】【高】【中】【島】【橋】は、動物ないしは人が「山」の「こがれ」たことによって死に、その血が草の上に流れたという読み方をしている。しかし、「血をぬる」はもっと意志的な祭祀行為と取るべきだろう。【加】は前句を道祖神と見、石神は火之神でもありどんど焼きの神でもあるという方向からこの句を解くが、道祖神に引きつけすぎた無理な解である。【加】【正】ともに、「山はこがれて」を山火事と見たところから誤っている。

山はこがれて草に血をぬる　　蕉

9　わづかなる世をや継母(けいぼ)に偽られ　　流

【式目】雑。述懐(わづかなる世)、人倫(継母)。

『連歌新式』の「可為五句物」に、「称述懐詞事」を規定して「昔古老死生にては不可為述懐、世親子苔衣墨染袖隠家捨身憂身命等類也」としている。これについて『俳諧御傘』の「世」項では「述懐の世はうき世よをそむく世をすつる等の事也」と解説している。この句は「わづかなる世」が「うき世」に当たると見られ、述懐とすべき

であろう。

【付け】

御伽草子に「継子物」の分類があるように、継母に騙されてつらい目にあう物語は数多い。『類船集』「継子」項に「中将姫の雲雀山に捨られ給ひしも継母のゆへとかや」とあることに【宮】【高】は注意を促しているが、中将姫はこの8・9の付合に当てはまりそうではない。また、【正】のように、継母に騙されて零落しついには人身御供にされて短くはかない命を終えた、という理解や、【橋】のように幼いうちになくなった人という理解は、「わづかなる世」の「生活の苦しさ」の部分を捉え損ねている。「わづかなる世」は、短い人生というニュアンスを含みつつも、それよりはまず、貧弱な身過ぎ・みすぼらしい暮らし向きを言う成語。和歌では中世以降に用例を見出すことができる。

わすれてはからくも物を思ふかな塩くみ車わづかなる世に
（『雲玉集』）

わづかなる世のいとなみのたよりをもうることあれや辰の市人
（『通勝集』所収、百首和歌より「辰市」）

謡曲「松風」には「汐汲車。わづかなる。うき世にめぐる。はかなさよ。」の例もある。

また、【加】の、「村の祭りで犠牲になった少年に対して、わずかなる世を継母によって売られた少女」という対付けとしての捉え方は、次の10を先取りしてしまっている点が難。噴火という災害による生活の困窮というつながりはありそうに思うが、何かもっと具体的な物語を踏まえているのではないだろうか。それがどのような物語かは、未勘。

【句意】

『類船集』の「偽（いつはり）」項に「継母」が付合語としてあがっていて、「継母に偽られ」るのは一般的な発想と言えよう。「継母にだまされたせいで貧しく苦しい生活を送っているよ。」

わづかなる世をや継母に偽られ　　流

10　秋田酒田の波まくらうき　　良

【式目】雑。旅（波まくら）、夜分（波まくら）、水辺用（波まくら）、名所（秋田酒田）。

『至宝抄』は「波枕」について「旅也。舟なくてもする也。磯や浦里にて波を聞体也」としている。『連歌新式』によれば波は水辺用（体用事）、枕は夜分（可分別物）。9の【式目】に引いた『連歌新式』の述懐の規程に照らす限りでは、この句だけでは述懐とはし難い。また、遊女の境遇を述べた句ではあるが、だからといって恋とすることは躊躇される。上野洋三氏が『芭蕉自筆「奥の細道」の謎』（二見書房、一九九七）の「「恋」のテーマ追究のための技巧」で論じているところによれば、「遊女」は江戸時代初期の俳諧作法書に「恋」の言葉として登録されているが、和歌題においては恋ではなく雑であり、『職人歌合』に取り上げられるように一種の職人であった。遊女に関する話題でも句意によっては恋の句と見なさなかった場合があったと思われる。この句は恋ではなく、述懐めいてはいるが述懐でもなく、『至宝抄』に従い旅の句とするのが妥当である。ここを恋としてしまうと13の恋と差合が生ずる。

【付け・句意】

「波まくらうき」には本歌がある。『六百番歌合』恋十の六番左歌、女房（実際には藤原良経）の、

誰となく寄せては返る浪枕浮きたる舟の跡もとゞめず

で、判は「左、寄せては返る浪枕は中〳〵遊女と見えて、勝ると申べくや」と言う。この歌は『新続古今和歌集』『秋篠月清集』『夫木和歌抄』『題林愚抄』にも見えてよく知られていた。なお、謡曲「江口」にはこの歌による「川舟を。とめて逢瀬の波枕。〳〵。浮世の夢を見習はしの。驚かぬ身のはかなさよ。」という詞章がある。

この句は前句の「わづかなる世」を具体的に描いて付けたのであり、遊女の暮らしのつらさを述べたものとなっている。「秋田酒田」は日本海側の繁華の地として当座に親しみある町の名を連ねたのであろう。『至宝抄』が「舟

なくてもする也」とわざわざ言っているところからすれば、「波枕」はふつうはやはり舟の話題であるようだ。「秋田や酒田の海辺の町を舟に揺られて往き来し、浪の音を聞きながら夜を過ごす遊女の身の上は、つらい」の意となろう。あくまでも句意としては「憂き」ではあるが、本歌が「浮き」であることもあり、掛け詞的効果を狙ってかなで表記されたと思われる。

　　秋田酒田の波まくらうき　　　　良

11　うまとむる関の小家もあはれ也　　　蕉

【式目】雑。旅（関）、動物獣（うま）。

この11自体は述懐ではないが、9の「わづかなる世」の述懐の気分からの転じが、あまりよろしくない。

【付け】

前句を海浜をさすらう遊女の「うき」生活と読むならば、海に対して陸の、関の小家に住む関守の暮らしもまた、哀れだと付けたと考えられる。これは対（つい）の付けようであり、前句に隠されている「舟」に対しての「馬」であろう。

【句意】

諸注、東北北陸の農家にしばしば見かけるように「関の小家」の同じ屋根の下に「うま」を繋いで泊めているものと見、尾花沢に至るまでの芭蕉と曽良の体験に結びつけて読んでいる。しかし、そうした実体験はこの句の表現とずれているように思われてならない。

まず、関を、「前日の雨に降りこめられた尿前の関のわびしい宿の記憶がよみがえってきたのかもしれない」（【高】）のように尿前の関とすることには誤認がある。『おくのほそ道』のそのくだりを引く。

　南部道はるかにみやりて、岩手の里に泊る、小（ヲ）黒崎みづの小嶋を過て、なるごの湯より尿前（シトマヘ）の関にかゝりて、出羽の国に越むとす、此道、旅人稀なる所なれば、関守にあやしめられて、漸として関をこす、大山をのぼつて、日既暮ければ、封人の家を見かけて舎りを求む、三日風雨あれて、よしなき山中に逗留す

蚤虱馬の尿（バリ）する枕もと

すなわち、「蚤虱」句は、尿前の関よりもさらに山中に入った「封人の家」での作ということになっている。そのあたりの曽良の日記の記事を引く（細注省略）。

（五月十四日は岩手山泊。十五日、宮・かじは沢といった集落を過ぎ、）

尿前　関所有、断六ヶ敷也。出手形ノ用意可有之也。壹リ半、中山。

○堺田

○十六日　堺田ニ滞留。大雨、宿。

○十七日　快晴。堺田ヲ立。一リ半、笹森関所有。新庄領。関守ハ百姓ニ貢ヲ宥シ置也。ササ森、三リ、市野ヽ。小国ト云ヘカヽレバ廻リ成故、一バネト云山路ヘカヽリ、此所ニ出、堺田ヨリ案内者ニ荷持セ越也。市野ヽ五六丁行テ関有。最上御代官所也。百姓番也。関ナニヤラト云村也。正厳・尾花沢ノ間、村有。是、野辺沢ヘ分ル也。正ゴンノ前ニ大夕立ニ逢。昼過、清風ヘ着、一宿ス。

これによれば、芭蕉と曽良が、関のある集落に泊まったことはなかったはずである。芭蕉と曽良が大雨のために逗留したのは堺田で、そこに関はない。関は、尿前・笹森・関屋にある。また、実際の尿前の関は、「伊達藩の尿前堺目番所であった。間口四〇間、奥行き四四間、面積一七〇〇坪、周囲には、切石垣の上に土塀をめぐらし、屋敷内に長屋門・役宅（一八七坪）・厩・土蔵等一〇棟が建っていた。この関を中心に尿前宿もあった。」（尿前の関跡の現地の説明板、久富哲雄氏『奥の細道の旅ハンドブック』によった）という。対して、笹森は「貢ヲ宥」された「百姓」が関守をしている関である。関屋も同様に「百姓番」の関である。「あはれ」に思われたとしたら、それは、尿前よりは、笹森や関屋のような「関の小家」だったのではないだろうか。

さらに、諸注が「うまとむる関」を「馬を泊める関」と解してきたのは、『おくのほそ道』に影響されての思いこみではなかったろうか。関は本来「堰き」であって、人や馬の往き来を止めて検することこそその機能である。「馬を止める関」として素直に読み解けるのではないか。

この句は、馬を止める関の小家に住む関守の身過ぎもまた「あはれ」であると述べたものであろう。「あはれ」は、『おくのほそ道』市振の段に遊女たちの同行の願いを断って「あはれさしばらくやまざりけらし」と書いた「あはれ」に通ずる感傷で、その小家に住んで身過ぎする人々の境涯を思っての語と読みたい。

なお、四年後の元禄六年(一六九三)には桃隣が同じ道をたどり、

川向ニ尿前と云村アリ。則しとまへの関とて、きびしく守ル。越へ行ば、笹森・うすき、此間ニ、かめわり坂有。小くにより新庄への脇道也。尿前より関屋迄十二里、山谷嶮難の径にて、馬足不立、人家纔かにアリ。米穀常に不自由。別而飢渇の折節宿不借、可食物なし。二度可通所ニあらず。漸及暮関屋ニ着て、検断を尋、歎キよりて一宿明ス。

と記している(『陸奥衛』)。11については、「米穀常に不自由」な山中の生活に憐憫を覚えた点をこそ、実体験の反映と言うべきであろう。

なお、「関」をめぐっては、「さみだれを」歌仙の21(三三八頁)参照。

12　桑くふむしの雷に恐(お)づ　　　　風

　　うまとむる関の小家もあはれ也　　蕉

【式目】雑。動物虫(桑くふむし)、植物木(桑)、天象(雷)。

当時の季寄せに「雷」ないしは「鳴神」を季語とする記事が見あたらない。むしろ『産衣』には「いかづち 雑也」とある。さらに『増山井』の「天象」には「雷 初神鳴は春也」とあり、単なる「雷」は雑だったと認めてよ

い。また、「桑くふむし」は蚕のことに違いないが、『増山井』の三月に「桑子 かひこ」とあるなど春の季語とされていた(二月とする季寄せもある)。しかし、前句が雑で次の句が夏であるから、この句だけを春とすると春の句数は三句以上という式目に反することになる。どうやらこの12は雑として扱われているものと思われる。

【付け】

前句の「関の小家」を養蚕する家と見ての付けという理解が先行注の大勢を占める。関の周辺に養蚕をなりわいとする小家があってその屋内の蚕のさまを述べたという付け筋の大枠は認められて良いであろう。ただ、【加】は石田英一郎氏の『桃太郎の母』(法政大学出版局、一九五六。のち『石田英一郎全集』第六巻にも所収)所収「桑原考」を援用して、馬と蚕の関係(馬の姿の男神が、桑の木の下で、養蚕する女に会う。馬は蚕の神となる)を指摘し、東北地方ではそれが「オシラ様」として身近なものだったことに注意を促している。

前句を従来の読み方から前述のように変更するならば、「馬が、関によって止められる」ことと、「蚕が、雷に恐れをなす(桑を食うのを停止する)」ことを関連付けたものとは見られないだろうか。【加】の指摘を取り入れ、蚕の神が馬の形をしていることを前提にしてはじめて、付合として理解されるように思う。句作りとしては清風の奇矯な作風が現れていると言うべき句である。

【句意】

「桑くふむし」は蚕で、「蚕が、カミナリに対して恐れをなしている」との意。【宮】が補注で「雷は桑原には落ちぬという言い伝えがあり、落雷よけの呪文に桑原桑原と唱えるので、興じて言い立てた句作りであろう」と述べ、【加】や【橋】も「雷」と「桑」の常識的な関係(雷は桑を恐れる)を逆転させての俳諧と見ている。一句としての仕立てにはそのことを認めるべきであろう。

桑くふむしの雷に恐づ　　風

13　なつ痩に美人の形おとろひて　　　　良

【式目】夏（なつ痩）。恋（美人）、人倫（美人）。

徳元の『俳諧初学抄』（寛永十八年〈一六四一〉刊）が、「恋之詞」に「美人」を掲げている。

【付け・句意】

『滑稽雑談』が引く「金色皇女」伝説によるということを【宮】【中】【島】【正】【橋】が唱えている。その伝説はつまり蚕の渡来譚なのだが、11→12の発想に馬と関連する蚕の由来が用いられているとするなら、12→13を「金色皇女」伝説によるとすることは可能性が低いと思う。

ここは、「美人」が中国風の色彩を帯びた語であることに注意を向け、付合の典拠は『礼記』「月令」の季春の一節、

后妃齊戒して、親（みづか）ら東郷して躬（みづか）ら桑つみ、婦女を禁じて観（かたち）づくること毋（な）からしめ、婦使を省きて以て蠶事を勸む。

（后妃たちは潔斎して東方に向き、（春気を迎える礼をして、）桑摘みを始める。后妃たちは宮中の婦人らを戒め、しばらくは姿かたちのことも気にせず、日常の仕事は省いて、養蚕につとめるようにと勧める。）

であると見たい（引用と訳は『新釈漢文大系　礼記』によった）。右はいわゆる「春蚕（はるご）」のことであるが、その育つ季節には中華の宮中の婦人達は「かたちづくる」ことも禁じられ養蚕に専念させられるのである。そこを、曽良の付け句は「なつ痩」と表現して「夏蚕（なつご）」に関する話題にしている。『和漢三才図会』五二に基づく『角川古語大辞典』の「春蚕に比べて形も繭も大きく、成長も早いが、品質はおとる」との説明からすれば、春蚕よりいっそうの労力を必要とする仕事である。そうしたことから、曽良は、「夏蚕の世話に忙しい時期、蚕が雷を恐がりはしないかと心配したりしながら、女は暑さと忙しさのために夏痩せし、せっかくの美しい顔立ちを衰えさせている」と連想をふくらませたものと考えられる。実際には「蚕飼いに精出している農家の主婦か若い嫁」（【正】）に取材した句であ

るのだろうが、その女を「美人」と表現したことに、「月令」の時空間を二重映しに呼び出そうとする意図を感じ取るべきではないか。

【考】

なお、

蠶飼（こがひ）する人は古代のすがたかな　　曽良（『おくのほそ道』）

の「古代」にしても、おそらく「月令」的な世界なのだと思われる。そもそも、この旅の間の曽良の句には養蚕業に関心を向けた句が多い。そのことは農事暦全般と、その背景にある古典『詩経国風』および『礼記』の「月令」への関心から発しているようだ。

なつ痩に美人の形おとろひて　　良

14　霊（たま）まつる日は誓（ちかひ）はづかし　　英

【式目】秋（霊まつる）。恋（誓）、述懐（霊まつる）、夜分（霊まつる）。

『産衣』に「玉祭　述懐也。又当時夜分也といへり」とある。釈教とされてはいない。

【付け】

「なつ痩」がそのまま残る頃の話題として七月十五日の玉祭を付けながら、恋の話題をつないだ。女の立場から、夏痩せして己れの容貌が衰えたのでかつての誓いが恥ずかしい、と言った言葉の付けであろう。また、次句の「月」を誘うために夏から秋へ季移りをしている。

【句意】

貝原益軒・好古の『日本歳時記』（貞享五年〈一六八八〉刊）の七月から「玉祭」関連事項を引用する（割注は省略した）。

十三日　（中略）○今夜、世俗の人、なき魂の来る夜とて、火を燃し門外に出て迎る事あり。（以下略）
十五日　今日を中元と云。国俗蓮葉飯を製して、来客に饗し、親戚にをくる。又きのふ父母先祖の墓を掃除し、今日墓を拝し、昨夜今宵墓前に灯籠を燃す。みづから家にては素食し、先祖考妣（かうひ）の霊牌を出して、飲食をそなへ、酒果をつらねて祭る。（以下略）

つまり、七月十三日夜のいわゆる迎え火によって死者の魂が戻ってくるのを迎え、十五日に位牌に向かって死者をもてなす振る舞いをする。これが「玉祭」である。「霊まつる日は誓はづかし」とは、七月十五日、死んだ人の魂が家に戻ってきてすぐそばにいるかと思うと、その死者と生きている自分との間にかつて交わされた「誓」が「はづかし」く思われるという内容である。

この句の言うところが誰の「霊」をまつっているかということに関して、諸注のうち【鷲】は「亡き父母」とし、【喜】は【鷲】を引きつつ「亡夫なども考へられる」と言い添える。前句13が明らかな恋であり、次の15句によって釈教めいた方向に転ずるので、ここは「亡夫」の「霊」をまつる場面とし、恋の二句めと見るほうがよい。

さらに、その誓いの内容が何であるかについては、次のように意見が分かれている。

A）両夫にまみえず　【宮】【高】【加】
B）偕老同穴　【中】【島】【正】【橋】

この点を判断するには、当時の「誓」の語義を確認することが必要かと思う。恋の詞としての「ちかひ」は、一般的に、

ちかひには　ちぎりかはらぬ　つらなる枕のちぎり　（『随葉集』）

のように他の相手と枕を交わさない誓いであろう。つまりAである。たとえば【中】が「偕老同穴を誓った身が生きながらえているを恥じる」と述べるようなBの側の理解は、やや近代に引きつけ過ぎた読みなのではないか。

【宮】のように「『両夫にまみえず』との誓もいつしか破られている今の後家の身を恥ずる意」と読んでよい。

「七月十五日、故人の魂が帰っている『霊祭』の日。亡夫の魂がそこにいるかと思うと、かつて『ほかの男とは契らない』と誓ったはずなのに、夫を失ってからはその誓いを破ってしまい、亡夫の魂に対して恥ずかしさを感じる。」

霊まつる日は誓はづかし　英
15　入月（いる）や申酉（さるとり）のかたおくもなく　風

【式目】秋（月）、月の句。夜分（月）、天象（月）。

天象は二句去りで、12の「雷」と差合にはならない。


【付け】

恋離れの句と見て、前句の「誓」を恋と異なる意味に取り成して付けたと考える。それは「①神仏などの絶対者に対して、違背した場合の制裁を条件に、ある事の実行を約束すること。②特に、仏が一切の衆生を救おうとたてた誓願をいう。」（『時代別国語大辞典室町時代編』「ちかひ」）のとおり、神仏、とくに仏との関係における誓いであり、語義としては〈人から神仏へ／神仏から人へ〉のどちらの方向もありうる。ここの付けでは、前句の「誓」をいわゆる「弥陀の誓願」に読み替えて〈仏から人へ〉の誓いとし、西方の弥陀の浄土の連想によって「入月」を付けている。その場合、「はづかし」もまた、「こちらが恥ずかしくなるくらいに立派な」の意に読み替えられていることになろう。なお、霊祭は必ず満月に当たるところから、『拾花集』『竹馬集』に「玉祭→月の哀」がある（『類船集』ではそれが「玉祭→月の窓」と誤って継承されている）。

「霊まつる日」から、その故人の最期の時にもありがたい阿弥陀如来の来迎があっただろうという思いに重ね、その夜明け方の満月の入りを慕わしいものとして連想したのである。5も来迎に関わる清風の句だったが、そうした話題への当座の、特に清風のこだわりが背景にあったようだ。36の【考】（二六〇頁）において具体的に述べる。

【句意】

「おくもなく」の「おく」は、能楽の用語に「奥を残す」と言うような時の「奥」で、余地・余裕・余韻・名残のような意ではないだろうか。「おくもなく」はいわゆる大廻しに上五の「入(いる)」に掛かり、申酉の方角（真西から十五度南に寄った方角）に、もはや月がすっかり、名残も残さずに没してしまった、という句意と思われる。

そのように「おく」を理解する理由は、『拾花集』に「慕名残↓玉祭・入月」、『竹馬集』に「したふ名残↓玉まつり・入月」の連想語があるからである。つまり、「霊まつる」と「入月」には〈名残を慕われるもの〉という共通点があり、その「名残」を「おく」と表現したと考えられる。

どちらかと言えば観想的な句であり、また、この俳席にしても玉祭にはふた月早く、【高】ほかの、尾花沢盆地の実景とする説は不要と思われる。

入月や申酉のかたおくもなく　　風

16　鴈をはなちてやぶる艸の戸　　蕉

【式目】秋（鴈・放生の句意）。神祇（放生の句意）、動物鳥（鴈）、居所体（艸の戸）。

放生は、『御傘』「放生(いけるをはなつ)」項に「神祇也。八月十五夜の八幡の祭也。秋也。放生川にて有故に、水辺なり」とあるように、中秋十五日の行事である。石清水をはじめ各地の八幡神社で行われた。ただし、芭蕉の句は付合上の理由から「鴈を」と限定しており、水辺の句ではなくなっている。また、『連歌新式』の「体用事」に、「戸」も「庵」も居所体と定めている。

【付け】

『随葉集』に「生を放↓月のさやか」、『拾花集』に「いけるをはなつ↓澄月」の寄合語がある。月から放生を連想したのが主な付け筋で、「月」からはさらに「鴈」も引き出されている（『拾花集』に「月→かりがね」、『竹馬集』『類船集』も同様）。

また、「おくもなく」を前述のように「名残も残さず」と解するならば、それは「やぶる艸の戸」と響きあっているだろう。そのあたりの呼吸を、【喜】が「前句の消去の氣配に應じたものであらう」と言っている。

【句意】

秋、八月十五日の放生のおこないとして鴈を放ち、草庵を捨てて旅立つのである。『猿蓑』「市中や」巻の、

ゆがみて蓋のあはぬ半櫃　　凡兆
草庵に暫く居ては打やぶり　　芭蕉
いのち嬉しき撰集のさた　　去来

の芭蕉付句に先行する類作と言えよう。右の芭蕉・去来の付合については、西行の俤で付けるようにと芭蕉が指図した結果だと伝えられる（『去来抄』修行）。この「鴈をはなちてやぶる艸の戸」も、西行のごとき修行者の姿を思わせる句として読んでよいだろう。

鴈をはなちてやぶる艸の戸　　蕉

17　ほし鮎の盡(つき)ては寒く花ちりて　　英

【式目】春（花）、花の句。植物木（花）、動物魚（鮎）。

【付け】

秋から春への無理な季移りでなおかつ花を詠むという悪条件の位置。「前句を帰る鴈と見て季移り」（【宮】【島】）と説明できなくもないが、放生会に結びつく語としての「鴈をはなつ」は秋なので、そこを春に取り成したというのには無理がある。

むしろ、大筋としては、「艸の戸」を「やぶる」理由を、西行風の隠遁者のおもかげによって付けているのではないか。『新古今和歌集』巻十七・雑歌中、

だいしらず　　　　　　　　　　　　西行法師

吉野山やがて出でじと思ふ身を花ちりなばと人や待つらん

のように、花が散ることによって風雅な隠遁者が山家の庵を捨てるという発想には一般性があろう。この句は「やぶる艸の戸」に「花ちりて」と付け、さらには食糧も尽きたので、という俗な理由も付け加えた。

「鳫をはなちて」からはむしろ、「ほし鮎」が導き出されたと見られる。前句が放生会を詠んでいることに対する詞の上の「あしらい」である。『類船集』の「殺生」の項に「神功皇后三韓退治に殺生せしとて放生会はをこなひ給ふ」とあって、放生会は神功皇后が始めた行事という認識があった。その神功皇后はまた、海を渡って出兵する前に鮎を釣っていくさを占ったという逸話を持っている。その話題は『古事記』ほかに見えるが、謡曲の「国栖」に「いや〳〵昔もさる例あり。神功皇后新羅を従へ給ひし占方に。玉島川の鮎を釣らせ給ふ」とあり、『類船集』にも「鮎→神宮（ママ）皇后」の付合語があって、よく知られていたということができる。神功皇后を「ヌケ」にして、「鳫をはなちて」に「鮎」が付けられている。素英という作者が談林の風体を身につけていたことを示している。

【句意】

前句が秋、18春・19春・20雑であるから、春の句数三句の式目上この句は春でなければならず、また、定座なので花は桜として理解しなくてはならない。鮎の本来の季節は夏で、干し鮎は雑(『御傘』)である。じっさいに鮎を干物に加工する季は夏だろうが、春の半ばに至って保存食料としての干し鮎が尽きてしまったために、折からの落花のさびしさともあいまって、食料の乏しい故の「寒さ」を感じるということか。

式目上困難な花の定座を詠むにあたり、談林的な言葉の付けの技法によったため、句意のまとまりが弱い。

ほし鮎の盡ては寒く花ちりて　英

18　去年(こぞ)のはたけに牛房(ごばう)芽を出す　良

【式目】春（去年）。植物草（牛房）、山類用（はたけ）。

「牛房」は「牛蒡」の当て字だろう。近世前期の季寄せにおいて牛蒡は「牛蒡引く」の形で秋に登録されている。「牛蒡芽を出す」となれば春であると見ることは自然ではあるが、むしろ、この句の場合は「去年(こぞ)」によって春としていると思われる。『産衣』に「去年(コソ)は春也」とある。年が改まってから春の内に前年の事物を話題にするのが「去年」である。なお、『産衣』には「畑(ハタ)　山類の用也」ともある。

【付け】

新開拓地の山村のさまとして付けているか。春が来て花も散ったけれど保存食が尽きて心は寒い、という前句に、でも、新しく開いた畑にゴボウが芽を出した、と、希望のある句を付けた。また、『初本結』に「畠(ハタケ)↓花」の付合語あり。

また、鈴木家が地元の「牛房野」を拓いて尾花沢に住みついた家であることを意識しているのだろう。前出（二一五頁）の『尾花沢の俳人　鈴木清風』によれば、清風の鈴木家は源義経に仕えた勇将・鈴木三郎重家の末裔と伝えられており、はじめは尾花沢北東の山間の地「牛房野」に住み着き、最上義光(よしあき)（天文十五年〈一五四六〉～慶長十九年〈一六一四〉）の時代に尾花沢に移ったとされている。

【句意】

「去年のはたけ」は、「こぞ」が春の語感を持つ「昨年以来の」という意味であることを考慮すると、「去年開墾して、年が改まり、野菜などを植える時期になったはたけ」だと思われる。そのような畑（山地の耕作地）に、春先、蒔いたゴボウが芽を出した、という句。

（名残折オモテ）

去年（こぞ）のはたけに牛房芽を出す　良

19　蛙（かへる）寝てこてふに夢をかりぬらん　蕉

【式目】春（蛙・こてふ）。動物虫（蛙・こてふ）、夜分（夢）、水辺用（蛙）。

季寄せ類では、「蛙」「蝶」ともに、仲春二月の語となっている。たとえば『増山井』の「二月」に「蝶（てふ）〈胡（コ）蝶　黄（クハウ）蝶俳　蝶々同　あけはのてふ同〉」と「蛙〈かへる俳　尼がへる同　ひきがへる同　かへる子同　井蛙（セイア）同〉」とある。普通に読んでこの句は仲春に理解すべきである。冬眠から蛙がまだ覚めない寒い頃のこととしては、打越し17の「寒く」に戻ることになってよくない。

『連歌新式』の「体用事」において「蛙」を「水辺用」とする。『産衣』には「蛙」を「水辺也。春也。虫也。」としている。ここでの動物虫は、16の動物魚「鮎」と二句去るべきところ打越しになっており、式目違反である。折が代わってうっかりしたか、あるいは「ほし鮎」なので許容されると見たか。『連歌新式』の「可分別物」に「夢世」を「非夜分」としているところからして、「夢」は普通夜分に扱うべきものと考えられる。

【付け】

『類船集』に「畠→蝶」。前句の「はたけ」から、そこにいそうな生類ふたつ「蛙」「こてふ」を引き出し、牛蒡の芽出し時の眠気を主題として句を仕立てた。ここから名残の折で、話題を大きく転じようという気分が認められよう。

【句意】

右の『増山井』の記事に従えば、「こてふ」は歌語であるが、「蛙」を「かはづ」と読めば歌語で「かへる」と読めば俳言となる。この句は「蛙」を「かへる」と読まねば俳言がなくなるので、そう読んでおきたい。

「こてふ」と「夢」の関係は、諸注が一致して指摘するとおり『荘子』の寓言「胡蝶の夢」を踏まえている。それは『産衣』に「胡蝶の夢　荘周夢に蝶となりて、百年が間、花に遊戯せし事を作れり。百年ハ花に宿て過してき思へバ蝶の夢にぞ有ける」とあるように、連歌俳諧でも『堀川百首』の大江匡房「百年ハ」詠（ただし四句めは「この世は蝶の」）と重層をなして受容されてきた歴史がある。

「カエルが寝入って、百年の夢を見ている胡蝶に、その夢を借りたのだろう」の句意となるが、カエルが何ものかの夢を借りるという発想は、「カエルの目借り時」という成語を利用しているものと考えられる。『日本国語大辞典』の説明を借りれば、「（「目借」は蛙がめすを求める意の「妻狩る」から転じた語という）春暖の、蛙が鳴き立てる頃の眠気をもよおす時期。蛙に目を借りられるためとする。」という。同辞書には、元禄五年（一六九二）成、不角編の前句付集『千代見草』の「夜道に凄き水の鳴音　乗る駒も眠る蛙るの目借時〈草角〉」の例が示されていて、元禄の当時の俳諧でこの成語が用いられていたことがわかる。「夢」はほんらい「寝目」であって睡眠時の「目」である。つまり、蛙は普通人の目を借りて人を眠りに誘い自分たちは盛んに鳴き立てるものだが、中に寝てしまっている蛙がいるのは、きっと「胡蝶のユメ」を借りたのであろう、という論理なのである。なお、「おきふしの」歌仙の19（二八六頁）参照。

蛙寝てこてふに夢をかりぬらん　　蕉

20　ほぐしるべに国の名をきく　　風

【式目】夏（ほぐし）。夜分（ほぐし）。

『産衣』に、「火ぐしさす　夏也。夜分也。」とある。

【付け】

付けの大きな枠組みは、【高】の説「荘子の夢の中のことだから、あえて大きく国の名としたのであろう」というのが当たっているか。「胡蝶の夢を借りて蛙が見る夢」を述べた前句に対して、その夢の内容を展開させた。ただ、「ほぐし」と言ったのは手の込んだ物付けだと思われる。

「ほぐし」には、まず、夜分を続ける意図を認めてよいだろう。さらに、歌語としての「火串」は「火串の松」のかたちで用いられる場合が多い。そしてしばしば「松」は「待つ」に言い掛けられる。『千載和歌集』巻三・夏、賀茂重保「ともしするほぐしをまつとおもへばやあひみてしかの身をばかふらん」の例が著名だろう。打越しに植物「牛房」があるので、植物の「松」を出さなかったのかもしれない。すなわち「ほぐし」には「松／待つ」が隠されており、前句の「胡蝶／来てふ」に対応している。「まつ」のヌケと言ってもよい。非常にひねった物付け(縁語による付け)である。

【句意】

さらに「ほぐし」について説明する。『滑稽雑談』に「貞徳云、火串は野山にて鹿を狩に、木の株の如くなる物に火を立て、鹿を近付て射る為に儲る物也。」云々。【阿】の説明を借りるならば、

夏の深夜山中の鹿の通りさうな道筋に、串にさした小さなかゞり火か松明をともして周囲を木の枝葉で覆つておき、近くの木陰に待ち伏せした猟師が、鹿の目が火影に反射して輝くのを目当てに矢を射かけるのださうである。「照射(ともし)」と同一視する説もあるが、照射はどちらかといへば、この猟法全体を指すのであつて、その一部の手段を「ほぐし」とみるべきであらう。

和歌においては、「火串」を「しるべ」にするといえば、まず『新後撰和歌集』巻三・夏、法性寺入道前関白太政大臣「五月やみほぐしの松をしるべにているさの山にともしをぞする」歌が想起されるであろう。『夫木和歌抄』『歌枕名寄』、それに連歌寄合書『竹馬集』「入佐山」項にも収められている。この歌を意識していると見るならば一句の文脈は、「ほぐししるべに《照射(ともし)をしようと山に入ってその山のある》国の名をその地の狩人に尋ねる」のように、《 》の部分を前提として読まれるべきだと思う。そしてそれは前句の「夢」の中の出来事であり、「ほぐし」と「国の名」はさきに述べた言葉の付けから導き出された語句だろう。いちおう一句の意味は通るものの無心

所着に近く、談林風の句作りをしている。

ほぐしるべに国の名をきく　　風

21　あふぎにはやさしき連歌一両句　　良

【式目】夏（あふぎ）。

『御傘』に「扇（アフギ）　夏也、納涼なり」とある。また、『産衣』に「扇（あふき）……何れも扇ハ夏也。捨置ハ秋也。」とある。

【付け】

「国の名をきく」を、連歌に関する話題として読み替えている。『連歌新式』では「可分別物」に、国の名と国の名を「三句隔つべき物」と規定しており、いわば「国の名」は連歌のテクニカルタームであった。つまり、連歌作者が、連歌を付ける上での必要があって、歌枕を記した冊子に当たり名所の所在地(国の名)を確認している場面としたのである。付合の上ではそれは夜の戸外、火串を照明としてのことである。扇は夏を受けて繋ぐための小道具。また、「ほぐしるべに」という雅な素材に、この人物の「やさしき」ありさまが呼応している。

【句意】

「やさし」は、『角川古語大辞典』の説明を借りるなら、「王朝みやびの世界における、上品で優雅な美を表す」語で、

「やさし」の美意識とその実現は、詩歌・音楽・行事・芸能などの諸分野に、中世以降も受容せられた。そのような伝統美継承のわざを心得てふるまうことが、中世文化人の教養とされ、「やさし」と評せられた。

のである。この曽良の句は、伝統的な美意識を受け継いでいる人物を想定し、その表れとして扇に連歌の一両句がしたためられていることを点出した。その人物は、次の22句が武士の話題であるからこの21としては武士とすべき

ではなく、連歌師ないしは連歌に好尚をもつ中世的文化人と見ればよい。扇に詩歌を記す慣習は言うまでもないだろう。『随葉集』『拾花集』『竹馬集』ともに、「扇→筆の跡」の連歌寄合語を挙げている。

あふぎにはやさしき連歌一両句　良

22　ぬしうたれては香を残す松　英

【式目】雑。植物木（松）、人倫（ぬし）。

『御傘』は、「ぬし」について、『無言抄』の「非人倫」説を批判し、「是新式の心をしらざる近代の人の誤也。ぬしもあるじも皆人倫也。文字もかはらず。誹に主従主君といひても人倫也」と言う。『御傘』に従って人倫の句としておく。前述のように打越しの「ほぐし」に「松」が隠されているとすれば、ここにまた「松」を詠むのは観音開きの気味がある。

【付け】

この付けにおいて、「うたれて」という言葉によって人物を武士と定めている。『類船集』に「武者→扇」「武士→連歌の端作」とあって、前句の扇や連歌から武士らしき人物を出すのは自然である。また、扇に香を焚きしめることは常識的なので「あふぎ」に「香」をあしらっているとも言えよう。

【宮】の、「連歌を嗜む主人であったが、その討死した後には、遺愛の松がその風雅な人となりを伝えている意か」という理解で良いと思われる。前句の「連歌一両句」と「ぬし」の関係は、【宮】説のように「ぬし」が連歌を嗜んでいたと読むことも可能であろうが、『類船集』に「連歌→追善」の付合語があることを考慮に入れると、【島】の言うように故人を弔うために松の木を訪ねた人が扇に連歌を記して手向けた、という可能性もある。ここ三句の変化という意味では、後者の解のほうが同じ人物に粘らず、良いのではないか。

【句意】

一句としてまとめ直すなら、「松の主であった武士が討ち死にし、残された松は、亡き人の人柄を偲ばせる優れた風情を残している」というところか。「香」は「薫」に通じ、この句では薫陶・薫染といった精神的な意味での香であろう。

【考】

【加】が「阿古屋之松」伝説によって読むことを主張するが、「ぬしうたれて」にあてはまらず、無理であろう。

ぬしうたれては香を残す松　英

23　はる、日は石の井なでる天をとめ　風

【式目】雑。神祇（天をとめ）、水辺体（井）。

『産衣』の「乙女子（ヲトメゴ）」に「打任せてハ神祇也。或ハ神仙又幼女（エウニヨ）の事におほくミえたり」とあって、この句の「天をとめ」も神祇と見てよいだろう。また、同じく『産衣』に「井」を「水辺の体也」としている。

諸注この句を恋とするが、「をとめ」の語があるからといって恋になるとは限らないことは、右の『産衣』によっても知られる。

【付け】

謡曲「羽衣」の舞台は三保の松原で、空は「明月に雨はじめて晴れり。……春のけしき松原の。浪立ちつゞく朝霞。月ものこりの天の原」というありさまの、朝の海辺である。松にかかった羽衣をワキの漁夫・白龍が取って天女との問答が始まる。ワキが羽衣を見つける場面は、

われ三保の松原にあがり。浦の景色を眺むる所に。虚空に花降り音楽聞え。霊香（れいきやう）四方に薫ず。これ唯事と思はぬ所に。これなる松に美しき衣かゝれり。

とある。すなわち、23は、前句の「香を残す松」を三保の松と見て「天をとめ」を付けている。また、『類船集』

には「松↓いは井の水」「岩↓松・山の井」があって、松のあしらいで「石の井」としたものと思われる。「ぬしうたれては」からのつながりはなさそうである。

【句意】

「晴れた日には、石の井をその羽衣で撫でに下りてくる、天つ乙女。」

天人が三年に一度地上に降りてきて、方四十里の石を羽衣で撫で、その石が撫で尽くされるまでの時間を「劫」という。【鴛】によればこの説は『智度論』に述べられているという。和歌においては『拾遺和歌集』巻五・賀の、「題知らず」、

君が世は天の羽衣まれにきて撫づとも尽きぬ巌ならなん

に「劫」の発想が使われている。さらに、謡曲の「羽衣」は、「天乙女」をシテとして、

(シテ)君が世は。天の羽衣まれに来て。(地)撫づとも尽きぬ巌ぞと。聞くも妙なり東歌。

と『拾遺』歌を引用している。

これは「はるゝ日は石(を)なでる天をとめ」を発想の中心にした句で、付合の上から「井」をあしらいにして入れたものだろう。このあたりも談林風である。

なお、【加】は、尾花沢近くの延沢にも羽衣の松の伝説有りと指摘している。【加】の引く『出羽の伝説』によれば、弥陀ヶ岳のふもと天人清水の池に天女が下りてきたという。清風の時代にすでにそのような伝承があったという確証が得られていないことも問題であるし、「清水」であって「石の井」とは異なることからも、【加】説は採りがたい。

24　はるゝ日は石の井なでる天をとめ　風
　　えんなる窓に法華よむ聲　蕉

【式目】雑。釈教（法華よむ）、居所体（窓）。

『連歌新式』の「体用事」に、「窓」を「居所之体」とする。

この句についても諸注は恋とするが、「えん」だけでは恋とは見なしがたい。「えん（艶）」は、『日本国語大辞典（第二版）』の「語誌」によれば、

類義語「うるはし」の、きちんと整っている、あるいは礼儀正しいという意味を帯びた華麗性に対し、きらびやかさに、親しみやすい王朝風風情、風流な趣向美を加えたのが「えん」で、和文脈中にも用いられた。俊成・定家は、それに注目し、中世以降の、歌論・連歌論・俳論では美的理念の一つとされた。

とのことで、「えんなる窓」とは「王朝風の優美な窓」と解される。この句は恋の呼び出しではあっても恋ではない。続く25と26の二句を恋とすべきである。

【付け・句意】

前句と合わせて、先行諸注の多くは『平家物語』の灌頂巻・大原御幸のくだりの建礼門院やその奉仕の人々の俤と説く。それは妥当な理解であるが、ただ、この付合の趣向の中心は、「天（アマ）をとめ」の「あま」を「尼」に読み替えた所にあったと思われる。『産衣』の「天（アマ）」に、「天（アマ）を尼（アマ）に取なしたる句の例多し」とあって、この取り成しは連歌の技法として普通のことだったと知られる。

「尼をとめ」が「石の井なでる」とは、大原に隠れ住む建礼門院の周りに一緒に出家した複数の尼がいて、仏に供える「閼伽の水」を暁起きして汲むなどしていたことと対応する。彼女らが、さすがに雲上に暮らしていた頃をほうふつさせる優美な造りの窓べにて、法華経を読んでいる、と展開した付けであろう。法華経は女人救済の経文として建礼門院らが「よむ」にふさわしい。『類船集』に「比丘尼↓法花寺」や「山居↓法花読誦」の付合語があるのも参考になろう。

さらに、前句の背景である謡曲「羽衣」には羽衣を奪われた天女のさまについて「天人の五衰も目のまへに見え

てあさましや」とあるが、『平家物語』灌頂巻で建礼門院と対面した後白河法皇もまた、「天人の五衰の悲(カナシビ)は、人間にも候ける物かな」とのたまう。この、「天人の五衰」(天人が五種の衰相をあらわして死ぬ苦しみ)の語が、「羽衣」から『平家』への連想の一因としてあるのかもしれない。

一句としては「優美な造りの窓べに、法華経を読む声が聞こえる」の意。

えんなる窓に法華よむ聲　蕉

25　勅に来て六位なみだに彳(たたずみ)し　英

【式目】雑。恋(句意による)。

『御傘』の「つかひ」に、「使たゞ一、恋に一、誹には折をかへて勅使々者など声によみて今一ある也」とある。「つかひ」は状況によっては恋の句となること、それに、「勅使」は「つかひ」のバリエーションであることがわかる。帝から小督への使いを詠んだこの句は恋に扱うべきだと思われる。なお、「六位」のような官位の呼称は非人倫。『はなひ草』に「一官位は人倫にあらず。但句の仕立によるべし。殿文字そひては人倫也」とある。

【付け】

『平家物語』巻六「小督」の逸話を踏まえている。美しくまた琴にも優れた小督は高倉天皇から寵愛されるが、それを快く思わない平清盛の圧力に耐えかねて宮中から逃げ出した。帝は源仲国に命じて小督の行方を捜させる。頃は八月の月の夜、仲国は琴の音を頼りに嵯峨のあたりに小督を尋ねあて、帝の親書を手渡す。小督は「あすより大原のおくに思い立つことのさぶらへば」、つまり、翌日には大原に移って出家しようとしていたのだが、その夜名残を惜しんで琴を弾いていたのだった。小督は涙を抑えかね、「仲国も袖をぞぬらしける」。この逸話は謡曲「小督」に作られて著名であった。小督は、一旦は帝に召し返されて内親王を産むが、結局は尼となって嵯峨で暮らした。『平家物語』の「小督」から結末の部分を引く。

入道相国何としてかもれ聞きたまひけん、「小督が失せたりといふ事、あとかたなき空事なりけり」とて、小督殿をとらへつゝ、尼になしてぞはなたる。小督殿、出家はもとよりののぞみなりけれども、心ならず尼になされて、年廿三、こき墨染にやつれはてて、嵯峨のへんにぞ住まれける。うたてかりし事ども也。
前句を現在の小督のありさまとして、この付け句では過去の、嵯峨のあたりに勅使として尋ね来たった仲国の姿に転じたと思われる。

【句意】
問題は「六位」で、仲国は『平家物語』では「弾正少弼仲国」とされている。この点については【正】の、覚一本等には「蔵人」とあり、『尊卑分脈』のこの人の条には「蔵人正五下」ともあるから、この面からもこの句の六位に仲国を考へてゐた可能性は大きい。

「勅によって小督を尋ねて来た六位（の蔵人）源仲国は、（小督の話を聞いて）涙を流して佇んでいた」の意。俤の句として作られているが、『平家物語』に則さなければ理解しがたい。『類船集』に「勅使→小督」の付合語があって、勅使が涙で佇むとなれば「小督」の逸話、という理解は一般的だったと思われる。

という説明に従いたい。蔵人は五位と六位に当たる官だから、小督の件の当時に仲国を六位とする伝承があったとしてもおかしくないし、「蔵人なら普通六位だろう」と考えての素英の表現かもしれない。

勅に来て六位なみだにイし　英

26　わかれをせむる炬（たいまつ）のかず　良

【式目】雑。恋（わかれ）、夜分（炬）。
『産衣』に「別の字」を「恋ニ二ツ、折也。只ハ五句去。」としている。「わかれ」によって恋として、25・26で恋二句の運びとしていると見たい。なお、20「ほぐし」と同様「炬（たいまつ）」は夜分。同じ面に「ほぐし」と「炬」があるのはやや拙い。さらに、「炬（たいまつ）」は「松明」であるから、22の「香を残す松」と近いことも運びの上の疵と言えよう。

【付け・句意】

直前の二句を『平家物語』で付けているので、この句は『平家物語』とは違う話題に転じているものとして読むべきだろう。【高】の説くように「中世の戦国風景」であって、とくに何らかの典拠を持つわけでない、一般的なものとしての落城のシーンと見たい。その城主には貴家出身の奥方がいて、敗色濃くいよいよ落城やむなしという時に、六位の蔵人が勅使として訪れ、奥方らを城から落とすように勅書をわたす、といった場面を想定しているのであろう。「立ち会った勅使がもらい泣きしている」という前句からいくさの一場面に展開させての付けである。なお、「なみだ」と「わかれ」はごく普通の連想語で、『拾花集』『竹馬集』『類船集』に、「涙→うき別」「別→涙」がある。一句は「城攻めの軍勢の、数多くのたいまつの火が、城主夫妻の別れをせき立てているかのようだ」の意。

わかれをせむる炬のかず　良

27　一さしは射向（いむけ）の袖をひるがへす　蕉

【式目】雑。衣類（袖）。

【付け】

先行注では【鶩】が、『太平記』七「吉野城軍事」に木寺相模が大塔宮の前で舞ったことを指摘している。出羽入道道蘊に攻められて最期を悟った大塔宮は、吉野の蔵王堂の庭に幕を引き酒盛りを始めた。木寺相模が進み出て、「冑（よろひ）の袖をゆり合はせて、一時がほどぞ舞つたりける」という場面である。鎧・冑を身につけて舞を舞うという場面と言えば、『太平記』のここがすぐに想起されるであろう。だが、付けの上から言えば、『太平記』の一場面をそのままべったりと用いているのではなく、いかにも軍記物にありそうなクライマックス・シーンを詠んだと考えるべきである。何よりも、『太平記』のその場面は夜いくさではなく、この二句にあてはまらない。別れをせめたてるように敵勢のたいまつが押し寄せる、という前句に、一般的な話として、城内の「最後の戦いに向けての舞」を付けた。また、「別れの袖」という成語があって、「別れ」と「袖」は寄合語である。『拾花集』『竹馬集』に「別→旅立袖」。

【句意】

「一さし」は相撲・将棋・舞についての一回を言う。謡曲に「ひとさし舞う」の用例は多い。「射向（いむけ）の袖」は、『角川古語大辞典』によれば「鎧の左右の袖のうち、左の袖をいう。右手の袖より大きいものがあり、馬上戦などで敵を左に回して射る際に敵のほうに向けて差しかざすための袖で、徒歩（かち）で戦う場合の盾に相当する」。当然のことながら、軍記物に用例が多い。「ひるがへす」について言えば、『類船集』に「翻（ヒルカヘル）→舞の袖」の付合語があり、自動詞他動詞の違いはあれ、舞を舞って「袖をひるがへす」のは常套表現と思われる。一句の意「鎧の左肩、射向の袖をひるがえして、いくさの最中ながら一さしは舞を舞う」。

一さしは射向の袖をひるがへす　　蕉

28　かはきつかれてみたらしの水　　風

【式目】雑。水辺用（水）。

『連歌新式』体用事に、「水」を水辺用としている。

【付け・句意】

26・27がいくさの場面だったので、ここも戦場の句と見ては続きすぎる。戦闘の結果この句のような状況になった、というふうに読むべきではない。前句が舞に関する句で、この句に「みたらし」とあるのだから、付合は神前での奉納の神楽のさまを描いていると思われる。『拾花集』に「舞→神楽」、『竹馬集』に「舞人→神楽」の寄合語があることが参考になる。前句では「殺伐としたいくさの最中ではあるがせめて一さしは」の含みで用いられていた「一さしは」を、奉納の舞がいくつもある中で「一さしは」鎧を着ての舞がある、というように「は」の強調する内容を読み替えて付けている。重い鎧の姿で舞を舞ったら「かはきつかれ」るのは自然な連想であろう。

この句一句としては「喉も渇き、疲れて、神前の御手洗(みたらし)の水を飲んだ」という意味となり、次への変化を期待した遺句であると思われる。軍記物の連続を逃れている点で、諸注の「変化に乏しい」という難は当たらないだろう。

かはきつかれてみたらしの水　風

29　夕月夜宿とり貝も吹よはり　良

【式目】秋（夕月夜）、月の句。旅（宿とり貝）、天象（月）、居所体（宿）。

『連歌新式』に「夕月夜」を非夜分とし、『御傘』にも「夜の字はあれども非夜分」とする。26の「炬」の夜分から二句しか隔たっておらず、ここの月の定座を夜分で詠んでは差し合いとなる。つまり、夜分の月にならないように「夕月夜」とした、曽良の苦心の句である。

【付け】

幸若舞の「八島」の発端、山伏姿で平泉に向かう義経主従の一団が佐藤信夫の里にたどり着いた。義経が弁慶に「宿取り給へ」と命ずると、弁慶は荒れはてた「棟門(むねかど)高き家」を見つけて、

山伏の声立てて宿取る法のあらざれば、腰に付たる法螺の貝の緒を解きのべて、武蔵、宿取りの貝を暫く吹けど、人音もせず。

と、法螺貝を吹き鳴らす。『類船集』の「螺の貝」には「佐藤が館(タチ)にて吹きしは宿とりの貝」という解説があって、

この場面が一般的によく知られていたことが分かる。また、周知の通り芭蕉はのちに『おくのほそ道』で信夫の里を描く。この句の作者の曽良としても、通り過ぎてきた佐藤信夫の里にちなむ句を作る意識があったと思われる。「宿とり貝」とは、その夜の宿を求めて山伏が吹き鳴らす法螺の貝を指す。

神前の「みたらしの水」を「かはきつかれて」飲んでいる者を、その日一日歩いてきた山伏の一行と見た付け。疲弊困窮の体を「も」で「宿とり貝」に代表させている。

【句意】

付けの背景には「佐藤が館」の故事があろうが、この句の登場人物を義経一行に限定する必要はないだろう。「佐藤が館」の俤ということでなく、山伏が「宿とり貝」を吹く際にいかにもありそうな状況として作っていると思われる。そもそも「八島」のその場面は日が西の山の端にかかる時間帯ではあるが「夕月夜」ではないし、弁慶も「吹よは」ることはないのである。一句としては「夕方になって月が光り出す頃、山伏が吹く宿取り貝も次第に弱々しい音になっていって」の意。

　　夕月夜宿とり貝も吹よはり　　良

30　とくさかる男(お)や簑わすれけん　　英

【式目】秋（とくさかる）。植物草（とくさ）、人倫（男）。

季寄せの類では、「木賊(とくさ)刈る」を秋季の詞として確認できる最初は享保元年（一七一六）成の『通俗志』で、八月に「木賊(トクサ)刈」とある。しかし、この句は前後が秋であるから「とくさかる」を秋として扱っていたことは確実で、それは次に述べる「とくさかる」歌と謡曲「木賊」によって普通の認識となっていたものであろう。

【付け】

謡曲「木賊」で、シテの老人はワキの旅僧たちに「いかに御僧たちに申し候。我らが私宅は旦過にて候。一夜を明して御通り候へ」と、旅宿の提供を申し出る。前句の、宿を求めて得られない旅の僧に対して、「木賊」のシテの話題を付けている。また、謡曲「木賊」には、『夫木和歌抄』巻二十の源仲正の「とくさかるそのはら山の木の間よりみがきいでぬる秋の夜の月」が用いられており、それによって29の「夕月夜」の「月」と「とくさかる」が付いている。『類船集』にも、「木賊↓そのはら山・秋の夜の月」の寄合語が見える。

【句意】

一句としても謡曲「木賊」による発想。ワキとワキツレ二人の旅僧、それに子方「松若」が信濃の国の園原山に着くと、シテの老人とシテツレの山賤（やまがつ）どもが木賊を刈っている場に出会う。シテ・シテツレの上ゲ歌に「木曽の梯か丶る身の。うき世を渡るならはしに。さも馴衣しほたれて。袖の露もいとなし。草莚露を片敷く有明の。朝な朝な出づるや牧笛の野人ならまし」と、露に濡れるその作業にことよせての、「とくさかる」山賤の世を渡る辛苦を嘆く場面がある。したがって、この句は、「木賊刈りの山賤の男が露に濡れることを嘆いてるのは簑を忘れてのことか」とうがった句である。「木賊を刈るときに着た蓑をその辺に忘れていった」（【橋】）のではない。

（名残折ウラ）

とくさかる男や簑わすれけん　　英

31　たまさかに五穀のまじる秋の露　　風

【式目】秋（秋の露）。植物草（五穀）、降物（露）。

【付け】

謡曲「木賊」には『新勅撰和歌集』巻十九・雑四の寂蓮歌「木賊刈る木曽の麻衣袖ぬれてみがかぬ露も玉と置きけり」も利用されており、それによって「とくさかる男」に「たま／露」が付いている（【宮】の指摘）。前句が「濡れる」ことを取り上げての表現だったので、そこから露の玉の多さへと素直に想像を拡げた。「とくさかる」

信濃の痩せた土地のさまが、「たまさかに五穀のまじる」に言葉の上の連想でつながっているか。

【句意】

『御傘』に、「玉の字……たまさかたま〱給る等の詞を玉の秀句にしたらば、珠玉に二句嫌べき也」とある。つまり、「たまさかに」に「玉」を言い掛けるのは常套的な手段であった。この句も、「秋の露の玉に、たまさかに、五穀がまじっている」という気持ちであろう。露のおびただしさを裏返しに言ったのである。秋の田や畠がいちめん露の玉で満たされていて、その玉の数に比べれば五穀の実りの粒も「たまさか」だという誇張表現。

たまさかに五穀のまじる秋の露　　凬

32　篝（かがり）にあける金山（かなやま）の神　　蕉

【式目】雑。神祇（神）、夜分（篝）。

【鷲】は九月九日にカナヤママツリをすると言うが、当時の季寄せに「金山祭」の記事なく、この句にしても秋の扱いではないと思われる。20に「ほぐし」、26に「炬（たいまつ）」、そしてここに「篝（かがり）」と、類似の小道具が三たび出てきたのは好ましくない。なお、後述のように「明ける」ではなく「飽ける」と考えるので、時分の句ではない。

【付け】

前句を、鉱山採掘の淘汰の作業の比喩としての付けと思われる。「秋の露」に「たまさかに五穀のまじる」のは、水で揺る土砂にまれに貴金属がまじるのと似ている、という心。そこから鉱山の神の話題へと展開させた。

【句意】

「篝」字は本来は「しがらみ」の意であるが、ここは「篝」の異体字として使われていると見て良いだろう。先行諸注は「金山祭に篝火を焚いて夜を過ごしやがて朝になったさま」（【正】）のように「あける」を「明ける」ととるが、「神」が「あける」と言う時は「飽ける」（満足する）意に取るべきである。『古今和歌集』巻九・羇旅、素性法師の「たむけにはつゞりの袖もさるべきにもみぢに飽ける神や返さむ」がその表現の典拠で、「紅葉に満足した神は、私の粗末な衣で手向けの幣を捧げてもお返しになるだろう」と言っている。したがって、この句は「金山の神は篝火に満足している」の意。それは、金山の神すなわち金山彦神(かなやまびこの)が火と共に生まれ出た神だからである。金山彦神は、火の神軻遇突智(カグツチ)を産んだ伊邪那美命(イザナミノミコト)が熱に灼かれて嘔吐した時に、金山姫神(かなやまびめの)とともに生まれた男神であった。

　　篝にあける金山の神　　　　蕉
33　行人(ぎやうにん)の子をなす石に沓ぬれて　　　英

【式目】雑。人倫（行人）。
「沓」は衣類ではない（『産衣』『御傘』）。30に人倫の語「男」があったが、人倫は三句去りなので差し合いではない。むしろ、同じ素英の7の句が雰囲気の似た「石」の句であり、23の清風の句にも「石の井」が出てきていたことが気になる。

【付け】
元禄二年序の三千風の『日本行脚文集』巻之七に、貞享三年（一六八六）の記事として、尾花沢の近くの中島村の「子持石」について記している。
○子持石ノ記　銀山の隣郷。中嶋村に中古(コロ)。文禄年中。なにがし田園(エン)翁。熊野参詣七度の立願満ずる年。那智の浜にて。小美(イタイケ)なる石一ツ拾ひ。前幨(ギンチヤク)にいれて下向せしが。年月を経(フ)るにしたがひ。此石ふとりける程に。八十年此かたに母石は一拱(カイ)半ニ成。象(カタチ)老嫗(ク)のごとくなれば。姥(ウバ)石といふ。偖この石の陰より児石を産(ウム)事。既に二千余になりぬ。年々にかさなり。前(サキ)にふとり。太郎石次郎石。孫彦石成(セイ)長する。子石の形(ナリ)は皆卵(カイゴ)形にして段々大小あり。今熊野と崇敬(ソウキヤウ)して霊験(レイゲンタナゴヽロ)掌をかへすがごとし。余二十余年むかし見しに又倍(バイ)せり。いかにも慥なる事に侍るかならず疑心あるべからず。

前句を、尾花沢近くの銀山のこととして、さらに中島村の「子持石」に連想をたどった。当地の話題を並べての付け。また、『類船集』には「石→金山」の付合語がある。

【句意】

この句はおそらく、行人すなわち「熊野参詣七度の立願」が満願となった「なにがし田園翁」が、那智の浜で「子持石」を拾った際のことを詠んでいる。「修行者が、『子持石』を拾った時、沓がぬれて」。

行人の子をなす石に沓ぬれて　英

34　ものかきながす川上の家　良

【式目】雑。水辺体（川上）。

【付け・句意】

「上流から願文の類を書いた紙片を流すさま」（【宮】）でよい。願文は、神仏に願を立てる時、あるいは仏事を修する時、願意を記した文章。前句の「行人」が、川上から流すものとして発想している。32と33において場所は那智の浜であったが、33と34の付合では、芭蕉と曽良がこれから向かおうとしている出羽三山のありさまと読み替えているのではないか。つまり、「子をなす石」を、湯殿山の御神体の石と見ての付けではないか。「石・ぬれて」から「川」は自然な連想。花前としての工夫がある。

ものかきながす川上の家　良

35　追ふもうし花すふ蟲の春ばかり　風

【式目】春（花・春）、花の句。動物虫（蟲）、植物木（花）。

【付け】

前句の「ものかきながす川」という表現は、三月三日上巳の曲水の宴を連想させる言い回しで、そもそも花前を意識した句だった。その家は文事に遊ぶ家であり、花を愛する人物が住んでいるという展開と見られる。「川上の家」から、清風が自分の家を想起したようだ。

【句意】

「春ばかり」の措辞を含む著名な古歌が二首ある。一つは、

延喜御時、南殿にちりつみて侍りける花を見て　源公忠朝臣
とのもりのとものみやつこ心あらばこの春ばかりあさぎよめすな（『拾遺和歌集』巻十六・雑春）

もう一つは、『古今和歌集』巻十六・哀傷歌の「深草の野辺の桜し心あらばことし許(ばかり)はすみぞめに咲け　上野岑雄(かむつけのみねお)」の異伝歌の、

深草の野辺の桜し心あらば此春ばかり墨染に咲け（『宝物集』）

である。この異伝歌はそのまま謡曲「墨染桜」に引用されている。

こうした「春ばかり」の用例を考慮に入れるなら、【正】のように「春ばかり」を「春の頃、春の程、といふに同じ」と取るだけでは物足りない。それは「この春ばかり」の「この」を略した表現だろう。一句として「この春に限っては、花の蜜を吸いに来る虫を追うことも憂いものと思う」の意となる。

なお次頁の36の【考】において、このように匂いの花の位置に哀傷がらみの句を詠んだ清風の事情を述べる。

追ふもうし花すふ蟲の春ばかり　風

36　夜のあらしに巣をふせぐ鳥　英

【式目】春（巣をふせぐ鳥）。動物鳥（鳥）、夜分（夜）、時分（夜）。

『連歌新式』の「可分別物」に「鳥巣」を春とする。

【付け】

前句に対して、「春の夜のまだ冷たい風に、鳥にしても、虫を追うどころではない」の心で付いている。『随葉集』には「花のちる→春風の吹」の寄合語が見える。そのバリエーションとして、「花」に「夜のあらし」が付けられ、「虫」に対してそれを追う「鳥」が付けられている。手堅く言葉が寄せられて、趣向に走らない、いかにも挙句らしい付け方ではある。ただ、前句の気分を受けて、この句もめでたさ・明るさからほど遠い。異例の挙句である。

【句意】

「あらし」は特定の季によらず強風を意味するが、春をあらわす「巣をふせぐ鳥」と共に用いられているこの句は、早春に吹くまだ冷たい風を詠んでいると解される。「こしらえたばかりの巣を、早春の夜の強風から守ろうとしている鳥」という句意。

【考】

この歌仙の末尾の二句、清風の「追ふもうし花すふ虫の春ばかり」と素英の「夜のあらしに巣をふせぐ鳥」は、匂いの花の句と挙句の約束事に反し、「憂し」「夜の嵐」の語を詠み込んだ沈鬱な気分の巻きおさめを成している。その理由は、清風が、前年の八月十五日に妻を亡くしていたことにある。前出(二一五頁)の『尾花沢の俳人　鈴木清風』の「鈴木清風略年譜」元禄元年の項に「〇八月十五日、清風妻(釋尼妙言)死去。」とある。その時清風は三十八歳だった。

まだ一周忌も済ませていない亡妻への思いが、5「楢紅葉人かげみえぬ笙のおと　清風」が弥陀の来迎を意識した句であること、14「霊まつる日は誓はづかし　素英」と15「入月や申酉のかたおくもなく　清風」が玉祭りを主題とした運びであること、そして、35の「春ばかり」について挙げた本歌二首がともに哀傷の歌であることに結びついているのは確かであろう。

したがって、この巻の匂いの花と挙句の、異例の詠みぶりは、35は故人を偲んでこの春ばかりは虫が花を吸って散らすに任せておきたいという清風の心境句、36は素英から見て「夜のあらし」のような宿命に遭いながら「巣をふせぐ鳥」のように家を守る清風だと比喩を以て励ました句として理解できる。


さて、「すゞしさを」歌仙の【式目】がどのようになっているかを、一覧表として後に示した（二六三〜二六四頁）。式目の上から見たこの歌仙の特徴をまとめておく。まず第一に言えることは、比較的よく式目を守っている歌仙だということである。句数・去嫌（さりきらい）に違反する箇所を一覧表に×印で記入してみたが、それはただ一箇所であった。すなわち、17「鮎」と19「蛙・こてふ」の、異動物（異なる動物（うごきもの）、この場合は魚と虫）を二句去るべきところ、打越しで詠んだ箇所である。しかし、17の「鮎」は「ほし鮎」であって、動物というよりはむしろ食物という認識だった可能性がある。ここの×は式目違反と決めつけがたい。また、語句の取捨選択によって式目違反を回避しようとする態度が認められる。たとえば20の清風の句は「松」を詠み込めば付合上の工夫がわかりやすくなるのに、おそらく打越しの18に植物があったからという理由で「松」を抜いた句に仕立てている。また、29の曽良の句は定座であるから月を詠まなければならないところなのだが、26の曽良自身の句に夜分の「炬」があり夜分は三句去りなので普通の月を詠めない。そこでわざわざ夜分ではない月「夕月夜」を詠み込んだのである。いわば、この歌仙において連衆は、式目について「手抜きなし」で臨んでいる。清風や素英は、それができるほどの連俳の基礎教養を身に付けていた作者であった。

第二の特徴は、季移りが多いことである。それは俳諧の技巧の一端として積極的に行われているものと見られる。特に13から21にかけては夏→秋→春→夏と三度直接の季移りをしている。これは漫然とそうなったのではなく、季移りの技量を示す意図を持ってしているらしい。なかんづく、16は花の定座の前なのに秋の句であったが、それは意図的に仕組まれた運びであって、17でいかに春の花を付けるかという技量を素英に求めた所なのだと思われる。また、16の芭蕉は季移りがうまくいくように「鴈」を詠み込んで協力している。しかしその一方で、【高】が指摘するように「この歌仙には冬がなくて手抜かり」でもある。

総じて、清風と素英の俳諧の風は、各句の注釈の中で触れてきたように、非常に技巧的である。それは右の二つの特徴とも表裏一体のことである。「技巧的」というのは、付合の上では、言葉の付け(物付け)を基盤にして本説を取りつつ、それが表面に表れないようにひねって句を仕立てる形で発揮される。当然、難解な句となることが多い。「すゞしさを」歌仙においては、5・12・20の清風句、17・30の素英句といったあたりに、彼らしさがあらわれていると思う。それは、注釈の中でも触れたが、談林の手法を維持しているということである。

出羽の連衆の俳風については、本書の最終章「旅する俳諧師——出羽七歌仙から見えること——」で総合的に述べる。

「すずしさを」歌仙式目表

	季・月・花・恋・同字	旅・神祇・釈教・述懐	動物（生類）・植物	時分・夜分・天象（光物）	山類・水辺・居所	降物・聳物	人倫・名所・国名・衣類・食物・芸能
1	夏	旅			居所体		人倫
2	夏		動物虫　植物草	夜分			
3	夏		動物獣		山類体　水辺用		
4	秋　月			時分　天象			
5	秋		植物木				人倫　芸能
6	秋		動物鳥				
7		神祇					
8			植物草		山類体		
9		述懐					人倫
10		旅		夜分	水辺用		名所
11		旅	動物獣				
12			動物虫　植物木	天象			
13	夏　恋						人倫
14	秋　恋	述懐		夜分			
15	秋　月			夜分　天象			
16	秋	神祇	動物鳥		居所体		
17	春　花		動物魚　植物木				
18	春		植物草		山類用		

19	春		動物虫 ×	夜分	水辺用		
20	夏			夜分			
21	夏						
22			植物木				人倫
23		神祇			水辺体		
24		釈教			居所体		
25	恋						
26	恋			夜分			
27							衣類
28					水辺用		
29	秋 月	旅		天象	居所体		
30	秋		植物草				人倫
31	秋		植物草			降物	
32		神祇		夜分			
33							人倫
34					水辺体		
35	春 花		動物虫 植物木				
36	春		動物鳥	夜分 時分			

「おきふしの」歌仙注釈

まずは前章「すゞしさを」歌仙と同様、文政六年(一八〇九)刊の『繋橋(つなぎはし)』によって「おきふしの」歌仙を掲出する。濁点を加え、通し番号を付している。【高】は、清風発句なので、「すゞしさを」歌仙よりこちらが後に出来たものと言う。まず、遠来の客たる芭蕉の発句による一巻があり、そののち亭主清風の発句による一巻があったというのは、妥当な理解であろう。

(初折オモテ)

1　おきふしの麻にあらはす小家かな　清風
2　狗ほえかゝるゆふだちの簑　芭蕉
3　ゆく翅いくたび罠のにくからん　素英
4　石ふみかへす飛こえの月　曾良
5　露きよき青花摘の朝もよひ　蕉
6　火の気たえては秋をどよみぬ　風

(初折ウラ)

7　この島に乞食せよとや捨つらむ　良
8　雷きかぬ日は松のたねとる　英

9　立どまる鶴のから巣の霜さむく　風
10　わがのがるべき地を見置也　蕉
11　いさめても美女を愛する国有て　英
12　べにおしろいの市の争ひ　良
13　秀句には秋の千種のさまぐに　蕉
14　碑に寝てきさかたの月　風
15　篷むしろ舟の中なるきりぐす　良
16　つかねすてたる薪雨にほす　英
17　貧僧が花よりのちは人も来ず　蕉
18　灸すえながら眠きはるの夜　風

（名残折オモテ）

19　まつほどは足おとなくてとぶ蛙　英
20　菅かりいれてせばき賤が屋　良
21　はての日は梓にかたるあはれさよ　風
22　今ぞうき世を鏡うりける　蕉
23　二の宮はやへの几帳にときめきて　良
24　鳥はなしやる月の十五夜　英
25　舎利ひろふ津軽の秋の汐ひがた　蕉
26　桝かける三ツの樟の木　風
27　つくぐとはたちばかりに夫なくて　英

28　父が旅寝を泣あかすねや　良
29　うごかずも雲の遮る北のほし　風
30　けふも坐禅に登る石上　蕉

（名残折ウラ）

31　盗人の葎にすてる山がたな　良
32　簗にかゝりし子の行へきく　英
33　繋ばし導く猿にまかすらん　蕉
34　けぶりとぼしき夜の詩のいへ　風
35　花とちる身は遺愛寺の鐘撞て　良
36　鳥の餌わたす春の山守　蕉

この歌仙の先行注としては、【喜】【鶩】【宮】【高】【中】【島】【正】【橋】がある（二一二頁参照）。

（初折オモテ）

1　おきふしの麻にあらはす小家かな　清風

【式目】夏（麻）。植物草（うえもの）（麻）。
連歌式目書『産衣』には「麻の雀　夏也。惣じて麻は夏也。まく許（ばかり）春也」とあり、俳諧では『増山井』の六月に「麻　桜麻　花の桜に似たる也……麻を刈るは夏也」とある。「麻」によって夏の発句である。

【句意】
麻は、連歌では「桜麻（さくらあさ）」の語でよく用いられるが、『随葉集』「桜あさ→しづが園」、『拾花集』「桜麻→里のめぐり・賤が園・垣ほ」(『竹馬集』にも同様の寄合語あり)とあって、垣根に囲われた「賤が園」のイメージを伴うものであった。つまり、この発句は、「賤の住む田舎家でございまして」という卑下の挨拶と捉えるのが適当であろう。【中】は「貧しい家」と説くが、それでは富商である清風の実態と外れすぎて嫌味となる。「麻」が象徴しているのは身分的な意味での「賤」である。句の表面的な意味は【鷲】の「麻が起き臥ししている間から小家が見える」という解釈でよい。ただ、おそらく、この座の庭先の垣内の畑に麻が起き臥ししていたのであり、そのためにいかにも「賤の小家」らしいでしょう、という謙遜の意味が込められている。

類句として、『芭蕉庵小文庫』夏之部に、

麻臥て風すぢとをす小家哉　　斜嶺

がある。なお、【高】は、麻を朝に通わせて「おきふし」の縁語としたように取っているが、「起き」は朝にあてはまっても「臥し」が朝にあてはまらないから、麻と朝の掛詞は意識されていないものと思われる。

おきふしの麻にあらはす小家かな　　清風

2　狗（いぬ）ほえかゝるゆふだちの簑　　芭蕉

【式目】夏（ゆふだち）。動物獣（うごきもの）（狗）。

『御傘』には「夕立　夏也。只一。夕時分にはあらず、只雨の名なれど、夕の字・立の字には三句づゝ去べし。(中略)ふり物にも二句」とある。この記事から、「夕立」は時分ではなく、降物でもないと思われる。

【付け】

麻が起き臥ししているのは「夕立」のためという、【鷲】以来の、結果—原因の関係による解釈が認められるだろう。また、単純なことながら、「小家」に「狗」を付けている。なお、成語「快刀乱麻を断つ」を利用して「麻」に「(夕)太刀」を付けたという可能性をさぐったが、この成語は比較的新しく、その可能性は小さい。

【句意】

脇句であるから当座の事情を反映していることは確かで、「小家を訪ねた作者の姿」(【鷲】)、「旅する芭蕉達の姿も寓されてゐよう」(【正】)というのは前提として疑問の余地はない。挨拶の心をどのように汲みとればよいのかが問題であろう。

犬が吠えるという話題は、たとえば『類船集』には、「仙(セン)→犬吠(ホユル)」の付合語があり、関連して「犬→桃さく谷」もある。その典拠はもちろん陶淵明の「桃花源記」であり、日本ではそれに拠った『和漢朗詠集』の「仙家」の部の「奇犬花に吠ゆ、声紅桃の浦に流る」(作者は都良香)という詩句もよく知られている。室町期の連歌寄合書『連歌寄合』は朗詠を引いて、「此詩の心は、武陵と云所の人、舟をさして谷川へ上るに、紅の桃流出たり。のぼり見れば、桃源とて仙人の栖に至れり。虎まだらなる犬ほへたり」と解説し、「里なき山に犬ほふる声／水ながれ桃さく谷のおくふかみ　祇」という連歌の付合の例を示している(未刊国文資料『連歌寄合集と研究』によった)。さらには、『源氏物語』宇治十帖「浮舟」巻には、匂宮が夜中に宇治へ向かう場面に「宮は、御馬にてすこしとをく立ちたまへるに、里びたる声したる犬どもの出で来てのゝしるもいとおそろしく」と犬の声が描かれており、この場面を典拠とする和歌も定家ほかに見出すことができる。連歌でも、『随葉集』に「いぬほふるには……兵部卿宇治へかよひ給ふにさとびたるいぬの声きこゆるとうきふねの巻にみえたり」云々とあって、犬の声に関しては、『源氏物語』の後代への影響もまた認めることができる。

以上のような種々の古典のうちから、この脇句は「桃花源記」と朗詠の詩句により、「狗ほえかゝる」地を仙郷のようであると讃えて清風への挨拶としたのであろう。また、曽良の旅日記によれば、芭蕉と曽良は尾花沢到着直前に「大夕立」に遭っており、「ゆふだちの簑」には実況が反映されているものと見られる。犬が吠えたというのも実際にありそうなことである。総合すれば、「夕立にあって、簑をつけた私どもが里までたどり着きましたら、狗が吠えかかりました。もしかしてここは、桃源郷のような、仙人の住まいなのでしょうか」。

狗ほえかゝるゆふだちの簑　　芭蕉

3　ゆく翅いくたび罠のにくからん　　素英

【式目】雑。

「ゆく翅」が雁に限定されるなら春だが、そうではなく狩り場の鳥と見て、無季とした。また、「翅」だけでは動物には扱われない。

【付け】

『随葉集』に「いぬほふる→かりば」があり、『類船集』に「蓑→猟師」があって、ここでは「狗ほえかゝる」と「簑」から狩りの話題としての「罠」を導き出している。ただし、猟師の側から句を仕立てると発句以来三句同じ人物の話題になるので、鳥の側の気持ちに転じている。また、【宮】の指摘する通り、『類船集』に「白雨→舎り立行鳥」とある連想も効いている。これは『拾花集』にも見える連歌の寄合で、同書に「夕に立心に取なして也」と注されている。したがって、前句の「ゆふだち」から「夕方になったので飛び立つ鳥」のつもりで「ゆく翅」が付けられている。その意味でも、この句の主格は鳥とする方がよい。

【句意】

この句の「ゆく翅」は狩り場の罠から逃れて飛んで行く鳥である。何の鳥かは示されていない。「逃げて行く鳥は、何度、罠を憎く思ったことだろう」の意となる。【中】は、「どうして罠がかからぬかと猟師がにくく思うの意」と説くが、それは前句の「簑」を猟師と見、それを主格に置いた解釈で、展開の上からはそう読まない方がよいことは【付け】に述べた通り。

ゆく翅いくたび罠のにくからん　　素英

4　石ふみかへす飛こえの月　　曾良

【式目】秋（月）、月の句。夜分（月）、天象（月）。

月の定座を引き上げて四句めで「月」を詠んだのは、前句の「ゆく翅」に月を付けない手はないと、一座が認めたためであろう。

【付け】

『随葉集』に「月のさやか↓鴈の飛」の寄合語があり、「しら雲にはね打かはし飛かりの数さへみゆるあきの夜の月」（出典は『古今和歌集』『和漢朗詠集』、よみ人しらず）が引かれている。3↓4の付合の大枠はこの発想に基づき、前句の「ゆく翅」を雁のことと読んで、「飛」の字と「月」とを付けたのである。その上で、前句の「らん」という推量の助動詞からその雁の心を思い遣る人物を引き出し、その人物が鳥の気持ちなどを気にして上の空だったために「飛こえ」の石を踏み返した、という心でも付けている。雁は「罠」を何度も憎むだろうが、自分も踏み返しやすくなっていた罠のような石が憎い、という照応がある。

「飛こえ」は、狂言「飛越新発意（とびこえしんぼち）」による語である。ある男が、新発意と共に茶の湯に出かけた。新発意は川溝を飛びそこねて濡れ鼠になってしまう。それを見て男が笑うと、怒った新発意は、男がすもうで負けた時のことを持ち出して笑い、争いになる。「飛こえ」とは飛び越えることができるほどの小さい溝川のこと。芭蕉には、元禄七年（一六九四）の「松茸に」表六句に「松茸に交る木の葉も匂ひかな　鴎白（発句）／栗のいがふむ谷の飛こえ　芭蕉（脇）」の例もある。

2↓3の人物が猟師であるから、ここは猟師の話題と見るべきではないし、【正】が「山路を行く旅人」というのも、「飛こえ」の理解不足による、限定しすぎた捉え方である。狂言中の人物のようにちょっと外出しただけの、運動神経のやや鈍い男でよいだろう。

【句意】

従来、諸注は「飛こえ」の意味を「飛び越そうとする動作」にとりちがえてきた。『小傘』には「石↓飛越」とあって、「飛こえ」に石が置かれていること、もしくは、適当な石のある所が「飛こえ」ポイントとされていたことがわかる。一句は、その「飛こえ」でぴょんと飛んだら着地の石を踏み返してしまって危うい目にあった、それは月の出ている時で、川面に月が映っていた、という意。いわゆる「投げ込みの月」の気味があるが、川の水に映る月が想像されて、道理を失った句体とまでは言えない。

石ふみかへす飛こえの月　　曾良

5　露きよき青花摘(あおばなつみ)の朝もよひ　　蕉

【式目】秋（露・青花）。植物草（青花）、時分（朝）、降物（露）。

『増山井』の八月に「月草 露草 青花」がある。

【付け】

「月↓露」はごく一般的な連想語である。また、前句の、「飛こえ」を渡る人物を、「青花摘」と定めたのである。川辺に「青花」がたくさん咲いているという連想も自然なところ。ただし、まだその人物が川を渡り損ねる前の、家での早い「朝もよひ」（朝食）の時間にさかのぼって、変化を付けている。

【句意】

「朝もよひ」について、諸注は二説に分かれている。【中】は「朝飯の仕度、食事をすること、また、その場」、【喜】所引の松本義一説も「朝食時」とする。【高】【島】【正】は「朝の様子とか朝の景色」などとする。【鴛】【宮】は二説を併記している。だが、『日葡辞書』に「朝、食物やその他の物の用意をすること」とあるように、当時としては朝食の支度という意味が一般的で、「朝の様子」などの意に用いられるのはもう少し時代が下がってからのことであるらしい。また、「青花」とは露草の異名であるが、和紙などを青く染めるのに用いられるものであるから、「青花摘」は露草の花を染料として摘んで集める労働である。一句としては、清らかな露の置いた「青花」を摘みに出かける人物の、早い朝食の支度を言っている。「露きよき青花」プラス「青花摘（する人物）の朝もよひ」という二つの意を圧縮した表現。

露きよき青花摘の朝もよひ　　蕉

6　火の気たえては秋をどよみぬ　　風

【式目】秋（秋）。

【付け】

大筋としては、「朝もよひ」（朝食の準備）の時間なのに「火の気」が絶えて困っているという場面。「秋」を詠み込んで秋の三句めにしている。注意すべきは、本来「き」に掛かる枕詞であった古い歌語「朝もよひ」に対して、記紀万葉以来のいわば古語である「どよむ」を以て応じてみせた点である。清風という作者の、衒学的な傾向が表れているとすべきだろう。

【句意】

【正】が、「どよむ」は『日葡辞書』で「ドヨミ」になっていて「トヨミ」はないので濁るのが妥当、と指摘している。「どよむ」には四段活用の自動詞の場合（鳴り響くの意）と、下二段活用の他動詞の場合（鳴り響かせるの意）とがある。したがって、「秋を」と目的語を置きながら「どよみぬ」と連用形を「み」にしているのは、文法的には混乱している。「秋を」とする以上、「どよみぬ」は他動詞のつもりで用いられているとすべく（「どよめぬ」が正しい）、「火の気が絶えてしまうと秋の冷え込みが身にしみるもので、人は、『秋じゃ、秋じゃ』と、秋の到来を大声上げて騒ぎたてるのであった」という句意と考えられる。「どよむ」を「嘵」の意味に限定する必要はない。火の気を絶やしたことを騒ぎ立て、寒いからどうにかして火をおこせと人々が大声で話しているさまを、省略の語法で表現したものだろう。

（初折ウラ）

火の気たえては秋をどよみぬ　　風

7　この島に乞食せよとや捨つらむ　　良

【式目】雑。山類体（島）、水辺体（島）。

『連歌新式』の「体用事」に、「嶋」を山類体・水辺体と規定している。『産衣』にも、「嶋　山類にも水辺にも体也」とある。

【付け】

前句の、秋の寒さに大声で騒いでいるという状況に対して、それはどこかの島に流された人々のこととして、彼らの言葉を会話体で付けている。流人主体とすべきである。「火の気たえては」は、6では炊事の火が消えてしまったことを言っていたのだが、「燃料とすべきものが尽きたこと」に取り成し、「それを乞うて歩くしかないのか」と騒ぎののしっていると付けたのだろう。

【句意】

「乞食でもして生きろ、というつもりで、この島に我々を捨てたのであろうか」。流人どもの言。裏移りらしく、大きく話題を展開させている。

この島に乞食せよとや捨つらむ　　良

8　雷きかぬ日は松のたねとる　　英

【式目】雑。植物木（松）、天象（雷）。

【付け・句意】

諸注に言われるように、『平家物語』巻二「大納言死去」において、俊寛らが流された鬼界が嶋は「雷常に鳴り上り、鳴り下り、麓には雨繁し」と描かれている。また、『平家物語』巻三「有王」に、はるばる鬼界が嶋まで来て俊寛に出会った有王が俊寛を見た印象として、「都にて多くの乞丐人（コツガイニン）見しか共、かゝる者をばいまだ見ず」とある。それに実際俊寛は「かやうに日ののどかなる時は、磯に出て網人・釣人に手をすり、ひざをかゞめて魚をもらい」と、食糧を乞うて歩いていたのである。前句の「島・乞食」から、『平家物語』の描く俊寛の流人生活に話題を展開した。

一句としては「たまに雷を聞かぬ日は、食糧とするために、松の実を採集する」の意。ことさら「松のたね」を取り上げた理由は、やはり『平家物語』巻三「有王」の、有王が俊寛の「わが家」にいざなわれて行くと「松の一村ある中に、より竹を柱にして、葦をゆひ、けたはりにわたし、上にもしたにも松の葉をひしと取かけたり」という住まいであった、という記事に拠っている。『竹馬集』には「島→松」があり、島の景として松を言うのも自然である。さらに言えば、「松」に、赦免を「待つ」俊寛の心情を言い掛けようとしたのであろう。

ただ、諸注には、「雷」を「かみ」と読むもの（【宮】【高】【中】【正】）と、「らい」と読むもの（【島】）とがある。この歌仙の底本『繋橋』に振り仮名はない。【宮】以下が「かみ」と読む根拠は不明で、また、「鳴る」と言わずに「カミきかぬ日は」と言うばかりでは、「雷鳴を聞かない日は」と理解するのは困難だと思う。やはり普通に「らい」と読むべきであろう。

【考】

「すゞしさを」歌仙の12にも「桑くふむしの雷に恐づ　清風」と「雷」が用いられていた。両巻に「雷」が詠まれたことには、さきに2で触れた「大夕立」が反映しているか。

9　立どまる鶴のから巣の霜さむく　風

雷きかぬ日は松のたねとる　英

【式目】冬（霜さむく）。動物鳥（鶴）、降物（霜）。

『連歌新式』の「可分別物」の「鳥巣」に「春也、水鳥巣、鷹の巣も夏也、鶴巣は雑也」とあって、鶴の巣は季に関わらない。この句の場合は「霜さむく」によって冬。

【付け】

「松」に「鶴」は常識的な寄合語である。また、『随葉集』に「鶴の鳴↓仙人（やまびと）……松の梢」、「仙人（やまびと）の宿↓鶴の鳴……仙人は鶴をあひするなり」とあって、鶴は仙人にゆかりのある鳥であり、松の梢にいるものである。それに、一般的に神仙伝に語られる仙人は、よく「松のたね」を食べて長寿を得るものでもある。つまりここは、「松のたねとる」から仙人を連想して、その縁語である鶴の巣を出した。仙人のヌケの手法と言ってもよい。前句を仙人の行動と読み替えて転じている。付合の上からは、この句の鶴は仙人の愛する鶴であり、その鶴が不在だから寂しさを覚えて仙人は立ち止まり、ことさらに「さむく」感じるのである。

【句意】

鶴の羽の白さをあらわす「霜の鶴」なる成語があって、

ある人の賀し侍けるに　　権中納言敦忠

千年経る霜の鶴をば置きながら久しき物は君にぞありける

（『拾遺和歌集』巻十八・雑賀）

のような用例がある。この句はこの歌語「霜の鶴」から発想されたと見られる。「立ち止まって、見れば、『霜の鶴』の巣はいま空の巣となり、霜だけが寒々と置いている」の意味となる。

鶴の巣の位置については、固定的な観念から言って「山中の喬木」（【宮】【正】）、現実の鶴の生態から言って「地上の草原」（【高】）、と意見が分かれている。古典における鶴は、「古くはコウノトリや青鷺などをも含んだらしい（『歌ことば歌枕大辞典』田鶴）から、樹上に懸けた鶴の巣を清風が思い描いていたことは充分に有り得る。

【考】

三年前の貞享三年に、江戸を訪れた清風を迎えて、芭蕉・挙白・曽良・コ斎・其角・嵐雪を連衆とする歌仙が興行された。発句・脇は、

三月廿日即興

花咲て七日鶴(つる)見る麓哉　　芭蕉

懼(おぢ)て蛙(かはづ)のわたる細橋　　清風

であった。芭蕉は清風を歓待し、鶴を愛した宋代の隠士、林和靖(りんわせい)になぞらえて発句の挨拶としたのである。この歌仙は同年九月刊行の『誹諧一橋(ひとつばし)』に収められた。したがって、清風が「立どまる鶴のから巣の霜さむく」と詠んだ裏には、かつての芭蕉発句の寓意を思い返しながら、「林和靖ならぬ私の住まいでは、鶴の巣もからっぽで」という謙遜の心があるものと思われる。

　立どまる鶴のから巣の霜さむく　　風

10　わがのがるべき地を見置(おく)也　　蕉

【式目】雑。述懐（のがる）。

『連歌新式』「可隔五句物」の述懐の規定によれば「昔・古・老・死・生」は述懐とはせず、「世・親子・苔衣・墨染袖・隠家・捨身・憂身・命」の類を述懐とする。この句の「のがる」が「世」や「隠家」に当てはまると見て、述懐の句とする。

【付け・句意】

【鶩】は、「わが隠遁すべき地、遁世して住まうといふ土地を、あらかじめ見置くといふ意」であり、それは「鶴を友として清閑を楽しむ高士の隠栖」だと説明している。その説明に尽きるであろう。前句に含まれていた隠士・林和靖の俤をクローズアップして、これから隠士になろうかという人物を描いた。仙人から隠士に転じてい

る。なお、『類船集』に「遁(ノガル)→初霜」の付合語があってここにも当てはまるが、その典拠は不明。

わがのがるべき地を見置也　　蕉

11　いさめても美女を愛する国有て　　英

【式目】雑。恋（美女を愛する）、人倫（美女）。

『産衣』に「女」を「人倫也。大略恋也」とする。俳諧作法書でも、例えば『誹諧初学抄』の「恋之詞」に「女」「美人」が見出せる。

【付け】

諫言する臣下があらかじめ退隠するための土地を見ておいた、という心の上の付け。『随葉集大全』（寛文十年〈一六七〇〉刊、山岡元隣編、『随葉集』の増補版）の「世を捨る」に「いさむる君の其事を用ひ給はぬ心」とあって、主君に諫言して容れられなければ世を捨てるというのは、一般的な発想だったことが分かる。

【句意】

古語の「愛す」は上の者が下の者をとてもかわいいと思うことで、「その気持ちをそのものに対する態度・行動などの上に表わす」（『時代別国語大辞典 室町時代語編』）ことをも含む。動物に対して使われることも多い。この句では、国王が、「美女」を自分の所有物として寵愛することを言う。臣下が諫めても聞き入れないのである。「美女を愛する国有て」は、「美女を愛する国王有て」と言うべきところを圧縮した、やや無理な表現である。

具体的に玄宗皇帝と楊貴妃の俤と見る注釈がある（【鴬】【高】【正】）が、その典拠である白居易「長恨歌」には諫める臣は出てこないし、次の12が明らかに「長恨歌」を踏まえて付けているので、10・11は玄宗楊貴妃の話題と見ない方がよい。歴史上にいくらもありそうな状況であって、特定する必要はないと思われる。

なお、【鴬】は仙台藩主・伊達綱宗（寛永十年〈一六四〇〉～正徳元年〈一七一一〉）の名を挙げる。綱宗は江戸吉原の高尾太夫(いわゆる万治高尾)を寵愛し、万治三年(一六六〇)に不行跡の廉で逼塞を命じられた。また、綱宗の不行跡に端を発する仙台藩の「伊達騒動」が落着したのは寛文十二年(一六七二)のことで、当時まだ記憶に新しかったはずではある。しかし、綱宗が吉原の高尾太夫に入れ込んだというのはもう少し後代の演劇や実録によって流布された話題であるし、この句にとって不可欠な要素ではない。作者素英が伊達綱宗を意識していたという可能性は低いであろう。

いさめても美女を愛する国有て　英

12　べにおしろいの市の争ひ　良

【式目】雑。恋(べにおしろい)。
俳諧式目書『はなひ草』に「べに 口につくるなどいはゞ恋也」とあり、また、「けはふ」を恋の詞としている。『誹諧初学抄』の「恋之詞」には「かほをけはふ、口べにさす、爪べに」が見える。

【付け】
この付けにおいては白居易の「長恨歌」が典拠となる。「漢皇」(玄宗皇帝)は「色を重んじて、傾国を思」っていたが、楊貴妃を見出して寵愛する。楊貴妃は「眸を廻らして一たび笑えば百媚生じ、六宮の粉黛顔色無し」という美貌。楊貴妃の一族は重用され、「遂に天下の父母の心をして、男を生むことを重んぜず、女を生むことを重んぜしむる」に至る。つまり、ときめく楊家をうらやんで、人々は我が子に美女を得ることを望んだというわけだが、曽良はその発想をさらにひねって俳諧化し、女の「粉黛」和げて言えば「べにおしろい」が市場で品薄になったさまを詠んだのである。なお、『拾花集』と『類船集』に「市↔時めく人の門」の連想語がある。

【句意】
【鬢】は「市」を市井と同義と取って「世人紅や白粉を争って用ひ化粧に身をやつす」と説く。だが、この句の

「べにおしろいの市」を素直に取れば「紅や白粉を扱う市場」だろう。また、「市」であれば、「争ひ」は「争って買い求める」意と考えられる。一句としては「べに・おしろいを売る市での、それらを買い求める人々の争い」。つまり「それほどに化粧品がよく売れている」ということだろう。

【考】

『おくのほそ道』の尾花沢の段に「まゆはきを俤にして紅粉の花」の芭蕉発句が記しとどめられているように、紅花は尾花沢の産品であり、清風もそれを商売の上で扱っていた。「紅花大尽」の呼び名は根拠のないことではない。したがって、「べにおしろいを人々が争って求める」と曽良が詠んだことには、清風の商売繁盛を祝う意味が込められていたものと見てよいだろう。

べにおしろいの市の争ひ　良

13 秀句には秋の千種のさまぐ〵に　蕉

【式目】秋（秋）。植物草（千種）。

「千種」は「千草」と書いても同じ。『無言抄』の「秋」に「千種といふも秋なりといへり」とあるが、俳諧ではこのことは疑問に思われていたらしく、『御傘』には「色の字そはずは雑也」とあるし、『増山井』の「非季詞」の「植物」に「千草」が見える。「千種」だけでは雑である。しかし、次の清風の句に月を予定していたのであろうから、ここを秋にできれば好都合だった。そのための「秋の千種」という表現だったと思われる。

【付け・句意】

【鴛】は「秀句」について、①「秀逸な詩歌・俳諧の句」、②「特にいひかけを巧みにした言句、機智なる言句、しゃれの言句」と区別を立てて①を取るが、②なのではないか。この付合に似た例として、貞享三年の其角の歳旦帳に見られる、

目出度人の数にもいらん年のくれ　　はせを
秀句の市に出る松うり　　蚊足

がある。門松売りが「秀句」を並べ立てて市で客を呼び込むのであり、その「秀句」はめでたい文句を連ねての②であろう。この12・13においても、「べにおしろい」の商売人が、秀句をまじえて売り口上を述べている場面を付けたと取るのが自然だろう。一句としては「口上の中に、秋の千種の名を織り込んだしゃれがさまざまに用いられていて」の意。

前句を女たちの姿と見て、その形容としての①の「秀句」と理解する注が多い(【鶖】【宮】【高】【島】【正】)が、この付合に女たちの姿態を持ち込んで解釈しては、三句がらみである。

秀句には秋の千種のさまぐに　　蕉
14　碑に寝てきさかたの月　　風

【式目】秋(月)、月の句。夜分(月)、天象(月)、名所(きさかた)。

【付け】

「き」を掛詞として、前句の「秀句」を具体的につくってみせた点で付いていることがかんじんだろう。凝った付けようである。また、『新古今和歌集』巻十八・雑下の、壺の碑での頼朝の歌、

前大僧正慈円、ふみにては思ふほどのことも申つくしがたきよし、申つかはして侍ける返事に　　前右大将頼朝

陸奥のいはでしのぶはえぞ知らぬ書きつくしてよ壺の石ぶみ

が秀句仕立てである(岩手・信夫・蝦夷・壺の碑と、地名を掛詞で並べている)ことも、作者の意識にあるだろう。なお、『拾花集』の「花野」項目に類語として「千種の花」があり、「花野→月」の寄合語が示されている。

【句意】

「碑（壺の碑）のほとりに旅寝してきた。そしてこれから、象潟の月を眺めようとしている」。このように時間の経過を含んだ句と見ることは、【宮】がまず明確に述べ、それ以降の注釈によって支持されてきた。芭蕉と曽良の行程を詠み込んで挨拶とした句であることは確実で、右の解釈が自然だろう。実況に即しての発想として、「碑」は壺の碑を指している。また、「き」の一字が前後の文脈を繋ぎ、「来（た）」と「きさかた」の掛詞になっている。秀句仕立ての、古いスタイルの句と言えよう。

　　碑に寝てきさかたの月　　風

15　篷（とま）むしろ舟の中なるきり〲す　　良

【式目】秋（きりぎりす）。動物虫（きりぎりす）、水辺外（舟）。

【付け】

ここの付けには本歌がある。『新古今和歌集』巻第十・羇旅の、

　堀河院御時百首歌奉りけるに、旅ノ歌　　藤原顯仲朝臣

　さすらふる我身にしあれば象潟やあまのとま屋にあまたたび寝ぬ

である。この歌によって「寝て・きさかた」から「篷」を出し、「篷」の縁語によって場所を「舟」の中とした。「すゞしさを」歌仙の1参照（二一七・二一八頁）。また、『拾花集』『竹馬集』『類船集』に「月→泊舟」と「蛬（きりぎりす）→枕の月」がある。「月」と「舟」の連想も働いているし、「きり〲す」は前句の「月」に言葉の上で付いていて、秋をつなぐ役割を果たしてもいる。両句併せると、象潟に浮かべた舟の中から篷むしろを透かして月を見ている状況ということになる。『ひさご』「畦（あぜ）道や」歌仙に、

　秋入初（いれそむ）る肥後の隈本（くまもと）　　正秀

幾日路（いくかぢ）も笘で月見る役者船　珍碩

という、似た用例がある。

【句意】

「とま」は、『色葉字類抄』に「篷 トマ 又ノマ 編竹葦覆舟也」とあるように、ほんらい舟を覆う道具である。「きりぐす」が、「篷むしろ」に覆われた「舟の中」で鳴いているという句である。当時の「きりぐす」は、今ならコオロギと呼ばれる秋の虫で、鳴く音を賞されるものである。「舟の覆いとしてとまむしろを掛けた舟の中では、コオロギが鳴いている」。

ここは旅人の感慨というテーマで捉えるべきであり、本歌に言う「さすらふる我身」の心細い心持ちをコオロギの鳴く音に託したのである。【高】が指摘するように、右の顯仲歌は、曽良の旅中の備忘録の象潟の箇所に記されていた。

篷むしろ舟の中なるきりぐす　良

16　つかねすてたる薪（まき）雨にほす　英

【式目】雑。降物（雨）。

【付け】

『拾花集』に「泊舟→雨」、『竹馬集』に「泊舟→ふる雨」があり、ここは前句の泊まり舟の体から「雨」を引き出している。また、「篷むしろ」をかけた舟の中には、「つかねすてたる薪」があると想像したのである。二重の連想関係を組み合わせて、道理に合わない句を意図的に生み出そうとした、談林の技法である。この付け方で一句が全く意味不明になってしまうと「無心所着」ということになるが、そこまでには至っていない、「非道理」の句と言えるだろう。

【句意】

「つかねる」は『日本国語大辞典』によれば「①集めて一つにくくる。集めていっしょにしばる。たばねる。②集めてひとところに置く。まとめて積みあげる。」であるが、「薪」ならば①②のどちらも有り得よう。「束ねる」の意がほんらいと見て、「つかねすてたる」で「束ねられたまま放置されている薪」としておく。

難解なのは、「雨に干す」という表現をどう取ればよいか、であろう。「雨に濡れてしまったのを干す。俳諧的表現」（【宮】）や「雨に濡れたのを干すの意。漢詩的語法」（【中】）という説は、「雨に干す」の解釈としてはいかにも苦しいと言わざるを得ない。この句は「束ねたまま放置されていた薪を乾かしている、雨の降る中で」ということの、矛盾をこそ楽しんでいるものと思う。つまり、非道理の句として作られているものと思われる。素英はそうした談林風の作者だったと見るべきである。

　　つかねすてたる薪雨にほす　　英

17　貧僧が花よりのちは人も来ず　　蕉

【式目】春（花）、花の句。釈教（僧）、植物木（花）、人倫（貧僧・人）。

【付け】

『随葉集』に「薪をとる→法に入」の寄合語があり、その解説に「採菓汲水拾薪設食 法に入人薪をとり水を汲也」とある。また、『類船集』の「貧僧」の項には「市朝にさかって山林に木実をひろひ菜をつめるは有がたき心ざし也。軒のかはらはおちかゝり厨の竈もけぶらぬ見るもあはれなり。たつとくて貧なる有。不行儀にて貧なる有」という記述がある。ここの付合は修行として薪を採り「貧」を実践する僧である。また、『拾花集』『竹馬集』に「雨→うつろふ花」があり、「雨」から「花よりのち」が引き出されている。また、「薪」と「花」は古今集仮名序の「大伴の黒主はその様卑し。言はば、薪負へる山人の花の陰に休めるがごとし」によっても連想語と言える。

非道理の前句を、修行僧の実際の行いと見替えての付けだろう。薪を干していたら雨が降り出したが意に介さぬという、細事にこだわらぬ「貧僧」である。非道理の16にいかに花の句を付けてのけるか芭蕉苦心のところで、一句がわかりにくくなったのもそのためではなかったか。

【句意】

「が」がわかりにくい。【鶩】は「貧僧が庵には、花時には訪れる人もあったが、その後は人も来ない」と意を取った上で、「「貧僧が」だけで、貧僧の寺とか又は庵とか言ひ現はすのは、少し無理ではなからうか」と疑問を示している。たしかに無理のある語法ではあるが、【鶩】の解のように「が」は所有格で、「貧僧の庵の傍らにある花の盛りが過ぎてしまうと、その後は人も来ない」の意と考えられる。それは、【阿】が指摘する『山家集』所収の西行の歌、

花見にとむれつゝ人のくるのみぞあたらさくらのとがには有ける

が背景にあって、僧と花と「人」の関係はこの歌と重なるものと見られるからである。また、この歌のような「花の下に庵住していると花の時に人が来て迷惑だ」という発想も取り入れるべきだろう。花との別れは寂しいにしても、それによって人が来なくなるなら、この貧僧は嬉しいのである。なお、右の西行歌は、初五「花見むと」の形で謡曲「西行桜」に用いられている。直接の出典は謡曲であろう。

貧僧が花よりのちは人も来ず　　蕉

18　灸すえながら眠きはるの夜　　風

【式目】春（はる）。夜分（夜）。

【付け・句意】

諸注いずれも前句の「貧僧」その人の様態としている。「つれづれわぶる僧の姿態」（【高】）「もとより草庵独居の

老いたる「貧僧」のさまである」(【阿】)など。しかし、それでは打越しと人物が同じになり、転じに欠ける。「貧僧」以外に主格を求めるべきであろう。

一句としては「灸を据えながら、眠たくなる、春の夜だ」という意であるが、花見の人出が去ったために暇になった人物の体に話題を移したと考える方がよい。その人物とは、花の時期に忙しかった商売人だろう。茶店か小売商かと思われるが、何の商売かまでは特定できない。『類船集』に「灸→二八月」「二八月→灸」という付合語がある。「二八月(にはちがつ)」とは、新暦になった現代でも使われることがあるが、商売のふるわない月のことである。『類船集』からは、二八月が灸をすえるのに適当な月とされていたことがわかる。清風は、前句を、二月の花の散った後と見て「灸」を付けたのである。


(名残折オモテ)

灸すえながら眠きはるの夜　　風

19　まつほどは足おとなくてとぶ蛙(かはづ)　　英

【式目】春(蛙)。恋(まつ)、動物虫(蛙)、水辺用(蛙)。

「待つ」は、『拾花集』『竹馬集』など連歌寄合書の恋の部の見出しとなっている語である。【鴛】以来指摘されてきたように、打越しの「人も来ず」と差し合いの気味がある。また、『連歌新式』の体用事に蛙を水辺用とし、『産衣』は「蛙」を「水辺也。春也。虫也」としている。

【付け】

【宮】が指摘してその後の諸注が支持しているように、「蛙の目借時(めかりどき)」の発想を用いた付合と思われる。【宮】の補注を引く。

夫木抄「つとめすと寝もせで夜をあかす身にめかるかはづの心なきこそ」ともあり、暮春ごろの宵は、人がしきりに睡気を催すが、これは、蛙が人の目を借りるためと俗に言いならわし、俳諧の季題にもなっている。
「かんこ鳥啼や蛙の目かり時　珍碩」(葛の松原)などある。

誰もが眠たくなるような春の夜、恋人を待っているといつの間にかうとうととしてしまって、その間にその人物の目を借りた蛙がぴょんぴょんと飛んで行く、と想像を働かせている。この話題は同じ尾花沢での「すゞしさを」歌仙の、同じく折が替わる箇所、

18　去年のはたけに牛房芽を出す　曽良
19　蛙寝てこてふに夢をかりぬらん　芭蕉

にも用いられていた(二四一頁参照)。これは決して偶然ではなく、意図的に同じ題材を使っているのだろう。

【句意】

一句の意としては「恋人の訪れを待っている間はその人の足音もなくて、ただ蛙の飛びはねる音が聞こえるばかりである」ということである。【宮】【島】のように留守居をして家人の帰宅を待つ人物とは取らず、恋句と見る。また、「とぶ蛙」は、「古池や」の句を意識的にかすめた措辞であり、素英から芭蕉に対する挨拶の意を含んでいるだろう。

まつほどは足おとなくてとぶ蛙　英

20　萱かりいれてせばき賤が屋　良

【式目】夏(萱かる)。恋(句意)、植物草(萱)、居所体(賤が屋)、人倫(賤)。

春から夏への季移りである。ここが夏であっても式目の上で支障はない。現実の萱刈りの季感が込められた夏の句と見る。ただし、歳時記の中では享保二年(一七一六)の『通俗志』に「萱刈」を六月としているのが初出。なお、『産衣』に、「萱」を水辺にあらずとしている。この句が恋であることは、以下に説明する。

【付け】
「菅かりいれて」はおそらく「十苻の菅菰」を背景にしている。『おくのほそ道』の、壷碑の直前に、
おくの細道の山際に、十苻の菅有。今も、年々十苻の菅菰を調て、国主に献ズと云り。
という記述がある。これは『夫木和歌抄』や『袖中抄』『俊頼髄脳』に見える恋の歌、
みちのくのとふのすがごもななふには君をねさせてみふにわれねん
（『夫木和歌抄』巻二十八、「薦」、読人しらず）
の「十苻の菅菰」に芭蕉が関心を寄せての記述である。曽良の旅日記の五月八日には「仙台ヲ立、十苻菅、壷碑ヲ見ル」とあって、それを実見したことが知られる。この歌仙の14「碑に寝てきさかたの月　清風」は壷碑に関する句であったが、芭蕉と曽良の尾花沢までの旅の見聞を付合の話題に取り入れるという当座性がここでも発動して、「菅」が詠まれたと見たい。なお、この「十苻の菅菰」は江戸の俳壇で話題になっていたらしい。貞享三年（一六八六）の「日の春を」百韻に、

をなごにまじる松の白鷺　峡水
寝莚の七府に契る花匂へ　不卜

という付合がある。
曽良は本歌を基として恋の心を繋いでいる。待つ人物は、恋しい人のために菅を刈り入れていたのである。また、「蛙」に対していかにもふさわしい場所として「賤が屋」を付けた。『おくのほそ道』の尾花沢条の芭蕉発句、
這出よかいやが下のひきの声
とも関連して、作業小屋で（「かいや」は養蚕の小屋）蛙の類を見聞きした実際の体験があったのかもしれない。
【句意】
20は表向き「菅を刈り入れて積み上げたために狭くなった賤の住まい」の意であるが、その菅は「十苻の菅菰」

に加工するための菅で、「みちのくのとふのすがごも」歌のように「君」と共寝をするための敷物の素材なのである。「賤が屋」の住人の、屋内が狭くなることもいとわない、恋に逸る心が詠まれている。【阿】の「手柄のない句といふ評は免れない」という評には賛成できない。恋の情趣に富んだ句である。

菅かりいれてせばき賤が屋　良

21　はての日は梓にかたるあはれさよ　風

【式目】雑。述懐（句意）。

無常を歎く句意により述懐。「梓」は「梓神子（あずさみこ）」の意。生き霊や死霊や、神霊を口寄せする女である。「梓」で人倫となるかどうか迷うが、一句置いて23に人倫「二の宮」が出ることからすると、この「梓」は人倫と扱っていないものと思われる。

【付け】

菅菰をつくる賤の家を、喪の家と見た付け。恋から無常への転じである。清風の家にはそうした事情があったのかもしれない。

なお、『春の日』の「春めくや」歌仙には「うつかりと麦なぐる家に連待て　李風／かほ懐に梓きゝゐる　雨桐」の付合があり、麦打ちや菅の刈入れのような夏の農作業に対して「梓神子」が連想される、何らかの理由があったのかもしれない。

（「すゞしさを」歌仙の36の【考】〈二六〇頁〉参照。本歌仙の35・36〈三〇三〜三〇五頁〉でも再述する）。

【句意】

「はての日」は喪の終わりの日である四十九日のことで、その日を限りに死者の霊魂は中有を去ってあの世に赴くのである。『徒然草』第三十段に「人のなき跡ばかり悲しきはなし。……果ての日はいと情なう互ひに言ふこともなくて」云々という用例がある。その日、遺族が梓神子を呼び、亡き人の霊魂を下ろしてもらう習俗があった。

その梓神子に語りかける遺族のさまはあわれなものだ、というのである。

この句の主体は誰かについて、死者が梓を通じて語る（【鷲】）、死者と家人が互いに語る（【宮】【高】）、家人が梓に語りかける（【阿】）と、先行諸注は三つに分かれてきた。しかし、『類船集』の「口きく」の項に「なき人をしたひかなしみて梓神子（アヅサミコ）を呼（ヨビ）てとふこそあはれなれ」とあることを参照するならば、「あはれさ」の中心は、残された家人が死者に語りかけて嘆くさまとするのがふつうの発想だろう。

はての日は梓にかたるあはれさよ　　風

22　今ぞうき世を鏡うりける　　蕉

【式目】雑。述懐（うき世）。

『産衣』の「世」の説明に、「浮世、遁る、世などハ述懐也」とある。元禄の当時、連歌では「浮世」の字を用いていても「憂き世」の意味を負っていたらしい。この句の「うき世」も、前後のつながりから見て「憂き世」の意で、述懐の句となるだろう。


【付け】

夫に死なれて残された妻が、出家遁世の思いを、梓神子の口寄せした死者の霊魂に向かって「はての日」に「かたる」というような、物語的な一場面を仕立てた心の付けである。また、「鏡」は神霊に関わるものであるから、前句の梓神子と連想関係にある言葉として用いられているのではないだろうか。前年秋の越人と芭蕉の両吟「鴈がねも」歌仙では、「家なくて服裟につゝむ十寸鏡　越人／ものおもひゐる神子のものいひ　芭蕉」と、鏡に神子を付けていた（【高】の指摘）。したがってここは、芭蕉自身の過去の付けの転用である。


【句意】

式目上ここで恋に戻ることはないので、あくまでも述懐の句として解すべきである。つまり「鏡」の役割は、それにより寡婦が身の老いを知るということにあって、化粧をするための小道具として出されているとすべきではない。また、夫に死なれたので生活に困って鏡を売るという方向の解（【鷲】【宮】【阿】）も、「鏡」をめぐる「うき」思いの中心はやはり老いの嘆きであろうから、少々外れている。

この句の構文では、「を」をどう解するかが問題である。「うき世を」を、言いさした心中語と見、「遁れんと」を補い、

今ぞ、「うき世を（遁れん）」（と、）鏡うりける。

ではないかと考える。「今こそ憂き世を遁れ髪を下ろそうとして、我が身に老いを教える鏡を売ってしまった」の意と取る。

今ぞうき世を鏡うりける　蕉
23　二の宮はやへの几帳にときめきて　良

【式目】雑。居所用（几帳）、人倫（二の宮）。

『連歌新式』に「簾」を居所用とすることから類推して「几帳」も居所用とした。居所どうしは三句去りにすべきところ、20「賤が屋」と二句しか離れておらず、差し合いとなっている。

【付け】

前句の人物の「位」を貴族の女性に読み替えた上で、前句と対比的な女性を提示した付け。「一の宮や三の宮は悲運をかこっているというのに、ただ二の宮ばかりは……」という含みである。曽良は、『源氏物語』の世界を舞台として利用しながら、『源氏物語』にいそうでいない人物を提示しているらしい。

【句意】

王朝物語、とくに『源氏物語』の世界をほのめかしている句。ただし、この句にあてはまる「二の宮」は『源氏

物語』中に見当たらない。「ときめきて」は、『源氏物語』冒頭に桐壷の話題として「すぐれて時めき給ふ」とあって、『源氏物語』をすぐに想起させる語であったろう。ちなみに、胸がときめくという意は近代のもの。また、「几帳」は『初本結』『類船集』ともに「皇居→几帳」の付合語があって、皇居にあるものというイメージが固定していたようだ。つまり「几帳にときめきて」とは、后として栄えているということになるだろう。「やへの几帳」は「八重の几帳」だろうが、奥深い後宮を語調を整えて表現しているだけで、何か典拠があるわけではなさそうだ。まとめれば、「二の宮は、皇居の八重の几帳の内に迎えられ、栄華に包まれている」の意。ただ、この句は運びの上から恋ではありえないので、「ときめきて」を「帝の寵愛を受けて」のように恋に傾斜して捉えることは適当ではない。

二の宮はやへの几帳にときめきて　　良

24　鳥はなしやる月の十五夜　　英

【式目】秋（月の十五夜）、月の句。神祇（放生の句意）、動物鳥（鳥）、夜分（月の十五夜・放生）、天象（月）。

『産衣』に「生るを放つ、神祇也……秋也……八月十五夜、八幡放生会（ヤハタハウシヤウヱ）也、養老（ヤウラウ）四年に始る也」とあり、放生は夜行われる行事である。放生については「すゞしさを」歌仙の16・17でも述べた（二三七〜二三九頁）。

【付け】

前句の「二の宮」の行いを付けている。「ときめいて」いることについて神に感謝するために、金銭を奉納して放生会を援助したという心の付け。

【句意】

これはおそらくは石清水八幡宮の放生会を想定して詠んでいる。自邸の庭などに鳥を放すのではないだろう。構文としては、「月に向かって鳥を放しやる」（それにふさわしい鳥は雁）と、「それは月のさやかな八月十五夜のこと」

という文脈を、「月の」という表現の工夫で圧縮したと見る。

　　鳥はなしやる月の十五夜　　　　　　　　英
25　舎利ひろふ津軽の秋の汐ひがた　　　　　蕉

【式目】秋（秋）。釈教（舎利）、水辺体（汐ひがた）、国名（津軽）。
『連歌新式』に「干潟」を水辺体とする。

【付け】
津軽で採れる津軽石は、舎利石（白色の小石）の一種で、仏徒の尊重する石だった。不角撰の俳諧前句付集『一息』（元禄六年〈一六九三〉成）に「舎利好きの後家なびかする津軽石」の例がある。【阿】の指摘のように、『熱田三歌仙』「菫艸」巻の芭蕉句に「舎利とる滝に朝日うつろふ」とあって、舎利の採集について芭蕉には知識と関心があったらしい。【鷲】が指摘するとおり、「十五夜」は大潮で「汐ひがた」が広がる。前句が石清水八幡宮の放生会だったのを、個人的な善行に読み替え、そのような慈悲心のある人物が、仏縁を願って舎利石を拾っていると展開させたのである。

【句意】
「津軽の国の秋の潮干潟で、信仰心のある者が、舎利石を拾っている」。なお、【高】【阿】は、津軽の外ケ浜まで見たかったという芭蕉の思いを汲み取ろうとしているが、そのような話題が座に出されたゆえの句という可能性はあるだろう。しかしそれ以上に、芭蕉が関心を持つ「津軽石」の話題が座に上って、その結果この句が詠まれたと見てよいのではないだろうか。【橋】は「すずしさを」歌仙の33「行人の子をなす石に沓ぬれて　素英」との関連を指摘するが、それは別の石の話題。

舎利ひろふ津軽の秋の汐ひがた　　蕉

26　桝（さんせう）かける三ツの樟の木　　風

【式目】秋（山椒の実）。植物木（山椒・樟の木）。

当時の季寄せ類には、正月に「山椒の皮」が挙がる。また、『毛吹草』の五月に「青山椒」があり、「色付ハ秋」と注がある。ここは秋が二句続いた後を受けている句であり、秋でなくてはならないところ。山椒の実を収穫し乾燥させている場面として、秋としたものと考えられる。

【付け】

桝はふつう「ます」の意を持つ字であるが、ここはそれでは通じない。山椒の椒と混同して書かれているか、または単なる誤記かと思われる。『類船集』に「汐→山椒」。これは食用の塩と、香辛料の山椒のつながりか。また、【宮】の指摘によれば、『和漢三才図会』に「朝倉　椒（さんしやう）」の項があり、但馬・丹後・丹波に多く産するほかに「奥州津軽」からも良品が出るという。つまり、「津軽」に「桝（さんせう）」を付けたものとも思われる。それを木に掛けるとしたのは無理にも秋にするための工夫であった。また、【宮】が指摘するように、「三ツの樟の木」は、仏教語の「三障」（煩悩障・業障・報障）を言い換えたしゃれと思われる。だとすれば、仏教語の「舎利」と「三障」がつながっている。

【句意】

一句は、山椒の実の収穫のさまとして、「三つの樟の木に、山椒の実の付いた枝を掛けて干している」と取る。「サンショウの木にサンショウを掛け干している」という言葉遊びを意図しているのであろう。結局、言葉の付けを複雑に織り込もうとしてまとめきれなかった句と見られる。

桝かける三ツの樟の木　　風

27　つくぐとはたちばかりに夫なくて　英

【式目】雑。恋（夫）、人倫（夫）。

【付け】

前句の「樟」から、「虫が付かないの洒落」で付けたという説がある（【島】【橋】）が、色恋の話題としての「虫が付く」という成語の用例は当時の資料にはまだ見当たらず、また、夫のあるなしと「虫が付く付かない」は違うから、苦しい解釈だろう。基本線はまず、前句の山椒の実を干す作業をしている人物を二十歳にもなった未婚女性とした、人物像を展開させる付け方にある。その発想の上に、前句に隠れている「三障」が原因で結婚ができないのだという理屈を潜ませた、手の混んだ付合だと思われる。

【句意】

「つくづくとめぐり合わせの悪さを嘆くよ、二十歳ほどになったというのに、夫というものを持てずにいるなんて」という句。【鴛】【高】【阿】は「数字の頻出がうるさい」ことを言うが、たしかに23以来数字を出しすぎている。また、『冬の日』「炭売の」巻に「おもふこと布搗唄にわらはれて　野水／うきははたちを越る三平　杜国／捨られてくねるか鴛の離れ鳥　羽笠」の例がある。これを素英が知っていて材料としたのかもしれない。

つくぐとはたちばかりに夫なくて　英

28　父が旅寝を泣あかすねや　良

【式目】雑。恋（句意）、旅（旅寝）、夜分（旅寝・ねや）、居所体（ねや）、人倫（父）。

『連歌新式』の「体用事」に「父」を人倫とする。『産衣』に「閨」を「居所の体也。夜分也」とし、「ねや」は必ずしも恋ではない。だが、恋は最少で二句は連続させなければならず、ここは「夫」を受けた「ねや」の語によって恋としていると思われる。

【付け】

前句の「はたちばかり」の女性を、適齢期を過ぎても結婚させてもらえない継子と見ての付け。継母の実子はそれぞれ結婚できるのに、彼女ばかりが捨て置かれているのである。しかも頼みの父親は遠く旅しているとして、心細さを強調した。

【句意】

一句としては「父が旅に出て不在のため、その子は心細くて閨で夜を泣き明かす」の意となるが、これはつまり「継子いじめ」の話のパターンである。「すゞしさを」歌仙の9で継母を登場させていた(二二六頁)が、その話柄に再度挑んでいると見るべきだろう。この句の背景に想定されているのは、実母が亡くなり継母がいじめるので、とくに父の不在時に、継子は一人の閨で「泣あかす」といった状況と思われる。式目上の理由もあるものの、彼女の部屋には通い来る男がいないという点を提示しようとして、「ねや」をことさらに取り上げている。参考までに、『類船集』の「継子」の項に挙がる付合語は「糊、葛団子、竹の雪、大舜、芦の穂綿、ぬれ衣、双六の石、住吉の姫、軒端の荻、人つめる、からなしを守る」。

父が旅寝を泣あかすねや　良

29　うごかずも雲の遮る北のほし　凮

【式目】雑。夜分(ほし)、天象(ほし)、聳物(雲)。

【付け】

北極星は旅の目印である。『随葉集』には「星のひかり→漕舟のしるべ」の寄合語がある。そうした発想で、「父が旅寝」に対して、彼が頼りにしている「北のほし」のことを付けたのである。夜分のつながりでもある。また、北極星を雲が遮るとしたのは、前句で娘が「泣あかす」ことが原因だと言いたいのだろう。父が旅をしていると、家で泣いている娘の涙で星が曇るというのである。【橋】が、雲について、泣き明かすときの涙で心が曇っているともとれると述べているのが近い。

逆に、【鷲】は「旅先で父の身に災禍がふりかかったのではないかと不安がきざす」と、娘のほうが星を見ていると解釈し、【高】【阿】もその方向で解しているが、それでは娘が主体の三句がらみになってしまって良くない。

【句意】

圧縮された表現で、「ずも」に無理がある。「動かないでいる星なのに、おりおり雲が遮って見えなくなる、北の星」の意であろう。先行の注には北斗七星と混同しているものがあるが、北極星でなければならない。

うごかずも雲の遮る北のほし　　風

30　けふも坐禅に登る石上（せきしょう）　　蕉
【式目】雑。釈教（坐禅）。

【付け】

『初本結』と『類船集』に「星↓仏」の付合語があり、とくに、動かない北極星ならば仏を連想するのは自然。芭蕉はその発想を自分の好みに合わせて一ひねりし、北極星に向かい仏を念じて坐禅する修行者を描いた。ただしその修行者は悟り澄ました僧ではなく、時々「雲の遮る」ように妄念が萌すのである。あるいは、前句から「雲居（うんご）」禅師の名を連想したという流れもあったか。

【句意】

「石上」を「セキシヤウ」と清んで読むべきだということを、【阿】が、『日葡辞書』を引きつつ、謡曲でも清んで読むことを踏まえて説明している。一句は「今日もまた、坐禅のために石の上に登る」ということで、諸注に言われるように、松島にある雲居禅師（天正十年〈一五八二〉～万治二年〈一六五九〉）の坐禅石を念頭に置いての句。坐禅石は『おくのほそ道』では「雲居禅師の別室の跡、坐禅石など有」と言及されている。松島での見聞を尾花沢で披露しながら句を付けている様子が窺える。と同時に、実は、那須での「秣おふ」歌仙の「流人柴刈秋風の音　桃里／今日も又朝日を拝む石の上　芭蕉」の型の再利用でもあった。

（名残折ウラ）

けふも坐禅に登る石上　　蕉

31　盗人の葎にすてる山がたな　　良

【式目】雑。植物草（葎）、山類用（山がたな）、人倫（盗人）。

『連歌新式』の「可分別物」に「葎」を雑としており、芭蕉の当時もまだ一般的に雑の扱いだったと思われる。だが、蕉門では葎の茂る様子をあらわせば夏とし始めていたようで、そうしたことは野村亜住氏の「芭蕉「葎」考」（『江古田文学』七〇）にまとめられている。この句においては茂るさまというわけではないので、雑。なお、「さみだれを」歌仙の21（三三八頁）参照。

【付け】

前句の人物を禅僧と見て、彼が徳の高さによって盗人を教化した、という筋で付けているのは確かだろう。【鷲】は『本朝高僧伝』に載る雲居禅師（雲居希膺）の逸話を紹介し、それによって付けたものとしている。曰く、

雲居に関する逸話（禅師が仙台侯の聘に応じて、奥州に到る途中、濃州青野が原で、劫賊七人に遭ひ、財嚢を傾けて悉く路銭を与へた。賊はなほ不足として、衣を奪はうとした。雲居いふ、裸で道中はならぬ、一そ我が命を取れと端座合掌して動かなかった。賊は尋常の僧ではないと知り、ついに感悟して雲居に謝まり、皆その弟子となった。――『本朝高僧伝』）を附けたものと思ふ。

『本朝高僧伝』は卍元師蛮の著書で宝永四年（一七〇七）開版。巻之四十五に「奥州瑞巌寺沙門希膺伝」がある。し

かし、内閣文庫本版本によってその箇所を見る限り、雲居と七人の盗賊の逸話はなく、右の出典は不明。ただ、雲居禅師が賊を感服させて弟子にしたという逸話であれば、松崎尭臣（観瀾）著の『窓のすさび追加』に見える。雲居が奥州に下る時のこと、場所は特定されていないが、

　雲居は、唯一人野道にかゝり、別れ道のある所にて、覚束なくや有りけむ、草刈男の有りけるに、道のすぢを問はれし時、かの男立ちあがりて、僧は路金あるべし、此方へわたすべし、さなくば討殺さんと云ふ。拾金持ちたりとて与へければ、道を教へけるほどに、二三丁往きしが、急に走り帰りて、もとの男をあるやと問ひ、扨有りて云ふやう、さきに金をこはれしとき、実は二十金持ちたるを、欲心発して十金あると偽りし事、返（かへす）々（がへす）恥しくある間、残りし金をつかはすとて、取出し与へければ、彼の男感涙を流し、さても某は畜類同事にて候、今より御弟子になして給はれとて、元結を払ひ、供に具して奥州に下りたりしとかや、人の語りし。

というものである。（引用は有朋堂文庫によった。ちなみに、のちには上田秋成が『春雨物語』の「樊噲」でこの逸話を利用している。）

　松崎尭臣の著述は享保期であるから芭蕉や曽良がそれを参照したはずはない。ただ、これが雲居禅師の俗伝として流布していて、松島を訪れた折などに曽良らが聞き知ったという可能性はないではない。しかし、石上で座禅するとか葎に山刀を捨てるとかは、雲居禅師の逸話には出てこない。むしろ曽良としては、特定の禅僧の逸話を踏まえたというよりは、徳の高い禅僧のふるまいを想像して、尾花沢に入る直前に越えてきた山刀伐峠（なたぎり）の名に合わせてアレンジしたと見るべきではないだろうか。

【句意】

　「盗人が、葎の中に投げ捨てた、山刀」という句意。『おくのほそ道』に、「案内せしおのこ」が「此みち必不（ぶ）用事（ようのこと）有」と言うような山道が「山刀伐峠」であった。「不用事」とは山賊・盗人の類に遭うことであろう。曽良がこの句で「盗人」や「山がたな」を出したのは、山刀伐峠に関わるような当座の話題から着想したものと思われ

る。

　　盗人の葎にすてる山がたな　　　　　良

32　簗にかゝりし子の行へきく　　　　　英

【式目】夏（簗）。水辺外（簗）、人倫（子）。

『産衣』で「梁（ヤナ）」を夏とし、『はなひ草』でも「五月」に「簗（やな）」が登録されている。なお、『産衣』には「梁と許ハ水辺体用の外也」ともある。

【付け・句意】

「子の行へきく」という表現には、主格が親であることは一緒でも、

①子の行方を尋ねる、

②子の行方を聞かされる、

の両様の解釈が可能だが、【喜】【鴬】はどちらともつかない解を示し、【宮】【高】【島】【阿】【橋】は①で解釈している。しかし、付合の展開からすれば②なのではないか。①で理解しようとすると、たとえば【島】は「急流の簗に掛ったというわが子の安否行方を尋ねる親。山賊ながら人なみの親の心に感極まって山刀を捨てる場面」と説くが、30・31が禅僧の教化にあって盗人が山刀を捨てたのであるから、31・32でも同じ趣向を繰り返した付けということになって感心できない。ここは次のような場面と考えて②と取る。

かつて子とはぐれた親が長い年月その子を尋ね歩いていた。ところが、今はその子は盗人となっていて、ある日親とは知らずに旅人を襲った。だが、語るうちに、親は、盗人こそが探し求めていた我が子で、ひとたびは川に流されたが簗にかかって助けられ成長したことを聞かされたのだった。盗人は旅人を襲うことをやめて山刀を葎に投げ捨てた。

②と取る立場で一句を訳せば「川に流され簗にかかって拾い上げられたという子がその後どうなったのか、行方を聞かされる」となる。説話にありそうな劇的場面を描き出そうとする意図が感じられる。

また、「葎」「山がたな」のような、山中の小道具のつながりによって「簗」を出している。

簗にかゝりし子の行へきく　英

33　繋ばし導く猿にまかすらん　蕉

【式目】雑。動物獣（猿）。

『連歌新式』可分別物に、猿を「非山類」とする。

【付け】

「繋ばし」は「数匹数十匹の猿が手と足とを互ひに繋ぎ合つて、猿梯子を造り、前後に揺り動かして、末端の猿が彼岸の樹その他へすがつて造る猿橋を言う」（【鶯】）という理解でよいと思われる。甲州の猿橋は、そんな猿の「繋ばし」を見て造られたという伝説で著名である。「簗にかかった子のところまで猿が導くにまかせて行く」（【島】）のように解釈されてきたが、それでは「繋ばし」という素材が活きないし、また、「まかすらん」という推量の句形の意図を汲まなくてはいけないだろう。

前句を猿の子と読み替えての付けではないか。猿は子への情が深いとされているし、子を抱く猿は水墨画の画題でもある。親猿が、谷に落ちて簗にかかった子猿の行方を求めていると、リーダーを先頭に猿の群れが「繋ばし」を造って子猿のところまで導く、という場面として付けている。

【句意】

一句としては「猿が繋ぎ橋を渡して谷を越えようとしている。導く猿がいて、それに任せているのだろう」の意。

【考】

ずっと下って文化六年(一八〇九)に、幽嘯が、尾花沢での芭蕉らの歌仙二巻を収めた俳書『繋橋』を出版した。その書名はこの芭蕉の付句から採られている。それは、「繋ばし」を猿の行動と読み、「導く猿」の語に芭蕉の俳諧指導をなぞらえる気持ちがあって、書名を選んだものであろう。

繋ばし導く猿にまかすらん　蕉

34 けぶりとぼしき夜の詩のいへ　風

【式目】雑。夜分(夜)、聳物(けぶり)。

【付け】

『和漢朗詠集』の「猿」の、江相公の詩句「谷静かにしては纔かに山鳥の語(ぎょ)を聞く、梯危うしては斜めに峡猿の声を踏む」に基づき、前句の「繋ぎ橋」を板を接ぎ渡した山の梯と読み替え、猿の声を足下に聞きながら山の中を行く体と見て、その行く先には清貧隠逸の詩人の家があると発想した。右の朗詠の句によって『随葉集』に「猿さけぶ→かけはし」、『拾花集』に「猿→梯」、『類船集』にも「猿→かけはし」および「繋(ツナグ)→猿」がある。猿の声は漢詩に好まれる題であって猿と詩は連想関係にあるし、「夜」として猿の鳴くにふさわしい時間にしてもいる。

【島】は「猿声に詩の句のつぎようを教えられる」とするが、どうもそうした例は見当たらず、無理だろう。

【句意】

「炊事の煙が細々と乏しく立ちのぼる、夜の詩人の住まい」である。清風の謙遜が込められていよう。いっぽうで、自らを詩人に比す自負も感じられる。

けぶりとぼしき夜の詩のいへ　風

35　花とちる身は遺愛寺の鐘撞て　良

【式目】春（花）、花の句。釈教（遺愛寺）、植物木（花）、人倫（身）。

『連歌新式』体用事に、「身」を人倫としている。匂いの花に釈教の花を詠んだ背景には、「すゞしさを」歌仙の36の【考】（二六〇頁）で述べたように、妻を亡くしてまだ間もないという事情があるだろう。

【付け】

ここの付合について【宮】は、白楽天の「廬山夜雨草庵中」句から「遺愛寺鐘欹枕聴」句を導き出したと読んでいる。おそらくそれはそうで、付け加えれば両句は『和漢朗詠集』の「山家」に並んで載っているのであり、曽良が前句を廬山の夜の草庵のことと見て、同じ白楽天の「遺愛寺の鐘」を持ち出したことは疑いない。清風が自分の家を謙遜して表現したのに対して、曽良としては清風を白楽天になぞらえることで挨拶としている。

【句意】

複雑ではあるが、「花とちる身は遺愛」と、「花・ちる、寺の鐘撞て」の文脈を、「遺愛寺」という寺名を利用して重ねた句と思われる。

「遺愛」とは、『日本国語大辞典』によれば、①死んだ人が生前たいせつにしていたもの、②死んだ人が大切に思いながらこの世に残していった子、③故人がこの世に残した仁愛の風、といった意味がある。ただし、同辞典の挙例としては、①③なら平安期の日本の用例があるが、②の意では用例が十九世紀にまで下る。③の場合、文明本『節用集』には「人迹、好事ヲ残ス義」という解説がある。「花とちる身は遺愛」は、「遺愛」をこの③として、遺された人々の記憶に死者の「仁愛の風」がとどまっていることと考えられる。

また、花が散ることと寺の鐘を撞くことは連歌の寄合語で、『随葉集』には「鐘ひゞく→花のちる」があり、同項目に「山寺の春の夕をきてみれば入あひのかねにはなやちるらん」の歌が引かれている。これは本来初句・二句が「山里の春の夕暮」、末句が「はなぞちりける」の形で、『新古今和歌集』巻二・春歌下の能因法師の歌であり、謡曲「三井寺」に用いられて著名である。

まとめれば、「花が散るようにはかなくこの世を去った身は、人々に仁愛の風を残していった。遺愛寺の鐘を撞き、花を散らして、その人への供養としたい」という意味だろう。「花・ちる・遺愛」がそれぞれ二重の意味を持っている。ただ、「遺愛寺の鐘」を撞くというのは付合の上の発想から出たことであって、文芸上の誇張と言ってよい。

花とちる身は遺愛寺の鐘撞て　良

36　鳥の餌わたす春の山守　蕉

【式目】春（春）。動物鳥（鳥）、人倫（山守）。

『連歌新式』の「可分別事」には「杣人・炭焼・雪山」を「山類とすべからず」と規定している。一方、『御傘』の「山賤」には「仙人ならぬやまひとならば山類に成也」とある。この座で「山守」を山類としたかどうかは不明。非山類と見ておく。


【付け】

「花」から「春」。また、山守は花の管理をするという関連もある。追悼の句に対して供養の有り様を付けており、鐘を撞いた人物のその後の行為として鳥の餌を山守に渡すのである。その鳥は、故人の「遺愛」の鳥としてよいかもしれない。


【句意】

山守は、山林の番人である。『犬子集』に「山守とめぐりこぐらを時雨かな　重頼」の句例があるように、山中を巡回して歩く職業である。この句は、「鳥の餌わたす」が、山守の行為なのか、山守に会った人物の行為なのかはっきりせず、先行諸注もその点で二つに分かれているが、前句に故人への追悼の気持ちを見るとすれば、この句は、「山中で飼育している鳥に慈しみの心を以て与える餌を、諸鳥が子育てを始める春に、飼育係の山守に渡す」という内容ではないだろうか。

【考】

尾花沢での二巻の歌仙には、鳥の話題が多い。「すゞしさを」歌仙の15・16は「入月や申酉のかたおくもなく　風／夜のあらしに巣をふせぐ鳫をはなちてやぶる艸の戸　蕉」、35・36は「追ふもうし花すふ虫の春ばかり　風／鳥はなしやる月の十五夜　英」があった。両歌仙とも最後の二句が〈花→鳥〉のパターンであった。そうしたことから想像できるのは、尾花沢の清風には鳥の飼育の趣味があり、また、前年に亡くなった妻のために放生としての放鳥をしたりして、鳥を通じて死者を偲び死者の供養をしているということである。

この「おきふしの」歌仙の式目表を次頁と次次頁に示すが、差し合いは20と23の居所のみで、式目を遵守しようという意志は感じられる。しかし、名残折の人倫が多すぎるのは問題で、その点は表現上の易きに付いたと言うべきであろう。さらに言えば、「春」「秋」の字の使用が多いことは、季語に工夫を凝らさなかった表れと言える。それに、この歌仙の中盤には句意のつかみにくい句が多く（16・19・26・29）、表現を磨く時間がなかったことに起因するかと思われる。

かたがた以て、俳諧の座の停滞感をやや感じさせる一巻であった。

「おきふしの」歌仙式目表

	季・月・花・恋・同字	旅・神祇・釈教・述懐	動物(うごきもの)(生類)・植物(うえもの)	時分・夜分・天象(光物)	山類・水辺・居所	降物・聳物(そびき)	人倫・名所・国名・衣類・食物・芸能
1	夏		植物草				
2	夏		動物獣				
3							
4	秋 月			夜分 天象			
5	秋		植物草	時分		降物	
6	秋						
7					山類体 水辺体		
8			植物木	天象			
9	冬		動物鳥			降物	
10		述懐					
11	恋						人倫
12	恋						
13	秋		植物草				
14	秋 月			夜分 天象			名所
15	秋		動物虫		水辺外		
16						降物	
17	春 花	釈教	植物木				人倫
18	春			夜分			

19	20	21	22	23	24	25	26	27	28	29	30	31	32	33	34	35	36
春 恋	夏 恋				秋 月	秋	秋	恋	恋				夏			春 花	春
		述懐	述懐		神祇	釈教			旅		釈教					釈教	
動物虫	植物草				動物鳥		植物木					植物草		動物獣		植物木	動物鳥
					夜分 天象				夜分	夜分 天象					夜分		
水辺用	居所体			居所用 ×		水辺体			居所体			山類用	水辺外				
										聳物					聳物		
	人倫			人倫		国名		人倫	人倫			人倫	人倫			人倫	人倫

「さみだれを」歌仙注釈

『おくのほそ道』の旅人は、出羽の国に入り尾花沢に滞在後山寺に参詣してから、
もがみ川乗らんと、大石田と云ところに日和を待、爰に古き誹諧のたね落こぼれて、わすれぬ花のむかしをしたひ、芦角一聲の心をやはらげ、此道にさぐりあしして新古ふた道にふみまよふといへども、道しるべする人しなければと、わりなき一巻を残しぬ、このたびの風流、爰にいたれり
（曽良本の訂正後の本文によって引用した。ただし、濁点を加え、原本に朱で加えられている読点は適宜省略した。）

という体験をする。曽良が記録した旅の日記によれば、現実の芭蕉と曽良の旅は、元禄二年（一六八九）五月二十八日に大石田に至り、高野氏一栄宅に三泊して六月一日同地を馬で出発、その日の内に新庄に到着して渋谷氏風流宅に二泊、六月三日に新庄近くの船着き場の本合海（もとあいかい）から最上川の川舟に乗って、羽黒山に近い清川で下船している。大石田滞在中には一栄・川水とともに「さみだれをあつめてすゞしもがみ川　芭蕉」を立句とする四吟歌仙一巻を興行し、新庄滞在中には風流らと「御尋に我宿せばし破れ蚊や　風流」を立句とする七吟歌仙一巻を興行した。両地の滞在は俳諧興行の約束をした上での予定されていた行動であった。つまり、『おくのほそ道』は大石田滞在と新庄滞在をひとくくりにしているし、「わりなき一巻を残しぬ」（やむを得ず興行した一巻を残した）というのも創作的な記述なのである。その「わりなき一巻」には、「さみだれを」歌仙と「御尋に」歌仙の両方があてはまると言える。

ここでは、「さみだれを」歌仙を注釈する。まずは、芭蕉清書懐紙（個人蔵、『芭蕉全図譜』の影印を参照した）によ

り、濁点を加え、通し番号を付して掲出する。

（初折オモテ）

1 さみだれをあつめてすゞしもがみ川 芭蕉
2 岸にほたるを繋ぐ舟杭 一栄
3 瓜ばたけいざよふ空に影まちて 曽良
4 里をむかひに桑のほそみち 川水
5 うしのこにこゝろなぐさむゆふまぐれ 一栄
6 水雲重しふところの吟 芭蕉

（初折ウラ）

7 侘笠をまくらに立てやまおろし 川水
8 㚑むすびをく国のさかひめ 曽良
9 永楽の古き寺領を戴て 芭蕉
10 夢とあはする大鷹のかみ 一栄
11 たきもの、名を暁とかこちたる 曽良
12 つま紅粉うつる双六のいし 川水
13 巻あぐる簾にちごのはひ入て 一栄
14 煩ふひとに告るあきかぜ 芭蕉
15 水替る井手の月こそ哀なれ 川水
16 きぬたうちとてえらび出さる 曽良

17　花の後花を織らする花莚　一栄
18　ねはむいとなむ山かげの塔　川水
（名残折オモテ）
19　穢多村はうきよの外の春富て　芭蕉
20　かたながりする甲斐の一乱　曽良
21　葎垣人も通らぬ関所　川水
22　もの書たびに削るまつかぜ　一栄
23　星祭る髪はしらがのかるゝまで　曽良
24　集に遊女の名をとむる月　芭蕉
25　鹿笛にもらふもおかし塗あしだ　一栄
26　柴賣に出て家路わするゝ　川水
27　ねぶた咲木陰を昼のかげろひに　芭蕉
28　たえぐ〵ならす千日のかね　曽良
29　古里の友かと跡をふりかへし　川水
30　ことば論する舟の乗合　一栄
（名残折ウラ）
31　雪みぞれ師走の市の名残とて　曽良
32　煤掃の日を草庵の客　芭蕉
33　無人を古き懐帋にかぞへられ　一栄
34　やもめがらすのまよふ入逢　川水

35　平包あすもこゆべき峯の花　　芭蕉
36　山田の種をいはふむらさめ　　曽良

芭蕉　九
一栄　九
曽良　九
川水　九

最上川のほとり一栄子宅におゐて興行
　　芭蕉庵桃青書
元禄二年仲夏末

曽良による「俳諧書留」にもこの歌仙の全体が記録されており、句形や用字に芭蕉清書懐紙と若干の相違がある。必要に応じて注釈の中で言及する。また、曽良の「俳諧書留」をもとにして元文二年（一七三七）刊の『ゆきまるげ』にこの歌仙が掲出されたのをはじめ、『奥細道拾遺』『もがみ川集』『奥の枝折』など多数の俳書にこの歌仙は採られており、それぞれに異文を有するが、それらはみな芭蕉筆と曽良筆の根本資料から派生したものと見て、注釈においては特に言及しない。

大石田の宿の主である一栄は、高野氏、通称「平右衛門」。大石田の船問屋で最上川の水運業を掌握していた人物。俳諧においては尾花沢の清風の仲間であり、清風が編んだ俳諧撰集『おくれ双六』（延宝九年〈一六八一〉刊）、『稲莚』（貞享二年〈一六八五〉刊）に発句が数多く見える。生没年未詳。

川水は、高桑氏、通称「加助」または「金蔵」。大石田の大庄屋で、宝永六年（一七〇九）に六十歳余りで没したというから、元禄二年当時は四十代後半か。曽良の旅日記によれば、川水は五月二十五日に尾花沢に来て芭蕉・曽良と出会っている。

大石田滞在中の記事を、曽良の日記から引いておく。

一　廿八日（中略）未ノ中剋、大石田一英(ママ)宅ニ着。両日共ニ危シテ雨不降。上飯田ヨリ壱リ半、川水出合、其夜、労ニ依テ無俳。休ス。

一　廿九日　夜ニ入小雨ス。発、一巡終テ、翁両人誘テ黒滝へ被参詣。予所労故、止。未剋被帰。道々俳有。夕飯、川水ニ持賞。夜ニ入、帰。

○一　晦日　朝曇、辰刻晴。歌仙終。翁其辺へ被遊、帰、物ども被書。

○六月朔　大石田を立。

すなわち、この歌仙は、五月二十九日から始まった。同日、芭蕉・一栄・川水の三名で近くの黒滝山向川寺に参詣しながら付け進められ、おそらくはその夜の川水の家でのもてなしの際にも詠み継がれて、翌三十日に満尾した。

この歌仙の先行注としては、【喜】【鴬】【宮】【高】【中】【加】【島】【正】【橋】がある（二一二頁参照）。ほかに、これらに先行して、柳田国男『俳諧評釈』（民友社版、一九四七年。創元社版、一九五一年。のち、筑摩書房『柳田国男全集』第十七巻所収、ちくま文庫版では第二十五巻所収）の注釈がある。引用はちくま文庫版により、【柳】と略記して示す。

なお、本稿の作成にあたっては、和洋女子大学教授の佐藤勝明氏、早稲田大学教授の宮脇真彦氏、早稲田大学の大学院生の野村亜住氏・伊勢明恵氏・木下優氏・小山樹氏・村上真理子氏、日本学術振興会特別研究員の牧藍子氏、それに聖心女子大学准教授の深沢了子とともに、研究会を開いて本歌仙を読んだ（いずれも肩書は本稿初出当時）。本稿には諸氏の意見が反映している。とくに新見や異論は発言者の名前を明記して示しておいたが、文章化の責任は私にある。

（初折オモテ）

1　さみだれをあつめてすゞしもがみ川　　芭蕉

【式目】夏（さみだれ・すゞし）。水辺体（もがみ川）、降物（さみだれ）、名所（もがみ川）。

【句意】

この発句は『おくのほそ道』においては最上川の川下りの描写のあとに置かれて、

さみだれをあつめて早し最上川

となっている。芭蕉が、客の立場での挨拶としては「すゞし」、紀行文中の独立句として最上川を描くには「早し」と、使い分けていることは確かである。

五月雨のころの水かさまさる最上川は、和歌や連歌においても詠まれてきた。『続千載和歌集』巻三・夏、

もがみ河みかさまさりて五月雨のしばしばかりもはれぬ空かな　　藤原冬平

は、たとえば連歌寄合書『竹馬集』の「最上川」項にも引かれている。また、再案の「早し」という表現については、最上川を「早川」即ち急流と見るのが和歌以来の伝統的情趣であることを重視し、「早し」をこの川の本意・本情として理解しようとする大内初夫氏の説（『芭蕉と蕉門の研究』）があり、それも妥当だと思われる。つまり、『おくのほそ道』には、最上川の本意にさらに寄り添おうとする姿勢があると言える。

他にも、古典との関わりを論じた論考として、松尾真知子氏の「「五月雨をあつめて早し最上川」私解」（『連歌俳諧研究』七十七号、一九八九・八）がある。松尾氏は、「五月雨をあつめて」の箇所に注目して、和歌・連歌・俳諧においては「あつめる」ものといえば雪・蛍・和歌（言の葉）であり、一方、中国の古典では、大量の雨のために細流が集まって大河となる発想があることを述べて、

和歌の類型を破り、「五月雨をあつめて」と表現した点が、芭蕉の句の新しさだと考えられる。「五月雨」「あつめて」の二語は、各々歌語であるが、和語の文脈にはない言葉の配列のおもしろさ、意外さが、一句の眼目

であり、そこに俳諧性があるのであろう。

と指摘している。俳諧としての一句の要めはそこだろう。

ここでは歌仙発句である「すゞし」の形の初案に論をしぼって述べるが、たとえば【高】が「一栄の裏座敷は最上川に臨んでいたということであるから、くつろいだ旅宿で梅雨のあとの水量ゆたかな奥の大川をながめた時の即興にちがいない」と説くような、実感に基づく即興の句とする従来主流の理解は、実際の成立状況とは違うであろう。その座敷が最上川を直に臨んでいたか否かは重要ではなく、芭蕉は「五月雨」という当季と「最上川」という当地の歌枕を材料として、一栄に向かっていかに効果的に挨拶するか、入念に準備してきたに違いないのである。そして、旅宿の涼しさに感謝の意を表しつつ、五月雨の最上川の古歌を念頭に置いて、この涼しさは最上川が五月雨をあつめてくれたおかげですね、という斬新な発想を提示したのである。そこには、亭主の一栄が最上川の水運で栄えていた人物だからという含みもあろうし、最上川にゆかりある名の俳諧撰集『稲莚（いなむしろ）』（才麿の序に「号（なづけ）て稲莚といふ、其心を探るに、ちかきあたりや最上川、いねつみ舟に因みてのいゝならむ」とある）に一栄が多くの発句を寄せていたということも、挨拶の脈絡の一つとして芭蕉の意識にあったのではないだろうか。

芭蕉は、「涼」という話題を、五月下旬から六月末までの出羽の国の旅のあちらこちらで詠んでいる。

涼しさを我宿にしてねまる也　（尾花沢で清風に対して）
涼風やほのみか月の羽黒山　（羽黒山で会覚に対して）
涼しさや海に入たる最上川　（酒田で詮道に対して）
ゆふ晴や桜に涼む波の華　（象潟で今野加兵衛に対して）
温海山や吹浦かけて夕涼み　（酒田で不玉に対して）

「涼」は盛夏の常套的な挨拶表現であり、旅中芭蕉の多用するところだった。ちなみに、のちに『おくのほそ道』が成ったとき、「一種理想郷の快さ」を示し、出羽の国を「別天地」として作品中に位置付けるために「涼」が活用されたということが、宮脇真彦氏の「涼の別天地を行く――『おくのほそ道』出羽考――」(『日本文学』一九九五・二)に説かれている。

2　さみだれをあつめてすゞしもがみ川　芭蕉
　岸にほたるを繋ぐ舟杭　一栄

【式目】夏(ほたる)。動物虫(ほたる)、夜分(ほたる)、水辺体(岸)、水辺外(舟杭)。

『連歌新式』の「可分別物」に「蛍」を夜分としている。同じく、「体用事」に、「岸」を水辺体としている。さらに「体用事」に「浮木」や「船」を水辺体用の外としていることから、「舟杭」を水辺外と見ておく。

【付け】

『随葉集』に「最上川↓岸の青柳・稲舟」「蛍飛↓川辺・水の涼しき」、『拾花集』に「五月雨↓蛍」「岸↓つなぐを舟・川波・蛍」といった寄合語がある。また、『類船集』には「杭↓川流」という付合語がある。まとめれば、発句の「さみだれ」に脇の「ほたる」、発句「すゞし」に脇「ほたる」、発句「もがみ川」に脇「岸」「繋ぐ舟」「杭」が付いている。また、前出の松尾氏の論考にこの脇について「和歌では集めるものは、蛍ですね」という意識があったとの指摘があり、それも肯われる。要するに、非常に綿密に言葉の連想関係を組み込んだ付け方をして、挨拶を返しているのである。また、発句が最上川の増水を詠んでいるので、流されないように舟をしっかり繋いでいるさまへ発想が展開したとも思われる。

【句意】

【柳】の「亭主の脇だから、むろん珍客を引き留め得てうれしいという感情を托している」との言をはじめ、亭主一栄の挨拶として芭蕉らを「ほたる」になぞらえているという解釈が多い中で、【島】は「舟杭には舟もつながれず、蛍が飛んでいるばかりのところでございますが、と謙退の挨拶」と説いている。しかし、須賀川の第二歌仙の、芭蕉の発句「かくれ家や目だゝぬ花を軒の栗」に主人の栗斎が「まれに蛍のとまる露草」と脇を付けているのと同様だという【加】の指摘があるし、曽良が、「もがみの泊／稲舟に休みかねてや飛蛍」（『俳諧勧進牒』）という発句を残しているところからすれば、やはりここも芭蕉と曽良の逗留を蛍が止まるさまに見立てていると取るのが自然だろう。一栄は栗斎の脇句を知って利用したものと思われる。また、羽黒山での「有難や」歌仙の脇と第三は「住程人のむすぶ夏草　露丸／川舩のつなに蛍を引立て　曽良」という付合で、一栄の脇句を曽良がすぐによそで応用したことも知られる（四〇五・四〇六頁）。表面上の句意としては、この曽良の「川舩の」句に似た情景と見て、「岸の舟杭に舟を繋いでいるが、その綱に蛍が止まって光り、まるで蛍を繋いでいるようだ」と解する。

岸にほたるを繋ぐ舟杭　　一栄

3　瓜ばたけいざよふ空に影まちて　　曽良

【式目】夏（瓜）、月の句（いざよふ）。植物草（瓜）、夜分（いざよふ・影）、天象（いざよふ・影）。

【付け】

『竹馬集』に「蛍→月遅夜」があるように、月が出るまでのしばらくの時間は、暗さゆえに蛍の光が目に立つという意識があった。夏を続けて「瓜」を出しながら、前句の「ほたる」を受け、人が月の出を待つさまへと展開したのである。

【句意】

夏を三句続け、第三で月の句を出しているのは、【橋】の言うように、一栄が五句めの月の定座に当たっているので、一栄から曽良に月の句が譲られたということだろう。前句が「ほたる」により夜分になっていることもそのような運びを選択した理由の一端と思われる。ただし、『類船集』に「瓜→涼所」があるように「瓜」には納涼の気分があり、しかも夏の夜に戸外で月の出を待つ場面であるから、発句の「すゞし」に近いことが難点である。

「十六夜の月がそろそろ出る時分。瓜の畑に出て空を眺め、月の光を待っている。」

なぜ「瓜ばたけ」か。芭蕉に、二年前の貞享四年(一六八七)、

瓜作る君があれなと夕すゞみ

の発句があった(『あつめ句』所収)。「瓜作る君」は退隠した人物をあらわす。『漢書』、秦の東陵侯邵平の故事による。

邵平はもと秦の東陵侯なり。秦破れて布衣となり、瓜を長安城の東に種う。瓜、美し。故に東陵瓜と号く。邵平より始まる也。

したがって、「瓜ばたけ」は、そこに瓜畑が実際にあったにせよそれとは別の次元で、隠士「邵平」になぞらえて一栄を讃える気持ちを込めた表現である。芭蕉が近作を示しながらこの旅をし、連衆がそれを俳諧に利用していることが窺える。

なお、曽良の書留では、下五を一旦「月待て」と書いてから「影待て」に改めたように見える。これは、曽良の発想としては本来「月待て」だったのだが、発句の「五月雨」(曽良書留では漢字表記)に「月」の字があることに気が付いて、同字の差し合いを避けるために、後から修正したものと考えられる。そして芭蕉自筆懐紙は修正後の清書であって、芭蕉は発句の「さみだれ」を仮名で書いたので、修正の事情が見えにくくなったのである。

ただ、貞門・談林には「五月雨」と「月」字で打越しを嫌っていない例があり(『時勢粧』何髪、『誹諧中庸姿』第六など。宮脇真彦氏から指摘を受けた)、曽良が同字の差し合いを気にしたということではなしに、人々が寄り集まって月の出を拝む「影待ち」を効かせて「影待て」という表現を選択した可能性もないではない。しかしここでは、月の出を待つ心性の背景に「影待ち」という宗教的行事があるだろうというところにとどめ、やはり同字を嫌っての処置がなされたものと見ておく。

瓜ばたけいざよふ空に影まちて　曽良

4　里をむかひに桑のほそみち　川水

【式目】雑。植物木（桑）、居所体（里）。

【付け】

月を待っている場面からあたりの地勢へと展開した、四句めらしい、手の込まない付け。前句が隠士を寓していることは受けず、里離れの瓜畑から里の方を望みつつ帰る道の、素直な叙景に展開している。『竹馬集』に「瓜→里人」「畑→細道」があり、前句の「瓜ばたけ」に、「里」と「ほそみち」は言葉の付けである。

【句意】

従来の注では「をむかひに」をどう取るか曖昧で「里」と「ほそみち」の位置の解釈が多様だった。道の向かう先に里を見ていると取る。「向かう先に里を見て、桑畑の中を続く細道を行く」の意。

【考】

「桑」は、東北地方の養蚕業に曽良が関心を持っていたことにことよせた話題であろう。たとえば、須賀川での曽良の句に、

蚕飼する人は古代の姿かな

があった（『おくのほそ道』では尾花沢に配されている）。この道中の俳諧にはほかにも、養蚕や機織りを話題にした、曽良の絡む句がいくつか見出せる。また、作者の川水が高桑氏であることも「桑」の詠み込まれた理由か。

また、「桑のほそみち」は、「おくのほそ道」なる書名の背景とされる「蔦の細道」（白石悌三氏『芭蕉』〈花神社、一九八八〉所収「もう一つの「細道」」参照）を俳諧化したものであろう。「蔦の細道」は、『伊勢物語』によってよく知られた、東海道の歌枕であった。駿河の、宇津の山中の細い道である。関連して、仙台近くの新興名所「奥の細道」が当座の話題になっていたとも考えられる。

つまり、川水の下心としては、「駿河には蔦の細道、仙台には奥の細道。この出羽には、曽良さんも桑にご関心のあるようですが、『桑の細道』と名付けたい細道がありますよ」と、『伊勢物語』の昔男の旅路をイメージの上で重ねつつ出羽の風景を提示したのであろう。

里をむかひに桑のほそみち　　川水

5　うしのこにこゝろなぐさむゆふまぐれ　　一栄

【式目】雑。動物獣（うしのこ）、時分（ゆふまぐれ）。

【高】が「打越の「いさよふ空」と指し合うきらいもある」、【島】が「夕間暮の景四句にわたり少し暗し」、【橋】が「夕暮どきの気持にいささか動きが乏しい憾みがないでもない」とそれぞれ言うように、田園の情景を引き延ばし、かつ、打越しに近い時分に戻っているのは難点である。曽良の日記によれば、5・6・7は「黒滝」を見物に出かけてその道中に付け進んだらしい。それゆえ展開がもたついてしまったのではないかと推測される。

【付け】

『拾花集』『竹馬集』に「牛→里人」の寄合語がある。言葉の付けで「里」に「うし」を付けている。佐藤勝明氏によれば、発想の経緯としては、一栄はまず「ほそみち」を行くものをあれこれ想起して、その中から「牛」を選んだのだろうという。そして、前句を桑畠の中の細道の、里の見え初めたあたりとして、「ほそみち」の語が含み持つ心細さに「ゆふまぐれ」を対応させ、仔牛によって心を慰められながら里へ帰る牛飼いのさまに仕立てた。「里」と「ほそみち」から、人の自然な情意を言い起こしていると言える。

【句意】

この句は、牛飼いが夕暮れに仔牛を連れ帰る時の心情と見るのが自然だろう。「ゆふまぐれ」は、人に、寂しさや人恋しさを催させる時分である。著名歌としては、良暹法師の、寂しさに宿を立ち出でてながむればいづくもおなじ秋の夕暮　（『後拾遺和歌集』巻四・秋上、『百人一首』）

が挙げられるし、いわゆる三夕の歌の存在も和歌連歌俳諧の作者に夕暮れのさびしさを強く意識させてきた。「夕暮れ時、牛の子のおかげで心が寂しさから救われる。」

この句は秋でこそないが、「夕間暮れはさびしい時分」ということが前提としてある。「うらぶれた思い」（【鴜】）や「徒然な心」（【正】）というのではなく、夕暮れ時、里に帰る途中、「さびしさ」を慰めてくれる仔牛の道連れがいるというのであろう。なお、「夕暮れ」と言ってもよいところを字数のために「ゆふまぐれ」としていると見られる。

うしのこにこゝろなぐさむゆふまぐれ　一栄

6　水雲（すいうん）重しふところの吟　芭蕉

【式目】雑。水辺用（水）、聳物（雲）。

【付け】

総体的には、前句の、夕暮れに牛飼いが牛を牽いて帰る情景が、詩僧の詩に詠じられたという発想と考えられる。牛は禅の法話や公案によく出てくる動物であって、とくに「十牛図」は芭蕉の頃に普及していた。『類船集』にも「牛→禅話」の付合がある。だから、前句を「十牛図」の第六「騎牛帰家」に結びつけ、そこから、行脚する禅僧の詩作へと展開したのだろう。

【句意】

この句は、「水雲」をどう取るかが問題である。【柳】は「水上の雲の、低く垂れている光景」とした（【鴜】も同様）。【高】はそれを引きつつ別案として「雨気を含む雲」を示し、【島】は「水雲重し」を「ふところの吟」の詩句の中身と読み、【正】は「雲水」と同様の意としながら「水と雲と、行脚の途次に眺める自然のたゝずまひをいふ」と述べていて、諸注錯綜している。しかしここでは、【正】が引く芭蕉の『鹿嶋紀行』冒頭の、「ともなふ人ふたり、浪客の士ひとり、ひとりは水雲の僧」の用例が重要なヒントではないだろうか。その「水雲の僧」は「無門の関もさはるものなく、あめつちに独歩」する人物である。「水雲の」とは、「雲水の」と言うのと同じく、水や雲の流れのように「一所に停住することなき自由なさま」(『新版禅学大辞典』「雲水」)を表す形容である。なお、個人蔵「幻住庵記」真蹟草稿断簡(『芭蕉全図譜』二四三番)にも「水雲の狂僧」の用例がある。「水雲」を右のように一所不住の譬喩と取れば、「水雲重し」とは、停まることなく流れ行くはずの「水雲」が重く停滞しているという矛盾したことを言っているのであり、その理由は、「重し」が下にも掛かっていると見ればわかりやすく、「ふところの吟」が「重」いからなのである。

また、李賀の逸話から発する「詩嚢」の熟語もこの句の発想の背景にあるだろう。それは『唐書』の「李賀伝」にある故事で、李賀は詩作するのに、「古錦の嚢を背おい、得る所に遇へば、書いて嚢の中に投」げ入れたというのである。

つまり、川の水・空の雲が停滞している(=行脚の僧が一所にとどまっている)が、それは詩嚢に詩稿が重く溜まったからだというのである。行脚僧のあるべき姿には反するけれども、心ゆくまで詩作に耽っている詩僧が描かれている。この句は、芭蕉自身が「水雲の僧」のいでたちをして旅しており旅先で俳諧の句作をしていることを踏まえた、軽い笑いを含む自己戯画かと思われる。

ただし、右の解釈には、初折オモテの6句めにして釈教がからむという難点がある。そこは、たとえば「ふところ重し水雲の僧」とでもしてしまえばすっかり釈教になるところを、「僧」と言わずに表面上は「水雲重し」と自然詠のように仕立てたことで、きわどく逃れているつもりなのではないだろうか。9の芭蕉句が「寺領」によって釈教の句であることからしても、この6は釈教とは扱われていないようだ。

（初折ウラ）

水雲重しふところの吟　　芭蕉

7　侘笠をまくらに立(たて)てやまおろし　　川水

【式目】雑。旅（句意）、夜分（まくら）、山類用（やまおろし）。

「やまおろし」を山類用としたのは推測による。

【付け】

主な付け筋としては、前句の行脚僧が山野で寝る際の状況を付けていると見られる。また、前句「水雲重し」を「雨気を含んだ雲が垂れ込めている」と解して悪天の兆しと見、悪天のまた別の要素「やまおろし」を付けたとも取れる（野村亜住氏の指摘）。川水は、前句では行脚僧の比喩であった「水雲」を、「水・雲」の字義に沿った理解に取り成す技巧を試みているようだ。

また、前句が芭蕉の自己戯画だとすれば、この句には、旅する芭蕉の象徴とも言うべき「侘笠」を描いて前句に応える意図があったであろう。笠に対する芭蕉の愛着はよく知られているところである。芭蕉には、『虚栗』所収、

手づから雨のわび笠をはりて

世にふるもさらに宗祇のやどり哉　　芭蕉

という「わび笠」の用例がある。この句は、手づから笠を作るさまを述べた文章「笠の記」の結びに置かれてもいる。実際また、そのような「わび笠」が、このとき一栄宅の近くの「黒滝」見物に出た芭蕉の頭上にあったことも想像される。

【句意】

「野宿して、みすぼらしい笠を枕元に立てて寝る。山おろしの風を防ごうとして。」

侘笠をまくらに立てやまおろし　川水

8　朶むすびをく国のさかひめ　曽良

【式目】雑。旅（句意）、植物木（朶）。

【付け】

前句をわびしい旅人の行動と見て、その人物を亡命者と定めた付け。「亡命の旅に落ち行く人」という【島】の説に賛成である。「やまおろし」の吹く山を国境の山とすることは自然な連想だろう。『拾花集』『竹馬集』に「松↓吹嵐」「風↓松」があるように、「やまおろし」が「朶」に吹き付けているという想像も働いている。さらに、『初本結』に「笠↓松」があるように、「笠」と「松」も言葉の付けである。総体的には縁語を多用した心の付けの親句（しん）であるが、特定の人物の俤ではなく、いかにも古物語に登場しそうな人物を創作している。

【句意】

一句の発想としては、諸注の言うとおり、松の枝を結んで幸いを祈る習俗を背景とした、『万葉集』巻二の、

有間皇子（ありまのみこ）の自ら傷みて、松の枝を結びし歌二首（其一）

岩代の浜松が枝を引き結びま幸（さき）くあらばまたかへりみむ

に拠っている。この句の人物も、幸あって再びその地に戻れるよう祈念して「松むすびをく」のである。『類船集』に「松↓岩代」があり、近世俳諧でも岩代の松の悲話は周知の故事であった。だが、岩代は紀伊国の海辺、今の町名で言えば和歌山県日高郡みなべ町にあって国境の地ではないから、場所をわざわざ「国のさかいめ」としたこの句の人物は、有間皇子その人ではない。何か故あってその国にいられなくなった人物が、国ざかいの松の木の枝を結んで、いつか帰る日のあることを願うさまにしたと見られる。

朶むすびをく国のさかひめ　曽良

9　永楽の古き寺領を戴(いただき)て　　芭蕉

【式目】雑。釈教（寺領）。

【付け】

『随葉集』に「松原→古寺」、『拾花集』と『類船集』にも「松→古寺」。ここの付け方はまず、「松」を、古い寺の周辺の景物として設定し直したものと思われる。そして、前句の「松むすびをく」を、「寺領」を示すための目印に読み替えた。まじないの習俗としての「結び松」の発想は捨てられている。

【句意】

「永楽の」のとらえ方に諸説あるが、文化十二年（一八一五）刊の石兮の『芭蕉翁附合集評註』の記事「永楽の代より、御朱印たまはりて、寺領頂戴の寺なるべし」のように見るのが自然ではないだろうか。永楽年間（明、一四〇三～一四二四）の昔から、その寺は、寺領をずっと安堵されているのである、という句。【正】が「舞台を日本に限る必要はない」と指摘している通りで、中国のどこかの寺の話と見てよい。あるいは、寺領は住持の代替わりごとに新たに拝領するものという意識に基づいた表現とも取れる（宮脇真彦氏の説）。

ただ、「永楽」のような古い年代への意識はアバウトであろう。『初懐紙評註』で「永禄」（日本、一五五八～一五六九）についての芭蕉の註に「その時代を言はんため也」とあるのは、「それらしい古い時代を表現したいのである」ということだろう。この句の「永楽」も単に、いかにもそれらしい古い時代の謂いなのではないか。「永楽」と言えば室町時代に日本でも流通した永楽通宝によって一般になじみのあった年号で、その古くささに焦点を当てた次のような用例もある。

世に捨てられてなんねんになる

永楽は名をいひ出だす人もなし　　貞徳（『犬子集』）

永楽の古き寺領を戴て　　　　　　　　　　芭蕉

10　夢とあはする大鷹のかみ　　　　　　　一栄

【式目】雑。動物鳥（大鷹）、夜分（夢）。

夢それ自体は恋ではないが、この句では恋の呼び出しとして機能している。「鷹」は冬の季題だが、句の内容から見て冬の句としては作っていないものと考える。あとに明白な冬の句が二句ある（31・32）ことから見ても、ここは雑の意識だろう。夜分は7と二句しか隔たっておらず、差し合いである。

【付け・句意】

「夢とあはする大鷹」と、「大鷹（大高）のかみ（紙）」を接合した句。「めでたい大鷹の夢見の通りだったことを確認した」ということと、そのめでたいことは「大高の紙が届いた」ことだったということを、圧縮して表現している。「大高の紙」は高級な檀紙であるが、前句と合わせたとき「所領安堵の朱印黒印状に用いられる紙」（【柳】）という意味を持つ。「古き寺領を戴」くことを、以前の寺領を回復することに読み替えて、その安堵状の用紙「大高の紙」を付けているのである。また、喜ばしい事柄を述べている前句に対して、吉兆があったということを「夢とあはする大鷹」と付けた。

そもそも、「夢と鷹は合わせがら」（夢は夢合わせの言葉次第、鷹は鷹匠の腕次第）という中世以来の諺によって、夢と鷹は縁語であった。いっぽうで吉夢とされるものを並べた「一富士二鷹三茄子」の諺がよく知られているが、諸辞書にあたる限りでは江戸時代中期を遡る用例はない。しかし、芭蕉に、

杜国が不幸を伊良古崎にたづねて鷹のこゑを折ふし聞て

夢よりも現（うつつ）の鷹ぞ頼母（たのも）しき　　　　（『鵲尾冠』）

という貞享四年（一六八七）の発句があって、鷹の夢を吉兆とする習俗は、当時すでにあったものと推測される。この発句を一栄が聞いて10の付けを案じたとも考えられる。また、【加】は、『枕草子』や『源氏物語』に名前の見え

る高級な檀紙「陸奥紙（みちのくにがみ）」への意識があると指摘するが、それも考えられることである。

夢とあはする大鷹のかみ　　一栄
11　たきもの、名を暁とかこちたる　　曽良

【式目】雑。恋（句意）、夜分（暁）。
「たきもの」は必ずしも恋の詞ではないが閨中に縁の深い話題。ここも男女の逢い引きの話であるし、また、前後の運びからしても恋の句としてよいだろう。「暁」は、連歌作法書『産衣』に「只暁ハ夜分也。時分にも、朝にも、明にも二句嫌也」とあるので、夜分であって時分ではないと見た。ただ、「たきもの、名」のことだから、当座では夜分ともしていないかも知れない。

【付け】
「夢」に「暁」は時間帯の上で自然な連想。【柳】以来言われるように、「大鷹のかみ」を「たきもの」の包みと見ての付け。両句合わせて、恋人と共寝をしながらの夢見が悪かったと思ったら、薫物の包みの大高の紙の上に書かれた銘は「暁」とやらで、男を見送らなければならない時刻を予告するものとして嘆かわしく感じた、という恋物語的な場面を仕立てている。

【句意】
【柳】が「暁」という香の名について「何か夜もすがら空しく待ち明かすべき前兆」と読んで以来、これに従う注釈が多い。しかし、古今歌の「有明のつれなく見えし別れより暁ばかり憂きものはなし」（壬生忠岑）がそうであるように、共に夜を過ごした恋人たちが「暁」になると別れるというのが「暁」の本意である。その点【島】が「後朝の別れをかこつ」と読んだのが正しかろう。『類船集』に「暁→あかぬ別れの鳥」「別→暁」があるのも、そのような本意に拠っている。この句は女性の身の上に立って、「薫物の銘がよりによって『暁』であることに、や

がて来るきぬぎぬの別れが予想されてつらい、と嘆いている」と述べている。

なお、『御傘』の「有明」項に「たきもの、名の有明」への言及があり、それほどに「有明」なる銘の香は有名だったらしい。「暁」も薫物の名としていかにもそれらしく思われるが一般的ではない。曽良としては、「有明」に名を似せた「暁」とか言う二級品を「かこち」ているとして、笑いの要素を含ませたのかもしれない。

たきもの、名を暁とかこちたる　曽良

12　つま紅粉うつる双六のいし　川水

【式目】雑。恋（つま紅粉）。

『毛吹草』誹諧恋之詞に、「爪べに」がある。

【付け】

ここは、【正】が説く通り、『源氏物語』の近江の君の俤による展開であろう。具体的には、常夏巻に「五節の君」なる侍女と近江の君が早口で大騒ぎをしながら双六を打つ場面がある。『類船集』に「双六→近江の君」があるように、「双六」は近江の君に結びついた話題なのである。そして、近江の君は双六の場面の後（同じ常夏巻）、弘徽殿女御のもとに出仕することになって、女御と対面するために「いとあまえたる薫物の香をかへすかへす焚きしめゐ給へり。紅といふもの、いと赤らかにかいつけて、髪けづりつくろひ給へる」（新日本古典文学大系『源氏物語三』より引用）と描かれている。つまり川水は、前句の「たきもの」から近江の君の俤を引き出して、「紅粉」と「双六」を付けたのである。「紅」を「つま紅粉」とし、その濃さは「双六のいし」に紅が付くほどだと仕立てた。近江の君に前句のようなきぬぎぬがあったということではなく、言葉の付けが中心の発想である。「つま紅粉」には恋を二句続けるための言葉という役目もある。

なお、曽良の書留に「元禄二年七月廿九日書之」として、

爪紅粉は末つむ花のゆかり哉

という発句が作者名を記さずに書かれ、「再来ノ時ノ句、會有」と注記が添えられている。これは『ゆきまろげ』では芭蕉句とされているが、芭蕉発句としては現在の所、存疑句として扱われている。作者ははっきりしないものの、「元禄二年七月廿九日」の芭蕉と曽良は山中温泉に滞在中であって、大石田における川水のこの付句の発想を利用して成った発句ではないかと思われる。

【句意】

「つま紅粉」は爪に差した紅、つまりマニキュアだろう。【加】が指摘するように、当地最上川流域が紅花の産地であること（『類船集』に「最上川→紅花」）も、ここに「つま紅粉」が出された理由の一端と思われる。その「つま紅粉」の色が「双六のいし」に付着したというのである。近江の君のような女性が双六に熱中しているさまの表現と見たい。

つま紅粉うつる双六のいし　　川水

13　巻あぐる簾にちごのはひ入て　　一栄

【式目】雑。居所用（簾）、人倫（ちご）。

【付け・句意】

従来の諸注は王朝を舞台にした疎句の付けと見ているが、それよりも、前句の王朝的女性像に『枕草子』的世界を繋いで、恋離れの方向で言葉を中心に付けた親句と見るべきだろう。前句の「双六」から『枕草子』を連想して「巻あぐる簾」と「ちご」を付けている。この三つはいわば『枕草子』語彙である。一三三段前半、

つれぐ〳〵なぐさむもの。碁、双六、物語。三つ四つのちごの、物をかしういふ。まだいとちひさきちごの、物語し、たかへなどいふわざしたる。

をはじめ、「双六」と「ちご」は『枕草子』に頻出する。そして「巻あぐる簾」とは言うまでもなく、二八〇段、

雪のいとたかう降たるを、例ならず御格子まいりて、炭櫃に火をこして、物語などしてあつまりさぶらふに、「少納言よ、香炉峯の雪いかならん」と仰せらるれば、御格子あげさせて、御簾をたかくあげたれば、笑はせ給。（以下略）

のことである。白楽天の詩句「香炉峯の雪は簾を撥げて看る」を踏まえて清少納言が機知を発揮した周知の逸話である。

一句としては「中途まで巻き上げてある簾の下をくぐって、赤ん坊が室の中へ這い入って」という、王朝貴族の邸の中の点景ということになろう。簾の奥にいるのは普通に考えれば母親だろうが、【鷲】【正】は乳母であってもよいと言う。しかし、おそらく一栄はそのような区別を意識していない。『枕草子』語彙で付けたことにこそ興のある句なのである。

巻あぐる簾にちごのはひ入て　一栄

14　煩ふひとに告るあきかぜ　芭蕉

【式目】秋（あきかぜ）。人倫（ひと）。

次句の川水に月の句を促すために、「簾」を利用して「あきかぜ」を詠み込み、秋の運びにしたと見られる。

【付け】

「簾」と「秋風」が古典的な連想語であること、【宮】以下が指摘するとおりである。本歌は『万葉集』巻四の、額田王の、近江天皇を思ひて作りし歌一首

君待つと我が恋ひをれば我がやどの簾動かし秋の風吹く

である。また、表面上、「ちご」(幼児)と「あきかぜ」は共に、簾のあたりから部屋に入って、病人の心に安らぎを

もたらしてくれる要素として並んでいる。

ところが、「ちご」は男色の「稚児」とも解され得る。両句合わせると、若衆が病人の部屋に「はひ入て」「あき」を告げる、濃厚な衆道の一場面と読むことも可能なようになっている。額田王による本歌が恋歌であることも、ここを恋の付合として読むように誘導している。でも、あくまでも、ここを恋と読んでは差し合いになるのである。


【句意】


たとえば【正】は、「思ふ人に捨てられようとしてゐる気分も感ぜられ」と述べるが、打越しまでが恋であったので、式目の上ではそのような恋の気分に引き戻すことは決してあり得ない。しかし、【正】の感覚も一概に否定しがたくて、この句は「秋＝飽き」の常套的掛け言葉を用いた恋の句とどうしても見えてしまう。この矛盾をどう考えればよいのだろうか。

むしろ、恋めいた言葉を使いながら恋句には扱えない点にこそ、芭蕉の作意を認めるべきではないか。芭蕉はどうやらきわどい遊びを試みている。表面上は恋を離れて解釈せねばならない所だが、非公式に「恋としても読めますよね」というクスグリを入れているのではないだろうか。表は病体、裏には恋、しかし裏の恋はルール違反の幻の恋、という騙し絵のような趣向である。それは、

あかくと日は難面（つれなく）も秋の風
途中唫（ぎん）

という、『おくのほそ道』の加賀での発句──「難面も秋（飽き）」によって恋の色を帯びた旅中の残暑の句──にも通じている。

恋に読まないという前提に立てば、当該句は「あき」を二重に読みとって「秋風が、病む人に秋の訪れを告げる」と解釈される。暑い夏の病床で苦しく過ごしたあと、やっと訪れた秋風の涼しさに、ほっと一息ついている病

人のさまである。そして、裏には、「煩う人に恋の終わりを告げる」という幻の句意が隠されている。

煩ふひとに告るあきかぜ　芭蕉

15　水替（かは）る井手の月こそ哀なれ　川水

【式目】秋（水替る井・月）、月の句。夜分（月）、天象（月）、水辺体（井）、名所（井手）。

『産衣』に「井」を水辺体としている。

【付け】

ここは何よりも「月」を詠むことが第一の要件であった。「あきかぜ」に「月」は自然な寄合である。また、「告るあき」は秋の到来であるから、七月七日の行事である井戸替えを想起して、「水替る井」と付けている。さらに、「煩ふひと」がしみじみ、井手の月の出を「哀なれ」と眺めているという場面を展開させている。前句が裏に抱えている恋の意味合いは継いでいない。

【句意】

「替る」は『曽良書留』の仮名書きにしたがって「かはる」と読む。「水替る井」と「井手の月こそ哀なれ」を、「井」の一字で繋いだ句であり、一句としてまとまった意はない。その点で談林風の無心所着の句である。

「水替る井」とは「清掃をして水が替わったばかりの井」の意味。初秋、七夕に、井の清掃をして水を替えることは、『類船集』の「井筒」に「七月七日には水をかへて清め侍る事家々に有」とあるように、常識的な話題だった。たとえば、『好色五人女』巻二、樽屋おせんの物語の第一段は「恋に泣輪の井戸替」という題で、七夕の日の井戸替え行事の場面を描いている。

「井手」は歌枕で、六玉川の一つ、山城の「井手の玉川」。月と結んで「出（い）で」の言い掛けにしていると思われる。「井手の月こそ哀なれ」とは、「井手の地に出づる月の光こそ、しみじみとおもむきの深いものだ」ということだろう。ただし井手の玉川は月の名所ではなく、そこは無理な句作りになっている。

水替る井手の月こそ哀なれ　川水

16　きぬたうちとてえらび出さる　曽良

【式目】秋（きぬた）。

【付け】

前句の「井手の月」には「出での月」が言い込められていると思われるが、この付け句にまた「出さる」とあるのは、曽良の粗漏と言えるだろう。

【付け】

歌枕である井手の玉川で見る月の哀れさに打たれた人物が、井手の里の砧の音に耳を澄ますという発想の展開。言葉の上では「月」に「きぬた」が付いている。これは連歌の寄合語で、『拾花集』に「月→衣うつ」がある。

【句意】

「る」を、受け身の助動詞と見ておく。この句の主格は砧を打つ里の女であり、「えらび出」すのは砧の音の味わいが分かる風流人である。秋の夜、風流人が、村里に満ちる砧の音を聴き分け、趣き深い音色を聞かせる「きぬたうち」の認定を行うさまを空想している。そんな風狂の人の振る舞いを女の側から表現した。「（ある里の女が）心にしみる音色できぬたを打つ女として、選び出された」という句意。なお、「る」を尊敬の助動詞としても意味は通るが、その場合その風流人は高貴な身分の方ということになろう。身分の高い人物をここに詠む必然性が余り感じられないが、別案として記しておく。

【考】

【宮】が指摘するように、芭蕉には『続虚栗』および『野ざらし紀行』所収の、貞享元年（一六八四）吉野での発句「碪打て我にきかせよや坊が妻」があった。そして、その発想の背景には、閨怨の情を詠み込む漢詩題「擣衣」

の伝統があり、シテである妻が離れて暮らす夫を思って砧を打つ場面のある謡曲「砧」があった。芭蕉の「真情あふれる砧の音を聴きたい」という砧へのこだわりの模倣として、曽良は「きぬたうち」を持ち出したのであろう。

また、この巻と同年の春の「衣装して」歌仙には、

月も今宵とみぬ駑馬の市　　芭蕉
狩衣をきぬたのぬしに打くれて　　路通

の例がある。この付けは、月を賞しながらきぬたの打ち手に褒美を取らせる場面であり、この15・16と類似している。「衣装して」歌仙には曽良も一座していた。芭蕉周辺で、いわば「きぬた数奇」が流行っていたことが想像される。

なお、【加】は、ここを「みちのく」の村人の祭りと受け取っている。しかし、やはり、背景にあるのは五年前の芭蕉発句であり、その典拠の和漢の文学伝統であろう。これは古典的な「きぬた」の美学を追及した句であり、「みちのく世界の現実」を読み取ろうとする【加】の方向そのものが見当違いと言わざるを得ない。

17　花の後花を織らする花莚（むしろ）　　一栄
きぬたうちとてえらび出さる　　曽良

【式目】春（花の後・花莚）、花の句。植物木（花）。

『増山井』三月に「花莚」。秋の前句に付けなくてはならない花の定座で、季移りに苦心があるところ。春へ直接の季移りをして、花の定座をこなしている。

【付け】

【宮】以来言われているように、「砧打つ」と「花莚織る」の対付けで、ともに女の手仕事である。また、莚の材料は主として藁であろうが、藁を和らげ整えるのにも砧が用いられた。「藁砧」という語もある。前句を風流な

砧の音の話題から切り離し、「きぬたうち」を、藁を砧で打つ作業にひいでた女の話に読み替えている。秋に打っていたその藁を春になれば莚に織るという、季節による仕事の変化を付けることで、難しい季移りの花の座を詠みこなしてみせたのである。

【句意】

上五、「はなののち」と読めば花が散った後という時間的な経過をあらわし、「はなのあと」と読めば花の視覚的な痕跡をあらわす。どちらがよいか。

「花莚」は、『匠材集』に「花むしろ　花の座也。莚の文に花あり」とあり、花模様の莚のことを言う。ただし、木綿などの糸を使って織った上等な莚についても言うので、必ずしも模様入りの莚とは限らない。そしてまた、『増山井』には「花莚　花氈（ハナセン）、俳。花の散（チリ）しけるをも、花莚と云」とあって、「花莚」は花びらが地に一面散り敷いたさまをも言う。作者の意図としては、実際の莚と、莚に見立てられる落花の、二重の意味を技巧的に詠み込んでいるだろう。視覚的な「あと」として花のイメージが残っている意というよりは、花の盛りが終わったという時間的表現を狙ったものとして「はなののち」と読んでおく。「桜の花が散ってのち、地には落花の花莚がひろがった。その花莚が、人に花を織らせる。（つまり、花びらの花莚を見ならって、人は、花のように美しい莚を織る。）」

「花」字をくり返しつつ「花莚」の二義を活かした、技巧的な言葉遊びの句と言えるだろう。なお、芭蕉は清書懐紙で、中七前半を「はなを」と仮名書きしながら見せ消ちして「花を」と修正している。これは、「花」字を畳みかける作者の工夫を尊重すべく改めたか、あるいは、「は、なを」と助詞＋副詞に読まれることをおそれたか。

　　花の後花を織らする花莚　　一栄

18　ねはむいとなむ山かげの塔　　川水

【式目】春（ねはむ）。釈教（ねはむ）、山類体（山かげ）。

【付け】

「ねはむ」は涅槃で、この句では涅槃会(え)のこと。二月十五日、釈迦入滅の日の寺の行事である。「寺」とせずに「塔」としたのは、9に出た「寺」との同字を避けたためだという指摘(【柳】)はもっとも。『初本結』と『類船集』に、「打敷(ウチシキ)→仏前・花莚」の付合がある。「打敷(ウチシキ)」は仏事の際仏前の卓上に敷くものであって、それには美しい莚の意味での「花莚」も用いられたのではないだろうか。ここは、「花莚」が「打敷」として用いられる仏事として「ねはむ」を付けていると見られる。また、「花」に「ねはむ」は季節的にも一致するし、「花」のある場所として「山かげ」はふさわしい。さらには、伊勢明恵氏の指摘によれば、「法(のり)の莚」が一般的な歌語である上に、『千載和歌集』巻十九・釈教歌の俊成詠に、

さらに又花ぞ降りしく鷲の山法のむしろの暮れがたの空

があり、「法の莚」と「花」は連想関係にある。「花」と「莚」から「法」の語を意識して釈教の話題に展開するのは、自然なことであった。ここは折端でもあることから、素直で細やかな言葉の付けをしているようだ。

落花が散り敷いた場所に立つ「塔」を、打敷の「花莚」の上に灯明の台などの仏具が載っているところに見立てた付け、という可能性もあるか。

【句意】

一句としては、「涅槃会を営んでいる山のかげの塔のあるところ」というだけのことである。カンカンと聞こえる鉦の音によって、山の陰に寺があって涅槃会を営んでいることが知られる(【柳】)という読みもその通りだろう。

(名残折オモテ)

ねはむいとなむ山かげの塔　　川水

19　穢多村はうきよの外(ほか)の春冨て　　芭蕉

【式目】春（春）。釈教（うきよの外の春）。

【付け】

釈教の語「ねはむ」「塔」に釈教の歌言葉「うきよのほかの春」（後述）を繋いでいる。また、「山かげ」を「穢多村」のありそうな位置と見ての付けであろう。それとともに、【加】に「涅槃会に穢多村が関係している」というあいまいな指摘があったが、「ねはむ」の図には動物がたくさん描き込まれるものであるから、獣に関わる職業としての「穢多」の村を連想したものと思われる。『初本結』に「獣（ケダモノ）↓ねはんの絵」、『類船集』に「獣↓涅槃像」の付合語がある。

【句意】

歌言葉「うきよのほかの春」については、『新古今和歌集』巻二十・釈教の内に、「十楽の心」を詠んだ寂蓮法師の歌の一つとして、

　　蓮花初開楽

　これやこのうきよのほかの春ならむ花のとぼそのあけぼのの空

がある。傍点部は「憂きこの世から離れた、浄土の春」の意。芭蕉には元禄五年（一六九二）に金沢の句空に与えた発句、

　うらやましうき世の北の山桜　　（『北の山』）

があるが、これは『竹林抄』所収の専順の付合、

　見るに心のうつろひやせん

　尋ばやうき世の外の山桜

に拠っていると見られる（拙著『風雅と笑い』七一頁〜）。この専順句の典拠である寂蓮歌を、芭蕉は知っていたであろう。したがって、「豊かに春色に満ちているさま」（【宮】）だけでは言い足りない。「穢多村は、この憂き現世とは

隔たった浄土のような春の景色に満ちあふれていて」ということである。【高】【正】は経済的な富裕ということに言及しているが、18の釈教を受けたこの19においてはあてはまらない。

【考】

江戸時代の「穢多」は、士農工商より下位の身分に置かれ、過酷な差別を受けた階層である。当時の俳諧においては現代のような〈差別への反省意識〉はなく、彼らを賤民として詠むこともなかった。芭蕉のこの句は「穢多村」を浄土になぞらえている点で特殊である。芭蕉には、通常の社会の外側に仏教的な意味での貴い境地があるという発想があり、「菰を着て誰人ゐます花の春」(元禄三年歳旦句)のような句例があったことが想起される。

穢多村はうきよの外の春冨て　芭蕉

20　かたながりする甲斐の一乱　曽良

【式目】雑。国名(甲斐)。

【付け】

前句の仏教的な意味合いを捨てて付けていることは確かだろう。先行注に二通りの説があった。一つは、前句を、「経済的富裕を暗示している」(【正】)ものと読み替えて、穢多村は富んで刀をたくさん隠しているので、乱に当たって穢多村にまで刀狩りが及んだ、という取り方。もう一つは、【島】と【橋】によるもので、穢多村は平安な春なのに、浮世では乱を鎮圧するために刀狩りをしなければならない、という対比とする取り方。前句を読み替えているという点では、前者の方が転じとして効果的である。

しかし、また別の解として、「穢多」が「かたながり」のために動員され使役された結果「うきよ」よりも「冨て」いるのだ、という発想とも考えられる。『国史大辞典』「えた」項に拠れば、近世初期、「彼らは下級警察官としての任務に服し、近畿ではこうした村を役人村と呼んだ。なお、刑の執行が普遍化するのは寛文・延宝ごろと思われる。えたの首長を長吏と呼んだが、えた自身を長吏と呼ぶ場合も少なくなかった。下級警察官としての任務に服していたからであろう（長吏という用語には治安維持に当たる人という意味もある）」とあり、享保頃の上方では「えたが金融業に進出していることがわかる」ともある。

この前後の運びについては、次の句の【付け】で再説する。

【句意】

「甲斐の国の暴動で、刀狩りが行われた」。

先行諸注のいくつかは、「甲斐の一乱」の歴史的事実を探ろうとしている。当代の甲斐の治安状況については、楠元六男氏の論考「芭蕉の谷村訪問」（『芭蕉その後』〈竹林舎、二〇〇六〉所収）に詳しい。甲斐の国の郡内地方は寛文〜天和のころ農民の困窮はなはだしく、とくに延宝八年（一六八〇）蜂起があった。芭蕉は、現地秋元藩の家老、麋塒(びじ)をたよって、天和三年（一六八三）の夏、谷村を訪れ滞在している。出羽の国でのこの歌仙はその六年後であり、芭蕉の見聞談が句に反映されているものと見られる。

　　かたながりする甲斐の一乱　　曽良

21　葎垣人も通らぬ関所(せきどころ)　　川水

【式目】雑。植物草（葎）。

野村亜住氏に「芭蕉「葎」考」（『江古田文学』七〇号）があり、芭蕉周辺では貞享二年（一六八五）頃から「葎」が「勢いよく繁茂する」さまを以て詠まれ「夏らしさを喚起する景物」となったことを論じ、この句も取り上げて夏としている。しかし、「葎垣」を葎が夏に繁茂するさまだと限定するのは強引と思われるし、この歌仙は発句から第三までの夏三句から始まり、同じ面の27には「ねぶた」による明白な夏があるので、この句を夏としては一巻に夏が多すぎる。「葎」が夏の季語として一般的に認識されるのはもう少しあとのことであり、川水は雑として詠じているのであろう。なお、「おきふしの」歌仙の31(二九八頁)参照。

【付け】

『類船集』の「関→乱世」そのままに、「一乱」から「関所」を連想した。乱の時には関所が据えられるもの。検問所である。ここでは「一乱」を昔の話とするよりも、今現在、戦乱による関が設けられているのだが、通行人がいなくて草ぼうぼうであるとする方が、次の句において昔日の関所に転じていることになって転じがよい。

「甲斐」との関連では、芭蕉の発句、

甲斐山中

山賤のおとがい閉るむぐらかな　(『続虚栗』)

が意識されていたのではないだろうか。この発句の成立には天和三年(一六八三)・貞享二年(一六八五)の両説があるが、いずれにせよ、川水も20の曽良と同様に、芭蕉直話の甲斐の話題に基づいて句を案じた可能性があろう。ちなみに、右の芭蕉発句については、野村氏の言われるように、葎の繁茂するさまによって夏の句として詠まれていると考えられる。

なお、宮脇真彦氏から「現在の戦乱によって関が荒廃していると取っては乱の場として19と観音開きになるので、21の付合からもう過去の戦乱の結果の関の荒廃と読むほうが良い」という異論を提案された。その点は、19と20の付けの発想を、前述のように〈「穢多」が「かたながり」に使役された結果「うきよ」よりも「冨て」いる〉とすることによって、観音開きの弊を逃れられるのではないかと考える。また、宮脇氏の説は逆に、過去に廃された関所をめぐり20～22と粘ることになってかえって不都合なのではないか。

【句意】

「人の行き来も絶え、道に葎が垣根のように生い茂った関所」である。関所は人を止める機能を持つ施設だが、関守が何もしなくても「葎垣」のおかげで人が通れやしない、という皮肉なおかしみを含む。
なお、曽良書留は「八重葎」が初案だったことをうかがわせる書き方になっている。「八重葎」を「葎垣」に改めたとすれば、それは、「八重葎」は雅語であるから俳言を強化するためだったのではないか。なお、「すゞしさを」歌仙の11「うまとむる関の小家もあはれ也　蕉」(二二九頁)と発想が通じていることに注意すべきだろう。出羽のどこか具体的な関所についての、共通の話題があったのかもしれない。

葎垣人も通らぬ関所　　川水
22　もの書たびに削るまつかぜ　　一栄

【式目】雑。植物木(まつ)。

【付け・句意】

前句の「関所」を、いまは廃された関として、そこを訪ねる風雅の旅人を想定した。西行が、月の佳い夜に白河の関にとどまり、関屋の柱に「白河の関屋を月のもる影は人の心をとむるなりけり」の歌を書き付けた(『山家集』)という故事に発想を得ている(宮脇氏の指摘による)。さらに、『新古今和歌集』巻十七・雑中の藤原良経歌「人すまぬ不破の関屋の板びさし荒れにしのちはただ秋の風」を踏まえて、「人も通らぬ関所」に「かぜ」を付け、そこが不破の関のような歌枕の古関であることをほのめかしている。
一句としては「まつ」を上下に働かせていて、そこで切れている構造であろう。つまり、「もの書たびに削るまつ」と「まつかぜ」を接合した句と見たい。前半は、古い関所を訪ねて来た風雅の旅人が、松の木の幹を少し削って、詩か歌か句かを書くという行為を詠んでいる。後半の松風はその場の背景。いわば「まつかぜ」が投げ込まれているのである。「(人が)物を書きつけるたびに削って行く松」のあたりに「まつかぜ」が音高く吹いている、という句意となる。

なお、貞享元年（一六八四）芭蕉は美濃国不破を訪れて、

不破

秋風や藪も畠も不破の関

（『野ざらし紀行』）

と詠んだ。当座において、不破の関の芭蕉の見聞と発句、それに、通り過ぎてきたばかりの白河の関のありさまが話題になっていて、それらがこの句に結びついたのではないか。一栄は、芭蕉を、古い関所を訪ねる句中の風雅の人物のモデルとしたと考えられる。

【考】

曽良書留には当初「松の風」ないしは「松の木」とあった。別筆で「木か」と書き込まれている。「松の木」ならば、藤原良経の歌による言葉のあしらいを欠いていたことになる。それが、「松の風」を経て最終的に芭蕉清書懐紙で「まつかぜ」に改められたことによって、不破の関の印象が持ち込まれ古典の伝統にいっそう乗ったのである。この句の校異は芭蕉の指導の痕跡と見られる。「かぜ」をあしらったのは談林的な古い技法と言えるのだが、古歌の情趣を取り込むことで句の奥行きが深まることを良しとしたものと思われる。

もの書たびに削るまつかぜ　　一栄

23　星祭る髪はしらがのかるゝまで　　曽良

【式目】秋（星祭る）。述懐（老いの句意）、夜分（星）、天象（星）。

恋の呼び出しの機能を持つ句。

【付け】

七夕の星祭りには梶の葉などに詩歌を書き付けるものである。「もの書たび」に対して、「長年星祭りをしてきた」という心で付けた。そして、その人物を、謡曲「関寺小町」冒頭の、ワキ・ワキツレの詞「待得て今ぞ秋に逢

ふ、待得て今ぞ秋に逢ふ、星の祭を急がむ。是は江州関寺の住僧にて候。今日は七月七日にて候程に、皆々講堂の庭に出て、七夕の祭を執行候。又此山陰に老女の庵を結びて候が、……松風までも折からの、手向にかなふ夕べかな、手向にかなふ夕べかな。……小野小町の百年に、及や天津星合ひの……」の、とくに傍点部による、小町の俤の付けである。また、右の引用の波線部の通り、「まつかぜ」も「関寺小町」の詞章に含まれている。さらに、「削る」を「梳る」と取り成して「髪・しらが」を付けている。『類船集』に「削（ケズル）↓髪……櫛」がある。

また、【加】が、小町は「出羽郡司小野の良実が娘、小野の小町」（「卒塔婆小町」）であるから、出羽での歌仙に詠まれる必然性がある、と指摘する。たしかにそのことは重要だろう。

【句意】

「関寺小町」の俤の句であり、「七夕に星祭る女の髪は、すでに白髪も枯れたようになっていて」の意。

なお、宮脇真彦氏からは「「関寺小町」を典拠とすると打越しの「関所」に障る。若い女が、老いても星祭りをしていたいと願う、という未来のこととしても解釈できる」という異論があったが、「星祭る＋白髪」なら「関寺小町」の老いたる小町という連想は動かしがたく、句中に「関」の字があるわけでもないので、小町の俤と見て問題はないと考える。

　　星祭る髪はしらがのかるゝまで　　曽良

24　集に遊女の名をとむる月　　芭蕉

【式目】秋（月）、月の句。恋（遊女）、夜分（月）、天象（月）、人倫（遊女）。

「すゞしさを」歌仙の10で触れた（二二八頁）ように、「遊女」を恋としない場合もありうるものの、ここは次句が恋なので、合わせて二句の恋の運びと見られる。

【付け】

謡曲を「檜垣」に転じての付け。「髪はしらが」のさまを小町から檜垣の嫗に見替えたのである。そのことは【鷲】により指摘されている。「檜垣」には「影白河の水汲めば、影白河の水汲めば、月も袂や濡らすらん。……彼後撰集の歌に、年経れば我黒髪も白河の、みつわぐむまで老にけるかなと、詠みしもわらはが歌なり」とある。断りのある通り傍線部が『後撰和歌集』の歌（巻十七・雑三、作者名は「ひがきの嫗」）の引用で、これが具体的に「集に遊女の名をとむる」ことになった歌である。彼女はかつて「白拍子」であったと名乗っていて、「遊女」と呼ぶことに問題はないだろう。

また、前句の「まで」から、後撰歌の「みつわぐむまで」という表現を、連想の糸筋として引き出しているかもしれない。また、「星」に「月」の夜分・天象つながりでもあり、さらに、『拾花集』に「七夕→讀哥」、『竹馬集』に「七夕→よむ哥」があるように、「星祭る」に和歌の話題を付けることは連歌の寄合語である。

【句意】

「（勅撰の和歌の）集に採られた歌を詠んで、遊女の名を書きとどめられた女。その女を照らす月よ」という意。ここの「月」は典型的な「投げ込みの月」であって、月そのものを賞する気分は弱く、一句立てにおける整合性もあまり考慮されていないだろう。前句で秋になり、ここで芭蕉が「月」の句を詠むべき展開なので、「檜垣」にも「月」が見える（傍点部）ことを利用して「月」を投げ込んだものである。なお、【宮】【中】【正】【橋】は謡曲「江口」の遊女・妙（『新古今和歌集』に歌が採られている）をこの句の俤の候補に挙げるが、「江口」の妙は結局普賢菩薩となって去って行く（本書所収「萩の旅路」参照、一〇六頁～）ので、前句の老女のイメージとつながらない。

集に遊女の名をとむる月　　芭蕉

25　鹿笛にもらふもおかし塗あしだ　　一栄

【式目】秋（鹿笛）。恋（句意）、動物獣（鹿）。

【付け】

秋を繋ぐ必要もあって「月」から「鹿」を出し(『拾花集』に「鹿→澄月」)、「遊女」に「塗あしだ」を付けて、一句を仕立てている。また、「集に名をとむる」遊女を、遊女評判記に名を留める高級遊女と読み替えて、遊女としての手管を付けた。

「鹿笛」と「あしだ」の関係の典拠は、『徒然草』第九段「されば、女の髪筋をよれる綱には、大象もよく繋がれ、女の履ける足駄にて作る笛には、秋の鹿かならず寄るとぞ言ひ伝へ侍る。身づから戒めて、恐るべく、慎むべきは、この惑ひなり」の傍線部である。『類船集』に「屐(アシダ)→鹿笛」が見える通り、よく知られていた話題である。

【句意】

句意は、「鹿の笛にせよと、女の履く塗り足駄をもらった。なかなか気の利いた、洒落たはなしだ」となるだろう。高級品である「塗あしだ」は遊女が揚屋まで道中する際の履きものと見るべきで、遊女が履いたそれを客に記念に与える時、『徒然草』を踏まえて「鹿笛に」と一言添えたのである。名の知られた遊女だから客あしらいも優れていて、ちょっとしたひと言で客を惹きつけるのである。教養があり、物言いのスマートな遊女像。また、『徒然草』第九段はほんらい色欲を戒める段だから、その点でこの句は皮肉な「おかし」さとも取れる。

鹿笛にもらふもおかし塗あしだ　　一栄

26　柴賣に出て家路わするゝ　　川水

【式目】雑。

恋を離れた。ただ、この句の「家路わするゝ」も遊女のいる街で遊ぶためだということが想像され、その点で三句がらみになっている。

【付け】

付けの発想としては、塗り足駄を「鹿笛に」と与えられるにふさわしい人物をさぐったのであろう。謎を種明かしする、心の付け方である。「その人物は鹿狩りをすることもある山人」と見定めて、彼が柴を売りに出た街で、「塗あしだ」をプレゼントされるような繁華にとどまって散財している、とした。「からかわれている……おめでたい山がつ」【高】などと取る必要はない。

【句意】

相当学問もある男、あるいは大尽のなれのはて(【鶩】)という解もあるが、学問教養のないごくふつうの山人と見て支障はない。また、『本朝文選』所収の凡兆の俳文「柴売説」に「女は都に出てこれを売。夫は山に入てこれを樵る」とあるように、柴売りは女もすなる仕事ではあるが、打越しに遊女が出ているからここは男の柴売りと見ておきたい。「山人が、町へ柴を売りに出かけて、そのまま家に帰るのを忘れている。」

柴賣に出て家路わすゐ、　川水

27　ねぶた咲木陰を昼のかげろひに　芭蕉

【式目】夏(ねぶた)。植物木(ねぶた)、時分(昼)。

【付け】

両句の関係は、諸注が認めるように「家路を忘れたのは、そこに昼寝したため」(【鶩】)という心である。そしてその背景としては、前句の人物が柴売りであることを活かし、『古今和歌集』仮名序の「大伴の黒主は、その様、卑し。言はば、薪負へる山人の、花の陰に休めるがごとし」のくだりを典拠として、「花の陰に休める」さまを付けたのである。故事を踏まえた古典趣味の付けである。この話題は『類船集』にも「薪→黒主」とあり、常識的であった。芭蕉の、典拠からの離れ方、言い換えれば「大伴の黒主」を当代実際に見かける人物のように詠みこなしている手法が注目される。

【句意】

「ねぶた」を、曽良書留には「ねむた」としている。いずれにせよネムノキを方言で表そうとする意図があるか。ぶとむは交替する音であるし、曽良は出羽の人の発音を「ねむた」と聞いて、芭蕉は「ねぶた」と聞いた、聞き分けの相違なのかもしれない。いずれにせよ、木の花の名であると同時に、人物が眠たげに休らっていることを示している。「かげろひ」は光が弱い陰の場所。『新古今和歌集』巻三・夏に、西行の、

よられつる野もせの草のかげろひてすずしくくもる夕立の空

の用例があることを【加】が指摘しており、芭蕉の意識にはおそらくこの西行歌があったであろう。ただ、「木陰……かげろひ」と「かげ」の繰り返しになっているのはくどい。句意をまとめるならば、「ネムノキが咲いている木陰を、昼でも暗い物陰として選んで、眠たそうに休憩している」。

【考】

花の種類を「ねぶた」としたのは、出羽の国のネムノキの花が深く印象に残り、その当季の花の当地の呼び方を用いたかったのだろう。のちに『おくのほそ道』に、同じ出羽の国の象潟の発句として「象潟や雨に西施が合歓の花」が記し留められるが、それはこの27の発展形だったのではないだろうか。象潟の発句は、「眠（ねぶ）」の言い掛けにとどまらず、もともと「合歓」と書かれ和歌・連歌でその音読みのままの「がうか」で恋に関わって詠まれてきたネムノキの本意を活かした作と言える。

なお、宮脇真彦氏から、「23に小町、24に檜垣の媼が出て、ここでまた黒主のイメージが登場するのはくどくて難点だ」という指摘があった。もっともではあるが、この座の芭蕉の、そうした難点を措いても古典志向の俳風を指導しようとする意欲の顕れと見たい。ちなみに、この句には、「有難や」歌仙の7に類作がある（四〇九頁）。

ねぶた咲木陰を昼のかげろひに　　芭蕉

28　たえ〴〵ならす千日のかね　　曽良

【式目】雑。釈教（千日のかね）。

【付け】

ネムノキの木陰を言う前句に対して、そこで鉦を叩く千日参りの参詣者を付けた。寺の近くに咲いたネムノキの木陰で、御堂に入りきらない門徒が休み休み叩き鉦を手に持って叩いているという場面。付合の上で、「たえ〴〵ならす」について、「聴き手がうつらうつらと耳に入れているだけ、ちょっと気の利いた表現」（【柳】）、「音が絶えなのは、前句の昼寝してゐる人がうつらうつらと耳に入れているさまを言った巧みな表現」（【正】）などと注釈されてきたが、「たえ〴〵ならす」を聴く者の側の眠気のせいにするのは無理であろう。

宮脇真彦氏から、27「ねぶた咲木陰」にいるのは28の「千日のかね」を聞く人物とする方が転じがよいという指摘があった。26の柴売りも28で鉦を鳴らす門徒も「ねぶた咲木陰」にいるとするのは、なるほど観音開きの弊がある。ただ、それだと、「ねぶた咲木陰」で「千日のかね」を聞く人物が、27・28の付合において具体像を結ばない。ネムノキの下で昼寝する人物が聞くという理解では、26の柴売りがここの付合でもまだ休らっているような運びになり、かえって粘ってしまう。ネムノキの花の下で鉦を叩く門徒という像の鮮明さを優先したい。

【句意】

従来諸注は「千日」について「千日講」とも言い「千日参り」とも言って明確さを欠いていたが、【正】が両者の区別をはっきり説明した。前者は千日間法華経を読誦講説する法会であり、後者は一日参詣すると千日分の功徳に相当するとされる日に寺社に参詣することである。どちらに取るべきか。

曽良書留では「万日」と書かれており、芭蕉が清書段階で「千日」と改めたらしい。「千日」と「万日」で揺れが見られるということは、それらは交換可能の、類似の意味である可能性が高い。「万日」は一日参詣すると一万日分の功徳に相当する「万日回向」のことであるから、成案の「千日」も【正】が挙げたうちの後者だろう。千日参りも万日回向も、浄土宗の寺院に多い法会である。

一句としては、どこかの寺院に千日参りにやって来た信者が、鉦を「たえぐ〵」鳴らしているというのである。寺で打ち鳴らす釣鐘ではなく叩き鉦であろう。たとえば、元禄五年（一六九二）の「破風口に」和漢俳諧歌仙の、

朝日影頭（かしら）の鉦をかゝやかし　　芭蕉

風餐喉早乾　　同

の例も、門徒が戸外で叩き鉦を鳴らし和讃を唱えているさまである（拙著『和漢の世界』四〇九〜四一一頁に注釈した）。「たえぐ〵ならす」も、「喉早乾」と同様、寺参りの疲労感を表現しているのであろう。

なお、【柳】や【高】が18の「ねはむいとなむ」との等類を指摘している。釈教の運びで寺の法会の話題が反復されているのはたしかによろしくない。

29　古里の友かと跡をふりかへし　　川水

たえぐ〵ならす千日のかね　　曽良

【式目】雑。居所体（古里）、人倫（友）。

『連歌新式』で「里」を居所体とし、『産衣』で「古郷」を居所としている。ここを居所とすると32との間で差し合いを生ずるが、それについては32の【式目】で述べる。

【付け】

前句に千日参りの人ごみを見込んで、その中の寸景を付けた。自然な展開の、心の付け。

【句意】

「ふりかえし」は見馴れない語だが、【正】は『風流曲三味線』に「跡ふりかへし」の用例があることを指摘する。『風流曲三味線』は宝永三年（一七〇六）、江島其蹟作。「（頭を）振り返す」といった他動詞が自動詞化したか。

あるいは方言か。句意は「すれちがい、古里の昔なじみの友達かと思って、後ろ姿を振り返って見た」ということで、人の多い場所でいかにもありそうな状況である。

古里の友かと跡をふりかへし　　川水
30　ことば論する舟の乗合　　一栄

【式目】雑。水辺外（舟）。

「乗合」を「乗り合わせた人々」と取れば人倫の意味合いがあるが、ここが人倫だと32の「客」の人倫と差し合いになる。人倫とはしない方が良い。


【付け】

『随葉集』に「古郷をかへりみる→漕舟のうへ」がある。また、『類船集』には「友→舟」がある。つまり「古里の友」から「舟」を出したのは常套的な言葉の付け。28から29が姿を見かけて振り返った場面だったのに対して、この29から30では古里訛りを聞きとめて振り返った場面とし、視覚から聴覚へ変化を付けている。あるいは、前句を「古里から同行してきた友」と読み替えて、「その友が舟で口論を始めたと思われる声が聞こえて振り返った」というように、状況をずらして付けたとも考えられる。


【句意】

「口論が起こった、舟の乗合で」というだけの遺句である。「ことば論」は口論の意であるが、『狂言記』の「貰聟」に「夜前めぢゃ者とことばろんをいたしたれば、ついとでてござるが」、「宗論」に「さきほどの御坊とそれがしは弟子兄弟でござるが、ことば論をいたし」といったように狂言によく用いられる言葉遣いであり、一栄としては狂言の舞台めいた句を意図しているようだ。

なお、【加】が「一栄は、最上川の船宿の主人であった」ことを改めて指摘するが、そのことを背景とする日常的な話題とも言える。ただ、『類船集』に「わめきさけぶ→舟の乗合」や「座論→乗あひの舩」があって、舟の乗合客が口論をすることは自然な発想だった。さらに言えば、天竜川の舟渡しで西行が武士に打擲された『西行物語』の逸話の展開を、次句に働きかける意図があったかもしれない。本書所収「萩の旅路」第六章（一二三頁〜）参照。

（名残折オモテ）

ことば論する舟の乗合　　一栄

31　雪みぞれ師走の市の名残とて　　曽良

【式目】冬（雪みぞれ・師走の市）。降物（雪みぞれ）。

【高】は季重なりを問題にするが、当時季重なりを気にして作ることはない。

【付け】

前句のさわがしい舟のありさまにふさわしい場として「師走の市」を付けた。『随葉集』に「舟をわたす→市人」、『類船集』に「いさかひ→市」「市→さす舟」があるように、それは自然な連想だった。また、【高】が指摘するように、ここまでまだ出てなかった冬の句を出そうとしていると思われる。曽良は、天竜川の西行の故事には進まなかったのである。

【句意】

「師走の市」は、「年の市」と言っても同じことで、年末に新年の飾り物・食品・台所用品などを売る市である。「雪みぞれ」が「師走の市の名残」なのである。そろそろ終わろうとしている師走の市の名残であるかのように、「雪みぞれ」が降っていると言う。そこには、季（すえ）の冬である師走の名残を惜しむという気持ちもこめられているだろう。「雪みぞれ」とは、季節の推移を言い留めようとした語である。年末、ひたすらに冷たい「雪」の季節は過ぎようとしていて、それがゆるんだ「雪みぞれ」になっているというのだ。そう考え、「雪みぞれ」は雪とみぞれの並列なのではなくて、みぞれに近い雪と取りたい。

【考】

芭蕉には、同じ元禄二年の冬に、

何に此師走の市にゆくからす　（『花摘』）

という発句があった。曽良も後年、「歳暮」の題のもとに、

こねかへす道も師走の市のさま　（『続猿蓑』）

という発句を詠んでいる。彼らはどうやら「師走の市」の情趣をずっと追いかけていたようである。

雪みぞれ師走の市の名残とて　曽良

32　煤掃の日を草庵の客　芭蕉

【式目】冬（煤掃）。居所体（草庵）、人倫（客）。

『連歌新式』に「庵」を居所体とする。たしかな居所体の句である。居所どうしは三句去りであるから、29の「古里」と差し合いである。「古里」を居所と認識していなかったものか。

【付け】

付合の上では、「客」がやって来たのは草庵の主と一緒に「雪みぞれ」の風流を味わうためだ、という発想が中心にある。『随葉集』に「雪のふる→草の戸ざしにこもる」があるように、雪の日は草庵で雪を見るのが風雅の人にあるべき振る舞いなのである。隠逸趣味に基づく心の付け方と言える。芭蕉発句、

はつゆきや幸庵にまかりある　（『あつめ句』）

が参考になろう。もちろん、「煤掃の日」は前句の「師走の市」と同月であって、「煤掃」に前後して「師走の市」

で新年に向けての買い物をするという連想も働いている。『類船集』にも「師走→すゝ掃」「煤→師走」がある。

【句意】

ここの句意に関連して、【高】が挙白の発句、

何方に行きてあそばん煤はらひ

を例として挙げている。これは貞享五年(一六八八)刊『続の原』句合の十二番左句で、「すゝはきの日の遊び所を侘たるも、優にして艶也」という芭蕉の判詞が加えられている。すなわち、世俗の習いである「すゝはきの日」には風雅に遊ぶ者は行き場を失くすものだが、それを嘆ずる心は「優にして艶」なのである。

芭蕉は「煤掃き」を詠んだ発句を四句遺している。

旅寝してみしやうき世の煤はらひ　（『笈の小文』）

これや世の煤にそまらぬ古合子　（『俳諧勧進帳』）

旅行

煤掃は杉の木の間の嵐哉　（『炭俵』）

煤掃は己が棚釣る大工かな　（『己が光』本書一五九頁参照）

年代順に並べたが、三句めまでは定住者の煤掃きという習慣への、旅に暮らす身からの距離感を詠んでおり、その距離感は「草庵」の暮らしにおいても付随する感覚だろう。非定住者の仮住まいという意識の伴う草庵では、旅の空と同様、煤掃きをしないものだった。ついでながら言い添えれば、『炭俵』における「煤掃」の詠みぶりの変化は興味深いところである。

こうしたことを踏まえて、この句は、「煤掃きの日、自宅の煤掃きから逃れ風雅の楽しみを求める客が、草庵に来る」という意味と解される。【柳】は「風雅にも打算があるという、一種の皮肉」を見ているが、むしろ主題はその客の「優にして艶」なる心にあろう。芭蕉が挙白句を応用したものと思われる。

煤掃の日を草庵の客　芭蕉

33　無人を古き懐帋にかぞへられ　一栄

【式目】雑。述懐（無人）、人倫（人）。

【付け】

「られ」を客に対する敬意の表現と見る。「客」が自宅の「煤掃」によってみつかった「古き懐帋」を草庵に持って来て、物故者を「数えておられる」という発想の付けと思われる。『随葉集』に「昔をおもふ→草の庵」があり、『類船集』に「水茎→記念」があって「なき人の跡に残しをかれしは見るも又其時の心ちせり。哥などよみて思ふ心をほのめかし泪の渕にしづむなどぞあはれなる」という記事がある。草庵にて故人の筆跡を見て偲ぶというのは、いかにもありそうな場面なのである。

その懐紙について、「草庵でもやはり少しの片付けものをして」（【柳】）と、草庵の煤掃きによって見つかったものとする注釈があるが、それでは前句の「草庵―煤掃」の関係を正反対に読み替えることになり、賛成できない。

【句意】

「古い懐紙を眺めては、いまはもうこの世にいない人の名を数えておられる」。「られ」には多様な意味がありうるが、ここでは付合の上から尊敬と取りたい。懐紙は連歌または俳諧の記録。一栄は当時五十四歳、実感ある話柄だったか。

【考】

前述の「懐紙はどこにあったか」という点をめぐり、草庵では煤掃きをしないという前提は認められるにしても、その懐紙は煤掃きとは無関係に草庵にあったものと取るべきだというのが宮脇真彦氏の意見で、客が持ち込んだ古い懐紙だとしてはその客の働きとして31以来三句続いてしまうと言う。佐藤勝明氏は、煤掃きによって古いものが見つかるというのは決まったパターンであって、懐紙は客の家の煤掃きで見つかった物と取るのが自然、という見解であった。私は前述のように取って佐藤氏と同意見なのであるが、この解釈の差異は、作者・一栄がどの程度に「転じ」を心掛けていたと見るか、言い換えれば「作者の技量やいかに」という問題である。私としては、「転じ」の視点からの瑕疵がしばしば見出されることは仕方のないことであって、それらは丁寧に指摘しなければならないにせよ、その瑕疵を解消する方向での解釈にこだわるべきではないと考えている。

　　無人を古き懐帋にかぞへられ　　一栄
34　やもめがらすのまよふ入逢　　川水

【式目】雑。動物鳥（からす）、時分（入逢）。

【付け】

「無人」に「やもめ」と「まよふ」が、言葉として付いている。前句の「られ」を自発の意に読み替えて、故人を偲ぶ心のとどめがたい人物を前句に見、その無常の句意に対して鐘の音を含意する「入逢」を付けている。さらに、『類船集』に「鴉↓古反故」、「文字」項に「鴉字ノ如シ」の説明があるように、古き懐紙の文字から鴉の姿を連想したと考えられる。総じてここはとても手堅い言葉の付けであり、また、花の定座の前句としての役目をかなり意識している句とも言える。

【句意】

曽良書留は「やまめがらすも」と書いて「も」を「の」に修正しているようである。「やまめ」は、芭蕉の清書懐紙には「やもめ」と直されているが、曽良書留ではそのままである。「やまめ」は曽良の単なる誤記か。「も↓の」は、次の芭蕉句に「あすも」があることと関わる改変だろう。次句が詠まれてから両句の「も」を比較して、34の「も」の方が必要性が低いと判断された結果と考えられる。仮に本来の「……がらすも」という句形であれば、それは「人間のやもめも」というニュアンスを帯びていたわけで、その場合「無人」との連想関係がさらに濃密だったことになるだろう。

「連れのいない一羽の鴉が、行き場に迷いながら飛んで行く、入逢の鐘の鳴る時分」という句意。

やもめがらすのまよふ入逢　　川水

35　平包あすもこゆべき峯の花　　芭蕉

【式目】春（花）、花の句。旅（句意）、植物木（花）、山類体（峯）。

【付け】

花を引き出そうという前句の工夫に応え、細やかに言葉を寄せて作った花の句である。大筋としては、【鷲】の「「やもめ鴉」に孤客の姿を託してある」との見方でよい。僧の姿はカラスに似ているということが大事である。また、常套的に「入逢」に「花」を付けた。『随葉集』には「花のちる↓入あひのかね」がある。この寄合語は「山里の春の夕暮きてみればいりあひの鐘に花ぞちりける」（『新古今和歌集』巻二・春下、能因法師）を本歌としている。さらには鴉は山にいるもの（『類船集』「鴉↓深山」「深山↓鴉」）であり、また、「入逢」と「あす」がつながってもいる。

【句意】

「平包」は西行が修行の旅に背負う荷であること、『宝蔵』巻之二に「ひらづゝみ」の項があり、「西行法師のひらづゝみは、世をはなれたる袖にわいがけられ、難波がたにさまよひては、芦の枯葉に驚き、富士のすそ野にやすらひては、烟の行衛に思ひをのべなど、後の世のかたみとなれる言の葉をもつらねしかば、ひらづゝみにも耳あれば、などてかきかで侍るべき」云々とあって明らかである（伊勢明恵氏の指摘）。本書所収「萩の旅路」に掲げた『西行和歌修行』からの図②（一〇一頁）で、西行が負うのが「ひらづつみ」である。なお、『西行学』第四号（二〇一三・八）に、鈴木健一氏ほかによるシンポジウム「西行の図像学」などの特集がある。

句意は「今日も花を眺めながら峯を越えてきた。明日もまた花を眺めながら次の峯を越えることになろう」ということであるが、その主格には西行のような旅人を想定しているのである。また、【正】の指摘する通り、『新古今和歌集』巻十・羇旅の家隆歌「あけば又こゆべき山の峰なれや空ゆく月のすゑの白雲」をなぞり、「白雲」を「峯の花」に見換えている。さらに、「こゆべき」には、同書同巻の西行歌「年たけて又こゆべしと思きや命なりけり佐夜の中山」からの響きも認められる（佐藤勝明氏の指摘）。

芭蕉が自らの理想とする旅を表現した句で、自画像と言ってもよいかもしれない。芭蕉得意の西行のイメージを用いて、大石田の連衆に大いにサービスしている。そのことは31で曽良が西行の俤への展開を選ばなかったことと関連していよう。曽良は芭蕉に西行を譲ったのである。

なお、【鶖】の指摘によれば、去来の発句「おとゝひはあの山越えつ花盛り」を、芭蕉が『笈の小文』の旅の吉野山中で日々吟じながら歩いたと語ったことが、『去来抄』に記されている。芭蕉の念頭に去来の句があったことは確かだろう。

平包あすもこゆべき峯の花　　芭蕉

36　山田の種をいはふむらさめ　　曽良

【式目】春（山田の種）。植物草（山田の種）、山類体（山田）、降物（むらさめ）。

「山田」を山類体とすることは推測による。

【付け】

二句の総体としては「平包を負った旅人の道すがらの所見」（【正】）と見るのが妥当であろう。そこに、「峯」に「山田」、「花」に「むらさめ」と、言葉の縁をまじえている。後者は、『随葉集』の「花の咲↓春の雨……養得自為花父母　雨は花のちゝはゝなり」にあてはまる。なお、「山田の」は、これも西行法師の著名歌「きかずともこゝをせにせん郭公山田の原の杉のむらだち」(『新古今和歌集』巻三・夏)を意識しての語で、前句の、西行をイメージさせる語「平包」「こゆべき」に対応している。

【句意】

「むらさめ」は要するににわか雨で、無季の語。ここは、【柳】の言うように「水口祭」の場を想定するのがよいだろう。仲春はじめて田に水を引き苗代に籾種を蒔くにあたり、取水口に幣を立て神酒を供えて田の神を祭るのである。「山田の種を蒔く日に、水口を祭っていると、村雨もまた種を祝うかのようにざっと降ってきた」という句意。祝言としてめでたく巻きおさめたのは確かだが、その祝意に関しては諸注微妙に異なっている。当地の稲の実りを予祝していると見れば良く、「蕉門の前途を祝福する」(【柳】)や「この曽良の祝言は新しい誹諧の種を下ろそうとしている大石田の一栄・川水に向けられている」(【橋】)とまで言うのはいかがか。

次頁とその次の頁に、「さみだれを」歌仙全体の式目表を掲げる。

式目上の違反は二箇所、表の中に×印で示したように、7と10の夜分と、29と32の居所の差し合いであった。わずかな違反と言えよう。また、季・恋・月・花、旅・釈教・述懐の配分にもよく気を配っている。神祇の運びがないことが残念な程度か。全体として、俳諧の式目がよくわきまえられた、式目遵守の意志の認められる四吟歌仙であった。

「さみだれを」歌仙式目表

	季・月・花・恋・同字	旅・神祇・釈教・述懐	動物(うごきもの)（生類）・植物(うえもの)	時分・夜分・天象（光物）	山類・水辺・居所	降物・聳物(そびき)	人倫・名所・国名・衣類・食物・芸能
1	夏				水辺体	降物	名所
2	夏		動物虫	夜分	水辺体 水辺外		
3	夏 月		植物草	夜分 天象			
4			植物木		居所体		
5			動物獣	時分			
6					水辺用	聳物	
7		旅		夜分	山類用		
8		旅	植物木				
9		釈教					
10			動物鳥	夜分 ×			
11	恋			夜分			
12	恋						
13					居所用		人倫
14	秋						人倫
15	秋 月			夜分 天象	水辺体		名所
16	秋						
17	春 花		植物木				
18	春	釈教			山類体		

36	35	34	33	32	31	30	29	28	27	26	25	24	23	22	21	20	19
春	春 花			冬	冬				夏		秋 恋	秋 月 恋	秋				春
	旅		述懐					釈教					述懐				釈教
植物草	植物木	動物鳥							植物木		動物獣			植物木	植物草		
		時分							時分			夜分 天象	夜分 天象				
山類体	山類体			居所体 ×		水辺外	居所体										
降物					降物												
			人倫	人倫			人倫					人倫				国名	

「御尋に」歌仙注釈

元禄二年六月二日出羽国新庄にて成立の、「御尋に」歌仙を注釈する。底本は曽良の俳諧書留を用いる。成立の状況については「さみだれを」歌仙注釈の冒頭(三〇八頁)で触れた。さらに曽良の日記から新庄の記事を引く。

○六月朔　大石田を立。辰刻、一栄・川水、弥陀堂迄送ル。馬弐疋、舟形迄送ル。二リ。一リ半、舟形。(中略)二リ八丁新庄、風流ニ宿ス。

二日　昼過ヨリ九郎兵衛へ被招。彼是、歌仙一巻有。盛信息、塘夕、渋谷仁兵衛、柳風共。孤松、加藤四良兵衛。如流、今藤彦兵衛。木端、小村善衛門。風流、渋谷甚兵へ。

○三日　天気吉。新庄ヲ立、一リ半、元合海。

すなわち、この歌仙は六月二日昼過ぎから渋谷九郎兵衛方(盛信亭)にて巻かれた。九郎兵衛は渋谷甚兵衛(風流)の本家にあたる新庄屈指の富豪である。歌仙に出句していない事情は不明だが、不在であったと取るのが自然だろう。代わって息子の渋谷仁兵衛(俳号、塘夕もしくは柳風)が応対している。他の連衆についても、おおよそ曽良が書きとめたことが情報の全てである。風流は「渋谷甚兵へ」で、「すゞしさを」歌仙の連衆でもあったのですでに二一六頁で述べた。孤松は「加藤四良兵衛」、如流は「今藤彦兵衛」、木端は「小村善衛門」。

なお、曽良の日記本文には記載がないが、新庄での三ツ物二種が、曽良俳諧書留の「御尋に」歌仙の次に記されている。

風流亭

水の奥氷室尋る柳哉　　翁
ひるがほかゝる橋のふせ芝　　風流
風渡る的の変矢に鳩鳴て　　ソラ

盛信亭

風の香も南に近し最上川　　翁
小家の軒を洗ふ夕立　　柳（息）風
物もなく麓は霧に埋て　　木端

曽良の日記や発句の内容をもとに、「御尋に」歌仙を含めたこれら俳諧作品の成立事情について想像をめぐらすならば、次のように整理できるだろう。

・六月一日、芭蕉と曽良は風流亭に到着。芭蕉は「水の奥」の発句を詠み、脇を風流、第三を曽良が付けて、三ツ物が成った。風流亭への挨拶であり、曽良は前書を「風流亭」と書き留めた。

・同日夜か翌朝、ともかく蚊帳を目にする機会があってから、今度は風流が「御尋に我宿せばし破れ蚊や」句を詠み脇を芭蕉が付けた。

・二日昼過ぎ、盛信亭に招かれて、芭蕉は「風の香も」の発句を詠み、脇を柳風、第三を木端が付けて、三ツ物が成った。盛信亭への挨拶であり、曽良は前書を「盛信亭」として書き留めた。

・同日、新庄の作者たちと俳諧歌仙を興行するに当たり、本来ならば「風の香も」で始まる三ツ物からさらに付け進めればよいのだが、なぜかそうせずに、風流発句「御尋に」と芭蕉脇に孤松が第三を付けて付け進めた。

「御尋に」の発句について、風流がわざわざ本家に出向いてその家の狭さや蚊帳の見苦しさを詠んだとするのは、身内の謙遜だとしてもいかにも不自然である。その疑問を解消するために右のように推測した。また、曽良の俳諧書留に「御尋に」歌仙の前書が「新庄」とのみあるのは、冒頭が風流亭にての作で続きが盛信亭にての作だったから、まとめて町の名のみ記したということではないだろうか。板本『雪まろげ』が録する当歌仙に「新庄　風流亭にて」の前書があるのもこうした経緯を反映してのことであって、あながちに誤りとも言いきれないと思う。
では、本文全体を示そう。天理図書館善本叢書『芭蕉紀行文集』（八木書店、一九七二）所収の影印による。濁点を加え、通し番号を付す。

（初折オモテ）

新庄

1　御尋に我宿せばし破れ蚊や　風流
2　はじめてかほる風の薫物　芭蕉
3　菊作り鍬に薄を折添て　孤松
4　霧立かくす虹のもとすゑ　ソラ
5　そゞろ成月に二里隔けり　柳風
6　馬市くれて駒むかへせん　筆

（初折ウラ）

7　すゝけたる父が弓矢をとり傳　翁
8　筆こゝろみて判を定る　流
9　梅かざす三寸もやさしき唐瓶子　良
10　簾を揚てとをすつばくら　如柳
11　三夜サ見る夢に古郷のおもはれし　木端
12　浪の音聞嶋の墓はら　風

13 雪ふらぬ松はをのれとふとりけり　柳
14 萩踏しける猪のつま　翁
15 行尽し月を燈の小社にて　松
16 疵洗はんと露そゝぐなり　端
17 散花の今は衣を着せ給へ　翁
18 陽炎消る庭前の石　良
（名残オモテ）
19 楽しみと茶をひかせたる春水　流
20 果なき恋に長きさかやき　端
21 袖香炉煙は糸に立添て　風
22 牡丹の雫風ほのか也　柳
23 老僧のいで小盃初んと　翁
24 武士乱レ入東西の門　良
25 自鹿も鳴なる奥の原　端
26 羽織に包む茸狩の月　流
27 秋更て捨子にかさん菅の笠　柳
28 うたひすませるみのゝ谷ぐみ　翁
29 乗放牛を尋る夕間夕　風
30 出城の裾に見ゆるかゞり火　端
（名残ウラ）

31　奉る供御の肴も疎にて　　翁
32　よごれて寒き禰宜の白張　　流
33　ほり〳〵し石のかろどの崩けり　　風
34　知らざる山に雨のつれ〴〵　　柳
35　咲かゝる花を左に袖敷て　　端
36　鶯かたり胡蝶まふ宿　　良

なお、『雪まろげ』の異文は曽良の俳諧書留から杜撰によって派生したものと見て一つ一つに言及しない。この歌仙の先行注としては、【喜】【鶯】【宮】【高】【中】【島】【正】【橋】がある(二一二頁参照)。

新庄

1　御尋に我宿せばし破れ蚊や　　風流

【式目】夏(蚊や)。居所体(宿)。

「蚊帳」は、寛永十三年(一六三六)刊の『はなひ草』においてすでに夏の季語に登録されている。「宿」が居所体であることは『産衣』によった。

【句意】

諸注、卑下・謙退の挨拶の意を汲むことは一致しており、その点は動かないだろう。前述の芭蕉からの風流への挨拶句「水の奥氷室尋る柳哉」の「尋る」と対応している「御尋に」ではないだろうか。「尋」は物を問うたというのではなく、来訪した意であり、字義に厳密な用い方ではない。「ご来訪下さいまして、我が家の狭さをお目に掛けました上に、寝間に用意した蚊帳も破れた蚊帳という次第。誠に恐縮です。」

御尋に我宿せばし破れ蚊や　風流

2　はじめてかほる風の薫物　芭蕉

【式目】夏（かほる風）。

「かほる風」ないし「風かほる」は、『古文真宝前集』の「五言古風短篇」、蘇子瞻「柳公権聯句に足す」の、柳公権による箇所「薫風南自り来り、殿閣微涼生ず」に見える「薫風」の語から来ている。連歌書ではたとえば『至宝抄』に、「風かほると申は南の風吹てすずしきを申候」云々とあり、俳諧でもたとえば『増山井』は柳公権の聯句を引きつつ「六月に吹く涼風なり」と説明している。六月一日・二日と新庄に滞在した芭蕉には、「六月になったので『かほる風』の語を使える」という認識があったようだ。なお、本書所収「小倉ノ山院にて」（一五四頁）参照。

【付け】

「破れ蚊や」でお見苦しい、という発句の挨拶に対して、「いえいえ、だからこそ薫風を感じ取ることができました」と切り返した、心による付け。連歌では「風薫↓釣簾の外」（『拾花集』『竹馬集』）が寄合語であり、「破れ蚊や」に「かほる風」と付けているのは「釣簾」の俳諧化と言うことができる。また、本来薫き物を蚊帳などの内に薫くことがあったろうから、「寝所にわざわざ薫き物を置かなくても、南風を薫き物として味わうことができますよ」と述べて、快い旅宿への感謝をあらわしたのである。

【句意】

「六月に吹くさわやかな風を『かほる風』と申しますが、まさに薫き物のように良い薫りのする風を、ここで初めて味わうことができました。」

【正】の「実際の薫物ではなく、夏の薫風を香に見立てた俳諧」という解釈に賛成する。盛信亭に対する芭蕉の挨拶句「風の香も南に近し最上川」と同趣である。

はじめてかほる風の薫物　芭蕉
3　菊作り鍬に薄を折添て　孤松

【式目】秋（菊作り・薄）。植物草（菊・薄）。

【付け・句意】

「菊作り」について諸説がある。【鴛】は「薫物を香らす主の風流な生活の一面」としている。【高】は「菊作りの翁」と見ている。【正】が「家では薫物をたきしめるような風流の隠士」とするのは【鴛】に近いが、「陶淵明の俤かもしれない」とまで言う。しかしみな、前句の人物が「菊作り」をしているという点では一致している。

そうではないのではないか。菊の香を聞き分けたその人は造園ないし立花をたしなむような人物で、彼の注文に応えた農夫が、作った菊を運んできたのではないか。また、「菊作り」は、そのような農夫を呼んだ語ではないか。農夫は、おそらくは鍬で菊花の株をまるごと運んで来、加えて鍬にはススキを「折添て」あったということだと思う。そう取る方が、人物が入れ替わり、第三らしい大きな転じとなる。また、そうならば「陶淵明の俤」とまで言う必要はないだろう。

なお、「風薫る」に「菊」は、固定的な連歌の寄合語（『随葉集』に「風かほる→菊のさかり」、『拾花集』『竹馬集』に「風薫→庭の菊」）で、季を夏から秋に転ずる場合によく用いられた付け筋である。ここも、前句を「実際に風に薫りがある」さまと読んで、「それは菊花が運ばれてきたからだ」と付けている。

一句としての意を取れば、「菊を作る農夫が、菊の株を提げた鍬に、折り取ったススキを添えてやってきた」。なお、「温海山や」歌仙の4・5にも、「土もの竈の煙る秋風　翁／しるしして堀（ママ）にやりたる色柏　玉」という、茶人らしき風流人の庭造りを描いた付合がある（『風雅と笑い』二七〇頁参照）。

菊作り鍬に薄を折添て　孤松

4　霧立かくす虹のもとすゑ　　　ソラ

【式目】秋（霧）。聳物（霧）。

【付け】

「菊」に「霧」が寄合語である。「菊→霧の笆」（『拾花集』『竹馬集』『類船集』）。また、ススキと虹は、弓なりである点が共通である。秋を繫ぎつつ、二筋の連想を組み合わせ、月の前句としても配慮した遣句といえよう。

【句意】

句意は「虹の本と末を立つ霧が隠す」（【鴛】）で問題ない。現実の風景というよりは、図像的な風景である。

霧立かくす虹のもとすゑ　　　ソラ

5　そゞろ成月に二里隔けり　　　柳風

【式目】秋（月）、月の句。夜分（月）、天象（月）。

【付け】

「虹のもとすゑ」にそれぞれ里があると想像して、「二里隔けり」と付けている。基盤として「霧→月」の寄合語があり、霧が隠していたその二里の位置が「そゞろ成」月によって明らかにされたと時間を進めて展開した。

【句意】

この句には「隔けり」の読み方の問題がある。「へだつ」は終止形の時は自動詞と他動詞が同形だが、自動詞（現代語で「へだたる」）ならば四段活用、他動詞（現代語で「へだてる」）ならば下二段活用である。自動詞として解釈すると「へだちけり」となるはずであり、「月の光に照らされて、二つの里が隔たっている」の意となる。他動詞として解釈すると「へだてけり」となるはずであり、「月の光のもとに、二つの里を隔てている」の意となる。他動詞ではやはり「何が二つの里を隔てているか」が不明であり、一句立てが失われる。したがって、一句としての意がいちばん通る本文を求めるならば「二里隔けり（ふたさとへだち）」と読むべきであろう。

さらには、「そゞろ成（なる）」の解釈がやっかいである。「なる」が続くから形容動詞であるが、『日本国語大辞典』の語義では、根幹として「その人の思い（認識・意識・願望・良識・思慮・分別・関心など）をはなれ、あるいは無視して、ある行為をしたり、ある状態になったりするさま」という説明があり、大きく、
(1)確たる心構えもないままにある行為をしたり、ある状態になったりするさま。
(2)原因や理由もはっきりわからないままに心や動作などが進むさま。
(3)あるべきさまや程度、あるいは本意に反しているさま。
の三つに意味を分類している。(1)は「漫然と」「そわそわと」のような意味が当てはまり、「気もそぞろ」というような場合の「そぞろ」である。(2)は、「おのずから」や「ふいに」といった意味の場合である。(3)は「むやみに」「不本意なことに」である。これらの語義のうちで、この句にもっともふさわしいのは「ふいに」であろう。思いがけない時に月が出たのである。

まとめれば、句意は「ふいに月が出て、暗かった地上が明るくなり、二つの里の隔たっている様子が見てとれるようになった」ということだろう。

そゞろ成月に二里隔けり　　柳風
6　馬市くれて駒むかへせん　　筆

【式目】秋（駒むかへ）。動物獣（馬・駒）。

【付け】

『随葉集』に「駒迎→月のさやか」、『拾花集』『竹馬集』に「駒迎→さやけき月」がある。また、『拾花集』『竹馬集』には「市→里」もある。言葉の付けが発想の源だが、月光の下を「駒むかへ」に出かけるという場面として

もよく付いている。駒迎えのことについて、『随葉集』「駒迎」の項の説明を引く。

駒迎と申は、関東より京都へ駒をのぼせらる丶、都よりむかひに出て相坂にて請とらる丶なり。それを駒むかひと申なり。八月十五日の事なり。

仲秋の名月と同日の年中行事なので、「月」と連想関係にあるのである。「駒牽（こまひき）」とも言う。

【句意】

「馬市が立ったが、日が暮れて市も果てた。さて、買った馬を迎えに出て、『駒迎』をしよう。」と解される。仲秋の伝統行事である「駒迎」のまねごとをしようということで、この人物が古典和歌の世界に憧れる「数奇（すき）」の人だということを示している。

【高】は、『東遊雑記』の巻之三の尾花沢の馬市の奇習の記事を挙げて、当然思い浮かんでいただろうと述べている。『東遊雑記』のその記事を引く。

この尾花沢の駅は、古よりも大いなる馬市ある所にして、奥羽の駒数千疋引き来りて売買するに、口入れのものこの馬何両何分何百と値段にて売らざれば、口入れ手を以て馬主を擲（たた）く。一打ちが百文、二打ちが二百文、打ち倒せば一分ずつ値段のあがることなり。まけろまけろといいて、打擲数にて増減あるなり。この喧嘩のぞく中には、あたまなど強くたたかれて、是非なく売る人もあり、逃げ走りするもありて賑わしき市なり。土人の物語なり。すべて奥州にては、何にても売買をするに打擲すること国風なり。世にはおかしきこともあるものなり。

『東遊雑記』の成立はこの歌仙の時代からおよそ百年後であるが、元禄の頃にそのような馬市があってそれを念頭に当該句が詠まれているというのはありそうなことである。付け加えれば、尾花沢と新庄の「二里」を想定しているのだろう。芭蕉と曽良は尾花沢で風流に出会い新庄に招かれたと思われるが、誰か分からないものの執筆をつとめているこの6の作者は、招きに応じてやってきた芭蕉らを新庄の連衆の立場で「迎え」ようとしている。そのような心が、この句には込められているのではないだろうか。

（初折ウラ）

馬市くれて駒むかへせん　翁

7　すゝけたる父が弓矢をとり傳　筆

【式目】雑。人倫（父）。

【付け】

これまでの注釈の基本線はだいたい一致している。【宮】は、「「駒迎」という由緒ありげな言い方からその父祖が郷士の家柄であったと見た付け」とする。【中】は、「駒むかえの人の位を移した付け。郷士などか」とする。【正】は、「いはば位を定めた付け。事有り気に次の趣向を誘ひだそうとしてゐる」とする。前句の「位」を見て付けたということは確かだろう。ただし、その位を「郷士」と限定するのには疑問がある。後述するようにここは『平家物語』に拠る句作りと見るべきで、当代の「郷士」とせずに、単に「古い家柄の武家」の位とすればよい。付け加えれば、前句では「駒迎」を王朝的な年中行事として詠んでいたが、ここでは「馬市で求めた馬が来る」ことに焦点をずらして、武家のいくさ支度と見、弓矢の話題に転じたのである。

【句意】

『平家物語』九「二度之懸」に「もののふのとりつたへたるあづさ弓ひいては人のかへるものかは」という歌がある。これは、梶原平次が、さきがけを諫めた父・平三からの使者に対して、馬上から返した歌である。岩波の新大系の『平家物語』注では「武士が先祖から相伝した梓弓は、一度射放ったならばもう帰っては来ない。それと同様に、私も一旦進み出た以上どうして引き返すことなど出来ようぞ」と現代語訳されている。芭蕉はこの歌を典拠として、俳諧らしくそれより見劣りする家伝の弓矢を描いた。「父が弓矢」とした意図も、梶原父子の逸話であることによって明確になる。「（梶原平次の歌のように）父から相伝した弓矢、すすけてはいるけれど」。

す丶けたる父が弓矢をとり傳　翁

8　筆こゝろみて判を定る　流

【式目】春（筆こゝろみて）。

『随葉集』の「筆心むる」項に「正月元日に書初をする事也」と説明される。

【付け】

家格の高い武士のさまとして、位で付けている。教養や風流というよりももっと実用的なことで、武家の文書に必要な、書き判の話題である。貞享五年（一六八八）の『若水』に「若水に智恵の鏡を磨うよや　嵐雪／判居へ習ふ筆のこころみ　露荷」という例がある。これによれば、書き初めにあたって、その年に用いる書き判の形を決めることがなされたらしい。『平家物語』からは離れ、相伝の弓矢を持つような武家の新年の行事としてそのようなことをしていると想像したのである。

【句意】

「正月、書き初めをして、今年の書き判の形を定めた。」

筆こ丶ろみて判を定る　流

9　梅かざす三寸（みき）もやさしき唐瓶子（からへいじ）　良

【式目】春（梅）。植物木（梅）。

【付け】

『拾花集』に「試筆……筆こゝろむる→梅花」、『竹馬集』に「筆試（ふでこゝろむ）→梅の花」がある。春の二句めということもあり、言葉の付けで「梅」を出した。さらには、試筆という正月の行事に、その後の酒宴を想像している。「判を定る」人物を相当高位の貴人と見て、「やさしき唐瓶子」と付けた。

【句意】

『随葉集』の「酒を酌かはす」項に、「三寸とかきてみきとよむ」とある。この用字は天正本節用集にも見えて一般的なものであった。また、『日葡辞書』には、「大公」や「仏」のための酒をいうとの説明がある。飲む人への敬意をも含んでいる「御酒」である。「かざす」は、「扇をかざす」のような動作ないしは位置関係をいう。「唐瓶子」は、宴会用の中国風のとっくりで、それが木製で黒い漆塗りの酒器だということは、【正】が、『徒然草』一〇三段の忠守の逸話を引いて説いている。「梅の花の陰に酒が用意してあって、それも優美なことに唐瓶子を用いている」という句意。

【考】

7〜9については、【高】に「三句のわたりが、あまり密着しすぎる」、【橋】に「すべて一つのムードの中に納まっている」という評がある。しかし、武家から貴族に転じており、そんなに停滞しているわけではない。

　　梅かざす三寸もやさしき唐瓶子　　良

10　簾を揚てとをすつばくら　　如柳

【式目】春（つばくら）。動物鳥（つばくら）、居所用（簾）。

【付け】

【宮】は、「前句を宮・社（殊に天神など）に転じた付」とし、『類船集』の「梅↓天神」、『小傘』の「三寸↓天神・御簾際」「燕↓宮社」といった付合語を指摘する。従うべきであろう。【正】は、「天神などの社殿」より「王朝風の寝殿造りの屋敷で催された宴席」とするが、8↓9が貴家の試筆後の宴席の場面だったので、天満宮のような社殿のたたずまいとする方が打越しから離れる。「つばくら」は春を繋ぐための語でもある。「やさしき」という描写にこの句の句意が対応してもいる。

【句意】

燕と簾は連想語である。『拾花集』に「燕→こすのと」、『竹馬集』に「燕→釣簾の外」、『類船集』に「燕→こすの戸・簾」がある。一句の意としては「簾を巻き揚げて、燕が屋内にまで飛び入るようにする」となる。

簾を揚てとをすつばくら　如柳

11　三夜(みよ)サ見る夢に古郷のおもはれし　木端

【式目】雑。旅（句意）、夜分（夜・夢）、居所体（古郷）。

「三」字、打越しに同字あり。底本ではははじめ句末を「て」と書きそれにかぶせて「し」と書いている。これは、前句の「揚て」との重複を避けての修正の跡か。

【付け】

『類船集』「燕」項に、

つばめくる時になりぬとかりがねはふる里おもひ雲かくれなく

という歌が引かれている。出典は、『万葉集』巻十九の家持歌、

燕来る時になりぬと雁がねは国偲ひつつ雲隠り鳴く

である。また、『随葉集』には、「つばめ飛かふ→ふるさとの軒ば」がある。寄合語を利用して、前句の「つばくら」から「古郷」を導き出しながら、旅宿または船中の躰にしている。

【句意】

「夜サ」は、『日本国語大辞典』の説明を借りるなら、接尾語として「数詞に付いて、夜を数えるのに用いる語」

がここにあてはまる。『曠野』の「員外」に、「落着に荷兮の文や天津雁　其角／三夜さの月見雲なかりけり　越人」の例がある。中世の俗語であろうか。あるいは歌謡の言葉かもしれない。ここは「三晩見る夢のせいで、故郷のことが思い出される」という旅体の句。

【考】

この句についても【高】は「古郷の夢の内容に、さかのぼって二・三句のどれも似つかう。句はこびがここで停滞」としている。【正】はそれに対して「「梅かざす」より前の数句は何れも「故郷」といふ意味で出された句ではなく、別に場面が前に引き戻された感じはない」と異論を述べている。これは、8武家→9貴族→10神社→11旅、と見れば、人物が良く移り変わっていると評すべきで、【正】の言うように、停滞感はない。

三夜サ見る夢に古郷のおもはれし　木端

12 浪の音聞嶋の墓はら　風

【式目】雑。述懐（墓）、水辺用（浪）、水辺体（嶋）、山類体（嶋）。

「墓」を、連歌語彙の「塚」に当たる俳言と見る。「塚」ならば『産衣』に「述懐也。哀傷也と云々」とある。「嶋」が水辺体かつ山類体であることは、『連歌新式』による。

【付け】

『随葉集』には「古郷をかへりみる→左遷て行」がある。その連想により、「古郷を思うのは、嶋の流人であった」と人物を見定め、その人物のいる環境を付けた。「俊寛」を思わせる流人の態であり、芭蕉らの旅の俳諧に頻出する趣向である。

【句意】

「嶋の墓原にやってきては、浪の音を聞いている」。流人のさま。共に流されてきた仲間の墓と見るのが自然だろう。「俊寛」を思わせる人物だが、俊寛そのままではない。

【考】

恋の呼び出しに応えなかった箇所である。このあとの、14に対する15もそう。

浪の音聞嶋の墓はら　風

13　雪ふらぬ松はをのれとふとりけり　柳

【式目】冬（雪）。植物木（松）、降物（雪）。

冬とも雑とも取れるが、一般的には「雪」の語を入れればそれで冬ではないだろうか。この歌仙では32にまた冬があるが、その点からは判断できない。また、そろそろ月の句にしたいところだが、秋の展開を待って月を出そうとしているようだ。

【付け】

『拾花集』『竹馬集』に「松→古塚」、『類船集』に「松→墓」がある。『類船集』の「墓原」の項には「嵐にむせびし松も千年をまたで薪にくだかれと云も墓の事也」ともある。その直接の典拠は『徒然草』三十段で、「人のなき跡ばかり悲しきはなし。……嵐にむせびし松も千年をまたで薪にくだかれ、古き塚はすかれて田となりぬ」という記述である。さらにその原拠は『文選』巻十五の「古詩十九首」。また、「嶋」と「松」は常識的な連想関係にあるだろう。それらの言葉の連想を核として、前句を南国の島と見、その島の松のありさまを付けた。『徒然草』の本文の、墓のほとりの松も終には砕かれてたきぎとなるという発想を踏まえている。それをアレンジして、俊寛が流された鬼界が島のような南の島であれば、人の命のはかなさに引き替え、松はおのずから太く育っているとしたのである。

【句意】

この句は、主語のねじれている圧縮表現を取っている。「雪が降らない（南島では、）松はひとりでに太く育っている」ということだろう。

雪ふらぬ松はをのれとふとりけり　　柳

14　萩踏しける猪のつま　　翁

【式目】秋（萩）。植物草（萩）、動物獣（猪）。

「つま」の語はあるが、猪ではあるし、前後がまったく恋の句ではないので、この句だけ恋の句と言うのは難しい。むしろ、芭蕉はここで恋の呼び出しを仕掛けたのだが後が続かなかったのではないか。また、次に月が付くことを前提に「萩」を出して秋にしている。

【付け】

太い松のある場所は、あたりに萩の花が咲き、猪が床をつくりそうな場所だとした付けである。『徒然草』十四段に「あやしのしづ・山がつのしわざも、いひ出でつればおもしろく、おそろしき猪のししも、ふす猪の床といへば、やさしくなりぬ」とある「ふす猪の床」の歌言葉から発想したのであろう。『徒然草』に関わりのある素材を意図的に連続させているのかもしれない。

【句意】

「優美にも、萩の花の中をふしどに選び踏みしだいている猪だよ」。「つま」は俳諧にするための語で、牡牝どちらともつかないが、どちらかといえばさかりが付いてのたうちまわるのは牡か。『徒然草』にしたがって、「やさし」きもの、つまり和歌的優美の範囲にある話題として想像されていよう。

萩踏しける猪のつま　　翁

15　行尽し月を燈(ともし)の小社(ほこら)にて　松

【式目】秋（月）、月の句。神祇（小社）、夜分（月）、天象（月）。

【付け】

「月」を詠むことがまず優先事項で、「萩」に「月」を付けた。『竹馬集』に「萩→野べの月」。さらには、『拾花集』にある「灯→人待ねや」の発想も効いているか。前句は「臥猪の床」を詠んだものであって、「猪のつま」ではあるがつれ合いの訪れを待って床に臥している場面であった。そこから「燈」を連想した。そして、月は恋する猪にとっての燈火なのだ、ということを発見している。【鶩】【高】【島】は、旅人が臥猪の床を見て更に行き尽くすと小社があったように取るが、【正】のように、人が道の行き止まりまで行ったら小社があって臥猪の床があるあたりだった、と取る方が自然だろう。

【句意】

「小社があり挑げる燈もなく、月が燈の代りとなって照らしてゐる」（【鶩】）という解釈で異論はない。「行尽し」とは、そこが道の行き止まりであったということだろう。

行尽し月を燈の小社にて　松

16　疵洗はんと露そゝぐなり　端

【式目】秋（露）。降物（露）。

【付け】

「露」は、秋を繋ぐ役割を持って、「月」に対してあしらわれたもの。前句の場にふさわしい人物を「点じた」（【島】）ものと言え、不特定な人物のドラマを趣向した句と言える。【鶩】は「芒ででも切ったか」と見ているが、他の注はみな落ち武者と見ている。前句と合わせると、夜の道を行ける所まで行った「疵」のある人物であるから、やはり落ち武者が想定されていると見たい。戦さの情景もこの旅の俳諧に多い。ただし、次の句でも同じ人物が描かれていることになり、運びが停滞しているとも言える。

【句意】

「疵を洗おうとして、草木の露を集めて疵口に注ぐのだ」。

疵洗はんと露そゝぐなり　端

17　散花の今は衣を着せ給へ　翁

【式目】春（散花）、花の句。述懐（無常の句意）、植物木（花）。

「芭蕉は春の花を避けて、「散る花の」として」（【鶩】）とか、「いわゆる正花ではない」（【高】）とか言われるが、定座の原則から言って正花とすべきである。異植物は二句去りなので14の「萩」に対して差し合いではない。

【付け】

前句を、傷ついた落武者の最期の場面と解して、彼の願いを述べた心の付け。また、『類船集』に「露→命」があり、その「命」を「散花」で比喩的に表現して付けている。

【句意】

【正】は「花の衣」の成語を読み取って「今は散る花の如く死に行く身。相果てた後には我が上に花を降らせて花の衣を着せ給へ」と解釈し、「武士のいまはの風流（みやび）ごころ」とする。また、『山家集』の「このもとにたびねをすればよしの山はなのふすまをきするはるかぜ」を指摘している。そして「無常を扱ひながらしかも華やかな、すぐれた付句」と評している。この【正】の解釈に賛成する。「散花の」は「今は」を飛び越えて「衣」に掛かっているということになる。ただし、この一句としては人物を武士に限る必要はないし、また、句の中で「墨衣」とか「法の衣」とか「衣の色を変える」とか言っているわけではないので、「衣」を「法衣」と取る（【宮】【島】【橋】）のは無理だろう。散る花のように死に行く状況にあって、「花の衣をまといたい」と、花に対して願っていると取るのが、いちばん無理がなく、また、芭蕉的でもある。

【考】

『猿蓑』所収「灰汁桶の」歌仙の初折ウラの花の句でも、芭蕉が、

何を見るにも露ばかり也　　野水

花とちる身は西念が衣着て　　芭蕉

と、やはり「露」に「花とちる」「衣着て」と付けている(【中】に指摘がある)。「灰汁桶の」歌仙では同じ趣向に再度挑戦したということであろう。

散花の今は衣を着せ給へ　　翁

18　陽炎(かげろう)消(きゆ)る庭前(ていぜん)の石　　良

【式目】春(陽炎)。

【付け】

『拾花集』『竹馬集』『類船集』に「庭→花」。ここでは「花」から「庭」の言葉の付けを核として、花衣をまとおうとする人物の風流な庭のさまを付けた。景に転じた遣句。「陽炎消る」は「散花」のはかなさに対応している。また、「陽炎」により春を繋いでいる。17の【正】の解釈にしたがえば法衣ではないのだから、「石」に禅を見る必要はない。

【句意】

「陽炎が立っていたが、今消えようとしている、庭の、建物の近くの石の上に」。節用集や『日葡辞書』によれば当時「庭前」はテイゼンと音読するのが一般的だった。

（名残オモテ）

陽炎消る庭前の石　　良

19　楽しみと茶をひかせたる春水（はるのみず）　　流

【式目】春（春の水）。水辺用（水）。

【付け】

『拾花集』『竹馬集』に「庭→池水」「岩付石→池水……庭」。基本的に、「石」の置かれているような「庭」に「水」を流している場を想定したのである。17・18と続いてきた春の三句めにするために、その水の流れを「春の水」とした。また、『類船集』の「蜻蛉」項に「宇治にかげろふの石といふ有」とある。「宇治」と「茶」は常識的な連想語であるから、「陽炎……石」から「宇治」を介して「茶」を付けた。『類船集』が言うのは、『都名所図会』巻之五「前朱雀」の宇治の箇所で「蜻蛉の石は三室戸より宇治橋に至る道にあり。石面二方に観音の像を彫る」と紹介される石である。「茶室で侍女に茶を挽かせて楽しむ大名などのさま」（【正】）としなくとも、宇治辺りの別荘を想定した付けとすればよい。この歌仙の新庄の作者はみな上流の商人である。大名の噂を句にするとは考えにくい。富裕な商人が別荘で使用人に茶を挽かせているということではないかと思われる。

【句意】

「春の川の水を庭に引かせて、それを眺めながら、他に用もないから楽しみのために（お付きの者に）茶を粉に挽かせている」のように解釈したい。「ひかせたる」が上下に掛かるという、【中】以来の説が自然だろう。「茶を挽く」は、たとえば『続山の井』に「松風の音や茶をひく神の留守　如貞」の句があり、当時すでに「暇な時の作業」の意を含んでいて、客の付かない遊女のさまも言った。また、春季を三句続けるための「春の水」であって、わざわざ「ひかせた」水でもあり、「冬とはちがつて豊かさのある趣」と言うのは言いすぎだろう。

楽しみと茶をひかせたる春水　　流

20　果なき恋に長きさかやき　　端

【式目】雑。恋（恋）。

【付け・句意】

これまでに確定的な解釈がない句である。「息子の気を晴らすための親心」（【宮】）、「前句を殆ど受けていない失敗の作」（【鶩】）、「大名の侍女などに恋慕する武士を出して対はせた向付」（【正】）と諸説があった。通じない恋心を意味する「はてなき思い」とは違い、「果なき恋」は、直訳すれば「終わりのない恋」である。つまり、「果てしもなく愛欲に溺れてキリのない恋のため、月代(さかやき)も長くなっている」と取る。女をひたすら寵愛して身だしなみがおろそかになった男のさまで、現代語に置き換えれば「鼻毛を伸ばした男」。「親心」とか、「侍女などに恋慕する武士」とかによって話を複雑にしなくても、前句を裕福な男とその愛妾と見て、色恋に溺れた男の描写を付けたとすべきだろう。それにより次句への展開もよく分かるものとなる。

果なき恋に長きさかやき　　端

21　袖香炉(そでごうろ)煙は糸に立添て　　風

【式目】雑、恋（句意）。聳物（煙）。

前句が明白な恋なので、この句は恋でなくてはならない。『産衣』に、「焼香(タクカ)の烟(ケブリ)など許ハ恋ニ非ずといへり」とあるが、以下に述べる「反魂香」の心によって恋の句と見る。

【付け】

ここは「反魂香」の故事を用いているだろう。漢の武帝が李夫人の死後、方術士の精製した香をたいてその面影を見たという故事で、白楽天の詩「李夫人」によっても知られている。『拾花集』『竹馬集』に「俤→焼香の烟〈返魂香の心にして〉」、『類船集』に「俤→反魂香」「恋慕→反魂香をたく」があって、連歌俳諧でよく用いられていた話題である。前句の「果てなき恋」を「果てしない恋慕」と読み替え、「反魂香」を想起して「袖香炉」で当代化したのである。19→20は色に溺れている恋で、20→21で恋人を失って呆然として慕い続けている恋と読む方が、変化があってよい。

【句意】

「袖香炉」は、衣服の中に携帯できる磁器や銅製の小型の香炉である。『好色二代男』五の五に「右の手より袖香炉出して」といった用例があり、近世初期には一般的な道具であった。「糸に」という表現は、『古今和歌集』巻九・羇旅の貫之歌「糸による物ならなくにわかれ路の心ぼそくも思ほゆる哉」によって、恋の心細さを寓意している。つまり「香の煙が糸のように我が身に立ち添うているが、それは我が恋の心細さそのまま」なのである。「反魂香」の故事を踏まえるとすれば、袖香炉を持ち香の煙を立ちのぼらせているのは恋人と死別した男ということになろう。しかし李夫人とは異なり、この男のもとに恋人の幻は現れず、糸のように心細い一筋の煙が彼の身に立ち添うているだけなのだ。

袖香炉煙は糸に立添て　　　風

22　牡丹の雫風ほのか也　　　柳

【式目】夏（牡丹）。植物草（牡丹）。

【付け】

従来、諸注は前句を女性の描写として、彼女と牡丹を釣り合わせたと見てきた。むしろ、前句を男性の描写として、彼が恋人の面影を牡丹に見出していると読むべきであろう。前句が李夫人の故事を踏まえているからこそ、唐様の花「牡丹」を持ち出したのである。また、糸のように立ちのぼる煙に、「風ほのか」をあしらっているということも確かで、それは言葉のあしらいである。【橋】は、「香の匂いがほんのりと立ち上って牡丹の雫がすっと滑り落ちるという取り合せで、感覚的によく対応」と指摘する。なるほど、上下逆方向の動きが意図されているであろう。

【句意】

「牡丹の花から、雫がこぼれ落ちる。風があるかないかぐらいにほのかだというのに」。「雫」は涙をほのめかしていよう。【鶩】のように夕立の雨の雫と見るのはうがちすぎ。

　　牡丹の雫風ほのか也　　　　　柳

23　老僧のいで小盃初んと　　　翁

【式目】雑。釈教（僧）、人倫（僧）。

【付け】

江戸時代の注、石兮の『附合集評註』は「こゝろよきかぜのそよ〳〵と吹けしき、いかにも大寺の庭と見、牡丹見の酒もりをつけたる也」と言う。この解でよい。牡丹の花の咲く庭を眺めながら、酒盛りをしようという心の付け。また、言葉のあしらいとして、「雫」なので、「小盃」で受けている。

【句意】

「いで」は、当時としては狂言の物言いで、勧誘よりは決意を表していた。したがって「老僧が、小盃で飲むぞ、と言い出した」といった語感になろう。

【考】

【高】は、初折の花の座も僧体（「散花の今は衣を着せ給へ」）だったとして近さを問題にしている。しかし、17は【正】が主張する通り僧に限定できる句ではないので類想とは言えない。むしろ、18と19が庭を話題にしているのに、ここでまた庭を眺めているらしい句になっている点は粘りを感じさせる。

老僧のいで小盃初んと　翁

24　武士乱レ入東西の門　良

【式目】雑。人倫（武士）。

【付け】

老僧が最後の一献を望んだという場面に、敵の軍勢の乱入という状況を付け加えた付け方。【鷟】は、甲斐恵林寺の快川和尚の故事によると言うが、快川和尚は天正十年（一五八二）四月三日織田信長の軍勢により甲州恵林寺の山門に火をかけられて「心頭を滅却すれば火もまた涼し」云々と偈を発し焼け死んだのであって、死の間際に酒を酌み交わしたというここの付けの典拠とは言い難い。特定の故事に拠るのではなく、いかにも軍記物にありそうな一場面を創作して付けたという理解で読むべきだろう。また、すでに寺でなくてもよく、門は館や城の門であってかまわない。『初本結』に「盃→さい後」がある。

【句意】

「敵勢の武士たちが、東西の門から乱入してきた」。大きく転じた、緊迫感のある句。

武士乱レ入東西の門　良

25　自鹿も鳴なる奥の原　端

【式目】秋（鹿）。動物獣（鹿）。

【付け】

これもまた思い切った転じ方をしている。【正】が指摘するように、『千載和歌集』巻十七・雑中、俊成の「世中よ道こそなけれ思ひ入る山のをくにも鹿ぞ鳴くなる」の歌を踏まえている。これは「世の中のつらさから遁れ出る道はないのだな。深く思いつめて入った山の奥にさえ悲しい鹿の声が聞こえる」といった意。前句を無道のこの世の有様と見、俊成歌により「奥の原」に「鹿も鳴」くと付けた。前句の「場面を付けた」のではなく、乱世から逃れようとする人物がたどり着いた山の奥を連想した心の付けである。【宮】は源平合戦の一場面と説くが無理であろう。『平家物語』の一の谷の場面で、義経の軍勢が平家の人に向かい逆落としで攻めかかる時、まず鹿が鵯越の谷を落ちてきたというエピソードが想定されているのだろうが、奥の原で鹿が鳴いたのではない。

【句意】

古語の副詞「自(おのづから)」は、①自然に、②まれに、③もしかして、といった意味があるが、この句にふさわしいのは②であろう。「なる」は推定の語で、声を聴いて「あれは鹿が鳴いているのだ」と推定しているのである。「まれには、鹿が鳴くらしい声が聞こえてくる、山の奥の原である」となる。俊成歌を踏まえ、山の奥に入ってもなお悲しい鹿の声からは逃れられないという気分を読み取るべきだろう。また、「奥州の原」の意をかすめているのかもしれない。

自鹿も鳴なる奥の原　　端

26　羽織に包む茸狩の月　　流

【式目】秋(茸狩・月)、月の句。植物草(茸)、夜分(月)、天象(月)。

【付け】

『随葉集』に「鹿の鳴→月のさやか」、『拾花集』と『類船集』に「鹿→澄月」がある。【宮】の言うように「月」は鹿にあしらっての助字的用法」である。いわゆる「投げ込みの月」。また、『類船集』にはさらに「北山→茸狩」があるが、もともとは『古今和歌集』巻五・秋下の、

北山に、僧正遍昭と、茸狩にまかれりけるに、よめる　　素性法師

もみぢ葉は袖にこきいれて持ていでなむ秋は限と見む人のため

による寄合語であり、謡曲「盛久」にも「北山の茸狩り」とあることから俳諧での利用例が多い。素性の歌の「こき」は枝からしごき取りの意。前句の「奥の原」を、洛北の小野の原と受け取って、そこは北山の一部であることから、「茸狩」を付けた。

【句意】

右の素性法師歌のパロディであろう。素性法師は北山に茸狩りに来て「紅葉葉を袖にこきいれる」と詠んだが、今ならば「茸を羽織に包んで帰る」と当代化・俳諧化したのだろう。そしてそれは月もすでに出た夕刻だとした。

羽織に包む茸狩の月　　流

27　秋更て捨子にかさん菅の笠　　柳

【式目】秋（秋）。植物草（菅）、人倫（捨子）。

【付け】

秋の三句めをこなすために「秋更て」とした。『類船集』に「笠→狩人…月…松茸」があり、「茸狩・月」に「笠」が言葉として付いている。また、【宮】の言うように、「羽織に包む」から「捨子」を想起したのは自然なことだろう。言葉付け主体で句意に破綻をきたさない、貞門の行き方である。むしろ発想の出発点は左に述べる芭蕉発句との関係にあり、諸注がこだわる茸狩りの行きか帰りかといった細かな状況は、おそらく作者の意識にはない。

【句意】

「秋も末になって寒さが身にしみる頃。せめて捨て子には、この菅笠を貸してやろう」。【鷲】【高】【橋】が言及

する通り、貞享元年(一六八四)の芭蕉句「猿を聞く人捨子に秋の風いかに」(『野ざらし紀行』)との関係が推測される。「猿を聞く人」句は禅問答のスタイルで「〈猿を聞く〉人よ、かたや〈捨子に秋の風〉が吹く、さあ、どちらがより哀切か」を尋ねていた。この句はそれに対する回答という意義を持つ。次の句を詠む芭蕉への呼びかけという意味もあるだろう。

秋更て捨子にかさん菅の笠　柳

28　うたひすませるみの、谷ぐみ　翁

【式目】雑。国名(くにのな)(みの)、名所(谷ぐみ)。

【付け】

「菅の笠」から順礼のさまに展開した。また、単純ではあるが、「笠」に対して「みの」(蓑)をあしらっている。もとより表面上は国の名の「美濃」である。「谷ぐみ」は「谷汲」、岐阜県南西部揖斐川中流域にある西国三十三所順礼の満願所、谷汲山華厳寺。観音堂がある。「ここで、御詠歌をうたい終り、笈摺なども脱いで寺に納める習であった」(【宮】)、その御詠歌は「今までは親とたのみしおひづるをぬぎて納むる美濃の谷汲」(【鶩】)という。巡礼の者が笈摺は寺に納める一方で、菅の笠は捨て子に貸すという対比を意識した付けだろう。前句に「かさん」とするからには、菅笠を与えたのではなく一時的に「捨子」に預けていると解すべきであり、そのことからして、順礼の者が捨てられていた子を連れて歩き谷汲までたどりついた場面と見たい。

【句意】

「すませる」は「澄」と「済」の掛け言葉だろう。「心を澄まして、西国三十三所の最後の札所、美濃の谷汲山華厳寺で、最後の御詠歌を歌い終わる」。御詠歌のおしまいが「美濃の谷汲」なので、実際にそのように歌い終わるとも取れる。

【考】

「谷ぐみ」は『おくのほそ道』の那谷寺詣での箇所で「那智・谷組(ママ)の二字をわかち侍しとぞ」と出てくる。また、『芭蕉全図譜』の解説によれば、三山順礼三句の三幅対（同書一八八～一九〇番）の盧元坊添書に、会覚阿闍梨がその後移り住んだ先が美濃の谷汲だったことが記されている。この新庄の座において「みの丶谷ぐみ」を登場させた何らかの理由（たとえば天台の宗派の話題が出たといったような）が、また別にあったのかもしれない。

うたひすませるみの丶谷ぐみ　　翁

29　乗放牛を尋る夕間夕　　風

【式目】雑。動物獣（牛）、時分（夕間暮）。

「夕間夕」は曾良の誤記と見、「夕間暮」として解釈する。


【付け】

『随葉集』に「うたふ→木こり」があり、「山路日暮満耳者樵哥牧笛声」を引く。これは『和漢朗詠集』下の「山家」に収める紀斉名の詩句。「暮」は誤りで「落」が正しく、「山路に日落ちぬ、耳に満てるものは樵歌牧笛の声」である。前句の「うたひすませる」の人物を、順礼から木こりに読み替えて「樵歌」を想起し、この句では「牧笛」に当たる〈笛を吹く牧童〉が牛を探していると変化を付けた。谷汲は山峡の地だから朗詠の詩句「山路」も活きているし、「夕間暮」も「日暮（もしくは日落）」から導き出された時分である。


【句意】

「乗放」は「のりはなす」か「のりはなつ」か。両者ほぼ同義で優劣を決める根拠がないが、【正】が言うように江戸期のテキストに「のりはなす」と読むものが多いのでそれに従っておく。「乗ってきて、放し飼いにした牛を、夕間暮れともなれば尋ねて歩く」。牛の世話をすることが仕事の、牧童のありさまである。「牛を尋る」には禅宗で重んじられる十牛図の面影がこめられていて、前句の仏教的な要素と響き合っている。

【考】

「さみだれを」歌仙の5、一栄の句「うしのこにこゝろなぐさむ夕まぐれ」(三一九頁)と類想である。

乗放牛を尋る夕間夕　風
30　出城の裾に見ゆるかゞり火　端
【式目】雑。

【付け】

前句を牧童と見る必要はもはやない。前句を夕方に牛を探しているさまと見ての、田単の故事による心の付け。田単は中国の戦国時代斉の武将で、斉国の「出城」の即墨という城を守っていた。『類船集』の「夜討」の項に「田単は牛をはなちて燕の軍をやぶり木曾が謀(ハカリゴト)によく似たり」、「牛」項にも「田単は牛の尾に火を付て斉の軍を破りたり」とあるとおり、牛の尾に火を点けて敵陣目がけ追い立てる戦術、いわゆる「火牛の計」で有名である。その知識の源はおそらく『蒙求』の「田単火牛」で、戦術に関連する箇所を訓み下して引けば「単すなはち城中に収めて、千余の牛を得、(中略)兵刃をその角に束ね、脂を灌いで芦を尾に束ね、その端を焼き、城に数十穴を鑿(うが)ち、夜牛を縦(はな)ちて、壮士五千人をその後(しりへ)に随ふ。牛、尾熱すれば、怒りて燕軍に奔(はし)る」。「夕間ぐれ」に応じての「かゞり火」との指摘(【正】)も妥当だろう。

【句意】

「出城のある山のすそに、かがり火が見えている」。故事を前提にすれば、即墨の城の裾に田単がうがった「数十穴」から火が見えているという場面。軍事に関わる句が24にも出ていた。同じ面にあるのは好ましくない。

（名残ウラ）

出城の裾に見ゆるかゞり火　端

31　奉る供御の肴も疎にて　翁

【式目】雑。食物（供御の肴）。

【付け】

前句を、籠城している城内で城の「裾」を眺めているものと読み替えて、その城内の食膳の「疎」なことを付けた。心の付け。

【句意】

「供御」について【鷟】は「飲食物の敬語、主として天皇に言い、後世将軍にも言った」と言うが、室町期以後には食事を言う女房詞となっていた。この句では付けの上であまり天皇や将軍とは見難く、「武将やその奥方らに奉る食事のおかずも、いまはいいかげんな用意で」ということだろう。「疎」と表記される「おろか」は「おろそか」に近く、単に乏しいということではなく、人の気持ちが粗雑だという意味合いである。いくさが迫っていて、食事の支度も後まわしな心で、いいかげんになっているという状況であろう。なお、『類船集』に「供御」の振り仮名が見え、狂言「牛馬」の用例も「ぐご」であり、読み方「グゴ」の可能性がある。

奉る供御の肴も疎にて　翁

32　よごれて寒き禰宜の白張　流

【式目】冬（寒き）。神祇（禰宜）、人倫（禰宜）。

【付け】

前句の「供御の肴」を、神前に奉るものと取りなした付け。「疎にて」と「よごれて寒き」が感覚的に対応している。

【句意】

この句の「禰宜」は、神主である必然性はなく、一般の神職の総称としてよい。「白張」は「糊をこわくつけた白布の狩衣」(【宮】)。「寒き」は心理的な寒さと言うべきであろう。「禰宜の、白い狩衣が、よごれていて、寒々しい」という、衰微した神社の一点景。

よごれて寒き禰宜の白張　　流

33　ほりくし石のかろとの崩けり　　風

【式目】雑。

【付け】

「かろど」と濁って読む注が多いが、【正】が日葡辞書を引いて説明するように、当時「かろと」だったらしい。前句の「白張」を、神事・神葬に物をもち運ぶ人夫「白丁(はくちょう)」としたというのが【宮】の説で、「禰宜の白張」をそのまま人夫に取りなすのは無理とする【正】説と対立している。【正】に賛成である。禰宜が白張を着て何か作業していると見れば済み、「白丁」を介在させる必要はない。そうした禰宜にふさわしい作業として、古墳から「かろと」を掘り出すことを持ち出した。「よごれ」た理由は発掘作業、と話を作って転じを図ったのである。

【句意】

曽良の筆蹟を見ると一旦「かろとも」と書いた跡が見える。ただし、打越しに「肴も」があり、最終的に「かろとの」にしたものと思われる。「かろと」は、『日本国語大辞典』には、「(「からうと」の変化した語)「からびつ(唐櫃)(1)」に同じ」とあって、この32と33を用例に挙げている。その「からびつ(唐櫃)(1)」には「足のついたひつ。外反りの足が各面に一本ずつの四本、または、前後に二本ずつ、左右に一本ずつの六本あるのが普通」と語釈がある。しかし、「からびつ」の(2)は、「(屍櫃・辛櫃)遺体を入れる棺」で、『宇津保物語』蔵開中の「石のからひつに入るるぞかし、右大弁、壁の中にをさめさせ給へとにやあらん」を挙げている。この句の「石のかろと」の理解としては、「遺体を入れる棺」のほうが好都合ではないだろうか。古墳のそばに神社があるというのは一般的なことだろう。「ほりく\し」は、それが複数あることを言おうとした表現と見たい。古墳からいくつも掘り出された石の櫃が、長い年月のために崩れているというのである。現実のそのような古墳発掘の話題が当座に出たものか。

　　ほりく\し石のかろとの崩けり　　風

34　知らざる山に雨のつれぐ\　　柳

【式目】雑。山類体(山)、降物(雨)。

【付け】

「石」を崩すものとして「雨」を付けている。「石のかろと」を珍しがって見物して歩くような旅をしている人物を設定して、その旅人の滞在のさまを付けた。緊密な付けではなく、花の定座を前にした遣句と言えよう。

【句意】

「見知らぬ山に雨が降っているのを眺めて過ごす、徒然さ」。旅先の山中に滞在して雨の日の無聊を託つさま。

　　知らざる山に雨のつれぐ\　　柳

35　咲かゝる花を左に袖敷て　　端

【式目】春(花)、花の句。植物木(花)。

【付け】

「山」と「雨」に、「花」が付いている。『随葉集』に「花の咲→春の雨」「雨のふる→花の咲」、『拾花集』『竹馬集』に「山→咲花」、『類船集』に「雨→花を待つ」「山→花」。また「つれ〴〵」なので「袖敷」て横になっているという連想も自然である。付けの上では、旅先の雨の日の徒然のさまを具体化している。

【句意】

「咲きかけている花を左側に見ながら、袖を枕に片敷いてごろり寝そべっている」。なぜ「左に」なのか。実際に、花の木が座敷の左手にあったかと思われないでもない。あるいは、「左近の桜」という成語からの発想か。

咲かゝる花を左に袖敷て　端

36　鶯かたり胡蝶まふ宿　良

【式目】春（鶯・胡蝶）。動物鳥（鶯）、動物虫（胡蝶）、居所体（宿）。

【付け】

優美な巻き納めである。挙句として、発句の「宿」の謙退に対し誉めて挨拶を返している。『拾花集』に「鶯→咲花」「胡蝶→花園」があり、「花」から「鶯」「胡蝶」を導き出した。また、『類船集』には「鶯→袖」もあり、前句の「袖」と「鶯」も付いている。付けの総体としては、『平家物語』巻九「忠度最後」で、忠度の箙に結びつけられていたという歌「旅宿花／行きくれて木の下かげをやどとせば花やこよひのあるじならまし」の発想で付けているのではないだろうか。【宮】が指摘する謡曲「胡蝶」の、「夢待つ春の転寝に……花の下臥に衣片敷く木蔭かな」「花に飛びかふ胡蝶の舞の」といった詞章も意識されていた可能性があろう。

【句意】

「ここは、鶯が人に語りかけ、胡蝶が舞う、優雅な宿ですね」。

次頁と次々頁に、この歌仙の式目表を掲げる。同字が9と11の「三」字の一箇所のみ違反があるだけで、全体として式目をよく守っている歌仙である。

「御尋に」歌仙式目表

	季・月・花・恋・同字	旅・神祇・釈教・述懐	動物（生類）・植物	時分・夜分・天象（光物）	山類・水辺・居所	降物・聳物	人倫・名所・国名・衣類・食物・芸能
1	夏				居所体		
2	夏						
3	秋		植物草				
4	秋					聳物	
5	秋 月			夜分 天象			
6	秋		動物獣				
7							人倫
8	春						
9	春 「三」字		植物木				
10	春		動物鳥		居所用		
11	「三」字 ×	旅		夜分	居所体		
12		述懐			水辺用・体 山類体		
13	冬		植物木			降物	
14	秋		植物草 動物獣				
15	秋 月	神祇		夜分 天象			
16	秋					降物	
17	春 花	述懐	植物木				
18	春						

19	20	21	22	23	24	25	26	27	28	29	30	31	32	33	34	35	36
春	恋	恋	夏			秋	秋 月	秋					冬			春 花	春
				釈教									神祇				
			植物草			動物獣	植物草	植物草		動物獣						植物木	動物鳥・虫
							夜分 天象			時分							
水辺用															山類体		居所体
		聳物													降物		
				人倫	人倫			人倫	国名 名所			食物	人倫				

「有難や」歌仙注釈

元禄二年(一六八九)六月三日、新庄を発ち最上川を舟で下った芭蕉と曽良は、清川で舟をおり羽黒手向(とうげ)村の図司呂丸(近藤左吉)を訪ね、呂丸の案内で羽黒山南谷別院に着き、六月五日の夜まで宿泊した。四日には羽黒山本坊において「有難や」歌仙の表六句を成し、五日には南谷別院にて初折の十八句までを詠み継いだ。六日は月山に登って角兵衛小屋に泊まり、七日に下山して再び羽黒山南谷別院に入り、十日に出発するまでの三泊滞在した。その間、九日に「有難や」歌仙の名残折を巻いて完成させた。

この歌仙の全体を通して参加しているのは、芭蕉・呂丸(露丸と記される)・曽良・釣雪・梨水の五名である。呂丸は手向村荒町で羽黒山の山伏の法衣を染める染物師。のちに、元禄五年(一六九二)八月江戸に芭蕉を訪ねて『芭蕉庵三ヶ月日記』を贈られたが、翌年の二月二日に京の去来宅で客死した。芭蕉は彼の死を悼み「当帰よりあはれは塚の菫草」と詠んでいる。「有難や」歌仙当時は三十代半ばだったらしい。釣雪は、曽良の旅日記の六月四日条に「三日ノ夜、希有勧修坊釣雪逢、互ニ泣第ス」(「希有」は稀有にの意か、「泣第」は泣涕の意か)とあり、当歌仙の句上げに「花洛」と書き添えられている人物である。【加】は、『春の日』に見える「聴雪」と『曠野』に見える「釣雪」を同一人物とした上で、羽黒山で行き逢った釣雪もその人と見ている。しかし、【正】は「名古屋の釣雪と聴雪が同一人である可能性はかなり高いけれども、それと勧修坊釣雪とが同一人たる証拠は何もなく、名古屋の俳人は恐らく商人だつたと思はれる」と断じている。【正】の言うように、名古屋の釣雪と「花洛」の釣雪は同名の別人とするのが妥当であろう。梨水は曽良の旅日記の六月十二日条に「本坊芳賀兵左衛門　大河八十良　梨水　新宰相」と列挙される内にその名が見え、【鶯】は「本坊の役人」としているが、詳細は不明。

六月四日に5を詠んでその後出句しない珠妙は、曽良が当歌仙の句上げに「南部法輪院」と注記し、旅日記の六月四日条には「南部殿御代参ノ僧浄教院」として会ったことが記録されている人物である。「南部殿」はすなわち盛岡藩主の南部氏のことであり、珠妙は南部氏に命じられて出羽三山に代参し、たまたま芭蕉らと泊まり合わせた僧であろう。名残折に入ってから二句（21・28）詠んでいる圓入は、曽良が「江州飯道寺」（句上げ）、「近江飯道寺不動院ニテ可尋」（旅日記）と記している人物で、六月四日から同宿していた僧である。飯道寺は滋賀県甲賀市にあった修験の寺であり、連歌式目書『無言抄』を著すなど連歌作者としても名高い木食応其（もくじきおうご）がいた寺である。【宮】によれば圓入は「尚白の門人」という。要するに、江州飯道寺から来て羽黒山滞在中の、おそらく連歌や俳諧の経験もあった修験僧が、歌仙の座に飛び入りしたのであろう。

そして、会覚（えがく）は、羽黒山の最高責任者「別当執行代」（曽良の旅日記）で、和合院の院号を持つ阿闍梨であった。芭蕉らは六月四日に羽黒山本坊若王寺で拝謁している。【高】から会覚についての説明を引く。

羽黒山はもと真言宗であったが、第五十代別当天宥法印のとき東叡山の勢力と結んで従来の真言奉仕を天台に改めたのである。傑僧天宥は大いに一山の改革拡張をはかったが、寛文八年失脚の後は、江戸東叡山の支配をうけ、別当執事職代には東叡山の僧が任ぜられ、羽黒にはその代理が置かれていたものであった。別当執事職代というのはそのことを意味するもので、（中略）会覚は元禄四年八月まで四カ年余羽黒にいたが、美濃谷汲山の塔頭地蔵院に転じて宝永四年歿している。

芭蕉らは歌仙を付け進めて34まで来たときに、名残ウラの花の座を会覚に請うたのであろう。

其角の句日記である『花摘』には、元禄三年四月二十八日の記事として「此日閑に飽（アキ）て翁行脚の折ふし羽黒山於本坊興行の歌仙をひらく／元禄二年六月にや／有難や雪をめぐらす風の音」以下、この「有難や」歌仙本文全体を引いている。曽良の俳諧書留に記録された歌仙本文と対照すると、同一の作者名の表し方の相違や用字の相違は措くとして、句形の上で四箇所の違いがある。そのうちの7は曽良の単純な脱字と思われるが、1・5・11については各句の注において説くように、『花摘』の句形のほうが芭蕉による修正を経た本文らしい。推測するに、南谷別院での歌仙完成後、曽良がそれを書きとめたのと平行して芭蕉による書写も行われたであろうが、それは完成当座の歌仙本文に比して少しだけ手直しが施されたテキストで、翌年江戸で其角が目にし『花摘』に引くところとなったものと思われる。

左には、曽良の書き留めた歌仙本文を天理図書館善本叢書『芭蕉紀行文集』（八木書店、一九七二）所収の影印によって掲げ、下部に『花摘』に相違がある箇所を略記して示した。通し番号を付し適宜濁点を加えている。

羽黒山本坊ニおゐて興行　元禄二六月四日

1　有難や雪をかほらす風の音　翁　・『花摘』には「雪をめぐらす」。
2　住程人のむすぶ夏草　露丸
3　川船のつなに蛍を引立て　曽良
4　鵜の飛跡に見ゆる三日月　釣雪
5　澄水に天の浮べる秋の風　珠妙　・『花摘』には「天を」「秋の昏」。
6　北も南も碪打けり　梨水

（初折ウラ）

7　眠りて昼のかげりに笠脱て　雪　・『花摘』には「眠ては」。
8　百里の旅を木曽の牛追　翁
9　山つくす心に城の記をかゝん　丸
10　斧持すくむ神木の森　良

11 哥よみのあと慕行宿なくて　雪
12 豆うたぬ夜は何となく鬼　丸
13 古御所を寺になしたる檜皮葺　翁
14 糸に立枝にさまぐ〵の萩　水
15 月見よと引起されて恥しき　良
16 髪あふがするうすもの丶露　翁
17 まつはる丶犬のかざしに花折て　丸
18 的場のすゑに咲る山吹　雪

（名残折オモテ）

19 春を経し七ツの年の力石　翁
20 汲ていたゞく醒ヶ井の水　丸
21 足引のこしかた迄も捻蓑　圓入
22 敵の門に二夜寝にけり　良
23 かき消る夢は野中の地蔵にて　丸
24 妻恋するか山犬の聲　蕉
25 薄雪は橡の枯葉の上寒く　水
26 湯の香に曇るあさ日淋しき　丸
27 鼯の音を狩宿に矢を矧て　雪
28 篠かけしほる夜終の法　入
29 月山の嵐の風ぞ骨にしむ　良

・『花摘』には「家なくて」。

30　鍛冶が火残す稲づまのかげ　水

（名残折ウラ）

31　散かいの桐に見付し心太　丸

32　鳴子をどろく片藪の窓　雪

33　盗人に連添妹が身を泣て　翁

34　いのりもつきぬ関〳〵の神　良

35　盃のさかなに流す花の浪　會覚

36　幕うち揚るつばくらの舞　水

芭蕉七　梨水五

露丸八　圓入ニ江州飯道寺

ソラ六　會覚一本坊

釣雪六花洛

珠妙一南部法輪院

この歌仙の先行注としては、【広】【喜】【鷲】【宮】【高】【中】【加】【島】【正】【橋】がある（二一二頁参照）。ほかに、野崎守英『芭蕉という精神』（中央大学出版部、二〇〇六）に注釈があり、【野】の略号で示した。

羽黒山本坊ニおゐて興行　元禄二六月四日

1　有難や雪をかほらす風の音　翁

【式目】夏（風薫る）。降物（雪）。

【句意】

宗教的な感動はよく「涼し」と表現されるものである。たとえば「涼しさやほの三日月の羽黒山」(『おくのほそ道』)のように。この「有難や」句もまた、羽黒山という霊地への挨拶、それに、拝謁かなった会覚阿闍梨への挨拶として、涼しさを隠し題のように用いていると見られる。つまり、「この羽黒山では、夏の薫風が雪を薫らすかのように涼しく音立てて吹き渡っています、ああ、有難や」と、羽黒山のその席が体感的にも心理的にも涼しいことを誇張して述べているのだろう。

「雪をかほらす風」とは、盛夏の南風にわずかに涼しさを感ずることを言う六月の季語「風薫る」をひねって、この羽黒山では薫風も雪の冷気を思わせるほどに涼しいと言ったものと思われる。「風薫る」は『古文真宝前集』の「五言古風短篇」所収の蘇子瞻(せん)「柳公権聯句に足す」の、柳公権の句「薫風南自(よ)り来り、殿閣微涼生ず」から来ている。『増山井』にはこの句を引いて「六月に吹く涼風なり」と説明している。芭蕉は、この元禄二年、六月になった途端「風の香も南に近し最上川」の発句や「はじめてかほる風の薫物」(「御尋に」歌仙の脇句、三六五頁参照)と、「風薫る」を詠んできた。そのような夏の風に「雪」が感じられると言うのである。いかに出羽とはいえ旧暦六月初旬に標高四百メートル程度の羽黒山に雪が残っていたわけがないので、それほどに涼しいという誇張的比喩と見るべきである。薫風に雪を取り合わせた極端な季節の矛盾に、俳諧として人の意表を衝く狙いがある。

なお、右のような誇張的比喩の句とする解としては、沢田繁二氏の論考「有難や雪をかをらす南谷」(『芭蕉の文学(1)—奥の細道—』〈解釈学会編、教育出版センター、一九七三〉所収)があり、本稿はそれに従っている。沢田氏によれば「この句の詠まれた元禄二年六月四日は陽暦になおすと七月二十日に当り、土用の暑いさかりである」、「羽黒山の近くに住んでいた人に問い訊してみても「羽黒山に雪が残る時節は、せいぜい五月までだろう、本坊のあつた南谷は頂上からやゝ下つた、その部分だけやゝ平坦になつているところで、七月に残雪を見たという経験はない」ということであつた」とのことである。

【考】

『おくのほそ道』中尾本では「六月三日、羽黒山に登る。圖司左吉と云ものを尋て、別當代會覚阿闍利に謁ス。南谷の別院に舎して、憐愍の情こまやかにあるじせらる。／四日、於本坊俳諧興行。／有難や雪をめぐらす南谷（「めぐら」に見せ消ちして「かほら」と改める）」のようにこの発句が出されている。それが、『おくのほそ道』曽良本では、用字の違いはあるものの前書に当たる記述は同一で、句は「有難や雪をかほらす南谷」となっている。句形の移り変わりを資料の成立順に並べてまとめるならば、

曽良の俳諧書留　かほらす　風の音

『花摘』　めぐらす　風の音

中尾本の見せ消ち前　めぐらす　南谷

中尾本の見せ消ち後・曽良本　かほらす　南谷

という状況である。『花摘』の句形は、「薫風」の発想を離れ「雪をめぐらす風」に涼風を意味させることで夏の句としたのであろう。漢詩の典拠にたよらない比喩的表現を試みたと言える。そしてさらに、『おくのほそ道』中尾本では一旦「雪をめぐらす南谷」とした。これは、紀行文中の発句として「南谷」という地名を入れようとしたものと推測できる。しかしそれでは「風」という要素がまったく失われてしまって、羽黒山の南谷の冬の景色としか読めない。そこで、芭蕉は「薫風」の発想を呼び戻す方向で推敲した。「雪をかほらす南谷」とは、「薫風」の典拠である「薫風南自り来り」の「薫」と「南」の語を示したのであり、それによって「風」を暗示して、「南谷に薫風が吹いていてその涼しさは雪を思わせるほどだ」という意を込めようとしたものと思われる。

ちなみに、「雪をめぐらす」という表現については、阿部正美氏が『芭蕉発句全講Ⅲ』（明治書院、一九九六）で「木下長嘯子の『挙白集』に「小塩山神代のさくらおもしろく雪をめぐらす袖の春風」という歌があり、巧みな舞姿をいう「廻雪の袖」の語もあ」るということに注意を促しているが、この句の現場に舞の袖のイメージは何とも

不釣り合いで、芭蕉の意図にはなかった、偶然の一致と見るべきだろうと思う。

なお付け加えれば、『花摘』の句形の「めぐらす」が中尾本の見せ消ち前と一致していたことは、『花摘』における句形の修正が芭蕉自身の意図に基づくものだったことを証しているのではないだろうか。

有難や雪をかほらす風の音　　翁
2　住程人のむすぶ夏草　　露丸

【式目】夏（夏草）。植物草（夏草）、人倫（人）。

【付け】

羽黒山の涼しさを称えた発句に対して、同地の鄙ぶりを述べて謙遜の心で答えた脇句。とくに言葉の付けを用いてはいない。

想像の域を出ないことではあるが、発句はいかにも会覚阿闍梨に向けて用意されたものであり、芭蕉は会覚から脇句を賜るつもりで羽黒山本坊に臨んでいたのではないだろうか。だが、何らかの事情で会覚が脇を付けることはなく、代わって土地の者である露丸が脇をつとめたのだと思われる。そのため応酬にずれがあるように見える。

【句意】

「草を結ぶ」とはどのような意味だろうか。【鷲】は「古へ、草を道しるべその他、後のしるしに結ぶのをいひ、又旅中草を結んで枕としたことにもいふ。然しここでは草庵を結ぶ、即ち粗末な家を造るといふ意であらう」とまとめている。つまり、「道しるべ」や「草枕」のためにも草を結んだが、この句では草庵を結ぶことだと言うのである。諸注も多くは「草庵を結ぶ」説を採る。はたしてそうか。

まず、この脇の詠まれた場所が羽黒山本坊だということが「草庵」にそぐわない。また、露丸は染物師であって「草庵」の住人ではない。たとえば須賀川の僧門可伸がこうした脇を詠んだとすれば「草庵」と解することも自然

なのだが。「むすぶ」のがただの草でなく「夏草」であることに注意が必要だろう。『新古今和歌集』巻三・夏に、

夏草はしげりにけりなたまぼこの道行き人も結ぶばかりに　藤原元真

がある。また、『夫木和歌抄』巻九・夏三、「夏草」題の内の「禖子内親王家歌合、夏草」に、よみ人しらず、

夏草を結ぶしるしのなかりせばいかでゆかまし山里の道

がある。「夏草」の本意はその著しい茂りにあり、旅人や里人が結んでおかなければ道が失われてしまうほどという発想があった。露丸の脇は表現として分かりにくく言いおおせない句ではあるが、言わんとするところは「人が住んでいるとかろうじて分かる程度に、夏草を人が結んでおいている、草深き田舎の道」ということだろう。出羽の羽黒のありさまを謙遜して言ったのだと思う。

なお、【野】は、「夏草や」句を芭蕉が語ったのでこの脇が成ったかと想像しているが、「夏草や」句には実際の道中で詠まれたことを示す資料はなく、この旅から帰って後の作と考えられている。

住程人のむすぶ夏草　露丸

3　川船のつなに蛍を引立(ひきたて)　曽良

【式目】夏（蛍）。動物虫（蛍）、水辺外（川船）。

【付け】

『拾花集』に「夏草→蛍」「蛍→夏草…川水」、『竹馬集』にも同様の寄合語有り、『堀河百首』の、

なには江の草葉にすだく蛍をば芦間の舟のかゞりとや見ん

が引かれている。連歌的発想によって、夏草から川辺の蛍と川舟を付けている。「住…人」の利用するものとしての「川船」が呼応している。

【句意】

「引立て」をどうとらえるかで諸注が分かれている。たとえば【高】は「引き船の綱に螢をとまらせながら、わが家に帰ってくる船人の生活」として、舟を引く綱に蛍が止まっているのをそのように言ったととらえている。あるいは【正】は「際立たす、目立つやうにする」と語釈している。だが、「引き立てる」には動物とくに馬を引いて行くという使い方があり、人にも使われて「連れて行く」意味になる。また、「際立たす」意の用法はどうやら近世後期から見られるものである。この句の場合は、「あたりが暗くなってから舟曳きが川舟を綱で引いている。蛍が綱に止まり明滅しながら連れて行かれる」という意味に取るのが良いだろう。

【考】

直前に最上川を舟で下った体験が座で語られて、川舟の発想が出てきたと見られる。また、須賀川で巻かれた第二の歌仙の発句と脇句、

　かくれ家や目だゝぬ花を軒の栗　　芭蕉
　まれに蛍のとまる露草　　栗斎

それに、大石田での歌仙のやはり発句と脇句、

　さみだれをあつめてすゞしもがみ川　　芭蕉
　岸にほたるを繋ぐ舟杭　　一栄（「さみだれを」歌仙注釈〈三一五頁〉参照）

と、蛍をめぐる句作を曽良が参考にしていると言えるだろう。歌仙の座において、蛍は旅人である芭蕉・曽良を寓意していたと見られる。

　　川舩のつなに蛍を引立て　　曽良

4　鵜の飛跡に見ゆる三ヶ月　　釣雪

【式目】秋（三ヶ月）、月の句。動物鳥（鵜）、天象（三ヶ月）、夜分（三ヶ月）、水辺外（すいへんのほか）（鵜）。

3が月を付けやすい夜分の句だったので、4で月を詠めということになったのであろう。月を定座から一句引き上げて、そのために夏から秋への季移りとなった。『連歌新式』に「水鳥類」を水辺の外とするので、鵜にもあてはまると見た。

【付け】

前句の「川舩」を鵜舟と見ての付け。『類船集』に「月→鵜舟帰る」「小舟→月」があり、前句を川舟を漕ぎ出しての鵜飼いを終えるさまと解して「鵜」「三ヶ月」を付けている。また、『類船集』にはさらに「鵜→川辺の螢」もある。イメージとして、「川舩」は「三ヶ月」へ、「蛍」の光は鵜舟の篝火へ、移されている。

【句意】

「鵜が飛び立ったあたりに目をやると、三日月が見えた」。野生の鵜とする注もある(【正】など)が、この付けとしては鵜飼いの鵜と見るべきだろう。

鵜の飛跡に見ゆる三ヶ月　　釣雪

5　澄水(すむみづ)に天(てん)の浮べる秋の風　　珠妙

【式目】秋(秋の風)。水辺用(水)。「秋の昏」の句形を採れば、これに時分(昏)が加わる。・『花摘』には「天を」「秋の昏」。

打越しに水辺外、前句に水辺外、そしてこの句に水辺用がある。式目上水辺が三句続くことは有ってよく、体・用・外の同じものが打越しになっていなければ差し合いではない。また、1に「風」あってここでまた「風」が出たのは、同字三句去りに違反してはいないとはいえ大きな難点。珠妙はこの一句のみを残した作者であるが、こうした式目への目配りの弱さから見て、俳諧を付けることに不慣れであったように感じられる。『花摘』において「秋の風」が「秋の昏」とされているのは1の「風」との重複を避ける意味で妥当な修正であり、歌仙が満尾し曽良が記録して以降に芭蕉が推敲した歌仙本文が伝わったと見てよいだろう。

【付け】

前句の「鵜」の飛ぶ場所を描写している。この付けでは鵜飼いの鵜ではなく野生の鵜と読むことができる。また、「見ゆる三ヶ月」は「澄水に」映った影だったと発想しているのだろう。しかし、川辺の景の三句がらみ。

【句意】

「天」の読み方はテン・ソラどちらの可能性もあるが、この字を音読しないとまったくの連歌の句になるので、テンと読んでおきたい。『花摘』の「澄水に天を浮べる秋の昏(くれ)」を推敲後の句形と見てそれで解釈すれば、「秋」が主体となって「秋は、澄んだ水に、天を浮かべている。そのような秋の暮れである」となろう。また、「天の」から「天を」へと直されたことで、風景の平板な叙述だったものが曲折のある構文に大きく変更された。

澄水に天の浮べる秋の風　　珠妙
6　北も南も碪(きぬた)打けり　　梨水
【式目】秋（碪）。
【付け・句意】
梨水がこの句を詠んだときの前句は「天の」「秋の風」だったという前提で考える。「碪」もしくは「衣打つ（擣衣）」を題材とした古典文学はあまたあるが、「秋の風」との関係を考えれば、李白「子夜呉歌其三」、
長安一片月　万戸擣衣声　秋風吹不尽　総是玉関情　何日平胡虜　良人罷遠征
（長安一片の月、万戸衣を擣(う)つ声。秋風吹いて尽きず、総(すべ)て是(これ)玉関の情。何れの日か胡虜を平げて、良人(りようじん)遠征を罷(や)めん。）
によって付けているのだろう。『類船集』にも「碪→秋風」がある。また、「北・南」という二字を含むものとしては、『和漢朗詠集』巻上・秋の「擣衣」に収録されている劉元淑の、
北斗星前横旅雁　南楼月下擣寒衣　（北斗の星の前に旅雁を横たふ、南楼の月の下(もと)に寒衣を擣つ。）

の影響があると考えられる。これらの詩句の語をまとめてあっさりと仕立てた句。「北でも南でも、碪を打っている」。前句が修正されて「秋の昏」となっても、碪は右の二詩に見えるとおり日が暮れてから打つものなので、それなりに付いていると言うことができる。

（初折ウラ）

北も南も碪打けり　　梨水

7　眠りて昼のかげりに笠脱（ぬぎ）て　　雪

・『花摘』には「眠ては」。

【式目】雑。時分（昼）。

修正の結果ではあるが、5の「昏」とこの句の「昼」とで、時分が打越しに来る差し合いを生じてしまった。

【付け】

ここから六月五日に付け進められた。前句の「碪」から、作者は白楽天の「聞夜砧」詩を想起したようだ。

誰家思婦秋擣帛　月苦風凄砧杵悲　八月九月正長夜　千声万声無了時　応到天明頭尽白　一声添得一茎絲

（誰が家の思婦か秋に帛を擣つ、月苦え（さ）風凄じくして砧杵悲し。八月九月正に長き夜、千声万声了わる（お）時無し。応に（まさ）天明に到らば頭（かしら）尽く白かるべし、一声添え得たり一茎の絲。）

この詩の第三・四句は『和漢朗詠集』にも収められており、著名な詩であった。夜通し碪の声を聴かされて髪が白くなるほど苦しめられるというのである。その人物を旅人とし、夜の碪のせいで昼に眠くなる様子を付けている。夜分から離れようという意図が感じられる。

【句意】

「眠りて」をイネムリテと読む注もあるが、曽良の単純な脱字と見、『花摘』に従って「眠ては」とすべきだろう。ただし、それでも落ちつきが悪いのであるが。本来「昼のかげりに笠脱て」の後に「眠ては」が来る文脈で、位置が転倒したものとして、「昼の日蔭にやすらい、笠を脱いで、眠り眠りしては」と解する。「眠ては」は、「眠る」ことが習慣的にくりかえされていることを言い表そうとしたのではないだろうか。

【考】

大石田にての「さみだれを」歌仙の27「ねぶた咲木陰を昼のかげろひに　芭蕉」(三四五頁)を参照していると思われる。

眠りて(は)昼のかげりに笠脱て　雪

8　百里の旅を木曽の牛追　翁

【式目】雑。旅(旅)、動物獣(牛)、国名(木曽)。

【付け】

前句の、路傍で休息する人物を、具体的にどのような者か明かしている付け。「牛歩」なる語があるように牛は鈍足のものであるから、前句の休み休みの旅に「牛追」が対応している。また、『類船集』に「寝覚→木曽路」(歌枕「寝覚ノ床」による付合語)があり、その発想も背景にあるかもしれない。

【句意】

「木曽の牛追いが、牛を追って百里の旅をして来た」。「木曽」の「木」に「来(き)」が言い掛けられている。なお、京から中山道を通って信州更科に至るまでがおおよその距離で百里。

【考】

芭蕉は座においてこの時、前年の旅の経験を語ったのだろう。そうだとすると、「私は去年、木曽路の百里を、牛追みたいにゆっくりと旅して来ましたよ」という現実レベルのメッセージが込められていることになる。また、その座談は「更科紀行」のノートを示しながらだったと想像される。

百里の旅を木曽の牛追　翁

9　山つくす心に城の記をかゝん　丸

【式目】雑。旅（句意）、山類体（山）、居所体（城）。

城の居所体は推測による。

【付け】

「木曽」と「牛」とから木曽義仲が連想されるのは自然であろう。『源平盛衰記』によれば木曽義仲は寿永二年（一一八三）五月十一日夜、平維盛ら平氏の軍勢と倶利伽羅峠で戦ったが、牛の角に松明をつけて突進させる「火牛の計」を用いて大勝したことになっている。露丸は、その戦のことを直接には付けずに、前哨戦である越前の「火打が城」の戦いを想起したらしい。その城は『平家物語』巻七「火打合戦」に語られているが、義仲が家来たちに造らせたもので「もとより究竟の城郭也。盤石峙ちめぐつて、四方に峰をつらねたり。山をうしろにし、山をまへにあつ。城郭の前には、能美河・新道河とて流たり。二の川の落あひに、おほ木をきつてさかもぎにひき、しがらみをおびたゞしうかきあげたれば、東西の山の根に、水さしこうで、水海にむかへるがごとし」という難攻不落の地勢を誇っていたが、平泉寺長吏斎明威儀師の裏切りによってあっけなく落ちた。露丸は「百里の旅を（来）」に「山つくす心」（数知れぬ山を見てきた心）と付け、「木曽」「牛」から義仲に関わる「城」を付けている。言葉主体の付けの手法で、両句合わせての脈絡は意識されていないようだ。その点で談林風である。

【句意】

「記」は『古文真宝』などに見られる文体の名称としての「記」であって事の由来を記しとどめる文章を言う。同書の「蘭亭記」や、芭蕉の「幻住庵記」のように、建造物の由来を述べることが多い。つまり「城の記」とは城の歴史や地勢を語る記録文であり、具体的には「火打が城の記」を意識しているものと思われる。「山つくす心」が要領を得ないが、旅人がたくさんの山々を見てきたその心を以て、と解しておく。そのような経験豊富な目によって「城の記」を書こう、という句。言葉の付けが先行して句意のまとまりを欠いている。

山つくす心に城の記をかゝん　丸

10　斧持すくむ神木の森　良

【式目】雑。神祇（神木）、植物木（神木）。

【付け】

「記」を前述のように理解すれば、【鶩】の「築城にまつわる伝説として前句を受けた」との説明が穏当だろう。築城の当初、木を伐ろうとして、樵夫が「神木の森」の神威を身に受けたのである。この時の曽良の発想法として森や城を特定する必要はなく、いかにもありそうな場面と見て良いと思われる。

【句意】

「木樵は、斧を持ったまま、すくんで動けなくなってしまった。そこは神木の森だ。」

斧持すくむ神木の森　良

11　哥よみのあと慕行宿なくて　雪・『花摘』には「家なくて」。

【式目】雑。旅（句意、ただし「家」とすれば非旅だろう）、居所体（宿、ただし「家」なら非居所）、人倫（哥よみ）。

『花摘』のように「家なくて」とする方が式目上良い。8・9が旅の句であったのに、一句置いて「宿なくて」では、句意としてまた旅に戻ってしまう気味が強い。「家なくて」なら旅とならないと思われる。また、同じ釣雪の句で27にも「宿」が出てくるので改めたとも見られる。「家」ならば9との居所の差し合いもまぬかれる。

【付け・句意】

前句の神々しい森に「哥よみのあと」があり、別の人物が、泊まる「宿」もないのにそれを「慕行」くという文脈は見てとれる。しかし、そこに「斧持すくむ」をどう結びつけ、人物の行動にどのような意味を与えるかで、諸注に意見の相違がある。【宮】が「無宿の追剝などの、無欲超俗の歌人に却って教化せられた逸話の俤か」とし、それを受けた【高】が「神の森と呼ばれている村はずれのさみしいところで歌よみの僧をおどして物とりをはたらこうとした追いはぎが、歌僧の気品に圧倒されて、斧をふりかざした手もすくんでしまったという図……それ以来その歌僧を慕うようになった追いはぎが、下僕のようにその跡についてゆく」と解している。一方、【正】は「神霊が歌人の姿をかりて木樵に示現したのであつて、有難い神意を託した歌を詠み、「神木の森」まで木樵を案内した。其処に霊験あらたかな神社が建てられたといふやうな話」としている。おそらくこれらはみな物語を膨らませすぎで、釣雪の意図としてはもっと単純ではなかったかと思う。【島】の「泊る宿とてもなく、古えの歌人の残した跡を慕って行くと、神に祀られた歌人の社は、斧も入れない神木の森にかこまれたところであったとの意」といったところが適切なのではなかろうか。

たとえば『おくのほそ道』で、語り手らは越中で「擔籠(たご)の藤波は春ならず共、初秋の哀とふべきものを」と、大伴家持の跡を求めて行こうとするのだが、地元の人から「宿かすものあらじと」脅されてあきらめている。いわば歌枕探訪の数奇(すき)が、宿がないという旅の現実に負けた場面である。釣雪の句が描こうとしたのは、宿がなくてもお構いなしに歌人の古跡を慕い行く、理想的な数奇の者の行動であろう。そこは厳かな「神木の森」にあって、樵夫が斧を入れようとしても「持すく」んでしまうような聖地だというのである。

　　哥よみのあと慕行宿なくて　　雪

12　豆うたぬ夜は何となく鬼　　丸

【式目】冬（豆打つ）。夜分（夜）。

『増山井』に、十二月節分の行事として「まめうつ」が載る。

【付け】

【広】以来諸注が言及するように、「哥よみ」から『古今和歌集』仮名序の「目に見えぬ鬼神をもあはれと思はせ」を想起して「なく鬼」を付けている。それに、「宿なくて」に「豆うたぬ夜」と付けた、四つ手の付け。この句の露丸も談林の親句(しんく)の手法をとっており、【高】【加】【島】【正】は付けの古風さを指摘している。

【句意】

句形は変わらないが『花摘』には「何と啼く」と漢字が用いられている。句意としては「節分の夜の外ハ鬼ハ何というてなくらむとの滑稽也」(『芭蕉翁附合集評註』)としか言いようがない。言葉から次の言葉へ連想を受け渡すことが露丸の意識の中心で、無心所着というほどではないが、この一句の意味はあまり実質を伴っていない。

　　豆うたぬ夜は何となく鬼　　丸

13　古御所を寺になしたる檜皮葺　　翁

【式目】雑。釈教(寺)。

『連歌新式』に、「宮居」「寺」を非居所としている。

【付け】

古物語的世界を描き出そうとした付け。「鬼が哭く」という話題にふさわしい場を、追儺という宮中行事からの連想で、「古御所」と定めた。両句合わせても、特定の物語を踏まえるというのではなくて、いかにも「鬼」の現れそうな建物を設定したのである。平安時代の御所の清涼殿に鬼が斬られる絵のある「鬼間(おにのま)」があったが、そのような連想関係が働いているか。

【句意】

かつて御所だった邸が今は寺として使われていて、寺らしくない立派な檜皮葺を維持している、という句。「御所」には皇居の場合ともっと広く貴族・武将などの邸を言う場合とがあるが、前句がもともと宮中の行事である追儺の話題だから、ここは前者だろう。次句では皇居に限らない「御所」と取ることができる。

古御所を寺になしたる檜皮葺　翁

14　糸に立枝にさまぐ＼の萩　水

【式目】秋（萩）。植物草（萩）。

【付け】

古雅な「檜皮葺」の寺院の庭にふさわしい植物（うえもの）をあれこれ思い浮かべた上で、そろそろ月を出そうという座の意志も働いて、秋の「萩」を選択した。「古御所」は旧皇居に限定せず、貴人の邸宅としたほうが転じとして良い。その「古御所」の主は出家にあたって邸をそのまま寺とし庭を美しく造ったということになる。その人の信仰心の篤さと趣味の良さを思わせる展開。

【句意】

「絲のやうに垂れた枝、高く生ひ立つた枝、さまざまの枝ぶりの萩が咲きこぼれて」（【広】）いる景である。付け加えれば、「さまぐ＼」の語には、『千載和歌集』巻四・秋上の源俊頼歌、

さまぐ＼に心ぞとまる宮木野の花のいろ／＼虫のこゑぐ＼

への連想を誘う働きがあり、一句のイメージを豊かにしている。

糸に立枝にさまぐ＼の萩　水

15　月見よと引起されて恥しき　良

【式目】秋（月）、月の句。恋（句意）、天象（月）、夜分（月）。

【付け】

『拾花集』に「萩→野べの月」があり、付けの中心になっている。また、「萩」から、臥している女性を連想している。さらには、細かな対応であるが、「糸」に「引」、「立」に「起」がつながっている。

【句意】

男女の逢瀬の一場面。ふたり共寝していたのであるが、男が月の明るさを賞して「お前も月を御覧よ」と女の手を引いて起こしたのである。なぜ恥ずかしいかというと、「自分が折々の物のあはれを見すぐしてゐる」(【広】)とか「自分のはしたなさを指摘されたように感じられて」(【高】)というのではなく、情事の後の自分の顔が明月によって男にはっきりと見られてしまうからだと解すべきであろう。

【考】

「寝殿づくりの對の屋のみすの内には、あえかな女性がうつ伏してゐる」(【広】)、「『源氏物語』末摘花や、絵巻の蓬生の場面が念頭にあったか」(【加】)というような解は王朝に引き寄せすぎており、それでは打越しの「古御所」に障る。ここは、当代の、萩の野に面した宿での恋と見たい。むしろ、次の芭蕉句を「宮女の体」(『三冊子』)にさせるよう、準備している句と言うべきだろう。

月見よと引起されて恥しき　　良

16　髪あふがするうすものゝ露　　翁

【式目】秋(露)。恋(句意)、降物(露)、衣類(うすもの)。

ここを秋の三句めとしなければならないのに、次が花の定座という難しい位置。それで、他の季に通ずる「露」を用いて秋の季感を薄くする苦心が見える。それから、女性の姿態を表現することで恋の二句めとしている。

【付け】

まずは常套的に「月」に「露」を付けている。その上で、『三冊子』（赤冊子）にこの二句を「前句の様体の移りを以て付たるなり。句は宮女の体になしたる句也」と説いているように、付け方としては、女が「恥しき」と感じてしまう「様体」にふさわしい状況を点出したということだろう。男が女の家を訪れたとき、女はあまり男に見られたくない姿であったのである。

【句意】

『三冊子』に従えば、この句の主体は「宮女」である。髪を洗ったあとなので、彼女は「うすもの」を着て髪を乾かすため侍女にあおがせていた。その「うすもの」が露に濡れていた。露は「消ゆる」ものであり、この女性のはかなげな様子を象徴的に表している。それは、早く能勢朝次氏が『連句芸術の性格』（交蘭社、一九四三）において「そのあえかさの象徴としての露である」と指摘したことである。また、東明雅氏は『芭蕉の恋句』（岩波書店、一九七九）で、『源氏物語』の「常夏」の巻に、「内大臣が娘の雲居雁の部屋を訪れると、雲井雁は羅（うすもの）の単衣（ひとえ）を着て昼寝をしておられるところの描写がある。このようなところは『源氏物語』の中でも割合に有名なところであるから、直接これを面影にしたものとは言えないけれども、何かのヒントになったことはあり得るのではないか」と指摘しているが、たしかに芭蕉にとって「ヒントになった」ものと思われる。換言すれば、「常夏」の一場面は、この句が「宮女」の句であることとの裏付けとなっている。二句併せると、情熱的でやや無遠慮な男と、彼に引きずられて困惑気味の女の対照が、見事に描き出されている。

髪あふがするうすもの丶露　　翁

17　まつはる丶犬のかざしに花折て　　丸

【式目】春（花）、花の句。動物獣（犬）、植物木（花）。

異植物は二句去りなので、14の「萩」の植物草に対しても差し合いではない。

【付け】

ここは花を詠むことが必須の条件であって、強引な展開となっている。「髪」に「かざし（挿頭）」という言葉の付けを含みながら、前句の裕福らしい女性の行為を想像した付け。「露」に対して「花折て」も響き合っている。

【句意】

前二句によって王朝風の女性が描きだされたので、この句は当代の話題に転じて詠まれていると見るべきであろう。その意味で、【中】が「愛玩用の狆か」と言うように、当時愛玩犬としてよく飼われていた狆を可愛がるさまではないかと思われる。蕉門俳諧でもたとえば「木の本に汁も膾も桜哉　ばせを」を発句とする伊賀における四十句（元禄三年三月二日付）に、「かけがねのひとりはづれし夕嵐　三園／香しみたるちんの首たま　木白」という例がある。なお、花を髪飾りとすることは通常の発想ながら、犬の髪飾りとしたのは意表を衝いており、この時の露丸の滑稽性重視の俳風を示している。「まとわりつく飼い犬の挿頭にするために、花の小枝を折って」という意。

まつはる丶犬のかざしに花折て　　丸
18　的場のすゑに咲る山吹　　雪

【式目】春（山吹）。植物草（山吹）。

山吹を草の類とするのは『産衣』によった。同類の植物は三句去りなので、14の植物草に対しても差し合いではない。また、「花」に植物名を付けることは許される。

【付け】

前句で折った花は挿頭にふさわしい「山吹」であったと付けている。また、前句の犬を狩りのための犬と読み換えて、「的場」を付けたのであろう。女性から男性へ転じてもいる。

【句意】

折端らしい単純な句。「的場の末、隅の方に、山吹が咲いている」。

【考】

あるいは那須余瀬で見物してきた犬追物の場のことがこの座で話題になっていたか。

（名残折オモテ）

的場のすゑに咲る山吹　雪

19　春を経し七ツの年の力石　翁

【式目】春（春）。

【付け・句意】

「的場」があるのは武家屋敷だろうと見て、武士の子が七つになった新春に力試しをしていた「力石」がそこに今もあると想像を展開した。七歳は子供の成長過程の一つの区切りという意識で出された数と思われる。両句合わせると「力石」は「的場のすゑ」の「山吹」の陰にあるものと受け止められ、少年が大人になるまでの時間の経過を描いている付け。「春を経し」としたのは「山吹」を受けながら春の三句めをこなすための工夫であり、「年を経し」と同じことだろう。【宮】は「力石」が「神社の境内などに奉納されているさま」とするが、場所を神社とする必要はない。ここから、月山・湯殿山下山後の興行と伝えられる。

春を経し七ツの年の力石　翁

20　汲ていたゞく醒ヶ井（さめがゐ）の水　丸

【式目】雑。水辺用（水）、名所（などころ）（醒ヶ井）。

【付け】

「力石」を「七ツの年」に持ち上げたという人物を、七歳で鞍馬寺に送られた源義経と取って、源氏の六条館にあった「醒ヶ井」(佐女牛井(さめがゐ))を付けた。「力石」を上げるために力を尽くしたので喉が渇いたから、という連想も効いている。

【句意】

この付けにおいては京の「醒ヶ井」であろう。現在は、堀川通五条下ルに佐女牛井町の名が残り、「佐女牛井之跡」の石標と案内板が立っている。村田珠光・千利休・織田有楽斎が用いた名水としても知られている。そしてそこは、かつての源氏六条館の井でもあった。六条館は『義経記』の「土佐坊義経の討手に上る事」や幸若舞曲「堀川夜討」の場である。一句としての意は単純で、「醒ヶ井の水を、汲んで飲ませていただいた」。

先行諸注の多くは近江の醒ヶ井と取って日本武尊(やまとたけるのみこと)の伝説に結びつけて解釈しているが、近江のそれは次の句が付けられたときに用いられたと見る方が、運びに変化があって良い。

なお、貞享三年(一六八六)の「日の春を」百韻に、

此国の武仙を名ある絵にかかせ　　其角
京に汲する醒井の水　　コ斎

という付合がある。これも前句から源氏一党の武将らを想起し、六条にあった源氏館の「醒井」を付けている。

汲ていたゞく醒ヶ井の水　　丸

21　足引のこしかた迄も捻蓑　　圓入

【式目】雑。

【付け】

ここで近江の醒ヶ井に取り成している。伊吹山の麓にある中山道の宿駅。日本武尊が蛇毒を井の水で冷ましたと

いう故事があるが、ここの付けの解には無用ではないだろうか。当世の宿場の点景と解すればじゅうぶんだと思う。旅人が街道を歩いてきて宿の名水をありがたく「汲ていたゞく」場面を想像し、その旅人の疲れたありさまを付けている。前句から茶道の話題に展開するという選択肢もあったと思われるが、そうはしなかった。作者の圓入は近江の飯道寺の僧であって、近江の醒ヶ井になじみがあったからかもしれない。

ちなみに、『類船集』に「醒井(サメガ) 近江」の項があり「きよき心 浮世の夢 六条 日本武尊(ヤマトダケ) かしは原 へぎ餅 番場の里」といった付合語が示されている。「きよき心 浮世の夢」は「醒」という字からの連想、「日本武尊」は故事による付け筋、「かしは原 へぎ餅 番場の里」は実際の地理や名物による付合語だが、「六条」は京の醒ヶ井に取り成して付ける方法を示している。ここはその逆の順で19→20は京、20→21で近江の醒ヶ井と取り成したのである。

【句意】

「山を越えて来たもので、足を引き摺り、腰や肩までも捻って痛めている、蓑を着た旅の者」の意。【鷲】が「足引のは……文字通り足を曳くの義であらう。又腰肩には「越し方」といふのが掛けてある。この句は談林調が濃厚である」と言う通り。言葉の付けに凝りすぎて、ヒネリミノというわけのわからない物を詠み出してしまった点も談林調である。

　　足引のこしかた迄も捻蓑　　圓入

22　敵(かたき)の門(かど)に二夜(ふたよ)寝にけり　　良

【式目】雑。夜分（二夜）、居所体（門）、人倫（敵）。

「門」の居所体は『連歌新式』による。「敵」を人倫と見ることは推測による。

【付け】

【宮】が『小傘』の「蓑→敵討」と『類船集』の「蓑→乞食」を挙げて「乞食姿に身をやつし、敵討の機をねらうさま」としている。そうした発想に拠ったことは確かだろう。

【句意】

「討つべきかたきの住居の門の前に、二晩寝て、機会をうかがった」という句。下心には、『蒙求』の「豫讓呑炭」に語られる豫讓の敵討ちがあり、それをやつした発想ではないかと思われる。晉の人、豫讓は主君の智伯が趙襄子に殺されたことから敵討ちを誓い、ひとたびは「名姓を変じて刑人と為り、宮に入って厠中を塗り、匕首を挟んで、以て襄子を刺さんと欲」(姓名を変えてわざと罪人になり、襄子の邸に労役のために入って便所を塗り、短刀を隠し持ってそれで襄子を刺そうと)したが、襄子に見つかり、それでも「義」あるものとして釈放された。豫讓は諦めず「又身に漆して厲と為り、炭を呑んで唖と為り、形状をして知る可からざらしめ、橋下に伏」(また体に漆を塗って癩病に見せ懸け、炭を呑んで声を潰して唖のふりをし、誰だか分からないように姿を変えて橋の下に伏)して襄子を待ったが、襄子の馬が驚いたので見つかってしまった。それでも襄子が豫讓を許し「子自ら計を為せ」(自分でどうするか決めよ)と言うと、豫讓は襄子の衣服を求め三度躍り上がってそれに剣を突き刺し、そして自ら剣に伏して死んだ。つまり、曽良のこの句は豫讓を直接描いているのではないが、卑賤の者のふりをして戸外に伏して敵を待ったという趣向において、豫讓の例しが思い浮かぶように作られていると見られる。

敵の門に二夜寝にけり　良

23　かき消る夢は野中の地蔵にて　丸

【式目】雑。釈教(地蔵)、夜分(夢)。

【付け】

前句を夢の内容としてそれが覚めた時のことを付けた。単純な発想であるが、劇的な趣向の後を受けて新しい展開を促している。言葉の上では「夜」「寝」に対して「夢」を出している。

【句意】

「掻き消すように消えてしまった夢のあと、眼にした物は野中の地蔵であって」。本文に「野中」とある以上、野天の地蔵であり、【広】【高】のように「地蔵堂」とするのは無理だろう。いわゆる「夢オチ」の発想であってわかりやすいが、夢幻能の結末のパターンを踏んでいると言えよう。

かき消る夢は野中の地蔵にて　　丸

24　妻恋するか山犬の聲　　蕉・『花摘』には作者名「翁」。

【式目】雑。動物獣（山犬）、夜分（山犬の聲）。

動物の「妻恋」は恋の句の扱いにはしない。また、『産衣』に「犬ほゆる」を夜分とするのに従った。夜分が三句連続しているが式目の許容範囲である。なお、7↓8が旅寝の付けであった。17に「犬」が出ていた。いずれも差し合いではないが、似た趣向がくりかえされるのは余り好ましいことではない。

【付け】

前句を野宿する旅人の寝覚めとして、目を覚ました原因を「山犬の声」に求めた。その旅人も故郷の妻を恋しく思っているという含みで「妻恋するか」と付けている。『類船集』に「狼↓墓原」があるが、この付けの場合も地蔵↓墓原↓狼（山犬）という連想が働いていよう。

【句意】

「山犬が夜吠える声が聞こえてくる。あれは妻恋する声であろうか」。

妻恋するか山犬の聲　　蕉

25　薄雪は橡（とち）の枯葉の上寒く　　水

【式目】冬（薄雪・枯葉・寒）。植物木（橡）、降物（薄雪）。

【付け】

山犬の声の聞こえてきそうな場の景気を付けた。【加】は「「薄雪」の寒さに、「妻恋し」という情もしのばせてある」と見ているが、それでは三句がらみになって好ましくない。

【句意】

「トチの枯葉が地に落ちている上に、薄雪が寒々と積もっている」。なぜ「橡」か。それは『更科紀行』所収の芭蕉句「木曽のとち浮世の人のみやげ哉」の影響であろう。トチは、西行の「やまふかみいはにしだるる水ためむかつがつおつるとちひろふほど」（『山家集』）によって、世間から離れた山中の暮らしを象徴する木だった。西行歌は『おくのほそ道』にも、須賀川にて「この宿の傍に、大キなる栗の木陰をたのみて、世をいとふ僧有。橡ひろふ太山（みやま）もかくやと、閒（しづか）に覚られて」と使われている。要するに、25は深山の庵住者の見ている景なのである。

　　薄雪は橡の枯葉の上寒く　　水

26　湯の香に曇るあさ日淋しき　　丸

【式目】雑。天象（あさ日）、時分（あさ）。

【付け】

山の中の景気をつないだ。「薄雪」積もる冬に、「あさ日淋しき」という冬の陽の弱々しさが釣り合っている。貞享元年の冬に成った『冬の日』の第五歌仙、「霜月や」の巻の冒頭三句は、

　霜月や鸛（カウ）の彳々（ツク）ならびゐて　　荷兮

　冬の朝日のあはれなりけり　　芭蕉

　樫檜山家の体を木の葉降　　重五

というもので、「あはれ」なる「冬の朝日」に対して重五が「木の葉降」る「山家の体」を付けていたのは、この露丸の付けと同じ発想だと言える。あるいは露丸が『冬の日』を知っていてのことかもしれない。

【句意】

「温泉の湯煙に曇って、朝日の光がさびしく差している」。

【考】

【野】が指摘するように、湯殿山を思いやったという発想もあるか。ただ、この前後(24〜29)山中の景が連続しているのはよろしくない。

湯の香に曇るあさ日淋しき　丸

27　鼯(むささび)の音を狩宿(かりやど)に矢を矧(はぎ)て　雪

【式目】雑。動物獣(鼯)、居所体(宿)。

24に「山犬」がいた。同動物(この場合、ともに獣ということ)は三句去りだから差し合いとなっている。

【付け】

前句を山中の景として、狩人のさまに展開した。また、『和漢朗詠集』下の「山」の漢詩句、

夜鶴眠驚松月苦　暁鼯飛落峡煙寒　都

(夜鶴眠り驚いて松月苦(す)めり、暁の鼯飛び落ちて峡煙寒し。都は、都良香。)

により、前句からこの詩句の「暁」「峡煙」を介しての連想で「鼯」を詠み込んだのであろう。ちなみに、貞享四年(一六八七)の、芭蕉一座「露冴て(「露凍て」か)」の未完二十四句(『筆のしみづ』所収)の脇と第三が、

耳におち葉をひろふ風の夜　鏡鶏

あかつきのむさゝび月を蝕て　一燕

であって、やはり朗詠の詩句を利用していた。

【句意】

「矧（はぎ）」は四段活用の動詞「矧（は）ぐ」の連用形。『日葡辞書』に「やを　はぐ」を「羽根をつけて矢を作る」意としている。『類船集』に「むさゝびは梢もとむとあし引の山のさつおに逢にける哉」の歌を引いているが、これは『万葉集』巻三の志貴皇子の歌で「さつお」は猟師であるから、釣雪はこの歌によってムササビと「狩宿」（狩猟のために使う山中の小屋）を組み合わせたと考えられる。ムササビは森林の樹上に住み滑空して移動しキッキッと鳴くが、狩る対象ではなく、夜分の山中でよく見かける動物という扱いだろう。一句の意としては「ムササビの鳴き声を（聞きながら）狩り小屋で矢に羽を付けて狩りの準備をしている」のであり、「（聞きながら）」の部分が欠落しているのは、言葉の付けを重視して一句の仕立てにこだわらない談林風の作り方をしたためだと思われる。

　　鼯の音を狩宿に矢を矧て　　雪

28　篠（すず）かけしほる夜終（よすがら）の法（のり）　　入

【式目】雑。釈教（法）、夜分（夜終）、衣類（篠かけ）。

釈教は三句去りであるから、23の「地蔵」に対しては差し合いにはならない。

【付け】

「狩宿」に、山伏の一行が泊まった状況を付けた。小屋の中で狩人は矢を矧ぎ山伏は修法を行っているのである。前句には『和漢朗詠集』の詩句によって「暁」の時分が隠れていたから、そこに「夜終の法」が対応している。次句とともに月山・湯殿山に関わり深い話題が詠み込まれていると言えるだろう。

【句意】

「一晩中修法をおこなっていたために、修験者の着ている篠懸（すずかけ）も萎えてくたびれてしまった」。篠懸は山伏が肩に掛ける麻の衣。謡曲「安宅(あたか)」で山伏姿の義経・弁慶らが登場するシーンの「旅の衣は篠懸の、旅の衣は篠懸の、露けき袖やしをるらん」という有名な詞章を織り込んでいる。

　　篠かけしほる夜終の法　　入

29　月山の嵐の風ぞ骨にしむ　　良

【式目】秋（月山）、月の句。天象（月）、夜分（月）、山類体（月山）、名所（月山）。

【付け】

修法の場を月山と定めた付け。もちろん直前の月山登山を意識しており、月の定座を「月山」によって果たすために前句から打ち合わせができていたように思われる。

【句意】

「月山の嵐の風が骨身にしみる」。修験僧である圓入に月山での体験の感想を問われて、曽良が答えた趣き。

　　月山の嵐の風ぞ骨にしむ　　良

30　鍛冶が火残す稲づまのかげ　　水

【式目】秋（稲づま）。天象（稲づま）。

【付け】

秋をつなぐためでもあるが、「月」と「嵐」から「稲づま」を導き出している。諸注の言うように、月山と湯殿山の間に「鍛冶小屋」があることに基づいた付け。『おくのほそ道』に「谷の傍に鍛冶小屋と云有、此国の鍛冶、霊水を撰て、爰に潔斎して釼(つるぎ)を打、終(つひに)月山と銘を切て世に賞せらる。彼龍泉に釼を淬(ニラグ)とかや、干將莫耶の昔をしたふ、道に堪能の執あさからぬ事しられたり」と書かれた「鍛冶」である。また、曽良も俳諧書留に「月山や鍛冶が跡とふ雪清水」なる発句を残している。

【句意】

稲妻が光りあたりが一瞬明るくなってまた闇に戻る。すると、「鍛冶が火」だけがなお光をとどめているという景。これは、貞享四年（一六八七）の芭蕉発句「いなづまを手にとる闇の紙燭かな」（『続虚栗』）を参照しているのではないか。また、【正】が『三山雅集』や『菅菰抄』によって説明しているように、当時の鍛冶小屋で鍛冶がなされることはすでになく登山者のための小屋となっていたらしいので、「鍛冶が火残す」には「月山鍛冶の誉れを今に残す」といった含みがあるだろう。

（名残折ウラ）

　　鍛冶が火残す稲づまのかげ　　　　水

31　散(ちる)かいの桐に見付し心太(こころふと)　　　　丸

【式目】秋（散…桐）。植物木（桐）、食物（心太）。

【付け】

秋の三句めにするために「桐の葉が散る」ことを発想した。たとえば『随葉集』の「七月之詞」には「一葉ちる」の項があって「一葉とは桐にかぎるか」とし「梧桐葉落知天下秋」（『淮南子』）を引いている。

【句意】

曽良は「心太」と漢字表記するのみだが、『花摘』では「こゝろふと」と仮名表記している。従来、この語については【広】【鴛】【中】【正】【野】が大根であると言い、【宮】【高】【島】【橋】がトコロテンであると言って、意見は大きく二分されている。『花摘』に従えばココロフトもしくはココロブトと読むのであろうが、『日本国語大辞典』で「こころぶと」を引くと、（1）植物「てんぐさ（天草）」の異名、（2）植物「だいこん（大根）」の異名、（3）

「ところてん（心太）」の異称、と整理されていて、（1）には正倉院文書以下の用例、（3）には『沙石集』以下の用例があるが、（2）には用例が挙がっていない。また、同辞書の「ところてん」の項の「語誌」によれば、テングサで作った食品がココロフトと呼ばれていたが、室町時代にココロテイと読まれるようになり（『七十一番職人歌合』に用例有）、それが訛ってココロテン、さらに訛ってトコロテンとなったということである。

大根の異名とする根拠を得られず、後述の季節的な関連を考慮しても、「心太」の実体は今言うトコロテンであるとするのが妥当と考える。「心太」をココロフトと読むかトコロテンと読むかは言語感覚の旧・新の問題であり、『花摘』が「こゝろふと」と書いていることを尊重すべきである。

ではなぜ「こゝろふと」が出てきたか。桐が散るのは立秋の話題であるから、暑気払いの食品がまだそこに出ているというのは、残暑の光景として理解できる。そして、ここから推測が混じるのであるが、出羽三山附近では氷室が作られていて暑い時期には氷室から冷えたトコロテンを提供していたのではないだろうか。氷室についてはつまり冬の雪を穴倉に貯蔵してその低温を夏場に活用する設備であり、芭蕉が新庄で「風流亭／水の奥氷室尋る柳哉」（曽良の俳諧書留に記載）と詠んでいることからしても、出羽では多く見られたものと思われる。トコロテンが氷室で冷やされて提供されるという用例としては、『犬子集』に「氷室」の題で「見て涼しひむろや出るところてん」の発句がある。六月初旬のこの俳諧の座にも羽黒の氷室で冷やされたトコロテンが提供されていて、露丸はそれをそのまま句に詠み込んだのではないか。もしも鍛冶小屋などの山上の小屋でそれを食べることができたとすれば前句に対する付けの上では都合がよいが、名残のウラに入って新しい展開を心掛ける位置ではあり、そこまで関連づけなくても良いだろう。

ただ、この句にはもう一つ「散かいの」の解釈の問題がある。読み方は、『花摘』が「ちるかひの」と仮名表記しており、それに従っておく。諸注にも明解を得ておらず判断材料に乏しいが、「散り交（か）ふ」と言おうとしているのだろうと見て、句意を「何枚もの葉が交差して散っている桐の木の傍らに、〈こころふと〉すなわちトコロテンを見出した」と解する。

32　散かいの桐に見付し心太　　丸
　　鳴子をどろく片藪の窓　　雪

【式目】秋（鳴子）。居所体（窓）。

「鳴子」は連歌の語彙であり『無言抄』の秋に「そうづ　ひた・なるこ・か、しなどの類みな秋也」としている。秋を四句続けた。「藪」は植物とは扱われない。

【付け】

『古今和歌集』巻四・秋上「秋立日よめる／秋きぬと目にはさやかに見えねども風のをとにぞおどろかれぬる」の藤原敏行歌を背景として付けている。この歌については【正】に指摘があった。桐の葉が散ったのは秋風が立ったからであり、その秋風によって鳴子が音を立てたという連想。目にも耳にも秋を感ずるという対照が意識されていよう。「秋風」を抜いた付けとも捉えられる。また、桐が「片藪」にあると設定し、トコロテンを食べる人物を「窓」の内に見るという心で付けている。

【句意】

右の古今歌の「おどろかれぬる」を踏まえ、「鳴子をどろく」は「鳴子が秋風に鳴って、人がはっと驚く」ということで、その人は「片藪の窓」すなわち片側が藪の茂みに面している家の窓辺にいるのであろう。

　　鳴子をどろく片藪の窓　　雪

33　盗人に連添妹（つれそふいも）が身を泣て　　翁

【式目】雑。恋（連添妹）、人倫（盗人・妹）。

【付け】

古注『芭蕉翁附合集評註』に「前句はよのつねの田舎のさまなるに、引転じて、盗人の宿の鳴子にしかへたる附句なり」とあり、認められる。つまり「鳴子」の仕掛けられている理由を、「盗人の家に設けてある合圖用のものと轉じた」(【広】)のである。芭蕉には、名残折にも恋の運びを交えようという意図があっただろう。

【句意】

「盗人に連れ添っている妻としての、我が身の上を嘆いて」。

盗人に連添妹が身を泣て　翁

34　いのりもつきぬ関〳〵の神　良

【式目】雑。恋（いのり・関の神）、神祇（神）。

【付け】

恋の心を継いでいる。盗人の夫婦が旅暮らしをしているとして、「関〳〵」を付けた。

【句意】

「多くの関を通り過ぎては、それぞれの関の神に捧げる祈りも尽きることがない」。何を祈るかについて、たとえば【広】は「何とぞ今の境界からぬけ出られますやうにと祈つた」、【宮】は「夫の改心や無事を祈り」、【正】は「夫が罪深い業をやめるやうに、また無事で恙ないやうに等と」祈ったとするが、もっと恋の二句めであることを色濃く読みとるべきではないだろうか。「関の神」はすなわち道祖神であって、夫婦相和す姿をした神である。この句も夫婦仲を祈ったと取るべきだろう。

【考】

この歌仙が成って十日ほど後の、酒田での「温海山や」歌仙に、

草枕おかしき恋もしならひて　　不玉
ちまたの神に申かねごと　　曽良

の付けがある。曽良が、同様の趣向をくりかえし試みたのである。

いのりもつきぬ関〱の神　　良
35　盃のさかなに流す花の浪　　會覚

【式目】春（花）、花の句。植物木（花）、水辺用（浪）。
この歌仙では28「篠かけしほる夜終の法　入」で一度「安宅」の素材を使っているが、貴人の花の句ゆえに輪廻にこだわらなかったと見られる。

【付け】
「関」から能「安宅」を連想して、その一場面を切り取った。『類船集』に「関→安宅」がある。能の「安宅」の季は二月の設定で、「花の安宅に着きにけり」ともあって「花」を詠み込むことも自然であった。言葉の付けであって、「義経一行が安宅の関の神に祈った」などと文脈化しなくてもよいと思われる。なお、曽良の日記に「花ノ句ヲ進テ、俳、終」とある。つまり、34まで進めて別当執行代の会覚阿闍梨に匂いの花を願ったのである。

【句意】
【広】による「謡曲「安宅」の延年舞の連想」との指摘以来、異論はない。義経主従は安宅の関を通ることを得て、「山陰の一宿（ひとやどり）に、さらりと円居（まどゐ）して」宴となる。そしてシテの弁慶が延年の舞を舞う、その歌詞「おもしろや山水に、〱、盃を浮べては、流に引かる、曲水の、手まづさへぎる袖ふれて、いざや舞を舞はうよ」。したがってこの句としては曲水に流す「盃」であり、その「さかな」のごとくに流れる水の上の「花の浪」である。

盃のさかなに流す花の浪　會覚

36　幕うち揚るつばくらの舞　水

【式目】春（つばくら）。動物鳥（つばくら）、芸能（舞）。

【付け】

春を「つばくら」でつなぎ、前句の弁慶延年舞の話題に「舞」と付け、「花」を花見の花として「幕」を付け、穏やかにめでたく巻き納めた。

【句意】

「めぐらした幕を揚げて燕が飛んで通るにまかせ、その燕の舞を楽しむ」の意。【正】は、「「うち揚る」には歌仙の打ち上げを利かせたか」と言うが、芝居などの興行の終了を意味する「打ち上げ」はもう少し時代が下がる言い方なので、そうは取れない。また、【橋】の、「幕を揚げると、つばくらがあたかも延年の舞のように舞った……幕を揚げて現れたのは燕だ」との指摘は的を射ているだろう。舞い手は幕が揚げられて登場するという発想が梨水にあったと思われる。つばくらを役者に見立てている点こそが俳諧である。

【考】

新庄での「御尋に」歌仙に10「簾を揚てとをすつばくら　如柳」の例があった(三七二頁)。参照されているものと思う。

次頁と次々頁に、この歌仙の式目表を掲げる。興行が複数日にまたがり、飛び入りらしい作者が交じったためであろうか、曽良の書留によれば差し合いが三箇所とやや多い。『花摘』の本文では二箇所に減る。

「有難や」歌仙式目表（『花摘』所収本文による）

	季・月・花・恋・同字	旅・神祇・釈教・述懐	動物（生類）・植物	時分・夜分・天象（光物）	山類・水辺・居所	降物・聳物	人倫・名所・国名・衣類・食物・芸能
1	夏					降物	
2	夏		植物草				人倫
3	夏		動物虫		水辺外		
4	秋 月		動物鳥	天象 夜分	水辺外		
5	秋			時分	水辺用		
6	秋						
7				時分 ×			
8		旅	動物獣				国名
9		旅			山類体 居所体		
10		神祇	植物木				
11							人倫
12	冬			夜分			
13		釈教					
14	秋		植物草				
15	秋 月 恋			天象 夜分			
16	秋 恋					降物	衣類
17	春 花		動物獣 植物木				
18	春		植物草				

19	春						
20					水辺用		名所
21							
22				夜分	居所体		人倫
23		釈教		夜分			
24			動物獣	夜分			
25	冬		植物木			降物	
26				天象 時分			
27			動物獣 ×		居所体		
28		釈教		夜分			衣類
29	秋 月			天象 夜分	山類体		名所
30	秋			天象			
31	秋		植物木				食物
32	秋				居所体		
33	恋						人倫
34	恋	神祇					
35	春 花		植物木		水辺用		
36	春		動物鳥				芸能

旅する俳諧師

——出羽七歌仙から見えること——

はじめに

のちに紀行文『おくのほそ道』として結実する芭蕉の旅が実際にどのようなものであったかについては、一九四三年に「同行」曽良の書き留めの存在が報告されて以来ずいぶん解明が進んできた。しかし、文芸研究の視点からすれば、道中に各地で興行された連句作品を材料として、〈俳諧師としての芭蕉がどのように連衆を指導していたか〉、また、〈その旅で俳諧を実作するにあたり芭蕉が意図していたことは何か〉といった問題についてもっと追究すべきではないかと考えている。本稿では出羽の国で芭蕉が巻いた歌仙の分析を通じ、旅中の芭蕉の俳諧興行の実際というべきそれら二つの問題を論じたい。

元禄二年(一六八九)五月十五日に尿前の関を越えて出羽に入ってから、同年六月二十七日に鼠ヶ関を越えて越後に入るまで、芭蕉は出羽の国の滞在先各所で、曽良および現地の俳人らとともに俳諧を興行した。今日まで伝えられている資料として、以下に掲げる①〜⑦の歌仙がある。

①「すゞしさを」歌仙。五月十七日から二十六日の間。尾花沢の清風亭。芭蕉・清風・曽良・素英・風流。
②「おきふしの」歌仙。五月十七日から二十六日の間。尾花沢の清風亭。清風・芭蕉・素英・曽良。
③「さみだれを」歌仙。五月二十九日〜三十日。大石田の一栄宅。芭蕉・一栄・曽良・川水。
④「御尋に」歌仙。六月一日〜二日。新庄の渋谷九郎兵衛宅。風流・芭蕉・孤松・曽良・柳風・如柳・木端・

執筆。
⑤「有難や」歌仙。六月四日・五日および月山登山後の九日。羽黒山南谷別院。芭蕉・呂丸・曽良・釣雪・珠妙・梨水・円入・会覚。
⑥「めづらしや」歌仙。六月十日〜十二日。鶴岡の長山重行宅。芭蕉・重行・曽良・呂丸。
⑦「温海山や」歌仙。六月十九日〜二十一日。酒田の伊東玄順(不玉)亭。
芭蕉・不玉・曽良。

なお、この七巻以外に、三つ物二組(新庄における「水の奥」の三つ物と「風の香も」の三つ物)、歌仙の冒頭七句の断片(酒田における「涼しさや」の七句)、会覚の「忘るなよ虹に蝉鳴山の雪」という餞別吟を発句とする四句の記録、および、その会覚発句と芭蕉脇句に不玉や支考らがのちに付け進めて満尾した歌仙があるが、詳細は略す。

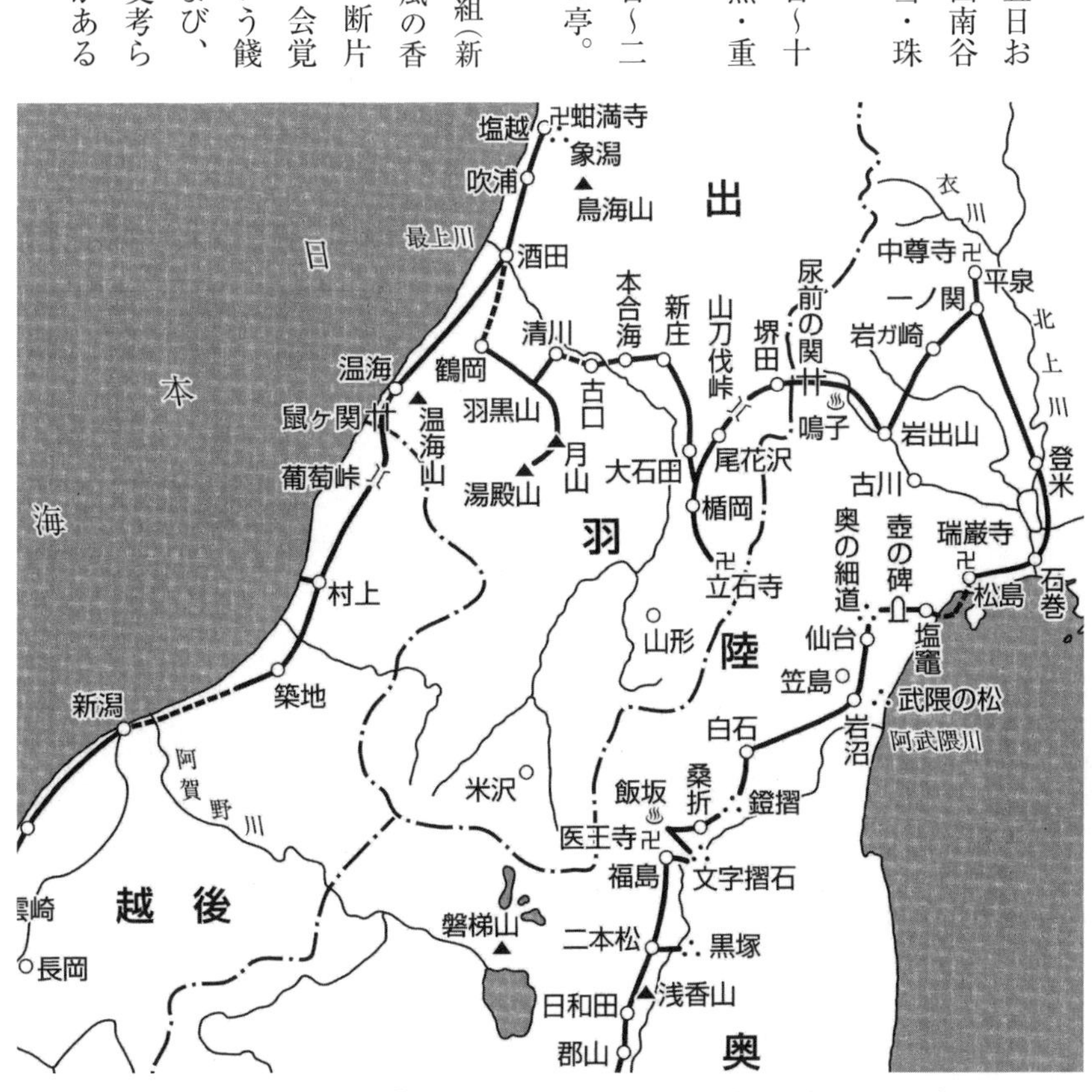

*図は、久富哲雄氏著『写真で歩く奥の細道』より「足跡全図」の一部。

①から⑤までは本書に注釈を収めた。⑥と⑦はすでに深沢『風雅と笑い―芭蕉叢考―』(清文堂出版、二〇〇四)に注釈がある。

①〜⑦を、出羽七歌仙(しちかせん)と呼ぶことにしたい。これから句例を挙げながら説明してゆくにあたり、歌仙の別を①〜⑦で示し、歌仙全体の中で何句めかを1〜36の通し番号の数字で示すこととする。

一

第一の問題について指摘したいのは、出羽七歌仙には、元禄二年の直近数年間の芭蕉発句と共通の題材を詠み込んだ句が多数見られるということである。そうした句を付合として抜き出して、それに関係があると見られる芭蕉発句を▼に続けて掲げる。

①3　鹿子立(かのこたつ)をのへのし水田にかけて　曽良
　4　ゆふづきまるし二の丸の跡　素英
▼貞享五年(一六八八)「城あとや古井の清水先問(まづとは)む」(『笈日記』)。

③2　岸にほたるを繫ぐ舟杭(ふなぐゐ)　一栄
　3　瓜ばたけいざよふ空に影まちて　曽良
▼貞享四年(一六八七)「瓜作る君があれなと夕すゞみ」(『あつめ句』)。

③9　永楽の古き寺領を戴(いただき)て　芭蕉
　10　夢とあはする大鷹のかみ　一栄
▼貞享四年「夢よりも現(うつつ)の鷹ぞ頼母(たのも)しき」(『鵲尾冠』)。

③15　水替(かは)る井手の月こそ哀なれ　川水
　16　きぬたうちとてえらび出(いだ)さる　曽良

③20 ▼貞享元年（一六八四）吉野での発句「碪打（きぬたうち）て我にきかせよや坊が妻」（『野ざらし紀行』）。

20 かたながりする甲斐の一乱　曽良

21 葎垣（むぐらがき）人も通らぬ関所（せきどころ）　川水

22 もの書たびに削るまつかぜ　一栄

▼20・21は天和三年（一六八三）・貞享二年（一六八五）の両説がある「甲斐山中／山賤（やまがつ）のおとがい閉（とづ）るむぐらかな」（『続虚栗』）。

▼21・22は貞享元年「不破／秋風や藪も畠も不破の関」（『野ざらし紀行』）。

④26 羽織に包む茸狩の月　風流

27 秋更て捨子にかさん菅の笠　如柳

▼貞享元年「猿を聞く人捨子に秋の風いかに」（『野ざらし紀行』）。

⑤24 妻恋するか山犬の声　蕉

25 薄雪は橡（とち）の枯葉の上寒く　水

▼貞享五年「木曽のとち浮世の人のみやげ哉」（『更科紀行』）。

⑤29 月山の嵐の風ぞ骨にしむ　曽良

30 鍛冶が火残す稲づまのかげ　梨水

▼貞享四年「いなづまを手にとる闇の紙燭かな」（『続虚栗』）。

⑥3 絹機の暮閙（さはが）しう梭打（さヲうち）て　曽良

4 閏（うるふ）弥生（やよひ）もすゑの三ケ月　露丸

▼貞享三年（一六八六）「あけゆくや二十七夜も三かの月」（『孤松』）。

⑥8 蘩無里（はんなきさと）は心とまらず　曽良

9　粟ひへを日ごとの斎に喰飽て　翁

▼貞享五年「粟稗にとぼしくもあらず草の庵」(荷兮筆懐紙)。

⑥25　千日の庵を結小松原　重行

26　蝸牛のからを踏つぶす音　露丸

▼貞享五年「かたつぶり角ふりわけよ須磨明石」(『猿蓑』)。

⑥27　身は蟻のあなうと夢や覚すらん　翁

28　こけて露けきをみなへし花　重行

29　明はつる月を行脚の空に見て　良

▼27・28は貞享五年「ひよろ〳〵とこけて露けしをみなえし」(『更科紀行』草稿の発句、『曠野』所収形は「ひよろ〳〵と猶露けしや女郎花」)。この例についてはすでに、白石悌三氏が『中村幸彦著作集』月報7「書簡二通」(一九八二・一二)において、「芭蕉が携行していた「更科紀行」の草稿を一見した上での楽屋落ちに相違ない。だからこそ、曽良はこの前句に更科の月見の旅を思い寄せたのである」と述べている。つまり、草稿段階の芭蕉発句(中七「こけて露けし」)を知った上で重行は28句を詠み、それに更科への月見の旅を連想した曽良が29句を付けたという指摘である。

⑦5　しるしして堀(ママ)にやりたる色柏　不玉

6　あられの玉を振ふ蓑の毛　曽良

▼天和三年(一六八三)「あられきくやこの身はもとの古柏」(『続深川集』)。

⑦9　海道は道もなきまで切狭め　曽良

10　松かさ送る武隈の土産　翁

▼前出(⑤24・25)の「木曽のとち」句(『更科紀行』)。

⑦14　此世のすゑをみよしのに入　　不玉
15　あさ勤妻帯寺のかねの声　　曽良
▼前出（③15・16）の「碪打て」句（『野ざらし紀行』）。
⑦28　小袖袴を送る戒の師　　不玉
29　吾顔の母に似たるもゆかしくて　　翁
▼貞享四年「たれやらがかたちに似たり今朝の春」（『続虚栗』）。
どうやら、元禄二年の芭蕉は、天和三年（一六八三）あたりから約六年間の自らの発句を書き留めた冊子を携行していたらしい。白石悌三氏はそれを『更科紀行』の草稿と捉えていたが、右に示した芭蕉発句は『更科紀行』のものに限られていない。発句のバラエティからするとその冊子は、いわば「近作発句ノート」だったと言えるのではないか。

なるほど確かに『更科紀行』の発句に拠った二例がある。付け加えるなら、発句が利用された例とは異なるが、
⑤7　眠りて（は）昼のかげりに笠脱て　　釣雪
8　百里の旅を木曽の牛追　　翁
の例からも、芭蕉が羽黒山の座で前年の木曽路の旅を語っていたことが伺える。だが、それに先立つ貞享四年冬から同五年夏までの旅、いわゆる『笈の小文』の旅での発句も少なくない（「城あとや」句、「夢よりも」句、「粟稗に」句、「かたつぶり」句）。また、貞享元年の『野ざらし紀行』の旅での発句も目に付く（「碪打て」句が二度、「秋風や」句、「猿を聞く人」句）。そうしてみると、芭蕉は、過去二度の長い旅での詠作を中心に発句を書き集めた冊子を用意し、陸奥への旅に臨んでいたと見られるのである。

もしも右に抜き出した付句が芭蕉に限られているとしたら、芭蕉はそのノートを他人には見せずに自分だけの種本として利用していたということになろう。しかし、芭蕉自身の付句の場合も複数あるものの、曽良や出羽の人々

の付けも多い。とくに、③の一栄と川水、⑥の露丸と重行は、確実に芭蕉のノートを見せられていたと推測される。芭蕉は旅先の俳諧の座において、そのノートを広げて近作を連衆に見せ、自句を解説し、しばしばそれによって付句を発想するようにと促していたのだろうと思う。そしてそもそもそのノートは、旅先での座談や俳諧指導を目的として用意されたものではなかったか。なお、このことは、『笈の小文』の成立論に関わる問題でもある。

さらには、元禄二年春の末に江戸を発って以来の俳諧作品の書き留めがまた別に芭蕉の手元にあったはずで、それもまた同様の役割を果たしていたと見られる。たとえば、須賀川で巻かれた第二の歌仙の発句と脇句は、

かくれ家や目だゝぬ花を軒の栗　　芭蕉
まれに蛍のとまる露草　　栗斎

であったが、栗斎脇句の「蛍」の発想は、大石田では、

③1　さみだれをあつめてすゞしもがみ川　　芭蕉
2　岸にほたるを繋ぐ舟杭　　一栄

と一栄によって応用され、さらに羽黒山では、

⑤2　住程人のむすぶ夏草　　露丸
3　川船のつなに蛍を引立て　　曽良

と曽良によっても転用されていた。あるいは、既出の、

①3　鹿子立をのへのし水田にかけて　　曽良
4　ゆふづきまるし二の丸の跡　　素英

に見られる「耕作された城跡」の発想は、

⑥17　婿入の花見る馬に打群て　　重行
18　舊の廓は畑に焼ける　　露丸

のかたちで再利用されていた。また、

④9　梅かざす三寸(みき)もやさしき唐瓶子　　曽良
10　簾を揚てとをすつばくら　　如柳

に接して、直後の羽黒山での歌仙の、

⑤35　盃のさかなに流す花の浪　　会覚
36　幕うち揚るつばくらの舞　　梨水

という挙句が詠まれたことは自明だろう。もう一例挙げれば、

③26　柴賣に出て家路わするゝ　　川水
27　ねぶた咲木陰を昼のかげろひに　　芭蕉

という芭蕉付句は、

⑤6　北も南も碪打けり　　梨水
7　眠りて(は)昼のかげりに笠脱て　　釣雪

のように模倣されている。

そもそもが、旅する連歌師や俳諧師が、地方の連衆と同席する際に、通り過ぎてきた土地の噂や道中の体験談を俳諧の座で語り、その話題が作品に反映されるという状況は容易に想像されることである。出羽七歌仙にもそうした例は少なくない。たとえば、尾花沢での、

②19　まつほどは足おとなくてとぶ蛙　　英
20　菅かりいれてせばき賎が屋　　良

は、「おくのほそ道の山際に、十苻(とふ)の菅有。今も年々十苻の菅菰を調て、国守に献ズと云り」と『おくのほそ道』に語られている「十苻の菅菰」の見聞を語りながらの句であろう。同じ歌仙では少し先でも、

②30　けふも坐禅に登る石上（せきしょう）　　　　蕉
　31　盗人の葎にすてる山がたな　　　　良

という師弟の付合が作られている。30は松嶋で「雲居（うんご）禅師の別室の跡、坐禅石など」（『おくのほそ道』）を見てきたことを報告しているようなもので、31はその雲居禅師の〈強盗に遭いながらその相手を改心させて弟子にした〉という逸話を取り込んだ付句である。それから、

⑥30　温泉（いでゆ）かぞふる陸奥（むつ）の秋風　　　　芭蕉

という句が詠まれたときには、「奥州のここの温泉やかしこの温泉に入ってきましたよ」と、芭蕉から旅中の楽しみが語られたにちがいない。あるいは、旅人を迎える側が旅の話題を促したような句もある。

②14　碑（いしぶみ）に寝てきさかたの月　　　　風

の句は、壺の碑の見聞と象潟に向かうこれからの旅程とを直話で聞いた清風が、芭蕉らの旅そのものを詠み込んで共感を示し挨拶としたのである。

それに加えてこの旅の芭蕉には、自らの近作を披露しながら歌仙を巻くことがあったというわけである。それが当時の俳諧師一般によくある手法なのかどうかについては、今後の研究において意識に置いておきたい問題である。

ちなみに、そうした視点からは、出羽七歌仙はおおまかに二種類に分類することができるように思う。①と②はどうやら、陸奥の旅の体験談を反映させることはあっても、芭蕉の俳諧ノートをあまり用いてはいないようだ。それは、充分に俳歴のある清風と、若いながら俳諧の専門家である素英を尊重してのことだろう。つまり、真剣勝負に近い座だったと思われる。ただし、①よりも②に、芭蕉らの旅の「うわさ」が語られる傾向が見えるのは、二巻めに入って座が打ち解けたということか。

対して、③④の連衆である地方商人たちや、⑤の僧衆、それに⑥⑦に参加している地方の武士や医師は、芭蕉と

いう俳諧師からその座で直接句例を聞き、ヒントをもらいながら付け進めている。それはつまり、彼らが社交の具としての俳諧に遊んでいたということだろう。出句するとき、句の詩的価値や発想のオリジナリティは、彼らにとってそう強く追い求めるべき問題ではなかったのだろうと思われる。

二

さて、第二の問題として指摘したいのは、出羽七歌仙において特定の話題がくりかえし採り上げられているということである。そこから、当時の芭蕉の、俳諧の志向が見えて来はしないかと思う。

そうした特定の話題を、具体的に二つほど提示したい。まずは、「軍陣の中の別れ」とでも言うべき話題を詠んでいる付合四箇所を並べてみる。「※」以下に簡単な解説を付した。

①26　わかれをせむる炬(たいまつ)のかず　曽良
27　一(ひと)さしは射向(いむき)の袖をひるがへす　芭蕉
※敵の攻め寄せる城の内で、妻との別れに臨み「一さし」舞を舞う武将。

④16　疵(きず)洗はんと露そゝぐなり　木端
17　散花(ちるはな)の今は衣を着せ給へ　翁
※傷を負って「今は」のきわとなり落花を衣に着たいと望む武士。

④23　老僧のいで小盃初(はじめ)んと　翁
24　武士乱レ入(いる)東西の門　曽良
※敵兵の乱入を前に「小盃」をさあ始めよう（軽く酒を酌み交わそう）と言う老僧。

⑦26　月さへすごき陣中の市　翁
27　御輿(おんこし)は真葛の奥に隠しいれ　曽良

※在陣の武将に逢うために人目をはばかりながらやってきたその妻。

このテーマに対する芭蕉の強いこだわりが感じられる。前述の近作利用の挙例とは異なり、これら「軍陣の中の別れ」の運びには、出羽の俳人はほとんど加わっていない。というより、加えてもらえなかったのであろう。芭蕉と曽良は、旅先での俳諧を重ねる中で、いくさの場が生み出す人と人のぎりぎりの交情を劇的に描き出そうと、二人してくりかえし試みていたようだ。芭蕉は、曽良に実地指導しながら、曽良を協力者として自ら追求する俳諧のあり方を実現しようとしていたのではないだろうか。なお、これらの付合は何か特定の故事を俤としているのではなく、「軍陣の中の別れ」というテーマに沿ったドラマの断片として創作されていると見られる。そのことは当時の芭蕉が目指していた俳諧の方向を示しているように思う。この点については第三章で再述する。

ちなみに、同じ年の芭蕉俳諧を見わたすと、大垣にての「はやう咲」歌仙に、

尼に成べき宵のきぬぐ　　路通
月影に鎧とやらを見透して　　芭蕉

という、やはりいくさの場の離別の句がある。死を覚悟した敗軍の将とその妻の別れである。そして、このテーマへのこだわりは、翌元禄三年(一六九〇)冬に巻かれ『猿蓑』に収められた「鳶の羽も」歌仙の、

いまや別れの刀さし出す　　去来
せはしげに櫛でかしらをかきちらし　　凡兆
おもひ切たる死ぐるひ見よ　　史邦
青天に有明月の朝ぼらけ　　芭蕉

という高揚した運びにまでつながっていると思われるのである。

もう一つの話題として、「流人」の話題を採り上げた付合三箇所を、出羽七歌仙から拾い出してみる。

②6　火の気たえては秋をとよみぬ　　風

7　この島に乞食せよとや捨つらむ　良
8　雷きかぬ日は松のたねとる　英
※6・7は島に流された罪人が秋の訪れを歎いている。7・8は『平家物語』に即して俊寛の行動を付けた。

④11　三夜サ見る夢に古郷のおもはれし　木端
12　浪の音聞嶋の墓はら　柳風
※これも島の流人の境遇。

⑦15　あさ勤妻帯寺のかねの声　曽良
16　けふも命と嶋の乞食　翁
※妻帯僧であった俊寛の俤で付けている。

「流人」を題材とした付合は、実は、出羽国にたどり着く前の俳諧でもひんぱんに作られていた。奈須(那須)余瀬における「秣おふ」歌仙には、

蔦の葉は猿の泪や染つらん　翁
流人柴刈秋風の音　桃里

があった。須賀川における「風流の」歌仙には、

更ル夜の壁突破る鹿の角　曽良
嶋の御伽の泣ふせる月　翁

があった。同じ須賀川での「かくれ家や」歌仙には、

伽になる嶋鵯の餌を慕ひ　等躬
四五日月を見たる蜑の屋　栗斎

があった。これは、「風流の」歌仙で曽良と芭蕉が示して見せた「流人」の詠みぶりを、等躬と栗斎がさっそく模倣している例だと思われる。

また、鶴岡での歌仙には次のような例もある。

⑥13　此秌(このあき)も門(かど)の板橋崩れけり　重行
14　赦免にもれて独リ見る月　翁
15　衣(きぬ)〳〵(ぎぬ)は夜なべも同じ寺の鐘　露丸

この運びは『和漢朗詠集』「閑居」の部「不出門」に見える菅原道真の詩句「都府楼(とふろう)ニハ纔(わづか)ニ瓦ノ色ヲ看ル、観音寺ハ只鐘ノ声ヲ聴ク」に拠る。道真の話題であるから、「流人」というよりは「左遷(さすらへ)」がテーマと言うべきだろう。ただし、14を詠んだ時の芭蕉は、15に「流人」の話題が付けられて転じてゆくことを期待していたと考えられる。にもかかわらず露丸は、「寺の鐘」を付けて道真から離れきれず、結果的に三句がらみとなってしまっている。

以上の例をまとめるならば、元禄二年陸奥・出羽を旅する芭蕉の心には「流人」に対する強いこだわりがあって、俳諧において自らも句にし、連衆にも勧めていたと見られる。その「流人」のイメージの核にはおそらく、『平家物語』や能によってよく知られた、鬼界が嶋の俊寛の俤があったと見られる。

このような「流人」に対する芭蕉のこだわりからは、この旅の目的の一端が垣間見えるのではないだろうか。つまり、芭蕉には、歴史上ないし古典文学上の「流人」の心境を追体験したいという目的があったのではないか。従来、この旅の目的は歌枕探訪であるとか義経歿後五百年ないし西行五百回忌を心に掛けてであるとか芭蕉風俳諧の勢力拡大を狙ってであるとか、さまざまに論じられてきた。その答えが一つでなければならないわけではなく、芭蕉は複合的な目的を以て旅をしたと思うのだが、そこに「流人」願望という要素を加えてもよいと思われる。

なお言えば、『発心集』五の八に、中納言顕基(あきもと)（醍醐源氏、一〇四七年歿、四十八歳）の逸話を述べて、

罪なくして罪をかうぶりて、配所の月を見ばや。

という言葉を引く。これは『袋草紙』や『徒然草』第五段にも引かれ、近世初期の俳諧作者にはよく知られていた。⑥14の芭蕉句「赦免にもれて独リ見る月」は、俊寛の故事と顕基の言葉を結合させたものである。この、数奇（すき）の者めいた顕基のせりふが、陸奥・出羽を歩む芭蕉の胸中に住みついていたのではないかと思われてならない。

三

芭蕉はのちに『おくのほそ道』の大石田の条に、

もがみ川乗らんと、大石田と云ところに日和を待。爰に古き誹諧のたね落こぼれて、わすれぬ花のむかしをしたひ、芦角一声の心をやはらげ、此道にさぐりあしして新古ふた道にふみまよふといへども、道しるべする人しなければと、わりなき一巻を残しぬ。このたびの風流、爰にいたれり。

と書きとどめた。『おくのほそ道』中尾本では貼紙による訂正がある箇所で、貼紙上の本文は右の曽良本訂正前本文とほぼ一致するが、貼紙下の本文は大いに異なっていて、「日和を……いたれり」の部分の貼紙の下には、

日和を待。爰にふるき俳諧の種こぼれて、わすれぬ花のむかしをしたひ、芦角一声の心をやはらげて、風雅に心をよせんとするもの□□□有。予をとゞめて草鞋をとかしむ。哥仙一巻新古を乱してわかる。

とあった。おそらく「新古を乱してわかる」こそが芭蕉にとっての正直な感想で、それは「新風に導ききれないま別れてしまった」ということだろう。そして推敲後の「此道にさぐりあしして……わりなき一巻を残しぬ」には、不満足の気持ちを「わりなき一巻」の語ににじませながらも、自らの俳風を伝導して歩く俳諧師としての自負を込めているように思われる。

筆者はかつて、「新古を乱してわかる」あるいは「新古ふた道にふみまよふ」と書かれた「新古」の中身について、「新古ふた道——元禄二年連句の旅」と題する論文（前出『風雅と笑い—芭蕉叢考—』所収）で考察したことがある。それは、尾花沢・大石田・新庄での計四巻の歌仙に用いられた連歌の寄合語と俳諧の付合語を拾い出して、連

歌と俳諧の連想語の辞書を用い付合の技法における親句‐疎句の差異（言葉による付け方の濃‐淡の差異）から分析しようとした論で、結論としては、

元禄二年（一六八九）の時点の清風は、貞門・談林における意味での「疎句」化に芭蕉よりもはなはだしく傾斜した、俳諧の「新」を追うに熱心な作者だった。清風について「新古ふた道にふみまよふ」などとは書けるはずもなかったと言えよう。しかし、清風周辺の、とくに大石田や新庄の連衆は、詞付中心の談林俳諧の「古」と、清風の持ち込んだ疎句の俳諧の「新」の「ふた道」に、八年むかしの清風と同様に踏み迷っていた。そのような状況を背景とする記述だったのである。

と書いた。だがこのたび出羽七歌仙すべての注釈作業を終え、また、並行して宗因流の俳諧を詳細に読む試みを継続して来て【注】、右のような結論の、とくに傍線部について訂正の必要を感じている。

ここでは、もういちど「新古」の意味を考えるために、出羽の各地の俳壇で中心的役割を果たしていたと思われる、尾花沢の清風、大石田の一栄、新庄の風流、それに羽黒の呂丸の付けを、具体的に取り上げて分析したいと思う。本来であれば全ての作者を挙げて論ずるべきであるが、右四名以外については各注釈に委ねる。例示には「※」に続けて付けの手法の要点のみ書き添える。これも詳細は各注釈を参照されたい。

まずは、清風の作風のよく分かる付けを取り上げる（ほか三名の作者についても同様に選択して挙例する）。

①19　蛙寝てこてふに夢をかりぬらん　蕉
20　ほぐししるべに国の名をきく　風

※「ほぐし」には「松」が結びつくものだが、それを「待つ」に重ねる意識で、前句の「胡蝶／来てふ」に対応させている。「まつ」のヌケをもう一ひねりした付けである。一句の意味はほぼ無心所着。

①22　ぬしうたれては香を残す松　英
23　はる丶日は石の井なでる天をとめ　風

※「松」から謡曲「羽衣」の「撫づとも尽きぬ巌ぞと」の詞章を連想し、さらに「松」のあしらいで「井」を加え、ただの「石」でなく「石の井」を「天をとめ」が撫でるという理屈に合わない句を生じさせている。

②8　雷きかぬ日は松のたねとる　英
9　立どまる鶴のから巣の霜さむく　風

※「松のたねとる」から仙人を連想し、さらにその縁語「鶴の巣」を出した。仙人のヌケの手法である。

②25　舎利ひろふ津軽の秋の汐ひがた　蕉
26　桝かける三ツの樟の木　風

※「桝」は山椒だと思われるが、仏教語の「三障」の言い掛けとして「舎利」とつながっているらしい。さらに「三ツの樟」はつまり「三樟」だ、という言葉遊びだろう。複雑な連想に遊んで一句の正体が失われている句。

こうして見ると、当時の清風は、言葉付けの技巧に極端に走った句作りを得意としていた。連想語をストレートに使わずヌケや同音異義語を介するよう心掛けていた様子が窺える。連想語が表立って現れないという点では一見疎句のようだが、実質は言葉の連想が非常に重視された親句だったと言うことができる。またそうした技法の結果として、一句立ての不成立を意に介さない無心所着句(①20、②26)や、非道理の句(①23)が生み出されていた。この作風はつまり宗因流俳諧の一側面であり、「談林」と呼ばれる作者群によってさかんに模倣されたものだった。清風は宗因流の末に位置付けられるべきであった。そして、清風はそのような流儀を、①②二巻の芭蕉同席の歌仙を通して、最後まで変えることはなかったようだ。

では、次に、大石田の一栄の場合を見てみよう。

③9　永楽の古き寺領を戴て　芭蕉

10　夢とあはする大鷹のかみ　一栄

※前句を慶事と見て「夢とあはする大鷹」を付け、安堵状の用紙「大高の紙」と言い掛けにしている。一句としては無心所着になっている。

③12　つま紅粉うつる双六のいし　川水

13　巻あぐる簾にちごのはひ入て　一栄

※『枕草子』の語彙による言葉付け。前句の「双六」から、「巻あぐる簾」と「ちご」を付けている。一句の意味のまとまりはある。

③21　葎垣人も通らぬ関所　川水

22　もの書たびに削るまつかぜ　一栄

※「関所」を訪ねては歌などを書き残す風雅の旅人を想定し、古歌により「かぜ」を付けた。「もの書たびに削るまつ」と「まつかぜ」を接合した句で、削れるはずもない松風を削るという非道理の句になっている。

③24　集に遊女の名をとむる月　芭蕉

25　鹿笛にもらふもおかし塗あしだ　一栄

※「月」に「鹿」、「遊女」に「塗あしだ」、また、「集に名をとむる」遊女を遊女評判記に名を留める高級遊女と読み替えてその手管を付けた。言葉でも心でも固く付いている親句。

③29　古里の友かと跡をふりかへし　川水

30　ことば論する舟の乗合　一栄

※言葉の付けとして「古里の友」から「舟」を出した。振り向いた理由も「ことば論」と説明されており、心の付けとしても明瞭である。

③32 煤掃の日を草庵の客　芭蕉
33 無人（なき）を古き懐帋にかぞへられ　一栄

※草庵の隠者のところに来たのは、「煤掃」で「古き懐帋」を見つけた「客」で、その懐紙を読み直して物故者を数えているという心の付け。「昔をおもふ→草の庵」（『随葉集』）や「水茎（グキ）→記念（カタミ）」（『類船集』）の連想語を利用していながら、句意の上での連想にも破綻がない。

これらをまとめると、一栄は基本的に親句の作者であった。そして無心所着（③10）や非道理（③22）を避けることもないが、清風ほどには過激ではない。古典を利用した付けにも特徴がある（③12・13の『枕草子』、③24・25の『徒然草』など）。下地は清風と同様の宗因流俳諧であるが、歌仙が進むにつれて句意の通る穏やかな詠みぶりに変わってきているようにも見える。芭蕉がそのように指導した可能性がある。

続いて風流の場合を見てみよう。風流は尾花沢に来合わせて①に参加し、新庄に芭蕉を迎えて④を興行した。

①5 楢紅葉人かげみえぬ笙のおと　風
6 鴫のつれくるいろ〱の鳥　風流

※「紅葉」に対して、「鴫」「いろ〱」の言葉を付けた。また、笙の音は実は鴫の声だった、という心でも付いている。折端なのであまり凝っていない遺句と言えよう。

①8 山はこがれて草に血をぬる　蕉
9 わづかなる世をや継母（けいぼ）に偽られ　流

※「継子物」の発想による句。具体的な物語を踏まえているかもしれないが明確ではない。一句の意のまとまりはある。

④7 すゝけたる父が弓矢をとり伝　翁
8 筆こゝろみて判を定る　流

※「筆こゝろみて」は連歌の言葉。家格の高い武士のさまとして、書き判の話題を持ち出し、位で付けた。

④18 陽炎消る庭前の石　良

19 楽しみと茶をひかせたる春水（はるのみず）　流

※「庭」と「石」から「水」の流れを想定した。「陽炎……石」から「宇治のかげろふの石」を介して「茶」を付けたか。「ひかせたる」が上下に掛かっているが、一句としては無理なく意が取れる。

④25 自鹿も鳴なる奥の原　端

26 羽織に包む茸狩の月　流

※いわゆる「投げ込みの月」で、「鹿」に付けている。また、謡曲「盛久」の発想によって「茸狩」を付けた。一句は素性法師歌のパロディで、やや非道理ではある。

④31 奉る供御の肴も疎にて　翁

32 よごれて寒き禰宜（ねぎ）の白張（しらはり）　流

※「供御の肴」を神前に奉るものとして、「禰宜」を付けた。「疎にて」と「よごれて寒き」が対応している。

以上、風流の付けの手法は、④26をよくある「投げ込みの月」（句意に関わりが薄くとも定座の月を詠み込んでしまうこと）の例と見て除けば、一句立てに注意しながら言葉と心で付けてゆくものだったようだ。つまり、貞門風であって宗因流ではない。そして、④7・8や④31・32の例は、いわば「位」の付け、前句の〈人物／話題〉にふさわしい〈話題／人物〉を付けて展開するという技法を使っている。これらが風流のもともと身に付けていた技法だったのか、その座の芭蕉の指導によるものだったのかは判断しにくい。だが少なくとも、風流は、この時の芭蕉の志向に近い作者だったと言えそうである。

もう一人、露丸（呂丸）はどうだったか。彼は羽黒から鶴岡まで芭蕉・曽良に同道し、⑤と⑥に参加している。

⑤8 百里の旅を木曽の牛追　翁
9 山つくす心に城（じやう）の記をかゝん　丸

※「百里の旅を（来（き））」に「山つくす心」と付け、「木曽」「牛」から木曽義仲を想起して「城（じやう）」を付けた。言葉主体の付けで、二句のあいだは論理的なつながりにはなっていない。

⑤11 哥よみのあと慕行宿なくて　雪
12 豆うたぬ夜は何となく鬼　丸

※「哥よみ」から古今仮名序を典拠として「なく鬼」を付けている。それに、「宿なくて」に「豆うたぬ夜」と付けた、四つ手の付け。無心所着というほどではないが、一句としては実質的な意味が弱い。

⑤30 鍛冶が火残す稲づまのかげ　水
31 散（ちる）かいの桐に見付し心太（こころふと）　丸

※難解な付け。「稲づま」の秋をつないで「桐の葉が散る」ことを付け、地元出羽三山に関する話題として「鍛冶が火」に「心太（こころふと）」と付けているものと見られる。謂わば楽屋落ちの付けを押し込んで、一句としては何を言いたいのかよく分からない句になっている。

⑥6 銘を胡蝶と付しさかづき　翁
7 山端（やまのは）のきえかへり行帆かけ舟　丸

※意図的な非道理の句であろう。「さかづき」を酒宴のさまとして「舟」という場を持ち出し、「胡蝶」から『源氏物語』の巻名を想起してその一場面を付けているのではないかと考えられる。

⑥22 寝まきながらのけはひ美し　翁
23 遙けさは目を泣腫す筑紫舩　丸

※前句を『源氏物語』の玉鬘の俤と読んで、夕顔の乳母の二人の「むすめども」に転じた付け。「遙かなのは、筑紫舩(の行方)」と、「目を泣腫らす筑紫舩(の娘ども)」という二重の文脈を一句に押し込んでいるらしい。

この時の露丸もまた、宗因流俳諧の末流であった。極端な親句によって付けることが身に付いており、『源氏物語』などの古典教養があってそれを使うことを好み、得てして衒学的な難解句を詠み出していた。ただ、⑥の後半になると、右の⑥23や、

⑥30　温泉かぞふる陸奥の秋風　蕉
31　初厂(はつかり)の比(ころ)よりおもふ氷様(ひのためし)　丸

※能因法師の「都をば霞とともに立ちしかど秋風ぞ吹く白河の関」の、春の都から秋の陸奥へ、という構図を逆転させて、初秋の陸奥にあって新春の都を思い遣る、と付けている。

⑥33　尼衣男にまさる心にて　行
34　行かよふべき哥のつぎ橋　丸

※「尼衣」から、『源氏物語』の空蟬の淡い俤で付けている。

のように、古典を踏まえながらストレートに言葉を借りるのではない利用の仕方をし、一句立てにも破綻をさせない手法に移っているように見える。おそらくそれは、芭蕉が指導した結果であったろう。

出羽での芭蕉は、前章で述べたように、特定の故事や物語を俤として用いるのではなく、あるテーマに沿ったドラマの断片を創作することを志向していたようだ。それは、典拠を直截に引き用いることを嫌い、「いかにもそれらしい」表現をしながらも固有名詞に還元されることのない付けへの志向と言えよう。そうした句を、芭蕉は「物語の体」と呼んでいたかと思われる。「物語の体」とは、『三冊子』(赤双紙)で、『猿蓑』所収の「粽結ふ片手にはさむ額がみ」の芭蕉句についての芭蕉自身の説明として「この句ものがたりの体」と出る語である。

以上、出羽の作者四名の句例を個別に検討した。まとめとして、元禄二年時点の出羽俳壇の傾向と、「新古」とはどういう意味だったかということについて、この章のはじめに「訂正の必要を感じている」と書いた旧稿の一節を修正して示すことにする。

元禄二年（一六八九）の時点の清風は、宗因歿してすでに七年経つというのに、宗因流俳諧（いわゆる談林俳諧）の、非道理や無心所着をもいとわぬ極端な親句の手法に、なおも固執している作者だった。清風の俳風は「新古」で言えば「古」であったのである。しかし、清風周辺の、大石田や新庄や羽黒の連衆の内には、清風の「古」の手法に従う者もいれば、疎句化傾向を見せる上方や江戸の俳諧の「新」に心を寄せる者もいた。「新古を乱してわかる」ないし「新古ふた道にふみまよふ」とは、そのような状況を背景とする記述だったのである。

清風の俳風に関する把握がまるで正反対な結論に至ったわけであるが、筆者の未熟のゆえと大方の寛恕を乞い、旧稿のその箇所を改めることとしたい。

【注】

『近世文学研究』第2号〈二〇一〇・七〉以後、深沢了子と共著で、『宗因千句』の注釈を一年に百韻一巻のペースで同誌に公表している。また、「宗因流俳諧と西鶴」（篠原進氏・中嶋隆氏編、近刊『ことばの魔術師西鶴―矢数俳諧再考』〈ひつじ書房〉所収）も準備している。

発句および連句索引

・数字は、本書の頁数。
・配列は、現代かなづかいで表記した場合のアイウエオ順とした。
・(連)とあるものは連句における脇句から挙句までの句、無印は発句。
・連句篇の各句については、注釈を施した箇所のはじめの頁数を示した。
・芭蕉の発句を、太字で示した。
・存疑の句形は採っていない。
・作者名を欠く句は、作者不詳である。

あ行

か行

た行

は 行

ま　行

や　行

ら行

わ行

あとがき（初出一覧）

替え歌を、子供の頃からよく作った。大学生になって入った学生合唱団には冗談めいたものごとを好む雰囲気があって、その癖が助長された。就職・結婚し子供らが生まれると、育児の中でテキトーな歌詞を作ったりもした。替え歌作品の多くは記録するに値いしない「言い捨て」として、今となっては私自身もほとんど忘れ去っている。それでも、たとえば、アニメ「バビル二世」の主題歌をいじった「ナガシマ二世のテーマ」（カンピューターに守られた、ヤクルの塔に住んでいる……）とか、ミッキーマウス・マーチに勝手な歌詞を付けて子守歌代わりに歌った「おまんじゅう・マーチ」（おいしい、おいしい、おまんじゅう。にくまん、あんまん、カレーまん）とかが、ときどき頭の中によみがえり流れ出す。

もちろん、替え歌は確実に現代の音楽文化の一角を占めている（と言いつつ、実はあまり詳しくないのだが）。たとえば嘉門達夫の「鼻から牛乳」を一度聴いてしまうと、バッハの「トッカータとフーガ」を聴く時、もはや意識せずにおれないだろう。かつてグッチ裕三がハッチ・ポッチ・ステーションなどＮＨＫの番組で奇蹟的にくりだした替え歌のオンパレードを、うちの親子は全員、心から楽しんだものだ。

近世前期の俳諧も、そんなふうな替え歌の言葉遊びと同じ地平にあったはずだ。謡曲の文句取りとして評判になった宗因の発句「里人のわたり候か橋の霜」は、我々が「鼻から牛乳」をおかしがるようにおかしがられていたのだろうと愚考する。謡曲の替え歌ということなら、本書で取り上げた芭蕉発句で言えば、たとえば「月影や四門四宗も只一」がそうである（ただし、芭蕉は言葉遊びを心境句に溶け込ませている）。思うに、芭蕉あたりまでの俳諧には、今日の研究書・注釈書が説いている以上にもっと豊かな「笑い」があったことだろう。

俳諧の「笑い」が見失われたことに関わっては、俳諧の末裔たる俳句がいまも元気に生きているという、特殊な事情がある。近現代俳句の作者には、古典句を「写生」や「花鳥諷詠」の方向から理解しようとする傾向がある。「笑い」をあえて排除して読もうとする、というのは言い過ぎかもしれないが、少なくとも古典句に対して積極的に「笑い」を求めたりはしないようだ。

芭蕉の発句を扱った私の論文や研究発表に、よく、「この句を論ずるのに、はたしてこんなに難しい資料を持ち出さなくてはならないものか」というご意見を頂戴する。私の論は、ある芭蕉発句を対象として、そのパロディのもとを掘り起こし、そのもとというのがいかに当時一般的な知識であったかということをル説明し、だからその句が受け手に「笑い」を催させていたはずだと主張する場合が多い。そのもとは大抵、現代人にとっては縁遠い資料であり、なるほど難しい。しかし、その難しさを理由にしてあたまから私の論を拒否する反応は、近現代の俳句を読む感覚で芭蕉発句を読もうとするところから起こっていると思うのである。そこには「芭蕉発句の良さは説明抜きで感覚として分かることがまず第一」という評価基準がありはしないか。

感覚的な把握がこの短詩形文学の理解に重要だということは私も承知している。俳句実作者ならではの発想が語られる時、そこから学ぶことは多い。しかし私は同時に、芭蕉にしても知的な言語操作によって人を笑わせることが俳諧というジャンルの根幹であると認識していたことは確かなのだから、晩年の作を含めた芭蕉の句々の中にそのような「笑い」の在りかを捜し求めることは、芭蕉研究にとって不可欠の要件だと思っている。さらに言えば、そのようにしてたどり着く解釈の方が内容が濃くて面白いと思っている。

仮に三百年ぐらい後に、二十世紀末頃の嘉門達夫やグッチ裕三を古典文学作家として研究する人がいるとしたら、彼らの替え歌の元ネタは何だったか、そしてその元ネタがいかに人々に知識として共有されていたかを調べなければ始まらないだろう。その作業を、私は芭蕉の俳諧についておこなっているのである。

もしかしたら、三百年後の人々にはバッハのオルガン曲を聴く機会がなくなっているかもしれない。そしてそのために、嘉門研究者は「鼻から牛乳」を「牛乳を飲んでいたら、むせてしまって、気付くと片方の鼻の穴からツーと一筋牛乳が流れて出た。はたから見れば笑いたくなるような顔だろうなと想像して苦笑しながらも、私はそこはかとない悲しみを覚えた。自分でも予期しない寂寥感の流露を牛乳によって象徴的に言いとめた鋭い短詩。」などと解釈しているかもしれない。それが当代の目から見て的外れであることは言うまでもない。さて、いまの私たちがとらえている芭蕉の俳諧にはそのような誤りがないと言い切れるだろうか？

（本書冒頭の「おもへばさびし秋の暮」で「風雅」のことをあまりに堅苦しく書いてしまったので、反省して、ここまでのこの「あとがき」ではもう一方の極である「笑い」のことを、少しは笑ってもらおうという気持ちをこめて書いてみました。「俳諧」の本のあとがきですからなにとぞ笑ってお許しを。）

さて、続いて、左に初出一覧を掲げる。

本書における題名、初出誌または初出書名、発表年時の順で記す。「大幅に改稿」等と注記していないものについても、それぞれに細かな修正を施している。

おもへばさびし秋の暮　——序にかえて——　新稿

発句篇

枯野の夢夏艸の夢　岩波書店『文学』隔月刊第六巻第五号、二〇〇五年九月、および、同誌第七巻第一号、二〇〇六年一月（大幅に改稿）

「数ならぬ身」の思い　——理兵衛と寿貞——　岩波書店『文学』隔月刊第十一巻第六号、二〇一〇年十一月

獺の祭見て来よ　——七十二候と俳諧——　岩波書店『文学』隔月刊第八巻第三号、二〇〇七年五月

萩の旅路　楠元六男氏と共編の、笠間書院『おくのほそ道大全』二〇〇九年七月刊

＊この論考の「六」は、拙著『風雅と笑い――芭蕉叢考』の「芭蕉発句叢考」の「⑬命二つの」と、内容が一部重複する。

「菊の香」幻想　俳文学会『連歌俳諧研究』第百二十七号、二〇一四年九月（加筆）

＊初出題名「菊を詠む――芭蕉発句叢考」

芭蕉発句叢考

其の一　小倉ノ山院にて

大阪俳文学研究会『俳文学報　会報　大阪俳文学研究会』四十七号、二〇一三年十月

＊初出題名「小倉ノ山院にて――芭蕉発句叢考」

なお、誌名はこの号から「俳文学報」が冠されたのである。

其の二　大井川を詠む　大阪俳文学研究会『会報　大阪俳文学研究会』四十六号、二〇一二年十月

＊初出題名「大井川を詠む――芭蕉発句叢考」

其の三　須磨の颪　和光大学『表現学部紀要』第六号、二〇〇六年二月

其の四　明石の月　同右

＊右二件、初出題名「芭蕉発句叢考――須磨の颪／明石の月」

其の五　秋ちかき心のより　新稿

其の六　ひや〳〵と　新稿

其の七　四門四宗　新稿

其の八　深川の眠れぬカモメ　新稿

連句篇

「すゞしさを」歌仙注釈
和光大学『表現学部紀要』第八号、二〇〇八年三月、
およびˎ、同誌第九号、二〇〇九年三月（大幅に改稿）

「おきふしの」歌仙注釈　新稿

「さみだれを」歌仙注釈
和光大学『表現学部紀要』第十一号、二〇一一年三月、
およびˎ、同誌第十二号、二〇一二年三月

「御尋に」歌仙注釈　新稿

「有難や」歌仙注釈　新稿

旅する俳諧師――出羽七歌仙から見えること――
連句協会『連句年鑑』二〇一四年版、二〇一四年六月、ただし第三章は新稿

二〇〇四年九月に刊行した『風雅と笑い――芭蕉叢考――』以降の論考で、芭蕉に関するものとしては、なお他に、「芭蕉は蛙の水音を聞いて「古池や」句を詠んだか？」（角川書店『俳句教養講座』第一巻、二〇〇九・一一）があるが、『風雅と笑い――芭蕉叢考――』所収の「蛙(かわず)はなぜ飛びこんだか――「古池」句の成立と解釈――」の補説というべき内容なので今回は収めなかった（「古池」句については今後さらなる進展があった折にまとめなおしたい）。また、『「和漢」の世界――和漢聯句の基礎的研究――』（清文堂出版、二〇一〇・一）に所収の、「芭蕉と素堂と「和漢」」、「桃青らの「漢和の懐帋」をめぐって」、「芭蕉・素堂両吟和漢俳諧「破風口に」歌仙注釈」もある。

本書の句解は多くの場合、芭蕉蕪村研究会、通称ＢＢ研においてまず発表し、感触を探ってから文章化したもの

である。現在のＢＢ研のメンバーは、金田房子氏・清登典子氏・佐藤勝明氏・永田英理氏・牧藍子氏、それから、深沢了子。ここに記して感謝申し上げます。

また、本書の広告パンフレットでの推薦文執筆を快く引き受けて下さった鈴木健一氏、それに、私の過去の三著に引き続き出版の労をとっていただいた清文堂出版株式会社、前田保雄氏に、深く感謝申し上げます。

二〇一四年一〇月

深沢眞二

本書は、和光大学の二〇一四年度学術図書出版助成を受けて刊行されました。

（著者略歴）

深沢眞二（ふかさわ　しんじ）

1960年　山梨県甲府市生まれ
1979年　山梨県立甲府南高等学校卒業
1983年　京都大学文学部卒業（文学科国語学国文学専攻）
1988年　京都大学大学院文学研究科（国語学国文学専攻）博士後期課程単位取得退学
2005年11月　文学博士（京都大学）

国文学研究資料館文献資料部助手・和光大学人文学部文学科専任講師・同准教授を経て
現在　和光大学表現学部総合文化学科教授

専攻分野　日本の中世近世文学とくに連歌俳諧
1991年　伊丹市の柿衞文庫より第1回柿衞賞を与えられた

主要著書
『風雅と笑い—芭蕉叢考—』（2004年），『近世初期刊行 連歌寄合書三種集成』（2005年），
『「和漢」の世界—和漢聯句の基礎的研究—』（2010年 いずれも清文堂出版），
『連句の教室　ことばを付けて遊ぶ』（2013年 平凡社新書）

旅する俳諧師　芭蕉叢考 二

2015（平成27）年1月31日発行

著　者　　深　沢　眞　二©
発行者　　前　田　博　雄

〒542-0082　大阪市中央区島之内2-8-5
発行所　清文堂出版株式会社
電話　06-6211-6265　FAX　06-6211-6492
http://www.seibundo-pb.co.jp

組版・印刷：西濃印刷㈱　製本：渋谷文泉閣

ISBN978-4-7924-1431-3　C3092